LOCUS

LOCUS

LOCUS

LOCUS

RECREATION

R61
重生世界 *AFTERWORLDS*

作者：史考特・韋斯特費德 Scott Westerfeld
譯者：卓妙容
責任編輯：江怡瑩　美術編輯：顏一立
校對：呂佳真
法律顧問：全理法律事務所董安丹律師
出版者：大塊文化出版股份有限公司
台北市10550南京東路四段25號11樓
www.locuspublishing.com

讀者服務專線：0800-006689
TEL：(02) 87123898　FAX：(02) 87123897
郵撥帳號：18955675　戶名：大塊文化出版股份有限公司

總經銷：大和書報圖書股份有限公司　地址：新北市新莊區五工五路2號
TEL：(02) 89902588　　FAX：(02) 22901658
排版：辰皓國際出版製作有限公司 製版：瑞豐實業股份有限公司
初版一刷：2014年12月

定價：新台幣 430 元
Printed in Taiwan

AFTERWORLDS

重生世界

史考特・韋斯特費德 Scott Westerfeld 著
卓妙容 譯

不管您是文學大師、三流作家或為數眾多的全國小說寫作月的參加者，

謹以此書向您致敬，謝謝您讓寫作成為您閱讀的一部分。

「自說故事以維生。」

——瓊・蒂蒂安（Joan Didion）

「教育帶領我們從自大的無知走向痛苦的無常。」

——馬克・吐溫（Mark Twain）

第一章

黛西・帕特爾寫了她此生最重要的一封電子郵件，內容一共三段。

第一段是寫黛西自己。她省略了無關緊要的細節，不去提她染得又藍又黑的頭髮、穿在左側鼻孔的細金環，反而以她父母從未告訴她的可怕祕密開場。在黛西媽媽十一歲時，她最要好的朋友被陌生人謀殺了。黛西無意中在網路上發現這個祕密，它不僅讓她大感震驚，更進一步地了解母親的某些行為，同時也激發了她的寫作靈感。

電子郵件的第二段是關於黛西剛完成的小說。她當然沒有告訴他們，她只用了三十天就寫完六萬字的《重生世界》。她不認為恩德布瑞基出版經紀公司需要知道這個。相反的，她在這一段描述一場恐怖攻擊事件、一個用念力進入死亡的女孩，以及她在重生世界裡遇見的擁有法力的迷人男孩。故事包括了神祕的鬼魂、飽受靈異現象折磨的家庭，還有比外表聰明許多的妹妹們。黛西以現在式加上簡潔的句子，生動勾勒出場景，深入刻畫人物的個性與動機，並以極具創意的結局收尾。後來，他們告訴她，這是三段中寫得最好的一段。

第三段純粹就是在拍馬屁。黛西非常渴望恩德布瑞基出版經紀公司能採用，所以她努力讚美他們不凡的眼界，吹捧他們公司客戶的才華，同時大膽地將自己和他們有名的作家客戶相提並論。最後她沒有忘記強調為什麼她的小說比過去幾年流行的超自然小說更棒、更精彩（其他故事裡可沒有人的戀愛對象是個英俊的吠陀①引魂使者）。

這封電子投稿郵件或許不盡完美，但它成功地達成使命。在按下「傳送」之後的第十七天，黛西簽入名聲極佳、頗具規模的恩德布瑞基出版經紀公司麾下；不久之後，更得到了兩本小說的出版合約和一筆豐厚的版稅。

現在黛西・帕特爾還要解決幾個問題（從高中畢業、做個有點冒險的決定、說服她的父母），然後她就能收拾行囊，搬到紐約市，展開她的全新人生。

① Vedic，印度河流域三千年前盛行的宗教，為印度教的前身。

第二章

在新年前幾天的午夜，我在機場遇到了我的夢中情人。當時我正在德州達拉斯轉機，差一點就命喪黃泉。

傳簡訊給媽媽救了我的命。

我在旅途上很常傳簡訊給她，不管是到達機場、登機廣播或起飛前被要求關掉手機時，我都會告訴她。我知道這聽起來像是應該和男朋友而非媽媽做的事。可是獨自搭機總是讓我很緊張，即使那時我還看不到鬼。

相信我，我必須時常和媽媽聯絡。她向來黏我黏得很緊，尤其是爸爸離家出走搬去紐約後更是如此。所以我只得在空曠的機場裡走來走去，試圖找個收訊信號強一點的地方。這麼晚了，大多數的商店都已關門熄燈。我閒晃到機場另一側的入口，從天花板拉下的鐵門將通道完全封住。透過鐵門上的洞，我看到兩個電動平面扶梯仍舊持續運轉，雖然裡頭空無一人。

我沒看到攻擊是怎麼開始的。我的注意力全在手機上，看著自動校正功能把我的句子改得亂七八糟。不久前我趁寒假去看爸爸，剛見過他的新女朋友。媽媽正在逼問我關於她的事。瑞秋很可愛，打扮永遠時髦得體，更棒的是，她的腳和我一樣大。不過我當然不會這樣告訴媽媽。相信「她有好多漂亮的鞋，我可以向她借來穿」絕不是媽媽想聽的答案。

爸爸的新公寓也棒極了，不但在二十樓的高樓層，還有大片落地窗俯視阿斯特廣場。他的衣帽間和我在家裡的臥室一樣大，裡頭全是拉出來時會發出滑板輪子聲音的抽屜。可是我一點都不想住在那兒，彩色和純白的真皮家具看起來很酷，卻完全沒有家的感覺。不過，有一件事媽媽倒是說對了。爸爸確實在離開我們之後，賺了很多很多錢。他現在發財了，住在有門房的豪宅，僱了個專門服侍他的司機，皮夾裡還有一張讓店務助理隨時卑躬屈節的閃亮黑卡（叫在店裡工作的人為「店務助理」是我從瑞秋那兒學來的）。

我現在穿著牛仔褲和連身帽T，和我平常搭飛機的打扮沒什麼兩樣，可是我的行李箱裡塞滿了等我回加州後必須找地方藏的新衣服。我能理解為什麼媽媽對爸爸變得這麼有錢感到火大，畢竟如果沒有媽媽的支持，他根本無法念完法學院，而後來他卻背叛了我們。我有時對他丟下我們也會感到不爽，但是他發財之後分了一些錢給我，我就不再耿耿於懷了。

聽起來很膚淺，是不是？居然輕易被原本應該屬於媽媽的錢收買？相信我，我知道。面臨死亡讓你把自己的膚淺看得一清二楚。

媽媽傳來簡訊：「告訴我她比上一個老。而且不是另一個天秤座！」

「我沒問她牲日。」

「什麼？」

「生日。自動校正功能亂改。」

媽媽對我錯誤百出的文字輸入通常視而不見。前一晚，我傳簡訊告訴她「爸爸和我正在吃生雞麵糰當甜點」時，她似乎完全沒注意到有什麼問題。不過，當我們談論的主題變成瑞秋時，再小的錯誤她都不會放過。

「哈！真希望妳問了她『牲日』！」

我決定不理會這句話，反而輸入：「對了，她向妳問好。」

「她人真好。」

「如果妳是在反風，我看不出來。我們是在傳簡訊，媽。」

「我老得不會『反諷』了。我是在挖苦。」

這時我聽到身後靠近安檢的地方有人在高聲大叫。我轉頭往登機門的方向走，眼睛繼續盯著手機。

「我想我的飛機差不多要飛了。」

「好。三小時之後見，小朋友！我想念妳。」

「我也是。」我開始輸入，但是，世界卻在瞬間崩塌碎裂。

我這輩子從沒親耳聽過自動武器的聲音。不知道為什麼，它太大聲了，我的耳朵辨認不出來，在子彈劃開我周圍的空氣時，我感覺到的比較不像聲音，而像一種我的骨頭、我的眼液都能深深感受到的戰慄。我將視線從手機往上移，瞪大了眼睛。

拿槍的暴徒看起來不像人類。他們全戴著恐怖電影的面具，對著群眾掃射的槍枝產生大量煙霧，圍繞在他們四周。一開始，每個人都嚇得呆若木雞。沒有人逃，也沒有人想到要去躲在一排又一排的塑膠椅子後面，就連恐怖分子都是一副不慌不忙的樣子。

一直到恐怖分子停下來重新裝彈，我才聽到尖叫聲。

然後所有的人開始逃，有些往我這邊跑，有些跑向另一個方向。有個年紀和我差不多大、穿著足球球衣的男生撲倒兩個拿槍暴徒，和他們在滿是鮮血、又溼又滑的地板上纏鬥。事後，大家都知道這個英雄叫崔佛士·布林克曼。如果只有兩名恐怖分子，他或許能打贏他們，過著一輩子受人崇拜，把同樣的故事對孫兒們一說再說，直到他們聽得耳朵長繭的人生。可是那天一共來了四名恐怖分子，另外兩名手上可不缺子彈。

在崔佛士·布林克曼倒下時，第一批往我這兒跑的人已經衝到我附近。他們的身後帶著煙，聞起來很像燒焦的塑膠。我本來還呆呆站在原地，可是那股刺鼻的嗆味突然間讓我惶恐萬分，於是我轉身，開始跟著群眾往前跑。

我的手機亮了起來，我瞪著它發愣。我應該要用這個發光、嗡嗡叫的東西做一件事，可是我想不起來是什麼。我還沒回過神來細想到底出了什麼事，但是我知道不跑就表示我必死無疑。

然而，死亡還是硬生生地擋在我的面前。鐵門封住整個走道，從天花板到地板、從左牆到右牆，沒有一點空隙。關閉的部分機場就在鐵門之後，電動平面扶梯依然轉個不停。恐怖分子顯然刻意等到午夜才發動攻擊，因為這時的旅客可以躲避的空間小之又小。

一個穿重型機車皮衣的高大男子用肩膀撞擊鐵門，金屬搖動發出嘩啦嘩啦的噪音。他蹲下想用手托起鐵門底部，卻只能將它抬高一、兩英寸。其他旅客紛紛加入，大家一起用力往上抬。

我瞪著手機。上頭有一行媽媽傳來的簡訊。

「試著在飛機上睡一下。」

我用指頭在手機上拼命點擊，想叫出電話鍵盤的畫面。我的腦袋還不忘提醒我，這會是我第一次打「九一一」這個緊急救援電話。我一邊等著電話接通，一邊轉頭往槍聲的方向看。

好多人倒在我身後的地板上，長長的一大串。恐怖分子顯然毫不留情地射殺了不少驚慌奔逃的旅客。其中一個和我的距離不超過一百英尺，正朝我走過來。他低頭看著地板，小心地避開倒下的人，走得很慢，彷彿因為戴著面具，他沒辦法看得很清楚。

手機傳來一個很小的聲音，我還在耳鳴的耳朵聽得很是吃力。「妳的緊急狀況的發生地點在哪裡？」

「機場。」

「我們接獲通報了。航空警察局已經出動，很快就會抵達現場。妳現在的位置安全嗎？」

電話裡的女人語氣很冷靜。每次我回想起這件事，一想到她是那麼冷靜、那麼勇敢，我都會忍不住哭出來。如果我是她，在知道電話的那頭正在發生什麼事時，我說不定會歇斯底里地尖叫。可是我沒有尖叫。我只是呆呆地看著拿槍的恐怖分子慢慢朝我們走過來。

他用手槍射擊倒在地上受傷的人。一個接著一個。

「不安全。」

「妳能躲到一個安全的地方嗎？」

我把頭轉回來，面對鐵門。現在有十幾個旅客在拉它，想將它往上抬。金屬嘩啦嘩啦，不斷搖晃，可是集眾人之力仍然敵不過上頭的大鎖。鐵門還是只能升高一、兩英寸。

我的目光慌亂地搜尋，想找一扇門、一個走道、一部自動販賣機藏身，可是延伸出來的卻只有光禿禿的牆壁。什麼都沒有。

「不能。而且他正在開槍射死每一個人。」我們兩個非常平靜地交談著。

「嗯，親愛的，也許妳應該假裝妳已經死了。」

「什麼？」

恐怖分子的目光從地板上的傷者移開，透過面具上的兩個圓洞，我可以看到他的眼光閃爍。他正在瞪著我。

「如果妳找不到安全的地方躲藏。」她慎重地說：「也許妳應該躺下，不要動。」

他將手槍收進槍套，再度舉起自動步槍。

「謝謝。」我說，然後在步槍爆出煙霧和噪音時，讓我自己倒向地面。

我的膝蓋猛然撞向地板，超級痛，可是我只是放鬆全身的肌肉，翻身讓臉朝上，像個破布娃娃動也不動地躺著。我的前額重重撞上磁磚，立刻眼冒金星，然後一股黏稠溫暖的液體滑過我的眉毛。

我忍不住眨了眨眼，因為鮮血流進我的雙眼裡了。

我一動也不動地躺在那兒，自動步槍不斷地發射，子彈咻咻咻地從我身邊飛過。周遭的尖叫聲讓我很想縮成一個球，可是我強迫自己躺得直直的。我壓縮呼吸，讓它淺到幾乎停止的地步。

我已經死了。我已經死了。

我的身體顫抖了好一會兒，對抗我的意志，要求我呼吸得多一點、深一點。

我不需要呼吸。我已經死了。

槍聲終於又停了，可是取而代之的聲音卻更加可怕。我聽見一個女人在哭喊求饒，也聽到有人透過破洞的肺在呼吸。然後，我聽到遠處傳來手槍發射的爆炸聲。

接著，我最害怕的聲音來了：運動鞋踩在溼磁磚上吱吱作響，緩慢而小心的腳步聲。我記得他射死每一個受傷的人，確定沒有人能活著逃過這場噩夢。

不要看我。我已經死了。

我的心臟噗通噗通狂跳，發出足以震動整個機場的巨響，然而，不知道為什麼，我居然還能控制自己不要呼吸。

運動鞋的聲音愈來愈遠，被我自己腦袋裡輕柔的嗡鳴掩蓋。我感到自己從身體剝離，直接穿過地板，往下落入一個黑暗、安靜、冰冷的地方。

我不在乎世界是否崩潰，我不能呼吸，不能移動，不能思考，我只能提醒我自己……

我已經死了。

在我眼瞼下的視界從紅色變為黑色，像在我的腦海中打翻了一瓶墨水似的。我被包裹在寒氣裡，原本的暈眩感成了一種彷彿靜止般的極緩慢的擺動。

似乎過了很久，什麼事都沒發生。

然後，我再醒來時，已經到了另一個地方。

第三章

恩德布瑞基出版經紀公司寄來的大信封簡直和大學錄取通知書一樣厚。不同的是，裡頭裝的不是表格、小冊子和介紹單，而是一式四份的出版合約，以及一個寫好回郵地址、貼了郵票的信封。

黛西・帕特爾上星期就知道合約要寄來了，而且也在談判期間讀過各個階段的合約。對她來說，大信封的內容一點都不神祕，但真正動手拆信似乎還是一件值得紀念的大事。為此，她特地找出爸爸的普林斯頓拆信刀。

「來了。」她站在妹妹的房門說。妮夏扔下手上的書，從床上跳起來，跟著黛西走回她的臥室。

她們躡手躡腳地穿過走廊。黛西不想讓爸爸再讀一遍合約，聽他提出更多的法律建議（第一，他是工程師，不是律師。第二，黛西已經有正式的經紀人了）。可是拆信時，她想要妮夏在場。去年十一月她在寫《重生世界》時，妮夏就是它的第一個讀者，有時甚至就站在黛西身後，一字一字大聲念著黛西剛寫出的句子。

「關門！」黛西在書桌後坐下。她的雙手興奮到有點顫抖。

妮夏關上門，走進房間。「搞了真久。悖論出版社是什麼時候說要買它的？三個月前嗎？」

「我的經紀人說有些合約甚至要談超過一年呢！」

「第七次了喔！現在連中午都還沒到耶！」

黛西和妮夏雙方同意，黛西在妹妹面前一天只能提到「我的經紀人」十次，每超過一次罰一美元。兩個人對這個安排都很滿意，覺得這樣對彼此已經夠慷慨了。

黛西把大信封擺在面前，一手拿起拆信刀。

一開始，刀鋒順利地劃破摺口，可是割到一半時刮到裡頭的釘書針或迴紋針之類的，開口變得參差不齊，比較像在撕扯而非割開了。

「好了。我們動手吧！」

拆信刀再度移動，可是一小塊皺巴巴的白紙卻從開口探出頭來。

接著，它整個卡住了。

「爛！」黛西加重力道。

「小心點！帕特爾。」妮夏一邊說，一邊站到姐姐身後。

黛西將合約倒出來。第一頁被她撕了一條大縫。

「太好了，我的經紀人一定會認為我是個白癡。」

「第八次。」妮夏說：「他們到底為什麼需要這麼多份同樣的文件？」

「我猜這樣顯得比較正式吧？」黛西檢查大信封裡其他的東西。幸好除了第一頁，其他的都完整無缺。

「妳覺得在我撕破了這一頁之後，這一份合約還算數嗎？」

「撕了那麼大一條縫？老實說，帕特爾，我覺得妳的作家生涯應該是完蛋了。」

黛西覺得自己的胸口一陣刺痛，彷彿有人拿著那把拆信刀刺入她的心臟。「不要胡說。開玩笑也不行。而且，不要再用我的姓叫我。我們的姓。聽起來好怪。」

「驚什麼！」是妮夏的反應。每個星期她都會發展出屬於自己的新字。這對黛西來說倒是件好事，《重生世界》裡的主角就借用了不少她古怪有趣的罵人字彙。「妳不會用透明膠帶黏好啊！」

黛西嘆了一口氣，拉開書桌抽屜。兩分鐘後，合約黏回去了，可是看起來反而比沒黏更糟，活像是國小五年級的勞作成品。題目名稱：我的出片反合糸勺。

「看起來一點都不像真的了。」

「好慘！」妮夏往後躺進黛西的床，在上頭像隻猴子似的跳來跳去，將毯子拉得亂七八糟。大家都說妮夏好成熟，看起來不只十四歲，只可惜他們都不知道真相。

「事實上，所有的事都不像真的。」黛西看著眼前被撕裂的合約，輕聲說。

妮夏坐起來。「妳知道為什麼嗎？帕特爾？因為妳還沒告訴他們。」

「我會告訴他們的。等下星期畢業典禮過後。」或者更晚，看歐柏林文理學院的延遲入學申請截止日是何時再決定。

「不，妳應該現在講。等妳一把這些合約扔進郵筒後就講。」

「今天嗎？」一想到她的父母可能會有的反應，黛西不禁打了個冷顫。

「對。告訴他們之後，妳就會覺得這一切都是真的了。在那之前，妳就只是一個想當個作家、一天到晚做白日夢的小孩。」

黛西瞪著妹妹。「妳記得我的年紀比妳大吧？」

「那麼，妳就表現給我看啊！」

「可是，他們很可能會說『不行』。」

「他們不能。妳已經十八歲了。已經成年，是個大人了。」

黛西突然捧腹大笑，妮夏也跟著笑了。居然說帕特爾夫妻會認同他們的孩子是獨立的大人，實在太好笑了，不管是十八歲或八十歲，在他們眼中，小孩永遠都是小孩。

「用不著擔心。」等兩個人好不容易止住笑聲時，妮夏說：「我都計畫好了。」

「什麼計畫？」

「祕密。」妮夏的臉上露出狡黠的微笑，看起來和黛西面前撕破的合約一樣叫人擔心。

黛西緊張的並不只是父母的反應，而是她這個決定在本質上有些可怕、有點荒謬，和她突然宣布自己要去當太空人或搖滾明星沒什麼兩樣。

「妳會不會覺得我的計畫太瘋狂？」

妮夏聳聳肩。「如果妳真心想當個作家，就應該立刻去做。妳說過不只一次了，要是《重生世界》失敗，之後就沒有出版社會願意再幫妳出書了。」

「我只說過一次好不好？」黛西嘆了一口氣。「不過，謝謝妳提醒我。」

「不客氣。帕特爾。不過呢！妳看，這是一份有法律效果的合約。所以在妳的書真正失敗之前，妳確實是個不折不扣的小說家！所以妳是寧願把錢拿去紐約花光，以作家的身分在大都會生活？還是進大學當新鮮人，一天到晚探討死了好久的白種人說過什麼，埋首在一篇又一篇的作業裡呢？」

黛西低頭看著被撕裂的合約。也許就是因為她太想要了，所以才會撕破它。也許她總會在最後一刻失手，毀了她一直想要的東西。然而桌上的合約還是如此的美麗，即使被她撕裂了也一樣。她的名字黛西・帕特爾清清楚楚地印在第一頁，緊緊跟在「作者」兩個字之後。白紙黑字，還有什麼比這更真實的呢？

「我想當作家，不想當新鮮人。」她說。

「那麼，妳非告訴爸爸媽媽不可。把這些合約扔進郵筒後就說。」

黛西看著回郵信封，心裡想著，不知道恩德布瑞基出版經紀公司是幫每個作家都貼好郵票呢？還是因為她是青少年才這麼做？無論如何，這讓她找不到藉口反對妮夏的主張，只要走到路口丟進郵筒就行了。畢竟當她妹妹打定主意時，倘若不照著做，她是不會善罷干休的。

「好吧！吃午飯時就說。」

黛西拿起她最喜歡的一支筆，簽了四次自己的名字。

「我有事要告訴你們。」她宣布，「可是你們聽完不要生氣。」

看到餐桌上大家的表情（包括妮夏），讓黛西不禁懷疑她是不是應該換個開場白。她爸爸放下咬了一半的食物，安妮卡・帕特爾則驚訝地睜大眼睛瞪著她。

午飯是前一晚去餐廳吃剩的菜，還裝在保麗龍盒子裡，浸在印度咖哩內的炸紅椒和鷹嘴豆炒酸豆。完全不像是應該宣布重要事項的場合。

「我要說的是，我打算延後一年再進大學。」

「什麼？」她媽媽問。「為什麼？」

「因為我有責任。」這個說詞在她的腦袋裡聽起來比真正說出口時有力多了。「我必須重寫《重生世界》，還得再寫一本續集。」

「可是……」她媽媽停下來，和她爸爸對看一眼。

「寫書不會占用妳全部的時間。」她爸爸說：「妳在一個月內就寫完第一本小說了，不是嗎？而且妳寫書時也完全沒耽誤到功課啊！」

「我差點就累死了。」黛西說。去年十一月，她有時會怕得不敢回家，因為她知道除了有兩千字的小說等著她完成之外，她還要寫回家作業、大學申請短文和準備大學入學考試。「而且我沒有一個月就寫完一本小說，我寫的只能算是草稿。」

她的父母沈默地瞪著她。

「沒有好的寫作，只有好的修改。」她引用名言，卻不大確定這是誰說過的話。「每個人都說要將草稿變成一部真正的小說才是最難的部分。根據合約，我必須在九月之前交出最後的草稿。那是整整四個月，所以他們一定認為修改非常重要。」

「我相信是很重要。不過，大學也是九月才開學。」安妮卡・帕特爾滿臉微笑地說：「所以兩者並不衝突，不是嗎？」

「是。」黛西嘆氣。「只不過一旦我改完《重生世界》，我就得開始寫它的續集，然後修改它。而且我的經紀人說，我應該現在就要開始行銷自己，增加知名度。」

妮夏舉起兩隻手，默默地伸出九隻手指頭。

「黛西。」她爸爸說：「妳知道我們一直很支持你們發揮創造力。但是，寫小說的主要目的，不就是為了可以把它放在妳的大學申請書上嗎？」

「才不是！」黛西大喊。「你怎麼會這麼以為？」

安妮卡．帕特爾將兩隻手掌相抵，彷彿是在祈求大家安靜。在大家把注意力集中在她身上時，她展開深鎖的眉頭，露出一個「我懂了！」的微笑。

「妳是不是因為要離開家感到不安？我知道俄亥俄州感覺上很遠，可是妳隨時都可以打電話回來。」

「噢……」黛西這才發現她的話只說了一半。「我不會住在家裡。我要搬到紐約市去。」

在接下來的一片靜寂中，黛西只能聽到妮夏咀嚼咖哩餃的聲音。她真希望妹妹至少可以假裝沒這麼樂在其中。

「紐約市？」媽媽最後終於擠出這三個字。

「我想當個作家，所有的出版社都在那兒。」

安妮卡．帕特爾慢慢地嘆了一口氣，很明顯是在壓抑怒火。「妳連看都不讓我們看妳寫的小說，黛西。而現在，妳居然想為這個……這個……夢想放棄大學。」

「我沒有要放棄大學，媽媽，只是延遲入學一年。」她總算在腦袋裡找到合適的字彙。「利用一年好好研究出版業。從內部學習它的運作方式。妳能想像這在大學申請書上會有多大的加分效果嗎？」黛西揮舞雙手。「只不過我不用再申請了，因為我只是延遲入學。」

她說到後來不禁有點心虛，聲音微微顫抖。因為根據歐柏林文理學院的學生手冊，延遲入學只有在

「特殊狀況」下才會被接受。至於狀況到底夠不夠「特殊」則要由學校來決定。他們可以拒絕，那麼她就得重新申請大學。

可是簽了小說合約應該算是非常特殊了吧？不是嗎？

「我不知道，黛西。」她爸爸一邊搖頭，一邊說：「妳先是不願意申請任何在印度的大學，然後又——」

「我進不了任何在印度的好大學！連賽根都進不了，而他還是個數學天才。」黛西轉向有時會讀小說的媽媽。「我的版權賣出去時，你們不是也很開心嗎？」

「當然，這是件好事。」安妮卡‧帕特爾一邊搖頭，一邊說：「雖然妳不肯讓我們看妳到底寫了什麼。」

「等我修改好後，會讓你們看的。」

「妳自己決定。」她媽媽說：「可是妳不能期望妳寫的每一本小說都能賺這麼多錢。妳得腳踏實地一點。妳從來沒有一個人住過，也沒有付過自己的帳單，準備自己的食物……」

黛西不敢再開口。她的眼睛刺痛，喉嚨哽咽。妮夏說的對，她把她的夢想大聲地告訴了父母，現在感到它再真實不過了。太真實了，她絕對不能失去它。

但是，她也必須同時面對其他無數的現實問題，像她要吃什麼、住哪裡這種瑣碎而重要的細節。黛西甚至連自己的衣服都沒洗過。一件都沒有。

她哀求地看著妹妹。妮夏放下叉子，在桌子上輕輕地敲了一下，音量大到剛好讓全部的人注意她。

「我在想……」在每個人轉頭看她時，妮夏說：「從經濟面考量，黛西休學一年反而是件好事。」

沒有人說話，妮夏故意讓沈默拖久一點。

「前幾天，我仔細研究了歐柏林學院的助學金申請表。當然，他們主要的問題集中在學生家長的收入。可是，另外有個部分也問到學生本身的收入。所以呢！黛西每賺一塊錢，他們就會減少相同金額的助學金。」

還是沒人說話，妮夏自顧自地慢慢點了點頭，彷彿她也是剛發現這一點。

「黛西今年光是簽約，就有超過十萬美元的收入。所以如果她九月就去念大學，她將會連一毛錢的助學金都拿不到。」

「噢！」黛西說。她兩本書的預付版稅和四年的大學學費差不多。所以在她念完大學時，正好也用光所有的錢。

「嗯，聽起來不大公平。」她爸爸說：「我是說，也許我們可以想辦法更改合約，遞延——」

「太遲了。」黛西一邊說，一邊對妹妹的狡黠大感驚異。「已經簽名寄出去了。」

她的父母彼此看著對方，顯然在進行無聲的溝通，換句話說，他們打算晚一點時再私下討論。換句話說，妮夏已經為她鑿開了一條縫。

所以，她現在該加把勁讓事情變成定局。

「紐約市比歐柏林近多了。」黛西說：「我只要搭上火車就能回家。而且拉拉娜阿姨也住在那裡，更別提紐約市的古吉拉特②人比——」

安妮卡・帕特爾舉起一隻手，黛西結巴地將說到嘴邊的「俄亥俄」吞了回去。也許她應該不要把理由一次講完，否則要是這場戰爭進行到第二局，她就沒有東西可以講了。

但是，黛西可以感覺到有什麼大事在今天的餐桌上發生了。她可以感覺到她的生命已經偏離了從她出生後父母為她設好的路線。她連續三十天每天寫完兩千字的努力改變了她人生的軌道。

嘗到她自己文字的力量的滋味讓她更加饑渴。

黛西不想在一年後就回到正常的生活。她想要看看自己能夠把這感覺延伸到多長、多遠。她想要再一次迷失在文字之中，就像去年十一月的最後一個星期，當她終於快完成她的小說時一樣燦爛。黛西想要回味那種感覺，但不只一年。

她想要擁有它。永遠。

② Gujarati，印度面臨阿拉伯海最西部的邦。

第四章

我睜開雙眼，一切都變了。

我的頭因為重重撞上地板痛得不得了。我伸手碰觸眉毛，立刻摸到血液特有的黏稠感。我暈到站不起來，但努力地坐直身體。

屁股下是一大片灰色的磁磚，和機場地板差不多，可是其他的東西全消失了。我彷彿坐在沒有形狀的灰雲中間。放眼望去只能見到黑色的影子，像有人在霧裡走動。

頭部受到撞擊顯然傷到了我的神經。穿過迷霧的光看起來非常冷硬，而且到處灰濛濛的，全無色彩。耳裡一直傳來響亮的回音，像雨滴打在鐵皮屋頂上。空氣帶著淡淡的鐵鏽味。我的身體發麻，彷彿我掉落穿越了黑暗之後進入了冷凍櫃。

我到底是在什麼鬼地方？

一個黑影閃過我視線的角落。可是等我轉頭時，它已經消失在迷霧裡。

「有人在嗎？」我想喊，可是卻只能發出極微弱的聲音。突然間，我明白為什麼了。因為我從醒來之後，完全忘了呼吸。我的肺就像我身體其他的部分，全被浸在冷冰冰的黑墨水裡。

我用力地吸進一口氣，我的身體抽搐發抖，像輛老爺車似的發動了起來。接下來，我不由自主地淺淺地換了好幾次氣，閉上雙眼，集中注意力呼吸……集中注意力讓自己活過來。

當我再度睜開雙眼時，一個女孩站在我面前。

她大約十三歲，睜著一雙大而好奇的眼睛和我對看，及地長裙，無袖上衣，長披巾橫過一側肩膀。每一樣東西都是灰的。她的臉也是灰的，像一個從炭筆素描簿走出來的人。

我先小心地吸了一口氣才開口說話。

「我在什麼地方？」

她抬起一邊眉毛。「妳看得到我？」

我沒回答。在這片翻騰的雲霧裡，她是我唯一可以看得到的東西了。

「妳跨界了。」女孩一邊說，一邊稍稍向我靠近。她的眼睛盯著我的前額。「可是妳還在流血。」

我伸出手碰觸眉毛。「我撞到頭了。」

「所以，他們會以為妳已經死了。妳好聰明。」她說話時有種特殊的腔調，我一開始辨認不出來。然而儘管我聽得懂她說的每個字，可是卻完全不明白她在說什麼。「妳在發亮。妳是用念力進來的，對不對？」

「進來哪裡？我到底在哪裡？」

她皺起眉頭。「所以，妳沒有我本來以為的那麼聰明。妳在重生世界裡啊！親愛的。」

剎那間，身子底下的地板彷彿被抽掉，我覺得自己又在往下墜。耳朵裡的回音也變得更大聲了。

「妳的意思是……我已經死了？」

她又瞄了一眼我的前額。「死掉的人不會流血。」

我眨眨眼，不知道該說什麼。

「很簡單啊！」她放慢語調，用向小孩解釋的口吻說：「妳用念力進來這裡。就像我哥一樣。」

我搖搖頭，並且愈來愈生氣，認定她一定是故意在耍我。

可是就在我準備開口罵她時，一個可怕的聲音從迷霧中傳來。

吱吱，吱吱，吱吱……運動鞋踩在溼磁磚地板的腳步聲。

我轉身，瞪著沒有形狀的灰色雲霧。「是他！」

「保持鎮定。」女孩往前跨了一步，拉住我的手。她的手指好冰，而這股冰涼感流向我，平息了我的惶恐不安。「現在還不安全。」

「可是他正在……」吱吱，吱吱，吱吱。

我面對聲音的方向，看著他出現在雲堆裡。那個對我開槍的恐怖分子，戴著防毒面具，藏住整張臉，模樣比之前還要可怕。他直直朝著我們走來。

「不！」我說。

女孩按住我的肩膀。「別動。」

我聽從她的命令，一動也不動，以為下一秒恐怖分子就會舉槍射死我。可是他只是經過我們身邊。或者，更正確地說，是穿過我們身體，彷彿我們沒有實體只是煙霧。

我轉頭，看著他消失在雲霧裡。灰色從他走過的地方捲曲退開，形成一條通道。透過通道，我看到整排的塑膠椅，掛在牆上的電視，還有躺在地板上的屍體。

「我們還在機場。」我低聲說。

女孩皺著眉。「我們當然還在機場。」

「可是為什麼—」

在灰雲的漩渦裡，有什麼東西閃了一下。地板上一罐金屬圓筒朝著我們滾過來。大小和可樂罐差不多。它滾了幾圈在離我們五、六碼處停下，嘶嘶嘶地往空中噴出許多煙。幾秒鐘後，恐怖分子清出的通道再度充滿煙霧。

「催淚瓦斯。」我咕噥著。這裡不是天堂，而是激烈的戰場。

航空警察局已經出動，很快就會抵達現場。電話裡的女人曾經這麼告訴我。我終於搞清楚耳朵裡的回音其實是槍聲，只是不知道是距離太遠，還是我的腦袋出了什麼問題，讓我一直聽不清楚。

「別擔心。」女孩說：「在這裡，沒有人可以傷害妳。」

我轉向她。「這裡是什麼地方？這一切都太奇怪了，不合理啊！」

「妳用心點好不好？」女孩有點生氣了。「妳用念力進到重生世界，如果妳現在回去，他會射死妳的。所以，保持鎮定。」

我瞪著她，沒有辦法說話、移動、思考。一切來得太多太快，遠遠超過我能理解的範圍。

她嘆了一口氣。「妳在這兒等著。我去叫我哥。」

她離開後，我很害怕。

不知道是煙霧還是催淚瓦斯，但不時會淨空，我可以看到我身邊躺著不少屍體。他們的衣服和臉都是灰色的，和這個世界一樣。所有的一切都沒有顏色，除了我抹去流進眼睛的鮮血時手指頭沾到的猩紅。

不管這是什麼地方，我都不屬於這裡。我還有旺盛的生命力。

感覺像等了好久，我才看到另一個影子從霧裡浮現。一個和我同齡的男孩。他和妹妹長得很像，不過他的皮膚不是灰的，而是像我在沙灘上度過整個夏天後的亮棕色，一頭快要及肩的漆黑半長髮。他穿著一件真絲襯衫，像暗色的液體似的在他的皮膚上泛起一波又一波的微浪。

即使情況這麼糟，我還是注意到他非常英俊。不知道為什麼，他竟然在發光，彷彿陽光特地為了他穿透了雲層。他有一個男性化的完美下巴，在鬍子刮得乾乾淨淨時看起來很斯文，可是有一點點鬍碴卻會顯得更加帥氣。

「別怕。」他說。

我試著回答，可是口乾舌燥地說不出話來。

「我的名字是亞瑪杰③。」他說：「我可以幫助妳。」

他說話的腔調和他妹妹一樣，我猜是印度腔，另外混合了一點英國腔。他的英語發音清楚正確，聽起來就像是從課堂上學來的。

「我叫莉琪（Lizzie）。」我擠出回應。

他看起來有點困惑。「是伊莉莎白（Elizabeth）的暱稱嗎？」

我只是瞪著他。這不是人人都知道的嗎？他為什麼還要問？

有東西閃過我的眼角。另一個男人跑得很快，一邊躲藏，一邊迂迴前進。他戴著防毒面具，一身黑色制服，還有防彈背心。他一定是警方的人，可是在那一刻她卻覺得他像個怪物。

亞瑪杰將手搭在我的手臂上。「就快結束了。我帶妳去比較安全的地方。」

「拜託。」我說。他用手輕輕將我的身體從不很清楚的槍戰爆炸聲轉開。

然後，我看到我們面對的卻是那個擋住所有人生路的大鐵門。十多具屍體躺在鐵門下方，安安靜靜，動也不動。一個女人的手攬著一個孩子。另一個男人血淋淋的手指還掛在眾人抬不起來的金屬鐵門的洞上。

我嚇呆了。「他們就是在這裡逮到我們的。」

「閉上眼睛，伊莉莎白。」他的聲音不怒自威，讓我不知不覺地服從。他領著我慢慢往前走。「不用擔心。」他一直安慰我。「只要保持鎮定，另一個世界就無法傷害妳。」

我沒辦法保持鎮定。但我的惶恐就像動物園裡的毒蛇，只是從厚玻璃的另一邊看著我，卻傷害不了我。要不是亞瑪杰伸手抓住我手臂，玻璃一定早就碎裂。他和我相貼的皮膚像火在燒似的滾燙。

我閉上眼睛，被他領著往前走。每踏出一步，我都以為會踩到屍體，或者在鮮血上滑倒，可是我只感覺到有什麼東西稍稍勾住我的衣服，像在穿過一片荊棘。

「現在，我們安全了。」亞瑪杰終於說道。我睜開眼睛。

我們在機場的另一側。一排又一排的塑膠椅面對著封閉的登機門。掛在牆上的電視螢幕一片空白。兩側玻璃圍欄裡的電動平面扶梯上一個人都沒有，卻仍不斷運轉。

這裡的光線還是一樣冷硬，除了發光的棕色亞瑪杰外，一切還是一樣都是灰色的。不過，這一側催淚瓦斯的氣味和霧氣就淡多了。

我轉身看著我們走來的方向。遠方的鐵門還在，倒下的屍體卻是在另外一邊。

「我們穿越過鐵門？」我問。

「不要回頭看。現在最重要的是妳一定要保持──」

「鎮定。我知道！」沒什麼比有人一直告訴我要鎮定更讓我火大的了。可是我能夠對他不爽的事實代表了我正在從震驚中恢復。

我轉身面對亞瑪杰，可以感覺到自己怒氣高漲。他堅定地凝視著我，棕色眼眸裡的光芒軟化了我們周圍冷硬的光線。他是這個世界裡唯一有溫度的非灰色物體。

「妳還在流血。」他用雙手抓住襯衫尾端，利落地撕下一小塊。他用它壓著我的前額時，透過絲布我可以感覺到他手的溫暖。

我的腦袋稍微清醒了一點。死人不會流血。我還沒死。

「剛才找到我的那個女孩子是你的妹妹嗎？」

「對，她叫亞蜜④。」

「她說了一些很奇怪的話。」

③ Yamaraj，梵語意指死神。
④ Yami，印度神話中死神妹妹的名字。

他淺淺地笑了一下。「亞蜜有時候確實會讓人一頭霧水。妳一定還有很多問題吧？」

我有一百個問題，但用一個句子就能問完了。

「發生了什麼事？」

亞瑪杰看著我身後。「大概是戰爭吧？」

我皺起眉頭。這男孩顯然不住在美國。「呃，不是戰爭，而是恐怖攻擊。可是我想問的是……我還沒死，對不對？」

他的眼睛直直地看著我。「妳還活著，莉琪。只是受了傷，而且很害怕。」

「可是那些其他的旅客，全被恐怖分子射死了。」

他點點頭。「我很遺憾，妳是唯一的倖存者。」

我從他身邊踉蹌後退兩步，跌坐在其中一張塑膠椅上，身體抖個不停。

「這次的旅行有人和妳作伴嗎？」他輕聲問。

我搖搖頭，想到我最要好的朋友婕敏本來要陪我一起去紐約，她差一點就和其他人一起躺在那兒……

亞瑪杰坐在我旁邊椅子的把手上，又把撕下的襯衫絲布壓在我的額頭上。如果不是知道還有人在照顧我，我大概立刻就崩潰了。

我的手緊緊抓住他的手。

「還記得出了什麼事嗎？」他溫柔地問我。「妳怎麼會跨界呢？」

「我們想逃走。」我的聲音顫抖，做了幾次緩慢的呼吸後才能繼續講。「可是鐵門鎖上了，其中一名恐怖分子朝我們走過來，射殺每一個人。我打電話給九一一，電話裡的女人說我應該要裝死。」

「喔，妳裝死裝得太好了。」

我閉上眼睛，然後再睜開。同樣的機場，同樣的塑膠椅，同樣的空白螢幕電視。可是沒有一樣東西是對的，就像飯店裡的電梯在某一層樓打開門，地毯、家具、盆栽看起來都一樣，可是全都不同。

「這兒不是真正的機場，對不對？」

「不算是。這兒是死人的通道，在真正的東西的下方。妳用念力進到這兒來。」

我記得躺在那兒裝死，還有穿過地板往下墜落的感覺。「一個男人穿過我和你妹妹的身體。因為我們是……鬼魂。」

「亞蜜確實是鬼。她很久以前就死了。」亞瑪杰拿下絲布，檢查我的額頭。「可是妳和我不是。」

「什麼意思？」

「我們是……」他瞪著我看了好一會兒，臉上露出期盼的神情，而我則再一次驚嘆他的完美外表。可是，接下來他卻搖了搖頭。「妳應該忘掉這兒發生的一切。」

我沒有回答，低頭看著自己掌心和手指頭上的紋路。我的皮膚和亞瑪杰一樣會發亮，可是我還是我。我可以感覺到我的舌頭滑過牙齒內部，吞下一口充滿自己味道的口水。每一件事都是這麼的真實，再細微的感覺都在，我甚至可以感覺到運動鞋裡的腳趾頭在蠕動。

我抬頭看進他棕色的眼眸。「可是這一切都是真的。」

「現在，一部分的妳知道這是真的。可是只要妳安全地回到家，就能將它置之腦後，就像只是做了一場夢。」

他輕聲說著，帶著一種了然於心的感傷，可是聽在我的耳裡，卻覺得他在挑釁。「你是在說我會因為太害怕，而拒絕相信發生過這一切嗎？」

亞瑪杰搖搖頭。「這和勇敢、不勇敢無關，莉琪，而是和世界的理性、邏輯有關。妳可能連遭遇到的攻擊都不記得，更別說是我和亞蜜了。」

「你認為我會忘了這一切？」

一部分的我想要同意他的說法，就讓我看到的每件事全掉入記憶的黑洞，永遠不再想起。可是突然間，我回想起我爸爸離家出走那段日子。頭幾個月，媽媽一直騙我說他不過是在紐約市找到工作，很快就會回家。然後她不得不告訴我時，我氣自己的程度比氣父母還高，因為從各種蛛絲馬跡看來，我早該猜到了。

不去正視真相遠比被騙更糟糕。

「我並不擅長欺騙自己。」我說。

「相信並不容易。」

我爆出一聲像在笑的聲音。「在經過這場浩劫之後，你覺得有什麼事會是容易的？」

他的臉上又出現了期盼的表情，但他很快地搖了搖頭。「我希望妳是錯的，莉琪。相信並不只是不容易，而且非常危險。妳剛才用念力跨了界，可能會讓妳的生命發生許多妳並不想要的改變。」

「你這麼說，到底是什麼意思——」我開口，可是亞瑪杰卻望著我的身後，專注地看著鐵門後面。我轉身，看到的景象讓我覺得全身又被浸在冷冰冰的黑墨水裡。

好多好多人在迷霧裡行走（後來我知道是八十七個，因為新聞不斷地重複），他們的臉全是灰的，衣服上布滿了一個又一個的子彈孔。他們圍著亞蜜，拖著腳步行走，彷彿所有的人都想接近她。每個身影都是獨立的，互不接觸，除了一個小女孩各握著爸爸、媽媽的一隻手。她看著我，臉上的表情明顯地在問：為什麼那個姐姐可以留下來？

亞蜜單膝跪下，一隻手放在磁磚地板上，一片黑立刻從她腳下擴散，彷彿有源源不斷的黑墨汁正從她的手汩汩地流出來。死掉的人們低頭看著自己的腳。然後他們開始往下沉……

我的嘴裡泛起一陣苦味。「這不公平。」

「閉上眼睛。」亞瑪杰說。

我受傷的腦袋充滿了如雷的心跳聲，周圍的世界開始晃動，正常的顏色發出柔和的光從一片淡灰中透出來。那群鬼先是閃閃爍爍，接著變透明，我可以透過他們的影子看到後頭的槍戰火光。可怕的爆炸聲在我耳中愈來愈響亮。

亞瑪杰抓住我的手。「和我待在這裡，再一會兒就好。」

我閉上雙眼，用念力命令我的心跳平緩下來。當我再度睜開眼睛時，灰色的世界穩定下來了，我又可以清楚看到將亞蜜圍在中央的那群鬼魂。

「她要帶他們去哪裡？」

「安全的地方。」他又握緊我的手。「我們是來幫死者領路的。沒事。」

「怎麼會沒事！」我用力地將手從他的手中抽出來，聲音哽咽。一顆淚珠從我的左眼滾落。「那些拿槍的壞人……他們沒有權利。」

突然間，隔絕我和我的惶恐的厚玻璃消失了，被怒氣震得粉碎。我聞到血腥味、火藥味，還有一種酸酸的味道讓我的喉嚨發癢。我們周圍的灰色快速地被機場的真正顏色覆蓋。

「出事了！」我想說，可是我的喉嚨閉鎖，說不出來。我開始感覺到空氣在眼睛和皮膚上帶來的刺痛。我從重生世界裡滑出來，感受到催淚瓦斯的猛力攻擊。剛才眼淚流過的臉頰變得又熱又燙。

亞瑪杰站起來。「我得帶妳回去了。」

他握住我的雙手，突然間他的手不再溫暖，也失去了生氣。他的碰觸變得和亞蜜一樣，有如寒冰，很快的，我感覺一陣寒氣包裹住我的全身。我發現他不是要帶我回去真正的世界，而是要帶我回去我裝死時墜入的那個黑暗空間。

「等一下。」我想說。

「這兒不安全，莉琪。」

我想抗議，可是我的肺又靜止了，我的眼瞼顫抖閉上，感覺自己像一陣風似地飄離，轉啊轉地墜回一片寂靜之中。

我又死了。我又死了。

我隱隱約約地感覺到亞瑪杰將我從椅子上抱起，順著我們來的路走回去。我什麼都聽不到，什麼都看不到，可是卻能清楚地感覺到他照顧著我。

最後，過了好久，他才在我耳邊輕輕地說：

「相信是一件很危險的事，莉琪。可是如果妳呼喚我，我會馬上趕來。」

他的嘴唇壓上我的嘴唇，一陣熱氣像海浪似地淹沒了我。傳給我的不只是暖意，還有精力，啟動了我身上的每一條肌肉。我體內的涼意開始縮小竄逃，電流鑽過我的神經，滑過我的皮膚。

熱力聚集，推動我的心臟和肺，它的力量一圈圈地將我包裹在內，緊緊壓縮。我的雙眼倏地張開，可是只有無窮無盡的黑暗不斷流過。然後，我的肺突然感到尖銳的刺痛……

我開始一邊呼吸，一邊咳嗽，口沫四濺，在又冷又硬的地板上痙攣。每個方向都有不同的光在晃動，到處都是金屬徽章的刺眼亮光，還有防彈背心的黯淡光澤。

我躺在機場外的人行道上。四周的人行道被黃色的警戒線框住，白色的塑膠布蓋著一排動也不動的屍體。每輛汽車都頂著紅藍燈光，不停地旋轉，陰影也跟著不斷轉動，讓屍體看起來像在遮蓋的白布下扭來扭去。

這個世界有如此多的顏色，一切都是這麼明亮而鮮活。空氣中盡是對講機的靜電和嘶嘶聲。

我到這時才發現有好幾個人正目瞪口呆地看著我；兩個急救護理人員，還有一個一隻手放在槍套上、眼睛裡滿是恐懼的警察。一塊塑膠布緊緊裹在我身上，寒風吹動它的邊緣，我想對他們大叫，叫他們放我出來。可是我發不出聲音，只能繼續呼吸，小心地讓亞瑪杰在我體內重新點燃的火苗繼續燃燒。

我還活著。

第五章

莫喜・恩德布瑞基住在阿斯特廣場南邊一棟造型獨特、曲線優美的高樓裡。社區裡充滿了久經風雨的石柱和拱形窗戶，可是莫喜住的大廈卻是新得發亮，包裹在蜿蜒的玻璃帷幕裡。它設計得很有巧思，利用窗戶上的鏡子和棋盤分割，將頭頂上的天空幻化成許多張藍白相間的撲克牌。

「看起來好高級啊！」妮夏對黛西說。

「高級是應該的。」她們的媽媽說：「如果那女人要我女兒住在這裡，就應該要夠高級。」

「莫喜沒有要讓我住在這裡。她只是讓我暫時借住。」黛西小聲嘟囔著，還好立刻被疾馳而過的計程車掩蓋，沒讓媽媽發現她在回嘴。兩週之後，她就要搬進自己的公寓了。她很清楚絕對不可能這麼高級，安全性也不會這麼好。不過，她當然知道最好不要讓她媽媽意識到這一點。

大理石拱形天花板、裝著真油燈般閃爍發光的小燈泡的豪華水晶燈，大廳看起來甚至比外觀更富麗堂皇。黛西還來不及說話，一身筆挺制服的門房就開口了。「妳一定是帕特爾小姐。」

當然莫喜一定事先告訴過大樓經理黛西要來的事。不過，話說回來，顯然這棟大廈也不會天天都有年輕的印度女郎走進來。但門房的殷勤還是讓人覺得很貼心。

「對，她就是。」她媽媽看黛西遲遲沒有說話便代她回答。

門房點點頭。「他們告訴我，妳已經有鑰匙了，是嗎？帕特爾小姐？」

黛西一邊對他點頭，一邊將手指頭伸進筆記型電腦的背包外袋摸索。一個星期前接到莫喜的鑰匙，再度點燃她和父母間對休學一年的戰火，黛西害怕媽媽會趁她不注意時把鑰匙偷走，一直將它藏在自己的床墊下。

「妳們兩個先上去吧！」安妮卡・帕特爾往電梯的方向揮揮手。「我在這兒等。天知道妳爸爸要找多久才有地方停車！」

黛西不敢相信地眨了眨眼。媽媽真的說她們兩個可以先上去？

妮夏抓住她的手，趕緊拉著她往前走。

看到黛西站在門前猶豫，妮夏一把搶過鑰匙利落地打開莫喜家的兩道門鎖。她大步走進去，帶著得意的微笑踢掉腳上的鞋。黛西跟在後頭，對妹妹搶先一步跨進門檻感到有點不高興。

從玄關往下走幾個台階便是大客廳。陽光透過從天花板到地面的落地窗窗簾滲進屋子裡。妮夏拉住窗簾的尾端，沿著軌道將它拉開，從十九樓看出去的美景立刻盡收眼底。

「小心一點……」黛西沒把話說完。接下來兩個星期，她將獨占這間公寓，而妮夏卻得在幾個小時後跟著父母開車回費城，確實應該讓她好好享受一下。從今晚開始，她和妹妹再也不可能如影隨形，再也不能叫一聲就馬上見到，感覺好奇怪。

窗簾後蜿蜒的大片玻璃感覺像是被城市包圍了。她不但可以看到周圍大樓樓頂種了許多盆栽矮樹的空中花園、四處林立長得像胖嘟嘟的飛碟的高樓水塔，甚至連遠方摩天大樓一支支的尖塔都看得清清楚楚。

妮夏不敢置信地睜大眼睛瞪著這片美景。「我的老天爺啊！妳的經紀人一定賺翻了。」

「我的經紀人超厲害的。」黛西一邊輕聲回答，一邊脫掉鞋子，走到沙發放下裝筆記型電腦的背包。

「這是今天的第十一次！」妮夏頭也不回地說：「妳欠我一塊錢，帕特爾。」

黛西微笑。「一塊錢而已，很值得。」

「為什麼妳的經紀人還要出去度假？這裡已經這麼棒了。」

「我猜是因為南法蔚藍海岸也很棒吧？」黛西相信確實是這樣，不過妮夏說的也很有道理。莫喜怎麼捨得離開這一大片美景呢？

「南法蔚藍海岸。」妮夏一個字一個字慢慢說，彷彿她從沒聽過那個地方似的。「經紀人賺得比作家還多，對不對？」

「呃，我猜應該不一定吧？」

「嗯，妳賺的錢百分之十五歸她，對不對？」

「對。」黛西嘆了一口氣。她爸爸已經和她討論過這個話題，並且提議不如由他出面幫她協商合約，她只要付他預付版稅的百分之二就好。他完全沒有意識到自己搞不清楚狀況。

「她有多少個客戶？」

「大概，三十個？」黛西在寫信毛遂自薦前，很盡責地利用網路查詢了莫喜所有的客戶資料。「還是三十五個？」

「我就說嘛！」妮夏一臉勝利地從窗戶回頭。「百分之十五就是七分之一，七分之一乘以三十五就是五。所以莫喜的收入是她旗下作者平均收入的五倍。」

「我猜是吧！」但是黛西相信妮夏忘了一個重點。「不過我相信大多數的作家在許多年裡是一毛錢都賺不到的。當然，妳不要告訴爸爸媽媽這件事。」

「別擔心，我的口風很緊。」妮夏微笑。「我決定了，等我長大以後，我不要當作家，我要當個經紀人。」

突然間一陣響亮的鳥叫從另一個房間傳來，妮夏嚇得跳到客廳的大沙發上。「那是什麼鬼東西？」

「放輕鬆。」黛西一邊說，一邊記起莫喜的私人助理馬克思寫給她的電子郵件。「那是『汽水』，莫喜養的鸚鵡。」

「妳的經紀人養了一隻鸚鵡？」

鳥叫聲從一扇打開的門傳出來，走進房間看到一張超大的床，兩個掛滿衣服的橡木衣帽架，還有一個和加油泵一樣大、蓋著黑布的鳥籠。

通常莫喜不在家時，馬克思會來餵「汽水」，可是這工作在接下來兩個星期由黛西負責。她走向鳥籠，聽到裡頭傳出拍打羽毛的聲音。

她伸手將黑布拉起來。一隻全身亮藍、尾巴帶著紅黃條紋的鳥轉過頭，自大地瞪了她一眼。

「哈囉？」黛西說。

「你要吃餅乾嗎？」妮夏站在門口問。

「我們就不要客套了。」黛西和鳥兒對視。「你會講話嗎？」

「鳥兒不會講話。」鸚鵡說。

妮夏搖搖頭。「你他媽的在耍我們嗎？」

「不要教我經紀人的鸚鵡說髒話。」

「妳欠我兩元。」

「隨妳便。」黛西轉身瀏覽房間。半開的滑門後頭有個巨型黑色大理石浴缸，另外還有一扇關上的門。她走過去，打開它，探頭偷窺。「噢，我的天啊！」

「什麼東西？帕特爾？」妮夏穿過房間。「很多A片嗎？還是一個關作家的地牢？」

「都不是。它是……」黛西試著下了個結論。「我相信這裡是衣帽間。」

它和黛西家裡爸爸媽媽的主臥室一樣大。兩根桿子橫過整個房間，上頭掛滿了裝在塑膠套裡的禮服和衣袖塞滿軟紙的西裝外套。衣服的重量壓得兩根桿子微微下彎。門對面的牆全是鑲著玻璃面板的抽屜，最底下則是一大排塞滿了各式各樣鞋子的方格。

黛西走進衣帽間，從小玻璃面板看進抽屜。每個抽屜各放了三件摺得整整齊齊、挺立的領口還圈著白色厚紙板的襯衫。

「哇……」妮夏的讚嘆聲從門口傳來。

「妳看這些抽屜。」黛西說。她貼得好近，呼吸在玻璃面板上起了一層霧。「不用拉開，就可以看到抽屜裡放了什麼。」

她握住把手，襯衫隨著隱藏式的小輪子咻的一聲滑了出來。她輕輕一推，抽屜緩緩滑了回去，合上之前速度還會減慢以降低噪音，彷彿有一隻看不見的手在引導它似的。

黛西再度拉開抽屜，再關上。滑輪發出一個很小的金屬轉動聲，像自行車的輪胎被舉在空中轉似的，卻沒有卡卡卡的聲音。

她覺得《重生世界》的第一章裡寫得最不好的，就是在描述莉琪的爸爸在紐約市的豪華公寓那一段。黛西的原型是靠廣告照片和電影拼湊而成的，不過現在她看到完全吻合的實體。

她要怎麼用一句話就讓讀者看到一個像這樣特別的衣帽間？

「看來，修改將會是個很大的工程了。」她忍不住嘟囔著。

「嗯，妳要把妳的衣服放在哪裡？」妮夏問。「這兒一點空間都沒了。」

「沒關係，反正我只帶了幾件T恤。」

「真的嗎？帕特爾？」

「媽媽到美國時，也是這樣啊！她從印度只帶了牛仔褲和T恤，一條紗麗都沒帶。她打算先觀察美國人穿什麼，再去買，好確定自己可以融入當地社會。」

妮夏翻了翻白眼。「我很驚訝妳居然不知道紐約還是美國的一部分，而且它一天到晚出現在電視上，妳想知道紐約人穿什麼，不會看電視就好？」

「電視上的人是演員。我想打扮得像個正常人。」黛西說，不過她心裡想的其實是：「我想打扮得像個作家。」紐約市裡住了一大堆作家。她一直認為，光是布魯克林至少就有百分之十的人是作家。既然在一個地方聚集了這麼多同類的人，他們一定有某種共同的樣子，不管是打扮、站立、走動，讓人家一看就知道是作家。等到她的經紀人（我的經紀人，她在心裡又重複了一次，因為只想不說不包括在一天十次裡）將黛西介紹給其他人認識時，她就會知道那種共同的樣子到底是什麼。然後，她就可以改變她的穿著舉止，擺脫那股費城村姑的土味。

所以，T恤和牛仔褲就好，連她媽媽都贊成這個決定。

「我們來算一下。這麼一來，妳不但要付房租、買家具，還要買一堆新衣服。真是無懈可擊的財務規劃，帕特爾。」

「是啊！我也在想這件事。」黛西轉向妹妹。「也許妳可以幫我抓個預算？我的意思是，既然妳對錢這麼在行。」

「拍馬屁也沒用。」妮夏說：「妳得付我工錢，二十美元。」

客廳傳來敲門聲。

「去開門。」黛西拿出手機。「我想幫這個衣帽間拍幾張照片。」

「不行。」妮夏一把將黛西拖出去，關上衣帽間的門。「如果讓他們看到這些衣服，就會知道妳的百分之十五去了哪裡。然後爸爸就會想要自己經手妳之後所有的合約了。」

「妳說得沒錯。」黛西不得不同意。

妮夏打開門，擺出女主人的姿態張開手掌揮向客廳的落地窗。黛西很高興地看著她父母目瞪口呆的表情。

「我的經紀人住在空中樓閣。」她輕聲自言自語，躲過一塊錢的罰金。

她爸爸手上提著黛西的行李箱。媽媽也拿著東西——居然是個衣物保護袋。

黛西往前站了一步，擋住她。「等一下。那是什麼？」

「我想除了T恤，妳也許會需要一點其他的衣服。」媽媽回答得很快，一聽就知道她已經事先演練過很多次了。

黛西呻吟了一聲，可是媽媽繼續講。

「說真的，黛西。我實在不應該告訴妳關於我從印度來美國時沒帶衣服的事。事實上，我根本沒有選擇。當時我們沒錢可以買好的衣服。到了美國之後，我立刻去買了一件半正式的洋裝。」安妮卡・帕特爾伸手撫摸衣物保護袋。「我想妳可能會想要一件那樣的衣服。」

「妳想我可能會想要一件一九七九年的半正式洋裝？」

妮夏一聽立刻大笑，連爸爸都忍不住嘴角上揚。

「噓……不要笑。」媽媽拉下拉鏈，舉高掛在衣架上的洋裝。非常典雅的黑色膝上小禮服。很美。

黛西瞪著它，什麼都沒說。

「妳覺得怎麼樣？」媽媽眼睛發亮。

「嗯……事實上，我今晚就要去參加一個這一類的派對。」

第六章

急救醫護人員用亮晶晶的銀色鋁箔布把我包起來，就是那種以前去露營時爸爸會帶去的輕飄飄的毯子。他們蹲下來為我擋風，其中一個人給我一個熱水袋叫我抱著。

可是我還是一直抖個不停。冰冷的感覺深入骨髓，不是一時片刻就能驅離的。

我的嘴唇裂開，肌肉無力。我感覺不到我的腿。我試著講話，可是只能發出沙啞的喘氣聲。我的眼睛受到催淚瓦斯的影響，眼淚仍然流個不停。

我在人行道的臨時停屍間躺了多久了？

其中一個急救醫護人員對著掛在她肩膀上的對講機大叫，另一個把量血壓的黑色塑膠環圈上我的手臂。當它開始充氣時，我忍不住懷疑壓力會不會將我擠成碎片。我整個人簡直成了冰塊。

一輛救護車在我們旁邊停下。後門打開，病床被拉下來，髒兮兮的白色橡膠輪子在柏油路面上跳了兩下。

「妳能平躺嗎？」有人問我。

我抱著熱水袋，縮成胎兒狀。我的肌肉拒絕被解凍。

「高壓四十、低壓四十？」幫我量血壓的急救醫護人員大叫。她搖搖頭，再一次幫黑色塑膠環充氣。

「準備注射腎上腺素。」

我試著說不。我體內的熱氣正在聚集，我的身體已經慢慢在復活了。

兩個急救醫護人員數到三，把我抬上病床。世界旋轉了一會兒，然後我就進了救護車。車子飛快駛離機場，車廂裡很擁擠，晃得很厲害。亮晃晃的燈光中，一支和碎冰錐一樣長的針特別閃爍。

「對準她的心臟。」有人說。

他們拉掉我身上的鋁箔布，好幾隻手抓住我的手腕，強行拉開我擋在胸前的雙臂。我試著想蜷曲成球狀，保護自己。現在我的身體裡充滿了熱氣，生命力正在回流。剛才亞瑪杰親我的地方仍然燙得不得了，我不需要他們把長針插進我的胸口。

可是醫護人員比我強壯多了，他們扣住我的四肢，將我身體拉平。有人拉下我外套拉鏈，一把冰冷的剪刀抵住我的肚子，剪開我的T恤。一個拳頭以握刀的姿勢握住那個長針，舉在我赤裸的胸前。

「等一下！」一隻戴矽膠手套的手放在我的心臟上。「她的血壓回到九十了！」

「從四十回到九十？」

「不要碰我。」我總算擠出話來。

救護車裡的三個急救醫護人員一下子全靜了下來。我聽到血壓器套環消氣的聲音，感覺到血液再次回到我的手臂裡。

「高壓九十，低壓六十。」那女人說：「妳聽得到我說話嗎？」

我點點頭，試著再度開口。她彎腰靠向我。

「幾點了？」我問。

她直起身體，皺著眉頭，但還是瞄了一眼她的手錶。「剛過凌晨兩點。」

「謝謝妳。」我說完就閉上了眼睛。

從恐怖攻擊開始到現在已經過了兩個小時。我在重生世界待了多久？二十分鐘左右吧？那麼，剩下的時間我都躺在路邊的臨時停屍間嘍？難怪我的身體凍得像根冰棒。

復活後的我，更加堅信我去過重生世界。我不僅記得所有我聽到、看到的事，還可以感覺到我真的去過什麼地方。那個遙遠地方的味道還殘留在我的皮膚上。我可以在腦子裡清楚勾勒出亞瑪杰的容貌，以及他遺留在我嘴唇上的氣味。

在去醫院的路上，其中一個急救醫護人員一次又一次地向我道歉。這時我已經完全鎮定下來，可是那個男醫護員卻彷彿驚嚇得不得了。

「你到底在對不起什麼？」我終於啞著嗓子問。我的嘴巴乾得像砂紙一樣。

「我是負責妳的人。」

我什麼都沒說，只是瞪著他。

「我找不到妳的脈搏。妳頭上的傷看起來不嚴重，可是沒有呼吸，瞳孔也沒反應，而且身體冰冷。」他開始哽咽。「妳那麼年輕，應該不會心臟驟停，可是我想也許妳昏過去仰躺在地，催淚瓦斯害妳嘔吐，而……」

我總算弄懂了。他就是剛才宣判我已經死了的人。

「你是在哪裡找到我的？」

他眨眨眼。「在機場裡，和其他的屍體一起。每個人都以為妳已經死了。」

「沒關係。」我輕聲安慰他。「我相信你沒猜錯。」

他瞪著我，滿臉恐懼。也許他以為我打算要去法院告他，或者有人會因此撤銷他的執照吧？或者，也許是因為他相信我說的話？

醫院準備了大量的病床，一大堆醫師和實習醫師緊張地待命，等著大批傷患湧入。結果，正如每個人很快就發現的，在機場恐怖攻擊中只有一個倖存者。只有我，其他的人全都死了。

等他們將我推到病房時，我已經可以坐起來了。我的血壓和體溫都很正常，我的脈搏平穩，連身體溫度過低而產生的淡藍色都從我的皮膚褪去了。

我還是不斷地發抖，可是醫師在我的前額縫了六針後，宣布我只需要多補充液體就會沒事了。他說他最搞不懂的是為什麼催淚瓦斯只在我一邊的臉頰留下一個淚珠形狀的燙傷，除此之外我完全沒有受到影響。

宣布我死亡的那個男醫護員端了一杯熱檸檬水給我。之後一聽到即將有別的傷患送進來的廣播後，整個房間便只剩我一個人。我隱約聽到好像是車禍，和機場襲擊無關，一聽到對講機傳來呼叫，穿著手術服的人匆匆忙忙跑過我的門口。

我對著杯子裡的熱水吹氣，眨眨眼看著每樣都被消毒得乾乾淨淨的潔白物品。現實世界是這麼的嘈雜、紛擾、混亂。床上的紙床單起了皺紋。一個黑色的塑膠套夾在我的手指頭上，將我的心跳、呼吸顯示在一個小螢幕上，畫出不同顏色的線條。

我覺得累極了，可是醫師特別吩咐過，叫我先不要睡，因為不知道我有沒有腦震盪。而且這張床好窄，又包了非常滑的紙床單，我一睡著大概就會掉到地板上吧？

我在想，不知道有沒有人打電話通知我媽，告訴她我還活著。到現在，甚至還沒人問過我的姓名。

我把手伸進口袋，可是手機不見了。喔，當然，我把它掉在地上了。我嘆了一口氣，拉上連身帽T的拉鏈，遮住我被剪開的T恤。至少沒人叫我穿上醫院的病人服。也許他們會就這樣讓我離開。

當然，沒人會來接我，我身上沒有多少現金，而且我的行李還在飛機上……我的大腦漸漸不去想在機場發生的一切，而將注意力集中在沒有手機是多麼不方便這件事上。

「去他媽的恐怖分子。」我輕聲地自言自語。

「妳不應該說髒話。」

我抬頭。一個十歲左右的小男孩站在門口。他穿著一件亮晶晶、溼答答的紅色塑膠雨衣。

「對不起。」我說。

「沒關係。」他將我的道歉當成是走進房間的邀請。「反正我也不應該告訴大人什麼可以說、什麼不能說。即使他們在說髒話時也不行。妳算是大人嗎？」

「不完全是。不過和你相比，我算是大人了。」

「好吧！」他點點頭。「我是湯姆。」

「我叫莉琪。」我又開始覺得頭昏腦脹。恐怖分子、重生世界、醫師，現在又來了這個孩子。大家都不想讓我睡覺。

雨水從他的雨衣滴落地面。

「現在在下雨嗎？」

「沒有。不過之前的確在下雨。」

「喔。」我說。可是之前沒下雨啊！外頭冷得要死，根本不可能下雨，只有可能下雪吧？湯姆穿短褲的兩條腿露在雨衣下面。

「什麼時候下的雨？」我問。

「當我被車子撞的時候。」湯姆回答。

我感覺到被亞瑪杰的吻趕出去的冰冷感，像一隻涼涼的手指沿著我的腦後一路滑下背脊。房門外的醫院似乎靜止了，彷彿所有的聲音全被什麼渴望喧鬧、談笑的生命力的東西瞬間吸光。

我閉上雙眼，然後立刻睜開。湯姆還在那兒，一臉疑惑地看著我。

「妳沒事吧？莉琪？」

「我不知道。我猜我今天晚上死掉了。」

「別擔心。只有一開始會痛一下下。」他對我皺眉。「可是妳看起來亮晶晶的，和來找我的那個溫柔的阿姨一樣。」

「溫柔的阿姨？」

「就是那個沒死的阿姨啊！她是我的朋友。」

「噢……」我發出的聲音聽在自己的耳朵裡都覺得好遙遠，好像我早就睡著了，這其實是我在做夢時旁邊的人在說話而已。

「她每個星期都會來找我說話。」湯姆從口袋拿出一塊溼淋淋的東西。「要吃口香糖嗎？」

「不用了，謝謝。」從床邊的監視器，我可以聽到我的心跳變快了一點。

我在發光，和亞瑪杰一樣。還有那個會找鬼說話的女人。

「嗯，湯姆。今晚發生了好多事，我有點累了。」

「好吧！」他說：「我現在就走。希望妳很快好起來！」

「謝謝你。希望你也會……嗯，我猜。」

湯姆轉身回到走廊，又轉頭對我揮揮手。

「再見，莉琪。」

「再見，湯姆。」我再度閉上眼睛，深呼吸了十次，聽到我的心跳慢慢平緩下來。

當我重新睜開眼睛時，小男孩已經不見了，醫院嘈雜的聲浪又回來了。穿著藍色、綠色手術服的人經過我的門口，沒人多看我一眼。

我把黑色塑膠夾子從手指上拉掉，滑下床，走到門口。我跪下來，張開手掌，放在湯姆剛才站著的地方。

醫院亮晶晶的地板很冰，可是一點水都沒有。

「噢，親愛的。妳在這裡做什麼？」走廊上傳來一個聲音。

我抬頭一看，原來是將我推進這房間的護士之一。他在我身旁蹲下，動作輕柔地握住我的手腕，檢查我的脈搏。

「妳頭昏嗎？」

「沒有。」我回答，「我只是在確認一件事。」

「在地板上確認一件事？」他巨大的雙手搭在我的肩膀上。「我們乖乖躺回床上好嗎？」

我站起來，他給我一個鼓勵的笑容。

「我只是以為地板上有水，怕有人會滑倒。」

他看著地板。「我沒看到什麼水啊！上床躺下，好嗎？親愛的？」

「好啊。」我聽話地躺回床墊，可是他的手仍然扶在我的手肘上。

「我現在要去找葛瓦斯卡醫師。妳會乖乖躺著嗎？」

「我相信還沒有人通知我媽。」我說：「她恐怕已經聽到新聞，肯定嚇壞了。」

「我相信航空公司和運輸保安署已經通知了乘客親屬。不過，妳幾歲了？」

「十七歲。」

他的眼睛睜大，顯然有些意外。「我去找支電話給妳。妳等一下。」

「謝謝你。」

他轉進走廊，我又再一次被單獨留下，只剩我的心跳監視器的嗶嗶嗶聲陪伴著我。我決定不告訴他關於湯姆的事，也不告訴任何人。我對鬼魂和重生世界守口如瓶，不論面對的是葛瓦斯卡醫師、航空公司的溫柔女士或兩個聯邦調查員，我一個字都沒提。

四小時後，媽媽來了，而我什麼都不用對她說。她只是緊緊地抱住我，讓我盡情地放聲大哭。

第七章

莫喜・恩德布瑞基的私人助理馬克思在當晚六點整來接黛西參加一個青少年小說作家的酒吧聚會。

黛西五點就準備好了，一點都不像她平日的作風。可是穿上黑色小洋裝就不免要化一點妝，而她很少化妝，根本毫無技術可言。通常她得把第一次的妝洗掉，從頭再來一遍。可是沒想到今天她化妝的過程卻異常順利，讓她足足坐立難安了一小時，生怕不小心碰到臉，弄花了自己的妝。

若是照她原本的計畫只穿牛仔褲配一件高級的黑絲上衣，完全不化妝，事情會容易許多。沒想到馬克思來的時候，身上穿的居然是斜紋棉褲和印著《霹靂貓》圖樣的長袖T恤。

「我會不會穿得太正式了？」當他們搭電梯下樓時，黛西問他。

「妳看起來很漂亮。」馬克思上下打量她。「不過酒吧聚會其實不算是派對。它只是奧斯卡每個月都會辦的例行活動罷了。」

「我真的有受邀嗎？」

「只要出版過一本青少年小說的作家都可以去。」

「喔……」黛西心裡在想《重生世界》算是出版了嗎？它要到明年九月才會上市，差不多是她寫完後的兩年。「出版」的意思不是指你的書已經擺在店裡賣了嗎？或者，只要是出版社買走你的版權就行了？要是這樣，如果你和出版社簽了約，可是一個字都還沒寫，又要怎麼算呢？

電梯門開了，他們走出來，馬克思在前頭領路。頭頂上的天空轉成溼潤的藍色。夕陽低垂，街道開始變暗。傍晚的熱氣烤得人行道發出一種厚濁的味道，彷彿這個城市努力工作了一整天，需要好好的洗個澡。

黛西試著記憶他們走過的商店，這樣她就知道怎麼走才可以回家。有機咖啡店、小劇場、自行車修理店。

「妳上網了沒？」馬克思問。

「嗯，我在tumblr⑤上註冊了。可是沒寫什麼。我實在不知道該在上面說什麼。」

他大笑。「我是在問，妳到莫喜家之後上網了沒？」

「哦，抱歉，還沒。」

「你—寫—得—太—爛—了。」

黛西大為震驚。「你說什麼？」

「莫喜家的wifi名稱叫『你—寫—得—太—爛—了』，每個字下面都要加底線。密碼則是『親愛的天才』，沒有空格。妳看到她留在書桌上的紙條了吧？」

「呃，算是有吧！」黛西做了幾次緩慢的深呼吸，把剛才自己嚇自己的感覺強壓下去。她確實在莫喜書桌上閃著光的白色流線紙鎮下看到一張手寫的紙條，可是黛西根本還沒把電腦拿出來。在一家人哭得淅瀝嘩啦地道別之後，她坐在莫喜的臥室裡，一邊瞪著那間豪華得不得了的衣帽間，一邊和「汽水」爭執鳥兒會或不會說話。

黛西不曉得為何覺得搬到紐約後的她變得脆弱了，感覺自己移動得太快甚至會斷成兩截。她想要等到比較習慣後再寫電子郵件給她的朋友，順便傳些莫喜的公寓相片讓他們開開眼界。穿上黑色小洋裝去參加聚會似乎相當莽撞，可是她已經答應莫喜她會出席。

突然間，她嫉妒起留在費城的朋友卡拉和賽根。他們在上大學前整個暑假只打算泡在卡拉家的游泳

⑤ 在美國極受青少年喜愛的微部落格服務，擁有極強大的社群網站功能。

池畔看小說。黛西卻在接下來的幾個月裡，不但要找公寓，學習紐約人過活，還要修改完整本《重生世界》。

馬克思眼睛盯著手機，跨過一輛鏈在「禁止停車」桿子上、拿掉輪子的自行車骨架。「妳收到編輯信了嗎？」

「南恩說這星期應該會寄到。」黛西一邊說，一邊感覺到新的壓力。來自編輯的信將會正式列出《重生世界》所有的缺點。黛西在過去六個月裡不斷地檢視她的作品有什麼缺失，可是還會收到編輯詳細條列問題的信，心裡多少有些不是滋味。不過，至少這給了她為什麼還沒開始修改一個非常好的藉口。

「莫喜還要我問妳一件事……」馬克思還在看他的手機，顯然莫喜剛送了電子郵件給他。「《未命名的帕特爾》進度如何？」

那是合約上對《重生世界》續集的稱呼。可是大聲地從嘴巴說出來，聽起來好奇怪，簡直像妮夏的自創字彙。

「嗯……」一隻被綁在咖啡店外人行道柱子上的小狗在黛西經過時拉直了狗鏈汪汪亂叫。「我猜，我還在想大綱吧？」

「還在想大綱。」馬克思不帶情緒地重複一次，一邊走，一邊用大拇指在手機上打字。

黛西不知道自己為什麼要說謊。她在寫《重生世界》時，所有的文字全不經思索地從她的手指傾瀉而出，她當時根本就沒想到要再寫《未命名的帕特爾》。況且，黛西相當確定自己其實並不曉得該怎麼寫大綱。

她甚至覺得，說不定她也不曉得該怎麼寫小說，去年十一月寫出的故事可能只是統計學上的一個意外。就像一次有十萬本小說被寫出來時，當中就會有一本作者只是運氣好寫出大家都認為不錯的作品，例如一隻猴子隨意敲打鍵盤，寫出了莎士比亞的傑作一樣。可是那隻幸運的猴子卻沒辦法寫出另一首十四行詩，即使有人要和牠簽出版合約也不行。

為什麼莫喜現在就要問《未命名的帕特爾》？初稿的結稿日還有一整年才到，不是嗎？作家拖稿的時候，經紀人會大吼大叫地催促你嗎？還是他們其實比較像黛西和妮夏學校的老師，當你沒有展現出應有的潛力時，只會沈默地表示他們非常失望？

馬克思停下腳步，視線終於離開手機。「我們到了！」

「無情凱蒂」看起來就是一家奇特有趣的愛爾蘭酒吧。不尋常的店名以深黃綠色的古老凱爾特字體寫在彩繪大玻璃窗上。商店兩側都有卸貨區，空氣中還飄散著魚市場般淡淡的腥味。不過才走了十分鐘，周遭的環境已經從優雅古老的大廈變成了還在使用中的倉庫。黛西完全不知道待會兒要怎麼走才能回到家。

馬克思一隻手搭在酒吧門把上，轉頭問她。「妳說妳幾歲？」

「你放心，這不是我第一次上酒吧。」

對她模稜兩可的回答馬克思只是聳聳肩。畢竟，黛西是個貨真價實的作家，而且如果有人檢查的話，她有一張看起來沒什麼破綻的賓州駕照說她已經二十三歲了。即使如此，她發現自己還是很感激她媽媽的黑色小洋裝。從鏡子裡看，它讓黛西完全像個大人，而且是個身材很好的大人。

「好吧！」馬克思說：「等我把妳介紹給奧斯卡認識，我就要走了。我不能待在裡頭。」

「你還沒二十一歲嗎？」

「我已經二十六了。」馬克思給她一個大哥哥般的笑容。「不過酒吧聚會只有青少年小說家才可以參加，其他的經紀人、編輯，或相關人等都不准逗留。當然，如果他們也有出版的作品，那就另當別論。」

「噢，好的。」黛西深吸一口氣，穩住自己，然後跟著馬克思走進酒吧。

黛西本來以為酒吧聚會會占據整個「無情凱蒂」。她想像入口處會有一張夾在資料板上的賓客名單，或者至少會有用血紅絲絨布帘隔開的私人包廂。可是，現實是，在晚上六點十分，只有三個人圍坐在一張印滿一圈圈啤酒杯痕的舊木桌旁。

馬克思將她輕輕往前推。「奧斯卡，這是黛西・帕特爾。」

奧斯卡・拉西特稍微起身，伸出手，露出班長般的微笑。「真高興終於見到妳了！」

在和奧斯卡握手時，黛西發現她認得另外兩個人。影片上、推特大頭貼上、小說封面上都出現過他們的臉。

「喔……」她對兩個中比較不出名的那個戴紅框角質眼鏡、穿軟呢斜紋外套的男人說：「我有在推特上關注你呢！」

男人一聽露出微笑，黛西馬上覺得自己很蠢。她上一次看的時候，關注柯爾曼・蓋力的人超過二十萬。不過他老是抱怨大多數的人是因為他譏諷的政治評論和對古董大嘴襪子猴的豐富知識才關注他，根本沒有念過他的《劍之歌者》系列小說。

「很高興認識妳，黛西。妳認識琪瑞莉嗎？」

「嗯，當然。」黛西轉向坐在桌子另一端的女人，然後低頭移開視線。她可以聽到自己的聲音在顫抖。「我的意思是，我們沒見過面。可是我非常喜歡《賓頁》⑥。」

「噢，我的天啊！柯爾曼。她完全弄錯了！」琪瑞莉大喊。「救救她吧！」

其他人全笑了，只有黛西不知所措，心裡不禁有點害怕。

奧斯卡輕輕拉她坐下來。「我們剛才在討論柯爾曼提出的『如何和第一次見面的著名作家互動』的理論。」

「妳應該在前一晚登入BookScan網站查查他們的書本銷售量。」柯爾曼・蓋力解釋。「然後，不管他們賣得最糟的是哪一本，就說那本是妳的最愛。因為他們一定會覺得那一本書被嚴重低估，沒有得到它該有的注意。」

「這對我來說很容易，因為我每一本書都賣得不好。」琪瑞莉舉起杯子一飲而盡，冰塊被搖得喀喀作響。「當然，除了那本該死的《賓頁》。」

「《帝若王》⑦是我的最愛。」黛西說，雖然在她心裡《帝若王》還排在《賓頁》之後。

「很棒的選擇。」柯爾曼說：「非常符合規則。」

「BookSacn爛透了！」琪瑞莉一邊對柯爾曼說，一邊舉起空杯向黛西致意。

黛西終於鼓起勇氣和琪瑞莉對視。穿著灰色連身帽T，白色的耳機掛在肩膀上，琪瑞莉・泰勒打扮得像要出門慢跑。可是她的氣質很像個黑魔法女王，高聳的眉毛，黑色的鬈髮攙雜了幾縷灰絲，非常有魅力。

「可惜我恐怕還沒讀過妳的大作。」她對黛西說：「所以對妳喜歡我的哪一本書，我也不好意思表示太多意見。」

「還沒有人讀過我的書。」

「黛西是個新人。」奧斯卡補充說明。「悖論出版社明年秋季才會出版她的小說。」

「恭喜妳。」琪瑞莉說，所有人舉杯為她慶賀。

黛西臉紅了。她發現馬克思沒打聲招呼就走了，可是她卻可以留下來。在這裡，和其他的作家在一起。

她懷疑不知道要過多久才會有人察覺她是冒牌貨，要求她離開。坐在這裡，她不再覺得黑色小洋裝合

---

⑥ Bunyip，澳洲傳說中的怪物，居住於沼澤地，嗜食女人、小孩。
⑦ Dirawong，澳洲傳說中會守護、幫助人類的精靈。

身，反而覺得太大了，彷彿她是個穿著媽媽的衣服在扮家家酒的小孩。

「歡迎進入妳生命中最漫長的一年半。」奧斯卡說：「出版，可是還沒付印。」

「情況和妳已經親了一個男生，可是還沒和他上床差不多。」琪瑞莉評論。

「說得好像妳很懂似的。」柯爾曼轉向黛西。「妳的小說書名是什麼？」

「《重生世界》。」黛西回答。

他們三個等著她繼續講下去，可是一陣熟悉的麻痺感湧上黛西的心頭。每一次有人問她關於她的小說時，她總會產生同樣的反應。她從過去的經驗中明白不管她說什麼，聽起來都會很奇怪，就像聽自己的聲音錄音似的。她要怎麼做才能將六萬字壓縮成幾句話呢？

「很不錯的小說。」奧斯卡終於受不了打破沈默。「我答應幫它寫名人推薦。」

「所以它是那種沈悶的寫實小說嗎？」柯爾曼問。「現在青少年總是滿腔怒火，不是嗎？」

奧斯卡嗤之以鼻。「我的欣賞範圍比你的廣泛一點。那是一本超自然愛情小說。」

「現在還有人寫超自然愛情小說啊？」琪瑞莉招手叫服務生過來。「我還以為吸血鬼都死光了呢！」

柯爾曼咕噥著。「要殺死吸血鬼可是非常非常困難的。」

他們又點了飲料。柯爾曼和奧斯卡要曼哈頓雞尾酒，琪瑞莉要琴湯尼，黛西則點了一瓶健力士黑啤酒。她發現自己很高興談話被打斷了，這樣她才有多一點時間想想要怎麼闡述她的論點。

服務生一走，黛西立刻開口，她很高興自己的聲音只有一點點顫抖。「我認為超自然小說會一直存在。你可以以愛為主題，寫出一百萬個不同的故事。尤其是戀愛對象和常人是這麼的不同。」

「你是說像怪物之類的嗎？」柯爾曼說。

「嗯，一開始，你當然會這樣想。可是，那就像，呃……《美女與野獸》，你後來會發現怪物事實上非常的……迷人。」

黛西吞了一口口水。同樣的對話她和卡拉討論過一百次了，可是她從來沒有用過「迷人」這兩個字。

「有趣的是，現實的愛情剛好相反，不是嗎？」琪瑞莉問。「一開始，你覺得這個人好迷人！到了最後，卻發現他居然是個不折不扣的怪物！」

「或者，也有可能，你會發現自己才是真正的怪物。」奧斯卡說。

黛西只是看著傷痕累累的桌面，她對真實世界的愛情比對超自然界的愛情更無話可說。

「那麼，《重生世界》裡的戀愛對象是什麼？」柯爾曼問。「我想一定不是吸血鬼吧？」

「是狼人嗎？」琪瑞莉微笑著說：「還是忍者？也許是在當忍者的狼人？」

黛西搖頭，對亞瑪杰不是吸血鬼、狼人或忍者感到鬆了一口氣。「我不認為有別人寫過這種對象，真的。他是一個——」

「等一下！」琪瑞莉抓住她的手臂。「我想要猜猜看。是猶太傳說中有生命的泥人嗎？」

黛西大笑，再一次為鼎鼎大名的琪瑞莉・泰勒就坐在觸手可及之處感到不可置信。「不是，泥人有點太汙濁了。」

「賽爾奇⑧呢？」柯爾曼也說：「青少年小說還沒有出現過任何雄性賽爾奇。」

「到底什麼是他媽的賽爾奇？」奧斯卡問。他寫的是以真實世界為背景的小說，就是女主角蛻變成大人、酗酒的母親之類的，完全和怪物無關。莫喜一直想要他幫《重生世界》寫名人推薦，說這樣會給這本小說一點「文學感」。

「賽爾奇是種會讓人不禁愛上的魔力海豹人魚。」黛西向他解釋。

「你把它當成組合字就會明白了。」柯爾曼說：「『海豹』（seal）加上『性感』（sexy），就成了

---

⑧ Selkie，北歐傳說的海豹人魚。在海裡以海豹的形態生活，上了陸地就脫下海豹皮變成人類。

『賽爾奇』（Selkie）。」

奧斯卡挑起一邊眉毛。「我看不出來這有什麼吸引力。」

「無論如何……」黛西說，她不想讓話題偏離得太遠，「我的男主角也不是賽爾奇。」

「那是蛇妖嗎？」柯爾曼問。

黛西搖頭。

「最好不要拿蜥蜴類的生物來當主角。」琪瑞莉說：「還是要感覺抱起來舒服的東西。像是澳洲傳說的超大樹熊精靈？」

黛西心想，不知道這是不是一個測驗。也許如果她能證明她確實知道很多傳說中的怪物，那麼他們就會帶她穿過隱祕的絲絨布帘進入真正的青少年小說家的酒吧聚會。

「超大樹熊精靈應該比較適合出現在妳的小說裡吧？」她對琪瑞莉說。

「說得對。」琪瑞莉微笑，黛西知道她已經贏得了琪瑞莉的好感。嗯，一顆金星。不過，既然是擅長寫澳洲傳說的琪瑞莉，她得到的更可能是一張金色無尾熊貼紙吧？服務生端著酒過來，琪瑞莉慷慨地付了全部的錢。「山怪（troll）呢？還沒有人寫過它們。」

「網路上還不夠多嗎？⑨」柯爾曼說：「揭路荼⑩怎麼樣？」

黛西皺起眉頭。揭路荼是半鷹半什麼的混合體，是什麼？怎麼一下子想不起來。

「你們兩個，不要嚇她。」奧斯卡說。

黛西看著他，不知道他這麼說是什麼意思。琪瑞莉和柯爾曼是在嘲弄她嗎？還是在嘲諷所有的超自然愛情故事？可是《劍之歌者》裡頭全是愛情故事啊？也許奧斯卡只是覺得神話怪物猜謎遊戲很無聊吧？

「黛西的女主角的戀愛對象非常特別，很原創，還沒有人寫過。」他說：「他是一個……呃……賽可旁波斯⑪。是這個字對吧？」

「差不多。」黛西回答。「不過我的靈感來自吠陀傳說，男主角亞瑪杰是死亡之神。」

「感情豐富的青少女最愛死神了。」琪瑞莉喝了一大口酒。「保證會印出不少鈔票！」

「可是你要怎樣才能勾搭上死神？」柯爾曼問。「瀕死經歷嗎？」

黛西咳嗽，幾乎把她嘴裡的啤酒全噴出來。莉琪和死亡擦肩而過是她書中的一大賣點，黛西就是因為深信它是個獨一無二的奇想才能撐過去年十一月，可是現在柯爾曼居然就這樣簡簡單單想都不想地脫口而出。

「嗯，不完全是，可是……很類似？」

柯爾曼點點頭。「聽起來頗刺激黑暗。」

「第一章超級黑暗的。」奧斯卡說：「發生了恐怖攻擊，你會以為女主角就要被殺了。可是她卻……」

他揮揮手。「我不想破哏，你們自己讀吧！比一般的超自然小說好多了。」

「謝謝。」黛西微笑回應。雖然她突然想到，不知道奧斯卡・拉西特所謂的一般超自然小說的水準到底是什麼樣子。

⑨ internet troll，即是台灣人說的「網路小白」，形容在網路上搞不清楚狀況的呆子。
⑩ garuda，印度神話裡鷹頭人身的金翅鳥。
⑪ psychopomp，希臘神話中引導靈魂的使者。

第八章

我無法擠出任何新的東西來告訴聯邦調查局。醫師幫我的傷口縫針，也找不到我的身體還有什麼其他問題。於是恐怖攻擊後我在醫院待了兩夜，便搭上租來的車離開了達拉斯。

媽媽非常討厭開車長途旅行，因為她很怕經過窮鄉僻壤、彷彿永遠看不到盡頭的公路。可是她擔心我一到達拉斯機場，或者任何一個機場，就會死命尖叫。她還不知道的是，因為事情太戲劇化了，我反而變得麻木，對任何事都沒有感覺。

我不只是累壞了。我的體內還殘存著冰冷的銀光，是我越過黑暗後帶回的紀念品。來自另一個世界的禮物。每次我想起其他旅客灰色的臉，聽到醫院走廊傳來像遠處槍聲的喀啦喀啦聲時，我就會閉上眼睛，退回到那個冰涼的暗處，然後感到心安。

我們偷偷離開醫院。一個辦事員領著我們從地下室走醫護人員專用出口，推開一扇吱吱作響的金屬門後，就是員工停車場。這裡閒雜人等不得出入，不像醫院大門擠了一大堆記者。

各家電視新聞和報章雜誌都登了我的照片。莉琪・史考菲爾德，唯一的倖存者，死而復生的女孩。我猜是因為我的故事很激勵人心吧？畢竟我的倖存是整個恐怖攻擊事件中唯一的亮點。可是我一點都不覺得自己是希望的化身。我額頭上的縫線弄得我超癢，只要一聽到大一點的聲音我就會嚇得跳起來，而且我腳上的襪子已經三天沒換了。

人們不斷地告訴我，我實在是太幸運了。不過，要是我真的那麼幸運，我不是應該搭另一班根本不在達拉斯轉機的航班才對嗎？

我還沒看過任何報紙。護士們對我很好，只要一有收音機或電視新聞在我房間附近播放，他們就會好心地關上我的房門。可是我還是聽到了主播念出的標題。所有關於其他旅客的故事，所有和我在機場擦肩而過的陌生人。突然間，他們人生瑣碎的細節全成了新聞；他們本來要去的目的地、他們遺留下的孩子、他們被迫中斷的計畫，一一在新聞中出現。監視器錄下崔佛士・布林克曼對抗恐怖分子的義行，剎那間他成了最新的全民英雄。

全世界的人都急著想知道不幸喪生的旅客的一切，而我卻連聽他們名字的勇氣都還沒準備好。

似乎沒人知道那些恐怖分子是什麼來歷。他們好像和落磯山脈裡的一個什麼宗教組織有關，可是那個組織的領袖卻拒絕承認，說自己毫不知情。恐怖分子在槍戰中全數死亡，沒有留下任何遺書和聲明，自然也沒有任何線索。

恐怖攻擊的目的不就是要對世界發聲嗎？

結果搞得好像他們只是單純地熱愛死亡。

我們開了一下午的車，在車上吃飯，只有要上廁所和加油時才停下。我們經過阿比林、米德蘭、敖德薩，然後進入被冬天染成棕色的大片荒野。鑽油塔聳立在地平線上，塵捲風掃過我們行經的公路，夾帶著超大量的砂土。公路從被炸開的灰色岩石中切過。湛藍的天空在我們頭上一望無際。

我們多數的時間都沒說話。我想著亞瑪杰，他的眼睛、他走動的樣子、他安慰我的輕柔聲音。這些細節在我記憶中清楚得不得了，可是我對在機場發生的其他事印象卻非常模糊。真實的居然是其他人全不會相信的那段。

當我們偶爾交談時，對話就像窗外的景色，內容既無聊又枯燥。她問爸爸的新公寓是什麼樣子、我對瑞秋有什麼評價、我們去了哪一家高級餐廳吃飯之類的事。她問我下個學期我要修些什麼課，甚至還講了一小段「妳應該要在高中最後一年好好用功，把成績提高上來」的廢話。

我看得出來媽媽是為了我好，想以談論瑣事來避開恐怖攻擊的話題。可是時間愈拖愈長，她迴避現實的態度反而愈讓我如坐針氈。彷彿她正對我洗腦，想讓我以為整個恐怖攻擊事件不過是我的幻想。每次她的眼神飄向我前額的縫針或催淚瓦斯在我臉頰留下的淚形灼傷時，總會出現一種迷惘的表情。

可是那天晚上發生的慘劇卻是千真萬確的事實。我進到了另一個世界。亞瑪杰真的存在。我的嘴裡還有他的吻留下的味道，當我觸摸自己的雙唇時，還能感覺到他遺留的熱氣。

更何況，他還挑戰我，說我會不敢相信他的存在。我最受不了有人對我挑釁了，只要人家說我不敢怎樣，我就偏偏非做給他看不可。

媽媽一邊喋喋不休地說著沒有意義的話，一邊緊握方向盤，將車子開得離達拉斯愈來愈遠。她說過最接近恐怖攻擊的事不過是：我的行李在我們回到聖地牙哥後不久就會到達。

「他們說還要幾天。」

沒有進一步地解釋「他們」是誰。聯邦調查局？航空公司？她說話的方式好像我的行李不過是被弄丟了，而不是被扣留在美國國土安全部，成了他們十年來最嚴重的調查案的證據之一。沒什麼大不了的。

「沒關係。」我說：「反正我在家裡有一大堆衣服。」

「沒錯！回家時行李才丟掉總比去的時候就丟掉好。」

彷彿這是在恐怖攻擊中倖存下來的副作用。

「我只需要一支新手機。」我說。

「嗯……也許我們待會兒可以停下來買一支。」她把身體往前傾，掃視過路邊經過的路標，好像在期望其中一根會告訴她德州西部荒漠裡的蘋果專賣店開在哪裡。

難道她不明白我需要她和我談一談嗎？我需要親生母親在現實世界裡陪著我，而不是假裝什麼事都沒發生過。

車子繼續往前開。在這種地形裡，停下來很久不說話也不會很奇怪。過了好一會兒之後，我才再度開口。「沒有手機的感覺很奇怪。因為我的命可以說是手機救的。」

她握在方向盤上的手抓得更緊了，她踩油門的腳一定也不自覺地往下壓，因為我們的車猛然抖了一下。

「妳這麼說是什麼意思？莉琪？」

我慢慢地吸了一口氣，從我體內那個冰點提領出足夠的鎮定。

「我當時在逃跑，我們所有的人都在逃跑，然後我用手機打給九一一。電話那頭的女人告訴我……」我的聲音不見了，不是因為情緒太過激動，而是像一支原子筆突然就沒墨水了。因為我發現，自己已經說過這個故事了。我告訴過亞瑪杰了。

媽媽等著我繼續說下去。她瞪著前方的馬路，肩膀的肌肉繃得緊緊的。我聽到那個從手機傳來的冷靜聲音：「妳能躲到一個安全的地方嗎？」

「她告訴我裝死。」我終於說：「那就是為什麼他們沒有殺我。因為他們以為我已經死了。」

媽媽的聲音哽咽。「醫師告訴過我，當初那個急救醫護人員曾經以為妳已經……」

「他對這件事感到非常抱歉。」我在安全帶下聳聳肩。「我猜我連他都騙過了。可是那辦法根本不是我自己想出來的，是九一一的接線生叫我做的。」

嗯，其實不完全是。她沒有叫我用念力進入重生世界，遇見一個男孩，然後再回來。而且她也沒有提到任何看到鬼魂的事。

湯姆在我被移到普通病房後就沒再出現過了。有可能是我在幻想嗎？還是他的鬼魂只停留在急診室？

媽媽輕輕地嘆了一口氣。她想說點什麼，可是說不出口。想到我差一點點就喪命，她實在無法接受。

這時，我才明白了我從沒料到的背後真相：媽媽比我還要害怕。而我如此鎮定、平靜、不哭不鬧的態度，反而讓她更加擔心。

她不知道我體內藏著一個我隨時可以躲進去的黑暗角落。她不知道我去過了重生世界。

我得好好地照顧她。可是在那一刻，我不曉得該怎麼安慰她，只能假裝一切如常地說：「沒有手機感覺很奇怪。」

「我們再去買一支。」她堅定地說：「和上一支一模一樣，那麼妳就不會覺得奇怪了。」

「我會叫爸爸付錢的。」

她抓在方向盤上的手關節再次泛白。我沈默地看著副駕駛座車窗外蜿蜒的公路，等著她回話。

好一陣子之後，她終於說了：「妳爸爸真的想要來，他要我這樣轉告妳。」

我皺起眉頭，因為我完全沒想過爸爸會飛到達拉斯來。我太習慣事情變得棘手時他就會一走了之的個性。在我十二歲時，有一次我們家的鍋子爆炸了，天花板上全是著火的油，他用一條毛巾像個英雄似地打熄了所有的火焰。可以說，如果不是他，整棟屋子可能就會付之一炬了。可是一旦火勢熄滅後，他立刻開著車子逃到旅館去住了兩夜，留下我和媽媽打電話給消防隊、打掃清理、打開全部的窗戶讓焦味散去。

這就是爸爸。

「我很高興他沒來。」我說。

媽媽從鼻孔哼出不屑的笑聲。「真的嗎？」

「他害怕的時候特別難搞。妳這輩子照顧他還照顧得不夠多嗎？」

她轉頭凝視著我。我從來沒對她說過這一類的話，雖然這是百分之百的事實。

當她的眼睛開始出現淚光時，我指著前方。「唔，媽媽？妳不用看路嗎？」

她將注意力轉回馬路上。「今天早上他打過電話。可是我對他很兇，不讓他和妳說話，因為他不肯飛來德州。對不起。」

「沒關係。」我微笑。「等他買了新手機給我，就能打電話給我了。」

我不知道那天夜裡媽媽開車開到多晚。夕陽將頭頂的天空染成一片紅時，我就睡著了。下一次車子停妥時，我們已經到了汽車旅館。我只稍稍睜開眼睛，踉蹌地走進房間。我記得床的味道聞起來不對，不是臭，只是不對。因為那不是我的床，而我很想回家。然後，我又睡著了。

當我的腦子突然清醒時，房間裡一片漆黑。

我感到一股能量在體內流竄。不是過去兩天我每次聽到突然的噪音時就會跳起來的惶恐感，而是某種黑暗、溫暖的感覺。我的手指撫摸著我彷彿著了火的嘴唇。

我坐起來，環顧房間，想了好一會兒才記起來自己身在何處。走廊上製冰機的亮光從百葉窗周圍滲進房裡，隱約照出媽媽睡在另一張床的輪廓。我感覺到黑暗化為實體，不斷地向我貼近。

我倒在床上時還穿著一身髒衣服，不過化妝台上放著我們在醫院禮品部買的T恤和內衣。我洗了個澡，沒有吵醒媽媽，然後躡手躡腳地穿上乾淨的衣服。醫院沒有賣襪子，我只得光腳套上運動鞋，抓起我的連身帽外套，走到外面。

天空飄著幾朵不成形的雲，天色慢慢開始轉成橘紅，眼看就要黎明了。汽車旅館的停車場有幾個摔破的玻璃瓶，在靜止的冷冽空氣中像霜一樣地閃爍。我穿上連身帽外套，雙手抱在胸前對抗寒氣。

一個大大的霓虹燈招牌寫著「白沙汽車旅館」，公路的另一頭看得出沙丘的黑色剪影。我們已經開進新墨西哥州了。

十歲左右，爸爸曾經帶我來白沙鎮露營。我在想，媽媽不曉得還記不記得我來過這裡。

舉目望去，一輛車都沒有，我慢慢穿過空盪盪的公路，厚臉皮地停在中央，閉上眼睛，仔細聆聽。喚醒我的溫暖能量還在我的嘴唇徘徊。在寂靜中我幾乎可以聽見它發出劈哩啪啦的聲音。

當我再度睜開眼睛時，荒漠看起來像沒用過的紙一樣空白。白色沙丘像是小孩畫筆下的沙漠，沙丘沒有特徵的曲線連結到好遙遠的地方。自從爸爸帶我來這裡露營之後，加州長了灌木的荒漠看起來都有點不大對勁了。

公路旁的沙丘都相當矮小，可是在走了半個小時之後，它們已經大到我得手腳併用地爬行，每走一步，就造成一個小型土崩的地步。

站在沙丘頂端，沙漠在我眼前展開，像一大片白色床單起了小小的波紋。天空慢慢變亮，大多數的星星消失，東方地平線正在迎接黎明的到來。沙丘下方有好幾張固定在水泥塊上的金屬野餐桌。四十英尺高的旗杆穿插其中昂然豎立，小小的塑膠旗幟在頂端飄揚。

我還記得這些旗杆。上次來露營時，爸爸告訴我，它們是為了幫助來這裡野餐的人在林立的沙丘中找到回自己桌子的路才設立的。每個沙丘都長得一模一樣，只要離開你的野餐桌一百碼，你就有可能迷路，走進沙漠裡，想著你的桌子也許就在下一個沙丘後頭，也許在更下一個……

我在想不知道這裡有沒有鬼魂，那些迷失在沙漠中死亡的遊客。

就在這時我感覺到那股喚醒我的能量，讓我的嘴唇刺麻、血液變暖的能量。然後，我想起亞瑪杰曾經說過……相信是一件很危險的事。

可是對於自己相信或不相信什麼，我其實並沒有選擇權。我不會忘掉在達拉斯發生過什麼事。我親眼目睹哲學家們爭論了好幾百年的死後世界。我不知道它是好是壞，但在這一刻所有的神學概念都比不上一個最簡單的問題重要：

我能再做一次嗎？

不只因為拜訪死亡之國是件非常神奇的事，而且因為亞瑪杰挑戰我，他說過只要我呼喚他，他就會馬上趕來。

我對他信賴得夠深嗎？深到足夠讓我再見到他嗎？我到底是不是真心相信重生世界的存在呢？

我爬上最高的那個沙丘，站在頂端，放慢我的呼吸。我閉上雙眼，將注意力集中在寄生在我體內的冰點。從另一個世界帶回來的紀念品。

有什麼咒語能帶我再進入重生世界嗎？最有可能的一句自然是……

「我已經死了。」一在我念著這些字時，一陣寒意竄過我的身體，可是我睜開眼睛卻發現沙漠完全沒有改變。當然，我沒有躺在自己的血泊裡，沒有呼嘯而過的子彈從我頭頂飛過，更沒有緊張到極點的惶恐不安。更何況我還穿著一件印著泰迪熊拿著一大盒巧克力的可笑T恤（在醫院禮品部，你就只能找到這樣的東西！）。

我再度閉上雙眼，讓自己回想起過去兩天我刻意要淡忘的每一個細節。逃命時的恐懼，運動鞋踩在溼磁磚上吱吱作響。然後，突然間，我聞到了彈藥爆破的味道，我的身體不由自主地開始發抖。我的心跳加快，可是我仍然維持緩慢的呼吸頻率。

「我已經死了。」

我一邊念著這句話，一邊想像自己滑進腳下冰涼的沙堆裡，滑進黑暗之中，進入漆黑冰冷的空間。彷彿過了好久好久，我才又睜開眼睛。

可是，一切還是沒變。唯一不同的只是天色又亮了一點。

我在沙丘上坐下。試著想再用念力進入重生世界也許不可能。也許需要一次火力強大的恐怖攻擊才有可能成功。那天改變我的並不是什麼神奇的咒語，而是倒楣的飛機訂位、看到人們慘死，以及打到九一一的電話。

我微微發抖，記起從我手機傳來的女人的聲音。她是那麼冷靜，我彷彿在一片混亂中被她催了眠。話說回來，和她的對話才是我離開真實世界的起點。

第三次，我閉上雙眼，等待自己平靜下來。然後我念出那些已經烙印在我腦袋裡的話……

「航空警察局已經出動。」

我腳下的沙丘抖動了一下，可是我沒被嚇到。我鎮定地聞著火藥的味道，讓踩在溼地板吱吱作響的運動鞋走過我身邊。我臉頰上淚珠形狀的疤痕開始跳動。

我知道下一句該說什麼：「妳能躲到一個安全的地方嗎？」

我馬上感覺到變化。空氣帶著淡淡的鐵鏽味，再也沒有風聲，而我的心臟像是被放進了冷凍櫃。

當我再次睜開眼睛，整個世界失去了色彩。天空灰得像擦亮的槍身，在頭上顯得巨大無比。沒有太陽，只有分散的幾顆紅星宛如眼睛似地窺視下方。沙丘中間有好幾條黑油般的河蜿蜒而過，它們上方的熱空氣不停地左搖右晃。一陣比煮沸的楓糖漿還甜的味道籠罩住我。黑色的河彷彿活了起來，波浪搖動，激烈顫抖。我的雙手、雙臂從內而外地在發光。

「亞瑪杰。」我輕聲念著。這是我第一次叫他的名字，可是感覺非常自然，像在講一種我很久之前就學會、現在還有印象的語言。

我打了個冷顫，感到自己稍微從這個灰色世界滑開了一點。在達拉斯機場時，我差點就因為過度惶恐被從重生世界丟出去。可是這次卻是因為興奮，我興奮到連雞皮疙瘩都冒出來了。

我又閉上雙眼，將巨大的灰色天空阻隔在外。我不大確定自己在等什麼，然後我感覺到周圍的空氣又變了。血腥味和火藥味被更強烈的氣味取代，像一大片黑胡椒田燒起來那麼嗆鼻。接下來，我感到一陣熱氣……

「伊莉莎白。」他呼喚我。我體內的寒意開始散去。

我睜開眼睛，亞瑪杰就站在那兒，在沙丘的半山腰上，宛如一個站在白沙背景中的黑影。

我不曉得第一句話應該要說些什麼。「哈囉」一詞似乎太空洞，也太可笑了。

「成功了。是不是？」我擠出話來。「這一切都是真的。」

他謹慎地凝視我好一會兒之後，才露出微笑。「千真萬確，莉琪。」

他叫著我的小名，那是平常親人朋友對我的暱稱，讓我的視線邊緣隨著怦然的心跳透進了一點色彩，彷彿陽光想要鑽進這個世界似的。

亞瑪杰和我記憶中的一樣俊美。他全身發光，像被不存在於這個世界的太陽照耀著。他爬上沙丘，在離我坐的地方幾步處蹲下。

「妳真叫我驚奇。」他的聲音很溫柔，但很真摯。

「什麼意思？」

他展開雙手在廣闊的沙漠和灰色的天空劃出弧線。「妳憑著自己的力量越過界線。妳呼喚我，而且這麼快。」

我聳聳肩，試著裝出「沒什麼大不了」的態度。但我的雙手貼在冰涼的白沙上，握成了兩個拳頭。

「你說我可以的。」

「我也說過最好不要相信，莉琪。那樣比較安全。」

「我並沒有選擇。」亞瑪杰和我的距離是這麼的近，我體內的冰點不禁融化了一點，說起話來也流利許多。「我在醫院裡遇到一隻鬼，是個小男孩。換句話說，我現在看得到靈魂了。你那時就知道我會遇到這種事嗎？」

「我知道是有這個可能。可是……妳怎麼知道是個小男孩？」

我眨眨眼。他的問題真怪。「呣，因為他就是個小男孩啊！」

「妳可以看得那麼清楚？」

「當然。一開始，我甚至還不知道他已經死了。他看起來就像……一個正常的孩子。他說他叫湯姆。」

亞瑪杰坐直身體，好像我剛才突然做了什麼危險的事。

「怎麼了？」我問。

「從來沒有進展得這麼快過。一開始，妳應該只能看到光閃過，或者聽到怪聲。妳和他交談了嗎？」

我對自己可以再度跨界回到重生世界，呼喚出亞瑪杰，感到相當自傲。可是現在，我卻覺得自己像個做錯事的孩子。

我試著擠出微笑。「我學得很快吧？我的西班牙語老師向來都是這麼誇獎我的。」

「這可不是在開玩笑，莉琪。」

「我知道。」我口乾舌燥，突然間品嘗到又苦又澀的怒氣。「你認為我看著八十七個人死掉，還會不曉得這不是在開玩笑嗎？」

「不。」他直截了當地回答，轉頭望向沙漠。「可是我本來希望妳會忘記。如果妳不相信，所有發生在妳身上的改變就會愈來愈沒影響力，像傷疤一樣日漸淡化。」

我做了兩個緩慢的深呼吸。我生氣的對象不是亞瑪杰，而是破壞我真實世界的那四個男人。「不會發生這種事的。如果我躲起來假裝一切都不是真的，那麼我一輩子都會害怕。因為我心底深處還是會知道事實。」

「我明白了。」亞瑪杰說，但仍然以謹慎的目光看著我。「那麼妳很快就會變成我們之中的一員了。」

我和他對視，感到皮膚緊縮。自從恐怖襲擊後，我心裡的麻木感開始融化，彷彿將冰冷的雙手放在水龍頭下沖熱水似的，原先的冰冷轉化成無數刺癢。

「你說的『我們』是指什麼？」我低頭看著蒼白的手。我像亞瑪杰一樣在發亮，只是顏色比較淡。

「世人給我們的名稱倒是不少。」他回答，「引靈者、索魂者、賽可旁波斯。」

我抬起頭。「唔，你剛才說了賽可旁波斯嗎？」

「有些名稱聽起來比較優雅。我個人最不喜歡『索魂者』的叫法。」

「感覺太冷酷了嗎？」我問。

在他微笑時，我注意到他的眉毛是拱形的，中央有個自然的彎勾，所以不管我們談話的內容是什麼，他看起來都像是一副在戲弄我的樣子。

「妳要怎麼稱呼自己都無所謂。」他說：「重點是，當死亡輕拂過我們時，我們改變了。我們之中有些人可以看到亡靈，並和他們同行。有些人甚至住在重生世界裡。可是大多數人在進展到能清楚看見鬼前，都經過一段比幾天長得多的時間。」

我不知道該說什麼。在恐怖襲擊的幾個小時後，我就看到小湯姆了。

「唔……」他頓了一下。「還是妳之前就遇過類似的事？」

「開什麼玩笑？當然沒有。但你剛才說『引導』，那麼你妹妹是將這些人帶到什麼地方呢？」

「到我們家。」亞瑪杰低頭看著在沙丘間蜿蜒的黑油河川。「進入重生世界裡頭，他們在那兒才安全。」

「安全？他們已經死了，還能出什麼事？」

他遲疑了一會兒，然後輕聲說：「被掠食者吃掉。」

他的回答讓一股寒氣滑下我的脊椎。突然間所有的一切變得非常巨大而可怕，彷彿我在此刻才明白死亡的真實性，以及死後的世界比我想像的更遼闊、更複雜。

亞瑪杰傾身靠向我。「別擔心，莉琪。我會幫助妳了解這些。」

「謝謝你。」我主動伸手想握住他的手。

在我們的手指碰觸時，我感覺到一陣電流竄過身體。疼痛而渴望。我的心跳得好快，突然間五顏六色在天空旋轉，將原先的灰色切成碎片。我短暫地被拋回現實世界，黑油河川、紅色星星都不見了，像被晨光照到的鬼魂一下子消失無蹤。

我將手從他的手中抽離，灰色的世界馬上又回來了。

「也許還是太快了。」他低頭看著向我送出電流的手指。「我該走了。」

我困難地嚥了口口水，想開口說話。我想叫他留下，告訴我所有的事，可是我同時覺得面對這些改變，自己一點防備能力都沒有。就像我臉頰上的疤痕，畢竟這一切才發生不久，我還不是很清楚該怎麼面對。

所以，我到最後只能點點頭。兩秒鐘後，只剩我一個人坐在高高的沙丘頂端，大口呼吸新鮮空氣，讓剛升起的朝陽在我皮膚上灑下紅光，溫暖我的全身。

「真是難以置信啊！」我一邊看著我的手，一邊喃喃自語。只不過是碰了一下手，居然就讓我激動到被拋回真實世界。

我舉起手，撫摸嘴唇，在那兒坐了好一會兒，在過去兩天裡第一次感覺到我還活著。只有一點點重生世界的冰冷還留在體內，像舌尖上一小塊融化的冰。

我回到旅館房間時，媽媽似乎快要醒來了。我的鞋子和頭髮沾滿沙子，連身帽外套裡汗流浹背。可是我不急著去洗澡。

「要吃早飯嗎？」在她睜開眼睛時，我問。

媽媽點點頭。「妳一定餓壞了，昨天幾乎什麼都沒吃。」

她起床，用梳子整理頭髮。一分鐘後，我們走出房間，前往汽車旅館的餐廳。就在我們穿越停車場時，一輛有十八個輪子的大型貨櫃車駛入，在卡車專用停車處停下。我的腳可以感覺到地面的震動，我的皮膚可以感覺到從引擎噴出的熱氣，好像它是一隻蹲伏在我們身邊的怪獸。

「妳看起來精神恍惚。」媽媽說。

「沒睡飽。」然後我又想了一下。「應該是說睡太多了。」

「可憐的孩子。」她溫柔地說。

我們走進餐廳，研究印在餐墊紙上的菜單。我點了一大堆，媽媽看到我的食欲回來了，不禁露出微笑。我的身體逐漸在清醒，它想要食物、咖啡，以及一個正常運行的世界。

女服務生離開之後，我看到媽媽兩眼直盯著我額頭上的縫線。然後她的目光往下移到我的左臉頰，望向我在重生世界流下的唯一一顆眼淚卻被催淚瓦斯灼傷的疤痕。

我懷疑她自己知不知道她有多常這樣做。她不會打算一輩子都這樣做吧？

不過，最後她轉頭望向窗外，不再看我。「這兒好美。我們應該停留一會兒，順道觀光一下。」

「呣，妳是說，看那些沙丘嗎？」

「嗯，很難不看到它們吧？不過這兒的北方有個叫『克羅萊』的鬼城。聽說是很久以前的淘金潮時留下的遺跡。我在房間裡有看到簡介的小冊子。看起來很有趣。」

頓時，我回想起湯姆的臉，不由得打了個冷顫。「我不要去看鬼城，可以嗎？」

她轉頭將目光從窗外移回，看到我的表情，伸出手來握住我的手。

「當然好。」她的音量只比耳語大一點，像是怕被其他人聽到似的。「我不該提起的，對不起。」

「沒關係。我沒事的，媽，只是……」只是這些恐怖分子差點殺了我，而我去過死亡之國，現在我不但可以看到鬼，而且顯然還得到了危險的新能力，我還遇上一個男孩，他碰觸我的手指頭時會有電流竄過，到現在我的手指居然還麻麻的。

更重要的是，我需要趕快買些正常的新衣服。

「對，沒事的。」媽媽說：「我們還是趕快帶妳回家吧！」

第九章

一小時後，來的作家已經超過二十個。青少年小說家酒吧聚會的勢力擴大到五、六張桌子，只不過每張都空盪盪的，只有空酒杯和手提袋放在上面，因為所有的人全都站著。

奧斯卡介紹黛西給大家認識，強調她即將發行的第一本小說男主角是個吠陀死神帥哥。每個人聽到都笑了，不然就是回應說他們等不及要拜讀大作。將她的小說壓縮成一個句子不知為什麼反而讓黛西在談到它時沒那麼惶恐。它給黛西一種比較能掌控狀況的錯覺，就像格林童話裡的皇后偷聽到小矮人「來普爾提爾斯基」⑫的名字一樣。

每個人都在談論自己的作品，講著他們的經紀人有多厲害、文字編輯有多討厭、行銷部門又有多不老實。黛西頓時被出版界的波浪淹沒，資訊多到讓她來不及消化。

這是我到紐約的第一天，她心想。第二杯健力士讓她有點頭暈。

「妳是黛西・帕特爾嗎？」一個穿著一九五〇年代鮮紅小洋裝的年輕女郎問她。「妳兩個月前和悖論出版社簽了約，對不對？」

黛西微笑。「我就是。簽的是《重生世界》。」

「初登場姐妹！」那女郎大叫，突然用力給了黛西一個差點喘不過氣的擁抱。

當她放手後，黛西踉蹌後退一步。「呃？什麼？」

「我和妳一樣都是二〇一四年出道的！我們是初登場姐妹！」

「喔，好。」黛西不確定她的「初登場」指的是第一次出版小說，還是第一次出席這種社交場合，不過這兩件事其實也沒有什麼分別。「很高興認識妳。」

「我叫安妮・巴貝兒。很蠢的名字，對不對？我應該選擇用筆名的。」她看起來很擔心，彷彿黛西當場就要撤銷她的出版合約似的。

「我向來很喜歡『安妮』這個名字。」黛西說。

「嗯，安妮還不錯，可是『巴貝兒』就有點不稱頭……總讓人聯想到理髮師⑬。不過呢！好處是依照姓氏字母排名時我會在最前面，換句話說，我的書會被放在眼睛高度的書櫃上。我聽說排在最後面也不錯，因為有些人喜歡坐在書店的地上。只有姓氏在中間的那幾排沒人會去看，才是個問題。」

「喔！」黛西一方回應，一邊在心裡想著她那排在中間的姓豈不是會讓她的書排在架子上沒人看了？

「妳的小說書名叫什麼？」

「《祕密國會》（A Parliament of Secrets）。聽起來會很無聊嗎？」

「不會啊！我最喜歡集合名詞的文字遊戲了。妳的書名就像俚語裡講的『一群貓頭鷹』⑭，對不對？」

「沒錯！」安妮的臉放鬆下來，露出笑容，拿出她的手機。「我要把它放上推特。」

「恭喜妳。」黛西說：「我的意思是，恭喜妳簽了出版合約，不是在恭喜妳要放上推特。」

「真高興我終於找到妳了！我們一直在尋找更多失散的初登場姐妹。」

「我們？」

安妮沒回答她，反而一路推著黛西穿過房間，去見另外三個同樣在二〇一四年出道的新手作家。她們

---

⑫ Rumpelstiltskin，小矮人以帶走農家女生的第一個孩子為條件，幫助她當上皇后，在王子出生後，答應她如果她能在三天內猜出他的名字，便放過王子的故事。

⑬ 兩者的英文都是barber。

⑭ A Parliament of Owls，因為貓頭鷹在西方是智慧的象徵，像一群聰明的國會議員聚在一起，便以此形容。

都像安妮一樣聒噪，大多數人也是第一次見到彼此。不過她們好幾個月前就組了一個網路社團，交換意見、閒聊八卦、談論出版界的潛規則。黛西目瞪口呆，她從來沒有聽過這些事。

「如果小說出版後沒在一星期內登上暢銷書排行榜，妳就毀了！」其中一個說。

「名人推薦再也沒有效果了。」另一個說。

「妳一定要確定，小說裡會被讀者引用的對話千萬不能超過一百四十個字！」這句倒是很值得記下來。

「在小說出來的前一天，網頁點擊率至少要破千！」聽起來則最驚悚。

奇怪的是，她們四個似乎對黛西很敬畏。她們在《出版家早午餐》專欄上看到黛西簽了約，對悖論出版社肯付那麼多錢感到吃驚。

「他們是不是在妳到出版社時特地鋪了紅毯歡迎妳？」她的新姐妹之一問。她叫愛斯莉，寫的是以火星為背景的反烏托邦小說。

「才沒有咧。」黛西一邊回答，一邊忍不住笑了。悖論出版社的地毯全是公事公辦的鐵灰色。

「也許妳可以幫我的書寫名人推薦。」另一個女孩打趣，不過黛西不知道該做何反應。突然間她很高興《出版家早午餐》沒有寫到她的年齡。她的初登場姐妹們看起來至少都超過二十五歲了。

她再度覺得黑色小洋裝過大，彷彿自己在裡頭不知不覺地縮小了。

「能聚在一起真是太好了。」安妮一邊問，一邊遞給黛西第三杯啤酒。

「的確。」黛西回答，眼睛卻若有所思地盯著啤酒。「可是妳們每個人都知道得這麼多。我卻什麼都不曉得。比如說，我連要做什麼來宣傳自己都不知道。」

「什麼都要做！」

黛西耳朵裡聽著她的回答，小心地啜飲一口啤酒，眼光飄向琪瑞莉・泰勒。雖然被琪瑞莉和柯爾曼取笑有些嚇人，不過黛西也因此感到刺激的興奮和喜悅。但是初登場姐妹的熱忱卻只讓黛西覺得恐懼。

「什麼都要做？妳指的是……」

「妳應該至少有部落格吧？」

「我只有tumblr，可是我不知道該在上面寫什麼。我甚至不知道該不該寫自己的私事。」

「我們可以幫彼此做專訪！」安妮大叫。

「好啊。」黛西試著擠出微笑。「第一個問題：妳真的認為姓氏排在前面或後面會影響銷售量？」

「什麼都會影響銷售量。」安妮說。

她又強調了一次。黛西舉起杯子慢慢地喝了一口啤酒，她看到琪瑞莉和一個黛西還不認識的高眺年輕女人站在角落旁若無人地大笑。也許她們會願意讓她站在附近？

「話說回來，妳到底幾歲？」安妮問。

黛西遲疑了。她停頓得太久，久到已經不可能以開玩笑來迴避問題。「我的經紀人和我決定對我的年齡保密。」她小聲說。

安妮睜大了眼睛。「好主意！妳可以辦一個年齡發表會。就像封面發表會一樣，只是發表的是年齡！」

黛西只能點點頭。她正在喝第三杯啤酒，覺得自己的腳輕飄飄的，彷彿地心引力突然失去了作用，害她沒踩在地上。她一直想找個機會試試健力士，因為它有一種名為「明膠」的成分，黛西覺得它聽起來很神奇，雖然她知道那不過是魚內臟的製成品。

她的肚子有點餓，這時才發現午餐是好久之前吃的，而晚餐卻還不知道什麼時候才吃得到。

「對不起，我離開一下。」黛西說完，穿過房間。

琪瑞莉站在酒吧角落，身邊的舊式點唱機幾乎和「汽水」的鳥籠一樣大。裝飾著紅黃霓虹燈管的機器裡有液體在管子裡跳動，讓點唱機看起來像有脈搏似的。琪瑞莉的朋友應該只比黛西大幾歲，黑色的亞麻西裝外套下穿著一件燙得筆挺的白襯衫。

「我的每個月只要兩百五十美元。」琪瑞莉正在說：「而且非常安全。」

「那個價錢比我負擔得起的還高了一點點。」年輕女人說。

黛西走近她們身邊，偷聽她們的談話內容。她們一開始並沒有注意到她，不過她告訴自己要勇敢。就像妮夏一直在說的，她現在已經是大人了。

琪瑞莉聳聳肩。「布魯克林區的物價本來就比較低。」

「我知道。」她的朋友嘆了一口氣，說：「在中國城，一個月至少要四百塊。」她看了黛西一眼，露出微笑。黛西覺得她彷彿收到了「歡迎加入」的邀請。

「妳們說的是有租金管制的地方吧？」黛西問，「我在網路上看到的公寓，一個月的租金至少都要兩千美金呢！」

她們兩個一起瞪著她看了好久，然後琪瑞莉露出微笑。「我們在談的是停車位，親愛的。不是公寓。」

「喔，對。」黛西喝了一口啤酒，希望酒吧裡昏暗的燈光會遮掩住她脹紅的臉。「停車位。」

年輕女郎笑得前俯後仰。「那麼做倒是可以省下不少錢。直接就住在停車場裡頭。」

黛西陪著一起笑，心裡想著，也許她該回去安妮和其他人那兒，畢竟她的水準和她們差不多。可是，琪瑞莉卻在此時伸出一隻友善的手，搭在她肩上。「妳們兩個見過了嗎？這是伊莫珍・葛雷，另一個初登場的新作家。」

伊莫珍微笑，伸長手。「黛西，對不對？印度超自然小說家？」

「就是我。」兩個人握手。「好像這裡的每個人都知道我是誰似的。」

「喔……」伊莫珍說：「我猜我只是推論，因為妳看起來就是……」

黛西瞪著她，裝滿啤酒的腦袋想了一下。「印度人？」

「嗯，不是嗎？」伊莫珍稍微睜大了雙眼。

黛西微笑，想擺出一副理所當然的樣子。今天晚上她所見到的每個小說家，除了從加勒比海聖基茨島來的科幻作家喬哈里・瓦羅泰之外，全都是白人。「沒關係的。我的意思是，好奇怪，怎麼好像每個人都聽過《重生世界》似的。」

「死神是新形態的賽爾奇。」琪瑞莉說。

伊莫珍翻了翻白眼。「她的意思是，有人引用不同的神話是一件好事。所以妳的故事是發生在印度嗎？」

「不是。大多數是發生在我的女主角居住的聖地牙哥。不用說，當然也發生在重生世界裡。」

「那當然了。」琪瑞莉拿著杯子和她們兩個的互撞，敬重生世界一杯。「我想到一個有趣的問題。妳的吠陀死神會說英語嗎？還是聖地牙哥少女會說印度話？嗯，我猜還是梵語？」

「她不會。她是白人。」她們兩個看著她好一會兒，彷彿在期待她解釋。所以黛西問，「這種設定很奇怪嗎？」

琪瑞莉攤開雙手。「一點也不奇怪。」

「其實，我只是想將她的戀愛對象寫成長得像穆拉米爾・易布拉罕的印度少年。」她們兩個又滿臉困惑地看著她。黛西不禁尷尬地有點手足無措。「他是印度寶萊塢的演員。事實上，他是個知名模特兒。在我小時候看的超自然小說裡，從來沒有出現過一個像他那麼性感的男人，你知道嗎？可是我不想讓它看起來只是我的一個迷戀。」

「妳想要每個女孩都迷戀他。」琪瑞莉再度露出笑容。「所以決定把女主角寫成一個加州白人。」

黛西突然間希望自己沒喝得這麼醉，好讓腦袋清醒一點，可是她還是又啜了一口酒。「差不多就是這樣……」

「非常合理。」琪瑞莉搖晃著杯子裡的冰塊。「只是有點問題。不過人生本來就充滿了問題，小說自然也不能例外。」

「太哲學了，琪瑞莉。」伊莫珍說。

「不過，回到剛才的話題，亞瑪杰確實會說英語。」黛西繼續說，因為她想讓她們知道她對這個設定其實是經過深思熟慮的。「我的小說叫《重生世界》，複數，因為重生世界並不只一個，而是很多個。每個重生世界都由一個可以跨越陰陽兩界的活人負責。」

「這是從神話借來的嗎？」伊莫珍看著飲料皺眉。

「吠陀？不是。是我虛構的。」

「那就是我們小說家的工作了。」琪瑞莉說：「虛構故事。」

「沒錯，就是這樣。」黛西說，雖然在去年十一月的混亂中，她一直都沒將什麼是她虛構的，什麼是她從神話借用的，分得很清楚。「無論如何，亞瑪杰的重生世界裡有很多來自印度的人，他們的母語是各地方言，古吉拉特語、孟加拉、印地語等等。所以大家使用英語作為共通的語言，就像真正的印度社會一樣。」

「喔，殖民帝國的語言。」琪瑞莉的表情亮了起來。「妳可以在這一點上玩一些有趣的哏。」

「沒錯。」黛西回答，雖然她滿確定自己沒在這點上「玩」到任何一個哏。她讓亞瑪杰說英語的理由很現實，因為這樣他和莉琪就不用以肢體語言來談這場永恆之戀。「最困難的部分是要將他說的話寫得很老派。可是這樣做又會讓他的性感度大打折扣。」

「老派？」伊莫珍問。

「因為他是，嗯，三千年前生的。」

「然後和一個少女談戀愛？」琪瑞莉「嘖嘖」了好幾聲。「以前從來沒有人寫過這種故事！」

伊莫珍嘲諷地反駁她。「對啦！除了那些吸血鬼以外。」

「呃，其實他還是只有十七歲。真的。」黛西一邊啜飲啤酒，一邊整理思緒。「因為時間的速度不一樣，在重生世界……糟了。這樣的設定是不是很變態？」

琪瑞莉揮揮手。「只要他的外表看起來是十七歲，就不會有人覺得奇怪。至於英語的問題，電視上什麼人都講英語，連《星艦迷航記》裡的克林貢外星人都講英語了，為什麼印度死神不能講英語？」

「胡說八道，琪瑞莉。」伊莫珍說：「克林貢人講他媽的克林貢語。還有粉絲成立了『克林貢語言學會』，現在正致力於將莎士比亞的劇本翻譯成克林貢語呢！」

「啊！對！我忘了。主線的文化可以竄改，不過千萬要保留小精靈和克林貢的精髓！」

伊莫珍轉向黛西。「不要理她。每次講到這個話題，琪瑞莉總是要和人激辯。妳知道為什麼嗎？因為她自己還沒在這一點上找到解決的辦法。」

琪瑞莉聳聳肩。「以一個借用原住民神話的白人來說，我的問題已經夠多了。雖然我得承認它們確實有研究的價值。哎！……至少藉由和你們年輕人爭辯，我已經將我的智慧傳下去了。」

「妳在寫書時遇上麻煩？可是妳的書是這麼的……激勵人心啊！」黛西小學六年級讀完《帝若王》後，選了澳洲原住民邦加隆族做她期末大報告的主題。「我的意思是，感覺上妳很相信妳書上寫的每一句話。妳對澳洲原住民神話的態度比我對吠陀神話莊重多了。」

琪瑞莉笑了。「嗯，我可從來沒用過任何人的神來當我小說裡的性感主角。」

黛西看著她。

「不過我沒讀過妳的書啦！」琪瑞莉高舉雙手表示投降。

伊莫珍翻白眼。「一旦是妳自己的神時，情況又不一樣了，琪瑞莉。」

「我猜是這樣。」黛西回答，可是這也不是百分之百的實情。她在費城的家裡唯一的印度神像，只有她爸爸電腦桌上的磁鐵象頭神；而且在她十三歲時，她就拒絕遵從家裡吃素的傳統。「不過呢！亞瑪杰並不算是真正的神。他是第一個發現死後世界的人類，因此得到了特別的魔力。說起來，他比較像個超級英雄！」

連在這一點上，黛西都不誠實。在最早的神話裡，亞瑪杰是人類，但他後來變成了神。這就是吠陀神話特別的地方，它們不只存在於一本書上，而是散布在幾百個故事、詩歌和冥想之中。它們包羅萬象，什麼都有；眾神和唯一的真神、天堂和地獄，甚至轉世輪迴，兼容並蓄。

可是在她的《重生世界》裡，亞瑪杰只是一個意外發現他能和鬼魂交流的正常少年。最重要的不是這一點嗎？還是說，「性感的吠陀死神」這幾個字，已經神奇地取代了整本小說？

伊莫珍微笑。「只有他像漫畫裡的人物能追溯他得到超能力的過程，妳才能說他只是個超級英雄。」

「可以的。他不只能使用閃電，還有其他許多種超能力。」

「像蜘蛛人一樣嗎？」

「可能比較像金剛吧？」黛西回答，「不過那不是吠陀神話的一部分。我故意忽略很多傳說，像亞瑪杰的妹妹一直想要和他上床之類的。」

「哇！青少年小說最喜歡這種劇情了！」伊莫珍說。

「我絕對不想寫那種東西。」黛西瞪著她只剩啤酒泡沫的玻璃杯底。「妳覺得我是不是麻煩大了？」

琪瑞莉把酒杯放在點唱機上，用胖胖的手臂攬住黛西的肩膀。「別擔心。妳又不是個偷用別的民族的神話故事的白人。」

「那不是妳的專長嗎？」伊莫珍說。

「看看是誰在丟石頭！」琪瑞莉大叫，「妳的書裡醜聞才多咧！」

伊莫珍嘆了一口氣。「現在嘛！我的書已經什麼都沒有了，連小說結構都不見了。我找不到一個好超能可以用。」

「什麼是『好超能』？」黛西問，心裡對話題總算離開宗教神話的套用感到鬆一口氣。她醉成漿糊的腦袋實在沒辦法思考那麼嚴肅的問題。

「伊莫珍的第一本小說的主角是個縱火少女。」琪瑞莉說：「控火師！她居然有臉說我很壞。」

「嘿！我只是用魔法燒了些東西。那可是比將別人的文化占為己有好多了。」伊莫珍轉向黛西。「我的女主角一開始是個縱火狂，從小就喜歡把火柴當玩具。然後她發展出很粗糙的控火超能力，才發現自己原來是一支歷史悠久的控火師家族的後裔。」

「我有一個國中同學就是那樣。」黛西說：「當然他沒有超能力，不過他一天到晚喜歡躲在廁所裡燒衛生紙。」

伊莫珍微笑。「我的第一個女朋友也是個縱火狂。在我的三部曲裡，所有的超能力都是從衝動控制障礙演變出來的。」

「是哦。」黛西本來以為伊莫珍頂多只比她大幾歲，可是她已經在構思三部曲，而黛西卻連《未命名的帕特爾》的主要架構都還想不出來。

黛西再一次感到驚慌。如果她瘋狂打字的手指註定只能寫出一本小說的話，她該怎麼辦才好？

「第一本的書名當然就是《控火師》。」伊莫珍說：「可是我的出版社卻非要我改掉第二本的書名不可。」

「能怪他們嗎？」琪瑞莉大叫。「妳居然取《歐盧拉師》這種爛書名！」

「那是什麼意思？」黛西問。

「歐盧拉就是拉丁文裡的貓。」琪瑞莉大笑。「貓女般的超能力。」

「去買些酒來！」伊莫珍從屁股口袋掏出舊皮夾，拿出兩張二十元的紙鈔。琪瑞莉從她手上抽走鈔票，往吧台走去。伊莫珍轉向黛西。「就是說他可以看穿貓咪，像非洲巫師用雞內臟占卜一樣。」

黛西驚訝地睜大雙眼。「妳的主角會殺貓？」

「嗯，不是啦！貓咪超能力是能夠讀出貓咪走動或者甩尾巴所代表的意思。」伊莫珍的手在空手畫出優雅的弧線，彷彿正在撫摸一隻快睡著的貓咪。「我的主角聽到貓咪的咕嚕聲，就能知道很多事，就像在海浪聲中聽見訊息一樣。」

黛西的視線轉移到伊莫珍手上。她的手指戴著好多枚銀戒，小拇指上套的戒台是個骷髏頭和兩根交叉的骨頭。「好厲害。」

「書裡的超能力不是問題，重點是悖論出版社的人不喜歡《歐盧拉師》這個書名。他們想把它改成《貓喔師》。」

「那不是比原來的《歐盧拉師》更糟嗎？」黛西喝下的三杯健力士讓她頭昏腦脹。「不過話說回來，我們是同一家出版社呢！」

「妳的編輯是誰？」

「南恩・艾略特。」

「我的編輯也是她。」

黛西皺眉。「可是貓怎麼能和衝動控制障礙扯上關係呢？寵物又不會有控制障礙？」

「妳在開玩笑嗎？我的小說主角的媽媽愛貓成痴。他在擠滿貓的垃圾堆家裡長大。衣服上都是貓尿味。在學校沒人理他。不偷食物就要餓肚子。社會福利處就要來了……」

黛西不停點頭。「然後他就發現他有超能力？」

「對。不只是可以預知，而且還包括一堆貓可以做的動作，像極佳的平衡感、攀爬、聽力等等。他從順手牽羊的小賊進化成厲害的夜賊。」

「妳知道貓的味蕾嘗不到甜味嗎？」話一出口，黛西就在想她是在哪兒念到這個的？以及，這是真的嗎？

「哇！我不知道。太酷了。」伊莫珍拿出手機，開始輸入。「貓也不會有時差，因為牠們睡覺的時間太長了。」

「很有道理。在我的書裡，牠們可以看到鬼魂。」

伊莫珍微笑。「我的書裡沒有鬼。不過，誰知道呢？下星期我就要開始動手修改了。」

「我也是。」黛西感覺到自己在微笑。她剛才是不是對伊莫珍的小說產生了影響？就因為她在這兒，而且對貓有些一知半解的知識？

也許，這可以彌補她借用父母信仰的宗教神明當成青少年小說的性感男主角的罪過。黛西慢慢深吸一口氣，讓這個想法自動散去。

「不過我還得為第三集找個超能力。」伊莫珍的手指在電話上滑了幾下，然後看著螢幕念，「候選名單有好幾百個。空氣超能力、球體超能力、霧氣超能力。不過麻煩的是，這些力量都沒什麼用。而且我覺得如果主角的超能力不複雜就不好玩了。」

黛西想了好一會兒。就她的經驗，複雜代表的意思大都是困難，而不是好玩。如果她事先知道要描述遭遇恐怖襲擊後的心理創傷有多困難，知道在接下來的四章裡必須緩慢、沮喪地撫平看過大屠殺後留下的恐懼，她會另外找個比較和平的方法讓莉琪用念力進入重生世界。

每個人都喜歡第一章是件好事，但這也讓她在寫後面的章節時更加棘手。

琪瑞莉端著三杯酒回來了。「我在吧台等酒的時候想了一下，我說不定已經幫妳解決了妳的超能力問題！」

「噢，太好了！另外一個。」伊莫珍接過琪瑞莉手上的兩杯酒，將健力士遞給黛西。「說出來聽聽吧！」

「不如妳把第三本書拿來寫《屁師》吧！」

接下來好一會兒，沒人說話。

「妳說的那個『屁』是我想的那個『屁』嗎？」黛西問。

「對！就是拉丁文說的排氣。」琪瑞莉興奮地眼神發亮。「一定會大賣的！」

「所以妳是在建議……」伊莫珍謹慎地說：「在我的衝動控制障礙黑色幻想小說三部曲裡的最後一本，將小說主角的超能力寫成放屁嗎？」

「嗯，她的屁裡不一定要有魔力。不過難道一個人不能利用放屁來控制她的超能力嗎？畢竟，那也算是一種意志力，不是嗎？而且也需要某種程度的淨化心靈才辦得到啊！」

「妳去死好了。」伊莫珍說。

琪瑞莉不理她，反而轉向黛西。「妳覺得書名要取什麼？《屁師費歐納》？還是寫成男的，叫《屁師弗瑞迪》？一定要『F』開頭的名字，這樣才有放屁的感覺。」

黛西憋笑憋得很辛苦，根本說不出話來。

「我覺得兩者旗鼓相當。」伊莫珍回答。「因為一樣爛。」

「等一下。」黛西好不容易說了：「可是放屁超能力能做什麼？我的意思是，除了很明白地臭死人之外。」

「嗯，我還沒將整個魔法結構想得很完整。」琪瑞莉微微搖晃她的酒杯。「不過所有的咒語名都應該帶著叫喚的味道：長響屁、無聲臭屁、微風小屁，當然絕對不能錯過可怕的內政部長屁！」

現在連伊莫珍都笑了。「這些咒語聽起來只會發生一種效果。」

「那是因為我還沒提到火焰突擊屁！」

「妳這個剽竊的文字賊！」伊莫珍大叫，「火焰突擊屁根本就是從《控火師》偷來的。」

「是《屁師》。」琪瑞莉擺出一本正經的樣子說：「可是我們用不著這麼追根究柢的掉書袋。」

「是的，我們用不著這樣。」黛西附和。然後三個人舉起啤酒杯互撞，一飲而盡。

整個晚上就差不多是這樣，混合了嚴肅的討論、天花亂墜的胡說、自我推銷和睡衣派對似的輕鬆氣氛。感覺上好像持續了好久，可是在黛西環顧四周發現青少年小說家聚會已經散場時，時針其實還沒走到十。酒吧裡人潮擁擠，只是現在幾乎都不是作家，她認得的人只剩五、六個。

她的新朋友們開始聚集。

「有人要和我共乘計程車回布魯克林嗎？」琪瑞莉問。

一個寫哥德同性戀小說的密西西比作家，正好要回他借住的朋友家，連忙舉手。黛西的四個初登場姐妹打算要到附近吃披薩，可是她喝了四杯啤酒（還是五杯？），頭實在太暈了，除了直接回家，再沒有第二選擇。

「妳知道要怎麼走回莫喜家嗎？」伊莫珍問她。

黛西不想吹牛，只能實話實說。「不知道。不過它就在阿斯特廣場對面，計程車司機應該會知道吧？」

「走路過去只要十分鐘。我陪妳一起走吧！」

「抱歉我這麼狀況外。」黛西已經醉到會不時道歉，動不動就對任何事說好的地步。不過伊莫珍沒說什麼，只是微笑。

她們向每個人熱情道別，走入夜色之中。

倉庫從太陽下山後似乎變大了不少，街道上很空曠、很戲劇化，像電影裡的布景，而她們不過是被允許在劇組收工後進來觀光的遊客。涼風輕拂過黛西因聊了好幾個小時寫作話題而興奮到發燙的皮膚。

伊莫珍指著前面。「鬼屋。」

黛西抬起頭，看到一大片褪色的磚牆，以及幾十年前就已經倒塌的建築物的黑影。屋頂的角度，還有煙囪突出的形狀全都明顯可見。最上面還有一塊廢棄的汽車修理廠的廣告看板，年代久遠到它的電話號碼是字母開頭的。

「我的主角看得到鬼。」黛西說。

「當然。他是個死神嘛！」

「不是他。是女主角，莉琪。」

「真的嗎？」伊莫珍問。

「什麼東西真的嗎？」

「妳的女主角叫莉琪……而你叫黛西？」伊莫珍開始大笑。「你看很多珍・奧斯汀的小說嗎？」⑮

黛西突然停下腳步，大叫一聲，「喔，糟糕！」

「妳自己沒發現？」

「我不是故意的。真的！我媽才是珍・奧斯汀的書迷！」

伊莫珍一邊繼續笑，一邊拉著黛西往前走。「沒有人會注意到的。嗯……除了讀過珍・奧斯汀小說的人。不過幾乎所有會買書的人都讀過她的小說吧？」

她們往阿斯特廣場的方向走。黛西仍然沮喪地拖著腳步。

現在改掉莉琪的名字會不會太晚了？利用電腦的「取代」功能，幾秒鐘就能改好，不過是零與一之間的沈默對換。只會有幾個朋友和編輯知道。可是對黛西來說，那就不再是同一本書了，感覺就像有個會變臉的人偷偷換掉了她的女主角。一個看起來、聽起來像莉琪的冒充者，可是就是因為這麼像，才會讓黛西在情緒上更難接受。

「我做不到。那樣感覺起來就像是假的了。」

「不然，妳可以用筆名。」伊莫珍說：「不要改她的名字，改妳自己的名字。」

黛西想到安妮・巴貝兒和她排在字母順序正中央的倒楣姓氏帕特爾。「真的有人用筆名啊？」

「很多啊，只是妳不知道而已。」伊莫珍一邊說，一邊捏捏她的手。「不過，現在不要想，明天再考慮吧！」

黛西點點頭。雖然她的明天已經有太多事情要做。找公寓、去銀行開戶、理出頭緒獨自面對紐約的生活。

她們繼續往前走，黛西開始注意起經過的街道路牌。她需要認識這個城市，不過有伊莫珍作陪感覺安心不少。

「妳怎麼會認識琪瑞莉？」黛西問。

「悖論出版社買了《控火師》之後，她立刻答應幫它寫名人推薦。我寫信去謝謝她，她邀請我一起吃午餐。我是一年前大學畢業後搬到這兒來的，從那之後我們就一直是好朋友。」

黛西微微皺眉。伊莫珍雖然也是新人作家，但她至少大自己五歲，而且已經念完大學，又在紐約市住了一年。更何況她早就寫完兩本小說，不像她只是在十一月意外寫出了一本幸運作品。

「《控火師》什麼時候要上市？」

---

⑮ 莉琪和黛西分別是《傲慢與偏見》中女主角的名字和男主角的姓氏。

「今年九月。」伊莫珍從齒縫中擠出空氣。「終於要上市了。」

「好羨慕妳。我的書要等到明年秋天呢！」

「當個作家還真是爛透了，對不對？感覺就像你講了一個笑話，要等上兩年才會聽見有人發笑。」

黛西點點頭。妮夏在回家的路上傳了個簡訊給她……

「離上市只剩四百六十二天了！」

黛西猜想自己應該會在妮夏厭倦這個玩笑之前就覺得無趣了吧？

她們在沉默中走了一會兒，伊莫珍靜靜地指著前方消失建築的黑影。黛西開始懷疑除了人之外的東西是不是也有鬼魂？不只是貓、狗之類的生物，而是像機車、打字機、學校操場這類的東西。甚至是太早嶄露頭角或從未有機會嶄露頭角的小說家的職業生涯……

黛西仍然牽著伊莫珍的手，想到她的孤單，不禁更握緊伊莫珍的手。然後，她抬起頭，望著因太過明亮的城市光害而看不到任何星星的天空。

第十章

結果我們還是稍微觀光了一下下，才開了第二天一整天和第三天大半天的車回到聖地牙哥。媽媽堅持我必須先和她長談創傷後壓力會如何影響駕駛能力之後，才肯偶爾和我換手，讓我開車。顯然她認為這樣做會有幫助。

更糟的是，媽媽利用開車回家的機會來縱容她自己的長途開車旅行恐懼症。她批評我們經過的路邊奇怪的哥德式餐廳，說它蓋得如此畸形，看起來好像廚房冷凍櫃裡放的不是牛排而是死人屍體。每次只要有車子開在我們後頭超過兩英里，她就會認為我們被跟蹤了。和媽媽一起長途開車簡直是太太太有趣了！

當然，她向來是個緊張兮兮的媽媽。小時候，我被規定只能在自己家的後院玩，永遠都不能去別的小孩的家。十歲那年，她便買了支手機給我。剛開始我還覺得滿酷的，直到後來我發現它根本是個追蹤器。現在，四名恐怖分子更證明了她的恐懼有理。我不禁懷疑她是不是一輩子都不會再放心讓我去做任何事了。

不過當我們駛過猶馬鎮進入加州之後，她的心情明顯變好，還強迫我陪她玩一個很蠢的遊戲：看到一棵棕櫚樹得五分、看到一輛油電混合車得十分、看到一輛綁著衝浪板的車二十分。我很快就不想再玩了，於是閉上眼睛表示抗議，想不到真的睡著了，直到輪胎顛簸地轉入石頭車道告訴我終於到家時，我才醒來。

我睡眼惺忪地揉揉眼睛，爬下車繞到後車廂，等著拿行李。不過當然沒行李。媽媽離開時太過匆忙，而我則只剩幾個裝滿髒衣服的醫院禮品部塑膠袋。

「我累壞了。明天再去還車吧！」媽媽從後座拿出她的袋子，關上門。「妳不介意明天一大早開車跟在我後頭去還車吧？」

「再早都沒問題。」這幾天，我都在早上六點就醒了。也許我的生理時鐘還在過紐約時間，也許睡眠和一場恐怖襲擊和三天長途開車對抗的贏面太小。

進門之後，在我們分別進房前，突然感到黏在一起這麼久就要分開的感覺好奇怪。媽媽給我一個很長的擁抱。

「謝謝妳來接我。」我說。

「我當然會去接妳。」她往後退一步，仍沒放開我的肩膀。「我好高興妳終於回家了。」

「我也是。」

我們倆又在那兒站了一會兒，才沈默地各自回到臥室。能分開睡在兩個房間，真好！

我把塑膠袋丟在床上，打開我的電腦，可是一看到它正在下載好幾百封信時，我又把它關上了。我的臉上了電視新聞了，不是嗎？於是在如此悲傷、可怕的事件中，我成了名人。

我坐上床，試著去想像我對著朋友一次又一次敘述恐怖襲擊的畫面。講述可怕的過程將會變成一種自動但疏離的反應嗎？就像我五年級時摔斷手那次一樣？

這個想法令我好沮喪。在達拉斯發生的事比從鞦韆上摔下來糟糕了一千倍，而且也更隱私。我去過另一個世界，而且將它的一部分留在體內帶回來。它的影響不會愈來愈小，即使亞瑪杰說過那樣比較安全。然而，我並不願意一次又一次地和其他人分享這件事，我不想讓記在腦子裡的說詞取代我真正的記憶。

我站起來，走到衣櫃，心裡想著，現在我是個引靈者、索魂者、賽可旁波斯了，不知道應該穿什麼樣的衣服才合乎身分。黑色應該是最安全的選擇吧？問題是，除了我在紐約新買的幾件，根本沒什麼黑色衣服，而行李又還沒有送回來……

重點是，不要再穿從醫院禮品部買來的泰迪熊T恤了。我脫下身上的衣服，隨手塞進床邊的垃圾桶。

然後洗了一個長長的澡。家裡的熱水比任何一家我們住過的汽車旅館都要燙，似乎稍微融化了我體內的寒冰。但是那股寒氣並不會徹底消散，即使是昨天下午我站在亞利桑那州圖森市滾燙的柏油路上，頂著火辣的太陽時，還是不覺得暖。它只消失過一次，就是在沙漠和亞瑪杰在一起的時候。

我懷疑他是否知道他的碰觸對我產生的效果，會讓我心跳加速到被拋回真實世界。我懷疑在我們下次見面時，他是否會因為這件事而感到尷尬？

我有好多事情想問他，關於黑油河川、重生世界，還有他在不在乎人們活著的時候是好人還是壞人。其中我最想問的是，亞瑪杰是怎麼變成我們中的一個。一開始，他是遇上了什麼可怕的事，才將他送進重生世界的？

他的臉是這麼平靜、毫無瑕疵，不像是一個經歷過慘烈現實創傷的倖存者。當然，在我望著浴室的鏡子時，我本來以為我會看到一張不同的臉，一張顯現出我經過的悲慘遭遇的臉。可是唯一的改變卻只是臉頰和前額上增加的傷口，不說的話，人們只會認為我不過是從腳踏車上摔下來吧？

我回到臥室，正在擦乾身體時，聽到了敲門聲。

「什麼事？媽？」我用大毛巾圍住身體。

房門沒有被推開。事實上，它連動都沒動一下，而是稍微往外滑，像是一小部分的世界消失了，透過開口我可以看到後頭的走廊。一個小女孩從開口走進來。她穿著紅色燈芯絨褲子，棕色條紋襯衫緊緊地塞入腰際，兩條金色的粗辮子在她肩膀上晃動。

我後退了一步。「呃，妳是誰？」

一開始，她看起來有點害羞，似乎不大確定該不該這麼做。然後她雙手扠腰，抬起下巴。「我知道妳可能會覺得有一點怪，莉琪。不過，其實我住在這棟房子的時間和妳一樣久。」

她叫明蒂・派崔維克，是我媽很久很久以前的朋友。

「我們兩個的家正好相對。」我們兩個坐在床上，我還圍著溼毛巾，明蒂已開始細述。「妳媽有一隻狗叫馬堤，總是在社區裡亂跑，尤其喜歡追我的腳踏車。所以我是先和馬堤交上朋友，才認識安娜的。」明蒂的眼神矇矓，陷入回憶。「當馬堤死的時候，我陪著安娜一起去獸醫診所。牠比我早死一個星期。」

我不知道該說什麼。我從沒聽過我媽提起任何關於馬堤或明蒂的事，但我依稀記得在媽媽的舊相簿裡確實有隻牧羊犬的照片。

「那時我媽幾歲？」

「十一歲，和我一樣。」她微笑。「我只比安娜大兩個月，可是她總是比我低一年級。她出生的月分不好。」

「可是她是在北加州帕拉阿圖長大的啊！」

「嗯。」明蒂回答，「我也是。」

我皺眉。「那離這裡好幾百英里呢！妳怎麼會在這裡出現？」

「鬼魂也會走路啊，妳知道的。而且，我們還有其他方式可以移動。」她低頭看著她手指下我外婆親手縫製的拼花床罩。「說起來很蠢。就像那部動物被困在度假區卻想盡辦法要回家的迪士尼電影。鬼魂像狗一樣忠心。只不過狗看不見鬼，貓才行。」

我搖搖頭。明蒂講話不連貫，跳來跳去的，彷彿她從來沒有機會好好地將她的故事大聲告訴別人。

「我死了之後，爸爸媽媽開始憎恨對方。他們在屋子裡對著彼此大吼大叫。一切都是我的錯，所以我就搬到對面的安娜家。我一直都非常喜歡她的房間，尤其是她的衣櫃。我們兩個以前常常一起躲在裡頭玩。」

「所以妳一直跟著她，跟了……」我心算了一下。「三十五年？」

「我不知道我到底跟著她多久了。」明蒂的手指撥弄著床罩，抬起頭。「可是在她身邊時，我才會感覺真實一點，不會愈來愈模糊。和記得妳的人在一起才會這樣。只有那些還會想念妳的人才會有這種效果。」

「是哦。」我一邊回應，一邊猜想為什麼媽媽從來沒有提起過她。我對明蒂是怎麼死的感到好奇，可是直接問她又好像很沒禮貌。

「然後妳出生了！」明蒂開心地說：「當妳和我差不多大時，我總愛假裝我們兩個是好朋友。」

我的反應一定寫在臉上了。

「抱歉，妳心裡是不是有點毛毛的？」她一邊說，一邊又低下頭看著床罩。「至少我從來沒有住在妳的衣櫥裡，只有住在她的。」

「是。這樣就比較沒那麼毛了。」我有嚴重的幽閉恐懼症，從小就不會躲在衣櫃裡玩。

明蒂聳聳肩。「只是因為……我完全沒有和我一樣的朋友。」

「妳是指死掉的人嗎？」

「對。鬼魂很可怕。而且大多數都很奇怪。」

她停頓了一下，彷彿一個剛剪完頭髮的人告訴你他有多不愛這個新髮型，而你應該要安慰他似的。我並不覺得明蒂可怕，而且坐在這裡和她講話也不會讓我發毛。從我出生她就在我身邊，即便我沒發現，但我也許早就習慣她的存在了吧？

可是我只是說：「當鬼的感覺很糟吧？」

「我猜是吧？可是現在妳看得到我了，我們就可以當真正的朋友了，對不對？」她抬起頭，害羞地對我微笑。

我不知道該怎麼回答她的問題。也許媽媽和明蒂以前真的是好朋友，可是現在的我並不想要一個十一歲的隱形朋友啊！

然後我發現了一件事。「妳來敲門。所以在妳走進來時，就知道我可以看得到妳。」

「當然。」明蒂的目光柔和了點，彷彿透過我的身體看我的身後。「妳回家時，身上看起來亮晶晶的，像那些胖波士一樣。這就是為什麼我一開始時躲起來，因為我以為妳是他們中的一個。」她微笑。「然後我發現，嘿，那只不過是小莉琪，而妳從來沒做過任何傷害我的事。」

「好吧。可是，為什麼妳會害怕那些……胖波士？」

「他們有時會來找尋鬼魂。」明蒂說：「把鬼魂帶走。不過我一直躲著他們。」

「他們把鬼魂帶到不好的地方嗎？」

「我猜應該是。」明蒂又低下頭看著拼布床罩。「我遇過一個到過重生世界的男孩。但他逃出來了，因為他不喜歡那裡。他說寧願待在這個世界，慢慢模糊掉比較好。」

我滿心困惑。我以為亞瑪杰說的是實話，他和亞蜜引導這些亡魂進入安全的地方。可是我真的確定嗎？我只不過是因為他英俊帥氣的臉龐就信了他的話。

「妳出了什麼事？莉琪？」明蒂一邊說，一邊伸出手滑過我赤裸的手臂。雖然我不大能感覺到她的碰觸，但她的指尖還是讓我起了雞皮疙瘩。「妳為什麼會變得這麼亮？」

我拉緊大毛巾。它還是溼的，雖然我的皮膚已經乾了。我不想告訴明蒂在機場發生的事。事實上，我還沒有準備好要告訴任何人，而且我也不想提到亞瑪杰。她可能會告訴我不要相信他，可是他卻是我在另一個世界裡唯一能夠依賴的人。

「我應該要穿衣服了。」我站起來，走向五斗櫃。明蒂仍然看著我，沒有移開目光。「呃，麻煩妳轉一下頭，好嗎？」

她卻只是大笑。「莉琪！我看過妳的裸體，嗯，一百兆次了吧！從妳是個小嬰兒開始！」

「對啦！真是太棒了。可是現在我看得見妳，所以情況就有點不同了。」

「屁啦！」她說，不過轉頭了。

我很快地抓了T恤和口袋工作褲套上，兩件都是暗灰色的。這是我衣櫃裡最接近黑色的顏色了。如果我到重生世界的經歷真的改變了我，至少這個部分我還能控制。

我之後的人生就會像這個樣子嗎？隨時隨地都有鬼魂看著我的一舉一動？開車從德州回來時，我沒有見到任何鬼魂，至少我沒辨認出任何鬼魂。可是明蒂除了身上的過時衣服之外，看起來也就是個正常的小女孩。喔，還有，她可以穿過實木房門。也許我曾和上百隻飄蕩的靈魂擦肩而過，只是我沒注意到而已。

「所以到底有多少鬼魂留在世上？我的意思是，整個世界都有鬼嗎？」

明蒂聳聳肩。「大多數的地方沒有很多鬼。像在這個郊外社區裡，通常就只有我一個，因為沒有人會記得他們的鄰居。可是，小鎮的話……」她壓低聲音。「到處都是殘留的鬼。」

突然有人敲門，嚇了我一跳。

「只是安娜。」明蒂說。

我試著維持平穩的音調。「什麼事？媽？」

她打開門，眼睛掃視房間。「嗯，妳在和誰講話嗎？」

「我希望是。妳忘了我的手機弄丟了。」我控制自己不去看明蒂。「我只是跟著旋律在哼歌。」

媽媽望向我關上的筆記型電腦。除了手機，那是我唯一會用來播放音樂的東西。

「我腦子裡的旋律。」我一邊澄清，一邊將溼頭髮拂到耳朵後。

「好吧！」她有點緊張地看了我一眼。「我想今天晚上來煮義大利麵。自己做麵條，加墨魚汁。我已經把廚房中島清理好了，我們可以大展身手，弄得髒兮兮也沒關係。」

「真是個弄得髒兮兮的好時機。我才剛洗完澡耶！」

媽媽臉上出現猶豫的表情，於是我露出大大的微笑，示意我不過是在開玩笑，同時努力克制自己不要去看明蒂。畢竟我才剛經過一場浩劫，只要行為有點不對勁，媽媽大概就會以為我要發瘋了。

「太好了！我先到廚房準備醬汁。」說完，她關上房門。

「呣……義大利麵。」明蒂說。

我看著她。「鬼魂可以吃東西嗎？」

「只能聞味道。」她說。

「噢，是。」我輕聲耳語，因為我相信媽媽還站在外面把耳朵貼在門上偷聽。「可是在我們煮飯時，妳要待在這裡。我還不習慣有隱形朋友，我可不想在媽媽面前看起來像個瘋子。」

明蒂噘嘴，伸出手掌在床罩上滑動，彷彿正在撫平它的皺褶。可是在她的手離開後，皺褶依舊存在。被這個世界的物體和人們拒絕在外，不能溝通連結的感覺一定十分挫折吧？

「妳很不友善喔！」她說。「現在妳是個胖波士了。我們應該要當好朋友的。」

「可是媽媽會想和我聊天。每次我們一起煮飯，她都會談一些比較有意義的內心想法。如果妳在那裡，我就沒辦法專心了。拜託啦！算我求妳，好不好？」

「我會坐在角落，一句話都不說。我保證！」

我遲疑著，心想不知道明蒂的承諾有多高的可信度。她或許比我媽還早生兩個月，可是她的言行還是像個十一歲的小孩。我在猜一成為鬼魂，人是不是就不會長大了？

「如果妳讓我和妳們待在一起，我就告訴妳一個祕密。」她提議。

「我媽童年時做過的蠢事嗎？不用了，謝謝！」

明蒂搖頭。「是很重要的事。妳一定要知道的事。」

「好吧！我猜應該沒關係。」明蒂對死後會發生的事知道的比我多。而且亞瑪杰說過重生世界不但危險，甚至還有掠食者的存在，多知道一點只有好處。「妳說的大祕密是什麼？」

「有個男人在監視我們家。」她說：「他已經在外頭三天了。」

我拖著回收桶走在後院的小路上。媽媽對我自願把它拉出去似乎有些驚訝，可是也沒有出聲反對。明蒂走在我前面，確定外頭沒人埋伏，可是我還是緊張得不得了。我沒有理由相信明蒂。媽媽從沒提起過她。會不會說不定根本沒人在監視我們家，而這只不過是她設下的……鬼陷阱？

可是我又有什麼其他的選擇？難道我要假裝明蒂什麼都沒說嗎？

「他沒有在後面的巷子。」明蒂從後門的另一邊說：「他通常都把車子停在安德森家前面。」

「安德森家是哪一棟？」

「妳跟我們的鄰居很不熟，對吧？」

我沒有回答，只是推開木門，將回收桶拖到後巷它平常擺放的位置。我猜鬼魂應該都很閒，大把大把的時間沒處用，而偷看鄰居的生活絕對比盯著我媽的衣櫃木板有趣多了。

我回頭看了房子一眼，確定媽媽沒在看我，然後我走到馬路上，遠遠地跟在我的鬼嚮導後面。在戶外的天然光下，明蒂看起來比在我的臥室裡更加突兀。不只是因為她過時的條紋襯衫和七〇年代流行的寬皮帶，而是傍晚的太陽照在她身上的樣子很奇怪。

然後，我發現為什麼了。她沒有影子。不只是沒有應該投射在柏油路上的影子，連應該出現在她衣服皺褶處的小陰影都沒有。陽光在她身上產生不了照在活人身上的效果。

我找到一個辨別鬼魂的方法了。呃，至少在陽光下可以行得通。

我們從後巷的末端就能看到那輛掛著加州車牌的黑色轎車。

一個黑髮的年輕男人坐在駕駛座，平板電腦靠放在方向盤上。他讀著它的螢幕，在上頭打字，然後抬起眼睛看看我們家。過了好一會兒後，他的視線才又移回平板電腦上。

「我的天啊！」我小聲說：「妳不是在開玩笑的。」

「我才不會拿可怕的男人來開玩笑。」明蒂回答。

我站在那兒，希望自己的心臟跳得慢一點。「妳能不能去看一下他在平板電腦上看什麼？」

明蒂看著地面，用腳踢一片被風吹過的枯葉，可是對葉子完全沒有影響。「我有一點怕他。妳可以陪我一起去嗎？」

「呃，他看得到我。妳曉得吧？」

「可是妳現在是胖波士了。」她皺眉。「不能跨界嗎？」

「妳的意思是，進入死後世界？」

她咯咯笑。「叫它另一邊就好。呆瓜。當妳的靈魂走在這上頭，而不是下面的重生世界時，我們就叫它另一邊的世界。」

「好吧！另一邊的世界。」我懷疑我能不能在後巷中跨界，或者我是不是真的想這麼做。因為那表示我必須讓在達拉斯機場發生的事，在我的腦袋裡重播。「也許可以吧！」

明蒂歪著頭看我，顯然不大相信我的話。當她看到我的表情沒變時，便對我伸出手。

我有點遲疑地握住它，感覺到她的手掌傳來的微弱電波。我體內的冰點對她的碰觸起了反應，擴張成冰冷的手指包圍住我的心臟。我腳下的地面似乎下沈了，感覺像往下的電梯剛啟動似的。

於是，我又跨界了，就在我自己家的後巷裡。

我幾乎鬆開了明蒂的手，可是她及時將我的手抓得更牢。突然間，她的小手變得非常真實而立體。我體內的寒氣跳動著，澎湃著，在我身體四處流竄，沖向我的頭，淹沒我的感官，將一切轉成安靜的灰色。

重生世界的空氣帶著它熟悉的氣味，彷彿我將一支生鏽的鐵釘放在舌尖似的。枯葉在我們腳下無聲地旋掃。

「呃……」我的聲音聽在自己的耳朵裡感覺好遙遠。「通常沒有這麼簡單就能跨界。」

「也許是因為妳還不熟練。」明蒂的臉變成灰色，就像亞蜜一樣，也像這個世界裡的其他事物。「可是現在那個人看不見妳了，你就像鬼一樣隱形了。」

我環顧四周，用力呼吸。看到自己的社區像機場一樣變成沒有顏色的平面世界感覺很怪。我發現明蒂和亞瑪杰剛好相反。她的碰觸將我拉進這個灰色的死亡之地，而亞瑪杰的碰觸卻會將我推回活人的真實世界。

我小心地走了幾步，感覺雙腳麻木，彷彿它們睡著了。當我赤腳踩上柏油路面時，我只覺得腳底有些微的刺痛感。

前幾次我跨界時，沒有注意過這一點，也許是因為當時我太過震驚；也許是因為有亞瑪杰在我身邊，情況才會不一樣。

「很奇怪的感覺。」我說。

「當個死人真是爛透了。」明蒂同意。然後她看到我的表情，又加上一句，「我不是在說妳已經死了。妳只是變成了胖波士。」

「我想，我們應該換個稱呼，另外選一個聽起來不會那麼……不舒服的。」

她聳聳肩。「可是所有的鬼都是這樣叫他們啊！」

我又看了一眼黑色轎車。我剛才蹣跚的步伐已經讓我比較接近它了，可是那人沒有往我的方向看。當然在機場時那些恐怖分子也看不到我，其中一個還直接穿過我的身體。

可是只因為明蒂的碰觸，我就跨界了，未免也太容易了吧？「妳確定他看不到我？」

明蒂點頭。「妳看到他在發亮了嗎？沒有，所以他絕不可能看到另一邊的世界。」

我看著自己的手。雖然我發亮的程度遠遠不如亞瑪杰的棕色皮膚，可是我確實是在發亮，而且我的影子也完完全全的不見了。

「好吧！他看不見我了。」我喃喃自語。「太棒了。」

我從後巷走向黑色轎車。那個人的眼睛仍然盯著平板電腦，即使我就站在他的車子前面。

終於他抬起頭看向我，可是眼神卻直接穿透我，落在後頭我們家的房子上。

明蒂害羞地走到我身邊。「他很可怕，對吧？」

「他正在監視我們家。妳覺得呢？」

我走到駕駛座旁，蹲下來，看著那個人。這麼接近他，而他卻看不到我，感覺像在偷窺，彷彿我正透過單向鏡在觀察他。我可以聽到他在呼吸，可以聞到車窗下放著的咖啡香味。他看起來比我一開始以為的還要年輕，大概二十四、五歲，穿著暗色西裝，繫著暗色領帶，臉上戴著書呆子型的厚鏡框。

「他在用那個電腦做什麼？」明蒂問。

我看著她。「妳是指他的平板？」

她聳聳肩，我在想不知道她的觀念還有多少仍停留在七〇年代。

我傾身靠近他，嘴唇離他的耳朵不過數英寸。

「哈囉，呆瓜！」

他的長睫毛眨了一下，可是除此之外沒有其他反應。我緊張地乾笑了兩聲，然後把身子伸進車子裡，想知道他到底在平板電腦上看什麼。

他的螢幕上是一長串的電子郵件。我的眼鏡掃視過所有標題。沒看到什麼奇怪的，有人提醒他不要忘了參加派對、有人的檔案找不到，當然還有常見的詐騙信件。他在其中一封電郵上點了兩下，螢幕立刻顯示信件內容。我靠得更近想看看上面寫了什麼，臉頰幾乎就要貼上他的臉了。

也許我碰到他了，也許只是單純巧合，可是就在這時他決定舉起手來搔耳朵。他的手背掃過我的臉頰，我的皮膚和它接觸的部分產生了微小的火花和極輕的刺痛感。我嚇了一跳，把身子抽回來，慌忙之中頭撞上了駕駛座車窗的上緣。

「好痛！」我生氣地咒罵了一聲。

明蒂踉踉蹌蹌地從車子前往後退。「趕快跑！」

「跑？為什麼……」我才開口，世界就瞬間變了，周圍的景色一下子亮了起來，本來罩在我眼前的灰布被拉掉。一陣暖意竄過我的身體，我單膝跪地，因大量湧入的亮光和顏色而暈眩，同時大口大口地喘著突然變得新鮮而真實的空氣。

「快跑，莉琪！」已經跑遠的明蒂對著我大叫。

過沒多久，我就發現自己坐在那輛黑轎車旁，對著太過正常的明亮陽光眨眼，而那個人則坐在車子裡驚訝地低頭瞪著我。

第十一章

青少年小說家酒吧聚會後的第二天早晨，黛西在床上坐了起來，發現自己宿醉了。她身上還穿著那件黑色小洋裝，不用說上頭沾滿了啤酒的氣味。她反射性地躺回床上，可是來不及了，世界已經開始旋轉了起來。

下床後的頭幾分鐘感覺很難過，可是一旦穿上浴袍、拿起咖啡杯後，黛西的腦袋就慢慢沈澱下來。看著莫喜家十英尺高的落地窗外的世界運轉非常有療癒效果。一架又一架的飛機平穩地在天空噴出又長又白的尾巴，大量的汽車、計程車排隊往北邊的帝國大廈和克萊斯勒大樓的方向前進。黛西看著人們在阿斯特廣場漫步，忍不住以作家的筆觸在心裡為每個人編起故事來娛樂自己。

冰箱裡只有電池、芥末醬、化妝品；而貯物櫃裡的東西更怪，居然放了松露罐頭和剝好殼的鵪鶉蛋罐頭。黛西打開莫喜家的網路，準備上網看看附近有什麼吃的，在她等待機器訊號時，眼睛突然瞄到莫喜的書桌上有一疊菜單。裡頭包括了早餐、午餐和晚餐，全都可以送到門口。太好了！還有什麼比這還要方便的？

打完電話訂了早餐之後，她和「汽水」就鳥兒能不能講話展開一場激烈的辯論，然後連上「你—寫—得—太—爛—了」的家用網路。卡拉、賽根和妮夏都寫了信給她。她以興奮的語氣告訴他們所有的人，她認識琪瑞莉・泰勒、柯爾曼・蓋力和奧斯卡・拉西特的經過。而且她不只和他們見面，還一起討論了超能力、書名和借用其他民族文化的問題。黛西試著將重點放在強調她有多開心，對她心裡的恐懼則刻意輕描淡寫。

她媽媽也寫了信給她，確定黛西還活得好好的，沒在前一天晚上被搶劫或謀殺。黛西謝謝她帶來的黑色小洋裝，巧妙地將她昨晚不到十一點就回家的事實穿插在回信裡。然後她回了拉拉娜阿姨歡迎她搬到紐約的信，順便送了副本給她媽，這樣全家都會知道事情進行得很順利。

感謝老天！她的電子郵件信箱裡沒有任何來自悖論出版社的信。雖然她等那封編輯修改建議信已經等了很久，可是她覺得現在自己太脆弱，如果真的收到了，可能會無法面對。她不斷向自己保證昨晚發生的一切都是真的，沒有人認為她沒資格來紐約。

這是她到達曼哈頓後的第一個全天，躲在莫喜的高樓公寓感覺十分安全。她在青少年小說酒吧聚會遇到的每個作家看起來都好篤定，顯然對他們的寫作能力都很有信心。昨晚沒有在他們面前融化癱軟已經耗盡了黛西所有的氣力。她需要時間才能再振作起來。

第三天她總算走出公寓，造訪小餐廳和銀行提款機，在辦公用品店買了兩包印表機用紙，然後將不可或缺的黑色小洋裝送去乾洗。每完成一件事，黛西的信心就增加一點，她不禁在想她能不能就在莫喜家附近找公寓，畢竟現在她對這個區域已經稍稍熟悉了一些。

如果真的這樣做，會不會顯得我太膽小？這樣會不會就像那些只敢和上學第一天就認識的人交朋友的膽怯女孩？

畢竟，紐約是個大城市，包括了許許多多的地區，每個地區的居民似乎也全都衷心擁戴自己的社區。可是黛西對這方面的知識貧乏，除了從電影、電視上看來的印象外，幾乎什麼都不曉得，而莫喜再十二天就要回來了。她對自己的茫然感覺，像在念高中時突然發現忘了寫作業一樣惶恐。也許她上個月應該把時間花在研究紐約市，而不該去參加那麼多畢業派對。

所以在青少年小說酒吧聚會後的第三天早晨，她決定打電話求助。

「嗯，妳願意陪我一起去找公寓嗎？」

「好啊！我想應該可以。」伊莫珍聽起來很開心。「妳想看哪一區的房子？」

「嗯，東村或西村。或者，也許翠貝卡、切爾西或中國城？」黛西腦子裡想得到的就只有這幾個區域。

「所以……就是曼哈頓。妳手上有候選名單嗎？」

黛西買的兩包白紙原本是打算用來列印修改後的文稿和第二部小說的，可是現在它們的第一張卻被她用來列印候選公寓名單。她和伊莫珍決定在附近碰面的地點，並約了一個介於早餐和午餐之間的時間。

「妳要有心理準備，第一個去看的公寓一定會很爛。」伊莫珍低頭看著手機，利用它的地圖來幫助她們在西村複雜的街道中找路。「不過那只為了軟化妳。」

「好。所以房屋仲介會先給妳看很爛的房子，好讓妳願意掏出更多錢來嗎？」

「不，我不是在講他們。而是紐約本身，它會刁難妳。」伊莫珍抬起頭來，目光離開手機，露出超級嚴肅的表情。她穿著鐵鏽色的背心裙，配一條沾滿顏料的牛仔褲。褲子上的斑痕也是紅鏽色，和背心裙一樣，黛西覺得看起來很有藝術感。「妳必須證明給紐約看，證明妳真的想要住在這裡。」

「可是我真的很想住在這裡啊！」黛西很確定除了紐約，再也沒有一個地方讓她願意這麼努力，克服萬難地搬進來。「為什麼還要證明，它難道不能明白我的心意嗎？」

「這是傳統。妳一定要接受考驗。」

黛西點點頭，做了個深呼吸。她那一天，深呼吸了好多回。

第一戶公寓位於地下室，冰冷的地板散發出難聞的潮溼水泥味。室內唯一的自然光源只有後牆一個高窗，但是窗子狹小到彷彿是後牆和天花板有個沒密合的裂縫，所以在縫隙中裝了玻璃似的。

「嗯……這兒有點怪。」黛西想透過窗戶看到天空，稍微驅散這戶公寓帶來的密閉感，可是卻徒勞無功。感覺簡直像從一個只開著一條縫的超大棺材往外看。「這個長得像窗戶的東西是什麼？」

「如果是在防空洞，就會是個觀察孔了。」伊莫珍小聲地回答。

「觀景包廂。」房屋仲介說。不過在他剛才試了十四把鑰匙才將前門打開的那一刻，就已經失去了黛西的信任。「妳不覺得很特別嗎？」

「非常特別。」伊莫珍看著廚房裡有四隻腳的墨黑浴缸。「只有一個房間嗎？」

「是的。」房仲說：「像這種地下室閣樓現在很受歡迎。」

「地下室閣樓。」黛西複誦了一次，和伊莫珍相視而笑，一起分享這兩個名詞湊在一起的矛盾感。然後黛西的幽閉恐懼症愈來愈嚴重，只得趕快離開。

第二戶公寓和第一個差不多特別，不同的只是房仲認鑰匙的功力比前一個好一點。它坐落在西村一排房子後頭的庭院裡，是以前大戶人家獨立的僕從宿舍的樓頂。這公寓的空氣聞起來比那個地下室閣樓好多了，而且可以看到四面八方的風景。不過房間裡的每扇窗戶全直接和周圍其他住戶近距離相對。

「圓形監獄。」伊莫珍說完，和鄰居家趴在窗台上的斑紋橘貓開始對瞪比賽。

黛西沒聽過「圓形監獄」的說法，但覺得它聽起來很有趣，而且含義明顯。她在想不知道她能不能將「圓形監獄」寫進《重生世界》裡，不知道在伊莫珍看到時會不會想起今天，想起就是自己激發了這個靈感。

在他們走下樓梯時，黛西說：「紐約對我的考驗結束了嗎？我們可以去看一些比較好的公寓了嗎？」

伊莫珍搖搖頭。「才看了兩戶呢！妳的決心很不堅定喔！」

「我的決心超堅定的，就像錫做的玩具兵一樣，堅定得不得了。可是再過十一天，莫喜就會回來了。」黛西拿出她的候選名單。「也許我們應該直接去看比較貴一點的公寓。」

她們走回馬路上，天色逐漸變暗，烏雲密布。黛西手機裡的每個氣象應用程式都告訴她今天會下雨，可是她沒帶自己的傘，而莫喜的傘不但尺寸超大，上頭還印滿了裸男的古典畫，她也不敢借用。

伊莫珍伸出手來測試雨滴的大小。「剛才那兩戶其實就不便宜了，即使它們確實很『特別』。妳一個月的租金預算是多少？」

「三千美金。」

伊莫珍驚訝地睜大眼睛。「妳不是在開玩笑吧？」

「我小妹說可以。」

「妳小妹要來和妳一起住嗎？」

「不可能。我是說，她才十四歲，不可能搬來紐約。」這可能是個告訴伊莫珍她真正年齡的好時機，可是黛西只是繼續說：「妮夏是家裡最有數學頭腦的人。她幫我做了未來三年的預算表，因為明年《重生世界》會出版，後年它的續集也會上市。所以我想，到了第三年，我應該就會知道自己是不是真的能當個作家了。」

「妳的意思是，妳就會知道自己是不是能寫出暢銷書吧？」

黛西點點頭，不確定自己是不是選錯了用字。「都是妮夏害的，她一直告訴我現在我是個真的作家，可是也有可能將來就當不了作家了。」

「妳寫了一本書。」伊莫珍說：「就是真的作家，至於它賣得好不好，又是另外一回事了。」

黛西眼光低垂，看著人行道上被人吐掉、已變成黑色的口香糖殘骸。「可是不只是書賣得好不好，還有像我可以說出『我的經紀人』這種話、被允許參加作家的酒吧聚會；我需要這些事帶來的真實感，讓我相信『我真的是個作家』。對不起，我知道自己很無聊。」

「妳用不著道歉。金錢和地位帶來的感覺確實再真實不過了。」

「不是說我需要變得超級有錢或有名。」黛西接著說：「只是……我老覺得好像有人會突然跳出來查驗我的執照，呃……作家的執照，而我卻拿不出來似的。」

突然間，打雷了。兩個人一起停在人行道上。開始下雨了。一個男人牽著一隻漂亮的黑色獵犬匆忙走過她們身邊。金屬狗鍊短暫地摩擦過黛西膝蓋的牛仔褲。

伊莫珍拉著黛西躲到遮雨篷下。她們並肩站在陳列了許多菸斗和雪茄的櫥窗玻璃前，甜膩濃厚的菸草味道和清新的雨滴味道混合在一起。

「我了解妳的心情。」伊莫珍說：「還記得以前念高中去參加派對時，如果沒和妳暗戀的對象講到話，就覺得去那兒一點意義都沒有嗎？像是其他的人根本不存在。雖然這樣對其他人很失禮，可是就是會這樣覺得。妳曉得我在說什麼吧？」

黛西非常清楚她在說什麼，但她只是模糊地點點頭，假裝高中生活已是太久以前的回憶。

「或者有時候對食物也會有這種心情。」伊莫珍一邊說，一邊望著下得愈來愈大的雨。「像有時妳只想吃一大盤薯條，所以即使是半夜也要出去找，因為妳非吃到不可。」伊莫珍的手握成兩個拳頭。「對我來說，寫作是唯一永遠真實的事。只要那天能寫出一場好戲，不管那天其他的事情多不順利都沒關係。因為只有寫作才是最重要的。」

黛西不得不停下呼吸，因為她太贊成伊莫珍的說法。她真希望能將時光倒轉，那麼她就能記下伊莫珍說的每一個字，將它們占為己有，以便將來能聽到自己的聲音說出同樣的話。

「我知道。」她擠出回答。「可是它只發生過一次……」

她指的是去年十一月，當擁有十億分之一幸運機率的猴子住在她的腦袋裡，幫她寫出《重生世界》時。

「是。『二年級生低潮症候群』⑯。」伊莫珍揮揮手，態度放鬆下來。「我寫完《控火師》後也有同樣的感覺。因為我的第一個女朋友是個縱火狂，所以我很怕除了那個題材外，再也寫不出別的東西了。彷佛整件事是個意外。可是小說可不是意外就可以生得出來的。」

黛西點點頭。伊莫珍篤定的態度很有傳染力，單是和她站在一起，黛西就覺得一切真實了許多。水滴愈來愈大，很快成了傾盆大雨，將周遭的空氣清洗得好乾淨。「所以我只需要再寫一本書，然後我的問題就會被治好了。」

「只會好一陣子。告訴妳一個祕密，我在寫完《歐盧拉師》後，同樣的感覺又出現了。琪瑞莉說每次寫完一本書，她總會覺得那是個意外。我們必須面對的是永無止境的二年級生低潮症候群。」

「某種程度上來說，那也可以接受啦！」黛西說。熬過低潮是值得的，只要知道將來還是會有如同去年十一月的時光，她就可以忍耐。

伊莫珍微笑。「所以妳覺得妳可以忍受一輩子的焦慮，可是再多看幾戶『特別』的公寓就要昏倒了？」

「我依然萬分堅定。」黛西看著她的名單，但上頭的地址卻開始在眼前晃動。「嗯，妳住在哪一區呢？」

「中國城。」

「那一區適合作家居住嗎？」

伊莫珍笑了。「我是為了食物才住在那兒的。」

「喔，對。」黛西說：「我也喜歡吃拉麵。」

伊莫珍聽到這句話又笑了，雖然聽在黛西耳中覺得她的笑聲有點無奈。

「如果妳不喜歡這裡的公寓，我們可以到我家附近找找看。妳的名單上有中國城的公寓嗎？」

「一、兩戶吧？我不確定。」她不曉得中國城是從哪條街開始到哪條街結束，乾脆把手上的紙遞給伊莫珍。「我沒有妨礙到妳的寫作吧？」

「我不在白天寫作。太不浪漫了。」

「嗯……如果我們有一整天可以找房子……」黛西等著伊莫珍反駁，告訴她只能再陪她一、兩個小時，可是伊莫珍什麼都沒說。「那麼讓我請妳吃午飯，然後我們再繼續找吧？」

「好極了。」伊莫珍把名單還給黛西，也不管還在下雨就拉著她往前走。「我知道一個吃麵的好地方。」

黛西的預算，實際上是妮夏的預算是這樣來的：悖論出版社以兩本一套各十五萬美元買下《重生世界》和《未命名的帕特爾》。在三十萬的總收入中，百分之十五（四萬五千元）要給恩德布瑞基出版經紀公司；十萬左右要繳給政府，金額則視黛西肯讓妮夏逃多少稅而定。

買了新的筆記型電腦和一些家具後，她未來三年每年只能花五萬。

到了這裡，連黛西自己都可以算出來，五萬除以十二就是一個月四千多一點，換句話說，三千元付房租，其他的花費必須控制在一千元以內。而一千除以三十……換句話說，她一天不能花超過三十三元。

她和妮夏都不知道在紐約市一個月一千元是不是足夠吃喝、買衣服和參加派對，可是聽起來滿合理的。而且，如果錢不夠用，她總可以吃麵撐過去。

不過，現在擺在黛西和伊莫珍眼前，加了義大利羽衣甘藍、豬肩肉的白味噌拉麵，一碗就已經超過三十三元了。

「哇！」伊莫珍在聽完黛西解釋她的預算是怎麼來的之後說：「妳發財了！」

⑯ Sophomore slump，指首作表現極佳，第二次成績卻明顯下滑。

「我知道。真是超級幸運的，對不對？」黛西一邊說，一邊發現自己套用了她媽媽對這件事的評論。媽媽老是說黛西運氣真好可以出書，而聽到她這樣說的黛西內心其實有說不出的憤怒。可是在和伊莫珍討論時，她一點都不介意用「幸運」這兩個字。「我知道不是我寫的每一本書都能賣這麼多錢。」

「是的，妳不曉得未來會怎樣。」伊莫珍說：「琪瑞莉的書從《賓頁》之後就賣得不是很好。」

黛西停下筷子，抬起頭來。「真的嗎？我還以為柯爾曼那晚是在開玩笑呢！」

「不是。他說琪瑞莉在《賓頁》之後的每本小說，大概都只能賣到一萬本。」伊莫珍說。

「怎麼可能？」黛西不是很確定一萬本代表的意義，不過和她的預付版稅相比，顯然是低了很多。「聽起來真叫人害怕。如果連琪瑞莉這麼棒的作家寫的小說都不暢銷，我的書怎麼可能有人買？我的意思是，每個我認識的人都念過她所出的每一本書啊！」

「妳認識的人都會看書。」伊莫珍聳聳肩。「可是《賓頁》打入了一個更大的市場，它讓不看書或一年只看一本書的人也掏出錢來購買。柯爾曼說會讓不看書的人購買的書，才是出版界真正賺錢的金礦。」

「哇！這解釋了暢銷書排行榜的許多現象。」

黛西把她所有的課餘時間全花在學校圖書館，和一群閱讀狂熱者作伴。他們不但在部落格裡倒數距《劍之歌者》或《祕密團體》的續集發行還有幾天，而且還會在情人節時，將青少年小說封面用電腦修圖軟體加上句子做成卡片送給彼此。

然而如今黛西回想起來，這些人不過是全校一千人中的二十個。換句話說，只占全部學生的百分之二。要是全世界的閱讀人口比率就真的只有百分之二呢？

「聽完這些，我充滿了罪惡感。」她說。

「妳確實該充滿罪惡感。十五萬乘以二？太誇張了吧！」

黛西在想出版社不知道付伊莫珍多少錢買《控火師》的版權，不過伊莫珍自己沒提，她也不好追問。

「嗯，不過，要扣稅……加上莫喜的佣金。不要忘了，還有妮夏幫我做預算表索取的二十元服務費！」

伊莫珍露齒微笑，她的眼睛瞇起來，像一隻慵懶的貓咪。黛西猜想，是不是她一微笑，臉上就會出現這樣彎彎的瞇瞇眼。

「說到琪瑞莉……」伊莫珍說：「她想要讀妳的《重生世界》。」

黛西愣住了。「可是它……還沒有編輯好咧。」

「對，她最討厭讀編輯過的小說了。這樣一來，可以抱怨的地方就變少了。妳把草稿送給我，我幫妳轉發給她。也許她會幫妳寫名人推薦。」

「呃，沒問題。」黛西回想起前幾天晚上琪瑞莉分析《重生世界》時，自己又悸動又焦慮的心情，如果她真的讀完整本小說，不知道自己受不受得了她的評論。「所以她那天晚上講的話是認真的嗎？嗯，我指的是，我借用宗教上的神祇來當青少年小說裡的性感男主角的事？」

「相當認真。」伊莫珍回答，「不過其實她會這樣說，是因為《賓頁》的關係，不是因為妳。她的創作中，《賓頁》是最受大家喜愛的一本，卻也是讓她最後悔的一本。」

黛西皺眉。「這麼說是什麼意思？我聽不懂。」

「好，琪瑞莉借用古老文化的傳說來架構那個住在殖民地的女孩對她初吻的焦慮感。可是書中所有真實存在過的原住民歷史人物，在小說裡的後半部卻都沒再出現了。」

黛西想了一下。「哇！我都沒注意到。」

「對。因為重點只有一個，就是她的初吻。」

「那段實在寫得太棒了。」黛西喃喃地說：「可是話說回來，如果不是琪瑞莉盜用了澳洲原住民神話，我根本不會知道賓頁的存在。」

「那就是小說的力量。」伊莫珍攤開雙手。「琪瑞莉不想要妳在十五年後同樣對《重生世界》感到後悔。」

「說不定不用等到十五年。」黛西本來就很擔心她媽媽念完《重生世界》的反應，現在她才明白她還得擔心另外的八億人。

「可是妳是印度人。」伊莫珍說：「那不是妳自己的文化嗎？」

「我照著寶萊塢的明星模樣塑造亞瑪杰，妳就可以知道我對印度文化的了解程度了。我很怕我把他寫得太性感，太不夠嚴肅了。畢竟，他可是死神大人啊！」

伊莫珍聳聳肩。「欸，妳還有機會修改嘛。」

「只有好的修改。」黛西嘟囔著。她還是沒想起來這句話到底是哪個名人說的。

女服務生送來帳單。伊莫珍拿出她有點破舊的皮夾，黛西揮揮手表示不用了，拿出現金付帳。加上小費，她付了超過妮夏允許的每日支出預算兩倍的金額。不過，這兒的麵確實非常非常好吃。

「妳也想看嗎？」她們走向大門時，黛西問伊莫珍。

「當然。我晚一點也把《控火師》寄給妳。」伊莫珍拿了一大把印有餐廳招牌的火柴盒，放進她的口袋裡。「準備好要看更多『特別』的公寓了嗎？」

「當然。」黛西說：「謝謝妳帶我來吃飯。」

「要認識一個城市最好的方法就是吃。」

「我是個錫製玩具兵，堅定得不得了。」黛西疲憊地說。但這句話早在很久之前就已失去了提振精神的效果。也許她修改時會找個地方把它放進去，好提醒自己這個悲慘而看不到盡頭的一天。

她們正在往吃完午飯後要看的第六戶公寓走。前兩戶在肉品加工區。一戶在聯邦快遞的倉庫對面，當卡車經過時，黛西貼在牆上的手可以明顯感覺到房子在震動。另一戶則在一條滿是豬肉味的巷子裡。接下來的三戶全在聯合廣場周圍的玻璃高樓裡，四四方方的白色盒子，毫無靈魂。安妮卡・帕特爾會喜歡這類社區，可是伊莫珍警告她，在這種制式的房子裡是寫不出什麼動人的作品的。

所以她們冒著雨來到了中國城。她們和穿著三件式西裝的以色列裔房仲李夫在建築物前的街角碰面。李夫的英語帶著俄國腔，領著她們爬上一道很寬的樓梯，奇怪的是樓梯沒有迴轉，反而像馬雅神廟裡的樓梯一直往同一個方向前進。李夫精準地找出鑰匙，一下子就打開4E的公寓大門。

這是黛西到目前為止見過最大的一戶，占據了半層樓。天花板至少有十二英尺高，兩面牆壁鑲著大片窗戶，可以看到下面街道的轉角。一道微弱的陽光從雲層裡露出頭來，穿過玻璃映照著懸浮在空氣中的塵埃。

「妳可以在裡頭溜直排輪。」伊莫珍輕聲驚嘆。

「它原來是間舞蹈教室。」李夫示意她們望向貼滿一整面牆的大鏡子。「不過妳當然可以把它們全拆下來。」

黛西看著鏡子裡的自己，在這麼開闊的空間裡，看起來好嬌小。她走到最近的一扇窗戶，窗玻璃因為年代久遠，下緣出現了像雪花似的灰霧。對街的建築物的防火梯全掛著晶瑩的雨滴，明亮剔透，不斷地往下落。黛西踩著吱吱作響的硬木地板，一扇窗戶、一扇窗戶地瀏覽中國城的風光。

「那個走廊過去是什麼？」伊莫珍問。公寓門口旁的角落，對著兩面有窗的小小走廊開口。

「兩間舞者更衣室。」李夫搖搖手指叫她們跟上。「還有廚房，不過不大。」

兩間更衣室也都不大。每一間都有一排靠牆的置物櫃、一根掛衣服的長棍子，後頭還有個很小的淋浴間。

伊莫珍站在兩個更衣室中的走廊。「妳可以把一間當成臥室，另一間當成更衣室。那麼妳就會是整個曼哈頓區唯一一個更衣室裡有淋浴間的人了。」

「不是喔！」李夫說：「我以前就看過有人那麼做了。」

「我沒帶那麼多衣服。」黛西說。雖然她當然可以請爸媽開車幫她載衣服過來紐約。而且她計畫等她知道作家都穿什麼時，在紐約當地買衣服。她有點後悔在青少年小說家酒吧聚會時忘了注意別人的穿著，當時的她實在太過興奮了。

李夫最後才帶她們去看廚房。它是公寓裡最小的一間房，可是黛西也不認為自己會常下廚。她只想出去外面吃，吃遍整個城市，直到她徹底認識它為止。

「這裡離妳家多遠？」她們走回大房間後，黛西問伊莫珍。

「走路差不多五分鐘吧？如果妳真的搬到這兒，我們就是鄰居了。」

黛西回報她的微笑，然後低頭看著手上的候選名單。當她看到這是其中一間沒有列出價錢的公寓時，她的心臟彷彿被一隻無形的手捏住了。

「這個租賃合法嗎？」伊莫珍問李夫。「我的意思是，舞蹈室應該是在商業區，而不是在住宅區，不是嗎？」

「它當舞蹈室時是不合法的。」他一邊說，一邊聳肩。「現在改回來當住家，它又合法了。」

黛西一點都不在乎它合不合法。她可以住在紐約市，住在這戶公寓，讓她難以置信自己的幸運。至於合不合法，以後再去想吧！

她深呼吸。「多少錢？」

李夫打開一個脊背已經有點裂開的綠色真皮檔案夾。「三千五一個月。水電內含。」

「哎呀！」黛西說，心裡同時升起兩種不同的感覺。一種是想躺在地板上痛哭的絕望感，另一種則是她可以在這兒好好寫作的確定感。她一定要在這裡寫作。

「能不能讓我們單獨討論一下？李夫？」伊莫珍小聲地問。他鞠躬，露出了然於心的笑容，緩步走入小廚房。

「我必須問一下我妹妹。」黛西一邊說，一邊開始傳簡訊：「三千五一個月預算如何？」

「所以妳想要這間？」

「不是想要，是需要。別問我為什麼，我不知道。」黛西低頭看著下面的街道。它和莫喜家的落地窗一樣，看出去都是一幅匆忙繁榮的景象，只不過中國城裡的街道更擁擠一點。而從五樓而非十五樓看下去，行人形成的浪潮更貼近，更私密。一個露天攤子上的魚沐浴在陽光下，白色的冰塊和銀色的秤閃閃發亮。「這個房間好大，我得編造出好多故事才能把它填滿。」

伊莫珍微笑。「妳打算在哪裡寫作？」

「我要把書桌放那兒。」黛西指著有窗戶的兩面牆會合的角落。她要把桌子朝外斜擺，將底下所有的景色盡收眼底。至於房間其他部分，就讓它維持原來的空曠。

「付了房租之後，妳還有錢吃飯嗎？」

「也許可以，也許不行。我可以試著一直寫，不要吃。」黛西發現她想像中的桌子是學校裡帶著塑膠椅的方形木書桌。她的想像力就只能到這種程度嗎？簡直沒臉說自己是個作家。

她的手機叮了一聲。妮夏的答案來了：「三千五一個月＝兩年八個月＃我的數學是妳的上帝。」

她不禁呻吟，將簡訊拿給伊莫珍看。「這表示我損失了四個月！」

「嗯，不然妳可以去打工啊！」

黛西差點開始向她解釋如果她真的這麼做，她的父母一定會強迫她回去上大學。可是伊莫珍大概以為黛西已經大學畢業了。她答應自己會盡快告訴伊莫珍真實年齡，即使它會讓她覺得自己太小，而且老實說，還會降低一切的真實感。

可是不是現在。不是在她必須決定未來的現在。

手機又響了，妮夏再度傳簡訊來：「三年整，可是一天只能吃十七元。哈哈！吃麵女孩！＃胖死妳。」

黛西嘆了一口氣。妮夏不曉得紐約的麵可以貴到多離譜。當然，有的麵是加了義大利羽衣甘藍和豬肩肉的白味噌拉麵；也有的麵是壓成塊狀，賣三包一美元的泡麵。雖然黛西也喜歡吃泡麵，只要加點塔巴斯哥辣醬油、薑黃和溫泉蛋，也是很不錯吃。她可以靠著一天十七美元活下去，寫作，尤其是在這麼棒的房間裡。

「我要租它。」她小聲說。伊莫珍微笑著，眼睛彎成滿足慵懶的瞇瞇眼，像是在說她從來沒有懷疑過黛西堅定的決心。

第十二章

「妳到底在做什麼？」黑色轎車裡的男人問。

我踉蹌後退，越過人行道，退入安德森家的草地上。我可以聽見自己心跳如雷，眼前的世界變得既鮮明又真實。

「我在做什麼？」我大叫。「偷偷在監視我家的人是你吧！」

「妳家？」他瞄了一眼我額頭上的縫線。「妳就是伊莉莎白・史考菲爾德，對吧？」

「如果你不馬上滾，我立刻就打電話報警。」我的手伸進口袋，但其實我根本沒把手機帶出來。

「用不著這樣，史考菲爾德小姐。」他從西裝外套裡掏出一個厚皮夾，翻開，將徽章和識別證舉到莉琪面前。「我是聯邦調查局的艾林安・雷宜斯探員。」

我的目光在他的識別證和本人之間游移。確實是他的照片，戴著同樣的書呆子眼鏡，髮型打扮也都相同，而徽章看起來也像是真貨。上頭的金屬老鷹張開雙翅環抱徽章，在真實世界的陽光下閃爍發亮。

雷宜斯探員合上皮夾，推開車門。不過他停了一下，等我同意他站上人行道。

我點點頭，但又不禁後退了半步。

「抱歉嚇到妳了，史考菲爾德小姐。」他站起來，把皮夾收回西裝口袋，然後雙手抱胸地靠在他的車上。

「我沒有要驚嚇任何人的意思。」

「那你為什麼要監視我家？」

他頓了一下，手指在手臂上打拍子。「長官說我可以告訴妳他們派我來這裡的理由，以免妳們誤會。主要是因為妳在恐怖攻擊後受到的媒體關注。」

「我的上司怕的是那個發動攻擊的恐怖組織。」

「可是我不是來保護妳不受記者騷擾的。」他降低音量。

「呃，謝謝。」我不確定媽媽是不是真的考慮到這一點。

「本來有，不過他們昨天就都放棄了。妳們很聰明，慢慢開車從達拉斯晃回來。」

「好。可是這裡並沒有任何記者啊！」

「負責攻擊的人是死了，可是他們背後一定有個龐大的組織。」他又頓了一下，彷彿在想要不要繼續說下去。

我維持住穩定的呼吸。「可是他們全死了。」

「請你對我實話實說，雷宜斯探員。」

「可是妳才十七歲。」

「但顯然已經大到可以逮住一個聯邦探員了。」

他對我的話的唯一反應是不以為然地揚起一邊眉毛，然後說：「也許我應該直接和妳媽媽談。」

「我勸你千萬別那麼做。我媽超神經質的，一點小事就會大驚小怪。她連開車時看到高速公路上有其他的車，都會害怕。」

「那麼她開車時一定很有趣吧！」

「有趣到你無法想像。」我向他靠近一步。「直接把現況告訴我，雷宜斯探員。不久前我才在機槍掃射下倖存，不管你要說的話是什麼，我想我應該都可以承受。」

他往我家的方向看了一眼，嘆了一口氣。「好吧！那些槍手屬於一個名為『復活行動』的組織，他們過著與世隔絕的生活，相信世界末日即將來臨，還有一個號稱自己擁有神力的教主。換句話說，它具備了一個破壞性邪教的所有特質，也就是傳說中的死亡邪教。」

「怎麼會？」我說：「可是每個人都說那四名恐怖分子是獨立行動的啊？」

「那個組織的領導人撇清一切關係。不過我們還是認為這是組織授意的行動。」他高舉雙手。「其實妳用不著太擔心。只不過最近的新聞常常提到妳。」

「被當成希望的象徵。」我輕聲說。

「對，史考菲爾德小姐，甚至可以說被當成生命的象徵。」

「而他們是死亡邪教。」我慢慢吐出一口氣。「糟糕。我痛恨死亡邪教。」

「我也不喜歡他們。不過，讓我再強調一次，聯邦調查局只是覺得提高警覺比較好。」他又轉頭看著我們家。即使我就站在他面前和他談話，他還是每三十秒就轉頭看一次。不過，他也可能是考慮到屋子裡還有我媽。

想到這裡，想到我們站在這兒交談，他仍盡忠職守，讓我稍微鎮定了一點。

「謝謝你。」我說。

「本來就應該要告訴妳的。」他的下巴很利落地點了兩下。

「不，我是在謝謝你執行這起任務。」我的視線落到他擦得油亮的皮鞋，突然間真希望自己不是光著腳。「保護我們。」

我想到那時在機場的運輸保安署的人員，那些讓爸爸在行李被搜索時抱怨個不停的維安人員，是怎麼用手槍和恐怖分子的機關槍對抗……

「妳是個好女孩，史考菲爾德小姐。」雷宜斯探員說：「不過局裡其他人會在近期內嚴密監視那個組織，妳用不著覺得害怕。」

「我不怕。」畢竟我現在有超能力了，我可以進入另一邊的世界。我還交了不少隱形的好朋友。話說回來，明蒂不知躲到哪兒去了。難道她在感到恐懼時就會蒸發嗎？還是只是逃走了？

「我該走了。我媽還在等我回去。謝謝你同意不告訴她。」

「那該由妳來決定。」雷宜斯探員將手伸進外套，拿出一張名片。「不過如果妳改變主意，我可以向她解釋一切。」他露出淺淺的微笑，又加上一句，「只希望到時候不會嚇壞她。」

「好吧！我再想想。」我低頭看著他的名片。「特別探員艾林安・雷宜斯？你沒說你是特別探員。」

他一邊聳肩，一邊走回黑色轎車。「很少人知道，聯邦調查局裡的每個人都是特別探員。」

他聽起來不像在開玩笑，不過我不得不笑，隨即覺得自己好呆，於是一邊揮手，一邊轉身走開，試著不去想他的書呆子眼鏡看起來其實還滿可愛的。

明蒂沒在後巷，也沒在院子裡。我明白了如果我在重生世界裡陷入危險，她顯然幫不上什麼忙。不過譴責她丟下我跑走並不公平。畢竟不管她是哪一年生的，說到底，她還只是個十一歲的孩子。

「莉琪？」媽媽站在後門，拿著洗碗巾擦乾雙手。「妳跑去哪了？」

「噢，抱歉。」我轉頭。「我只是出去隨便看看。」

「看什麼？」

我聳聳肩，擠過她身邊回到屋子裡。明蒂也不在廚房。

廚房的中島上擺著一大坨墨魚汁染黑的麵糰。上頭沾滿了媽媽的手印，看起來一副不均勻、很想趕快被揉好的樣子。我走到水槽洗手。

「妳沒事吧？」媽媽問。

「我沒事。我只是想出去呼吸點新鮮空氣。」如果媽媽還要再追問下去，我就要把雷宜斯特別探員的名片拿出來，讓他去解釋了。

可是她只說了一句，「沒事就好。」

我們把麵糰分成兩坨，站在中島旁不停地用力揉。我的手指壓捏著又腥又軟、吱吱作響、充滿彈性的麵糰，感覺好療癒。

我在想，不知道明蒂躲到哪兒去了。她藏在屋子裡嗎？還是她有更深層的地方可以去？比另一邊的世界更遙遠、讓我連看都看不到的空間？

她和亞瑪杰都提到了「重生世界」，然而我到現在仍不曉得那到底是在哪裡。

媽媽看著我，我這才發現她還想聽我說我剛才出去外面做什麼。

於是我改變了話題。「妳養過狗嗎？」

媽媽的手停了下來。「我很小的時候養過。妳想要一隻狗嗎？」

「在我只剩九個月就要上大學的時候嗎？這樣未免太不負責任了吧？」

「也對。不過有隻狗作伴，妳會比較有安全感。」她瞄了一眼打開的廚房後門，好像在想我可能擔心後院會有恐怖分子出沒似的。

「我很有安全感。媽，我只是在想，妳很少提到妳小時候的事。」

「好像是。」她又停下揉麵糰的手。「怎麼會想要問這些？」

「沒為什麼。」這當然不是真話。不過我總不能告訴她是因為我遇到她從沒提過的童年好友的鬼魂吧？「我猜是因為……我想問問看妳有沒有過類似的經驗？」

「恐怖襲擊嗎？」她的眼睛睜得好大。「我的天啊！小朋友。妳知道這種事非常不尋常吧？我相信被雷打死的人遠比被恐怖分子殺死的人還多。」

她說話的樣子看起來好脆弱，所以我露出微笑，伸手握住她的手。「打雷喔？那好，我想我已經用掉了我這輩子所有的厄運配額了。」

我們把兩坨麵糰疊在一起，開始併肩揉捏，四個掌心都被染成灰色。墨魚汁通常要過兩、三天才會完全從皮膚上消失，我從以前就覺得這點非常有趣。

但是今天，看著我的雙手轉成灰色感覺特別奇怪，彷彿另一邊的世界衝破屏障擠進了真實的世界。當然，亞瑪杰和我在重生世界看起來都很正常，可是其他的人，不管是死了還是活著，卻都是灰色的。

只有我們賽可旁波斯是特別的。

在揉麵糰時，我才發現自己說的是實話。我並不怕什麼「復活行動」的邪教。雷宜斯特別探員說過什麼關於他們「與世隔絕的生活」？說不定那代表的只是他們住在深山裡，連個像樣的廁所都沒有。他們不過是一群有著超窄世界觀、目光短小的人。而我卻學會了如何進入一個全新且不同的世界。根本用不著去理會他們。我不擔心他們，我反而比較擔心明蒂。我又開始猜測為什麼媽媽從來沒有向我提過她的事。

「媽，妳經歷過最糟糕的事是什麼？」

「最糟糕的事？」她一邊吸了一口長長的氣，一邊拍掉手上的麵粉，然後拉開裝廚房用品的抽屜，開始翻找。「我猜是妳爸爸告訴我，我們在一起那麼多年全是在浪費他的時間。」

「噢，是。當然，對不起。」我停下揉麵的手，給她一個充滿粉塵的擁抱。「不過我想問的是妳小時候。以前發生過最可怕的事是什麼？」

她拿出一根擀麵棍，在左手掌上輕輕轉動著。「也許現在不大適合說這個。」

「我相信現在是最適合說這個的時候了，媽。幫助我勇敢面對。」

「可是我不想嚇到妳。」

我很努力地不要笑出來。我不是沒有同情心，只是這場面實在太滑稽了。「媽，這星期會嚇到我的事已經發生過了。而我活下來了，所以請告訴我吧！」

她神色緊張地瞪著我看了好一會兒，彷彿我變形成另一種她無法辨認的生物。可是就像雷宜斯探員一樣，到最後，她還是告訴我了。

「事情發生在我十一歲的時候。」

我點頭鼓勵她，同時也是因為我早就知道了。

「我最要好的朋友……」她輕聲說：「是一個住在我們家對面的小女孩。她被綁架了。」

「噢。」我說。

「她當時和她爸媽開著車橫渡美國旅行，停在其中一個很大的休息站……突然間她就不見了。」

我瞪著她，明白了許多以前不懂的事：為什麼媽媽會害怕高速公路，為什麼她不肯讓我一個人在外面玩耍。「結果有找到是誰幹的嗎？」

她搖搖頭。「沒有，不過幾個星期後警察找到她了，而這才是整件事最恐怖的地方。」

「為什麼？」

「明蒂被埋在……她自己家的後院。所以殺她的人知道她住在哪裡，說不定本來就認識他們一家人。雖然她是在離家好幾百英里遠的地方失蹤的，可是……這就是為什麼我的父母決定搬來南加州，因為他們受不了再住在那條街上了。」

我打了個冷顫，感覺到體內的冰點脹大包裹住我的心臟，就像我將手放進明蒂的手裡時一樣。我的舌尖開始嘗到鐵鏽味。那瞬間，我好惶恐，以為自己就要在媽媽面前跨進另一邊的世界。

「哎呀！」我一邊說，一邊用沾滿麵粉的雙臂緊緊擁抱自己。

「喔，對不起。莉琪。」媽媽睜大眼睛。「我真是個白癡。」

「不，妳不是。」我用力吸氣，努力將活人世界的空氣吸滿肺部。「妳必須告訴我。我們兩個都經歷過很慘的事。我需要妳告訴我。」

「孩子，妳不需要那個可怕的故事。至少不是現在。」她伸出手，她的指尖幾乎要碰觸到我臉頰上的淚形疤痕。

「沒事的。我沒事。」我轉身清洗我的雙手。「給我一分鐘。我只是需要一點時間。」

我再次擁抱她，用力到兩個人的周圍全都霧濛濛的，然後我放開她，走向我的臥室。

「一下子就好。馬上回來。」我說，並關上房門。

我的心臟猛烈地跳動著，生命力正在將我體內的冰點壓回去。我抬起手撫摸亞瑪杰在機場吻我的嘴唇，感覺到他的熱氣依舊存在。我不會就這樣跨界。一定是媽媽的故事裡帶來的寒意，從明蒂的慘劇帶來的寒意。

我環顧自己的臥室。

「妳在這裡嗎？」我小聲說。

沒有回答，可是突然間，我知道她躲在哪裡了。

我走回廚房，對著媽媽展露笑臉。「搞了半天，原來我只是想尿尿。」

我走過她身邊，轉進走廊，來到屋子的另外一側，停在浴室裡用冷水潑臉，然後再往前走，轉進媽媽的臥室。

她的大袋子還躺在床上，裡頭的衣服仍然半滿。這很不尋常。媽媽通常一到家就會立刻物歸原處。她的房間比平時亂得多，有許多衣服被隨意丟在地板上或掛在梳妝台前的椅背上。

媽媽的床頭櫃擺了一張她和外公、外婆在北加州舊家前的草地上的合照。獨棟房子前面有個很大的前廊。她看起來和明蒂的年紀差不多，也綁著同樣的辮子。媽媽向來將這張照片放在她的化妝台，我從小看著它長大，可是我以前從來不曾多想。

我走過柔軟的地毯，拉開她衣櫃的門。

裡頭很暗，只有上過蠟的皮鞋和乾洗的塑膠袋隱約反射著從主臥室窗戶透進來的光線。

我小時候一直很怕衣櫥。不過現在我可以看得出來，躲在一個只有自己的小空間其實是件很有安全感的事。

我在地毯上跪下，壓低聲音。「不要怕。只有我在這兒。」

沒有反應。

「我和那個人談過了，他不可怕。他是個聯邦調查局的探員，特別探員。他是來保護我們的安全的。」

還是沒反應。

「所以，一切都很好。」我小聲說：「可是我知道為什麼妳會害怕。媽媽告訴我妳出了什麼事。就是在她還很小的時候。」

我聽到很小的吸氣聲，過了幾秒後，她說話了。

「我就說她還記得我吧！」

「她記得妳。記得非常清楚。」

「她還會因為我而感到傷心嗎？」

「當然。」她沒有回答，所以我又加上了一句，「可是那不是妳的錯，明蒂。」

「不。那是那個壞人的錯。他毀了一切。我的媽媽、我的爸爸、我的朋友，還有我。」她嘆了一口氣。「唯一沒受影響的只有馬堤，因為牠得了狗的癌症，已經被安樂死了。」

「那也很讓人難過。」我嚥下一口口水。「可是那個壞人不能再傷害妳了。妳知道吧？」

「我猜是不行。」明蒂說。她的形體逐漸從影子中浮現，從掛著的洋裝中走出來，更正確的說，是穿越它們走出來。

「妳想不想出來看我們煮晚飯？」我問她。

她看著我，眼淚還掛在眼睛裡。「真的可以嗎？我不想要造成妳的困擾。」

「沒關係的。只是妳要記得，不可以跟我講話哦！」

「我不會的。」明蒂說，然後伸出她的手。

我連想都沒想就握住它。在冰冷和微刺感滑過我的掌心時，我才發現她的意圖。

「現在我不能跨界。」我說：「媽媽還在等我。」

「只要一下下，好不好？」她問，我的舌尖嘗到鐵鏽味，感覺腳下的地板消失了。照進主臥室的陽光變得又硬又冷。「求求妳？」

我點點頭，更用力握住明蒂的手。沒過多久，世界就失去了顏色。

「謝謝妳。」她說，緊緊擁抱著我。她又小又冷，抖得像一個剛從游泳池爬出來的孩子。我還跪在地上，她的頭靠在我的肩膀上。

「沒事了。明蒂。」我輕輕地說，她更用力地抱緊我。「壞人再也不能傷害妳了。」

她移開身體，但仍然牽著我的手，眼睛睜得大大的，淚光閃爍。「可是，等到他死了之後呢？莉琪？」

「等到他死了……」

「到時候他也變成鬼。也許他還記得我。要是他能找到我，即使我藏在衣櫥裡，他也能找到我呢？」

我搖搖頭。我的心臟在胸膛中劇烈跳動，沒有明蒂貼在我身上，世界已經開始在游移了。

「我不會讓他碰妳一根汗毛。」房間裡的灰色快速退去。

「妳保證？」

「我保證。」

她微笑，從眼睛裡擠出一滴眼淚。我伸出手，這時還有部分留在另一邊世界的我，尚能感覺到指尖上的溼意。

我幫她擦去眼淚，然後我們又分屬於不同的兩個世界。

第十三章

「它有好多好多很棒的窗戶。」黛西說：「妳可以看到中國城的屋頂。真是太完美了。」

拉拉娜阿姨微笑。「聽起來像是個很棒的住處。」

「我真是等不及要搬進去了。」黛西咬了一口漢堡，肉汁順著她的左手腕滑下，突然間她產生了罪惡感，怪自己想都沒想就點了菜。「嗯，阿姨，妳不介意我吃牛肉吧？」

拉拉娜笑了。「黛西，當妳宣布決定開始吃肉時，我還和你們坐在同一張餐桌上呢！妳那時才多大？十三歲？」

「沒錯。不過有時還是會覺得我在素食者面前吃肉不大禮貌。尤其是我今天又要請妳幫個大忙。」

她們坐在西村靠近拉拉娜家的小餐廳裡。拉拉娜小巧、整潔、優雅，她的公寓完全反映了她的品味。一如既往，她今天的打扮很美。鮮黃外套搭配藍色襯衫，垂墜式耳環一黃一藍，搖曳生姿。

「我擔心的不是妳吃什麼，黛西。而是妳的房租。」拉拉娜瞄了一眼放在她們之間的餐桌上的租約。那個刺眼的數字大大地印在第一頁上。「不會有點太貴了嗎？」

「它是比我想付的多一點，可是那是一個絕佳的寫作環境。」

「這就是為什麼它這麼貴嗎？很好的寫作氛圍。喔，當然。」

「我的作家朋友伊莫珍陪我一起去看的，她也同意我的看法。」黛西想像著如果妮夏聽到這段對話，肯定會翻白眼，然後大概會當場立下限制黛西說「我的作家朋友」次數的新規定了。「當你找到一個很好的寫作環境時，它就會自己生錢來付房租。」

「我相信那些出版社給了妳很多錢。我沒有冒犯的意思，黛西，不過有時候我還是覺得難以置信。」

「我也是。」黛西一邊說，一邊聳肩。「我的經紀人說全是第一章的功勞。她說大型連鎖書店的採購都很忙，他們通常只有時間念第一章。所以如果一本書的開頭寫得非常好，再加上一個很棒的封面，那麼每家書店都會願意賣它。」

拉拉娜看起來不是很相信的樣子。「可是實際買它的人難道也不念其他的章節嗎？其他的部分不好看真的沒關係嗎？」

黛西覺得胃不舒服。每次只要一想到有陌生人（不管是一個，還是成千上萬個）念她的小說，她就胃痛。

可是她還是硬裝出笑臉。「妳是在說我的小說寫得很爛嗎？」

拉拉娜大笑。「我怎麼知道。妳又不肯讓我們看。」

黛西沒有回答。全家只有妮夏看了《重生世界》，而且她發誓會嚴守祕密。

畢竟，安妮卡・帕特爾從來都沒告訴過女兒們關於被謀殺的童年好友的事，所以黛西也就從來沒有告訴她媽媽她發現的祕密，反而將心裡所有的疑問全放進她寫出來的故事裡。

然而不管怎麼說，借用她媽媽的童年悲劇作為小說情節，她心裡多少還是覺得很怪。

「我已經說過很多次了，等到小說正式上市時，你們就可以看到了。我只是想要你們把它當成一本真正的小說，而不是我隨便寫寫的故事。」

「我等不及要拜讀了，黛西，而且我相信妳將來一定還會寫出更多的小說。」拉拉娜的目光又移回租約上。「可是，妳難道不想把一部分的預付版稅存起來嗎？」

「當下最重要的事不在存錢，而在於把書寫到最好。」

拉拉娜終於放棄了，笑著說：「妳就像妳媽一樣。不輕易妥協，總是知道自己要什麼。」

對這個讚美，黛西不知道該說什麼。事實上，她甚至不大確定那是不是個讚美。姐妹之中，拉拉娜才是光彩奪目的焦點。她住在紐約市，在時裝界上班，不時都有一大把英俊的男朋友捧著她。對黛西和妮夏來說，她比媽媽更意志堅定，才是想做什麼就做什麼的那個人。

這就是為什麼她會是黛西請求幫忙的最佳人選。

「我只知道我想要三件事。」黛西說：「寫作、紐約，還有這戶公寓。」

「我明白。可是『想要』是一體兩面的。妳確定妳要我當妳合約的保證人？不會有麻煩吧？」

「當然不會。悖論出版社還欠我十萬塊，應該這兩天就會付給我了。只是那棟公寓的管理公司不相信一個十八歲的小孩能賺到這麼多錢。」

她的阿姨輕聲地笑了。「聽妳說話的口氣，『欠我十萬塊』，像流氓一樣。」

「抱歉。妮夏老是這麼說，所以我就跟著用了。」

「我擔心的不是錢，黛西。我是指，妳要我當妳的合約保證人，妳爸媽不會不高興嗎？為什麼不叫他們當妳的保證人呢？」

「因為沒有時間把租約寄給他們。還有其他人也想要那戶公寓。」黛西咬了一大口漢堡，讓她接下來說的話有些不清不楚。「不過，他們在知道房租價錢後，可能會再考慮一下吧？」

「正常人會考慮很久，不會只是一下。」拉拉娜拿著叉子小心地撥弄著鷹嘴豆。「如果我當妳的保證人，一旦妳餓死了，安妮卡就會說都是我的錯。」

「妮夏說我的錢還夠用。」

「她真的這樣說嗎？」拉拉娜挑起一邊眉毛。當事情牽涉到實用數學時，妮夏的話就是鐵律。連身為工程師的爸爸在申報所得稅送件前，都還要請她先檢查一遍。

「她算過後說，我在付完房租之後，每天還剩十七元可用。」黛西低頭看著她的漢堡。加上稅和小費之後，這客漢堡應該就超過十七元了。「那代表我會吃比較少的肉。這樣很好，不是嗎？」

拉拉娜搖頭。「煮飯不只需要食物，黛西。妳有任何碗盤嗎？鍋子？餐具？」

「呣……」

「有清潔用品嗎？抹布？掃巴？橡膠手套？」

黛西想像自己戴著橡膠手套的樣子，忍不住笑了出來。可是這些生活必需品她確實一樣都沒有。沒有一塊洗碗的菜瓜布，也沒有一個煎蛋的平底鍋。

「椅子呢？寫字的桌子？筆？紙？」

「妮夏幫我做預算時，留了一筆搬家費，讓我可以買些家具和……拖把。」

她說出最後兩個字的音調很扁平。拖把聽起來好瑣碎，一點都激發不了她的靈感。黛西以前只把錢花在她很想要的東西上，像是：衣服、食物、音樂、啤酒、書等等。可是最近她很驚訝地發現，人們居然必須擁有這麼多無聊的東西，而窗簾、垃圾桶、洗衣粉、電燈泡、延長線、筆記本和枕頭套則全被她歸在這一類。當她回去拿租約，同時再看一次4E公寓時，整個房間空盪盪的，除了久未清掃的灰塵聚集成的毛球外，就只有一根從牆上伸出頭的舊電話線。

它是這麼的空，顯然迫不及待的準備好要裝滿她編造的故事了。

「只需要一張桌子、一把椅子，還有我的筆記型電腦。」她說。

「還有廚房用具。妳很愛吃。」

黛西無法爭辯這一點。她和拉拉娜才在小義大利逛了一早上，那裡的商店販賣好多閃閃發亮的廚房用品，不管是義大利製麵機、咖啡機或披薩專用刀都是這麼美麗，漂亮到令人想將它們吃下肚。其中一家店從地板到天花板堆滿了和汽車輪胎一樣大的乳酪。黛西蹲下來觀察，發現下層的乳酪比較有光澤，想了一會兒才明白，這是因為放在它上頭的乳酪重量持續擠壓它，把它的油脂都擠出來的緣故。黛西覺得店裡的味道簡直像天堂，彷彿所有的乳酪全化進了空氣裡。

可是每個輪子大的乳酪都值五百美金。以黛西現在的心態來看，那就是她一個月的生活費。

「當然，每個人都得學著怎麼在預算內生活。」拉拉娜也為黛西找理由。「趁妳上大學之前好好學習也不錯。」

黛西點頭同意，可是她的表情一定變了，因此讓阿姨看出了有什麼不對勁。

拉拉娜瞇起眼睛看她。「黛西，等妳寫完第二本小說，就會回去上大學吧？」

「嗯……當然。」黛西說。要是在這兒的是她的父母，剛才回答前頓的那一下就會成了致命的失誤。「可是那是一年多之後的事，也要看到時候我的作家生涯怎麼樣了。」她的聲音在講到「作家生涯」時有點顫抖，因為她說得很心虛，又覺得自己好像小孩在扮家家酒。為了來見拉拉娜阿姨，她穿上了最好的絲質T恤，可是她的牛仔褲膝蓋的地方都快磨破了。

「嗯……」拉拉娜嘆了一口氣。「既然如此，我猜身為妳的阿姨，非當妳的保證人不可。反正我也不想讓妳去住別的公寓。」

「謝謝妳！」黛西大叫，然後皺眉。「等一下……為什麼妳這麼說？」

拉拉娜從她的包包裡拿出一支細長的銀色原子筆。「房租這麼貴，妳就沒辦法永遠賴在紐約了。」

「噢。」她說的是真話，黛西每花掉一塊錢，離搬離紐約、去上大學的日子就更近一點。可是如果她只是想要寫得愈久愈好，那麼她可以乾脆待在家裡，或者住在其他什麼隨便的紙箱裡就好。

重要的是當個永久作家。而4E公寓和紐約市對黛西想要變成一個什麼樣的人同樣占有決定性的地位。

拉拉娜阿姨的筆在租約上盤旋。「如果我簽了這個，妳必須答應我兩件事，黛西。」

「當然，任何事都行。」

「不要讓紐約害妳分心。一定要好好寫完妳的小說。」

「當然。那是我唯一想做的事！」

「還有任何事都不要瞞我。連不告訴妳父母的事，都要讓我知道。隨時把妳最近的狀況告訴我，明白了嗎？」

「我會告訴妳所有的事。」黛西承諾，看著拉拉娜阿姨龍飛鳳舞地在文件上寫下她特有的扁胖渾圓簽名。

「好了。」拉拉娜把筆往桌上一扔，拿起她的冰茶。「妳現在有自己的公寓了。全都是我的錯。」

黛西忍不住展開笑臉，同時感覺到餐廳的地板彷彿在輕輕地搖晃。4E公寓是她的了！

從現在開始，沒有什麼事可以出錯了。

「現在，我們已經約定好了。」拉拉娜說：「妳沒告訴父母而想告訴我的第一個祕密是什麼？有在暗戀哪個男生嗎？」

「妳忘了妳才剛叫我不要分心。我的心思全放在寫作上了。」黛西大笑。「不過，確實是有一件事。算是祕密吧！而且妳真的不可以告訴我的父母。」

拉拉娜沒有答應，只是等著她往下說。

「我錯過了歐柏林文理學院的延遲入學申請截止期限。六月一日以前沒有提出就視同放棄。」

「妳在開玩笑吧？黛西？」

「我沒有發現它有截止日期。它被放在網站上相當不明顯的地方，很難找到。」黛西沒有告訴拉拉娜的是，她其實在一個星期前才想到要上網去看，當然已經太晚了。「不過沒什麼關係，我明年再重新申請就好了。」

「怎麼會沒關係？這是一件很嚴重的事，妳懂不懂？」

黛西高舉雙手。「我可以用今年的SAT成績，再補上一篇文章描述我這一年在紐約寫小說的收穫。

妳覺得他們不會再錄取我的可能性有多少？」

拉拉媽阿姨轉頭看著窗外，然後斜眼瞄著黛西。「我猜任何大學都會歡迎一個年輕的小說家入學。可是妳的父母再也不會時時刻刻跟在妳身邊。妳必須開始學會為自己負責。」

「我會的。從現在開始。」黛西拿起自己的杯子。「謝謝妳相信我。我答應妳，我不會再搞砸的。」

「我很肯定妳接下來這一年會讓我們都大吃一驚。」拉拉娜說：「只是不知道吃的是哪種驚罷了。」

她們兩個舉杯互撞。在玻璃發出清脆的響聲時，黛西不禁猜想，阿姨的話到底是什麼意思。

第十四章

「在空地上，妳比較能夠看到鬼建築。」明蒂說：「而且最好是在晚上。」

「是因為比較黑嗎？」

「不是。是因為比較沒有活人走動。」

我拱背對抗冷風。「你們真的這樣叫我們嗎？『活人』？讓我不禁聯想到活雞、活魚之類的。」

「不然妳找得到更貼切的字彙嗎？」明蒂問。

「嗯……就說『人』怎麼樣？」

「鬼魂也是人啊！」

「好吧！」我說：「可是死人有自己的專用字，就是鬼魂啊！所以還活著的人就只要說是『人』就可以了。」

「妳太囉唆了。」

「真對不起喔！可是我也還活著耶。」

我不是第一次開這個玩笑，她唯一的反應只是不滿地嘟囔兩聲。在我們前方不遠的地方，有個人在慢跑，明蒂知道有第三者在時我不喜歡她和我交談。

那個人跑過我身邊，對我點了點頭。已經過了午夜十二點，我們卻在離家超過一英里的地方閒晃。通常和我擦肩而過的陌生人會讓我神經緊張，可是一切都和以往不一樣了。

話說回來，現在和我擦肩而過的人可能反而比較怕我吧？我穿得一身黑，連身帽還拉起來，雙手深深插在口袋裡。今晚是入冬後最冷的一夜，當我和我的隱形朋友交談時，白煙不斷地從嘴巴裡冒出來。

「這個地方以前是幹什麼的？我是指它還……活著的時候？」

「學校。我們搬來後不久它就被拆除了。現在成了汽車廢棄場，裡頭有一大堆壞掉的卡車和生鏽的學校巴士。就像安娜衣櫃裡那個她把東西扔進去後忘得一乾二淨的箱子。」明蒂停下腳步。「可是一定有很多活人還記得這所學校。」

她瞪著對街的高聳圍牆。交叉的鐵絲網反射著街燈的光線，簡陋的木頭柵欄靠在裡頭的金屬網上，上方一圈又一圈的帶刺鐵片閃著寒光。

「妳看到了嗎？」明蒂問。

「什麼？看到我待會兒要攀爬的鋒利鐵片嗎？」

「不是。在它後面。在所有的東西後面。」

我瞇著眼睛望向黑暗，可是除了生鏽校車的黃色車頂外，什麼都沒看到。「抱歉，看不到。」

「來！」她牽起我的手，死亡的寒意竄上我的手臂。經過一個星期，我已經很習慣跨界，有時候甚至不用明蒂幫忙就辦得到。但是我的身體總會在跨界之前顫抖，彷彿它很不情願，就像要潛入冷水前一樣。有部分的我並不想跨界，我的身體知道死亡的滋味。

可是我必須多練習才剛得到的新能力，換句話說，我得趕快克服「死人很可怕」的固有觀念。

我一直沒有再呼喚亞瑪杰。我不想當個驚惶失措的小女孩，不想天天纏著他，非要他教會我所有的事不可。我想讓他知道他用不著擔心我，我屬於他的世界，雖然我還不知道到底該叫自己什麼。引靈者聽起來很沒力。賽可旁波斯太哲學。索魂者又太殘酷。我還在想有沒有更好聽、更迷人的名稱。

在我跨界之後，周圍的月光微微顫抖，空氣中立刻充滿了鐵鏽味。頭頂的天空從黑絲絨化為綴著紅星的黯淡灰色。明蒂的手在我手中變成實體。

「現在看到了嗎？」

我點點頭，仍然用力地呼吸。在鐵絲網後，赤陶色的屋頂聳立在灰色的天空中。建築物比這條路上一英里外我就讀的高中小了許多。一部分的屋頂線條非常清晰，但其他部分卻褪成了半透明，像油漆變淡似的。

這就是鬼建築。

明蒂告訴我不只是人，其實很多其他的東西也有鬼魂。動物、機器，甚至是像被砍伐鋪成馬路的樹林，或美食的香味這種沒有具體形狀的東西，也會留下它們存在過的痕跡。整個世界充滿了各式各樣過去的鬼魂。

「走吧！」我越過馬路。我們走得愈近，鐵絲的顏色就愈淡，幾乎透明。我猜它在過去並不存在，所以它在另一邊的世界裡不過是個模糊的影子。我停在鐵絲網前，把手往前伸……我的手指直直穿過它，沒入它後頭的木板裡。

「太棒了。」我說。

這是自從亞瑪杰帶我穿過機場的鐵門後，我第一次利用跨界來穿越實體。明蒂看都不看一眼就從我身邊跑過，穿越鐵絲網跑進學校操場。一輛輛的校車巴士和卡車幾乎是緊緊地停在一起，連個空隙都沒有，不過明蒂仍然視而不見地衝過去。

我跟在她後頭，感覺到鐵絲網似乎長出刺來拉扯我的衣服。可是我剛一恍神，就已經進到裡頭。我眼前的學校操場愈來愈清晰，巴士和卡車則迅速褪去。

感覺就像時光倒轉了。停車場非常小。我猜那時候的孩子不會自己開車上學。而且也沒有白線畫出停車格，只有幾個手寫的牌子標示出教師停車位。操場上矗立著一個十英尺高的攀登架，下面鋪的居然是硬實的柏油，看起來好危險。明蒂爬到最上面，用膝蓋吊掛在最高的桿子上，頭下腳上地面對著我晃啊晃的。

建築物有美麗的屋瓦、裝飾的灰泥牆，和長長的前廊，不大像學校，反而比較像豪宅。窗戶看起來很詭異，全是空空的長方形，該是玻璃的部分成了不會反射街燈的黑洞。

「裡頭有鬼嗎？」我問。

明蒂擺動她的兩隻手臂，辮子也跟著亂搖。「可能有吧！」

「鬼建築存在的目的不是要讓鬼住在裡頭嗎？」

「別傻了。」她伸手抓住桿子，鬆開她的膝蓋，轉了一圈，雙腳穩穩地站在地上。「鬼魂住在正常的地方好嗎？」

「像是我媽的衣櫥？」

「衣櫥很好啊！」明蒂靜靜地瞪著學校好一會兒。「可是很多鬼建築並不好。我通常不會進去。」

「妳用不著陪我進去。」我緩緩地做了個深呼吸，品味空氣中的鐵鏽味。鬼建築在我面前微微閃爍，彷彿連它都不大確定自己的存在。「可是我需要學會另一邊的世界是怎麼運作的。」

「沒關係。」她拉著我的手，把我往前拖。「和妳在一起我就不怕了。只是，妳不可以把我一個人丟在裡頭喔！」

「相信我，我不會的。」

我們愈走愈近，學校閃爍的次數就愈少。我腳下的台階感覺很結實。我蹲下將手心貼在油漆過的水泥上，感覺很冰，像寒夜中的石塊。

「它好真實。」我說。

明蒂也跟著停下腳步，顯然沒有了我她就不想進去。「那表示每個人都記得這個地方。也許這裡發生過什麼不好的事。」

「也有可能是每個人都很愛它。」我站起來，爬上台階。「哇！我是怎麼往上爬的？我的意思是，這些台階現在已經消失了。難道我正在空中飄浮嗎？」

「這些台階沒有消失。」明蒂說：「只是存在於活人看不見的另一邊的世界裡。不過妳是胖波士，所以妳看得見。」

我嘆了一口氣。「妳的回答有說和沒說一樣，很討人厭呢！」

「哼，也許那是因為妳問的問題也很討人厭！」

我把想回嘴的話嚥回去。雖然明蒂有點怪，不過我們兩個真的慢慢成了朋友。她幫助我摸索重生世界，那麼當我下次遇到亞瑪杰時，就不會再顯得那麼狀況外了。

但是我還沒告訴過明蒂亞瑪杰的事。我不想讓她害怕。

「抱歉。」我們一邊爬上台階，我一邊說：「我只是有點緊張。畢竟我從來沒有進過鬼建築。」

「可是妳是胖波士！應該是鬼要怕妳才對啊！」

我低頭對她微笑，站直身體，試著想擺出賽可旁波斯該有的威風。

學校的前門已經開著，像在歡迎我們進去。走廊兩旁全是空曠黑暗的置物櫃。一個手繪的牌子指著老師辦公室。牆上沒有海報，地上沒有紙屑，連空氣中都沒有塵埃，彷彿瞬間的細節被時光消磨掉了。可是我卻還能隱約聽見孩子們的呢喃細語。

「妳聽到了嗎？」我輕聲問。

明蒂點點頭，閉上眼睛。「那些不是鬼魂。至少不是人的鬼魂。」

「那是什麼？」

「是這個地方的鬼魂。是它的聲音的鬼魂。」

我看著她，突然間懷疑這個句子裡用「鬼魂」一詞是否正確。「記憶。這些是記憶，對不對？」

「那就是我一直告訴妳的！只要人們記得，它就不會真的消失。」

我伸手觸摸離我最近的置物櫃，用手指劃過通風孔。指甲在金屬上刮出的喀喀喀聲聽起來非常真實。

「所以我們正站在記憶裡？」

「我想應該是吧！」明蒂說。

「也許這一切都和鬼沒有關係。說不定我們胖波士其實是一群有讀心術的人，我們可以看到人們的記憶，他們想到的地方、事情和……」

明蒂瞪著我。「和人嗎？妳是在說我不過是妳媽想像出來的嗎？」

「我不知道。」聽見自己的回答，我才發現它聽起來有多無情。明蒂不是個記憶，她是一個必須靠著被人記得才能存在的人。這兩者是不同的，是吧？「我只是大聲說出我腦子裡的推理。對這些事我其實什麼都不懂。真的。」

我們兩個陷入不快的沈默中，氣氛很僵，這時一個聲音飄進走廊，聽起來像個孩子在唱歌……

「下來，下來，不管你是誰。」

「喔，好。」我說：「這個，是不是，歌曲的鬼魂？」

「不是。」明蒂伸手握住我的手，用力捏緊。「下面有人，莉琪。」

「好……」歌聲又重複了一遍，遙遠而淒涼，讓我不寒而慄。「他們會上來嗎？」

「我希望不會。」明蒂說。

我們呆呆地愣在那兒好一會兒，我試著減慢呼吸的速度。上次我在另一邊的世界感到惶恐時，當著艾林安・雷宜斯特別探員的面被彈回正常世界。我可不想這種事再度發生在被鋒利鐵片圈住的廢棄空地中，尤其是令人發毛的鬼魂歌聲正不斷地從地底傳上來的時候。

突然間，歌聲停了。明蒂和我在可怕的寂靜中瞪著彼此。

「好吧！」我一邊說，一邊往後退了一步。「我們就試著——」

「妳看！」明蒂小聲說，眼睛盯著地板。

像打翻墨水的黑色在走廊擴散，撲向我們。它吞噬地板磁磚，純粹的黑和另一邊世界裡的軟灰色形成對比。就像我在沙漠裡見過的黑油河川，它是活的，顯然是有意識的移動，帶著同樣濃烈的甜膩味道。

原本唱歌的聲音開始說話了。

「我可以聽到妳在上面。為什麼不下來一起玩呢？」

「也許我們應該趕快逃走。」我小聲說。

「對。」明蒂轉身就跑。

「等等我！」我大叫，跟在她身後，跑出校舍大門，奔下台階。在我跑過操場時，我的心臟狂跳，將暖意推向我的雙臂和雙腿。

生命力湧向我，世界開始移位。操場逐漸模糊，灰色平面的天空出現裂縫，像頭頂的一大塊布被從中撕開，我可以看到正常世界的星星在裂縫中閃爍。我在想我是應該停下來在另一邊的世界放慢呼吸，還是繼續往前跑，在被彈回真實世界前趕快穿越鐵絲網。

「請不要走！」唱歌的聲音從後頭傳來，我一聽立刻做出決定。

我跑得更快，追上明蒂，超越過她，我的雙腳盡力地在柏油路上飛奔。

前方的鐵絲網每過一秒鐘都變得更加清晰。廢棄的校車巴士開始浮現，我側著身體從兩輛車的縫隙中擠過去，畢竟我可不想被卡在金屬和橡膠的實體裡。

鐵絲網就在我面前了，我舉起雙手遮住臉，全力衝向它。我穿越時可以明顯感覺到鐵絲網像一個粗大的蜘蛛網在拉扯我，黏乎乎的，不甘心讓我通過。可是那股拉力沒有多久就消失了，突然間我已經衝進圍牆的另一側，踉踉蹌蹌地跨入真實世界……以及馬路上。

我停下來，看到亮晃晃的車燈迎面而來，接著傳來車子急轉彎的刺耳噪音。車子經過我身邊時，我倒在地上縮得像個胎兒，它和我的距離之近，足以讓我感覺到它風馳而過的引擎熱氣。但很快的，輪胎的尖叫聲換成了逐漸遠去的喇叭聲，車子頭也不回地繼續往前開。

我伸展身體，坐了起來，轉頭望向馬路兩端，除了已經在加速離去的那輛汽車的紅色尾燈外，四周沒有其他車子。我猜剛才的駕駛人應該也不會想回頭來調查一個突然從空中冒出來的黑影吧？

「哇！」明蒂小跑步來到我身邊。「剛才好危險啊！」

我小心地坐起來。當我看到地面上繞過我的輪胎痕和我有多近時，忍不住嚥下一口口水。我的右膝蓋抽痛，兩個手掌底部也磨傷了。另一邊世界的平面灰色退去後，痛的感覺特別明顯而真實。擦傷的兩個手掌隨著心跳頻率刺痛著，可是能夠回到正常世界實在是太棒了。

我一跛一跛地越過馬路。

「妳還好嗎？」明蒂問。

「沒事，我很好。可是，下一次，記得找一個沒有圍牆的鬼建築！」

「說得對。」明蒂回頭望了一眼空地，受驚的眼睛仍然睜得大大的。「而且，也許……」

我點點頭。「記得找一個地下室裡沒有可怕東西的。」

「我不知道那是什麼。對不起！」

「是我堅持要進去的。」我摸著右膝蓋。牛仔褲破了，可是沒有沾到血。「無論如何，還是要謝謝妳教我關於鬼建築的事，明蒂。」

她抬頭看著我。「真的嗎？」

我點點頭，剛跑了那麼久，頭還有點暈。衝破生與死之間的障礙的刺激感很容易讓人上癮。

我們走回我家，呃……我們的家（因為明蒂不斷糾正我）。

在繞到後門之前，我們特別看了一下安德森家的前院，想看看雷宜斯特別探員有沒有再來。可是沒有，他的車消失了好幾天，我猜他的上司已經不擔心我的安危了。

我在網路上尋找「復活行動」的資料，看起來他們正面臨極大的麻煩，暫時不會有空想到我。在達拉斯機場大屠殺後，政府展開了詳細調查，利用各式各樣的名目，從非法持有槍枝到逃稅都有，顯然打算將他們一網打盡。

不再被恐怖分子當成攻擊目標自然是件好事，不過我有點想念回家時可以對一個聯邦調查局探員揮手的感覺。

回到臥室後，我脫下牛仔褲，坐在床上，在掌心和右膝上噴消毒水。強烈的刺痛感讓我心臟再度劇烈跳動。我知道到了明天，因地下室怪物和差點發生車禍所產生的腎上腺素退去之後，我不僅會全身瘀青，還會痠痛得不得了。

我抬起頭，看到明蒂盯著我的膝蓋出神。

「妳沒看過血嗎？」

「我已經沒有痛覺了。」她聳聳肩。「死後的世界似乎一切都變得軟軟的。我覺得很無聊，甚至有點煩。」

「聽起來很像學校生活。」

「爛死了。我再也沒有任何真實的感覺。」

「除了妳害怕的時候。」我感覺到自己的嘴角上揚。「我是說，妳逃得比我快多了。妳真該看看當我們聽到那個歌聲時，妳臉上的表情！」

「我當然會害怕。」她的灰色眼眸閃爍了一下。

「啊！對不起。」我差點忘了明蒂是怎麼死的。即使她現在已經脫離痛苦，但是她在世的最後幾個小時所受的折磨，絕不是我可以想像的。「我不會讓任何壞人再傷害妳的，妳知道吧？」

「知道。」可是她看起來不大有信心。

「聽著，明蒂。也許他根本已經死了很久。也許他早就消失不見了。」

她轉頭不再看我，反而看著我媽房間衣櫃的方向。每次只要她一害怕，就會去那兒躲起來。不管我怎麼對她保證，她還是堅信殺她的壞人一定還活著，有一天等他死了，他就會全世界遊走地找她。

也許我該改變話題。「妳覺得學校地下室那個是什麼東西？」

她開始玩我床上的床罩，還是不大開心。「我不知道。」

「可是它應該是什麼東西的鬼魂，對吧？」

明蒂只是聳聳肩。

「妳應該多少知道吧？」我說：「除了鬼之外，世界上還存在其他的東西嗎？我的意思是，吸血鬼、狼人之類的。」

她大笑。「別耍笨了。那些都是人類虛構的。」

「妳確定嗎？我是說，如果鬼魂都能存在了，為什麼其他的神話生物不行？猶太傳說中有生命的泥人？印度神話裡的揭路茶？魔力海豹人魚賽爾奇？」

明蒂臉上的笑容不見了。「我甚至不知道妳說的是什麼東西。不過，我相信有些真實存在的怪物從來沒在傳說裡露過臉。有些地方單純就是非常邪惡。」

「好吧！」我說：「妳不一定什麼都要知道。我猜。」

「很好，因為我不是萬事通。」

我提醒自己，明蒂只有十一歲，對她來說，怪物不是一種該被分析的現象，而是一種她打從心裡害怕的東西。

反正今晚我也沒那個力氣去分析怪物了。當我體內最後一點腎上腺素在慢慢消失時，我不禁想到後天就要開學了。我高中的最後一個學期，也是我成為美國希望代表之後頭一次的公開露面。

回家後，我避開了所有的朋友，只給婕敏寫了封電子郵件告訴她我還沒準備好見任何人。爸爸雖然答應會買支新手機給我，可是卻一直遲遲不去買，所以避開所有的人並不困難。可是很快的，我就得出去面對真實的世界了。

我把消毒水收起來，鑽進被窩裡。

「晚安。」我說，關掉床頭櫃的燈。

明蒂一如往常地坐在我的床尾。鬼魂是不需要睡眠的。可能就是因為這樣，他們才會覺得無聊和煩躁。明蒂顯然利用晚上在社區裡到處亂晃。她知道所有鄰居的名字，甚至每一個人的祕密。

「祝妳有個好夢，莉琪。」她輕聲說。

「謝謝妳帶我去鬼學校。」

她咯咯笑，接著我們陷入沈默之中。我的大腦叫我趕快睡，可是我的傷口卻開始痛了起來，疼痛像螞蟻似的在我身上亂竄，先是一邊的掌心痛，然後另一邊也跟著痛。

消毒水的刺痛感慢慢消失。就在我幾乎睡著時，我聽到了刮抓的噪音。

聽起來像是指甲沿著木質地板的下方一路摳過來。很輕、很小，幾乎聽不到，我差點要懷疑它是不是我幻想出來的。可是聲音一直持續著，即使我的腦袋試著想忽視它，它卻拒絕消失。

我睜開眼睛，看到明蒂站在我的床墊尾端，眼睛睜得大大的，驚恐地瞪著地板。

我緩慢而小心地坐起來，可是我已經怕到皮膚上全起了雞皮疙瘩。

「那到底是什麼？明蒂？」

「我想應該是它跟著我們回家了。」

那個聲音又來了，從我的臥室房門一路刮向我的床，刮向我。當它來到我的床底下時，我的脊椎嚇得化成了一攤水。

「什麼東西跟著我們回家了？」

它又安靜下來，明蒂小聲耳語。「它是連貫在一起的。」

「妳在說什麼？」

「它在下面，莉琪。那個我們聽到在唱歌的東西。」

「妳是說——！」我一時克制不住，音量大到幾乎是在咆哮了，我強迫自己閉上嘴。媽媽睡著了就不容易醒，可是有個怪物在屋子裡時，我可不想吵醒她。

「對不起，莉琪。」明蒂的聲音在發抖。「我不知道它會跟著我們回家！」

「它在哪裡？」我齜牙咧嘴地說：「這棟房子沒有地下室啊！」

她惱怒地看著我。「它不是在地下室裡。它是在河裡。」

我閉上眼睛，試著將明蒂的話理出頭緒。我的身體醒了，警覺得不得了，可是我的大腦還沒完全從半睡眠狀態恢復過來。

「下來，下來，不管你是誰！」令人毛骨悚然的歌聲不斷地從我臥室地板下傳來。

第十五章

黛西送出的喬遷派對邀請卡上寫著七點開始，可是到了七點半，一個客人都沒來。

「爛！」黛西對等在角落裝著冰塊和啤酒的大水桶踢了一腳。凝結的水珠從桶身往下落積聚在底部，看起來像一隻被主人拋棄在鄉間小路跑得渾身是汗的失寵小狗。

大房間裡非常熱，如果客人來了，只會讓情況更糟。黛西推開另一扇窗戶，中國城鼎沸的往來交通聲立刻湧入，伴隨著無力的微風稍微吹動了她背心裙的下緣。洋裝是今天早上她在一家舊衣店買的，出了店門她才發現，它的樣式和伊莫珍陪她找到4E公寓時所穿的非常類似。

不過至少它不是鐵鏽色，而是天空的藍灰色。

黛西瞪著她的手機。伊莫珍答應她六點就會來給她精神上的支持，可是卻在一小時前傳簡訊說她會遲到。更糟的是，在費城的賽根和卡拉錯過了他們原本計畫搭乘的火車，要到九點才會來。拉拉娜阿姨又出差了。

黛西終於必須面對她躲避不了的問題：要是沒人來怎麼辦？在一個她沒認識幾個人的城市舉辦喬遷派對，顯然是個魯莽而狂妄的決定。當然，還是會有幾個人來，剛好可以見證她有多丟臉。

手機發出叮的一聲，黛西急切地將它舉到眼前。

「還是沒人來嗎？好失敗的派對。只剩四百三十八天，妳的書就要上市了！」

「真是多謝了，妮夏。」黛西喃喃自語，決定以後再也不要和她妹妹討論任何疑慮。

就在她輸入同樣無禮的簡訊回應時，對講機響了。

黛西跑過去，連問都沒問一聲就按下一樓大門的開門鈕。即使是來砸場的都比一個客人都沒有好。她對著鏡子牆面整理頭髮，拉開公寓大門，探頭偷看。正在努力爬樓梯的是莫喜・恩德布瑞基、她的助理馬克思，還有一個年輕女郎。黛西想了一下，認出她是在青少年小說家酒吧聚會見過的來自聖基茨島的科幻作家喬哈里・瓦羅泰。

一會兒後三個人都進來了，和黛西打過招呼便走向大房間的窗戶。當他們讚嘆窗外的美景時，黛西又開心又驕傲。現在剛好是看出去最漂亮的時刻，日落之前，天空如玫瑰般絢麗，夕陽將所有的影子照得又黑又長。

一整天下來，這是黛西第一次不再懷疑舉辦派對或租下4E公寓是不是個嚴重的錯誤。

「等冬天來臨，這兒一定棒透了。」喬哈里望著街道說：「我們其他人都在下面被黑暗籠罩時，妳卻能獨自在上面享受陽光！」

「說真的，喬哈里。」莫喜說：「已經七月了。妳還沒從創傷中復元嗎？」

喬哈里對黛西開玩笑似地聳聳肩。「我的下一本小說場景設在一顆冰星上。又黑又凍，和紐約的冬天一樣。」

「書名叫《冰之心》。」馬克思說：「誰掌握了火的祕密，就能統治世界！」

喬哈里搖搖頭，「聽聽你在說什麼，馬克思。居然在幫一本寫了不到一半的書喊行銷口號。說不定等到我寫完時，所有的火全被改成企鵝了。」

「『誰掌握了企鵝的祕密，就能統治世界』？」馬克思說：「妳看，我的口號不管套用在什麼東西上都沒問題。」

「聽起來好棒。」黛西說。但是這些關於火的話題不禁讓她想起伊莫珍，不知道她去哪兒了。她瞄了手機一眼，還是什麼消息都沒有。

「抱歉我們來得這麼早，親愛的。」莫喜說：「可是我們九點還要去吃晚餐。」

「有人來我就很高興了。」黛西放下她的手機，祈禱在他們離開前會有別的客人抵達，否則她一個晚上就必須忍受兩次孤零零地等待客人的折磨，未免也太不人道了。「你們要喝點什麼嗎？」

他們要。黛西跑去拿飲料時，喬哈里和馬克思伸頭參觀兩間臥室。

「好聰明的辦法。」喬哈里大叫，「在搬進家具前先開派對，這樣如果我們玩得太瘋，也不會打壞什麼東西。」

黛西沒有解釋事實上她的家具已經都搬進來了。擺在大房間的角落，上頭放了汽水罐、塑膠杯和兩大盆墨西哥酪梨沙拉醬的，就是她的新書桌。雖然它其實不是個真正的桌子，只是一扇沒完工的門板放在兩個鋸木架上。校對和修改都需要極大的工作空間，而門板比書桌便宜多了。

黛西的爸爸開車從費城家裡載來了日式床墊、一張椅子、幾套床單和二、三十本她一定要的書。她把書放進第二間臥室裡煤渣磚架成的櫃子，直接睡在日式床墊上。賽根和卡拉來之前，她就警告他們要記得帶睡袋，不過黛西卻忘了幫他們買枕頭。

「沒有電視？」馬克思說：「真正的作家果然都是這樣。」

「我只需要文字。」黛西說，雖然她搬進4E公寓後，連一個句子都還沒寫出來。

她沒有的東西實在太多了，多到她都沒注意到自己沒有電視機。拉拉娜阿姨是對的。她沒有延長線、沒有吸塵器、沒有雨傘，如果今晚有人帶花來，她連個插花的容器都沒有。她沒有淋浴帘，除了兩個碗和一個馬克杯外，沒有任何餐具。她只有一個鍋子，既用來煮印度香料奶茶，也用來煮速食麵。這是搬出來住之後，她唯一煮過的兩樣東西。她倒是有個內容豐富的香料架，不但有小豆蔻、羅望子，甚至連藏紅花都有。因為那是阿姨送的搬家禮物。黛西一邊把紅色塑膠杯遞給客人，一邊想著她到底還缺什麼。今天下午她只記得要買開瓶器，還有兩個電腦用的小喇叭，不過看起來應該是不會有人想要隨著她的音樂起舞。

「謝謝妳，親愛的。」莫喜接過她的飲料，小心地搖晃了幾圈。「妳知道史丹利・大衛・安德森來紐約了嗎？」

「真的？來打書嗎？」

「出差。我們就是要和他吃晚飯。妳在推特上有關注他吧，我猜？」

「誰會不關注史坦森？」黛西反問。那是他網路暱稱中的一個。另一個是「社群媒體蘇丹王」。史坦森有一百萬個關注者，在YouTube上有十多個頻道專門在討論他的YouTube頻道。「可是他不是妳的客戶啊！」

「現在還不是。」莫喜用食指掃過她的嘴唇。「可是他最近和珊德勒文學經紀鬧得有點不高興，可能會考慮跳槽。」

「哇！那真是太好了。」黛西回答。雖然她心裡閃過一絲嫉妒。她不但沒受邀和莫喜、馬克思、喬哈里一起陪史坦森吃晚飯，而且今晚在紐約市裡，她的喬遷派對也不是青少年小說家圈子裡最熱鬧的盛事。不過對講機一響，她奔向大門時，所有不愉快的心情也就跟著煙消雲散了。

派對彷彿破了冰，之後客人就一個接著一個來了。很快的，大房間裡都是人，讓她非常開心。黛西認出十來個在青少年小說家酒吧聚會見過的作家（這都要謝謝奧斯卡・拉西特提供的電郵名單），悖論出版社的編輯南恩・艾略特帶著年輕的助理蕾亞也來了。卡拉送了簡訊，說她和賽根搭乘的火車就快進入曼哈頓的賓州火車站。奇怪的是，伊莫珍到現在仍然不見人影。

黛西發現自己一半為伊莫珍擔心，一半又覺得她到現在還不來簡直是背叛她們的友情。

「我真欣賞妳苦行僧般的簡約精神。」喬哈里說：「一個房間睡覺，一個房間放書籍和衣服，一個房間準備食物，而最大的房間拿來專心寫作。」

「妳打算維持這個樣子嗎？」奧斯卡問。「走簡約風？」

「你是說空空的，什麼都沒有嗎？」黛西聳聳肩。「對。不過這和室內設計無關，而是和錢有關。」

「噢，沒錯。」奧斯卡說：「在我搬到紐澤西的霍伯肯之前，我也是房租的奴隸。以前我可以看到美麗的克萊斯勒大樓，不過必須縮衣節食地過日子。」

「我們聽夠了你的私生活了，奧斯卡。」喬哈里拍拍他的肩膀，轉頭問黛西。「搬到新家對妳的寫作有什麼影響嗎？」

「我還沒開始寫呢！」南恩的編輯信到現在都還沒寄來，黛西根本無法開始修改，而一想到要在沒人指導的情況下開始寫《未命名的帕特爾》，她就怕得冷汗直流。

「寫作精靈搬到新家後有可能會變得脾氣暴躁。」喬哈里說：「就像貓一樣。我搬到紐約後，牠在我的枕頭上連續給我尿了一個星期。」

奧斯卡揚起一邊眉毛。「妳的寫作精靈在妳的枕頭上尿尿？」

喬哈里不理他。「我擔心的是這些鏡子。如果我得看著自己，我一個字都寫不出來。」

黛西轉向鏡子牆面，看著他們三人的影像。奧斯卡和喬哈里的個子都比她高很多，襯得穿著藍色背心裙的黛西看起來份外年輕。

「這些是從前的舞蹈教室留下來的。可是如果我把它們拆掉，就只會剩下光禿禿的白牆了。」

「和紐約其他的每一戶公寓一樣。」喬哈里語調悲傷地說。

「我知道！」黛西說。她在費城的家每個房間都有一個主要色調，淡黃色的廚房、草綠色的餐廳，妮夏臥室的牆則是暗紫色的，那是她十二歲著迷於哥德文化時所留下的紀念品。「我真不明白為什麼紐約的房子只會漆成白色的？」

「因為它是藝術空間。」奧斯卡說：「中性色彩的背景才能方便藝術家創作。」

「屁啦！」喬哈里說：「聽你在亂蓋。」

「我昨天去了五金行。」黛西說：「他們有一大堆白色油漆。可是他們不叫它『白色』，而是取了許多奇奇怪怪的名字，像：床單白、粉筆白、洗米白。」

奧斯卡大笑。「我的牆是鴿子白，好像是。」

「我的是柵欄白。」喬哈里承認。

「也許我會就這樣留著鏡子。」黛西說。

「我的天啊！我們正在瞪著自己嗎？」琪瑞莉・泰勒驚呼。黛西沒看到她來了。現在其他人也會按對講機的鈕開門讓人進來，甚至帶剛到的客人參觀公寓。莫喜在調飲料，蕾亞在向大家收錢要出去買更多的啤酒和冰塊。派對找到了它自己的節奏、自己的心跳。

「謝謝妳大駕光臨，琪瑞莉。」黛西說。她們像老朋友似地親吻對方臉頰。

「很可愛的公寓。有這樣一面鏡子牆倒是方便。」

「以前的舞蹈教室留下來的。」黛西說：「喬哈里認為我在鏡子裡的影像會妨礙我的寫作。」

「自己的臉通常不會像網路那麼令人分心。」琪瑞莉說：「而且妳看起來像是刻苦耐勞那型的人。」

黛西微笑接受她的讚美，不過心裡不禁有點緊張。兩個星期前，伊莫珍將《重生世界》的初稿轉給琪瑞莉。她有足夠的時間把它念完。

黛西想從琪瑞莉的表情看出端倪，她喜歡它嗎？她討厭它嗎？還是她根本還沒開始看？「刻苦耐勞」是不是一句明褒暗貶的話？

「不過，話說回來，我今天可是為了自己的臉擔心了一整天。」琪瑞莉轉向鏡子調整打了挺立溫莎結的領帶。「下午進攝影棚去拍那該死的照片。」

「噢，我好討厭在書上放作家的照片。」喬哈里說：「我看不出來我的長相和我的書有什麼關係！」

「說得沒錯。」琪瑞莉在鏡子裡檢查她的側臉。「我喜歡我以前的照片，可是它有一點太過時了。或者，其實是我太過時了。」

「而且在那張照片裡，妳還摸了妳的臉。」奧斯卡說。

琪瑞莉揍他一拳，黛西滿臉困惑地看著他們。

「妳要小心，親愛的。」喬哈里伸手環住黛西的脖子。「當妳進棚拍攝作家照片時，千萬記得不要去碰妳的臉。」

「為什麼我會去碰我的臉？」

「沒人知道為什麼，可是很多人會這麼做。妳一定看過像這種的吧？」奧斯卡擺出沉思的樣子，拳頭支撐著下巴。「頭腦重到抬不起來的作家。」

「我有個朋友拍出像這樣的……」喬哈里一邊撫摸自己的臉頰，一邊裝出在思考的樣子。「出版後覺得不好想換，可是出版社說套書最好要一致，所以三本都用了同一張。」她微笑。「看起來像不像他在攝影師面前突然有了不得了的靈感？」

「好慘。」黛西轉向琪瑞莉。「妳的也是這種嗎？」

「不是。我的是『哎喲！我頭痛得好厲害』，看起來像用手在按摩太陽穴。那是很久以前拍的，當時沒有聰明的前輩可以指導我。」

黛西試著回想《賓頁》的封底。「可是我好喜歡那張照片呢！裡頭的妳看起來超有智慧的。」

「我看起來像個電視靈媒。」

黛西看向房開另一頭的南恩和蕾亞。「悖論出版社不會要求我拍作家照吧？是不是？我的意思是，很多書也沒有放啊！」

「像妳這樣的美少女？」喬哈里搖頭。「我會說『無可避免』。」

黛西再一次瞪著鏡子裡的自己，熟悉的無助感又在心裡浮現。不只是她的文字會成千上萬地被複製讓其他人評論，連她的長相也是。

她可以看得出來為什麼作家拍照時會不自覺地用手去摸臉，原來他們是想保護自己，即使只是一點點錯誤的安全感也好。

她的手機叮了一聲。黛西低頭看，是伊莫珍。

「對不起。」她轉身走到一個沒人的角落，將手機貼上耳朵。「妳跑到哪裡去了？珍？」

「我在妳家屋頂。」

「什麼？為什麼？」

「我按對講機，有人放我進來。我需要和妳單獨談一下。上來。」

「呃，我的派對……」黛西開口，然後她的眼睛掃過大房間，看到喬哈里拉著琪瑞莉到窗戶旁，指著街道上的什麼東西；蕾亞和莫喜忙著調飲料，奧斯卡在鏡子裡對著馬克思扮鬼臉。她可以暫時離開這個已經找到節奏的派對，而且黛西必須在伊莫珍見到她的高中好友之前，對她坦白自己的年齡。

「好吧！」她說：「我立刻上去。」

黛西沒上來過她公寓的屋頂。不過她發現六樓樓梯間比樓下的都小，另外有一座樓梯通往頂端的金屬門。門被用一塊水泥擋住，開了一條小縫。

她走出去，鋪了柏油的屋頂在她的腳下像兒童遊戲區裡有彈性的軟墊稍微往下陷。今天白天很熱，空氣中充斥著柏油的味道。

「珍？」

「在這裡。」

伊莫珍坐在公寓的女兒牆上，雙腿懸在半空中。黛西在她身旁坐下，傾身看著下面的街道。一陣暈眩感從她的腳趾竄上指尖。

「小心別掉下去。」伊莫珍說：「我喜歡妳的洋裝。」

「如果我決定要跳下去，我會先換衣服。」她的口氣有點衝。

「聽著……很抱歉我遲到了。」

「我也是，珍。」黛西轉向她。「我一整天都好擔心會沒人來。從費城來的朋友遲到了。而妳卻消失得無影無蹤。」

「我的理由聽起來會像個很爛的藉口。」伊莫珍搖晃她的腿，看著遠方的建築。「可是我想看完妳的書。」

黛西眨眨眼。「什麼？」

「我一直找各種理由來拖延，不去念它，因為我真的很喜歡妳。可是我想到今天晚上奧斯卡也會來，他會詢問我的意見，很有可能到時妳也會在場。所以我總算在三個小時前下定決心打開檔案來看。不過，我當然選了一個不適當的時間。如果我不是那麼害怕，我就不會拖到最後一刻了。」

「等一下。為什麼妳要害怕？」

伊莫珍張開雙手。「因為如果妳寫得很爛怎麼辦？如果妳是個很差勁的作家，而我居然那麼喜歡妳，感覺就太奇怪了。還是我應該要禮貌地不去提這件事？妳可以選擇，因為我是不會說謊的。」

黛西慢慢地吸了一口氣。突然間，她覺得自己彷彿被拋向空中，彷彿屋頂突然傾斜了，想把她扔到下面的街道上。

「妳不認同我的寫作能力？」

「我不知道。妳人很好，可是很多很好的人一點都不懂得怎麼寫作。」

「所以呢？」

「所以事情就會變得很怪！每個參加奧斯卡酒吧聚會的人都會談論寫作，我總是敷衍過去，維持表面的禮貌。可是我的內心一直有個小小的聲音，就像妳去參加婚禮，妳知道整件事都是狗屎，然後在牧師問有沒有人有任何理由認為這場婚禮不該舉行時，妳終於受不了了，站起來大喊，『因為婚姻制度註定失敗』那樣。」

「我再問妳一次。」黛西謹慎地說：「妳看了我的小說，而妳覺得……？」

「噢。」伊莫珍微笑，拉起黛西的手。「嗯，我遲到了，不是嗎？」

「因為……？」

「因為我停不下來。因為它寫得實在非常非常棒。」

黛西還是有點暈。「所以妳現在不是在說妳不喜歡嘍？」

「不是。」伊莫珍的音調穩定，顯然不是在騙人的。「如果很難看的話，我就會不看了，準時趕到這兒，然後隻字不提。」

「然後我就永遠都不知道了。」黛西打了個寒顫，感到既放心又恐懼，彷彿一隻吃人的怪鳥才剛從她的頭頂飛過。「妳知道嗎？珍，下次妳可以直接告訴我妳喜歡我的書，不用前面拉拉雜雜地講了那麼一大堆。」

「我不是喜歡妳的書，而是熱愛妳的書。」伊莫珍捏捏黛西的手。「我超愛《重生世界》的。」

黛西感覺到微笑取代了自己原本惱怒的表情。「為什麼妳要把我叫到屋頂上來告訴我？」

「因為我想馬上告訴妳。」

「好，可是妳大可以在樓下講。我的意思是，歡迎妳把這些想法告訴大家。」

「連我喜歡妳的那個部分也可以嗎？」

黛西又眨眨眼，第二次說：「等一下，妳說什麼？」

「我知道這樣告訴妳很愚蠢。」伊莫珍一邊說，一邊握住黛西的雙手。「可是今天所有的感覺全混在一起了，喜歡妳，還有喜歡妳的書。所以在我走過來時，我決定要把這兩件事都告訴妳。」

屋頂彷彿又傾斜了。「妳是在說……妳喜歡我的『喜歡』是那一種『喜歡』嗎？」

「對，我非常喜歡妳。當然，很可能妳只是普通喜歡我，不過如果真是這樣，我也不會衝出去，和妳絕交。可是妳必須曉得我被妳迷得神魂顛倒。喔，還有妳的書。」伊莫珍幾乎要笑出聲來，有些口齒不清地說：「我完全被《重生世界》收服了。」

「這有點怪吧！」黛西可以感覺到自己臉紅了。

「不，不怪。妳的小說又聰慧又美麗。我等不及要看它的續集了。」

黛西大笑。「真的嗎？」

「妳把許多應該嚴厲面對的題目處理得很好。像是明蒂的背景故事非常殘酷、悲傷，可是妳沒有避開它。同樣的，第一章裡出現的恐怖攻擊貫穿整本書，妳從沒試著去淡化它，只是讓莉琪學會怎麼利用它。」

「那是為了要追溯莉琪得到超能力的過程。」黛西輕聲地說。

「完全正確。」伊莫珍用兩根手指捏住黛西垂在臉上的頭髮，兩人四目相對。「而且那不只給了她超能力，也改變了其他人對她的看法。就像如果有人覺得莉琪還是個孩子時，她就可以說，『請問妳上次從機槍掃射下逃生是什麼時候？』這樣一來，他們就非尊敬她不可了。」

黛西沒有回答。從來沒有任何人這樣評論過《重生世界》。從恩德布瑞基出版經紀公司和悖論出版社來的頭幾封信雖然寫了不少讚美之詞，可是沒有一句像伊莫珍剛才說的這麼仔細。有人明白、看穿她的用心的感覺遠遠勝過千百句空泛的讚美。伊莫珍說的話讓她的皮膚起了雞皮疙瘩，嘴唇也跟著發燙。

「我喜歡書中魔法必須付出代價的觀念。」伊莫珍繼續。「莉琪得到的力量愈強大，她失去的也就愈多。」她傾身靠得更近。「妳懂得如何扣人心弦。」

「什麼？」黛西問。

「妳不只是寫得好，重點是妳的故事說得好。」伊莫珍現在幾乎是在耳語了。「美麗的詞句雖好但常見，讓我停不下來的是妳扣人心弦的布局。」

黛西閉上雙眼。她們的嘴唇交疊。黛西聞到了屋頂柏油被太陽烘烤的氣味，還有伊莫珍皮膚上的鹹味。她覺得彷彿街道的車流開上了公寓外牆，駛進了她的脊椎、她的指尖、她的舌頭。她的呼吸配合伊莫珍的步調變得緩慢，穩定而深沉。

伊莫珍的手移到黛西的脖子後，手指和她的髮絲交纏，即使不再親吻她都沒有放開。

黛西的嘴唇刷過伊莫珍的嘴唇，輕聲說：「哇！妳確實被《重生世界》迷得神魂顛倒。」

「百分之百。」

雖然她已經說得很明白，但黛西還想再追問。「沒有要批評的嗎？」

「嗯，妳知道的。這是草稿，又是第一本小說。而且請不要問我妳是不是褻瀆了印度神明，因為我一點都不知道。」

黛西睜開眼睛。「好。可是妳第二句話是什麼意思？」

「妳是說這是第一本小說？嗯，對一本描寫死亡的小說而言，寫得有點太天真了。」

「天真？」黛西將身體往後拉回。「那就是妳對我的看法嗎？」

「好問題。」伊莫珍反而湊近她，仔細觀察她。「一直到十秒鐘前，我都不曉得妳是不是喜歡我。妳，呃，卻好像一點都不驚訝，還是……」她慢慢地眨了眨眼。「妳以前親過別的女孩？」

「我以前誰都沒親過。」黛西脫口而出，好斷絕自己膽怯不敢說實話的後路。「沒有真的吻過誰。」

伊莫珍沈默了好一會兒。看在黛西眼裡，實在有點太久了。

「妳是說真的嗎？」最後她終於開口。

黛西點點頭。她在卡拉家過夜時兩個人曾經練習過怎麼親吻。她也曾差一點和閱讀狂熱團隊的另一個男小隊長親嘴。可是那些都不算數，而剛才這一吻卻是真的。

「我表現得還好吧？」黛西問。

「非常好。」

「如果妳其實不喜歡我們的吻，妳現在會對我說謊嗎？」

「妳已經這樣問我兩次了。」伊莫珍的嘴角泛起笑意。「妳難道不相信我嗎？」

伊莫珍談論對她重要的事時的用語和風采，是黛西從沒在任何人身上見過的。沒有人可以這麼面不改色地撒謊，對吧？

「我相信妳。」

「很好。」伊莫珍的眼睛閃閃發光，映襯著夜色來臨前最後一道粉紅晚霞。她傾身往前，她們再度接吻。一開始，黛西的雙手緊抓住溫暖的柏油屋頂以維持平衡。然後她將手往上伸，放到伊莫珍的肩膀上，感覺她的肌肉。她將伊莫珍拉近，抱緊，就這樣子依偎在一起直到黛西的手機在口袋裡響起。

「抱歉……」她拉開距離，伸手拿出手機。「從費城來的朋友說不定迷路了。」

「就像我說的，我選了一個很不適合的時間點。」

黛西讀著簡訊。「糟了。他們已經來了！有人放他們進來，他們正在下面找我。」

伊莫珍站起來，伸出手。「來吧！下去主持妳的派對。」

黛西站起來，帶點罪惡感地想為什麼卡拉和賽根沒有多錯過一班火車。可是把他們單獨扔在一個擠滿他們崇拜的作家的房間，又太殘忍了一點。

伊莫珍踢開樓梯頂端的水泥塊，金屬門在她們背後關上。她們很快往下走，沒過多久就站在4E公寓的大門前。熱鬧的派對聲音透過牆壁傳進走廊。

伊莫珍雙手握住黛西的肩膀。「妳還好吧？妳看起來好像很茫然。」

黛西是覺得很茫然，但同時也覺得很好。太茫然、太好兩種感覺都不適合在走廊上討論。她沒有回答，只是踮起腳尖，又吻了伊莫珍。

然後她抬頭挺胸，仍然牽著伊莫珍的手，推開4E的門。

第十六章

我飛快地穿上牛仔褲和厚棉衫，躡手躡腳地走到廚房拿了一把刀子。

我不知道金屬刀刃是不是能傷得了鬼魂，甚至不知道在地下室的東西到底是不是鬼魂，可是有武器總比沒武器好吧？我選擇了一把帶著扁平金屬把手、刀刃短而窄的刀子。

明蒂仍然站在我的床上，怕得不敢碰觸地板。當她看到刀子時，眼睛睜得好大。「我們應該趕快逃，莉琪。」

「然後藏在我媽的衣櫃裡嗎？」我把刀子插進牛仔褲的後口袋。「我住在這裡，明蒂。我沒有地方可逃。而且妳不是說過應該是鬼要怕我才對嗎？」

「不管在下面的是什麼東西，它聽起來可不像會怕妳的樣子，不是嗎？」

彷彿是要回答她的問題，聲音再次從我們腳下傳來，它顯然已經很靠近地板，近到可以用氣音對我們說：「下來玩……」

我打了個冷顫，套上我脫在床邊的運動鞋。

「拜託妳，我們趕快逃跑，好不好？」明蒂哀求。

「不。我要找人幫忙。」

她瞪著我。「找誰？」

「一個我在剛開始看得到鬼時認識的人，我沒有對妳提起過他。」

「妳是說一個死掉的人嗎？」

我搖頭。「一個像我這樣的人。」

「胖波士？」明蒂轉頭，跳到我的書桌上，像一個在玩「不能碰到地板」遊戲的孩子。她想先出了臥室房門，再去我媽的房間躲在她的衣櫃裡。

「沒關係的，明蒂！他是個好人。」

她轉頭看我，在五斗櫃上維持平衡。「他們全說自己是好人，可是最後他們都會把妳抓走。」

我搖搖頭。「他救過我。」

明蒂以一種「妳真是個白癡」的眼光看著我，讓我不禁懷疑為什麼我會對亞瑪杰這麼信賴。要是他把明蒂從我身邊搶走怎麼辦？

可是我看過夠多的恐怖電影，知道絕對不要自己一個人去地下室看是什麼東西在發出怪聲。尤其是你的房子根本沒有地下室的時候。

「相信我。」我往前踏了一步，伸手要去牽她的手。「我需要跨界才能呼喚他。」

「不要！」明蒂把手抽開。

「好。我自己也做得到。」我深呼吸。「航空警察局已經出動……」

我們腳下的東西沒再出聲，彷彿它也在聆聽，我的聲音在寂靜中愈來愈沉著。

「妳能躲到一個安全的地方嗎？」

這些話讓我發抖，讓房間刮起一陣冷風。我的呼吸開始變慢。一個人說著電話兩邊的對話感覺很怪，可是我知道咒語生效了。

「不能。而且他正在開槍射死每一個人。」

冰冷的感覺變成實體，從四面八方向我推近。

「嗯，親愛的。」我輕聲說著，「也許妳應該假裝妳已經死了。」

當最後一個字脫口而出後，我感覺到自己跨界了。一瞬間，所有的影子全變成平板的淡灰色，電子鬧鐘上明亮的數字閃爍而黯淡。

可是這一次我卻沒聞到鐵鏽味，反而是我在沙漠時聞過的甜膩味濃濃地籠罩著我。我低下頭，看到我房間地板中央有一塊迅速擴散的墨黑色塊。

它看起來就像鬼學校走廊向我們席捲而來的墨水，也像我在沙漠裡看過的黑油河川，像一個空盪盪的黑洞。一開始，它只有一杯打翻的咖啡那麼大，可是就在我眼前擴散吞噬掉整個地板。

「別讓它碰到妳。」明蒂說。

我往後退了一步。「亞瑪杰，我需要你。」

我聽到自己念出他的名字，突然間感覺非常不踏實。期望他聽得到我的呼喚是不是太不切實際？他可能在離我千里的地方，也可能在我腳下千里之處……

可是我第一次呼喚他時，他確實出現了。

「亞瑪杰，請到我身邊來。」我再一次叫喚他的名字，嘴唇感覺到一陣熱氣。

漸漸擴大的黑洞離我的腳愈來愈近。我又往後退了一步，我的背抵到了牆壁。

「這是什麼東西？明蒂？」

「是那條河。」她驚惶地叫著，「介於這裡和下面的河。」

床離我不遠，我應該可以跳得上去。可是黑洞已經碰到我運動鞋的前端，突然間我雙腳冰冷。我的小腿虛弱無力，無法移動。

幾秒鐘後，我的運動鞋開始沈入地板。

「我要怎麼做才能擺脫這個東西？」

明蒂害怕得說不出話來，只是睜大眼睛驚恐地看著我。我可以感覺到冷得像冬天泥漿的黑洞爬上我的膝蓋。我伸出手，試著去抓床鋪邊緣，可是太遠了。

我一邊下沈，一邊感覺到寒意爬上我的身體。它一吋一吋地往上爬，送來一波又一波冰冷的浪潮。甜膩的味道充塞我的肺，濃厚到令人喘不過氣來。

就在它爬上我的腰時，我臥室的門被打開了。穿著白色睡袍的媽媽站在門口。她一定是聽到我在跨界之前和明蒂的爭執聲了。

「莉琪？」她輕聲叫著，眼睛望向我空無一人的床鋪。

「媽！」我大叫，可是她當然聽不到我。我已經進入另一邊的世界，她看不見我。突然間，我覺得能變成隱形人也不是一件多棒的事。

黑洞爬過我的肩膀。

「亞瑪杰，我需要你。」我最後一次大喊，再次感覺到嘴唇上的熱氣。

我想尖叫，希望我的惶恐會將我彈回真實世界。可是冰冷的墨水讓我的心跳變慢，將我肺部裡的空氣擠壓出去。它掩蓋住我的嘴巴、我的眼睛、我的耳朵，像液態的黑夜籠罩住我。

沒過多久，我便沈入河裡。

下面很冷，很黑。

唯一的聲音是強風持續掃過一個又空洞又巨大的地方所產生的呻吟聲。空氣凝重到幾乎成了固體，不斷地拍打我的頭髮、衣服，讓我重心不穩到差點跌倒。可是我沒有溺水，至少我還站在什麼固體的東西上，我的腳下似乎是一片沒有形狀的黑色平面。

不遠處有片白光出現，一張男人的臉。

他看起來比之前傳上來的聲音老多了，年紀和我外祖父相仿，臉色蒼白，滿頭銀髮。在眼睛適應了這裡的昏暗之後，我看到了他身體的其他部分。他將雙手插在滿是補靪的長外套的口袋裡。風吹得他外套的邊緣不停翻飛。

他瞪著我。「妳是活人。」

「說得真對。」

他舉起手摸著自己的下巴，蒼白的手指在黑暗中發亮。他的皮膚蒼白，可是不是灰色的，像大理石雕像般帶著溼潤的光澤。

「你跑來我的臥室下面到底要做什麼？」我的聲音在持續的強風中聽起來很薄弱。

「我聞到一個小女孩。」他的英語帶著一點點外國人的口音。「她是妳的嗎？」

「我的？」

他揚起一邊白眉毛。他的眼珠子沒有顏色，幾乎是透明的，就像生活在極深的海溝裡、終生見不到陽光的魚。

「妳不蒐集嗎？」

「蒐集鬼魂嗎？」

「妳一定是新手。」老人慢慢露出笑容，彷彿一具被遙控的木偶。他的笑讓地下室變得更冷了。然後我才發現他的皮膚和我一樣會在黑暗中發出淡淡的光芒。

「你和我一樣。」我說。他不是什麼傳說中的怪物，只是另一個賽可旁波斯。

「好眼力。」他嗤之以鼻。「不過妳真的知道我們是什麼？」

「知道。不過我不蒐集鬼魂。」

「我可以教妳怎麼蒐集。」他一邊說，一邊往前站近一步。

「不要過來。」

他又微笑了。「我嚇到妳了嗎？」

「拿機關槍的恐怖分子才嚇得到我。你不過是惹得我很不爽而已。你鬧得我睡不著。」

「真是對不起。」他稍稍彎腰鞠躬。「不過其實妳並不需要睡眠。」

「什麼意思？」

「睡眠是死亡的一小部分。而妳已經擁有死亡的大部分了，不是嗎？比妳需要的還多很多了。」

「你很不會比喻耶！」我說。

老人的眼睛在黑暗中閃了一下。「英文也許不是我的強項，不過我有許多其他的專長。我一直想收個徒弟。我可以教妳所有的技巧。只要妳肯把那個小女孩交給我。」

我想對他尖叫，可是卻感覺不到我應有的怒氣。冰冷的空氣緊抓住我全身的肌肉，持續的強風似乎把我的情緒全吹走了。

然而我的嘴唇仍微微地刺痛著，是黑暗中唯一的火光。

「不用了，謝謝。」我說。

老人把手指頭掛在他口袋的角落，很神奇的，兩個口袋居然愈來愈大、愈來愈大，而且看起來比地下室更黑，感覺很淺卻彷彿要吃人的樣子。

「難道妳不想看看我的口袋裡有什麼嗎？」

我終於品嘗到恐懼的滋味，我的肌肉再度復活。我伸手從褲子後口袋拔出刀子。「一點都不想。」他露出失望的表情。「一把刀子？太荒謬了！親愛的，沒有必要使用暴力。我對一個像妳這樣活跳跳的人一點興趣都沒有。」

「那麼不要再來煩我和我的朋友。」

「那個小鬼不是妳的朋友。他們不是真的人，妳知道的。」

我不想聽這個，可是我還是問了。「那麼他們是什麼？」

「他們是失散的回憶、遺落的故事。如果妳曉得方法，妳可以利用他們編織出世界上最美麗的事物。」他用雙手掌心來回撫摸他的口袋。「妳確定妳不想看嗎？」

可怕的是，一部分的我其實是想看的。一部分的我想學會重生世界裡所有的祕密，再可怕都無所謂。可是我光是站在這兒聽他講話，內心就有甩不掉的罪惡感，覺得我正在背叛明蒂。我猛力搖頭。

「其實我還可以教妳很多其他的技巧，不會讓妳覺得噁心的技巧。」

「像什麼？」我問。

他再度露出微笑。他知道他抓住了我的好奇心。「怎麼利用鬼的呼吸讓自己在河裡不覺得冷。怎麼讓討厭的鬼魂消失。怎麼切割最棒的回憶。妳可以嘗到妳的小朋友在世時吃過最美味的生日蛋糕。或者感受她聆聽最喜歡的床邊故事時的心情，甚至可以感覺到她躺在溫暖被窩裡的睡意。」

「你是說真的嗎？這些就是你『不噁心』的技巧？」

「千真萬確。」他又往我跨近一步。「妳不知道妳錯過了什麼，小女孩。」

我將刀子的把手握得更緊。它的金屬部分在黑暗中閃著寒光。「不要靠近我。」

「我提供給妳進入前所未有的神奇世界的機會。」他慢慢地縮短我們之間的距離。「不要不知好歹地侮辱我。」

「不要靠近我！」我往後退了一步，突然有什麼又冰又水、彷彿溼樹葉的東西刷過我的脊椎。

「在妳後面的是什麼東西？」老人語氣非常溫和地問。

我想轉身，可是我凍住了，我的手指緊握在刀把上。一股耳語般的氣息拂過我的頸後，彷彿風剛剛說話了。

然後，空氣晃動了一下，我們周圍的黑暗愈來愈暗。我微微刺麻的嘴唇開始發燙，不管剛才在我身後的是什麼，現在已經不見了。

我微笑，將刀子插回後口袋裡。「你最好趕快走。我的朋友來了。」

「妳的小朋友嗎？」老人露出貪婪的表情，蒼白的雙手撫摸著他的口袋。

「這個對你來說太老了。」

他不再微笑。

「怎麼了？」我問。「我還以為你喜歡這種神祕的隱喻呢！」

「妳愈來愈討厭了，親愛的。」

「討厭？你是說像在午夜被人吵醒的那種感覺嗎？」原本被寒意壓制的怒火一下子燃燒了起來。「像你床下有奇怪的聲音那種感覺嗎？還是像老頭子追著小女孩跑的那種感覺？」

他偽裝出的所有修養立刻瓦解，臉色和大理石一樣冷酷。「妳不應該這麼無禮。」

我不說話，只是微笑看向他身後。黑暗中一陣一陣的熱氣帶著濃烈的薰香味往我們襲來。亞瑪杰在黑暗裡出現，大步往我們走來。他的腳底冒出一縷縷灰煙，像在宗教儀式中過火的人。吹拂的風裡帶來了四散的小火星。

令人驚嘆的畫面，可是老人卻沒因此退卻。他轉過頭瞪著我看了好一會兒，顯然非常好奇。

「妳的朋友都很有趣。」他說，將雙手插進口袋，對著跟前的地面吐了一口口水，然後往前跨一步，似乎掉進了地心，像被吹熄的蠟燭，一下子就不見了。

我呆立在原地，用力大口大口地呼吸。

亞瑪杰舉起一隻發著白光、熱騰騰的手。它在黑暗中散發出的光照亮了地下室，老人真的消失了。我低頭看著我們站立的地方，像是一片覆蓋溼土的灰色平原，空無一物，無窮無盡地往外綿延。我本來以為會看到我臥室的地板出現在我們的頭頂上，可是卻只看到空曠的灰色天空籠罩著我們。一陣煙從亞瑪杰舉起的發亮的手往上竄，愈升愈大，被持續的風吹成一個弧形。

他謹慎地環顧四周，然後放下手。我們又陷入黑暗之中，但剛才發亮的影像還殘存在我的視線裡。

「妳沒事吧？莉琪？」我聽到他的聲音。

雖然我點點頭，可是我的雙手卻開始抖個不停。剛才那個賽可旁波斯可能看起來是個穿著補釘外套的老人，但說不定其實是一個披著人皮的怪物。我還可以聞到周圍充滿了他遺留下的濃厚甜膩氣味。

「他想要什麼？」亞瑪杰問。我的視線仍被剛才發亮的殘像干擾，但可以感覺他走到我身邊來了。

「他不是來找我的。」我一邊說，一邊覺得稍微鎮定了一點。

亞瑪杰站得很近，我周圍的空氣都變暖了，讓我不禁想到不久之前我有多冷。

「不過他想要我看一些他的東西。」我說：「我相信是他用鬼魂做出的東西。」

「可是妳沒有看吧？」亞瑪杰和我四目交接。他的棕色眼睛穿過了黑暗，穿過我的恐懼。

「對，我沒看。」

他的眼光軟化了下來。「很好，我們之中有些人熱中蒐集生命的片斷。妳一旦看了，事情就無法回頭了。」

我打了個寒顫，剛才的憤怒和恐懼一下子湧上心頭。我感受到一種無法擺脫的寒意。一部分的我想要張開雙臂擁抱溫暖的亞瑪杰，可是我不想看起來太花癡。而且上一次光是碰觸他，就讓我激動到彈回真實世界了。

這和我想像中再度重逢的畫面完全不同。我本來想讓亞瑪杰驚嘆沒有他我自己也學會了這麼多，可是現在的我又冷又怕，還穿得像個呆子。

「謝謝你趕來。」我說。

「當然。」他環顧四周。「可是妳怎麼會掉進這裡呢？」

「你是說……為什麼我會掉進河裡嗎？我猜那老頭是從我們去探險的鬼建築跟蹤我回家的，然後他在我臥室地板不停吵鬧，搞得我快瘋了，我只好下來面對他。」

「妳出去探險？」亞瑪杰的嘴角揚起一個無意的、似笑非笑的美麗笑容。聽得出來他在為我擔心，但同時感到佩服我的勇氣。

我無法將目光從他身上移開。過去一個星期，我在腦子裡想著亞瑪杰的模樣不下千次，現在我的腦袋正努力地用真實的細節補充回憶的不足。他眉毛中像回力棒的彎勾。他堅毅的下巴線條。他的黑髮在一邊耳後服貼捲曲，另一邊則隨風飄揚。

「妳剛才說了『我們』嗎？」他問。

「是，我和我的朋友。和我住在一起的鬼。」

他的笑容不見了。「妳的朋友？莉琪，一旦妳讓鬼魂進入妳的生活，就很難擺脫掉他們。」

「她本來就在我的生活裡。她是我媽很久以前的好朋友，從我出生之後就一直在我身邊。她教了我不少事情。」

「哪一類的事？莉琪？」

「怎麼樣才看得到鬼建築，怎麼進入裡頭。」我想起老人在學校走廊的歌聲，又打了個寒顫。「他是什麼東西？像你和我一樣的賽可旁波斯嗎？是不是？」

「他和妳我不同。」亞瑪杰轉頭不再看我，眼光在黑暗中搜尋。「他是個既無情又空虛的人。」

「他說鬼魂不是人。」

「我們之中有些人是那樣看待亡魂的，把他們當成玩具。」亞瑪杰嘆了一口氣。「話說回來，有些人更糟，連活人都可以視為玩具。」

「太棒了。賽可旁波斯兼精神病。」

他沒回答。

亞瑪杰帶來的熱氣似乎消退了一些，我用雙手護胸想抵抗寒意。突然間，我今天晚上看到的一切重重地壓上心頭。

至少現在我明白了為什麼明蒂會這麼害怕賽可旁波斯。死後的生命有條食物鏈，而我們比鬼魂高出一級。

「那個老頭想收我為徒。」我說。

「教妳一些妳不會想學的事。」

我和亞瑪杰對看了好一會兒。問題是，我想知道所有的事，好的、壞的，我全都想知道。也許我不該去當老人的徒弟，但對我來說，這是一個全新的世界，我需要在裡頭摸索。

「那麼，你來教我吧！」我說。

「妳已經改變得太快了，莉琪。我不想要再幫妳加快速度。」

我望向沒有形狀的黑暗。「所以你覺得讓我一個人跌跌撞撞地掉進這裡，什麼都不曉得，反而會比較好？」

他的臉上又出現了我在達拉斯機場見過的那種期盼的表情。不管他有多擔心我，他還是想維持我們之間的關係。他張開嘴巴，可是很快又合上。

最後他終於說了：「妳想知道什麼？」

我想了一會兒才回答。我想知道的事太多了，我想知道關於鬼魂的事、關於穿補靪外套的老人的事、關於我看過的所有的事。我想知道為什麼亞瑪杰可以在黑暗中帶著光和火，為什麼他的碰觸可以將我從灰色的世界彈回真實的世界。

可是看著我們周圍的空曠之處，我問了一個最簡單的問題。「我們在哪兒？」

「瓦伊特爾納河⑰，是上面世界和下面世界的分界線。」

「像希臘神話中的斯提克斯河。」

「古老的事物在不同的文化就有不同的名字。」他抬頭看著空盪盪的天空。「上面的世界充滿了活人和失落的鬼魂。而我們腳下則是亡靈居住的重生世界。這條河是介於兩者間的油。」

我看看周圍。「它看起來不像一條河。我的意思是，水在哪裡？」

「我們就在水裡。」

像要證實亞瑪杰所言不假似的，風又像渦流似地吹過我們身邊。它將他的黑絲襯衫吹得貼上他的身軀，好一陣子，我可以看到他一條條的肌肉。

我將眼前的頭髮順到腦後。「好。下一個問題。你是從哪兒來的？」

「一個在海邊的小村子。」

我翻了個白眼。「你未免講得太含糊了。你不是應該要教導我嗎？你是從印度來的，對吧？」

「我想應該是，雖然我出生時印度這個國家還不存在。」

我緩緩地點點頭，只是印度不是已經存在非常非常久了嗎？「你幾歲了？」

「第一次跨界時，我十四歲。」他的笑容顯示他並不想直接回答我的問題。

「你看起來不只十四了。可能差不多十七歲吧？」

「是有可能。」

這時，他沒再說話。我們只是在黑暗中看著對方。不過我很喜歡看他，所以我贏了，我看得他轉開目光。

「這裡是重生世界。莉琪。我們就像鬼魂一樣，而鬼是不會疲倦、不會肚子餓的。同樣的，他們也不

⑰ Vaitarna，印度教裡的介於陽世和地獄之間的冥河。

會老。」

我還是瞪著他。「你是說，我不會再長大了嗎？」

「生活在上面的世界，妳還是會繼續長大。」他抬頭看著空盪盪的天空。「只要是其他的活人能看見妳、和妳說話，妳就會長大變老，和其他正常人一樣。」

「所以你沒有離開過嘍？」

他搖搖頭。「我第一次跨界之後，又回到真實世界裡活了好幾年。在這邊住幾天，那邊住幾天，就這樣。」

「噢！」我低頭看著腳下的黑色大地。「所以你住在重生世界裡？就是亞蠻把那些死人帶去的地方嗎？」

他點點頭。

「下面是什麼樣子？」我想到明蒂的恐懼。「它是個好地方，還是個不好的地方？」

「它通常非常安靜。只有活人的回憶會干擾亡靈，而大多數死掉的人都已經被忘記。我們只能盡力，做多少算多少。」

「我們？」

「有不少活人找到進入重生世界的方法。我們每個人都有屬於自己的人民。我們必須記得他們的名字，讓他們不會被遺忘消失。」

我點點頭，想起明蒂說過因為我媽還記得她，所以她才沒有消失。「可是一年死掉的人何止百萬，你們怎麼可能記得所有人？」

「我們不能。所以大多數的亡靈都會留在人世間遊蕩，終至被遺忘而消失。有些則被妳剛才遇見的那種人抓去，用掉了。運氣好的才會找到我們。」亞瑪杰挺直腰背。「我的人民只有兩、三千人，不過我認得他們每一個。」

「百萬人中的兩、三千人。比例低得令人沮喪。」

「死亡有時就是這樣。」他一下子蒼老許多。

「我注意到了。」我嘆了一口氣。「你可以教我什麼沒那麼令人沮喪的事嗎？」

亞瑪杰想了一會兒，然後又微笑了。「這個怎麼樣：這條河不只是邊境分界，也可以利用它來旅行。」

他伸出一隻手，而我只是看著它，沒去牽他的手。

「我們要去哪兒？」

「隨便說一個妳想去的地方。」

「真的嗎？」我眨眼眨了好幾次。「像是巴黎鐵塔？埃及金字塔？」

「不一定。妳必須和妳想去的地方之間有連結。去那裡時的記憶，或者有什麼實質的關係存在。不過，瓦伊特爾納河確實可以通往全世界。」

我瞪著他，腦子裡搜索著我和什麼地方有實質的關係存在。我從出生後就沒搬過家。當然我可以選我念過的小學或國中，不過我可不想在半夜再進入任何一棟空曠的校舍。突然出現在我朋友婕敏家或爸爸在紐約的公寓自然也行不通。

不過紐約市其他的地方應該可以吧？自從小時候念過一本描述帝國大廈以作弊的手法變成世界最高的大樓後，我就一直對克萊斯勒大樓有一份特殊的感情。我在紐約時還拜託爸爸一定要帶我去一趟。可是這樣算是有實質關係存在了嗎？

我想學會這件事。如果我可以自由旅行，那麼即使會不時見鬼，變成一個賽可旁波斯也還算值得。就在我想到明蒂時，我知道我要去哪兒了。

「家族關係算不算數？像是我媽從小長大的房子？她從來沒帶我回去過，可是我看過很多照片。」

亞瑪杰皺起眉頭。「那是妳在全世界最想去的地方？」

我遲疑了一會兒。我不想對亞瑪杰撒謊，可是找到殺害明蒂的壞人聽起來應該不是會讓他開心的冒險提議。「那是我家族歷史的一部分，是我媽小時候的住所。我們可以去那裡嗎？」

「如果它對妳那麼重要，當然可以。」

「那麼，請教我怎麼做。」

「好，可是我必須事先警告妳。」

我嘆了一口氣。「你說吧！」

「如果妳感覺到背後有東西，千萬不要轉頭。」

「呃……好吧！」我想到在亞瑪杰出現前在我身後那個又冷又溼的東西。「會有什麼東西在我背後？」

他揚起一邊彎彎的眉毛。「我還以為妳不想再學任何會叫妳沮喪的東西了。」

「我是不想。那麼我該怎麼做？」

亞瑪杰伸手來拉我的雙手，可是我立刻抽開，我怕他的碰觸會把我彈回現實世界裡。

「不用擔心。」他溫柔地說：「我們現在在河裡。」

「那是什麼意思？」

「意思就是，妳現在沈得太深了，不可能因為惶恐就被彈回去。」

我瞪著他的眼睛。「我不會惶恐。我以為我們在達拉斯就已經把這件事說清楚了。」

「不是惶恐，嗯，那麼妳叫它什麼？」亞瑪杰的眼裡有著淡淡的笑意。

我沒有告訴他，他的碰觸讓我彷彿觸了電，充滿了電光、熱氣和火焰。他在機場給我的吻在過去的十天裡一直沒有消失。

我終於回答。「那叫太過激動。」

「真是抱歉。」他雙手交疊，對我鞠了個躬，然後伸出手要我牽住。

我也伸出手，就在我們手指交錯時，我感覺到一陣碎浪爬上我的肌膚，讓我的心臟顫震、狂跳，可是天空沒有突然出現色彩，真實世界也沒有擠進來。

這裡不是我的臥室。這兒是劃出生與死的界線的瓦伊特爾納河。而亞瑪杰的手是這麼的溫暖而真實。

「我準備好了。」我說。

他的似笑非笑終於化成真正的笑容。「抓緊嘍！」

第十七章

派對的客人愈來愈多。大房間裡愈來愈擁擠，同時也愈來愈有趣，不過這也可能只是黛西腫脹發熱的嘴唇讓她產生的錯覺。

在她們認識後的幾個星期裡，黛西從來沒有想過要親吻伊莫珍。她並不覺得伊莫珍有吸引力，不像卡拉每隔幾個月就會對某個男人著迷而感到他性感得不得了那樣。黛西心裡仍然可以列出好幾個她覺得很帥的高中男同學，可是沒有一個可以讓她心跳加速。突然，她想起在高中最後一年賽根曾認真問過她是不是比較喜歡女生，當時黛西不知道該怎麼回答。

現在，她總算弄清楚了。至少她很確定她對伊莫珍的感情，雖然她對自己到底是不是只喜歡男生或女生不是那麼有把握。這個新發現讓她既鬆了一口氣，又有些意外。她覺得自己彷彿跳過了一千次沒有意義的迷戀，直接射中了一個有意義的對象。

她同時也覺得，在伊莫珍稱讚她之後，她比以往更充滿了文采。現在，黛西非常想把所有的玉米片和酪梨沙拉醬從桌面上掃下去，叫伊莫珍陪在她身邊，馬上開始寫《未命名的帕特爾》。

可是她們才走進屋裡沒兩步，琪瑞莉就把伊莫珍拉走了。當她的手被從伊莫珍的手中拉開時，黛西的心裡閃過一絲極小的刺痛，可是她沒有跟著她們走向奧斯卡正在舉行討論會的角落。她必須趕快找到她的朋友。

黛西掃視過人群，發現更多她在青少年小說家酒吧聚會見過的臉孔，兩個她在悖論出版社開會時遇過的出版商，然後——

「初登場姐妹！」安妮・巴貝兒拉著另外三個姐妹對她打招呼。

「噢，哈囉，妳們好。」

「二〇一四，喔耶！」安妮說，所有的人全舉高一隻手。

「耶！」黛西和她們擊掌。「聽著，我正在找——」

「這公寓簡直像搖滾巨星住的一樣。」安妮大叫。「而且還是在曼哈頓裡呢！」

「妳現在簡直成了我們公認的偶像了。」愛斯莉說，黛西記得她寫的是以火星為背景的反烏托邦小說。

「我們必須對妳坦白一件事。」安妮說：「我們每個人都下了賭金，賭妳到底幾歲。」

她不知道該怎麼回答。她仍覺得嘴唇腫脹，她的身體仍然因為和伊莫珍的吻而微微顫抖。她是有一點點覺得自己像個搖滾明星，可是更大部分的自己只覺得頭好暈。

「這真的不是一個——」

「不要說出來！」安妮打斷它。「我們想和其他人一起等到答案揭曉的那一天。我猜妳十七歲。」

「我猜妳十九歲。」愛斯莉說。「不過我知道我可能猜得太多了一點。」

「我既不能承認，也不能否認。」黛西說。她終於看到站在酪梨沙拉醬旁、一臉驚恐的卡拉和賽根。

「我現在必須去做點其他的事。而且，再說下去，可能就會露餡了。」

「當然！」安妮說，其他的姐妹也同聲附和。

「哈囉！你們！」黛西穿過大房間，一邊走向賽根和卡拉，一邊對他們大喊。

「妳終於回來了！」卡拉衝過來擁抱她，然後兩個人開心地轉了一圈。

「真是抱歉。我剛才上去屋頂，出了一點……狀況。」黛西撫摸她自己的嘴唇，有好一陣子她覺得自己的初吻似乎是她幻想出來的。

「我只是很高興我們總算到了。」卡拉的眼睛掃過房間。「看看妳的公寓，多美啊！妳已經化身為城市女郎了。」

賽根點頭表示同意，手上拿著一個圓錐型的紙杯。「很棒的派對，太棒了。」

「沒話說的棒。」卡拉將音量降到像耳語一樣低。「我問妳，站在那兒的是琪瑞莉・泰勒嗎？」

「沒錯！」

「她連看都不用看就回答了。」賽根對卡拉說：「妳認為如果有人指控妳那麼大的罪行，說琪瑞莉・泰勒站在他們家的客廳，那人一定會趕快左右張望，可是沒有，她只是假設那就是真的。」

「因為現在的黛西已經成名了。」卡拉說：「在她家客廳時常都有名人出沒。」

黛西翻了個白眼。「別鬧了。我來幫你們介紹吧！」

「幫我們介紹？」賽根問，緊張地將手上的紙杯一把捏扁。「可是我沒把我的《賓頁》帶來呢！」

「這又不是簽書會，賽根。」卡拉說：「這兒只是黛西的客廳，只不過裡頭擠滿了許多有名的作家。」

「就只是我的喬遷派對。」黛西說，雖然剎那之間她也覺得這一切難以置信。她轉身看著鏡子牆，確定她真的存在。

「可是萬一我表現得太瘋狂怎麼辦？」賽根說：「因為我實在太喜歡《賓頁》了。」

黛西微笑。「如果你表現出為《帝若王》瘋狂的樣子，她可能會更開心一點。琪瑞莉對《賓頁》已經沒什麼感覺了，因為每個人都超愛它的，也因為……」

她沒把話說完，可是提醒自己晚一點要記得問賽根，她用印度神祇當青少年小說的性感男主角的看法。

「沒錯。」卡拉說：「就像約翰・克里斯多夫對《三腳四部曲》感到厭煩一樣。」

「莫里斯・拉威爾最後也很痛恨《波麗露舞曲》。」

「吉米・亨德里克斯也討厭他的《紫色迷霧》。」黛西說，然後揮揮手。「不要再說下去了。來吧！她人超酷的。」

黛西往琪瑞莉跨近一步，可是她的朋友動也不動。

「怎麼了？」

「我覺得我們需要一點時間。」卡拉一邊說，一邊望著地板。「我們甚至還沒將行李放好。」

黛西看到桌子下有兩包睡袋，還有兩個小行李箱。「啊！真對不起。你們才剛到，我就忙著拉你們到處轉。這是我身為女主人的錯。」

「我們應該在妳派對開始前就到的。」賽根說：「美國國鐵時刻表的意外是我的錯。」

「哈！你終於承認了。」卡拉說。

黛西蹲下從地板上拿起睡袋。「我把這些放到你們的房間。」

「我們在這裡等就好。」賽根說：「妳的派對讓我超緊張的，可是我又捨不得錯過一分一秒。」

「沒問題。」黛西拉開行李箱的桿子，兩隻手臂各夾著一包睡袋，小心穿過人潮，成功地沒有絆倒任何人，很快的她一個人走進了客房。

「糟了，還是沒有枕頭。」她喃喃自語，直接讓睡袋掉到地板上。她將行李箱拉到角落，懷疑等到卡拉和賽根看到這個房間時，不知道還會不會覺得她棒得不得了。

臨時湊數的書架今晚看起來特別歪斜。黛西單膝跪下，她本來是想調整煤渣磚的，可是手卻自動伸向熟悉的綠金相間的《賓頁》書脊。封底印著琪瑞莉的照片，那時年輕許多，應該也沒經過太多修片，不過氣質遠遠不如她現在的風采。她將兩隻手指壓在前額沈思，看起來確實很像電視靈媒在通靈。

聽到身後的門被關上，黛西轉頭。

伊莫珍手上拿著啤酒走進來。

「嘿。」黛西說，聽在她自己的耳朵裡，似乎太過響亮。關上的門將客廳裡的派對噪音阻隔在外，突然間她可以聽到自己的呼吸聲。「怎麼了？」

「我想念妳。」

黛西站起來，感覺到嘴唇微刺腫脹。「我也是。這樣不是很怪嗎？」

「一個人可以坦然接受老朋友的缺席。」伊莫珍說：「可是第一個吻之後的片刻離別卻令人難以忍受。」

黛西皺眉。「這是誰的名言嗎？」

「奧斯卡．王爾德。」伊莫珍看著黛西手上的《賓頁》微笑。「我聽說那是本好書。」

「我的朋友都說寫得很棒。」

伊莫珍在書架前蹲下，手指劃過一本又一本的書脊。「琪瑞莉的書妳只有那一本嗎？她要是知道了，一定會很不高興。」

「我有全部！她的每一本書我都有。」黛西大叫。「不但有第一版的收藏品，還有真正拿來讀的平裝本。這裡的書不到我的藏書的百分之一。爸爸載了些東西過來，所以我的小妹把這些我最喜歡的書也一起送來了。」

伊莫珍轉頭看著黛西，瞇著眼睛。「妳爸爸載東西過來？」

「它們在……我父母家我的臥室裡。」黛西單膝跪在伊莫珍身邊，但不敢看她。「有一件事，我本來打算在派對開始前告訴妳。可是妳遲到了。我想在屋頂上告訴妳，可是後來我們接吻了，我就忘了。」

伊莫珍點點頭，等著她說下去。黛西深吸一口氣，穩定情緒，腦子裡不禁閃過之前所有她本來能早點揭露她的年紀、比現在好得多的機會。可是在過去的幾個星期裡，她愈來愈融入這裡的生活，愈來愈覺得自己是個真正的作家兼紐約客時，她坦白的衝動也就愈來愈淡了。

然而現在她們接吻了……

「卡拉、賽根和我是高中同學。」

「妳說過了。」伊莫珍說：「只不過妳並沒說是多久之前的事。」

「嗯……」黛西的音量變得很小。「我們才剛畢業。」

「所以，妳是說一個月之前嗎？」

「差不多。」

伊莫珍緩緩地點頭。「這解釋了為什麼妳從來沒有……」

「我想是的。雖然我聽說很多人在高中時代就有過接吻的經驗了。」黛西發現不知為什麼，她居然模仿起賽根講話時平板的語氣。「對不起，珍。」

「為什麼要說對不起？」

「因為我沒有告訴妳我才剛從高中畢業，沒有告訴妳其實我還是個青少年。」

伊莫珍檢視著自己的指甲。「我猜我們沒聊到這個話題。」

「我相信有，而且還不只一次。」黛西說：「妳問我以前在大學主修什麼，我故意改變了話題。」

「對，我確實注意到了。所以妳多大？十八歲嗎？」

黛西點點頭。

「呃，這實在是太可笑了。」伊莫珍站了起來。

黛西繼續跪在書架旁，滿臉通紅。她沒辦法強迫自己抬起頭來，所以只好瞪著手上《賓頁》的封底。年輕的琪瑞莉以沉思的表情瞪著她。

「我的意思是，說真的……」伊莫珍說：「妳才十八歲就能寫出那麼棒的一本書？這實在是……太令人震驚了。」

「我寫那本書時只有十七歲。」黛西輕聲說。

「幹！我十七歲時忙著在寫《彩虹小馬》的粉絲小說。」伊莫珍又跪了下來，一邊嘆氣，一邊說：「事實上，我現在也還在寫，只不過沒投入那麼多時間。所以妳放棄了上大學的機會來寫書，好像那沒什麼大不了的？」

「堅持我要上大學的是我的父母。」黛西說：「他們非常不認同我的決定。」

「這倒是很有趣。我爸到現在仍然認為我的英國文學學位根本是在浪費錢。」

「妳在生我的氣，對不對？」

「事實上，我是在驚嘆，不是生氣。」伊莫珍轉頭看著黛西。「用盡妳所有的預付版稅搬來紐約。很瘋狂，不過也很勇敢，我猜。」

「真的嗎？」

「真的。可是請妳以後更善用妳的勇氣，好嗎？」

黛西搖搖頭。「用在哪兒？」

「用在信任我。不要對我隱藏祕密。相信我。告訴我。」伊莫珍用手托起黛西的下巴，然後她又吻了她。和前兩次的吻比起來，這次的吻沒有那麼激烈，比較溫柔而緩慢，可是卻不會讓她覺得心中還有任何疑慮。

當兩人的嘴唇終於分開時，黛西問，「所以妳不生氣嘍？」

「我比妳大五歲。也許我有一點……猶豫。」

「猶豫？可是妳剛剛才又吻了我！」

伊莫珍聳聳肩。「對，我對猶豫這件事很不在行。不過也許我們應該慢慢來。」

「慢慢來很不錯，我猜。可是從現在開始，妳可以問我任何事，任何問題，再令人尷尬的都沒關係。

我保證我一定對妳說實話。」

伊莫珍想了一會兒。「好。妳是真的喜歡我，還是因為妳從來沒有過接吻的經驗，所以感到很興奮？」

「我真的很喜歡妳！」黛西大喊。「當妳談論寫作時，我的雞皮疙瘩全站起來了。」

伊莫珍揚起一邊眉毛。

「還有妳親我的時候。」黛西又加了一句。

「好，回答得不錯。有什麼事是妳想問我的嗎？讓我們把一切都說清楚。」

黛西搖搖頭，可是突然想到一個和她們正在談的事完全不相關的問題。「妳知道琪瑞莉讀過了嗎？」

伊莫珍看著黛西手上的書。「大概吧？妳看看她寫得多好。」

黛西把《賓頁》插回書架上。「我是指我的書。妳知道的。」

「噢，妳的書。」伊莫珍笑出來。「還沒。琪瑞莉叫我先讀過，妳知道的，如果很爛她就不看了。」

「妳說真的？妳在幫她過濾我的作品？」

「當然。妳沒幫妳的朋友做過同樣的事嗎？」

黛西皺眉。在他們那群閱讀狂熱者中，不管是小說、電影，還是電視影集，黛西總是自願做第一個觀賞者。學校圖書館進新書第一個一定到她手上，她不在乎網路上有人多破哏，甚至忍耐看完惡名昭彰、難看得要死的《危險金髮》第一季，只為了能將劇情解釋給直接從第二季看起的卡拉明白。

可是，當主角變成她的書時，情況就不一樣了。「妳們兩個真差勁。」

伊莫珍大笑。「如果我告訴琪瑞莉妳很有文采，她應該趕快看妳的書，那麼我們的差勁程度會不會變得比較少一點？」

「可能會。」黛西站起來，覺得既鬆了一口氣，又有點頭昏。試著隱瞞她的年齡實在愚蠢，還好她已經被原諒了。她決定以後再也不要犯下同樣無聊的錯誤。「我答應我會信任妳，珍，所有的一切。」

「很好。」伊莫珍打開房門。「那麼我猜妳應該要介紹我認識妳的朋友了。」

賽根和卡拉仍然站在同樣的位子上。賽根埋頭猛吃酪梨沙拉醬，卡拉則拿著手機鬼鬼祟祟地對著派對裡其他的人拍照。

「我把你們的行李放進客房了。」黛西說：「而且我帶來了一個沒有那麼可怕的作家要介紹給你們認識。」

「沒那麼可怕的正確翻譯就是沒那麼有名。」伊莫珍伸出手。

在三個人自我介紹時，黛西忍不住注意到站在伊莫珍身邊，卡拉和賽根看起來有多麼年輕。相對於他們的緊張不安，她顯得非常優雅自信。黛西明白她其實和她的朋友們一樣侷促惶恐，為什麼她能騙過所有的紐約人，讓大家以為她是個成人呢？

喔，對了，因為她賣出了一本小說的版權。換句話說，如果她不能再做一次，她的成人生活就會成為明日黃花了。

「我很驚訝我們居然沒念過妳的作品，伊莫珍。」卡拉說：「即使妳的名氣沒那麼大，可是我們幾乎什麼書都念的。」

「我的第一本小說要到九月才會上市。」

「我們學校的圖書館管理員很厲害。」賽根說：「我們什麼書都拿得到。」

「嗯。」伊莫珍微笑。「我的小說叫《控火師》。我用的筆名是伊莫珍・葛雷。」

「那不是妳的真名嗎？」黛西問，可是伊莫珍沒有理她。

「我相信我們沒有看過。」卡拉說：「妳的控火師就是一個可以變出火焰的人嗎？」

「差不多。」伊莫珍說：「我的女主角喜歡玩火柴，然後她發現自己根本不需要火柴。」

「聽起來真棒，我等不及要拜讀了。」賽根說。

「黛西有書的檔案。」伊莫珍將一隻手擱在黛西的肩膀上，她不禁輕輕顫抖了一下。「如果你想要，可以請她轉寄給妳。」

「太棒了。」卡拉說：「我們保證絕不會再外流給第三個人。」

伊莫珍聳聳肩。「被盜版也無所謂，總比沒沒無聞好。」

賽根轉向黛西說：「妳現在是個大作家了，一定可以在很多書出版前就念到吧？」

「有一些。」黛西回答，這時她才想起來其實她還沒讀過《控火師》。不是因為她擔心它可能寫得很爛，而是因為她過去兩個星期忙著在打包、裝箱、即興創造家具和哀求她的父母將她的床單用快遞送來。

黛西的臉稍微脹紅了一點。可是她必須要勇敢，要相信她才剛吻過的人。「事實上，我也還沒念過《控火師》，不過我確定它一定寫得很棒。」

可是就在這些話從嘴裡說出時，黛西的心裡突然湧上一股全新的恐懼，要是熱情、聰穎的伊莫珍，第一個讓她心跳加速的人，其實並沒有文采呢？

「我是說，琪瑞莉還幫它寫了名人推薦呢！」她加上。

就在其他人驚嘆這個事實的同時，伊莫珍捏捏黛西的肩膀，傾身靠向她，悄悄說：「希望妳會喜歡。」她對她耳語。「如果妳不喜歡，那就有點麻煩了。」

黛西當下決定明天一早起床之後，不管她的待辦事項堆積如山，她馬上就要開始讀《控火師》。有勇氣也好，沒勇氣也罷，她必須知道。

「嘿！我剛才發現……」賽根說：「妳的小說是關於火，伊莫珍，而黛西的小說卻是關於地底一個寒冷之地。很有趣的對比，不是嗎？」

伊莫珍和黛西看著對方，不知道該說些什麼。

然後卡拉說話了。「妳到底收到編輯信了沒？就是那張告訴妳要修改什麼的建議清單啊？」

黛西搖搖頭。「南恩一直說就要寄來了，可是到現在都還沒給我。妳認為我應該過去問她嗎？珍？」

「在妳自己的派對上？不大好吧！不過我打賭這件事莫喜絕對可以為妳代勞。」

「對。」黛西說。有經紀人的最大好處是為了百分之十五的抽成，他們會包辦百分之百和寫作無關的事。

「可是她說過她會提早離開。」

「離開？可是她就站在那兒，正在和……」伊莫珍不敢置信地眨眨眼。「那是……？」

「是的。」賽根說：「黛西，妳的派對現在變得更加輝煌了。」

「天啊！」卡拉小聲地加上。

黛西轉頭，懷疑是不是柯爾曼・蓋力終於來了。可是迎面向她走來的可不是柯爾曼，而是貨真價實的「社群媒體蘇丹王」史丹利・大衛・安德森。

「哈囉。」他一邊說，一邊伸出手。「我相信妳就是今晚派對的主人。」

「是的。」黛西目瞪口呆地擠出回應，她握住他的手，然後回過神來地補上一句，「我是黛西・帕特爾。」

「我是史丹利・安德森。」

「我知道。」黛西說：「我的意思是，這是伊莫珍、卡拉和賽根。」

「卡拉和賽根？」史丹利點點頭。「很有趣。不過你們大概太年輕了，不會曉得為什麼我覺得有趣。」

「機率小之又小。」賽根說。

「好幾千億分之一。」史丹利咯咯笑，但表情沒什麼變。「我希望妳不介意我不請自來，黛西。」

「當然不介意。可是，你不是要和莫喜去吃晚飯嗎？」

「本來是。可是我消化不良的老毛病又發作了。」

「噢。」黛西說：「真糟。」

「『消化不良的老毛病』的單元是我的最愛。」賽根說：「從第一季開始就是。」

「我也是。」史丹利說：「我真希望當時的攝影機沒那麼糟。你在吃的是酪梨沙拉醬嗎？」

「對。」賽根說：「我發現它的濃稠度很有撫慰人心的效果。」

「百分之百同意。」史丹利拿起一個圓錐型的紙杯，裝滿酪梨沙拉醬。他轉向伊莫珍。「我相信我們在秋季時會一起去巡迴宣傳。」

黛西轉頭。「真的嗎？」

「悖論出版社想要我們一起巡迴。」伊莫珍看起來有點受寵若驚。「可是他們還沒確定，所以我不知道……」

「應該會很好玩吧！」史丹利說：「我待會兒去找南恩談談。」

「那真是太好了。」伊莫珍輕聲說，可是史丹利已經忙著再重新裝滿更多的酪梨沙拉醬。

看到伊莫珍突然啞口無言的感覺很奇怪，不過更奇怪的是史丹利和賽根居然立刻就交上朋友。他們兩個專注地在自己小小的世界裡，討論各種不同形狀的圓錐紙杯拿來裝酪梨沙拉醬時的容量。

「我有點嚇一跳。」她們看著兩個男生，卡拉小聲地說：「不過，同時又覺得其實很合理。」

「我知道，確實是這樣。」黛西說。

「我喜歡妳和史丹利應對的態度。」卡拉說：「不卑不亢，非常有自信，城市女郎。」

「謝謝妳。」黛西轉向伊莫珍。「我怎麼不知道妳要和他一起巡迴宣傳？」

「上次我聽說他還不確定要不要和我一起巡迴。可是我猜現在他認識我了，就覺得其實也沒什麼不好。妳覺得呢？」

卡拉發出笑聲。「黛西辦的派對總是會出大事情。從五年級開始就沒有例外。誰和誰分手、誰和誰墜入愛河、誰和誰大吵一架，所有最瘋狂的事都發生過。不過最好玩的是，主角從來不是她。」

伊莫珍和黛西很快對看了一眼。黛西感覺自己的臉泛起了笑容，她的嘴唇滾燙乾涸。

「嗯……不過那只是我的理論。」卡拉說完，開始咯咯笑，她伸出手臂攬著黛西，用力擁抱老朋友，突然間，她笑得好大聲，房間裡的其他人都忍不住回頭看。

「啊？卡拉？」黛西問。「妳還好嗎？」

「好得不得了。只不過這個派對，讓我感覺實在太瘋狂了。」

第十八章

它就像一條洶湧晃動的強大河川，無意識地以快速流動的水帶著我們漂移。

在從我臥室地板下沈之後，它就不斷地在我身邊咆哮而過。我以為的持續風聲，事實上就是水流，一旦我放鬆下來，它立刻將我帶走，彷彿有人給了我一個特大風箏讓我拉著。還好亞瑪杰和我雙手緊握，才將我再也無法停下的惶恐減低了一點。

河道裡充滿了像剛剛輕拂過我的那種又溼又冷的東西。它們總是從我身後靠近，輕聲細語地在我耳邊或頸後吹氣，卻始終無法形成隻字片語。亞瑪杰說只要不回頭看，它們其實是無害的。所以我強迫自己學會忽略，雖然身體仍會因為它們的拂過而顫抖。感覺上這趟旅程似乎怎麼都到不了盡頭，我的頭好昏，河流擺動得好激烈，而我只能專心一意地在腦子裡想像媽媽的老家。不過一旦我們被漩渦送上岸後，卻又覺得彷彿一瞬間就到了。

我們在另一個廣闊的黑色空間停下，似乎和我們剛離開的一模一樣。

我抬頭望著空盪盪的黑色天空。「你怎麼能夠分辨我們現在身在何處？」

「我們就在妳想去的地方，莉琪。如果妳和這個地方有真正的連結。不然的話……」他聳聳肩。「我們可能在任何一個地方。」

「好吧！」我一邊回答，一邊在想克萊斯勒大樓也許會是個比較安全的選擇。

亞瑪杰蹲下，將手掌貼在地面上，沒過多久黑色的油開始咕嚕咕嚕地冒了出來。它擴散得很快，我往後退了一步，不讓腳上的運動鞋碰到它。

「你在做什麼？」

「沒事的，莉琪。」他將我拉近，我的雙腳和他的一起泡在黑油裡。

「真的沒關係嗎？」我們兩個已經開始在往下沈。

「過程就是這樣。妳睜開眼睛看，會比較清楚它的運作。」

「呃，好吧！」在我們往下沈時，我把亞瑪杰的手握得更緊了，我渴望他身體的熱氣，盡量不去想他絲質襯衫下結實的肌肉。黑油河流的溫度其實差不多，可是當它爬上我的脊椎時，我還是忍不住抖個不停。

我努力不閉上眼睛，當黑油淹沒我的視線後，我們就被一個有許多房子、樹木和郵箱的全新世界包圍。郊區裡正常的街道。

我抬頭，以為還會看到黑色的河流在上方出現，卻只見到星光燦爛的夜空。半輪明月還掛在天上，形狀和我們剛離開的聖地牙哥一樣。在我們面前的是一棟和媽媽舊照片裡一模一樣的房子，只不過有人為它添加了低矮的木頭欄杆。

我們來到了北加州的帕拉阿圖。

我吸了一口氣，另一邊世界特有的金屬味鑽進我的肺裡。

「這不合理啊！」我的聲音聽在自己的耳朵裡相當微弱。「我從我的臥室地板往下沈進河裡，現在我們離開它怎麼也是往下沈？」

「重生世界就是這樣。唯一的方向就是往下。」

「我懂了。」我發現自己還緊緊抓著他，便趕緊放開手，退後一步。

亞瑪杰微笑。「這條河不像其他的東西那麼令人沮喪吧？」

「的確，它很像是遊樂園裡的雲霄飛車。只不過雙眼什麼都看不見，而且會有又溼又冷的可怕氣團不時來撫摸你。」我轉向面前的房子。「可是，至少它能帶你去你想去的地方。」

這棟獨立住宅比街上其他房子舊一些。它有一個很寬的前廊。在另一邊的世界裡，它是灰的，而不是媽媽照片上的天空藍，不過這兒絕對是媽媽的老家。

當然，這棟房子絕對不是我要來這裡的真正理由。

「真是不可思議，亞瑪杰。親眼看到它的感覺真怪。你不介意我們先在附近走走吧？」

「當然。」他一邊說，一邊牽起我的手。

他以為我是因為看到媽媽的老家而情緒激動，我對自己這樣誤導他感到有點內疚。其實我是來當女偵探的。我嚥下湧上的罪惡感，拉著他往前走，享受他的手包覆著我的手的親密感。

媽媽的老家街道看似一切正常，整齊的草坪、裝飾著貝殼的信箱、月光下迎風搖曳的棕櫚樹。看起來完全不像裡頭住著一個專殺小孩的變態社區。雖然我猜這正是那種人選擇居住在這裡的原因。

我在找的東西一定就在附近，雖然我並不確定要怎麼去辨認。畢竟已經是三十五年前的事了，那個壞人極有可能死了，或者搬到別的地方去了。但他說不定在另一邊的世界留下了什麼蛛絲馬跡。

突然間一個影子從我們面前的車子底下竄出，閃電似的穿越馬路。我跳起來，發出尖叫。

不過是一隻貓。一隻又長又瘦的斑紋貓在對街停下，轉過來盯著我們看。牠的雙眼在另一邊世界的灰色背景中發出綠色的幽光。

「搞什麼？牠真的是在盯著我們看嗎？」

「貓咪什麼都看得到。」他的聲音輕柔，幾乎帶著敬意。「牠們的眼睛可以看透兩邊的世界。」

「喔，對，明蒂說過同樣的話。」我的心臟在胸膛裡劇烈跳動，可是周圍的灰色世界並沒有消失。「剛才我嚇了一大跳，可是沒有被彈回現實世界。是因為我抓住另一邊世界的能力變強了吧？」

亞瑪杰搖搖頭。「妳不能從這裡跨界回去，只有從妳跨界進來的地方才可以。那條河只能帶走妳的靈魂，不能帶走妳的肉體。」

「所以我現在算是靈魂出竅嗎？」我捏了一下自己的手臂。它起了好多雞皮疙瘩，而且覺得好冷，百分之百真實。

「這是過度期。」亞瑪杰說：「將來妳就能連肉身一起在河川裡移動了。」

「如果我的身體不在這裡，那麼它在哪？不會還在我的房間裡吧？要是我媽發現了，一定會嚇死了。」

「用不著擔心。」他停下來，想了一會兒。「聽起來可能很奇怪，不過妳的身體現在沈在妳家的地底下，安全地留在石頭層裡。」

「聽起來超可怕的。」

「重生世界並不是一個溫暖的地方，莉琪。」

「這個你已經說過了。可是，還是……不過，這實在太棒了。」我停下腳步，喘著氣，欣賞周圍和平坦的聖地牙哥大大不同的丘陵景色。「我連地址都不知道，卻能準確地來到這裡。」

「對初學者來說，妳算是很厲害的。」

「謝謝。」我的眼角看到什麼動了一下，轉頭去看，卻只見到那隻貓遠遠地跟在我們後面。

亞瑪杰瞇著眼睛觀察我。「妳真有趣，莉琪。在達拉斯機場，妳鎮靜到可以裝死。不久之前，即使沒有我的幫忙，妳都能毫無懼色地面對那個老頭。可是在這個社區裡，不過是有一點風吹草動，就把妳嚇得跳了起來。」

「嗯，你說得對。」我不想對亞瑪杰撒謊，所以故意把話講得很含糊。「我告訴過你，我媽小時候這裡出過事。」

「糟糕的事嗎？」

我點點頭。「糟到她從來不去提起的事。是在達拉斯機場慘劇後，她才告訴我的。」

「現在不會再出什麼事了。」他一邊說，一邊又握住我的手。

我們在月光照耀的空曠街道上靜靜地走著。和他在一起的感覺真好，而我的神祕力量將我們帶來這兒的事實更是令我興奮。即使我沒看到壞人留下任何線索也無所謂。

彬彬有禮的亞瑪杰不好意思再追問我媽的事，但是過了一會兒，他又說話了。「每個賽可旁波斯都有一段那樣的過去。」

「哪樣？」

「難以開口的過去。我們第一次跨界時，情況都很艱難。」

「那麼，你的呢？」我輕聲問。「你第一次跨界時為什麼要裝死？」

他搖頭。「在我的時代，沒有戰爭，也沒有恐怖分子。我妹妹和我住在一個小村子。很安靜的地方。」

「聽起來不錯啊！」

「它很美，但我和我妹妹不免覺得它太小了。所以當海平面出現船隻時，我們便會衝向碼頭，看著那些來自其他地方的東西。那些水手彷彿是另一個世界的人。他們穿的衣服染成我們沒見過的顏色，用的銅刀是我們村子的銅匠做夢都沒想到可以做得出來的東西。」

「銅刀算是高科技。」我說：「好，所以這是非常久以前的事了。」

他聳聳肩。「的確是，而且顯然在當時我們村子也算是比較落後的地方。當水手給我們看其他島上的押花，告訴我們他們是在精靈戰爭中被殺死的戰士時，我妹妹和我就相信了。」

「天真無邪。」

「他們還會說其他的語言，我妹妹將她最美的貝殼送給他們，請他們教她幾句外地話。她可真學會了不少髒話。」

我感覺到自己臉上泛起了笑容。「聽起來和我的西班牙課有得拼。」

他也對我微笑，可是表情很快就變了。「那是個長大的好地方，可是當時人的壽命都不長。我妹妹又比一般人死得早了一點。」

「是，她看起來只有十四歲上下。等一下，你們兩個是……？」

他點點頭。「雙胞胎。我們現在還是雙胞胎，只是我比較老了一點。」

「對。很怪。」亞蜜一直停留在她死時的歲數，可是她哥哥卻不是。「這就是你一直待在重生世界的原因嗎？為了不拋下她自己一個人？」

「我待在這裡是為了不讓我的人民消失。」

「而她是他們之中的一個。你是個好哥哥。」

他沒有回答。我們繼續往前走。我一直很好奇有兄弟姐妹會是什麼感覺，尤其是雙胞胎的兄弟姐妹。在想像中，我們會發展出自己的語言，互相給對方取各式各樣好笑的暱稱。

當然，我從出生以來就有個隱形的姐姐。明蒂每天都在，看著我從嬰兒長大到十一歲，然後變得比她更老。我忍不住打了個寒顫。

「妳還好嗎？」亞瑪杰問。他的眼睛在一片灰色的世界中閃爍著棕色的光芒。他和我身上的色彩依舊，彷彿我們不屬於這個死亡世界。

「我沒事。所以你是在妳妹妹死掉的時候……變成像我們這樣的人嗎？」

他點點頭。「我不能讓她一個人走。」

「哇！所以人家說的雙胞胎之間的感應是真有其事嘍？」

亞瑪杰想了好一會兒，然後聳聳肩。「對我們來說，是的。」

「她是怎麼死的？」我小小聲地問。

「一個混球背叛了她。」

「呃？什麼意思？」

「一隻驢子。」他說：「一頭屬於我們家的畜生。」

我聽了還是滿頭霧水，但我在下一個問題還來不及說出口前，就被眼前的景象震懾住了。在亞瑪杰身後，更遠的街道上，那隻貓還在陰影處徘徊，可是牠的綠眼睛閃閃發亮。

但牠卻不再盯著我們看了。

牠的視線射向另一棟比媽媽的老家更舊的獨棟房屋。它坐落在院子深處，前頭種了不少多瘤的沙漠樹木。每棵樹下方都被覆滿木屑碎石的圓形花台圈住。

五個小女孩站在草地上，全都和明蒂差不多大，全穿著過時的衣服——格子毛衣、塞進牛仔褲的襯衫、短洋裝。她們排成一列，全瞪著房子。

「他還在這裡。」我輕聲地自言自語。

亞瑪杰轉頭順著我的視線望過去。「誰還在這裡？莉琪？」

「那個壞人。那個殺了明蒂的壞人。」

他握住我的手臂。「這就是妳想到這兒來的真正原因？」

「她需要答案。」

「小心。」亞瑪杰對我耳語。「有一些鬼魂是妳沒辦法救的。」

「我不想要救她們。我只想幫助明蒂。她總是擔心害怕，即使已經過了這麼多年。」我無法將視線從那群小女孩身上移開。她們只是站在那兒，煩躁而安靜地凝視著那棟房子，彷彿正在等待表演開始。「她需要知道殺她的壞人是不是還活著，還是已經死了，卻在另一邊的世界裡遊蕩，找尋她。」

「離開這裡，莉琪。」亞瑪杰拉著我的手臂，可是我甩開他。

「我得去確認他還活著。」

「妳不會想靠近那棟房子的。」他說。

就在我要開口問他理由時，其中一個小女孩的頭慢慢轉向我，可是身體其他部位卻動也不動，直到她灰色的雙眼看著我們兩個。她看起來比明蒂小一點，穿著吊帶褲和運動鞋。她的目光閃爍，除了流露出一點點疑惑之外，幾乎沒有任何表情。

亞瑪杰轉頭面對我。「不要看她們。」

「可是她們不過是……」我看著其他小女孩整齊地轉頭瞪著我們，沒把話說完。五張小小的灰色臉龐顯露出對我們愈來愈濃的興趣。「好吧！也許這真的有點怪。」

亞瑪杰已經蹲下來，將手掌貼在柏油路上。石油狀的泡泡不斷從我們腳下冒出且愈來愈大，他站了起來，伸出雙手環抱住我，他的肌肉緊張得全緊縮成像石頭一樣。

「妳不會想要她們留在妳的記憶裡的。」在我們開始沈進街道時，他說：「現在，一心一意地想著妳的家。」

第二次藉由河川移動，速度似乎變快了，就像每一次旅行總會覺得回程比去程快得多一樣。要在腦袋裡想著我家的房子一點都不難，因為我非常非常想趕緊回到家。可是這一次要忽略那些拂過我們又溼又可怕的東西反而比較難。尤其是在我的內心深處已經明白其實它們就是失落的記憶，消失的鬼魂遺留下來的碎片。

在整個過程中，我雙眼緊閉，頭靠在亞瑪杰的胸前，藉著他暖和堅實的保護，不再去想五張灰色小臉目無表情的凝視。

我們來到另一個風很大的黑暗空間，雖然一樣什麼都沒有，可是我卻曉得我的家就在上頭。或者該說是在下頭？重生世界將我的上下概念都搞混了。

可是在我回到臥室之前，亞瑪杰伸出雙手握住了我的肩膀。

「放棄吧！莉琪。千萬不要再到那兒去。」

「我必須幫助明蒂。不管她是死是活，我都要幫她。」

「可是那些小女孩已經進到妳的腦子裡了。」

「確實。」我打了個寒顫，眼前浮現她們灰色的小臉。「但為什麼你要說得好像那是件糟糕透頂的事？難道除了會讓我做噩夢外，她們還能對我怎麼樣嗎？」

「鬼魂會到他們可以得到滋養的地方。妳想一想。明蒂死在那棟房子裡，不是嗎？離這裡好幾百里之外，可是她現在卻和妳住在一起。」

「對，因為我媽一直記得她。」

「比世界上其他人都記得她，比她自己的父母都記得她。」

「真可憐。不過同時，也實在有點怪。」

他搖搖頭。「沒妳想像的那麼怪。有時候，當孩子失蹤時，父母只能忍受回想孩子的痛苦到某段時間，之後他們會放下不再去想，除非有別人記得他們，否則這些孩子就會消失。」

我的嘴巴乾得像砂紙一樣。「可是那些小女孩還在那兒，不就表示……因為那個壞人比世界上任何人更記得她們嗎？」

「她們生前最後的日子。沒錯。可是，如果她們發現也可以從妳身上得到滋養呢？」

我想像五個小女孩站在我家草坪上，渴望地等待著，我不禁打了個冷顫。我仍然可以清楚看到第一個轉過頭來的小女孩，她穿著的吊帶褲和她短髮上六、七支亮晶晶的髮夾。

「我要怎麼樣才能忘掉我看到的東西？」

「妳不能，莉琪。」他的雙手從我的肩膀滑下，嘆了一口氣。「不過妳只看了她們一眼，還不會將她們引來這兒。」

「所以你只是在嚇唬我嗎？」

「妳的確應該要感到害怕。」他生氣了，棕色的眼眸和我對視。「答應我妳不會再接近那棟房子。」

我轉頭不再看他。我受夠了一直害怕，而明蒂則已經被她的恐懼囚禁了好幾十年。現在我知道那個壞人的住處，我當然不能看著她再這樣過下去。

我謹慎地選擇用字。「我答應你，我不會再去看那些小女孩。」

亞瑪杰看著我好長一段時間，可是最後還是點點頭。「謝謝妳。」

他的聲音失去怒氣之後，聽起來好疲倦。他大概開始覺得我真是個大麻煩，像一個剛學開車的孩子，在第一堂課就不斷地撞到樹。

不過，至少我知道那個壞人還活著。明蒂現在是安全的。如果沒有亞瑪杰，我們不會曉得這些。

「謝謝你趕來救我。」

他眼裡的凝重淡化了一點。「我其實不大確定妳真的需要救援。」

「也許不用。可是看到你趕走那個老頭子非常有趣。」

他的嘴角泛起笑意。「我還在想妳會不會再呼喚我。不過我妹妹倒是很肯定妳一定會。」

「喔？亞蜜有說過我什麼嗎？」

「她認為妳會讓我分心。」

「我希望她是對的。」

他點點頭。「她從來沒錯過。」

「亞瑪杰……」我一邊發抖，一邊再次大聲叫出他的名字。

「叫我『亞瑪』就好。『杰』其實是個頭銜。」

「真的?它代表什麼?」

「王子,或者殿下。」

我揚起一邊眉毛。「你是說,長久以來,我一直在叫你『亞瑪殿下』?」

他忍著不笑出來。「妳也才叫過我一、兩次。」

「對,可是我在腦子裡叫了好幾百遍。」我呻吟,感覺自己像個呆子。「所以呢!現在我知道你真正的名字,效果還是一樣嗎?我可以呼喚你,然後你就會來了嗎?」

他點點頭。「名字很重要。可是就像要到一個地方一樣,兩者之間的連結才是最主要的關鍵。」

「你今天晚上聽到我的呼喚了,所以我們之間已經有連結了。」

「沒錯。」他往我跨近一步。「不過我們可以讓它更穩固一點,這樣比較安全。」

「那麼,我們要怎麼做才能更穩固呢?」我的眼睛慢慢地閉上。

「像這樣。」

當他的嘴唇碰觸到我的時,一股激烈的暖意衝進了我的身體,在我的胸膛綻放,讓我暫時忘了呼吸,我微微顫抖。他的吻趕走了這個漫漫長夜遺留在我體內的恐懼。我們的吻愈來愈熱情、愈來愈強烈,我回吻他,索求更多。

河上的風在我們周圍變得又乾又利,我的肌膚感覺像是有許多小針滑過。我偷偷地睜開眼睛,看到無數的小火花一閃而過,和亞瑪出現來救我時一樣。他腳下的空氣開始燃燒。

「這些是你弄出來的嗎?」我輕聲問。

「不只是我。」

我們沒再說話。

一小時後，我離開他，沈回自己安全、溫暖、熟悉的臥室。我的皮膚還在刺痛，我的身體輕盈，我體內的冰點幾乎要被亞瑪的雙唇蒸發了。

只是出現了一點小問題。我媽正坐在我床上，瞪著她的手機。

今晚發生了太多的事，我都忘了在我沈進河裡之前，媽媽已經進到我的房間。我還在另一邊的世界，她當然看不到我，不過我不能永遠躲在這兒啊！

當亞瑪的身體貼著我時，我感到自己是如此的強大而有力。可是現在我只覺得像個快被禁足的孩子。如果我到外頭，從大門走進來，假裝我出去散步了，媽媽會有什麼反應？在難熬的這一星期後，她可能會大發雷霆。或者，更糟，她可能會每晚都跑來我的臥室突襲檢查。

我不知道我離開了多久。但是我也不能讓她繼續坐在這兒擔心我的下落。我必須幫自己為什麼沒躺在床上睡覺想出一個合理的解釋。

明蒂不見了，大概是在我沈進地板後就衝回媽媽的衣櫃裡。想到這兒，我不禁有個好主意……

我還不擅長穿越牆壁，不過我的衣櫃在我換牛仔褲時打開了一條縫還沒關上。我悄悄擠過去，在一堆髒衣服的地板上坐下。我的衣櫃沒有媽媽的那麼大，不過要擠在裡頭抱著小腿裝睡還不是問題。

我用力而快速地吸了幾口氣，讓心跳速度加快，轉眼間另一邊的世界便退去了。從衣櫃門縫中照進來的光，反應出真實世界的五顏六色。

在跨界後，我靜靜地脫掉牛仔褲和連身帽外衣，然後打了個不怎麼響的呵欠。

緊張地在寂靜中等了好一會兒，就在我要發出第二個呵欠聲時，聽到了媽媽的聲音。

「莉琪？」

我推開衣櫃的門。它咯吱咯吱地開了，後頭的媽媽一臉吃驚。

「喔，嘿！」我睡眼矇矓地說：「妳在這兒做什麼？」

「我聽到妳的聲音，進來看看出了什麼事。可是妳不在……」她搖搖頭。「看在老天的分上，莉琪，妳在衣櫃裡做什麼？」

「喔，睡覺啊！」我坐起來，一邊眨眼，一邊伸懶腰。「我做了一個好可怕的噩夢。醒過來後，覺得這裡似乎比較安全。」

她臉上難過的表情讓我深感罪惡。可是一個虛構的噩夢，總比告訴她我才和一個邪惡的賽可旁波斯對話，然後還去拜訪了年紀很大的連續殺人犯的家好一點吧？喔，對了，還有和男孩親吻。

「莉琪，真抱歉妳做了噩夢。想談一談嗎？」

我搖搖頭。「不用了，沒什麼。我沒夢到機場和恐怖分子。我只是夢到……我的腳卡在黑色的黏膠裡，然後一直下沈。」

「聽起來真糟，小朋友。」

「抱歉我吵醒妳了。」我從衣櫃裡爬出來，站起身子。

媽媽擠出微笑，從床上起來，擁抱我好久好久。我們終於分開時，她低頭看著我剛躺在衣櫃裡裝睡的地板。

「真好玩。」她說：「妳小時候超怕衣櫃的。不過，我以前長大的屋子有好多個巨型衣櫃，我常常躲在裡面睡覺，和……」

我等著她把話說完，可是媽媽只是瞪著它，然後蹲下，從地板上撿起了什麼。它在她手上發出寒光，是那把我帶到重生世界的刀子。一定是在我脫牛仔褲時，從口袋裡掉出來的。

我試著想擠出微笑。「噢，對了。我有一點害怕。」

她臉上的表情非常悲傷。

「對不起，媽。我知道這麼做很怪。」

她小心地用兩隻手抓住那把刀子。「我知道二十四小時都在害怕是什麼感覺。我的朋友消失後，有好幾個月，我就是那樣。為了讓自己感覺安全一點，什麼事都做得出來。」

我點點頭，五個小女孩灰色的小臉再度浮現在我的腦海，我很清楚知道，就某方面來說，媽媽其實非常了解。而且我也知道我一定會再回到帕拉阿圖，確定那個壞人不會再有機會傷害任何人。

第十九章

在放火的過程中，她最喜歡的就是火柴了。她喜歡搖晃它們的聲音，看著它們像一群木頭小兵擠在厚紙盒裡。她喜歡它們在圈住的手掌中綻放出炙熱的花蕾。她喜歡它們在對抗風兒時忽大忽小的咻咻聲。連它們的殘骸都是那麼漂亮，看著它們一路燒到她被火燒得成繭的手指時，化成一根根彎著腰的烏黑小紡錘。

愛瑞兒・佛林特上學時一定帶著火柴。

她今天來得比較早，所以她決定到吸菸者的聚集地。靠著體育館後牆的兩個臨時鐵皮屋，是大家祕而不宣的小角落。這兩個臨時鐵皮屋很久以前當過教室。透過髒兮兮的玻璃，還可以看到牆上的黑板。不過現在它們成了戲劇社的貯藏室，放滿了舊布景、道具，以及一排又一排被蛀蟲當成食物的破戲服。鐵皮屋的門一直鎖著，可是它們架在煤渣磚上，所以在發生警急狀況時，還是可以從它下方爬出去逃走。

愛瑞兒剛走到體育館後方，就看到今天早上的警急狀況顯然已經發生了。學校警衛彼得森單膝跪在轉角，低著頭窺探鐵皮屋的下方，正在追捕翹課的學生，手中的對講機劈哩啪啦響個不停。

愛瑞兒一看，轉身就走。每隔一個月左右，彼得森就會跑到吸菸者的聚集地來抓人，不幸被逮到的人不是被罰放學後留校，就是被罰在餐廳裡勞動服務。愛瑞兒一想到可能要在整個星期的午餐時刻都戴著髮網幫其他人打菜，便不禁朝著體育館的後門拔腿狂奔。

幾秒鐘後，愛瑞兒衝進籃球場中。門在她身後用力關上，回聲在空曠的體育館裡飄蕩，剛好和她長靴踩在松木地板上吱吱作響的噪音融成一體。她呆立在原地好一會兒，一邊喘氣，一邊在腦子裡編造藉口，可是彼得森並沒有跟來。

愛瑞兒微笑，在中場旋轉，對著籃框做出投籃的動作，接受看不見的觀眾的歡呼喝采。她成功地逃脫了！

她去年寫過一篇關於籠子裡的鴿子拉動桿子得到食物的賭博心理學報告。如果拉動桿子只會得到夠吃一次的量的食物，鴿子只有在餓的時候才會去拉它。如果它不再給食物，鴿子很快就會放棄。但是，如果桿子像吃角子老虎一樣，有時什麼都不給，有時給一大堆，那麼鴿子就會上癮。即使在牠們已經有足量食物時，還是會繼續拉，因為牠們想知道接下來會發生什麼事。

鴿子和人同樣熱愛賭博。

愛瑞兒在寫這篇報告時就想過，其實在吸菸者聚集地被抓的原理也差不多。如果彼得森每天都來，大家就會另外找地方吸菸，甚至乾脆戒掉算了。可是如果完全沒人來找麻煩，吸菸的樂趣就會大大減少。而彼得森來的頻率卻剛剛好讓一切維持完美的平衡。

當然，雷根高中吸菸的人是對尼古丁上癮而非賭博，自然覺得如果沒人動不動就來巡查會更好。可是愛瑞兒並不吸菸，她去那兒只是為了幫別人點菸，去看煙霧從他們嘴裡飄出來，去欣賞隨著每吸入一口就會變得火紅熾烈的菸頭。對她來說，可能被抓更為點火的過程增加了或多或少的刺激。

「妳在搞什麼？佛林特？」體育館另一端傳來中氣十足的聲音。

愛瑞兒的視線從空無一人的觀眾席移向正怒氣沖沖大步走向她的艾倫・戴爾。

「呃……」愛瑞兒說：「只是在想像投出制勝關鍵球的感覺。」

戴爾教練走到離她幾碼處停下，雙手在胸前交叉。她的穿著和平日一樣，緊身無袖T恤，運動褲，長髮綁成馬尾。她的左肩袖口下有三隻約兩英寸的紅爪子伸了出來。沒人看過刺青其他的部分，不過不知道為什麼，愛瑞兒堅信那是一條棲息在教練乳房之間的龍。

「很高興看到妳對運動有興趣，佛林特小姐。可是妳不能穿著馬汀大夫鞋踩在我的松木地板上。」

「噢，對不起。」愛瑞兒低頭看到她腳下一串零亂的鞋印。「哇！真是抱歉。」

戴爾教練對愛瑞兒向來很冷淡。而愛瑞兒在上體育課時，只對跑步、跳躍、攀爬等逃跑時用得到的技巧潛心學習，而在球類和其他項目上表現得一塌糊塗。不過她很久以前曾經相當迷戀戴爾，所以她並不想毀了她的籃球場。

為了表示悔悟，愛瑞兒將一隻腳從地板上抬起來，一邊金雞獨立地保持平衡，一邊解開鞋帶。她只微微晃了兩下，就脫下靴子，換腳，開始解另一隻鞋的帶子。

「協調和彈性都不錯。」戴爾教練說：「真希望妳在上體育課時也表現得這麼優秀。」

愛瑞兒沒有回答。她穿著襪子的腳踏在體育館的地板上真是好冷。在教練的注視下，她覺得自己既渺小又有罪。

後門被推開。手上依舊拿著對講機的彼得森衝了進來。

「嘿，教練。」他一邊說，一邊打量愛瑞兒。「剛才有人進來嗎？」

戴爾教練一臉不悅的表情完全沒變。「我沒看到。佛林特小姐，妳看到了嗎？」

愛瑞兒搖搖頭。

彼得森看起來並不相信，可是他還是舉手對教練行了個軍禮，然後從後門出去，繼續他在外頭的狩獵。

好一會兒都沒人說話。教練放下原本交叉在胸前的雙手。「應該用不著我來告訴妳，吸菸不僅對肺不好，更有損體力。而且妳知道它還會讓嘴唇變薄吧？」

「也會讓牙齒變黃，皮膚浮腫，長魚尾紋。」愛瑞兒滔滔不絕地接下去。「這就是為什麼我不吸菸。」

教練瞇起眼睛，走近她，直到兩個人的臉幾乎要貼在一起。愛瑞兒努力要自己別去看她T恤下的紅爪刺青。

她用力嗅了嗅。「我聞到的是煙味嗎？」

「對，可是不是香菸的煙味。我今天早上生了火……呃……取暖。」

教練揚起一邊眉毛。可是愛瑞兒沒說謊，香菸的味道和純粹的火聞起來也不一樣。

那只是一把小火。愛瑞兒在上學途中經過一家超市，利用它後頭一個已經沒油的油桶取樂罷了。有人在垃圾箱扔了好幾根三英尺長的厚紙圓筒，她實在沒辦法抗拒誘惑，於是將它們在油桶底部排成一個金字塔。幾分鐘後，所有的東西開始燃燒，吐出火舌直上天空。

「隨便妳怎麼說，佛林特。跟我來。」

愛瑞兒提著靴子，跟著她走向女生更衣室。

更衣室裡一如往常地充滿了舊汗臭和廉價香皂的味道。戴爾教練打開她因有兩面牆是鐵條而被學生稱為籠子的辦公室的門，然後拉開桌子抽屜，拿出一塊和打火機差不多大的全新粉紅色橡皮擦。

她把它扔給愛瑞兒。她用沒拿靴子的手接住了。

「這應該夠了。有必要的話，妳再吐點口水也行。」

愛瑞兒呆呆地瞪著手上的橡皮擦，戴爾教練嘆了一口氣，從桌子後傾身伸長手臂。她從愛瑞兒手上搶過靴子，拉開一個大抽屜，將它們扔進去，然後關上，轉動鑰匙上鎖。

「等到我的籃球場沒有一個鞋印時，妳才能把靴子拿回去。」

「好，可是——」第一堂課的預備鐘聲打斷了愛瑞兒的話。

戴爾教練坐進她的辦公椅，拿起一塊記分板和一支筆，雙腳放上桌面。「還有十五分鐘第一堂課才會開始。妳最好趕快行動，佛林特。記得擦拭的方向要和木頭的紋路平行。」

愛瑞兒想再提出抗議，但話還沒說出口，就已經嘗到被拒絕的滋味。她嘆了一口氣，轉身，走出籠子，穿過更衣室，回到籃球場上。她的心臟不再因從彼得森手下逃離而狂跳，也不再為她遇上昔日暗戀的戴爾教練而怦然。

太爛了。

她在中場跪下來，數著地板上的黑印。一共二十個。她拿起橡皮擦從最小的那個印子著手，對著它吐了一、兩口口水，擦到它完全消失才停。

然後愛瑞兒抬起頭，看了大門上方掛著的時鐘一眼。她得在十二分鐘內趕到教室，可是卻還有十九個鞋印要擦。她在想戴爾教練應該不會願意幫她寫一張遲到證明吧？

被逮到就是這麼一回事。像骨牌一樣，一個推倒一個，然後妳就變成公認的、無可救藥的壞孩子了。可是愛瑞兒無計可施，只能低頭用力擦拭鞋印，努力不去想她那只穿襪子的腳有多冷。

就在她快要擦到一半時，第一堂課的上課鐘響了。沒過多久，一群穿著曲棍球衣的女生從更衣室裡走了出來。

戴爾教練跟在她們身後，大叫著，「先跑四圈，小姐們！不准投機取巧抄近路！」

愛瑞兒犯了一個錯：她不該抬起頭來和跑在最前面的幾個人視線接觸。結果她剛好看到她們的表情從一開始的不解，變成有趣，之後又轉為同情。

她低頭再度望向地板，只能拿著手上的粉紅橡皮擦無助地在鞋印上猛擦。雖然愛瑞兒是個懂得隱匿自己的專家，可是這個技巧在她一個人跪在體育館地板、一群女生圍著她跑又沒有其他東西可看時，一點用處都沒有。她的臉紅得發燙，腳卻愈來愈冷。

「快一點，佛林特。」戴爾教練站在場邊說：「我需要用場地。」

「對不起。」愛瑞兒嘟囔著，只是為了有所反應。

她聽到那些跑步的女生跟著教練不斷叫喚她的姓氏，「佛林特。佛林特。」像一陣風似地在體育館裡迴盪。她封閉自己，不再去理會周遭環境，只是集中注意力擦拭眼前的黑印子……

然後，她感覺到了。在粉紅橡皮摩擦下冒出的小火花，在她指尖積聚愈來愈大的熱氣。她的感官意識膨脹擴散，但不是向圍在她身邊傻笑的女生，而是體育館的建材。她感覺到她的雙手、膝蓋下的松木，意識到藏身在木頭細小紋路中的氧氣，還有讓它發出溫潤光澤的樹脂和蠟油。然後，她感覺到看台上的乾燥木板，以及牆面上掛著的大看板。她可以聞到從手上半融化的橡皮擦發出的氧化鐵的味道，甚至是頭頂電燈泡裡的灼熱鎢絲。

學校裡充滿了易燃物，木頭、石膏、布、塑膠、一罐罐的油漆和大疊大疊的紙。

需要的，不過是一個小小的星星之火……

黛西聽到聲音，將視線從電腦螢幕上移開。

但聲音不是從卡拉和賽根住的隔壁房間發出的，而是街上一輛卡車駛過人孔蓋。黛西舉起雙手，伸了個懶腰。放在大腿上的筆記型電腦愈來愈燙，肩膀也因她緊盯著螢幕而變得好痠。

她放鬆身體，一邊嘆氣，一邊說：「真是他媽的好。」

《控火師》一點都不糟，相反的，寫得非常好。而且更重要的是，她可以在它的措詞中、在它的一字一句中，感覺到伊莫珍；甚至在它的縫隙，在它的逗點和括號裡，都能看到她的影子。

黛西知道她應該要起床，洗澡，換衣服，準備和卡拉及賽根在博物館度過一天，同時應付他們對伊莫珍的無數個問題，還有花掉一定超過她這星期預算的錢。

可是她想繼續看《控火師》。不只是因為它有伊莫珍的味道，而是因為這個故事在呼喚她，不斷地將她拉入裡頭的世界。

她想看更多，需要更多。

「我的女朋友很有文采呢！」黛西喃喃自語，彎起她的膝蓋，繼續讀下去。

「所以，她是什麼樣的人？」卡拉沒頭沒尾地冒出問句。

他們三個在紐約大都會博物館，看著先從埃及運來這兒，再一塊一塊砌回去的地獄之王丹都爾神廟。整個大展覽館將神廟罩在中心，其中面北的是一大片玻璃牆，接近中午的晨光射入，照耀在幾千年前的砂岩石塊上。賽根在神廟裡頭，仔細念著上古士兵們雕出的楔形文字。卡拉則陪著有幽閉恐懼症的黛西待在外頭等。幾千年的歲月塞在這麼小的空間裡，怎麼能夠不擠呢？

「妳昨晚不是見過她了嗎？」黛西說：「她大部分時間就是那個樣子。」

「她似乎沒什麼脾氣。」

黛西皺起眉頭。的確，伊莫珍彷彿從不緊張，而且優雅的外型足夠讓站在房間另一端的黛西一眼就注意到她。不過說她「沒什麼脾氣」好像不大對。

「事實上，她還滿熱情的。妳真該看看她談到寫作和小說的樣子。」

卡拉舉起雙手在空中揮動，然後握在一起。「妳們兩個都是作家，實在是太酷了。我真是等不及要讀她寫的書了。」

「非常棒唷！」黛西降低聲量。「我今天早上開始讀了。」

「所以，妳們兩個，會一起寫作嗎？我的意思是，待在同一個房間裡，一起寫？」

「唔……自從搬到紐約後，我一個字都還沒寫。」

「喔。」卡拉的表情讓黛西心裡充滿了罪惡感。

「有很多事要做。」她解釋。「找公寓、搬家、買新東西，都很花時間。」

「還有新朋友、新女朋友、有趣的派對。」卡拉嘆了口氣。「我明白了。只是想到妳搬來紐約時，我總是會想像妳二十四小時發瘋似地寫個不停。不然，我無法說服自己為什麼妳會搬離費城，在我們可以共度的最後一個暑假丟下我們！」

雖然卡拉帶著笑容，但黛西的罪惡感還是讓她很不舒服。搬到紐約後，她想到費城朋友的次數確實愈來愈少。

可是她剛好能利用這個週末來彌補。她要把一切都告訴他們。

「直到昨天晚上，我才知道珍原來是喜歡我的。」黛西說。

卡拉睜大雙眼。「這就是為什麼我們到達時妳不在家啊！」

「我們兩個在屋頂。嗯……妳可以說，在親熱吧！我猜。」

卡拉發出一個不大的尖叫，在神殿展覽室的腳步聲和喃喃交談聲中迴盪。「紐約屋頂的親吻畫面，哇！」

黛西大笑。「我猜確實如此。」

「妳們有跳舞嗎？」

「伊莫珍和我很少談論音樂。」黛西說：「我們比較常討論文字，還有麵。」

「麵？那是什麼我不知道的新東西嗎？」

「那就是妳知道的麵，只不過非常貴。珍是個老饕。她說，認識一個城市最好的方法就是『吃』。」

卡拉露出邪惡的笑容。「她有沒有說過除了城市之外，還有什麼其他的東西也可以用這種方法去認識？」

這個問句讓黛西愣了好一會兒。事實上，如果卡拉沒有爆出大笑，她可能會愣在那兒好幾分鐘，甚至好幾個小時。

「對不起！」卡拉掙扎地在笑聲中擠出這三個字，她咯咯咯的笑聲在神殿展覽室的大理石和玻璃之間刺耳地迴盪。「弦外之音咩！」

黛西注意到她們引起別的參觀者的側目，趕緊豎起食指壓在嘴唇上，示意卡拉噤聲。

「聽起來是一段很有趣的對話。」賽根從她身後出現，一邊走，一邊說：「我猜應該和伊莫珍有關吧？」

「當然。」黛西說：「歡迎加入。」

「妳們怎麼可以趁我不在場討論這麼重要的話題呢？」他對卡拉說：「我們昨晚明明說好的。」

「抱歉！抱歉！」卡拉說：「可是你沒有錯過什麼。我發誓。」

「有談到任何猥褻的細節嗎？」他問。

黛西忍不住呻吟了一聲。賽根說話向來很響亮，可是在這神殿展覽室裡，討論這個話題，他聽起來簡直像船上的霧笛那麼大聲了。卡拉聽了他的話，又開始歇斯底里地大笑，更是讓情況雪上加霜。

黛西一手拉著一個，將他們拖向美洲展覽館。她不停地往前走，直到進入人沒那麼多的法蘭克・洛伊・萊特展覽室才停下。依照萊特設計原貌重現的建築裡多樣的幾何線條和彩繪玻璃天花板，幫忙分散了卡拉發出的怪聲。

黛西將她兩個朋友轉過來面對她。「你們兩個可不可以克制一下，不要像三歲小孩似的鬧個不停？」

「妳才是臉紅的那個人咧！」賽根說：「妳臉紅了，是不是表示真的有什麼猥褻的細節？」

「妳們在屋頂上做愛嗎？」卡拉問。

「屋頂？」賽根轉向卡拉。「所以我還是有漏聽了什麼嘛！」

「她們昨晚第一次親熱。」卡拉一邊拍手，一邊說：「在屋頂上！」

「在屋頂上做愛。」賽根說：「聽起來好像雞尾酒的名字哦！」

黛西呻吟。「我家裡正在舉辦派對。我們需要一點隱私，而屋頂就是能給我們隱私的地方。沒有人唱歌跳舞。沒有人在屋頂上做愛。你已經跟上進度了，賽根。」

「是誰先行動的？」他問。

卡拉咯咯笑，還從鼻孔倒吸了一口氣，發出像小豬打呼的聲音。「呆子。你認為呢？」

黛西斜眼看著她的朋友，可是沒有否認。

「妳之前知道她喜歡妳嗎？」賽根問。

「妳之前知道妳喜歡她嗎？」卡拉問。

「妳之前知道妳喜歡女生嗎？」賽根又問。

黛西嚥下一口口水。事實上，她什麼都不知道。昨天晚上的事就這樣發生了，只是順其自然，完全出乎她的意料，她沒有採取任何行動，甚至沒有產生任何欲念。如今回想起來，似乎太過被動。可是從另一個角度來看，卻又是如此神奇，一個屋頂上的吻，幾乎可以說是天外飛來的一吻，改變了一切。

「我們決定將妳的沈默當作是『不知道、不知道、不知道』。」卡拉說：「天真可憐的小黛西。」

「伊莫珍到底幾歲啊？」賽根問。

「她……」黛西開口，卻想不起特定的數字。「呃，她一年前大學畢業。所以，應該二十三吧？」

卡拉搖搖頭。「不管她是不是二十三，她已經是個百分之百的大人了。」

「妳如何看待妳們之間的年齡差距呢？」賽根一邊問，一邊假裝將隱形的麥克風遞到黛西面前。

「我覺得無所謂。」她一邊回答，一邊將他空空的手推開。「剛到紐約時，我沒告訴過任何人我幾歲。直到昨天晚上，我們才談到這個話題。我猜她大概只是把我當成另一個作家吧？」

「文學創作凌駕一切。」卡拉說：「真是甜蜜。」

「也許太甜蜜了一點。」賽根說：「我發現未免太缺乏性吸引力了吧？」

「我們打算慢慢來。」

卡拉拍拍黛西的肩膀。「我們猜也是這樣。」

「嘿！是她說要慢慢來的，不是我！」黛西從他們面前退後一步。「你們真的以為我是天真可憐的小黛西嗎？」

話才剛說出口，黛西已經知道答案了。她其實比天真還糟，根本是對一切無感。更慘的是，現在他們兩個居然用那種「哎喲！好可愛唷！」的表情在看著她。

「我一直弄不懂。」卡拉說：「為什麼一個神經像妳這麼大條的人居然能寫出讓人信服的愛情故事？」

「事實上……」賽根插嘴，「在一九八〇年代初期之前，所有愛情小說裡的女主角全是處女。所以妳大可以只寫妳知道的事。」他皺起眉頭。「不過，如果是兩個女孩，我就不知道該怎麼定義『處女』了。妳知道嗎？這個話題曾經在網路上引起熱烈的討論呢！」

卡拉瞪著他。「你說說看，到處是什麼原因會讓你去搜尋這個？」

「我是在《彩虹小馬》的論壇上看到的。妳看過第四十一集吧？裡頭強烈暗示『魔力趾』有隻獨角獸女朋友。當然，獨角獸只讓處女碰觸牠們，所以如果不是魔力趾和黛西一樣是個貨真價實的處女，就是她根本是——」

「噓！」黛西警告他。兩個穿著學校制服的女孩一邊走進法蘭克・洛伊・萊特展覽室入口，一邊寫著筆記。黛西只能希望她們的注意力還集中在建築上。

卡拉壓低音量，但情緒激動。「黛西，不管妳真實的自己是什麼樣子，我們兩個都一樣愛妳。還有，獨角獸對非處女的偏見很清楚，並不會套用在其他馬兒身上。」

「說得好。」賽根輕聲回應。「兩個論點我都同意。」

黛西輕輕地點點頭。「我知道伊莫珍喜歡我，至少現在如此。可是，要是我弄錯了怎麼辦？這種感覺太真實，而且太危險。就像用一輛法拉利超跑在學開車似的。」

「事實上，法拉利很安全。」賽根說：「它們的超高致死率的主要原因是因為車主的混蛋個性。」

「沒錯！」卡拉說：「只要妳慢慢來，一切都會沒事的。」

「我很高興每個人都同意這一點。」黛西說。雖然她的本意是嘲諷，可是聽在自己的耳朵裡卻相當誠懇。昨晚她辦了一場成功的派對，讓她覺得自己好成熟、認識好多人，準備充分地表現給她的高中同學看，讓他們羨慕。然而，事實是卡拉和賽根比紐約市任何人都了解她，可是在他們的眼裡，她還是那個天真可憐的小黛西。

黛西轉頭，從竊竊私語的小女孩身旁走過。她們講的似乎是法語，黛西猜想，說不定她們正在討論她的處女心結。她繼續往前走，穿過美洲展覽館，跑上她也不知道通往何處的樓梯。卡拉和賽根默默地跟在她後頭。

他們走進一個鋪著鐵鏽色地毯的展覽廳，燈光柔和，玻璃櫃後全是畫工精細的屏風。房間裡幾乎沒人，黛西放慢腳步，不再覺得有穿著制服的小女孩拿著筆記本追著她跑的壓力。

「有時候，我覺得我好像只是在假裝我是個大人。」

卡拉微笑。「我相信事情就是這麼運作的。妳先假裝一陣子，時間一久，自然就成真了。」

「就好像裝病不想上學。」賽根說：「結果妳真的開始肚子痛。」

「那麼我沒問題了。我超會假裝的。」黛西強迫自己微笑，希望她斷斷續續的罪惡感會慢慢消失。就算她對愛情神經超大條又怎麼樣？就算她太年輕又怎麼樣？她和伊莫珍之間的感覺是真的，只要她確定這一點，其他她所擔心的事其實都是沒有意義的。

嗯，除了她得修改一本小說，開始寫一本續集，而且一天還不能花超過十七美元。

「嘿，妳們過來看。」賽根指著一幅巨型畫布。「這傢伙殺死了妳的男主角。」

黛西瞪著比她還高的畫作。上面一個三隻眼睛、藍色皮膚的怪物被火焰圍繞，頭上戴著由許多骷髏頭組成的頭飾。

「閻曼德迦，亞瑪的征服者。」賽根念著牆上的介紹資料，「他殺了死神。」

「好厲害的壞蛋。」卡拉說：「妳應該把它寫進妳的續集裡。」

「我連聽都沒聽過它。」黛西擠開賽根，低頭閱讀介紹資料。「沒錯。因為它是佛教裡的人。我現在的麻煩就已經夠多了，再加進別的宗教？我簡直不敢去想。」

「妳現在的麻煩就已經夠多了？」賽根問。

「有一點。」黛西嘆了一口氣。她本來就計畫要在今天和賽根討論這件事，現在的場景來談這個問題，再適合不過了。「你記得我搬到紐約的第一個晚上嗎？我認識琪瑞莉的時候？」

「黛西和琪瑞莉・泰勒熟到直接稱呼她的名字。」賽根轉頭對卡拉說：「我還是難以置信。」

「你還和史坦森一起吃過酪梨沙拉醬呢！」

「好了，你們兩個。」黛西說：「青少年小說家酒吧聚會那晚，他們一直問我關於書中的男主角是真實存在的神的事，還有我從吠陀教借用的所有觀念。賽根，我這樣做，你會有被侵犯的感覺嗎？我是說，以一個印度人的角度來看？」

他聳聳肩。「一開始，的確會覺得有點怪。可是我後來想通了，就不在意了。因為在妳的世界裡，根本沒有印度教的存在。」

黛西眨了眨眼。「什麼？」

「嗯，妳知道當莉琪一直想為『賽可旁波斯』找一個好聽一點的名字時，曾經上網搜尋了所有文化的死神嗎？一開始，我不了解為什麼她會沒接觸到『亞瑪』的故事。」

「因為那就會太突兀了。」黛西說：「我的意思是，她和他有不少接吻的畫面。在我的世界裡，他不是個神，他只是個人。」

「說得一點都沒錯。所以我就想『安潔莉娜・裘莉悖論』在這裡也適用。」

黛西瞄了卡拉一眼，她看起來和她一樣一頭霧水。

「什麼悖論？」

賽根清了清喉嚨。「妳知道當妳在看安潔莉娜・裘莉演的電影時，她扮演的角色看起來就像安潔莉娜・裘莉，對不對？」

「呃，對。因為那就是她啊。」

「不對。在那個世界裡，她是一個平凡的正常人，不是個電影明星。可是裡頭其他的角色一次都沒提過她看起來和安潔莉娜・裘莉一模一樣。也沒有人會在街上走過來對她說：『妳可以幫我簽名嗎？』」

「因為這樣會毀了那部電影。」卡拉說。

「完全正確。所以在請安潔莉娜・裘莉演一部電影時，你就創造了一個演員安潔莉娜・裘莉不存在的世界。因為不這樣做，片子裡應該一直會有人注意到她和大明星長得一模一樣。這就是我所說的『安潔莉娜・裘莉悖論』。」

「你知道嗎？賽根？」卡拉說：「這個悖論可以套用在任何電影明星身上。」

「沒錯。可是，既然我是悖論的發現者，我決定選擇安潔莉娜・裘莉，這是我的權利。」

「我承認你確實有命名權。」黛西說：「可是這和我的小說有什麼關係？」

「嗯，因為莉琪對死神做了這麼多的研究，可是卻沒發現她的男朋友是……呃，八億印度人眼中的死神。所以我假設妳的書是發生在一個印度教不存在的世界。除此之外，我找不到其他解釋。」

「幹！你說對了。」黛西說。她踉踉蹌蹌地後退，失魂地在房間中央一張黑色木頭長凳上坐下。

「哇！」卡拉大笑，在她身旁坐下，一拳打在黛西的手臂上。「妳抹去了自己的宗教。這就好像回到幾千年前把釋迦牟尼佛殺了一樣。」

「不要笑！」黛西一拳打回去。「這問題非常嚴重。」

「難道妳會受到驅逐出教之類的處罰嗎？」

「妳問得很外行。」賽根說：「印度教根本沒有人有權力驅逐任何人。」

「可是問題還是沒有解決。」黛西大喊，瞪著牆上的閻曼德迦，突然發現自己和那個藍皮膚的怪物有個共通點——他們兩個都殺了死神亞瑪。「你不是在開玩笑吧？」

「當然。『安潔莉娜．裘莉悖論』還未被廣泛接受。」賽根說：「它只能算是個推論，還不能算是個理論。」

「而且，那實在太蠢了。」卡拉指出。

「可是現在妳把它放進我的腦子裡了。」黛西說。因為不管賽根的悖論有多可笑，她無法否認它確實有一點道理。

當她開始寫作時，黛西感覺她的電腦裡頭存在著另一個世界。那個世界裡有一部分和她的世界可以交流互動，像聖地牙哥、紐約等真正的地方，可是其他的部分像莉琪．史考菲爾德和「復活行動」組織等卻是她虛構的。這些和真實世界的連結為故事注入生命力，但是在這些和真實世界的連結開始磨損破裂時，黛西覺得她的內心也跟著碎成一塊一塊的。

她抬頭再度看著畫。一個像亞瑪這樣的人物，一個她從吠陀借用的神，已經在這個真實世界裡有了屬於他的故事了。而且時間愈久，黛西心裡就愈不確定她還能不能主宰他的命運。

「妳可以幫他改名。」卡拉建議。「給他一個史蒂夫之類的名字。」

黛西咳嗽，彷彿剛吞下一隻小蟲。「史蒂夫？」

「好吧！那換一個印度名字。她可以借用你的名字，對不對？賽根？」

「我的名字的意思是『溼婆神』，所以絕對不行。」賽根擺出寶萊塢展覽身材的姿勢。「不過，我很樂意在電影裡扮演亞瑪杰。」

黛西搖搖頭。她不能改掉亞瑪杰的名字，也不能改掉莉琪和其他角色的名字，已經太遲了。而且，就算刮掉偷來的車子的引擎號碼，那輛車也不會就這樣變成你的。

「你們兩個就只會否定我的創造力。」

「我還沒告訴妳關於悖論的精華呢！」賽根說：「不抹殺安潔莉娜・裘莉的唯一方法，就是不要請她演電影。」

卡拉驚訝地睜大了眼睛。「可是那樣才是真正抹殺了安潔莉娜・裘莉啊！」

黛西幾乎快哭了出來。

卡拉嘆了一口氣，輕輕撫摸她的背。「妳真的認為一個三千年前的死神會在乎妳把他寫成什麼樣子嗎？」

「這和亞瑪杰是誰無關。」黛西說：「但是卻和我是誰有關。」

第二十章

婕敏一直盯著我的傷疤看。不是我前額縫線已經快化開的那個，而是左眼下方像一顆淚滴形狀的橢圓形紅色傷疤。

「我可以摸摸看嗎？」她伸出手來。

我傾身，將頭越過組合餐桌。今天是開學的第一天，我們在一家餐廳吃早餐，慶祝高中最後一個學期的開始。

「會痛嗎？」她問。

「不會。它其實有點像是被化學藥劑燙傷，只不過面積很小。」她的指尖輕輕拂過我的臉頰。「催淚瓦斯遇上水之後產生的作用。這是我在恐怖攻擊中發現的美容祕訣：如果妳被噴灑了催淚瓦斯，千萬不要衝去洗臉！」

昨天我在腦子裡預演這句話好幾十次，想要為這場悲劇加點幽默調味。可是婕敏卻只是睜大眼睛，不發一言。

我清了清喉嚨。「我開玩笑的。我沒有什麼恐怖攻擊美容祕訣。」

「可是，它看起來還滿漂亮的。」婕敏從桌上拿起她的手機。「妳不介意我拍張照吧？」

我傾身，她把手機舉到離我臉頰數吋之處，拍了張照。

現在她不再看我的臉，而瞪著她的手機。「好像是淚滴形狀的刺青。」

「沒錯。它就是啊！我流出一滴眼淚，然後它就留下來了。」

「哇！太帥了。可是為什麼只有一滴眼淚？催淚瓦斯不是到處都是嗎？」

我沒有解釋我是怎麼將自己催眠進入另一個世界，沒有告訴她那個充滿鬼魂、賽可旁波斯，以及逐漸被遺忘、留在風中又冷又溼的回憶的世界。

我轉變話題。「妳剩下的貝果可以給我吃嗎？」

她把盤子往前推，目光仍然注視著手機上的那顆淚滴。

昨天我終於收到我的新手機。第一通電話當然就是打給婕敏。手機是隔天到貨的最速件快遞送來的。完全就是爸爸的作風：等了一星期都不去做，然後寧願多花點錢加快它發生的速度。收到之後我傳了個簡訊去謝謝他，他的回傳簡訊上寫的是：「要謝，就去謝瑞秋吧！她一直為這事煩我。」另一件典型的老爸行為。

婕敏堅持要在上學前一小時來家裡接我，因為我們太久不見，有好多事要聊。結果就是我們進了艾比餐館。

這比讓媽媽載我上學有趣多了。有了明蒂、亞瑪和一整個完全不同的新世界，我幾乎忘了自己有多麼想念我最要好的朋友。

「我覺得妳完全拒絕出現在電視節目上是一件很酷的事。」婕敏說。

「我猜，那是我媽的決定。我從來沒想過要上電視。」

「妳會想接受訪問嗎？」

「我其實沒有太多時間。」畢竟我有不少技巧要學，還有一個重生世界要征服。「整個寒假我都沒有練習西班牙語。因為這次我媽沒有強迫我。」

「可憐的安娜。」婕敏說：「她一定嚇壞了，到現在還沒平復吧？」

「差不多。」當然她兩天前發現我睡在衣櫃裡，抱著一把刀而不是泰迪熊，一定讓她更擔心了。「她最近一直很累，似乎真的還沒從驚嚇中恢復。」

「她和妳爸在達拉斯碰面時，情況很糟嗎？」

「他沒來達拉斯。」

婕敏愣了一下，然後用力將叉子放下。「他媽的，妳說什麼？」

我聳聳肩。我爸的言行舉止確實不合常理，可是我早就習慣了。「遇到這種事時，他只會不知所措。」

「誰不會不知所措？我知道他是個怪人，可是他這次做的事已經不是怪可以解釋的了。就在妳差一點……哎！我本來沒有打算大聲地和妳討論這個的。我真差勁。」

「嘿，沒關係。我知道我自己差一點就死了。」

「對不起。」

我聳聳肩。「我們全都嚇壞了。」

「不只是我們。出事之後，搭飛機旅行的人已經減少了百分之八。而且，聯邦調查局在那些殺手家搜出一大堆炸藥和許多可怕的東西。表示他們在計畫某個規模很大的行動。每個人都說，聯邦調查局應該很快就會抄了那個邪教的營地。」

我揚起一邊眉毛。「妳一直在看這些新聞嗎？」

「像中邪似的。」婕敏大叫，音量大到吸引了幾個客人轉頭。她低下頭看著桌面，開始挪動她的刀子和叉子。「我希望我這麼做不會太奇怪。只是妳都不回我的電郵，我只好從其他管道來弄懂到底發生了什麼事。」

「我知道。我只能說我很慶幸妳沒生我的氣。」

婕敏還瞪著她的餐具，我可以看得出來一時之間千頭萬緒湧上她的心頭：為我還活著鬆了一口大氣、為我讓她等了那麼久才聯絡她而憤怒、為這個世界變得這麼危險而恐懼。

「妳沒有機會可以處理妳的情緒，都是我的錯。」我說：「對不起，我太自私了，只想到自己要躲起來。」

「別傻了。妳才是恐怖攻擊的受害者耶！」婕敏對著她吃了一半的烘蛋說。

「我躲也躲過了，傻也傻過了。可是我決定從現在開始不再讓這件事困擾我。」我將盤子上的薯條遞給她。「看到沒有？我決定從現在開始不再當個自私的人。」

她拿起一根薯條，嚴肅地吃著。「妳可以告訴我發生在妳身上的一切，莉琪，或者其他任何事都行。妳知道的，對吧？」

「當然。」

她伸手又從我盤子裡拿起另一根薯條。「妳的嘴巴剛才做出一個只有妳在說謊時才會做的小動作。為什麼？」

我把頭轉開，不敢看她，嘆了一口氣。「也許是因為我在說謊。有些事，我不能告訴妳。可是，那是因為我不能告訴任何人，這樣妳懂嗎？」

到了此時，我才發現為什麼我拖了這麼久才打電話給婕敏。其實那和被恐怖分子攻擊無關，也和我最近新得到的媒體注意力無關。而是因為我實在非常想把一切老老實實地告訴她，和她分享。

她是我最要好的朋友，而我卻不能將發生在我身上最可怕、最美好的事對她透露隻字片語。我不能告訴她我知道死了之後會遇到什麼，也不能告訴她跟著我媽的小女鬼，甚至連在帕拉阿圖看到的五個小女孩都不能說。最糟糕的是，我不能告訴她關於亞瑪的一切。

和他在一起，改變了所有的事。我感覺到前所未有的能量，看到我的皮膚在重生世界裡發光，雙手還能冒出火花。我已經兩天沒睡了。那個跑到我臥室地板下的老頭子說對了，我再也不需要睡眠。

我已經變身成另一種形態，一種強大而危險的化身。

「妳會恨我嗎？」我問。

婕敏搖頭。「我沒有說妳必須告訴我，我只說妳可以告訴我。還是說，也許妳需要比較專業的幫忙？」

「心理醫師嗎？」突然間，我有點生氣了。雖然媽媽也建議過我去看心理醫師，可是從朋友的嘴巴裡說出來，感覺又不一樣了。「我沒事，婕敏。我很好。比以前都好。」

她的表情黯淡了下來。「妳怎麼可能比以前更好？」

「嗯，我不能告訴妳的事，不全然都是壞事。它，呃……其實有些算是滿正面的發展。」

婕敏傾身靠近桌子，眼睛仔細盯著我的臉。我的手指不自覺地蓋上我的嘴唇，彷彿害怕婕敏可以看到亞瑪遺留在我嘴唇上的熱氣。

「我的老天爺啊！莉琪。妳認識了誰？」

我應該要否認的，可是我震驚到忘了反應。我們坐在那兒，瞪著對方，隨著我拉長的沈默，她對自己的推論就更有信心了。

婕敏搖頭。「我就覺得妳也未免太有精神了。」

她說話的語調，引得我忍不住發笑。

「婕敏……」我開口，可是不知道要怎麼接下去，只得繼續咯咯笑。

「莉琪。」她對我說：「是在紐約認識的嗎?不，不會，因為若是在紐約認識的，妳早就告訴我了。所以，妳們是在達拉斯認識的嗎？」

我輕輕呻吟了一聲，彷彿她正在從我體內一寸一寸地拉出真相。不過想到終於可以告訴某個人了，真讓我的心裡覺得輕鬆不少，雖然我馬上發現自己不知道該怎麼說，因而感到有些惶恐。「是的。」

「哇！太浪漫了。」她睜大了眼睛，眼神全亮了起來。「是在醫院嗎？」

「不是。」

「所以，不是另一個病人。妳的態度異常謹慎。妳沒有告訴安娜，是不是？」

「我的天啊！當然沒有。」

「啊哈！所以他的年紀比妳大。還是因為其實是她不是他，所以妳才要那麼保密？妳該不會發現妳愛的是女生吧？莉琪？妳知道即使妳是同性戀，我也不會覺得有什麼。」

「我知道。可是他是男的。而且，沒錯，他的年紀確實是比較大。」不過這樣講也有點怪怪的。亞瑪的確出生在很久之前，可是他在離開真實世界後，外表幾乎就沒怎麼改變了。如果明蒂現在還是十一歲，亞瑪當然和我差不多大。「大一點點。」

「是個性感的年輕醫師嗎？」

「不是。」我一邊回答，一邊微笑。婕敏當然不可能猜到正確答案，可是不知道為什麼，我就讓她繼續猜下去，感覺這樣才正常。「他只是一個幫助過我的人。然後我們有了……嗯……默契。」

「真是太棒了。不過『只是一個幫助過妳的人』？妳的提示未免太爛了吧？」

「誰說我在提示了？」

她站起來，隔著桌子打了我一拳。「我說的。現在就給我更多的提示。立刻！馬上！」

「好。好。好。」我說。可是我要告訴她什麼，她才不會覺得奇怪呢？「他知道該怎麼去處理悲劇。」

「像是……輔導社工之類的？」

這大概是她能猜得到的最接近的答案了，所以我點了點頭。

「酷！」然後，她皺起眉頭。「這樣沒有違反職業道德嗎？和一個你在輔導的、剛受過嚴重心理創傷的受害者談戀愛？」

「不是這樣的……」我呻吟。「他並不是真的輔導社工，婕敏。」

「可是妳剛才點頭了啊！」

「不是正式的啦！」再說下去就要穿梆了，所以我開始打模糊仗。「是他給了我力量，我才能生存下來。在我徬徨無助時，是他救了我。他是我至今還沒有崩潰的原因。」

她緩緩地點頭。「好，到目前為止，我還算喜歡他。可是他應該住在達拉斯吧？妳知道，大多數的遠距離戀愛都沒什麼好下場。」

「他有時候也會來這裡。他很常旅行。呃，出差。」

「出差？莉琪，他是幹什麼的？」

我張開嘴，然後閉上。引魂使者？賽可旁波斯？亡者守護神？

「祕密。」我脫口而出。「他的工作是個祕密。」

婕敏沈默，思考著我剛才說的話；而我則不斷地想要怎麼從我創造出的囚籠突圍。也許這才是我沒有打電話給婕敏的真正理由，因為她老是會從我這兒套出比我願意說的更多的消息。

「等一等。」過了一會兒後，她說：「他見不得光，是不是？」

「呃，什麼？」

「很明顯啊！」婕敏用手尖敲擊桌面，強調她的論點。「祕密的工作。時常出差。出現在恐怖攻擊現場。知道怎麼去處理悲劇。年齡有差距。」

「沒有差那麼多啦！他看起來很年輕。」

「妳的新男朋友是政府探員。」她大叫。「而他看起來很年輕是妳受他吸引的最大原因嗎？」

我緊張地環顧四周，懷疑哪一個餐廳的客人會沒聽到婕敏的驚叫。還好，沒有我認識的人。可是，媽媽的朋友時常在這裡吃飯，而且我的臉最近又太常出現在電視螢幕上。

「我們不應該再談下去了。」我小聲對她說。

「因為妳既不能承認，也不能否認。」婕敏看了一眼她的手機。「而且我們也差不多要去上學了。來！這餐我請客。」

沒過多久，我們坐在車上，沈默地看著馬路往後退。

我告訴婕敏了，而看看我得到什麼？困在一個謊言裡，而且還是個可笑的謊言。可是如果我否認我的祕密男朋友是政府祕密探員，婕敏一定不會放過我，只會再繼續提出更多的問題。但是我再也找不到任何合理的實話可以告訴她了。

話說回來，我到底可以告訴她多少實話？我對亞瑪又知道多少？我對他的年紀和他的故鄉也只有最粗淺的認識。他甚至沒有說完他是怎麼變成賽可旁波斯的，我只記得好像是什麼驢子背叛之類的。

對於婕敏想問的問題，其實我都不知道答案。不過，我還是得說點什麼。

「我知道這一切感覺有點怪。」

「沒錯，是有一點。」她的手指在方向盤上打著拍子。「一部分的我很想相信說不定妳發瘋了，所以創造了一個祕密探員男友來讓自己覺得安全一點。」

「為什麼妳會寧願相信是我瘋了？」

「因為那代表了沒有人在占妳便宜。」她說。

我瞪著她，早餐在肚子裡翻攪。「他不是那種人。」

「我相信妳不會這麼覺得，莉琪。因為在每部動作片裡，女主角總是和來救她的英雄墜入情網，所以看起來那樣發展似乎很正常。可是在真實生活裡，這樣開始一段感情會讓事情變得相當複雜，因為在妳遇到恐怖攻擊時，妳的情緒管控就已經故障了。不是有個名詞叫什麼『斯德哥爾摩症候群』嗎？」

「呃……我相信那是指妳愛上了綁匪，而不是英雄。」

「對。如果愛上壞蛋，就更糟了。不過，妳不是因為妳嚇壞了，所以才對來救妳的人投懷送抱吧？」

她的視線從馬路移到我的臉上。

我搖搖頭。「完全不是那麼回事。事實上，他一直說我應該徹底忘掉恐怖攻擊，即使那代表我也會忘了他。可是我做不到。從我第一眼看到他，就感覺到我們之間的吸引力。」

她的視線轉回馬路上。「所以，妳是在說他很性感嘍？」

「是的。」我愣住了，不知要從哪兒開始說起，雖然我的身體因為要描述他而興奮到顫抖。「棕色的雙眼。棕色的皮膚。高瘦結實。」我的指尖還殘留著他的肌肉在絲綢下移動的觸感。

「結實？所以他時常去健身嗎？」

「不是。他比較像是在農場長大的陽光型男孩。」我一邊說，一邊覺得很合理。幾千年前的生活，確實有較多勞動的機會。

「結實。很好。」

突然間，我想將所有的一切都對婕敏傾吐，或者至少她聽了不會起疑的事。「他有一個雙胞胎妹妹，他們兩人有特殊的感應，她對他很重要。」

「真稀奇，不過很酷。」婕敏嘆了一口氣。「所以你們是在達拉斯時決定在一起的嗎？是妳還在醫院的時候嗎？」

「不是。是在這裡，兩天前。那是我們第一次……第一次發生了什麼。」

「他在聖地牙哥？我希望他不是跟在妳後頭追來的。」

「不是，他只是剛好在這裡，而且是我希望他來的。就像我說過的，我們之間有種默契。妳要相信我。」

她轉頭瞪著我，看了我好一會兒才又將視線轉回馬路上。「好，我相信妳，莉琪。我很慶幸當妳陷入危險時，有人在妳身邊。不過，還是要小心一點。」

「我會的。」當然，我在說謊。如果我真的要小心一點，就表示我應該聽亞瑪的話，忘掉關於帕拉阿圖那五個小女孩的事。可是我不能這麼做。明蒂需要知道她不會再受到壞人的威脅。而我則需要知道，他不會再傷害世界上的任何人。

我伸出手，輕輕握住婕敏的手，想對她說幾句百分之百發自內心的實話。「我很高興我們談開了。因為說出來給妳聽，我現在覺得一切真實多了。」

她對我微笑，然後我們的手分開，好讓她將車子轉進學生停車場。裡頭已經人山人海。一群一群的學生或者開心相聚，或者一起為開學沮喪，全從停車場往教室移動。這個畫面看起來是如此正常，真實到讓我的心抽痛了一下。

突然間，我覺得自己不再屬於這裡。

很奇怪。當我在灰色的世界時，我全身充滿了色彩，還會發光，看起來完全和那個世界不相容。可是，現在我在學校的停車場，我還是一樣覺得自己是個局外人，對一個像我這樣的賽可旁波斯來說，這裡的生命力太過旺盛，遠遠超過我能負荷的極限。

「賽可旁波斯」聽起來爛透了。我上網找資料，看看能不能找到一個比較好聽的稱謂，可是只找到之前已經被我否決的候選名稱「引靈者」和「索魂者」，還有很多別的文化的死神，如「歐葉」、「施拉特」、「平卡」、「穆特」等等，甚至還找到兩個中國傳說中的勾魂使者，叫「牛頭」、「馬面」。

所以，不用說，我並不滿意，只得繼續尋找。

婕敏小心地將車子駛過人群，停入一個空位。在我開門下車時，人們看到我立刻露出認出我是誰的表情，還有好幾個人拿出手機來。不過，至少沒有電視攝影機或記者等在這裡。還好寒假夠長，長到媒體對我這個唯一的倖存者失去了興趣。

可是就在婕敏和我走向學校大門時，我看到馬路上停了一輛黑色轎車，裡頭的司機正朝外看著經過的學生。

「等一下。」我對婕敏說，然後穿過停車場和街道之間的狹長草地。

駕駛座的玻璃在我走近時降了下來。

「嘿！特別探員。」

「真高興看到妳，史考菲爾德小姐。」艾林安・雷宜斯一如往常地穿著黑西裝、戴太陽眼鏡，不過換了一條艷紅色的領帶。

「我也很高興看到你。不過，嗯……」

「妳是在想，為什麼我會來看妳嗎？」他的笑容在早晨的陽光中閃了一下。「沒什麼大不了的。只是我的頂頭上司對妳頭一天來上學有點擔心。」

「有什麼事是我應該先知道的嗎？」

他微微搖頭。「沒有什麼新的情報，史考菲爾德小姐。只是預防性措施而已。」

「你們人真好。可是我朋友卻在新聞上看到一大堆邪教的報導，說聯邦調查局要抄了他們的總部之類的。」

「那些都是謠言，史考菲爾德小姐。」

「好。」我微笑。「所以你既不能承認，也不能否認。」

「關於這點，我沒辦法給妳任何內線消息。其實南加州分部的主要業務是在抓毒品走私，所以我們對有機會碰到恐怖分子也覺得滿興奮的。」

「很高興我幫得上忙。」第一節課的鐘聲在我背後響起。我轉頭，看見婕敏睜大眼睛饒有興致地盯著我們看。「噢，糟了！」

「妳的朋友嗎？」雷宜斯探員問。

「對。現在她大概以為……」我想到自己的愚蠢，不禁呻吟。「她大概以為你是我新交的男朋友了。」

他拉低臉上的太陽眼鏡，瞇起棕色的眼睛。「妳新交的男朋友？」

「我剛才告訴她我的祕密男友。說來話長，真是太尷尬了。」

「我同意。我一點都不反對妳去對她解釋清楚，史考菲爾德小姐。」

「我會立刻去做。」我的臉頰開始轉紅、發燙。「喔，鐘聲響了。我得趕快進教室了。」

他點點頭。「如果妳注意到什麼不尋常的事，記得告訴我。」

「我已經將你的號碼記在我的手機裡了。」我對他行了個軍禮，轉身離開。

就在我往大門走時，我才注意到除了婕敏以外，還有一大堆其他人也在觀賞我和雷宜斯特別探員的交談。真是太完美了。

「確實很帥。」婕敏在我走近時對我拋了個媚眼。「可是妳說妳在寒假裡完全沒有練習西班牙文。」

「妳搞錯了！我的意思是，也許他是有點帥。可是他不是……」

「不是西班牙裔嗎？」

我呻吟。「妳搞錯了。大錯特錯。」

她伸手勾住我的手臂，將我拉進校園。「對。他是另一個很帥的祕密男子，開著一輛一眼就看得出來是政府機關的車子，剛好跟在妳身後打轉。」

「對！說得一點都沒錯。」

「當然。寶貝。」

一群二年級生在我們走過時不禮貌地盯著我們，我聽到有人竊竊私語，叫著我的名字。婕敏轉頭瞪了他們一眼，效果很好，他們馬上噤若寒蟬。

「無知的傻蛋。」她喃喃自語。

我考慮著要不要再花力氣去說服婕敏，雷宜斯特別探員並不是我的男朋友。可是最後決定算了。畢竟她已經親眼見過他了，這可比一個看不見的賽可旁波斯具體多了。至少現在她不會再認為我是個捏造男朋友的花癡瘋女人了。

「謝謝妳，婕敏。」

「謝什麼？」

「聽我說話，信任我。」

她的手臂將我拉得更緊。「我還是要告訴妳：千萬小心。」

我點點頭，讓婕敏將我拉進我們第一堂的戲劇課教室。

很奇怪。雖然我們之間的對話充斥著許多半真半假的事實和誤解，可是和婕敏談過之後，還是讓我對發生在我身上的一切有了更進一步的了解。我一直沒弄懂為什麼亞瑪一開始會如此猶豫，還說我應該忘了他。可是也許是因為新來的鬼老是黏著他，像小鴨黏著媽媽一樣，所以他才會擔心那五個小女孩會黏上我……

可是，我們之間，並不是這樣的，不是嗎？

從我看到他的第一秒，亞瑪一直是這麼俊美，這麼保護我。我的確是嚇壞了，可是這些慘劇並沒有影響到我們。從在達拉斯機場的第一個吻，他就成了我的一部分。我還能感覺到他緊貼著我的雙唇。我呼喚他時，再遠他也聽得到。

我們之間的感情和連結都是真的，而和婕敏談過讓它變得更加真實。不管我說了多少的謊來掩飾……

第二十一章

在她真正初吻後的第十天，黛西・帕特爾收到生平的第一封編輯建議信。她極想要把這項消息和同一個人分享。

「來了！來了！」她對著手機大叫。

「等一下。」伊莫珍的聲音仍舊透著濃濃睡意，然後傳來刷牙漱口的水聲。「妳是指編輯信嗎？也差不多該來了。」

「我知道，對吧？再過四百二十八天，小說就要上市了。」

「妳怎麼可以算得這麼清楚？」

「妮夏在每天早上傳來的簡訊裡倒數。」

伊莫珍大笑。「那倒是挺方便的。南恩說了些什麼？」

「我還沒看。我想等妳一起看。」黛西聽自己這樣說不免有點可憐兮兮的味道，可是她居然還得問：「妳能過來嗎？」讓黛西覺得更窩囊。

「我猜我可以在繁忙待辦的事項中擠點時間給妳。」伊莫珍故意慢吞吞地說，然後加上一句，「把信轉給我吧！我五分鐘後到。」

十五分鐘後，她們坐在黛西家的屋頂陽台上，一隻手拿著手機，一隻手拿著馬芬小蛋糕。黛西還穿著睡褲和T恤，伊莫珍卻是一身筆挺的白襯衫，手指上戴滿了金戒指，代表她認為這封編輯建議信非常重要。她從樓下中國人開的義大利咖啡廳買了兩杯咖啡和馬芬蛋糕。

「目前為止還好。」黛西開始看信。「她仍然很喜歡第一章。」

「南恩的習慣是開頭一定先讚美妳。」伊莫珍伸出手指將螢幕往下滑。

「嘿！那是對我的讚美。不要把它捲掉啦！」

「把讚美留到需要時再看。記得甜點要留到最後再吃。」

黛西翻了個白眼。「從一個吃馬芬蛋糕當早餐的人的嘴裡說出來，還真有說服力。話說回來，為什麼我們要跑到屋頂上來做這件事？」

「這樣我們才能客觀。」伊莫珍一邊說，一邊揮手指著地平線。

黛西連問都沒問她這麼說是什麼意思。她的眼裡除了那封電郵，什麼都看不進去。下一段寫的是小說的第二章及第三章，就是莉琪在機場恐怖攻擊後進入亞瑪杰重生世界的宮殿的那兩章。

完全沒有任何讚美。

「糟糕！她恨死它了。」

「沒有，她並沒有。」

「她說這兩章都是在描述。」

「嗯，這倒是真的。」伊莫珍剝下馬芬上的烘焙紙，放在咖啡杯旁。「可是我喜歡亞瑪杰取得法力的故事。報復的驢子實在太帥了！」

「謝謝。」黛西輕聲回答。它是書上少數幾個完全由她憑空杜撰出來的故事之一。它和吠陀的亞瑪杰一點關係都沒有，也和她媽媽被謀殺的朋友無關。簡直像從另一個時空突然冒出來。

可是南恩確實指出了問題。在整整兩章裡，亞瑪杰和亞蜜坐在他們的宮殿裡對莉琪解釋重生世界所有的規則。超多的敘述，簡直像一本告訴你可以怎麼做、不能做什麼的操作手冊。黛西不禁懷疑為什麼自己之前沒注意到？

她的手在顫抖，胃也泛起面對敵人時要戰還是要逃的緊張反射。突然間，她討厭死這兩章了。

「也許他們可以晚一點再向她解釋。」她一個字一個字慢慢說，努力控制聲音裡的哽咽。「讓莉琪自己去弄懂重生世界。這樣，也能讓亞瑪杰在一出場時顯得更神祕。」

伊莫珍點點頭。「神祕感是好的。畢竟，他可是死神啊！」

「對。關於這一點……」

一時之間，黛西不知道該從何說起。她想不起來自己到底是在什麼時候決定要從她的宗教借用角色，也許是她從小就聽慣了這些吠陀神話，說不定她根本沒有意識到自己在借用它。

可是創作到一半時，亞瑪和她腦子裡其他的故事混在一起，甚至受到寶萊塢演員、日本漫畫男主角、超現實愛情小說帥哥的影響，搞不好連迪士尼電影裡的英俊王子都來參一腳……

「爛！一定是這樣。」

「怎麼樣？」伊莫珍問。

「亞瑪杰帶莉琪到他的宮殿。太蠢了。我真笨，居然寫什麼城堡，又不是在拍迪士尼電影。」

「他是重生世界的領主。」伊莫珍說：「不住在城堡裡，要住哪兒？獨棟別墅嗎？」

雖然黛西還在氣頭上，但她仍然記得告訴自己，「獨棟別墅」的發音聽起來很不錯，即使她不是很確定它的定義。

「好吧！他是應該有座城堡，」她承認。「畢竟他有自己的王國。可是莉琪不能就待在那兒喝茶啊！也許晚一點。但不是在天下大亂的時候。重生世界很危險、很怪異，不是開玩笑的。亞瑪要有死神該有的樣子。」

伊莫珍抬頭，不再看著手機。「妳說這些是因為琪瑞莉的關係嗎？」

「不只是她。我朋友賽根也說了一堆嚇死我的話。」黛西覺得要向伊莫珍解釋安潔莉娜・裘莉悖論似乎有點蠢，可是她非試不可。「借用亞瑪杰當小說男主角，就像將他從歷史裡抹去一樣；可是不用他，也同樣會抹殺他。所以我只能把他寫得盡可能真實，至少應該做到這麼多。」

「對書中的每個角色，妳都應該做到這麼多。」伊莫珍一針見血地指出。

「對。妳說得沒錯。」奇怪的是，從她去年十一月開始寫作以來，黛西不停地想像亞瑪杰在重生世界裡的美麗宮殿的模樣。可是她從來沒去過印度，所以她的印象全是從電影、卡通、印度的五星級飯店偷來的。

「我真的很喜歡我筆下的宮殿。可是它太蠢了，對不對？」

「再喜歡也不行。」伊莫珍一邊說，一邊伸出手指劃過黛西光滑的手臂。她的碰觸讓她顫抖，彷彿讓她的內心釋放了因用不上那些鍾愛畫面所產生的遺憾。

她打開手機上的筆記，用一隻手指輸入：之後再說規則。宮殿要更可怕一點。亞瑪要更神祕。她的手還在抖，也有點喘不過氣來，可是胃部的緊張反射已經平息了。現在她的腦袋裡充滿了靈感，而和伊莫珍待在她們初吻的地點也讓她感到亢奮。

底下的運河街上車潮來來往往。紐約感覺好大，堅定不變地環抱著黛西。

她維持住平穩的音調。「妳決定上來屋頂工作是對的。」

伊莫珍以嘴唇輕輕刷過黛西脖子側面算是回答。她聞起來帶著咖啡和薑汁的香味，還有一點點白襯衫上的漿。

這個吻讓黛西已經混合了咖啡因和焦慮的胃又顫抖了起來。她想轉頭，正面親吻伊莫珍，可是她的思緒還殘留了可以用得上的靈感，她可不能浪費。

「所以我得想一個新的地方。亞瑪杰如果不帶莉琪去重生世界，那麼他們該去哪？要找個又暗又恐怖的地方才行。」

兩個人沈默了許久。黛西回想著書裡各個不同的場景——鬼學校、強風吹過的島、波斯的高山頂峰。

哪一個是最荒涼、最可怕、最適合當成死神登場的背景？

最後伊莫珍開口了。「為什麼他們一定要去什麼地方？」

「妳的意思是……」黛西的聲音愈來愈小。每個人都喜歡她寫的達拉斯機場，也許她不一定要離開。

「可是恐怖攻擊還在進行中……」

「如果妳想要一個可怕的場景，這樣不是剛好嗎？況且，莉琪已經用念力進入了另一邊的世界，她成了隱形人，子彈傷害不了她的。」

黛西閉上眼睛好一會兒，勾勒出畫面：莉琪走在鮮血直流的屍體之間，恐怖分子和運輸保安署探員、特種警察部隊展開槍戰。她害怕得不得了，生怕被彈回真實世界，然後子彈貫穿她的身體。

當然，除非有亞瑪杰在，安撫了她的情緒。

「當然，莉琪必須知道她是在另一個世界裡。」伊莫珍說：「不然就沒有類型轉換了。」

黛西睜開眼睛。「沒有什麼？」

「妳知道的，就像《綠野仙蹤》的女主角發現她已經不在堪薩斯，讀者也同時明白一樣。妳的小說是從恐怖攻擊開始，然後莉琪用念力進入另一個世界，這就是類型轉換。對我來說，故事就是從這裡抓住我的心，展露出妳的文采。」

黛西感覺到自己稍微放鬆下來，很高興她又回到被讚美的國度。

「等我一下。」她說。她又閉上雙眼，讓自己沈入腦子裡她想像的書中畫面的實驗劇場。她看到機場受到恐怖攻擊，莉琪就在那兒，可是這一次所有的畫面卻是一片灰色，重生世界的灰。

沈默的時間拉得好長，但伊莫珍還是沒有出聲。她的耐心遠遠超過妮夏或卡拉，換成她們兩個，早迫不及待地提出自己的建議了。慢慢的，黛西讓她已經寫好的場景逐漸消散，化成煙霧，然後，突然間她睜開了雙眼……

「催淚瓦斯！」

伊莫珍望著她，還是什麼都沒說。

「當警察進入機場前，他們先投了不少催淚彈進去，所以莉琪醒過來時，周圍煙霧瀰漫。」

「所以她在咳嗽嘍？」伊莫珍謹慎地問。

黛西搖搖頭。「另一邊的世界有自己的空氣。所以莉琪以為她已經上了天堂，直到她看到透過霧氣瞪著她的亞蜜。」

「天堂裡的恐怖小妹妹。非常好。」

黛西微笑，腦子裡仍在勾勒劇情。「可是看起來像天堂的畫面其實是活生生的地獄。她四周都是被霧氣半遮蓋住的屍體。」

「而在她看到、驚嚇過度之前，亞瑪杰出現了，他幫她渡過難關。」

「而且他完全知道該說些什麼、怎麼安撫她。」黛西喝了一口咖啡，將自己拉回真實世界，各種不同的可能性在她的腦子裡旋轉。可是她看到的卻不只是簡單的改寫，而是截然不同的一整章。「爛！所以南恩在信上寫了一小段指出問題，我就得寫上好幾千字去改正嗎？這實在太不公平了。」

「只要有愛，在文學的世界裡，一切都是公平的。」

「這封信還有五頁呢！」

伊莫珍大笑。「我猜這就是為什麼他們付妳這麼多錢了。」

整個下午，她們繼續工作。在屋頂上又待了一小時後，才回到黛西的大客廳，將兩個人的筆記型電腦在大桌面上打開。感謝上帝，南恩大多數的建議都不像第一個需要那麼多的修正。有些甚至只需要幾分鐘就能改好。

「我真的用太多次『血管』這個字眼嗎？」黛西問。

「是有一點。」

黛西皺起眉頭。「不然妳告訴我，莉琪的腎上腺素還能流在其他什麼地方？胳肢窩嗎？還有，妳有必要同意南恩所說的每一句話嗎？」

「她是個很棒的編輯。」伊莫珍高舉雙手投降。「不過這是妳的小說。妳有最後的決定權。」

「我曾經問過莫喜一次這個問題，她說答案要視情況而定。」

「視妳有多勇敢而定啦！」伊莫珍說：「如果妳不同意某項主要的建議，南恩可能會威脅妳說她不發行妳的書了。我猜她確實也有權利不發行。可是妳要記得，她不能叫妳寫一本完全不同的小說。」

「聽妳這麼說，我放心了一點。」

「別擔心。沒人會因為妳用太多次『血管』，就決定不出版妳的小說。」伊莫珍的手指在她的電腦鍵盤上輕快地舞動著。「我們來看看……查尋『血管』並以『企鵝』替換。哇！妳看。一共替換了一百八十七次。」

「我用了一百八十七次的『血管』？妳沒騙我吧？」

伊莫珍大笑。「對，我相信昨天晚上我書中主角的怒氣也在他的血管中流竄。妳害我也中了毒。小女孩！」

「真抱歉。我的寫作技巧爛斃了。」黛西皺眉。「嗯，妳是基於什麼原因要用『企鵝』來取代『血管』？」

「如此一來，當妳在改寫時，就一定會注意到。」伊莫珍又在鍵盤上敲了幾下，電郵寄出的咻聲傳來。「不客氣。」

黛西伸手橫過桌面，握住伊莫珍的手，撫摸她散發熱氣的肌膚和觸感冰涼的戒指。「謝謝妳。不是為了那些企鵝，而是為了妳在我身邊支持我。雖然寫得不好的羞辱感在我的企鵝裡流竄，但因為有妳在我身邊，這一切就變得可以忍受了。」

「還有一頁。」伊莫珍眨了眨眼。「妳猜會是個簡單的修正呢？還是她將最可怕、最過分的要求放在最後？」

黛西一邊呻吟，一邊用滑鼠將信捲到最後一頁。事實上，只有半頁，一大段，密密麻麻的字。

「這最好是讚美。」她說，然後開始讀。

過了一會兒，伊莫珍往後靠上椅背，嘆了一口氣。「我不意外。」

「別告訴我妳同意她的看法！」

「不。我完全反對她的建議。」伊莫珍修長的手指在桌面上輪流敲擊。「可是，我早就猜到出版社可能會這麼要求。」

黛西又從頭讀起最後一段。很長，很瑣碎，全都在解釋銷售量和續集的運作，對小說本身反而隻字未提。可是字裡行間透露出南恩對這一點很堅持，顯然她是故意要讓黛西覺得自己太年輕、太渺小，不能和出版社對抗。

她的編輯要求故事得以喜劇收場。

「真該死。我還以為我最後幾章寫得很棒呢！」

「我也這麼以為。」伊莫珍瞪著她的電腦。

「那麼，為什麼妳會猜到出版社可能會提出這種要求？」

「讀者喜歡喜劇收場。妳難道不看電影嗎？」

「看啊！可是那是電影。」黛西呻吟。「書是凌駕在電影之上的。」

「沒有任何生意是凌駕在金錢之上的。」

「可是我從來沒有想過我居然得……等一下。不對喔！《控火師》的結局比《重生世界》更加悲慘黑暗。南恩有要求妳改寫嗎？」

「沒有。她很喜歡那個結局。」

「爛！這是因為我的年紀比妳小嗎？是因為這樣，所以南恩覺得她要我做什麼，我就得做什麼嗎？」

「我想不是。」伊莫珍指著她的電腦螢幕。「妳看到她在這裡寫的嗎？我們對這本書抱持著高度的期待，黛西，可是如果銷售部門不同意的話，我們就不能實現這個夢想了。」

「她這麼說，到底是什麼意思啊？」

「意思就是，他們付妳三十萬美金，而現在，他們想要屬於他們的喜劇結局。」

她們躺在黛西的床墊上，伊莫珍從背後抱著她。

她們的身體完美地貼合著，像兩塊幾萬年前分開的陸塊如今又拼合在一起。雖然黛西的腦袋仍在想那封編輯建議信，可是她還是能清楚地意識到背後伊莫珍的一舉一動。她修長的手臂。她間歇地呼吸。這樣躺在床上對黛西來說是種全新的體驗，新奇到讓她差點分了心。

可是黛西沒有辦法就屈服於她的肉體，因為她的腦子裡還忙著衡量各種策略——向南恩抗議、十多種可能的喜劇結局、如果她的出版合約真的被撤銷時對她父母的說詞。還有在她內心深處，她不想承認卻無法否認的擔憂，想著這一切都是自己的錯。

「都是因為我是個冒牌貨，是不是？」

伊莫珍移動身體，將黛西抱得更緊。「妳說什麼？」

「《控火師》從一開始就設定得很對。愛瑞兒隨著故事發展個性變得更複雜、更暴戾，直到故事結束都很一致。」

「所以妳看了？」

「對。喔，抱歉我沒告訴妳。」黛西大叫，發現她今天早上太專注在編輯的建議信上，而忘了提這件事。「我看完了。卡拉和賽根一走，我就開始看了。實在是太棒了。非常苦澀，非常寫實。沒有突然出現什麼亂七八糟的人來拯救陷入困境的愛瑞兒。尤其不是什麼住在宮殿裡的白癡死神。」

伊莫珍咯咯笑。「妳很快就會改掉那個宮殿的。」

「太遲了。南恩認為它應該有個喜劇結局，銷售部門也一樣。」黛西往後靠，享受伊莫珍的體溫。

「妳可以保留妳的悲劇收場，因為妳的主角就是個複雜的悲劇人物，而且妳沒有借用死神，還把他寫得很蠢。因為妳是個貨真價實的作家。」

「哎……又來了。」

「妳知道我的意思。沒有人會期望《控火師》能有個迪士尼電影般的快樂鬧劇結尾。」

「因為沒有人會期望它能賣上一百萬本，即使修改結局也不可能。銷售部門一點都不在乎暗戀體育老師的藍領階級少女縱火狂。」

「他們真的這麼想，就太蠢了。妳的書一定會大賣的。」

「噓……」伊莫珍一邊說，一邊將黛西抱得更緊。

「可是它寫得這麼好。」

「謝謝妳，不過還是，噓……」

她們靜靜地躺了好一會兒，黛西不禁在想接下來要做什麼。打電話給她的經紀人？抵死不從？（賠上她的出版合約？毀掉她的寫作生涯？）或者真的開始為莉琪和亞瑪杰寫個喜劇結局？

「南恩難道不懂我的故事的主題是死亡嗎？」

伊莫珍嘆了一口氣，溫柔地拂過黛西的頸後。「也許那就是原因所在。妳的小說一開頭就發生了這麼多悲劇，所以她才想要一個快樂的結局。」

「那太蠢了。」

「幾乎所有的快樂結局都很蠢。」伊莫珍拉下黛西T恤的衣領，親吻她脊椎的頂端，黛西不由得顫抖了起來。

她在伊莫珍的臂彎裡扭動，轉過去和她面對面。「妳覺得我們會有個快樂的結局嗎？還是那也太蠢了？」

「妳說的『我們』是指妳和我嗎？」伊莫珍想了好一會兒，表情謹慎。「我想我們談結局還太早了吧？」

「我不是在想結局。」黛西說。這在幾分鐘前還是真的。只不過現在她一旦開始想，就很難停下來。在真實生活中的快樂結局到底是什麼？故事裡頭，妳只需輕鬆地說：「從此之後，他們過著幸福快樂的生活。」就這樣。可是在真實生活裡。人們得要一直活下去，一天活過一天，一年活過一年。

和她初吻的人共度一生的機會有多大？黛西從伊莫珍的懷中滾到一旁，舉高膝蓋，雙手抱住小腿。

「胎兒般的姿勢，哼？」伊莫珍說：「我早猜到可能會這樣，所以我還有好消息沒說。」

「真高興知道自己這麼容易預測。什麼好消息？」

「《控火師》上市時，我會和史坦森一起巡迴宣傳。」

「已經定案了嗎？」黛西一聽立刻放開雙手，滾回去貼著伊莫珍的臉。「他要和妳一起辦巡迴宣傳會？」

「嗯，正確的說，是我要和他一起辦。」伊莫珍的笑容在她說話時逐漸擴大。「當然，不是二十個城市都在一起。不過會有一個星期，我們每天晚上都會一起登台。」

「太棒了！」黛西傾身，兩個人今天第一次真正的接吻。伊莫珍的嘴唇壓上她的，她靈巧的舌頭，融化了黛西胃裡緊張的大石頭。她不禁想為什麼等了這麼久。

當她們終於分開時，伊莫珍臉上還掛著微笑。

「我真不敢相信。」黛西搖頭。「妳居然一整天都沒對我透露一個字。」

「就像我剛才說的，我猜妳可能會需要一點好消息來提振精神。最後才吃甜點，記得嗎？」

「妳心裡明白『最後才吃甜點』和『快樂的結局都很蠢』是相互矛盾的兩件事吧？」

伊莫珍聳聳肩。「一種是策略，另一種是哲學。一點都不矛盾。」

「隨妳怎麼說。」黛西嘆了一口氣。「不過妳和史坦森！因為我的派對現在真的要實現了！」

「真高興我還是來參加了，」伊莫珍說：「所以才會見到他。當然，我也很高興那晚其他發生的事。」

黛西大笑，然後想起一件她一直想問的事。派對那晚，她喝得有點醉，之後又出了這麼多事。可是從那之後，她不斷地回想起派對時的一個畫面。

「那天晚上，妳說了一句聽起來很怪的話。」

「我被妳的書迷得神魂顛倒嗎？」

「比那還怪。妳說『伊莫珍・葛雷』是妳的筆名。妳是在開玩笑的，對不對？」

伊莫珍臉上的微笑不見了。「不，我說的是真的。」

「所以那不是妳的真名？」

「不是我出生時，我爸媽為我取的名字。」

黛西皺眉。「可是應該很相似，對不對？妳原來的名字是伊莫珍・葛雷森之類的嗎？」

伊莫珍搖頭。「用不著去猜。我不會告訴別人我的真名。」

黛西坐起來。「到底為什麼？」

「那又沒什麼大不了的。」

「那麼就告訴我啊！」

伊莫珍發出長而慢的呻吟。「聽著，黛西。在我念大學時，我在一個獨立部落格上寫了很多東西。基本上可以算是我的日記，包括了我想的事、我做的事，甚至和我上床的人。悖論出版社買下我的小說後，他們問我要不要使用筆名。那天晚上，我用谷歌搜尋我自己，我不喜歡我看到的東西，所以我決定將過去的一切和我即將出版的小說做出切割。」

「好，很合理。可是有必要對我保密嗎？」

「現在來說，是的。」

黛西睜大眼睛，呆呆地坐著，伊莫珍握住她的手。

「那和現在的我不是同一個人。如此而已。」

「可是妳並沒變啊。」黛西說：「妳只是改了名字。」

「一開始，也許是這樣。可是它代表了一個重新出發的機會，還用不著透過警方的證人保護計畫呢！一個新的筆名等於給了我一個新的身分。我是小說家伊莫珍・葛雷。現在這就是我的身分。妳為什麼一直瞪著我？」

「我不知道。」黛西低頭將眼光移向床墊，然後又抬起頭來。她覺得她受到的打擊，簡直和伊莫珍宣布她其實是個外星人、變形巫婆、甚至是個大騙子差不多。「這實在太奇怪了。從認識妳開始，我一直以錯誤的名字來叫妳。」

「不，妳沒有。伊莫珍・葛雷就是我的名字。」

「所以妳去法院改名了嗎？」

伊莫珍呻吟了一聲，「沒有，可是它就是我的名字。」

「如果我答應我不會上網搜尋，妳可以告訴我妳的真名嗎？」

「不行。而且那個名字也不會比較真實。」

「我還以為妳想要我信任妳！」

「即使我不告訴妳我的真名，妳還是可以信任我。」

「妳自己聽聽看妳剛說的話，不奇怪嗎？伊莫珍？嗯，或者不管妳的真名叫什麼。」

「聽著，黛西。」伊莫珍緩慢而惱怒地嘆了一口氣。「當書上的人物死掉時，妳心裡會感受到痛苦和傷心嗎？」

聽起來像是要引她上當的樣子，所以黛西頓了一會兒才說：「當然。」

「那是因為所有的人物都感覺是真的，因為故事感覺是真的，即使是虛構的也一樣。所以筆名也是真的，因為小說讓它們的作者蛻變成不同的人。所以伊莫珍．葛雷是真的。伊莫珍．葛雷就是我。明白了嗎？」

「可是我還是覺得妳好像隱藏了什麼東西似的。」

「我隱藏的可能還沒妳隱藏的多呢！」

「我？」黛西爆出笑聲。「在妳之前，我甚至沒吻過任何人，珍。我沒什麼好隱藏的。」

「真的嗎？那麼為什麼妳來到紐約時，不告訴大家妳的真正年齡？為什麼妳什麼都沒帶就搬來了？在妳的派對上，喬哈里問妳為什麼妳的公寓這麼空，妳故意誤導她，讓她認為妳是寫作苦行僧。妳為什麼要這麼做？一切都是因為妳想要重新開始。」

黛西轉頭避開伊莫珍炙熱的眼神，剛好看到書架上那一排精選過、排列整齊的小說。她在高中時被強迫念的書、她念了一半就念不下去的系列小說都不在這裡。臥室牆壁是空的，沒有從前的自拍照、沒有少年音樂團體的海報、沒有童年時代的廢物。每天早上黛西走出臥室，走進大房間裡，呼吸她選擇的生活的空氣，沒有別人給她或之前留下的東西。這裡百分之百由她做主。

4E公寓是一張乾乾淨淨的白紙。

「妳想要重新改寫妳自己。」伊莫珍說。

黛西低頭瞪著伊莫珍的雙手。它們扭曲著，和她以前慷慨激昂地談論寫作和書籍時一模一樣。和她爭辯這件事實在太沒意義了。因為這就像和一個虔誠信徒爭論他的宗教。

「好吧，我明白了。」黛西緩緩地吸一口氣。「可是妳將來會告訴我吧？」

「當然。」伊莫珍說：「可是現在我需要妳維持在未知的狀態，因為妳是重新打造我的工程中的一部分。」

「打造妳成為什麼？」

「還是我。」伊莫珍的臉泛起一點點紅潮。「我只用了這個名字一年。我還是個在製品。妳現在是製造流程的一部分了。也許還是最重要的部分。」

「好。」黛西用雙手包住伊莫珍握緊的拳頭，慢慢撫摸它，直到手指鬆開。這是她們之間第一次發生爭執，她心想，現在終於結束了，可是黛西的心裡卻還是無法平靜下來。一方面對爭執結束感到鬆了一口氣，一方面對她們打開了這扇大門而感到激動。「妳也是重新打造我的工程中的一部分，珍。」

「希望如此。」伊莫珍說著，將她拉近，低頭再吻她。深深的。緩慢的。熱烈的。黛西感覺到自己體內有什麼被點燃了，第一次開始後悔她們說好了慢慢來。可是她不想要在同一天和她吵兩次架，所以對這個想法，她只敢保留在自己心裡。

第二十二章

「不要一直想著牆壁。」明蒂又說了一次。

「妳知道嗎？如果妳不要一直提到牆壁，也許會比較容易一點。」

明蒂皺起眉頭。「我要怎麼不提到牆壁？妳想學會怎麼穿過它啊！」

「對。」我說：「所以當我正在試著穿過它時，要怎麼做才能不去想它？」

明蒂對我的問題露出非常困惑的表情，而且顯然不是裝出來的。我提醒自己，不要忘了她才十一歲。她還不曉得怎麼分析自己的想法。雖然在這一刻，我自己的心理狀況也沒好到哪裡去。

我們在家附近一個老舊的兒童遊戲區裡。我瞪著空地邊緣的牆壁，上頭滿是塗鴉。我已經試了一個小時想穿越它。看明蒂穿牆像走過一扇開著的門那麼容易，可是我的努力卻只換來瘀青的膝蓋和愈來愈壞的脾氣。

「如果妳閉上眼睛，會不會好一點？」明蒂建議。

「已經試過了。」我指著膝蓋說。

她沒有回答，只是坐在牆上，熟練地擺出不知所措卻又覺得自己很厲害的樣子。

我花了一個小時想穿過牆壁。可是現在想一想，鬼魂能穿牆而過其實不大合理。如果你可以穿牆，為什麼不會掉進腳下的地面？然後一路穿過地下水、岩石層、幾千英里的岩漿，直到抵達地心中央？

可是，看看明蒂，現在卻坐在她幾分鐘前才穿過的牆壁上頭。她似乎是每一秒鐘都在毫無意識地決定什麼東西是固體，什麼不是。可是「毫無意識」才是整件事的重點。每一次我想到這裡，就會撞上我想穿越的物體。

瘀青的膝蓋還不是我最大的問題。在另一邊的世界裡，我和鬼魂沒什麼兩樣。我不能移動真實世界裡的東西，所以沒辦法幫自己開門。如果我學不會穿牆而過，根本哪裡都去不了。

雖然亞瑪說過他可以教我重生世界的一切，可是我想自己先學會一些基本技巧。而且，如果我要去找關於那個壞人的更多線索，一定要先學會怎麼穿牆，否則我就只能一直站在他家門口，等著他幫我開門了。

「加油！莉琪。妳以前成功過啊！」明蒂一邊說，一邊晃動雙腿，顯然覺得很無聊。「妳不是穿越過那個可怕鬼學校的圍牆嗎？」

「可是以前那學校存在時，周圍根本沒有圍牆啊！」

「所以也許妳應該想著過去。」

「妳是說，我應該想像恐龍跑過兒童遊戲區嗎？」

「不用想得那麼久，傻瓜。」

明蒂說得對。雷龍不會變成鬼魂。因為鬼魂必須靠著活人的思緒才能殘存，所以另一邊的世界裡，只有活人有記憶的東西才會存在。

我轉頭再度面對牆壁。上面全是塗鴉，大部分的牆面是一隻怪物吃著自己的尾巴，雖然現在只有深深淺淺的灰色，但還是很壯觀。牆上的怪物長得並不像恐龍，不過看著它我突然有了新的靈感。我往前跨了一步，將額頭抵在牆上，腦子裡想像著乾淨、平滑的全新牆面。

過了很久，都沒有任何我看得到的變化發生。可是我手掌下的磚塊的觸感似乎慢慢在改變，光滑的乳膠漆被一種比較粗糙的表面取代。我將身體往後拉開。

「哇！」我說。

牆壁上出現一個我的頭型的凹洞，我看到好幾年前已經褪色的另一層塗鴉。我瞪著那個洞，整個牆面開始沸騰冒泡。怪物逐漸消失，被其他的圖畫取代。先是一個發光的金字塔，然後是個大笑的小丑，最後是一大堆五英尺高、無法辨認的字母。畫面一個接著一個溶解，彷彿是一層又一層的舊塗鴉被人用力揭開扯掉。在畫面之間有好幾百個街頭藝術家的影子在其中跳躍，潦草的簽名一個疊過一個，隨著時光愈推愈久遠。

有一瞬間牆面是空的，夾在磚塊之間的灰泥又溼又亮。終於連它都消失了，我可以直接透過它看到後頭的空曠草地。

「居然真的可行！」我喃喃自語。

「小心一點，千萬不要看我。」明蒂說。

我抬頭，看到她懸空坐在上方。突然間，我的腦袋試圖去融合過去和現在，磚塊若隱若現地在原地閃爍，彷彿它也不確定自己到底應不應該存在。

「我說：千萬不要看我！」

「噓……」我強迫自己不要去想明蒂，邁開步伐向前走。

我可以感覺到牆壁在反抗我，像吹在撐開的雨傘上的強風。然後，我就在牆的另一邊了。

「妳成功了！」明蒂大叫。

我轉頭看她，嘴裡還發出開心的歡呼聲，可是身後的世界卻發瘋似地崩塌了。整個兒童遊戲區陷入混亂。地上的橡膠像漩渦般轉動，先變成柏油地面，再變成沙地，野草紛紛從裂縫中和邊緣長出來。我看到移動的軌跡，聽到大笑聲，也聽到哭泣聲。兒童遊戲區的歷史像海浪一樣撲上來，充滿了聲音、味道和情緒。骨折和小孩被欺負的回憶在空中啪啪作響。所有的事全在同一刻發生。幾十年的事件全擠在一起。

剎那間，我覺得體內有股像以前亞瑪吻我時傳給我的電流，彷彿舌頭上有一顆電池，彷彿火焰在我的皮膚上跳舞。我的心臟在胸膛狂跳，我必須控制呼吸，將自己穩定下來，才能留在另一邊的世界裡。

「妳還好嗎？莉琪？妳看起來有點怪。」

「我沒事。」眼前的景象已經逐漸消退，重生世界回歸到它以往的平靜灰色。可是我仍然能夠感覺到那種悸動，在我的手心裡怦然跳動。

我在想不曉得剛才看到的是不是真正發生過的歷史。賽可旁波斯是不是就像超自然界的挖墳者，有能力將回憶挖掘出來，給予它們形體？還是說，我剛才看到的，其實只是幻覺？

我已經一個星期沒睡覺了。上次遇到的那個老頭說得對，我再也不需要睡眠。因為睡眠是死亡的一小部分，而我已經得到比我需要的還多。可是我應該在睡覺時做的夢卻沒有消失，反而累積起來，有時甚至會在白天出現。過去的嘲弄和嫉妒埋伏在學校裡的轉角及樓梯間，讓我弄不清楚聽到的噪音究竟是從靈界發出來的，還是只是我的想像。

或許我應該回家，躺到床上，閉上雙眼，好好睡一覺。可是我仍因剛才看到的景象而亢奮，即使躺下來，一定也睡不著。

現在，我終於可以自在地穿越牆壁了。

「我們應該去個地方玩，明蒂。」

她從牆頭上跳下來。「像是哪裡？」

「遠一點的地方。像是克萊斯勒大樓。」

「可是那就表示我們要進到河裡。太可怕了。」

「不一定會很可怕啊！」我說：「妳一天到晚都在抱怨無聊，出去玩就不無聊了。」

她搖搖頭。

我嘆了一口氣。「那個壞人還活著，明蒂。他不是鬼魂。他不能傷害妳了。」

「那又怎麼樣？」

「那又怎麼樣？我告訴妳時，妳不是超開心的嗎？」

明蒂轉開視線。「我那時是很開心。可是如果他已經死掉很久了，不是更好嗎？因為，這麼一來，他到現在可能就已經消失了。」她轉回來瞪著我，灰色的眼睛閃閃發光。「他一定很老了，對不對？隨時都有可能會死。」

「他也有可能再活上二十年。」

「妳是說，他有可能還在做著同樣的壞事嗎？」她輕聲問我。

我呆立原處，一時之間不曉得該怎麼回答。明蒂已經死了三十五年，所以那個壞人至少是個中年人，可是那並不表示他就不再殺人。

「聽著，我想過打電話給警察。」我說：「可是我要怎麼告訴他們？我看到他殺死的受害者鬼魂站在他的前院嗎？」

明蒂瞪著地面。她只有十一歲，還不明白證據和其他的關係。她只知道她很害怕。

「警察在我那個時候也是什麼事都沒做。」她說。

「我相信他們盡力了。」

她抬頭看我，眼睛露出慣有的悲傷。三十五年前發生的慘劇至今都還在她的內心不斷重演，沒有因為她的死亡而終止折磨。唯一能夠讓明蒂不再害怕的辦法，就是有人去了結那個壞人。

而我可以自在地穿越牆壁了。

那晚的瓦伊特爾納河波濤洶湧、風浪極大，充滿了又溼又冷的東西。可是它完全知道我想去什麼地方。

我在雙腿接觸到地面時，立刻低頭盯著馬路，因為我不想看站在扭曲的樹木間那五個小女孩。更重要的是，我不想讓她們看見我，和我建立連結。雖然我已經打破了答應亞瑪我不會再來這裡的承諾。

這不是我第一次一個人走進瓦伊特爾納河。我練習了一整個星期，在半夜時偷偷跑到我念過的初中或媽媽的辦公室。可是，沒有亞瑪在身旁，獨自站在這個讓我很緊張的地方，感覺還是很奇怪。

我走到街角，查看路標：希利爾道。我的手機無法在另一邊的世界運作，但是我從背包裡取出一張對摺的紙。我沒有告訴明蒂我要上哪兒去，不過我從電腦印出附近街道地圖時，她就在一旁觀看。

我一邊看著地圖，一邊左轉，走到下一個路口，再左轉，想要繞到那個壞人的後院。可是這裡的街道並不方正，小巷子裡也沒有路標。我手上雖然有地圖，可是還是有好幾分鐘搞不清楚自己身在何處。已經過了半夜一點，路上沒有一個人、一輛車……

只有一隻貓。牠抬起頭，用綠色的雙眼盯著我。

「是你嗎？」

貓眨了眨眼。我見過牠。上個星期亞瑪和我第一次利用河道來媽媽的舊家時，我就見過牠了。

牠彷彿好奇似地看著我走近，然後轉身慢慢跑開。我加快速度，試著不去嚇到牠，慢慢跟在牠的後面。

貓咪從大馬路上轉入一條較小的暗巷。有點像我們在聖地牙哥的家的後巷，只是更髒亂一點。沿途都是垃圾桶，還有一組廢棄的餐桌椅。不時可以看到野草從後院探出頭來，高大而茂密。

貓咪終於鑽進一戶人家的木柵欄縫隙。我沒辦法跟進去。不過我相信我應該離壞人的後院很近了。我順著巷子走，仔細觀察兩側的房子，直到看到一棟很眼熟的才停下腳步。它和那個壞人的房子一樣，有著同樣小而尖的屋頂，同樣的厚泥灰牆。後院沒有任何小女孩的鬼魂，我鬆了一大口氣。

我站在那兒調整呼吸，放緩呼吸的速度。我今晚才學會怎麼穿越固體，一定要集中精神，我可不想惶恐地被卡在壞人的牆壁裡。

當我穿越後院柵欄時，卻被門鎖給困住了。我用力往前，聽到它發出像冰塊爆裂的啪一聲，然後我進到院子裡頭。所有的窗戶都是黑的，當我爬上台階走到屋子的後門時，裡頭什麼聲音都沒有。

我沒有任何計畫，只想在裡頭找到一點能夠向警方舉報的證據，而且我沒有不去試的藉口。在另一邊的世界裡，他不但看不見我，也傷害不到我。

我慢慢地又吸了一口氣，然後穿過後門，在月光的照耀下鑽進一片黑暗的屋子裡。裡頭一點聲音都沒有。我感覺空氣很凝重，鐵鏽味愈來愈強，最後連舌頭都能嚐到那個味道。我伸出雙手擋在前面，在黑暗中慢慢走，這時我才發現所有的窗戶都被貼上了報紙。

「沒什麼好怕的。」我喃喃自語，停下腳步，站在原地等眼睛適應黑暗。光是想到我有可能在黑暗中絆倒，就讓我起雞皮疙瘩。

另一邊的世界有它自己的光，呈現淡淡的灰色。我慢慢辨認出來我是在一間工具室裡。就是在進入屋子裡其他部分前換鞋子的地方，牆上的架子擺了很多罐油漆和園藝用品，角落堆了好幾包栽培土壤。我面對著另一扇門。在幾次鎮定的呼吸之後，我毫無困難地穿越它。

月光透過窗戶照進廚房。和後頭伸手不見五指的房間相較，這裡真是太明亮了。水槽非常乾淨，一排玻璃水杯排在碗架上閃閃發光。磁磚地板似乎才擦過不久。

看起來像是個十分正常的廚房，除了有個超級大冰箱。

潔白閃亮，和棺材一樣長，占據了整面牆。我瞪著它，聽到壓縮機運轉，感覺到地板微微震動。用它來裝一個大人都沒問題，更別說是小孩了。

可是我的身體留在聖地牙哥，而我在另一邊的世界裡沒有辦法拉開冰箱的門。我唯一能做的只是穿透它。

我往前跨一大步，張開手放在冰箱涼涼的金屬表面上。它的馬達在我的掌心下顫抖。我閉上雙眼，讓它們再度習慣黑暗，慢慢地在心裡默數到一百。

我輕輕地往嗡鳴的機器施力，眼睛仍然閉著，用念力希望能穿越堅硬的金屬。冷空氣先接觸到我的鼻子，然後擴散到臉頰和前額，彷彿我的臉龐浸入水中。

想到當我睜開眼睛時，不知道會近距離看到什麼，這一點最讓我害怕。當我終於鼓起勇氣睜開雙眼時，我看到在另一個世界的灰色光線裡出現了一大包沒有形狀的東西……

豌豆。一大袋冷凍豌豆。

還有灰色的冰淇淋桶、真空包裝的牛排，以及像我爸爸好幾年前因慢跑受傷時用的那種冰敷袋。看起來，那個壞人的關節似乎不大好。

我伸直背，拉回身體，站在一塵不染的灰色廚房裡發抖。面前的冰箱堅固龐大，但已經不再帶有任何威脅性。

會不會是我根本進錯了房子？

廚房隔壁是個被大電視占了一大半的客廳。沙發很舊，似乎發霉了，可是收拾得非常整潔。上頭放的抱枕全被仔細拍打過，每一個都蓬鬆飽滿。沒有家人的照片，沒有給客人坐的椅子，只有一個吃電視餐的摺疊小桌子擺在電視前面。

客廳連接著走廊。地板看起來像是踩起來會咯吱作響的那種，還好我在另一邊的世界和鬼一樣是沒有重量的。我走過浴室、門開了一條縫的毛巾貯物櫃，還有兩扇關著的房門，最後終於來到房子的前門。

我將耳朵貼在那兩扇門板上，卻聽不到任何聲音。

我選了其中一扇，穿越後發現是個擺了張舊橡木桌的小書房。桌面上排放了好幾支精緻的鋼筆，絲毫不差地和邊線對齊。這棟房子乾淨整潔得不得了，和我原先想像的恐怖之屋完全不同。沒有鐵鍊、彎鉤從天花板垂下，觸目所及連一粒灰塵都看不到。

橡木桌有四個抽屜，後牆的書架上排列著標示清楚的文件夾。這些應該和壞人犯下的罪行無關，除非「加州所得稅」裡頭裝的不只是稅務資料。話說回來，反正我也沒辦法打開檢查。要這麼做，我的肉身得親自來一趟才行。

我的情緒已經從緊張轉變成煩躁。我真是個白癡，居然以為他會將誘拐殺人的證據隨便散置在屋子裡。畢竟這個人可是犯下多起罪行卻逃脫法網三十多年的狡猾謀殺犯啊！

橡木桌正對窗戶，望向房子前院。我可以瞄到那些彎曲的樹木。五個小女孩的鬼魂站在樹木之間，直直地盯著我。我移開視線，緊張地喘著氣。

這時我看到桌子上躺著一封電話帳單。我瞪著它，默念壞人的名字和電話號碼，努力記在腦子裡，試著不去想外頭的五個小女孩。

只剩一扇門還沒看。我滑回走廊，走向它，停住，轉身面對它。

這兒一定是他的臥室了。殺死明蒂的男人就睡在裡頭。他同時也改變了我媽的一生，讓她在我小時候每分每秒都處在驚恐之中。

我又開始緊張了。但是，至少之後我可以回答明蒂的問題，他幾歲、還有多久可活。我用念力將門板變成透明，然後跨步穿越。

主臥室比走廊暗很多，厚重的窗簾全被拉上。窗戶下放了一張很大的床，灰色毛毯包裹著一個輪廓不明的個體。我靜靜聽著，他的呼吸聲明顯可聞。

聽起來不像健康的人。我可以感覺到他的胸膛起伏時發出的隆隆噪音，每一次呼氣都帶著濃厚痰聲。床頭櫃上擺著一排藥罐子，和房子裡其他的東西一樣排列得整整齊齊。

我蹲下，讀著藥罐子上的印刷字：普栓達⑱、馬普蘭⑲，還有好幾種我不認得的藥名。

然後我看到一隻手從毯子下伸出來，離我的臉不過數英寸。一隻灰白的手，動也不動，長滿了老人斑，全是皺紋。看著這隻手，我猜測他如果不是非常老，不然就是病得很嚴重。

我不禁懷疑如果這一刻他在睡夢中斷了氣，我會看到他的靈魂升起進入重生世界嗎？那麼，像我這樣的索魂者，應該把他領到什麼地方去呢？

我轉頭不再去看他的手，站直身體。衣櫃的門開著，襯衫一件件整齊地掛在裡頭，鞋子乾淨地排在架子上。房間裡沒有什麼其他地方可以檢查了，除非他把什麼藏在床底下……

我慢慢吸進一口氣，心裡十分惶恐。對我來說，屋子裡最可怕的地方就是床底下，感覺甚至比衣櫃還要封閉。

可是那卻是我尋找證據的最後一個希望。我單膝跪下，雙手手掌貼在地板上，壓低身體，試著不要去想像我會在陰影處發現有東西盯著我看。

一開始，我只看到深灰色的陰影下一大片平滑的地板。沒有灰塵聚集成的毛球，沒有亂丟的陳年面紙。和屋子其他地方一樣一塵不染。然後，我看到金屬朦朦朧朧的光澤。反射的月光有個明顯的弧度，像在微笑似的。

我提醒自己，我是隱形的，任何人都傷害不了我，而鬼魂則應該要怕我。我側身躺下，用手肘支撐身體，往陰影深處伸長了手。

我的手指刷過冷硬光滑的金屬表面。我用盡力氣，盡量伸長手往裡頭探。先摸到了鋒利的邊緣，然後順著它摸到一根嵌在金屬裡的木頭圓柱體。

突然間，我明白了那是什麼，倏地把手縮了回來。

---

⑱ Pradaxa，新抗凝血劑。
⑲ Marplan，抗心絞痛藥。

鐵鏟。他放了一根鐵鏟在他睡覺的床底下。

我在那兒躺了很久，試著去回憶在他的前院裡看到了什麼。五個小女孩和五棵扭曲的樹嗎？

我爬起來，跪在地毯上，慢慢將頭探到窗戶下緣的高度，從窗簾下往外偷窺。五個小女孩站在前院，可是樹木卻有六棵。數目不合。

多的那棵樹是為明蒂種的嗎？媽媽說過，他把她的屍體埋在她自己家後院。可是為什麼只有她特別？

我瞪著窗外，試著去想像在這些樹木被種下之前、在對街的新房子被建造之前，壞人的前院是什麼樣子。然後，就像今晚在兒童遊戲區一樣，時空開始起了漣漪，然後回轉。整條街其他部分都陷入混亂，大量的活動和建築工事，許多人進進出出，可是壞人的前院卻幾乎沒有改變，頂多只是草坪隨著季節變換顏色。然後，一棵樹和它的小女孩突然間一起不見了，然後另一組樹和小女孩也消失了，然後又一組，壞人的謀殺罪行一條一條地在我眼前回轉。

最後，終於只剩一棵樹孤零零地站在前院的正中央，它的旁邊沒有鬼魂。所有的小女孩都不見了。明蒂是他的第一個受害者，因為她就住在附近。

我低頭看著地板，揉揉眼睛，眨一眨眼想將看到的歷史畫面清除，試著不去理會壞人嘈雜沉重的呼吸聲。

當我再度睜開眼睛，望向窗外時，時空又回到現在。不過我看得出來小女孩的位置稍微變動了一點點，彷彿她們感覺到我剛才挪動了歷史。穿著吊帶褲的小女孩像隻小狗似地歪著頭向我的方向凝視。

我記起亞瑪的警告，往後退離開窗戶。就在此時，我感覺到肩膀彷彿被固定且拉長的手指拂過。我們之間爆出了極小的火花，就像當初我的臉頰摩擦到雷宜斯探員一樣。

壞人的呼吸聲突然變得不規律，灰色被單下的形體扭動了起來。我停在原地，瞪著床鋪，我的心臟在胸膛裡跳得好激烈。即使他看不見我，我還是覺得如果自己移動了可能會吵醒他，甚至連呼吸都只敢輕輕的。

也許是外頭的小女孩讓他睡不好吧？畢竟是因為他的記憶，她們才會在這裡。但是，有沒有可能這種交流是雙向的呢？

我差點就衝動地又往外看，想知道她們現在在做什麼。可是我又很怕她們靠得更近，萬一她們正在窗簾外偷窺的話，我不就嚇死了。

我匍匐爬過地板，離開窗戶和壞人的大床，然後站起來，走向房門，急著想要離開這棟房子。

可是房門看起來好結實，我伸出手，用念力希望把它變走……

我把手指貼在木頭上，感覺舊油漆包裹著的粗糲。

「不行。」我咬牙切齒。「趕快消失！你這扇愚蠢的門！」

它動也不動，仍舊佇立在我面前。我心裡累積的惶恐瞬間高漲。

我往後退一步，試著讓那顆瘋狂跳動的心臟平緩下來。如果我不顧一切試圖闖過去而失敗了，可能要再花上一整夜才能再度集中精神。所以我坐在地板上，雙腿交叉，開始在腦袋裡整理今晚發現到的事實。

我曉得壞人的名字和電話號碼。更重要的是，我知道他藏在床底下的鐵鏟，還有他在書房的桌子面對著扭曲的樹木，以及放在後門的園藝用品……

也許，壞人並沒有他想像的那樣小心。也許我還能找到什麼證據告訴我在聯邦調查局的朋友，比如說埋在前院的東西。我坐在那兒，喘著氣，死亡的鐵鏽味充斥著我的肺。我之前怎麼會沒注意到？我用聞的就可以聞得出來他做了什麼。

然後，我意識到房間裡一點聲音都沒有，壞人嘈雜的呼吸聲不見了。

我抬頭瞪著床鋪。

他已經醒了。他的頭從床單上抬了起來。我看到他幾乎禿光的頭，只有一點點白髮反射著街燈的光。

他用一隻手撥開窗簾，望著窗外六棵扭曲的樹。

也許他看不到那些小女孩，但是有沒有可能他可以感覺到她們就在外頭瞪著他，沈浸在他的記憶裡？需要他才能繼續存在？

難道這些不可告人的回憶成了他快樂的泉源？

「去你媽的。」我說。這已經超過了我能忍受的範圍，遠遠超過我的心靈所能負荷的重量。現在，這不只是明蒂的事了，這也成了我的事。

我站起來，往前走，面對我的滿腔怒火，房門化成面紙般的碎弱，牆和家具在我眼前如熱氣般微微晃動。我不顧一切衝出他家，過了十秒鐘後，就來到他的後院裡了。

在我的腳踏出他家的那一秒，我就讓自己掉進地底，離開另一邊的世界，沈入瓦伊特爾納河。河水和生氣的我一樣憤怒，波浪滔天，暗潮洶湧。它流得如此快速，快到消失的記憶只成了我皮膚上的冰冷水氣。

等到我想清楚，就要提供足夠的證據給警察，讓他們把那個壞蛋抓去關。如果我沒辦法做到這一點，我會請求亞瑪幫助我，即使他不願意，我也會強迫他。如果連這樣都不行，我就要親手宰了這個壞蛋，然後將他的靈魂撕成碎片。我發誓。

第二十三章

黛西和伊莫珍藉由「吃」來認識紐約。

她們會在寫作完後才去吃麵，因為一個美食部落客說過這樣會在午夜之後變得更加美味（是真的！）。她們在伊莫珍公寓附近的南方菜館裡，大口大口地吃著以萊姆和血橙果汁醃製的生比目魚。她們買了包在荷葉裡的陌生食物，約定好不管裡頭是什麼都要吃下去，不可以退縮抱怨。她們還曾經花一小時排隊等待大名鼎鼎的奶昔，因為夜晚的悶熱讓她們下定決心一定要吃到才能離開。

大多數時候，她們將妮夏的支出預算拋諸腦後。

當黛西的心情比較感性時，她們就到藝廊去看美術品。伊莫珍剛搬到紐約那年曾經在藝廊打工，認識不少藝術家和藝廊，更棒的是，她知道好多藝文界的八卦。

可是對黛西來說，這些都比不上和伊莫珍一起寫作。面對她在高中時寫下的天真字句，她覺得改寫大概是這輩子做過最困難的工作了。那時她不曉得的技巧太多，如今回頭看，簡直像在看自己五、六年級時拍的大頭照一樣尷尬。

但是，和伊莫珍一起寫作總能讓她產生一種輕鬆愜意的錯覺，彷彿終於回到了家。她們通常在大房間裡寫作，被窗外中國城的鋸齒狀屋頂環繞。有時她們會各自拿著電腦坐在黛西的床墊上。也有時她們就在伊莫珍的臥室裡寫作，不去理會她的室友只和她們隔著一層薄薄的牆壁。其實，在哪兒都無所謂。重要的是她們之間的默契，只要從宇宙中切出一小塊只屬於她們、不可侵犯的私人空間就夠了。

和她分享讓一切變得不同，就像親眼目睹和收到一張明信片那樣的不同，就像戴廉價的耳機聽音樂和在擁擠的現場觀賞樂團表演那樣的不同，就像只是個陰天和日全蝕那樣的不同。

伊莫珍改變了所有的一切。

「那個東西叫什麼……」黛西喃喃自語，聲音愈來愈小。

「妳沒有說到重點。」伊莫珍眼睛仍盯著電腦螢幕，手指在鍵盤上飛舞著。

「人質愛上壞人那個。」

「什麼什麼症候群。我記得前後有押韻。」

「斯德哥爾摩症候群！」黛西大叫，像貓咪撲到在空中飄的羽毛一樣開心。

修改重寫有時不但工程浩大，而且還會殺死很多腦細胞，為了寫好一個句子，就得不停地回想當初要藉故事表達的到底是什麼。可是有時它不過像是在玩報紙上的填字遊戲，將適當的字以適當的順序放在適當的地方，排好，就完工了。

「對。就是那個。」伊莫珍繼續打字。她的手指好像從不停歇，即使她說她那天只需要寫十來句好的句子時也一樣。她的思緒直接從腦袋流向螢幕，只不過這些字往往在幾分鐘後就會被刪除。伊莫珍電腦刪除鍵上的字都已經磨得快沒了，中間甚至還像修道院的台階因太多人走過而凹了下去。

黛西則大多數的時間都盯著自己的螢幕，她一定先在腦子裡想好句子，然後自言自語地演起來，確定沒有問題後才會動手打字。她的手會隨著對話的語氣做出各種手勢，她的表情也會跟著反應出主角該有的情緒。當她書中的場景和人物占據腦袋裡的戲院時，或者她在聆聽還沒找到的那個字時，她會閉上雙眼，沈浸在自己的世界。

「太陽快出來了。」伊莫珍說，關上電腦。

黛西還在打字，想要把莉琪最好的朋友婕敏出場的那一章寫完。南恩要求她為婕敏加戲，好增加莉琪和真實世界之間的牽絆。可是黛西的腦子已經累了，她不禁將視線移向窗外。

天色漸亮，街道上停著一輛沒有熄火的卡車，送貨員正將裝在保麗龍箱子裡的魚一箱箱搬下來。伊莫珍說的是真的，她確實不在白天寫作，所以黛西也跟著她日夜顛倒。她到現在還是會為日出的美景感動，對東方露出魚肚白後轉成的粉紅曙光居然這麼快就能為中國城注入活力，讓它忙碌起來感到驚奇。

伊莫珍走到廚房去泡茶。在她們一起寫作、一起吃飯、一起做所有的事三個星期後，這已經成了她們的習慣。黛西應該要在此時關上電腦，或者為她荒廢已久的tumblr寫幾個字。不過黛西卻偷偷地發展出另一個習慣。

她總在伊莫珍一走開後，就打開一個新的視窗，搜索「改名為伊莫珍・葛雷」。如此簡單明白，可是這還是她第一次嘗試。

沒有完全符合的搜索結果，只有幾筆《控火師》的資料，畢竟離上市日期還有兩個月之久。

「爛！」黛西小聲咒罵了一句。壓抑下心裡的失望，點開她剛找到的照片檔案，是好幾張陌生的長髮伊莫珍在去年一場波士頓讀書會上的照片。

聽到水壺哨音後，黛西關上視窗，清除她的瀏覽記錄。她從來沒有向伊莫珍承諾她不會在網路上搜尋她的舊名，可是心裡多少還是會覺得不應該。

只是居然不知道初戀對象的真名實在是太奇怪了。

有時候，黛西會覺得她似乎什麼都不知道，不確定自己算是個真正的作家嗎？算是個品格良好的印度人嗎？甚至連她還是不是處女都不曉得。她很心煩地發現賽根是對的，上網搜尋只會找到更多的問題，而非答案。一起過夜算嗎？手指呢？舌頭呢？無形的東西呢？「處女」這個字是由早已失傳的語言流下來的嗎？說不定它早就沒有任何意義，就像讓一個千年前的哲學家在今日復生，問他電流到底是土、水、空氣，還是火一樣沒有意義。

黛西心裡想的比較簡單：真正的世界和故事完全不同。在小說裡，你永遠知道事情發生或人物改變的確切時間點。可是真實世界卻充滿了緩慢、零碎、不斷的變化。過程中總有許多意外和無法定義的事，以及更多不在計畫內但就是發生了的事。不管獨角獸會不會願意讓你碰觸，唯一可以確定的只有「事情並沒有那麼單純」。

幾小時後，黛西在下午兩三點醒來。

伊莫珍就躺在她身旁。直到現在，她有時仍會覺得這一切真是不可思議，看著她的女朋友，找到她之前還沒注意到的地方。伊莫珍蓬亂的前額有兩綹劉海，一左一右地像兩把劍在中央交錯。白皙的戒痕隨著夏日曬得她愈來愈黑也就變得更加明顯。天氣夠熱了，她穿著無袖T恤睡覺，肩膀上散布著許多可愛的雀斑。

知道這麼私密的事，難道還不夠嗎？

黛西伸手拿起手機，查看電子郵件。

「嘿，珍！」過了一會兒後，她對伊莫珍又推又拍地說：「琪瑞莉想約我們吃晚飯。今天晚上。」

她半睡半醒、口齒不清地回答。「我想也是。」

「為什麼妳想……」黛西開口，但很快明白了。「她讀了我的書。」

伊莫珍翻身，一如往常地舉高她拿滑鼠的那隻手，伸了個懶腰。

「她對妳透露過什麼嗎？」黛西問。「她喜歡嗎？」

她得到的回應只是聳肩和呵欠，但更多的問題卻如瀑布似地一直掉進她的腦袋裡。琪瑞莉在批評時會用多嚴厲的字彙？為什麼她花了快一個月才念完《重生世界》？她知道黛西已經開始修改，並換掉第二章和第三章了嗎？她邀請她們一起共餐，是一個好兆頭嗎？

不過黛西知道這些問題聽起來都很絕望，所以她只問了一個最重要的。

「妳認為她會先讚美再批評嗎？」

伊莫珍呻吟著，翻身，一把拿起黛西的枕頭蓋在她的頭上。

琪瑞莉・泰勒叫她們到布魯克林去，在一家名為「工藝吐司」的餐廳碰面。餐廳的牆壁掛滿了吐司的畫、吐司的照片，還有一個用真正吐司做成的超大馬賽克耶穌像。連伊莫珍在入口拿的火柴盒上都印了吐司。

看了幾分鐘後，黛西皺起眉頭。「等一下。他們沒賣吐司啊？」

「呆子。」伊莫珍說：「這是晚餐菜單，可不是早餐菜單。」

琪瑞莉點點頭。「他們沒那麼瘋狂啦！連晚上都賣早餐。我們又不是在威廉斯堡。」

黛西搖搖頭，因為她其實並不是在想這個，而是她太在乎琪瑞莉對她小說的看法，緊張到認為自己會食不下嚥，所以才想先點片吐司就好。

服務生過來，很快將桌子改頭換面。他收走銅盤，放上刀叉，攤開餐巾放在客人的大腿上。看在黛西眼裡，一切是這麼的利落、有效率，但她一直等待著琪瑞莉開口評論她的書，不免有些膽戰心驚。

可是琪瑞莉卻先問伊莫珍。

「《歐盧拉師》的修改順利嗎？」

「還在春季大掃除的階段。」伊莫珍的目光在餐廳游移，一副悶悶不樂的樣子。「我把衣櫃裡所有的東西都攤在地板上。超大尺寸的掛毯還等著我拿出去外頭拍灰塵。換句話說，一片混亂。」

琪瑞莉拍拍她的手。「總是要先破壞才能建設啊！書名的爭議現在怎麼樣了？」

「悖論出版社又繞回最早的構想，一套三本都以什麼什麼師當書名。問題是他們只想用《貓喔師》，可是我不喜歡。」

「妳也可以用《費利度師》⑳。」黛西說：「那也是貓的意思。」

「可是聽起來也不夠好，是不是？」琪瑞莉說：「我相信妳一定會想出來的，親愛的。繼續想，只要妳想得夠努力，書名仙女就會出現。妳開始寫第三本了嗎？」

伊莫珍聳聳肩。「還沒開始。」

「那麼有想法了嗎？概要？靈感？」

「嗯……我是想到了一個……《恐懼師》。」

「恐懼是指害怕那種恐懼嗎？」琪瑞莉往後靠向椅背，沈默地看著吐司做成的耶穌像。過了好久，她終於微笑。「妳可以利用恐懼創造不少魔力，而且很容易讓讀者產生共鳴。每個人多多少少都有一、兩樣特別害怕的事。」

黛西點頭表示同意，雖然心裡有點吃驚，也有點困惑。

伊莫珍傾身向前，雙手在她說話時比出各種強調的手勢。「故事的主線很直接。女主角一開始對不少東西感到恐懼——群眾、洋娃娃、蜘蛛、狹小空間之類的。有一天她被關在衣櫃裡，只好鼓起勇氣和她的幽閉恐懼症對抗。這件事的經歷教會她如何去面對其他的恐懼，於是她一個接一個征服了難關，而且在過程中得到魔力。本來她只能看到其他人的恐懼，像光環之類的。」

「可是後來她可以控制它們。」琪瑞莉的眼睛閃閃發亮。「很好的點子。」

「實在太棒了。」黛西說：「而且想得好仔細。」

最後一句話聽起來比她的本意尖銳許多，伊莫珍轉頭，帶著歉意看著她。「我確實已經構思了好一陣子了。」

⑳ felido是貓科學名。

黛西低頭望著桌面，對胃裡泛起的酸意感到驚訝。先是整個下午為琪瑞莉會在晚餐時說什麼而坐立不安，現在又遇上了這個。「它是個很棒的主意，珍。」

事實上，它真的是。可是在她們一起寫作的三個星期中，黛西把《重生世界》的每一個決定、每一個擔憂、每一個靈感都告訴伊莫珍，而伊莫珍也會和她討論自己正在改寫的內容。可是黛西完全沒有聽過她提起《恐懼師》。一個字都沒有。

琪瑞莉・泰勒的意見比她的意見重要，當然，畢竟琪瑞莉已經寫了六本幾近完美的小說。可是為什麼伊莫珍要對《恐懼師》這麼保密，一直到現在才說出來呢？

黛西感覺到自己的雙手在桌子下握成了拳頭。

「有些事情需要先放在腦子裡醞釀一陣子。」伊莫珍輕聲說：「我甚至在剛才說出來之前都沒發現，我從來沒告訴過任何人呢！」

「當然。」黛西勒令自己不要再嫉妒，琪瑞莉一定覺得她太可笑了。「妳應該和我小妹談一談，妮夏有超多恐懼症的。」

「像什麼？」琪瑞莉語氣輕快地問。

「她很怕滑冰，」黛西說：「餅乾裡的葡萄乾，還有汽車電池。她說電池不是圓的而是方的是件違反自然的事。」

「哇！」伊莫珍一邊說，一邊拿出手機打字。

「妳可以用這個主意再寫一套三部曲了。」琪瑞莉說：「只是這次的主題是恐懼而非超能力。」

「不要誘惑我了。」伊莫珍還在打字，手上的戒指隨著她的動作閃爍。

「妮夏也很怕看到穿衣服的狗。」黛西說：「還有襪子。不是狗穿襪子喔！而是所有的襪子。」她微笑，很高興能為這個完美的靈感出一份力。即使她還是有點嫉妒，可是聽到伊莫珍親口說出她新書的大綱，仍舊令她十分興奮，甚至覺得真是性感。

至少，另外兩個人對她剛才不成熟的行為假裝從沒發生過。

「妳可以把兩套三部曲綜合成一大套書，叫作《魔力恐懼》。如何？」琪瑞莉建議。

「我知道妳只是想惹毛我。可是事實上，它聽起來還滿不錯的。」伊莫珍放下手機，高舉水杯。「敬《魔力恐懼》！」

黛西跟著附和，可是琪瑞莉搖搖頭。「用水杯敬酒會倒楣的。親愛的，等酒來了再說。」她們兩個順從地放下水杯。伊莫珍嘟囔著，「這也算是恐懼之一吧？」

「不是，這是迷信。而迷信足以讓妳再寫另一套書了。親愛的。」琪瑞莉翻開菜單。「嗯，讓我們像一家人好好吃頓飯吧！我來點菜，可以嗎？」

服務生拿走前菜（紅椒尖吻鱸燉飯米餅）的盤子後，琪瑞莉突然沒頭沒尾地說了一句。

「我很喜歡安娜。」

黛西愣了一下才想到，她等了好久的《重生世界》評論終於開始了。她緊張到差點破音地說：「妳是指莉琪的媽媽嗎？」

琪瑞莉點點頭。「我喜歡她從沒告訴過莉琪關於她被謀殺的童年好友的事。她才真的是在衣櫃裡藏了一具骸骨。」

「才不是真的呢！」伊莫珍呻吟。「明蒂是鬼魂，不是屍體。」

「她是真的待在安娜的衣櫃裡啊！鬼魂當然也有骸骨。不然他們走起路來就會歪七扭八了。」琪瑞莉轉回去面對黛西。「而且妳把明蒂塑造得很剽悍。我喜歡莉琪不僅發現了世界上有鬼，而且發現她自己家就有鬼。更正確的說，是她媽媽藏著一隻鬼。這樣的安排更有趣。非常好。」

「謝謝妳。」黛西說，很高興琪瑞莉至少先讚美她。「事實上，那是我整本小說靈感的起源。」

「怎麼說？」

「我的靈感是從我媽那兒得到的。在她很小的時候，最要好的朋友不幸被殺。可是她從來沒有告訴過我。」黛西回憶去年十月時她對故事的初步構想，感覺像是好久好久以前的事了。「我隨意在網路上搜尋我媽娘家的姓氏時意外發現的。當時那個案件在古吉拉特省很轟動。」

琪瑞莉搖晃她的酒，小心地看著它。「妳媽有沒有解釋過為什麼她從來沒向妳提過這個朋友？」

「我從來沒問過她，感覺太奇怪了。可是我一直對拉潔妮很好奇。拉潔妮是她朋友的名字。媽媽還記得她嗎？因為如果她還跟在媽媽身邊，就等於跟在我和妮夏身邊。那讓我開始想，如果這個世界有鬼會是什麼樣子，便衍生出整本《重生世界》。」

黛西停下來，這才發現自己從來沒有對任何人說過這些事。她一直很害怕去打擾到剛萌芽的種子，害怕告訴第二個人會毀了一切。

她瞄了伊莫珍一眼。「抱歉我從來沒對妳說過這些。事實上，除了妮夏，我沒對第二個人提起過。」

伊莫珍微笑。「就像我剛才說過的，有些事情需要先放在腦子裡。」

「妳媽看了《重生世界》之後，她有什麼想法？」琪瑞莉問。

「我爸媽還沒讀過《重生世界》。」黛西低頭看著她交握在桌面上、像個小女孩似的雙手。「我要他們等到小說上市，有封面、有設計，變成一本真正的書時再讀。」

「也許這樣最好。」琪瑞莉說：「也許在妳和那個世界做個了結之前，妳需要妳的鬼跟在身邊。」

黛西抬頭看她。「讓鬼跟在身邊？」

「妳媽的朋友是她沒說出口的祕密，反而讓鬼魂得以存活下來。如果妳去問妳媽，妳們談過之後，多少會解開一些疑惑，妳就不會再那麼常想到她，所以先不要去找妳媽談。在妳還沒寫完明蒂的故事前，讓鬼繼續跟著妳。」

琪瑞莉嚴肅的表情看得黛西不禁打了個寒顫。

這其實並不合理。黛西從小就不相信世界上有鬼或怪物。她身為工程師的父親尤其嚴格要求孩子們，認清真實和虛構世界的不同。黛西喜歡關於鬼魂、吸血鬼和狼人的傳說，主要是因為他們有明確的傳統和規則：冰點、聖水和銀彈。她從沒想過要真的遇上一個，那太蠢了。

「我不會把拉潔妮想成鬼。我甚至不是個迷信的人。妳看！我一天到晚用水杯敬酒。」

琪瑞莉微笑。「我講的東西和迷信一點關係都沒有。我指的是妳小說裡的人物。當故事進行到最後，他們也就跟著死了一點點。在妳寫完明蒂的部分之前，試著不要讓妳媽發現她。妳賣了兩本書的版權，對不對？」

黛西點點頭，雖然她還沒開始寫《未命名的帕特爾》，而且不知道什麼時候才能寫完。合約上載明她必須在一年內交出第一版草稿，讓她不禁產生一種怪異的感覺，既覺得時間很充裕，又覺得不大夠。雖然合約並沒有提到第三集的事，可是許多奇幻小說都是一套三本，所以第三集的可能性一直陰魂不散地出現在她身邊，從不停歇。

「一旦《重生世界》上市了，我就無法阻止我媽去找來看。我的意思是，她所有的朋友都一定會去買來看的。」

「我爸到現在都沒讀過《控火師》。」伊莫珍說：「他不喜歡小說。」

黛西點點頭。她爸爸寧願看老式飛機的操作手冊，也不願意看小說，可是安妮卡・帕特爾卻對小說情有獨鍾。她不僅每年重讀一次珍・奧斯汀全集，而且還會看各種得獎的文學巨著、胡說八道的暢銷小說，甚至不排斥妮夏和黛西熱愛的青少年小說系列。黛西費了九牛二虎之力，才讓她答應不在《重生世界》上市前先讀，吃力的程度不下於讓爸媽答應她搬到紐約來。

「想到她讀我的書，就覺得好怪。」黛西說：「可是如果她不讀，那就更怪了。」

「出版著作就是這麼回事。」琪瑞莉說：「可怕，但是必要。妳只要記得讓拉潔妮一直跟在妳身邊就好。」

聽到琪瑞莉說出被謀殺的小女孩的名字，黛西又打了個寒顫。今晚之前，她從來沒有大聲說過這個名字。對她而言，拉潔妮比較像是一種概念而不是人，可是現在她卻在餐桌旁飄蕩，就像空了的椅子上該坐的客人。

還好過了沒多久，三個服務生端著主餐出現了，破除了原本詭譎的氣氛。

琪瑞莉繼續分析《重生世界》的頭幾章，指出南恩・艾略特已經在編輯信上說過的問題。伊莫珍幫著黛西解釋她重寫時做出的改變，琪瑞莉似乎對此頗為贊同。

然後她問，「妳的雷宜斯探員幾歲了？妳知道聯邦調查局探員至少要滿二十三歲吧？」

「噢，我不知道。」黛西回答。

「妳的網路壞了嗎？」琪瑞莉不耐煩地嘖嘖兩聲。「聯邦調查局網站上明白列出了應徵資格。還有，我覺得妳應該加大那個穿補靪外套的老人和壞人的差異。因為那個壞人也很老了，而那個老人其實也很壞。」

「可是他們一個是正常的人類，連續殺人犯。」黛西說：「另一個卻是賽可旁波斯。我想不會有人搞錯吧？」

「因為在現代的社會裡，連續殺人犯就是死神。」琪瑞莉說：「這就是為什麼他們擁有超能力。也許妳應該幫其中一個壞老頭命名。」

「那個穿補靪外套的老人本來是有名字的。」黛西說：「可是我覺得太明顯了，所以我後來就把它拿掉了。」

琪瑞莉舉起酒杯。「寫得淺顯易懂才不會餓肚子。」

伊莫珍也舉杯附和。黛西跟著一起舉杯，她心裡的焦慮慢慢被喝酒後的放鬆感取代。也許琪瑞莉沒有她想假裝得那麼強悍可怕。

於是黛西提出她心裡最害怕的議題。「我一直在想辦法改善小說裡神話信仰的問題，讓亞瑪杰嚴肅一點，而不會像個迪士尼卡通裡的王子。」

琪瑞莉一臉疑惑。

「青少年小說家酒吧聚會那天，妳說我不該用別人的神來當青少年小說的男主角。」

「喔。我還以為那天的重點只是酒呢！抱歉我那時對妳那麼嚴厲。有時我多喝了幾杯就會那樣。」琪瑞莉有點不好意思地笑了笑。「妳不用管我這個白人對妳在書中引用自己文化的意見。」

「可是，如果那不是我的文化呢？」黛西瞪著她的盤子。「我吃肉。我不禱告。感覺上很怪，就這麼抹殺一個神，然後將他寫成凡人。」

「可能吧，」琪瑞莉想了好一會兒，將兩隻手指壓在她的前額，看起來有點像她之前書上的封底照片。「不過我是個引用澳洲原住民神話，卻在天主教家庭長大的無神論者，所以也無法給妳什麼意見。」

黛西嘆了一口氣。「所以我得自己想辦法嘍？」

「妳盡可能地以莊重的筆觸去寫，然後就等著新書上市吧！小說出版之後，妳自然會明白妳做對還是做錯。」

「可是，人們可能會大聲指責我啊！」

「對，這有點像是在學法語。當妳開口說法語時，極有可能聽起來像個白癡。可是如果妳不冒這種險，就永遠都學不會。」

「沒錯。」伊莫珍說：「可是破爛的文法卻不會冒犯任何人的信仰。」

「妳沒有真的遇過法國人吧？」琪瑞莉問。

黛西靠回椅背，讓她們自己去吵。當然，她太天真了，居然會問琪瑞莉的意見。她會在她寫下的文字、說出的故事裡找到答案，請求他人的許可對事情毫無幫助。

「南恩還建議了什麼？」當大家又開始進食時，琪瑞莉問。「我想應該沒什麼太大的問題了吧？」

黛西和伊莫珍對看了一眼，很久都沒人開口。

「噢，天啊！到底怎麼了？」

黛西還是不講話，伊莫珍只好回答。「南恩想要修改結局，少一點悲劇，多一點行銷性。」

「噢……」琪瑞莉十分同情地看著黛西。「這點很棘手。」

「對這個問題，我一直維持相同的看法：妳必須在讓出版社滿意的情況下，找到一個妳認為合理的結局。那不是道德問題，而是寫作技巧問題，所以我相信妳有能力解決的。」

「完全正確。」

「謝謝。」黛西試著擠出微笑。「可是妳不覺得《重生世界》以喜劇收場太不合適了嗎？不管是什麼樣的喜劇結局都很突兀吧？」

「我想不會。妳大概可以找到一打完美的喜劇結局，苦樂參半的也有一千種，至於淒美的悲劇結局更是多不勝數。但是妳卻只能選一個。」

黛西瞪著琪瑞莉。她以為她會大發雷霆，或至少動怒。可是琪瑞莉面帶微笑，彷彿她們不過是在進行什麼寫作練習，或者更糟，她根本就把這當成教學活動。

不過這是黛西的第一本小說，而且在它出版後的一整年裡，將會是她唯一面世的著作，因此她很堅持它一定要以她心中的結局收尾。

「妳似乎被我嚇傻了，帕特爾小姐。」琪瑞莉說。

「沒有，只是……」黛西開了頭，然後做了個深呼吸讓自己鎮定下來。「妳覺得現在的結局不好嗎？」

「非常好。可是還有很多其他可能的結局，沒那麼悲慘的也不少。也許妳能從中找到一個。」

「難道妳不覺得我必須改寫結局很討厭嗎？」

「妳會覺得妳的出版社想要讓妳的書賣得愈多愈好很討厭嗎？」

黛西張開嘴，卻想不到要說什麼。現在，她是真的嚇傻了。

「他們想要讓《重生世界》暢銷是件好事。」伊莫珍說：「不過，人們只喜歡喜劇結局就不是件好事了。」

「妳說得不對。」琪瑞莉凝視著黛西。「《羅密歐與茱麗葉》就很受歡迎啊！只不過如果亞瑪杰死了，妳的故事就很難再說下去了。」

黛西也凝視著她，研究琪瑞莉的表情。這是一種測驗嗎？現在她應該要證明自己不但敢和悖論出版社對抗，也敢和《賓頁》的作者琪瑞莉・泰勒辯論嗎？

「可是亞瑪杰本來就應該要死啊！他非死不可。我的故事從頭到尾的主題就是死亡啊！」

「死亡一定要是悲劇嗎？」

「恐怖分子造成的死亡嗎？當然是。」

「就算妳說得沒錯，但妳別忘了，藝術可以混合情緒，也可以分解情緒。」

黛西看著伊莫珍求救。

「等一下！」伊莫珍說：「妳的意思是，只要結局讓出版社滿意，黛西不一定要將結局改成喜劇收場，對吧？」

「完全正確。」琪瑞莉看著吐司做成的耶穌像。「那是妳的故事，黛西。所以妳高興怎麼改就怎麼改，尤其是那些對妳來說最重要的部分。」

「雖然有時自己再怎麼喜歡也不行。」伊莫珍喃喃自語。

「沒錯。」琪瑞莉說：「現在，我們差不多可以來些甜點了吧？親愛的？」

「她比我想像中的親切。」黛西和伊莫珍坐上一班回曼哈頓的地鐵，黛西望著幾乎沒人的車廂說。

伊莫珍站在她面前，拉著吊環上的金屬圓柱，隨著車子晃動。「妳本來以為她很兇嗎？」

「對。她一聽到我的小說內容，就開始大開超自然愛情故事的玩笑。」

「她今晚也還是很不客氣啊！只是妳變堅強了。」

「我有嗎？」

伊莫珍大笑。「妳能想像如果她在見面的第一天就讀了妳的書，然後直接告訴妳書裡一半都是在闡述，妳會有什麼反應？」

「不是一半，只是第二、第三章。可是妳說得對，我一定會嚇壞了。」

「妳會當場融化，然後自燃蒸發。」伊莫珍移動身體，將膝蓋貼著黛西的膝蓋。「可是現在妳成了厚臉皮的專業老手了。『不要說那麼多廢話，直接告訴我』，成了妳最新的座右銘。」

「很好笑。妳覺得她會不會其實很討厭我，只是裝出很和善的樣子？」

「琪瑞莉如果討厭一個人，連裝都懶得裝。」伊莫珍透過黛西頭頂，望向窗外。火車經過時，工程黃燈不停在隧道牆面上閃爍。「也許她是想到自己的創作生涯吧？她說不定在想如果她多寫幾個喜劇結局，銷售會不會比較好。」

「對。我一直不去想她的書賣得不好。我是說，如果連她都不行，我豈不是一定完蛋？」

黛西懷疑當琪瑞莉在《出版家早午餐》看到一個未成年小鬼拿到那麼多預付版稅時，不知道做何感想。尤其是這個小鬼居然還有膽子到布魯克林來問她的意見，請她指導。而且到最後，甚至還讓琪瑞莉掏錢請客。

「她不會幫我寫名人推薦了，對吧？」

「琪瑞莉不是那麼小心眼的人。如果她喜歡妳改寫後的成品，會幫妳寫推薦的。」

「真的嗎？即使我的預付版稅高得離譜也無所謂嗎？」

伊莫珍聳聳肩。「她覺得我們這些新人作家都是來來去去的。大多數人的寫作生涯都沒辦法持續得像她一樣久。」

「無論如何，今晚的聚會讓我很開心。」黛西說。

「對，很愉快的一晚。」伊莫珍在黛西身旁的椅子坐下，伸出手攬住她的腰。「琪瑞莉・泰勒喜歡妳的書到願意請妳吃晚餐，親口和妳討論！告訴三個月前的自己，妳大概不會相信吧？」

「可是每一次我問她該怎麼辦時，她都說決定權在我。」

「那代表她認為妳有能力自行處理。懂了吧？」

黛西嘆了一口氣。她猜被人家說妳一定可以自己找到答案應該是種讚美，可是黛西其實還是有一點，或者應該是說，非常期望琪瑞莉能直截了當告訴她該怎麼做。

「如果亞瑪杰沒死，妳不會覺得這個故事就變得非常不合理了嗎？」

「只要妳能讓它合理，那麼讀者就會覺得合理。我們可以看看在妳重寫時會發生什麼事，也許到最後，他還是非死不可。」

黛西點點頭。在這一刻，這樣就夠了。她知道未來還有好長一段黑暗期她必須埋頭苦幹，她也記得她還有兩個月的時間可以將《重生世界》拆開再組回。然後，還有整整一年，她才需要交出續集的初稿。出版業的腳步或許緩慢，但它堅定平穩的步調卻讓她莫名心安。她還有足夠的時間找到一個正確的結局，不管它是不是喜劇。

第二十四章

幾天之後，我打了通電話給雷宜斯特別探員。時間有點晚了，不過他聽起來應該是還沒睡，只是在聽到我問他「如果我知道有人犯罪的話，我該怎麼辦？」時，顯得有些吃驚。

「嗯，要看是哪一種罪。」他有點遲疑。「也要看妳對犯罪者的認識有多深。」

「認識有多深指的是什麼？」

「妳該不會是想檢舉妳的姐妹淘未成年飲酒吧？如果妳苦口婆心地勸勸她，相信效果會比報警好。」

我大笑。「婕敏不喝酒的。而且我指的是陌生人。比如說是項很嚴重的罪行，嗯，謀殺之類的。我要怎麼做，才能讓聯邦調查局開始有所行動？」

「噢……」他聽起來像是鬆了一口氣，應該是認定了我現在講的全是假設性問題。「妳必須先向管區警察檢舉。聯邦調查局只負責違反聯邦法的犯罪。」

「謀殺還沒有違反聯邦法嗎？」

「一般來說是這樣。除非他殺的是聯邦政府人員。」

「好。可是在電影裡，你們不是一天到晚都在找連續殺人犯嗎？」

「沒錯。」我彷彿聽到他無奈地嘆了一口氣。「妳問這些到底是為什麼？」

我看著放滿從電腦上印出來和那個壞人有關的資料的床。和家人旅行時失蹤的小女孩名單、精神異常的人可能會有的慣性行為研究、帕拉阿圖至今還未偵破的懸案清單。換句話說，什麼有用的資訊都找不到。

發現那個壞人的名字並沒有太大的幫助。他沒有出現在我找到的任何案情裡。網路搜索只給了我一百多個同名同姓的人，而且年齡和地區都不相符。彷彿他根本不存在，或者他小小的獨棟別墅存在於網路世界之外。

我手上有的只不過是他的姓名、電話號碼，以及我怒火中燒但愈來愈小的正義感。於是我以搪塞媽媽的同一套說詞來騙他。

「嗯，為了一篇學校的報告。」

「妳已經快高中畢業了，史考菲爾德小姐，學校報告應該寫得更清楚深入才對吧？」

「對。我就快問到深入的部分了。」我試著整理思緒，可是我已經一個星期沒睡了，雖然肉體並不想睡，可是腦袋還是會想休息。「我問你，要有幾個受害者才可以算是連續殺人案件？聯邦調查局對這一點有明文規定嗎？」

「聯邦調查局對任何事都有明文規定，史考菲爾德小姐。必須有三個以上的受害者，而且至少有一件是發生在美國領土上，才符合連續殺人的定義。」

「三個？太棒了。我是說……這樣算是比較深入的問題了吧？」

「一點點。」他說：「還有什麼別的妳想問的嗎？」

我猶豫了一下。雷宜斯探員絕對不會相信我的。就算我告訴他那五個被埋在老人前院的小女孩，他也不會相信，所以我也用不著現在就告訴他實話。「假設沒人真的看到殺人的經過，可是我知道屍體埋在哪裡。需要提供什麼證據，警察才會願意去挖人家的院子。」

他停頓了好一會兒，然後語氣堅定地說：「要說服法官使用納稅人的錢去摧毀私人財產？當然是要鐵證如山了。」

「我明白了。」我非常確定說到這裡他已經完全把我當白癡看了。所以我只得再加上一句，「有什麼關於那個邪教組織的新進展嗎？」

「只有報紙上刊的那些。」

「是哦。不過我已經好久沒看報了。你們開始進攻他們的總部了，對不對？」

「昨天晚上，是的，史考菲爾德小姐。兩百名聯邦探員包圍了那些壞人。沒什麼好擔心的，當然，不過我在想，妳最近才遇上這麼不尋常的事，難道不考慮換一個沒那麼……可怕的報告題目會比較好嗎？」

我凝望著床上的大批紙張。「我確實考慮過，不過我已經在這個題目上花了太多力氣，現在說要回頭，有點太遲了。謝謝你的幫忙，雷宜斯探員。」

「不客氣，史考菲爾德小姐。」他說。

我掛上電話，嘆了一口氣。我甚至還沒說到任何聽起來不像是假設性的奇怪問題，他就已經覺得我是個瘋子了。更別提那些謀殺案中至少有幾件是在我還沒出生前就發生的。殺人犯住在一個我沒去過但在靈魂出竅時拜訪過的城市。還有，除了明蒂，我不知道其他受害小女孩的名字。

根據我所能提出的「證據」，世界上沒有任何法官會同意派出挖土機去掘開那個壞人的前院。難怪亞瑪故意轉頭不看那些小女孩。畢竟我們只是賽可旁波斯，不是靈界的警察。

可是我還不打算放棄。我想要伸張正義，不管是用哪一種方法。我想要這個世界公平運轉，所以我必須找機會告訴亞瑪我窺探到什麼。

這次的旅行是我們在瓦伊特爾納河待得最久、最奇怪、也是最多變的一次。一開始波濤洶湧，幾千縷被遺忘的回憶化成冰冷的手指在黑暗中不斷晃動撫摸我們。但風暴逐漸散去，之後有好長一段時間，風平浪靜，我們只是在緩慢的潮水中持續漂浮。

亞瑪和我來到一個由白沙和小鵝卵石構成的半月海灣。海岸線往兩邊延伸，形成一個很大的環礁鹹水湖。我可以聽到不遠處傳來的巨浪怒吼聲，可是我們面前拍打著沙灘的海水卻是如此平靜。溫暖的微風輕拂我的髮絲，將他的絲襯衫吹出一波波的細紋。

「我們在哪裡？」

「海島上。」

我看著他。「可以說得更清楚一點嗎？」

「更清楚？我們在一座環礁珊瑚島上。」他微笑地看著我，彷彿很高興又變回那個守口如瓶的自己。

我抬頭看著夜晚的天空。完全沒有黎明的前兆，所以我們應該不會離加州時區太遠。可是星星卻和我平常看到的截然不同。「我們在太平洋，對吧？」

亞瑪點點頭。「這裡是地球上離所有的一切最遠的地方。」

「這裡……很不錯。」我說，雖然這座珊瑚島其實稱不上是什麼熱帶天堂。沒有棕櫚樹，從沙灘上望去，沒有任何綠地，也沒有盛開的鮮花，只有矮小的樹長在岩石地面，它們的寬葉正隨著微風輕輕擺動。

「需要一點時間來習慣它。」亞瑪一邊說，一邊領著我離開海岸走進石頭內地。到處都是海鷗，和手指一樣長的蜥蜴在腳下亂跑。走了幾分鐘後，地勢開始變高，可是一旦爬上一個小山脊後，它又往下朝另一邊的海降低。整座島就像是個被壓碎的甜甜圈，中央是平靜無波的環礁湖，外圍則是波濤洶湧的無情大海。

外海的巨浪在黑暗中不停翻滾，看起來彷彿一瞬間就會撲向我們，吞噬掉整座島。這裡可說是百分之百的與世隔絕。

「妳聽到了嗎？」亞瑪問。

我凝神靜聽。即使是在另一邊的世界的凝重空氣裡，巨浪如雷的聲響還是大到足以撼動我的骨髓。在它的威力下，我只能聽到幾聲刺耳的海鷗鳴叫。

「我應該聽到什麼？」

「沈默。什麼聲音都沒有。」

我望著亞瑪。他閉上了雙眼，臉上所有的憂慮全消失了。我伸出手，指尖輕輕描過他的眉毛，他露出微笑，抓住我的手。

「我只聽到海浪聲和鳥叫聲。」我說。

「一點都沒錯。」他睜開眼睛，我從沒見過他這麼快樂的表情。「從來沒有人死在這座島上。」

「噢……」我環顧礁石和空曠的地平線。「可是，那是因為從來沒有人住在這裡，不是嗎？」

「我相信是，可是結果是一樣的，一片靜寂。」

「等等，你的意思是，你可以聽到亡者的聲音？」

「無時無刻。除了這裡之外，到處都是。」

我想起我在公園兒童遊戲區看到的景象。那個地方的歷史在幾秒內閃過眼前，所有的創傷、歡笑和痛苦。亞瑪難道必須一直面對那樣的世界嗎？我的力量每天都在增強，而他卻已經當了好幾千年的賽可旁波斯了。

我可以感覺到海浪在我體內的每一寸骨頭怒吼。如果我的耳朵無時無刻充斥著亡者的聲音，生活會變成什麼樣子？

「真美，是不是？」他說。

我靠近他，將手插入他的臂彎裡，索求他的體溫。山脊上的風強了許多，吹得我們腳邊的沙迴旋亂飛。

站在這裡，我可以看出這座島疏離的美感。對我來說，它的可貴不在於聽不見死者的呼喚，在於和他單獨在一起。彷彿我們擁有了一顆自己的星球。非常荒涼，但是只屬於我們。

而且它的空氣也不一樣，我注意到了，卻想不出來到底有什麼不同。

我伸出手放在亞瑪的腦勺後，將他拉近，親吻他。這個吻讓我忘了呼吸，也讓灰色的天空短暫出現了一絲顏色。在這一刻，這座島確實是我所見過最美的地方。

在我們分開之前，他吻了一下我淚滴形狀的傷疤。一股電流竄入，聚集在那兒，渴求更多。

「你怎麼找到這兒的？」我有點上氣不接下氣地問。

「持續地找，找了一千年才找到的。」

「要花那麼久的時間才能找到一處寂靜之地？」

「一開始，我其實也不知道自己在找什麼。我當時只是想探索世界，所以我學會了連肉身都可以利用瓦伊特爾納河旅行的技巧，而不只是靈魂。」他輕聲說：「可是不管我走到哪兒，地底下總埋藏許多故事，石塊裡全是亡魂的聲音。」

我又伸手握住他的手，捏緊，「我以後也會聽到，是不是？」

「我希望那是很久很久以後。」他張開雙手。「可是當妳需要一個地方靜一靜時，這座島也屬於妳，莉琪。」

我眺望灰色的天空和洶湧澎湃的大海，不知道該說些什麼。我還不想到這種極度荒涼的地方來，除非是和亞瑪在一起。想到有一天這種與世隔絕居然會成為它美麗的主因，讓我心裡覺得很不舒服。

我還有多久的時間？我想到站在壞人前院的五個小女孩，懷疑著我和她們之間的關係是不是增強了？因為我們都被死亡緊緊捆在一起。我必須向亞瑪坦白，告訴他我回去過，而我認為那些小女孩就被埋在那裡。

可是，現在還不行。他看起來太開心了。

「謝謝你帶我來這座島。這兒是你最喜歡的地方，是不是？」

「某方面來說，是的。」他說：「我在重生世界裡的國家更加美麗。可是只有在這座島上，我才能真正獨處。」

「可是現在我也來了，不就破壞了你的獨處？」

亞瑪轉向我，笑容裡帶著一絲靦腆。「和妳在一起，我一樣可以獨處。」

「我猜你這樣說應該是件好事吧？」

「言語不足以形容。」他將我拉近，天空再度出現色彩，我的呼吸急促，肺部顫抖。

等我們的嘴唇分開後，我想知道關於這個地方的所有細節。「你第一次是怎麼到這裡來的？搭船嗎？」

「我在一本書上看到的。」我們又開始移動。他拉著我在山脊上迎風前行。「四百年前，一艘葡萄牙商船發現了這裡。然後它被世人遺忘，再被發現。後來自然學家到這座島來，將他們看到的一切畫下來。」

「所以我們可以經由書本去到我們想去的地方嗎？」我驚訝地問。不過這不是廢話嗎？我只靠了一張照片就去了媽媽的老家，不是嗎？突然間，變成賽可旁波斯似乎也不盡然是件壞事，能夠看看書就環遊世界聽起來相當不錯。

「有些可以。」亞瑪說：「不過我剛好也認識來過這兒探險的自然學家。他說這座島上只有兩種植物。妳能想像嗎？」

我的眼睛掃視過空曠的荒原。所有的樹看起來都一模一樣。「並不會太難以置信。可是你居然和一個活人，我的意思是，你居然和一個活生生的人交朋友？那表示你得要離開重生世界啊！」

「很值得。」他又閉上雙眼，大口吸進帶著鹹味的空氣。「光是為了這裡的空氣就值得了。」

這時我才發現到達島上後自己一直在意的事是什麼了。「這裡的空氣沒有鐵鏽味。另一邊世界的空氣中慣有的金屬味也不見了。」

他睜開眼睛。「那是死亡的味道。血腥味。」

「噢。」我打了個寒顫。我停下腳步，把臉埋進他的胸膛。亞瑪一直是這麼暖和，就像肚子裡有一把永不熄滅的火，但是即便如此，我的顫抖還是花了好幾分鐘才平息下來。「很不好受吧？變成一個……」我還是很討厭「賽可旁波斯」這個詞，可是我也還沒找到更好的說法來取代。

「遇上的也不全都是壞事。」他伸手抱著我。

我更用力地抱緊亞瑪，需要他結實的肌肉和灼熱的皮膚來撫慰我的心靈。我腳下的沙子感覺好滑，珊瑚礁在無垠的灰色海洋中顯得如此脆弱。

十年級的地質學老師總是說世界上沒有島嶼，只有浮出海洋表面的山頂。我一想到腳下的珊瑚礁一路深入漆黑的太平洋海底，不禁覺得有些昏眩。好幾百萬噸的岩塊、礁石只為了撐住一小片浮在水面上幾公尺的陸地。我懷疑海洋不知道吞噬過這座島摧毀過一切幾次了。

「你無時無刻地聽到聲音，怎麼能夠不瘋呢？我的意思是，在你找到這個地方之前。畢竟，你花了一千年才找到這個地方。」

他壓低聲音，彷彿要告訴我什麼祕密似的。「如果最後找到你想要的，即使花了一千年去找都還算值得。」

我嚥下一口口水，過了好一會兒才能回答。我口齒不清，簡直像拿鋤頭打字一樣笨拙。「我很高興你最後還是找到了。」

他收緊環抱我的雙臂，剎那間我再也聽不到波浪的怒吼聲。或者，也許波浪已經進入我的體內，讓我的脈搏發出和它一樣的巨響。

我們接吻，海洋波浪聲在我雙唇中徘徊，直到我需要再聽見他的聲音。

我拉開身體，說：「你沒把你是怎麼跨界的故事說完。你告訴我你和亞蠻長大的村子，說她很小就過世了，因為被一隻驢子背叛。你不是在開玩笑吧？」

「那時候我也覺得怎麼可能發生這種事。」他轉身，領著我沿著島中央的山脊岩塊走，一邊是海，一邊是環礁鹹水湖。「我叔叔有個農場，離我們村子只有幾小時路程。亞蠻和我會去那兒和堂兄弟姐妹玩耍。我們通常會帶一隻老驢子一起去，一來是如果亞蠻累了可以騎牠，二來是即使在黑夜，牠都知道回家的路。」

「驢子知道回家的路，嗯，很合理。」我差點忘了在亞瑪小時候銅刀就算是高科技，現在再聽到驢子導航系統也沒什麼好驚奇的。那個很久很久以前的村子真是個奇怪的地方。

「有一天下午我們玩得太晚了。地平線隱約可以看到暴風雨就要來臨，我叔叔說我們應該住下來，可是亞蠻不肯，她說叔叔家裡到處都是洋蔥味。」

「她的個性沒怎麼變，是吧？」

「的確。」亞瑪嘆了一口氣。「她不聽勸。我們在天黑前出發，可是一旦天色全黑後，就開始下起大雨，四處都在打雷。」

我眺望遠方的海，從這座空曠、強風的珊瑚島上想像著當時的暴風雨。「聽起來很恐怖。」

「是很恐怖。可是驢子只是在黑暗中一直前進，並沒有停下來。」

「牠是怎麼背叛你們的？」

「我們以為牠只是走了一條不同的回家的路。以為牠沿著海岸而非穿越山丘是為了避開雷擊。牠的年紀很大了，但還是很聰明，我們向來非常信任牠。可是牠突然在一個我們不認得的地方停了下來。我們可以聽到海浪的聲音，腳下的地面似乎有許多小石頭，相當銳利難行。然後我穿著涼鞋的腳被什麼東西割傷了。我蹲下來檢查，看看到底是什麼東西。」

他停下來，我打了一陣寒顫。

「地面上滿是骨頭。」

我瞪著他。「我的天啊？什麼怪物住在那裡？」

「沒有東西住在那裡。」我們一邊走，亞瑪一邊低頭看著腳下的岩石和貝殼。「全是死掉的動物骨骸。在打雷的時候，我們看到身邊居然是堆積如山的破碎骨頭。」

我搖搖頭，完全聽不懂。我殘留的機場恐懼有一小部分爬回來，伸出冰冷的觸鬚纏繞住我的身體。我將亞瑪拉近一點。

「就在那時候，我想起一件事。」他說：「幾年前，那隻老驢子的太太又病又老不能工作時，我爸爸牽著牠走到海邊的懸崖頂上。他叫我一起去幫忙。」

「幫忙做什麼？」

他張開雙手。「幫忙將牠推下懸崖。」

「哇！太冷血了。」

「我們村子每戶人家都那樣做。」他簡單解釋。「不過我當時也覺得很殘忍。那天晚上，妹妹和我認為那頭畜生是在報復。我以為牠只是想來看看牠太太和祖先的墳地。那裡的骨頭好多，一定是好幾百年累積下來的。也許牠是想向死者致意，而我們不過是牠順便帶來的人。但是我們兩個心裡怕得不得了。」

「那是當然的。然後呢？出了什麼事？」

「一個雷打在我們附近，在我們頭上發出巨響。妹妹嚇得從驢子的背上摔下來。一塊銳利的骨頭刺穿她的手腕。」亞瑪的音量愈來愈小，幾乎要被浪濤聲淹沒。「她流了很多血。我壓住她的傷口，試圖為她止血。她忍著不哭，可是我看得出來她很痛。如果你抗拒死亡，那麼死的時候就會很痛苦。」

「可憐的亞蜜。」我的聲音發抖。

「她在黎明時死了。就在暴風雨平靜下來的時候。我感覺到她的身體變冷，我答應她我會陪她，保護她。所以在看見她離開她的身體時，我就追上去了。」

「從那之後，你就一直在照顧她。」

他點點頭。「我答應過她的。如果連我都忘了亞蜜，她就會消失了。」

我拉住他，他停下腳步，我們再度接吻。我們的嘴唇因為海風吹拂，帶著海鹽的味道。「你是個好哥哥。」

「她也會幫助我。」

「你是指幫助你治理人民。」我終於明白了他擔負的重任。不只是他妹妹，還有好幾千隻鬼魂全靠著亞瑪記得他們，才得以不褪去消失。「你照顧他們所有的人。」

「盡力罷了。有時候我會懷疑我到底忘了多少人。你很難去算你忘記的人數，因為你早就不記得了。」

他悲傷的表情讓我不禁想爭辯。「可是，每個記憶都會逐漸被淡忘的，不是嗎？」

「每個人都會死。但是那並不代表謀殺是可以被接受的。」

我搖搖頭。「可是鬼魂已經死了啊！那個跟著我回家的老頭不是說過，鬼魂只是講著自己故事的回憶。」

「活人不也是一樣嗎？」

我眺望海洋，心裡懷疑著這句話到底能不能成立。有許多活人做出的事是永遠說不出口的。連我都有祕密，不是嗎？我不曾將達拉斯機場發生的事告訴任何人，面對我所愛的人只能用謊言和半真半假的話來遮掩。媽媽也是一直到最近才告訴我關於明蒂的事，即使她因此恐懼害怕了好幾十年。不過也許她早已無聲地告訴過我了。她對長途開車旅行的畏懼，她每五分鐘就要確定我沒事的需求。

她其實每一天都在告訴我明蒂失蹤的故事。

「好吧！你說得對。」我說：「我們全是由故事組成的。可是你和我，我們和鬼是不一樣的，我們還是有血有肉的活人啊！」

「莉琪，這和鬼魂是什麼構成的無關，而和妳、我決定要當什麼樣的人有關。」

我看著他。「我不懂你的意思是？」

「我們可以選擇要尊重他們，還是利用他們。」亞瑪往後退一步，拉開我們的距離，冷風從我們之間呼嘯而過。「想想那個老頭多麼輕易地就決定鬼魂不是人。其實如果妳也能這樣想，事情對妳就會容易多了。妳就用不著再擔心明蒂，或者是世界上的任何鬼魂。」

我低頭瞪著地面。「我不是那種人。」

「我知道妳不是。可是妳將來會面對許多選擇。妳必須決定哪些鬼魂值得妳出手相助。」

我抬頭迎接亞瑪炙熱的目光。好幾千人全靠著他把他們當成真人才能繼續存在，包括了他自己的雙胞胎妹妹。他們的需求重重地壓在他肩上，彷彿他還沒有犯下任何罪就已背負的罪惡感——忘掉他們的罪，放棄他們往前走的罪。

「是的，」我說：「鬼魂是真實存在的。這就是為什麼我想幫助明蒂。這就是為什麼我回去那棟屋子。」

亞瑪臉上的表情彷彿我剛打了他一拳。

「殺她的壞人還住在那兒。」我解釋。「他殺死了那些小女孩。種在他前院的樹，就是他的……紀念獎座。」

「妳不應該回去那兒的，莉琪。」

「可是我不能袖手旁觀啊！明蒂一天到晚怕得不得了，擔心他會再來抓她。她害怕的時間比我這輩子都要長呢！」

他點點頭，表示接受我的說法。「妳會改變得如此神速，就是因為她。」

我瞪著他。「什麼？」

「從妳出生以來，鬼就住在妳家裡。一個死掉的小女孩一直在那兒，在妳媽媽的記憶裡，在妳媽媽的心裡。這就是為什麼妳從不懷疑重生世界的存在。這就是為什麼妳在達拉斯事件發生的當晚就能看見鬼。妳天生如此，莉琪。」

我將手從他的手中抽回，後退兩步。「你是認真的嗎？你是在說我被詛咒了？」

「不是。我是在說，對妳而言接受重生世界是理所當然的。那代表了妳應該要抗拒它，而非再一步地探索它。妳必須遠離那棟房子和那些死掉的小女孩。」

「不可能的。我以前根本不知道明蒂的存在，媽媽甚至提都沒提過她。」

「她用不著提她。小女孩的鬼魂就住在妳家裡，渴望成為妳的朋友，羨慕妳可以長到超過她的歲數。她的故事無時無刻環繞著妳，深入妳的骨髓裡。」

我連話都說不出來。

「妳不應該再和她交談。」他懇求我。「假裝妳看不到她就好了。」

「亞瑪。」我搖搖頭。「明蒂住在我們家。你要我怎麼辦？搬出去嗎？」

「愈快愈好，在她和妳媽的關係比和妳的關係更緊密之前。」他在胸前交叉雙臂。「而且，妳大概也該離我遠一點。」

「為什麼？」

「我的人民需要我去保護他們，記得他們的名字。妳的存在讓我分心。」他的聲音難以連續。「每一次我們見面，就有更多人死在妳的手上。」

我伸手想觸摸他，他卻後退不讓我碰。

「不可能的！」我大叫。「兩個星期之前，我的生活還正常得不得了。」

「妳第一次進入瓦伊特爾納河那晚，我問妳想到哪兒去。妳可以選擇全世界任何地方，結果妳選了哪裡？」

我困難地吞了口口水。「我媽小時候的老家。」

「為什麼？」

我還沒回答，亞瑪就已經知道答案了。「連在那天晚上，我都還掛念著明蒂的故事。「我想去找線索。」

他的眼睛閃閃發亮，聲音裡的怒火愈來愈熾烈。「妳可以選擇地球上所有的地方，妳卻只想去找一個殺人犯的家。而且我還以為在妳見過那五個小女孩之後，妳絕對不會想要再回去。有多少人會想再回去那棟房子？莉琪？」

「我一定得回去。我要幫助明蒂。」

「沒錯。因為她的謀殺案存在妳的體內。在達拉斯機場的慘劇之前，它就已經是妳的一部分了。」

我目瞪口呆地站在那兒。「你認為我是被詛咒的怪物。」

「不。我認為妳非常美、非常好。所以妳應該要抗拒它，而非追隨它。」他張開雙手，指著強風中的海島。「想想看，在這裡比在世界上任何地方都感到安全。妳想要這樣的生活嗎？」

「難道這就是為什麼……」我的聲音搖搖欲墜。「你是故意帶我來這裡嚇唬我的嗎？」

他試著想回答，可是哽咽到無法出聲。於是他轉身看著海洋，才又開口：「我帶妳來這裡，因為我從來沒帶任何人來過。因為對我來說，妳和其他人不同。可是妳在另一邊的世界、真實的世界還有妳的人生，妳不該就這麼放棄。不應該為了這種荒涼的日子而放棄。」

「我沒有放棄任何東西啊！」

「如果妳變得和我一樣，妳就非放棄不可。至少，試著放慢腳步，莉琪。」

我轉身不去看他。我們停在鹹水湖和海洋的分界口。環礁鹹水湖裡的水不停地往外沖，不知道是在退潮，還是只是尋常洶湧的海浪。分界口讓這座島看起來更加脆弱，彷彿它被刺破了，正在不停地漏氣，在你死我活的戰爭中打了敗仗。

「答應我妳不會再回去那裡。」

我看著亞瑪。這不合理。他應該要和我並肩作戰對抗那個壞蛋。「所以你的人民值得被保護，可是明蒂不值得，是這樣嗎？」

「我不會試著為他們的死復仇，而且我也不評斷活人的作為。」

「這根本不用評斷。他是個徹徹底底最無恥、最可惡的人渣。」

亞瑪沒說話。他仍凝視著遠方，我不禁在想他是不是在回憶他幾千年來看過的一切。也許對他來說，那個壞人做的事並不算什麼。

可是，對我來說，那個壞人就是我每次離開家門時我媽媽眼中的恐懼。

「我不會住手的。我一定要幫助明蒂。」

他搖搖頭。「是我的錯，我不該這麼快就教妳怎麼利用這條河。是我太自私了。」

滿腔怒火在我肚子裡燃燒，我知道我很快就會說出什麼我未來會後悔的事。可是我經歷了這麼多，他不能再當我是小孩。誰都不行。

我冷酷地說：「謝謝你帶我來這裡，亞瑪，可是我得回家了。只要我出門太久，明蒂就會忍不住害怕。」

我的雙眼灼熱，心裡想著不知道亞蜜曉不曉得她哥哥其實是怎麼看我的。把我當作一個從出生時就被詛咒的缺陷品。我還以為他是世界上最了解我的人，卻沒想到他看到我時，眼裡只有死亡。

可是在他伸出手時，我還是接受了。他的皮膚如此溫暖，充滿熱氣與活力。

我將他拉近，把前額靠在他的肩膀上，呼吸他的氣息。亞瑪身上沒有鐵鏽味，沒有血腥味。他是個活人，這讓他之前說的每一句話都失去了說服力。

也許，不是每個賽可旁波斯都在出生時就被死亡糾纏吧？也許，只有我這樣？

「我要走了。」我又說了一次。

亞瑪不幫我，沒關係。我知道有別人會幫我。

第二十五章

「妳的預算實行得如何？」拉拉娜阿姨問。

「還不錯。」黛西說：「事實上……滿糟糕的。」

拉拉娜靠回椅背，露出滿意的表情。「我猜一定是因為妳買了很多條抹布吧？」

黛西翻了個白眼。雖然她確實買了一條抹布，可是它非常便宜，而且不到一星期就破了。它的取代品則被放入她需要可是買不起的長單子裡。

「我忙著在探索城市，刺激我的創造力。」

「這樣很好啊！不過，『探索』應該是免費的，不是嗎？」

「理論上來說，是。」黛西低頭看著面前的淺盤子，不鏽鋼自助餐盤上放了六種不同的小量菜餚。拉拉娜帶她到全紐約歷史最悠久的古吉拉特餐廳。全部都是素食料理，不但美味精緻，而且還可以吃到飽。

「不過我們探索的方式包括了許多食物研究，那就不是免費了。」

「我猜我應該對妳嚴厲一點。」拉拉娜似笑非笑地說：「不過能夠說『我早就告訴過妳』實在是太讓人愉快了。妳說的『我們』指的是誰？」

「喔，呃，伊莫珍和我。」

「妳之前就提過她。也是作家朋友，對吧？」

黛西點點頭，然後她聽到自己說：「她不只是個朋友。」

拉拉娜阿姨坐在對面，叉子停在空中，等著她往下說。

黛西注意到最近她不再像以前那樣先想清楚再說話，有時根本不經大腦就脫口而出。也許是因為她大部分的時間都在寫作，必須做出許許多多的決定，誰死？誰活？接下來要發生什麼事？所以當她回歸正常生活時，她連一個決定都不想做了，乾脆想到什麼說什麼。

不過，她答應過阿姨要對她完全坦白的。

「她其實比較像我的女朋友。」黛西清清喉嚨。「事實上，她就是我的女朋友。」

「真有趣。」拉拉娜咬了一口扁豆，仔細咀嚼。「妳告訴過……」

「還沒。」她連妮夏都沒說。傳給她的簡訊極有可能會被她們的媽媽偷看。黛西可不是家裡唯一一個喜歡窺探別人隱私的成員。

「可是妳會告訴她？」

「當然。不過是在面對面的時候。」這樣黛西至少在感恩節前就不用去想這個問題。

「妳知道他們不會生妳的氣吧？至少，妳媽不會。」拉拉娜聳聳肩，對她姐夫會有什麼反應並沒有把握。

「妳祖母則可能會發現要接受……是個很大的挑戰。」

黛西眨眨眼。她完全忘了祖母的存在，還有伯伯、叔叔，更別提媽媽在印度的一大堆親戚了。她的表兄弟姐妹中只有少數幾個來過美國，不過，黛西和妮夏的最新消息似乎總像從高處掉落的水銀，即使越過一整個海洋，仍然無孔不入。

反正他們全在八千哩外，還用不著去想。對她來說，重要的是這兒該怎麼處理。

「我擔心的不是爸爸、媽媽會怎麼想。」這句話是真的，可是情況卻比表面複雜。黛西想了一會兒，才繼續說：「只是，我以前都照著他們的期望生活。可是現在，我卻一點都不聽他們的話。他們大概會以為我是處於什麼叛逆期之類的。可是並非如此。這是真的。」

拉拉娜阿姨對她笑了笑。「又是那種自信的口氣。」

黛西不知道該怎麼回答。有時候她對自己一點信心都沒有，不曉得她算不算個作家，不知道她有沒有辦法為《重生世界》找到一個好結局，不確定伊莫珍怎麼能忍受一個不成熟、喜歡窺人隱私、老把預算掛在嘴上的小鬼。

可是……「我知道我愛的是誰。」

拉拉娜憂傷地嘆了一口氣。「『愛』是個很沈重的字，黛西，而且絕對會分散妳的注意力。我還以為妳一心一意只想著寫作呢！」

「我們一天到晚都在一起寫作。伊莫珍讓我變成一個更棒的人。」

拉拉娜一定是聽出了她語氣裡的決心，所以只是簡單地點點頭。

「妳不會告訴我爸媽吧？真的不會？」

「黛西，告訴妳父母是妳的職責，不是我。」拉拉娜伸手越過桌面，握住黛西的手。「這是妳長大成人的過程中很重要的一步。我不會越俎代庖的。」

「謝謝妳。」黛西說。她感受到阿姨的用意，可是卻讓她更加覺得自己的少不經事。「我會找個適當的時機。」

「我相信妳會的。我什麼時候可以見到她？」

「什麼時候都可以。妳會喜歡她的。」

「我相信我會。可是，既然妳的父母完全不知道這件事，身為妳的阿姨，我有責任問清楚每個細節。」拉拉娜靠回座椅，手指交錯放在桌邊。「不要隱瞞任何事。」

黛西感覺到自己臉上露出了笑容。她有好多細節想分享。伊莫珍談到寫作時多變的手勢。她蒐集的藝術家八卦，連兩百年前就死掉的也不放過。不管黛西講了多久，她總是耐心靜聽，不會出口打斷。還有她在不同的日子換戴各種戒指。

她說了一整個下午。到最後，黛西只對拉拉娜阿姨隱瞞了一件事。因為阿姨絕對不會明白，為什麼黛西會連她女朋友的真名都不知道。

有時候，伊莫珍會自己出去一整晚。

不是伊莫珍想要把她留下，事實上全是黛西的意思。雖然她也喜歡伊莫珍的朋友，可是她擔心她的假賓州駕照無法通過比較高級的夜總會的詳細盤查。而且每次都是她年紀最小，感覺也很奇怪。黛西不懂的事還很多，她沒有過過大學生活，不知道這群人在酒吧談到政治、性別、用語等話題時的微妙差別。黛西發現不管大家在聊什麼，她的反應總是慢半拍。而且當她出去喝酒時，她只想談書和寫作，但過去十四個月裡伊莫珍在藝廊和小網站工作，認識的朋友三教九流，並非都是出版相關行業。

更不用說妮夏的預算總會陰魂不散地跟著她進酒吧，坐在角落大聲嘲弄她，有時候還會擺動它的鐵鏈鏗鏗鏘鏘地威嚇她。

所以當伊莫珍和她的朋友出去時，黛西通常自願留在家裡。因為她們在一起的時間愈來愈長，生活也變得密不可分，所以她發現她常一個人被留在伊莫珍的公寓，而非自己的家。她得以自由地到處窺伺，有時候，這實在不是件好事。

結果，讓她發現伊莫珍蒐集紙夾式火柴盒。

她蒐集許多免費、隨手可得的東西——車次表、油漆樣本色卡、別人不要的拍立得照片等等，可是她最大的收藏還是紙夾式火柴盒。黛西注意到伊莫珍只要進了餐廳或咖啡店，就會注意有沒有火柴盒可拿，也聽過她哀嘆自己生不逢時，來不及趕上全面禁菸前各行各業都會製作免費火柴盒打廣告的光輝年代。不過在還沒親眼見到她女朋友衣櫃裡的收藏前，黛西不知道她的蒐集居然這麼驚人。

伊莫珍仔細地用透明塑膠盒將它們裝好。每一個盒子都塞得滿滿的，小心地擺放讓正面的店家名稱和電話號碼朝外，不用打開盒蓋就能看得一清二楚。重複的或同類型的則塞在內層。她放在衣櫃裡火柴的數量大到足以燒光整座紐約市。不過伊莫珍當然不會真的點燃它們，因為那就像要一個漫畫收藏家把舊版內頁撕下來一樣的不可能。

黛西拿起塑膠盒，一個一個瀏覽，想像一個個紙夾式火柴盒背後的故事。伊莫珍是什麼時候去布萊頓海灘的小餐館吃飯的？為什麼她會跑去皇后區的洗車行？看在老天的分上，舞蹈教室印火柴盒做宣傳真的有用嗎？

然後，在八月底的一個晚上，她的例行窺探找到了不尋常的有趣寶藏：她在一疊火柴塑膠盒底下，發現了一本二〇〇八年的學校畢業紀念冊。

就像任何一本紀念冊，裡頭全是應屆畢業生的大頭照和姓名。黛西默算了一下，二〇〇八年時伊莫珍讀高中三年級。

黛西甩上門，大口喘氣。這裡頭的某張照片下面印著伊莫珍的真實姓名。只要翻開紀念冊，她就侵犯了伊莫珍的隱私，而不再只是好奇的窺探了。

黛西考慮了好一會兒，她以為自己會把畢業紀念冊放回火柴堆下。她甚至感覺有一股電流竄過身體，以自己做出對的選擇為傲。但是，接下來她卻翻開畢業紀念冊，從頭開始檢視每一張大頭照，一頁又一頁仔細地翻閱。

這所高中的學生大都是白人。拍照時，男生穿著各色襯衫，女生臉上的妝則明顯化得太濃。沒有一個看起來像年輕的伊莫珍，甚至連看起來會是她朋友或同班同學的人也沒有。他們似乎存在於一個和伊莫珍．葛雷不同的宇宙。而且畢業紀念冊乾乾淨淨的，沒人在照片上簽名，空白處也沒有朋友開玩笑的留言或鼓勵。

也許這本紀念冊是別人不要的，伊莫珍收起來當成研究資料，在需要選擇角色姓名或中西部人的糟糕髮型時，拿來當範本的。也許它是故意被當成陷阱放在這裡，好折磨某個討厭的女朋友。

可是黛西仍然不放棄，她注意到有些名字上的空間是一片空白，上頭印著「沒有照片」。在拍紀念冊照片的日子不去上學，確實是像伊莫珍會做的事。

然後，在大頭照的最後一頁，黛西看到一個熟悉的名字：伊莫珍

伊莫珍・懷特。

「不會吧！」黛西自言自語，瞪著那張照片。

女孩有雙大眼睛，以及大大的笑容，戴著厚眼鏡，黑色頭髮。她的臉太圓了，不可能是伊莫珍，鼻子也太小。應該只是巧合罷了。畢竟伊莫珍並不是那麼罕見的名字。

可是懷特和葛雷㉑……

黛西繼續往下翻，開始看起大頭照之後的活動、社團和校隊照片，尋找任何一個看起來像她的伊莫珍的人。她相信再孤僻的人也不可能完全躲開高中畢業紀念冊編輯小組拍個不停的攝影鏡頭。

過了很久，她終於找到了。在戲劇社的照片區裡，很多人擠在一起的謝幕照，伊莫珍・懷特和伊莫珍・葛雷穿著古代人的衣服並肩站著。照片旁是整本紀念冊唯一的朋友留言，寫著：

「很遺憾我必須告訴妳，寶貝，妳的口音學得真是不像，而且戲服穿在妳身上看起來蠢極了。永遠愛妳，火貓」

黛西眨眨眼，想起她和伊莫珍認識那晚，她曾經說過的一句話。「我的初戀女友是個縱火狂。」

她覺得自己彷彿被打了一拳，可是黛西一開始還不明白為什麼她會有這種感覺。

㉑ 懷特（White）和葛雷（Gray），原意為白色和灰色。

她當然知道伊莫珍在她之前交過別的女朋友。念高中時一個，還有念大學時在部落格寫過的一大串。黛西從不為此心煩。

可是，她現在發現的事不只是這樣。伊莫珍・懷特是《控火師》的雛形，是她的三部曲的靈感女神。更重要的是，當珍當上小說家，重新創造自己時，她用了火貓的名字。黛西明白她感受到的嫉妒不是為了「性」，也不是為了「愛」，而是因為「寫作」。

她躺在床上，突然間覺得筋疲力盡。

黛西知道如果她是偵探小說的主角，她會馬上拿起畢業紀念冊，抄下每一個「沒有照片」底下的名字，然後上網設定適當的關鍵字，搜尋出正確的答案。

可是伊莫珍的舊名字現在卻變得無關緊要了。因為現在訴說她的故事的，換成她向來堅持說是她的真名的新筆名。

黛西看著伊莫珍初戀女友的照片，她不僅是她的繆思，更是她筆名的出處。

她現在身在何處？她真的永遠愛她嗎？該不會是為了她才蒐集了紙夾式火柴盒吧？

黛西知道她應該擔心的其實是另外完全不同的事，像是她為什麼會變成這麼一個醋罈子。這段關係還不到兩個月，她卻已經在羨慕伊莫珍在黛西十二歲時交往的女朋友。她是有什麼毛病啊？

她大聲呻吟。她的身體痠痛，彷彿情緒直接連線到肌肉。呼吸也痛，移動也痛，思考也痛。為什麼她會把一切搞得這麼緊張複雜？

她強迫自己離開伊莫珍的床，走進浴室洗澡，希望熱水能沖掉她心中的妒意。可是熱水柱反而像一根根又冰又燙的針刺進了她的皮膚。

想到她的書即將出版，全世界都會讀到《重生世界》，黛西就已經覺得她無處可藏了，沒想到愛上一個人，卻讓她連自尊都沒了。

喝得醉醺醺的伊莫珍在天亮前一小時回到了家，原本筆挺的衣服皺得像條抹布。

「妳還醒著。」她說，在昏暗中露出燦爛的笑容。

黛西整晚沒睡，不停地自責難過，翻來翻去的結果，就是像個做噩夢的兩歲兒童將床單全纏在身上。她早就把畢業紀念冊放回衣櫃，甚至小心地將收藏火柴盒的塑膠盒一個一個仔細疊好。

「睡不著。」她說：「也寫不出東西。妳不在時，我就成了廢物。」

「嘴巴真甜。」伊莫珍的聲音性感低沈，在酒吧震耳欲聾的音樂中扯著嗓門聊了好幾個小時的副作用。她聞起來像外頭的世界，混合了汗水、菸草、濺出來的飲料和舞池的味道。不管什麼時候，她聞起來總是相當宜人。

「玩得開心嗎？寶貝？」黛西問。

伊莫珍猶豫了一會兒，出現了警覺的表情，雖然喝醉了，但彷彿也注意到事情有點不對勁。黛西這輩子沒叫過任何人寶貝，只是這兩個字就這麼自然而然地脫口而出。當然，全都是因為她看了火貓的留言。還好她們不是偵探小說的人物，所以只露出一點馬腳，還不至於全盤敗露。

伊莫珍只是點點頭，重重地在床邊坐下。她彎腰吻黛西，嘴巴裡帶著咖啡和巧克力的味道。喝酒喝到這麼晚時，她和朋友通常會繞到一家二十四小時營業的餐廳吃完甜點後才回家。

伊莫珍開始脫襯衫時，黛西知道她一定要現在就講，不然就永遠都開不了口。她必須相信她的女朋友會明白她的心情。

「呃，我要向妳坦白一件事。我今天晚上好奇地到處亂翻。」

伊莫珍臉上又出現那種警覺的表情。「亂翻誰的東西？」

「妳覺得呢？」

伊莫珍轉頭看著她桌上關著的筆記型電腦。「別告訴我妳偷看了我的日記，黛西。」

「別傻了。我絕對不會偷看妳的日記。」她停了一下。「妳有寫日記的習慣？」

伊莫珍呻吟，躺回床上。她用腿壓住黛西的腿。「只是我手機裡的筆記，但是我留了備份在電腦裡。它們是非常私人的東西。」

「當然。」在她四處窺探的過程中，黛西從沒想過要偷開伊莫珍的電腦。「我不會去偷看妳的寫作的，珍。妳知道吧？」

伊莫珍疲倦地轉了轉脖子，揚起一邊眉毛。「妳確定嗎？」

「當然。」黛西說：「我只是在看妳的火柴盒收藏品。」

她爆出低沈短促的笑聲，然後伊莫珍轉回身平躺，面向天花板，眼皮半閉。「妳要坦白的事就是這樣？妳真的應該多出去走走。」

「妳的畢業紀念冊也放在衣櫃裡。」

伊莫珍嘆了一口氣，坐了起來。「好，這就真的叫亂翻了。妳找到什麼？」

「我看到伊莫珍・懷特的照片。」

「噢。」伊莫珍・葛雷用張開的掌心揉著她的側臉。

「還有一張妳們兩個一起站在舞台上的照片。她在留言上說妳穿戲服看起來蠢極了，可是我相信那不是真的。」

她似笑非笑。「我也這麼覺得。不過我想她指的是另一件有一大堆皺褶的戲服，不是照片上那件。我們當時表演的戲爛透了。」

「妳們兩個看起來都很漂亮。」

「那麼，妳一定猜到我的真名嘍？」

黛西搖搖頭。「上面沒有妳的照片。整本紀念冊上只有伊莫珍一則留言。」說出這個名字指的卻是另一個人的感覺真怪。「妳沒有別的朋友嗎？」

「我朋友很多啊！可是他們發紀念冊那個星期我沒去上學。事實上，高中的最後一個月我幾乎都曠課。我很早就拿到了常春藤大學的入學許可，所以學校根本拿我沒辦法。」

黛西鬆了一口氣。過去幾個小時裡，她一直想像珍在高中時沒有朋友，遭到霸凌，過著悲慘的生活。還好現在發現居然是學校拿她沒辦法。

「火貓把紀念冊拿到我家。一直到好久好久之後，我才發現她在上頭留言……」伊莫珍的聲音愈來愈小，然後她清清喉嚨，說：「所以妳想知道的就是這個嗎？我在高中時有沒有朋友？」

「為什麼妳要用她的名字？」

伊莫珍轉頭看著衣櫃的門。「因為她激發了我創作女主角的靈感。她喜歡縱火。我告訴過妳了。」

「是。可是使用她的名字完全是另外一回事。我以為『伊莫珍・葛雷』是妳全新的身分。妳不告訴我妳的真名，不就是為了成就這個新名字嗎？妳是在試著變成她嗎？珍？」

「不是。」她的聲音再度變小。「我只是想記得她。」

好長一段時間，黛西只是呆呆地聽著伊莫珍的呼吸聲。因為疲倦、酒精和某種情緒而沈重的呼吸聲。

「我的天啊！她死了嗎？」

伊莫珍點點頭，仍然瞪著沒關上門的衣櫃。「自殺。大家都這樣猜。」

「哎呀！」黛西坐起來。「真是對不起。」

「感覺上，已經是好久之前的事了。」

「但還是很難過吧！」黛西伸出雙手抱著伊莫珍。

「我那時在讀大學，負擔不起飛回家的機票錢，讓整件事變得更是雪上加霜。不知道為什麼，我一直忘記。有時候，我在早晨醒來，要過個五分鐘，才會記起來她已經不在了。」

「我發誓，我沒有要提起這件事的意思。」

伊莫珍搖搖頭。「我不介意讓妳知道。我其實並沒有故意隱瞞她的意思。事實上，我覺得妳想知道我的一切還滿可愛的。」

她們拉近彼此，房間裡暫時安靜了好一陣子，只聽到黎明的街道愈來愈繁忙的車子震動聲。清晨了，光線隱約透了進來。黛西移動自己的身體，更緊密地貼著伊莫珍。酒精和菸草的味道逐漸淡化成她熟悉的體味。

當她們終於分開時，黛西說：「以一到十來評分，十分是最沒有安全感的，妳覺得我是哪一級的爛女友？」

「妳不是爛女友。妳只是有時候有點難搞，就這樣而已。」

黛西轉頭。「我看到她的照片時，好嫉妒。不是因為妳以前愛過她，而是因為她讓妳想寫書。」

「很多事都讓我想寫書。可是，沒錯，她確實是重要的原因之一。」伊莫珍露出淡淡的笑意。「妳因為這樣而感到嫉妒？」

「當然。」

伊莫珍翻身仰躺回床上，像一棵喝醉的樹終於倒下。她的笑聲沙啞粗獷。「就像我們和琪瑞莉出去那晚，妳因為我沒先告訴妳《恐懼師》的想法而嫉妒琪瑞莉。妳實在太好笑了。」

「才不呢！沒什麼好笑的。我真是糟糕透了。」

「是的，妳就是。我回家前才和六、七位美麗、大膽、聰明得不得了的女人一起喝了六個小時的酒，跳舞，講黃色笑話。而妳嫉妒的點卻是我為什麼取我現在使用的筆名？」伊莫珍聽到自己的法國口音，忍不住又笑了起來。「還有因為妳沒有比其他人更早聽到我的構想？妳真的很好笑。」

黛西低頭看著她的女朋友，心裡想也許她應該等她酒醒了再和她談。可是當伊莫珍終於止住笑聲時，她睜開的眼睛卻又是清醒得不得了。

她伸出手，將黛西的頭髮拂到耳後。「妳實在很可愛。」

「我實在很糟糕，珍。我不知道該怎麼做才能改變。」

「至少妳在乎該在乎的事。」伊莫珍對她眨眨眼，像隻慵懶的貓。「妳真的那麼想知道我的真名嗎？」

「妳想告訴我嗎？」

「我猜，告訴妳我也不會死。」

黛西和伊莫珍相互凝視了一會兒。正常人會為這種事情吵架嗎？真名、筆名、小說構想？當然不會。

「不用告訴我。對我來說，妳就是伊莫珍。」

伊莫珍露出美麗的笑容。「好，先維持這樣吧！妳想和我一起上路嗎？」

黛西一開始只是盯著她，因為她聽不懂這個問句是什麼意思。它和她們在討論的事一點關係都沒有。可是很快的她明白了，於是她報以微笑。「那很好啊！也許將來我們會有書同時出版，就可以一起去巡迴了。」

「我不是在講將來，我在講的是下個月。」

黛西眨眨眼。

「旅館費用一個人和兩個人是一樣的。」伊莫珍繼續說：「悖論出版社會付旅館費、接送我們的車錢之類的。吃的東西會比紐約便宜，所以飲食費反而會更少。妳只要付機票錢就好，我可以幫妳分攤一些。」

「等一下。妳是在說，我可以參加妳……和史坦森的巡迴宣傳？」

「對。不過我們禮貌上要先請求他的同意。可是他喜歡妳，而且我也和南恩談過了，她說書上市之前先去拜會書店是個很棒的主意，尤其又不用多花悖論的錢。」

黛西點點頭，她總算可以專心想事情了。從她看到伊莫珍．懷特的照片之後，她就一直心神不定，但是突然間，一切都豁然開朗。伊莫珍在談的是小說出版，黛西只要一聽到這個話題，整個人的精神都來了。

「出版前巡迴？真的有這種東西嗎？」

「當然。妳四處拜訪書店老闆和圖書館員，用個人魅力迷惑他們，那麼妳的書出版時，他們才會興奮地幫妳推銷啊！」伊莫珍咧嘴大笑。「而且我們會和史坦森在一起，可以順便沾沾他宛如搖滾巨星的萬丈光芒。」

「南恩真的說沒關係嗎？」

「她覺得這是個好主意。不過就像我提過的，我們得分攤妳的機票費用。」

「我的機票我自己出就好了。別傻了。」

「妳的預算怎麼辦？」

「去他的預算。」黛西張開雙臂再次擁抱伊莫珍。「我居然可以和妳，還有史坦森一起巡迴？真是太棒了！」

「妳的運氣相當好，是不是？」

黛西鬆開手，一邊笑，一邊說：「這和我的運氣無關，珍。這是因為妳不想放我一個人在家一整個星期。」

「放妳自己在家一星期，不知道妳又會翻出什麼東西來。」

「我答應妳，我絕對不會再亂翻妳的東西了。」

「以一個有強迫症的半專家的眼光來看，妳根本控制不了自己。不過沒關係，只要妳不偷看我的日記就好。」伊莫珍的表情嚴肅，語調也突然變得尖銳且充滿怒氣。「我小時候，媽媽常常偷看我的筆記。我對這點比什麼都痛恨。所以，請妳千萬不要。」

「絕對不會。我保證，珍。」

伊莫珍臉上剛硬的線條軟化成動人的微笑；血管裡的酒精潤滑了她的情緒。「我很高興妳喜歡我的名字。」

「我愛妳的名字。她的名字。我很遺憾妳失去了她。」

「我也是。」伊莫珍的眼睛飄往衣櫃。「雖然有時候她實在令人抓狂。」

黛西跟著轉頭看。「那些火柴都是為了她蒐集的嗎？為了火貓？」

「一開始是為了她，可是後來我才發現它們非常好用。」伊莫珍伸手拿起床頭櫃上已經半滿的塑膠盒。她轉動它，看著被壓在側邊的火柴盒。「當我需要一個地點或隨便什麼工作時，我就利用它們。明白了嗎？在這裡，我有當鋪、毛線店、修鞋店，還有鎖匠、地毯清潔公司、刺青師傅，妳看看……連修屋頂的都有！」

「所以妳蒐集這些是為了寫作嗎？」

「我蒐集的所有東西都是為了寫作。」伊莫珍伸手從窗台拿了一堆東西，撒在棉被上。「這些油漆樣本在描寫顏色時很好用。它們取了許多別致好聽的名字：糖蘋果、金屬霧、石洗浪。」

「拍立得呢？」

「人們的穿著打扮。正常人。不是雜誌上的那些人。」伊莫珍聳聳肩，低頭看著她的部分收藏品。她眼裡興奮的光芒愈來愈淡，疲倦逐漸掌控了一切。

黛西輕聲地說：「我瘋狂地愛著妳，伊莫珍・葛雷。」

「我也愛妳。」她慢慢地露出淺淺的微笑，然後閉上雙眼。伊莫珍蜷曲側睡，兩隻手壓在一邊側臉下。

黛西收拾油漆樣本和火柴盒，將它們放回窗台。等她清理完畢，伊莫珍的呼吸已經變得緩慢而均勻。黛西小心地將手伸進她牛仔褲的口袋，拿出鑰匙和一疊皺巴巴的鈔票……

……以及伊莫珍的手機。她的日記就藏在這個黑玻璃的銀色金屬長方體裡。黛西壓下音量鍵，讓它變成靜音時，螢幕突然出乎意料地亮了起來。

「絕對不會。」她對著它自言自語，然後將手機和鑰匙、鈔票放在一起。她爬上床，貼著伊莫珍・葛雷，蜷曲成一樣的姿勢。她的伊莫珍。她閉上雙眼，終於進入夢鄉。

第二十六章

今晚我毫無困難地看到了鬼學校。顯然我在另一邊世界的視力愈來愈好。屋頂上每片屋瓦在灰色的月光下閃閃發亮，清晰而明顯。

我幾乎沒注意到透明的學校巴士車體，就輕鬆穿越了停車場。我的眼裡只有微亮而真實的過去世界。我記得第一次來這兒時，校舍的台階看起來很平凡、很光滑，現在卻斑痕累累，到處是學生亂吐口香糖的殘跡。

亞瑪說得對。每一次跨界，每一次在瓦伊特爾納河出入，另一邊的世界和我之間的連結就變得更強。但是，又有什麼關係呢？根據他的說法，我本來就帶著詛咒出生。我不確定他是不是還想要我，還是我們在那個與世隔絕的島上的爭執就是戀情的終曲。

大門開著，彷彿在邀請我進去。

「已經沒有什麼好怕的。」我喃喃自語。「我屬於這裡。」

今晚的走廊很安靜，再也沒有鬼魅的兒歌，只有我緩慢的腳步聲製造出的空洞回音。我謹慎地往前走，因為聽到運動鞋踩在磁磚上的吱吱作響還是會讓我害怕。我花了幾分鐘，總算找到當初聽到那個可怕聲音的地方。

「你還在這裡嗎？」我口乾舌燥地擠出問句。

沒有回答。只有我聲音裡的恐懼。置物櫃輕輕搖晃了一會兒，像沙漠的熱氣從地板上升似的。

我壓抑下內心的恐懼，讓體內的冰點緊緊覆蓋它。

「是我，我們幾天前見過。你跟蹤我回家。你說你想要收個學徒。」

一開始沒有任何反應，然後我的眼角看到有東西在動，聽到笑聲從背後傳來。我轉身，可是除了牆壁上「禁止奔跑」的標示外，什麼都沒有。

不是那個穿著補釘長外套的老頭，而是很久以前違規的孩子在走廊上跑步的記憶。

我嘆了一口氣。「你知道嗎？你真的還滿討人厭的。」

我並沒有期望會聽到回應，但是我聽到了，指甲刮過地板的聲音，從走廊的另一頭往我靠近。它緩慢而有耐心地穿過一塊又一塊的磁磚。那個聲音讓我的脊椎瞬間凍成了冰棍。

當聲音來到正下方時，我跳了起來，左腳、右腳不停亂踏，全身打冷顫。

「去你媽的。」我對著空曠的走廊大喊。「我是來請你幫忙的。」

「妳要我幫忙？」從地板縫隙傳來了回答。他的語調聽起來非常開心，彷彿迫不及待，讓我幾乎想奔向出口。我的眼角抽動，五顏六色不受控制地滲入視野邊緣。

我深呼吸，將自己穩定在灰色世界裡，並且說道：「我需要知道一些事情。」

回答我的是不斷從地板縫隙、置物櫃間汩汩流下的黑油，它迅速撲向我的腳，不久，我開始沈入河裡，準備去面對那個穿補釘長外套的老頭子。

他的亮度比上一次強，皮膚在黑暗中發出微光。不過，也可能是我眼力變好的關係，我現在對賽可旁波斯的光已經很習慣了。最近幾天，我甚至可以看見河道裡那些又冷又溼的東西，像殘缺的影子在黑暗中飄蕩在河面上。

「實在是個大驚喜。」老頭說：「我才在想妳好像不怎麼喜歡我呢！」

「歡迎你繼續那樣想。」我把手伸進褲子後口袋，裡頭的刀子穩穩地插在刀鞘裡。

他看著我的舉動。「來請人家幫忙，這樣不會太沒禮貌嗎？」

「隨你怎麼說。」我將雙手平貼在褲管兩側。「你說你想教我很多事，所以我有問題想問你。」

「問題？」他開心地說：「妳的意思是，居然還有妳黑皮膚的朋友不知道的事嗎？」

我決定不去理他。「有一個男人，是個殺人犯。他把受害者埋在前院。現在鬼魂都還留在那兒。」

「妳有鬼魂要送我嗎？妳人真好。」他灰色的雙眸依舊冷酷，皮笑肉不笑地說：「只可惜我的品味相當特別呢！」

「我沒有任何東西要給你。我只是想知道要怎麼處理他。」

「喔。所以妳是想報復。」

「也不是。我想要的是……」我沒能把話說完。如果說我想要伸張正義，聽起來未免太過浮誇。我不反對讓那個壞人受點苦，可是我最主要的想法還是解決問題。「我想讓我的朋友不再擔心害怕。」

「喔，妳的鬼朋友。」老頭說：「我們認識那天和妳在一起的那個小女孩。」

「對。就是你想蒐集的那個。」我一邊說，一邊不禁懷疑自己為什麼要來找他幫忙。可是除了他，我也沒有別的選擇。「她也是他殺的。據我所知，他還在殺人，尚未停手，我一定得阻止他。」

「真有趣。」老頭很正經地評論。好像對他來說，這件事一點都不邪惡、不恐怖，甚至一點也不罕見。單純只是有趣。

我只好繼續往下說：「現在我擁有許多能力，我可以到任何地方，也能看見過去。我知道他做了什麼，可是我沒有辦法證明。」

「妳的意思是，妳沒有辦法改變。」他微微地聳聳肩。「像我們這樣的人不會去改變世界。我們只負責事後的清理。」

「沒有什麼叫『像我們這樣的人』。你和我並非同類！可是你說過你想要收學徒，所以教我怎麼解決問題吧！」

他微笑的方式很怪，笑容像剛倒在路面上的瀝青裡有顆氣泡那樣慢慢浮上表面。「妳黑皮膚的朋友藏著祕密不告訴妳，是不是？這就是為什麼妳會爬著來求我。」

我氣到想拔出刀子戳他，但我只是說：「他認為我改變得太快，他想保護我。」

「那麼他就是個呆子。放著不管並不表示就會比較安全。在妳第一次被召喚時，妳需要知道所有的技巧。」

「召喚？」我搖搖頭。「誰的召喚？」

「妳覺得是誰？當然是死亡。」

我瞪著他，感到體內的冰點擴大了一點點。每一次我以為自己總算弄懂重生世界的運作時，卻只會發現它比我想像中的更複雜。

「那是什麼意思？死亡不是……一個人吧？」

聽到之後，他放聲大笑，笑到他透明的雙眼都擠出了閃亮的小淚珠。「妳是指拿著鐮刀的男人嗎？才不是呢！不過如果他是的話，我們也不互相交談就是了。也許死亡只是一種自然力，也許它真的有智慧。不管怎麼說，一旦它和妳建立好連結，當它需要妳的時候，就會將妳帶到該去的地方。」

我搖搖頭。「什麼樣的……？」

「妳想像得到的那些地方，比如說：火災、屠殺，或者戰爭。我第一次被召喚時，遇上了這三件事一起發生，整座城幾乎沒人存活。當時我並沒有充分準備好要面對那樣的狀況。」

「喔。」這時我才想到亞瑪在機場出現時，八十七個人遭到槍殺，很顯然他並不是去搭飛機的。「所以很多人死掉時，賽可旁波斯就會出現嘍？」

他抖了一下。「賽可旁波斯？好難聽的說法。」

「別抱怨。難道你想得出比較好聽的稱呼嗎？」

「我認為自己是個藝術家。」他拍拍身上的補靪長外套。「下次有機會，我可以把作品展示給妳看。」

「不用了，謝謝。」不過至少老頭確實告訴我一些我本來不知道的事。似乎是將來有一天，我會被召喚。不曉得亞瑪還對我隱瞞了什麼其他的事？

「不過像妳這麼漂亮的女孩，也許可以挑個不同的名稱。」他說：「在我的家鄉，我們叫她們為『華爾秋蕾㉒』，意思是『挑選戰死者的女神』。」

我沒接話，可是我喜歡那個字的發音。我的表情一定洩漏了我的想法，因為老頭再度露出微笑。

「我可以幫助妳解決妳的殺人犯。很久以前，我曾經當過外科醫師。」老頭往我跨近一步，他緩慢浮現的微笑現在已經到達了他的嘴唇。他將兩手張得開開的，在黑暗中靠近。「我對使用剪刀和針線非常擅長。」

我的手伸向口袋裡的刀子。「你要做什麼？」

「我想給妳看這個。」他拉直身上的補靪外套。他離我只有一臂之遙，我可以感覺到他身上發出的寒氣，像個大冰塊似的。「我自己一針一線慢慢縫的。妳看得出來，它非常合身。」

「關我什麼事？」我的手指握緊金屬刀把。

「因為我可以把他的鬼魂切成碎片。」

「我並不想……」我的聲音愈來愈小，我其實並不知道我想要他做什麼。

「相信我。」他說：「要讓妳的小朋友能再開心起來，這是最好的辦法。不過我有一個條件。」

我往後退了幾步，拉開兩人之間的距離。我可以感覺到黑暗中聚集在我身邊又溼又冷的東西拂過我的肩膀。我強迫自己不要發抖。

「什麼條件？」

「妳必須親手殺了他，然後我才會幫妳切碎他的靈魂。」

我瞪著老頭，試著想從他的微笑看出端倪。他是在開玩笑嗎？「我做不到。」

他的掌心緩慢而輕柔地撫過他的長外套，彷彿它是絲製品，而非一大堆噁心的補釘。「妳可以的。妳是華爾秋蕾。女戰神。」

「不行。」這是實話，雖然上次我在那個壞人家裡時，恨不得將他碎屍萬段，但是要我真的殺死一個人？「我甚至不知道該怎麼做。」

「他只是個尋常人類。隨便哪種方法都行。」

「我還不能帶著我的身體在河裡移動，還不行。我只有靈魂可以出現在他家裡。」我搖搖頭。「這段對話太蠢了。我沒辦法殺死任何人。」

「真是太讓人失望了。」老頭嘆了一口氣。「妳不是我以為的女戰神華爾秋蕾。」

我瞪著他。「所以你不打算幫我嘍？」

「我很努力地想幫妳啊！」他謹慎地說，然後將雙手插進長外套的口袋裡。「可是我現在才明白，還有許多事前準備要做。」

幾秒鐘後，他消失了。

我從鬼學校走回家，雙手插在口袋裡，呼吸另一邊世界冷冽的空氣。部分的我因為老頭要求我做一件我辦不到的事而大大鬆了一口氣。和他在一起的每一秒就像穿著溼透的襪子，不舒服到令我一心一意只想趕快結束。

㉒ valkyrie，北歐神話中的女戰神。

也許亞瑪是對的，幫助明蒂只會讓我更快投入重生世界黑暗的懷抱。

然後我注意到對街有個東西在黑暗中散發出亮白色的螢光，居然是一支塑膠外殼又髒又舊的公用電話。現在幾乎已經看不到公用電話了，所以我不禁懷疑它是不是也是鬼魂。嘿！如果連被拆掉的校舍都可以變成鬼，為什麼電話不行？

深夜時分，路上沒有車、沒有人，只有帶著鹹味的海風。於是我好奇地穿越馬路。手上的電話筒感覺又硬又重，所以這個電話是真的。我將它湊近耳邊，原以為會什麼都沒有，沒想到立刻聽到清楚的撥號音「嘟嘟嘟……」直響。

我按下「0」數字鍵，好像我本來就等著要打電話似的。

「接線生。」聲音又細又小，彷彿是從另一邊世界傳來的。有一瞬間，我以為她接下來會問我：「妳的緊急狀況的發生地點在哪裡？」

「我想打一通對方付費的電話。」我說。然後在我能阻止自己之前，嘴巴就自動念出那個壞人的電話號碼。我的嘴裡泛起一陣酸意。可是我一定要做點什麼，再無聊都沒關係。

「請問妳的大名是……？」接線生說。

「什麼？」

「我應該告訴對方是誰打的電話？」

我想了一下。「明蒂。」

「在接通前請不要掛斷，明蒂。」一陣靜電聲後，我聽到很不清楚的鈴聲，接著是一個距離遙遠的聲音，「喂？」

我身上的每一條肌肉全縮了起來，下意識地突然將話筒拿開耳邊。我喘著氣，身體在微風中冒出冷汗。我的嘴裡又酸又澀，話筒瞬間變得滑溜溜的。聽到那個壞人的聲音讓他的存在感變得更為真實。

過了好一會兒，我才鼓起勇氣把電話放回耳邊。因為實在太久了，我不確定他會不會早就掛斷電話，可是我聽到他的呼吸聲。

「是你嗎？」我說。

「妳到底是誰？」他的聲音沙啞，彷彿剛被吵醒。

我說不出話來，只能繼續呼吸。

「我不認識什麼明蒂。」他的聲音傳來。「為什麼妳要打電話給我？」

「我知道你做了什麼。」我擠出話來。「我知道你是個什麼樣的怪物。」

這次輪到他說不出話來了。

「我要來抓你了。」不可思議的，這些話帶給我前所未有的平靜。「你無法阻止我。我可以穿牆而過。」

「妳是誰？」

「就算你死了，還是阻止不了我。我認識可以把靈魂砍成碎片的朋友。」我不知道為什麼我會講這些話，它們是我的某個部分編造出來的，可是威脅他的感覺真是太甜美了。「我要把你扔進河裡，讓那些又溼又冷的東西吃掉你。我還會邀請你前院的五個小女孩一起來欣賞。」

他沒有回答，於是我掛斷電話。我離開公用電話亭，它的螢光不停閃爍，照得我身上忽明忽暗。我只是想嚇嚇他，讓他為自己做的事付出一點代價。至少壞人現在知道有人在注意他了。

在幾乎過了一分鐘後，就在我已經快走出聽得見的範圍時，那支電話響了。

明蒂雙臂交叉站在前院等我。「妳偷跑出去！妳真是個壞蛋。」

「對不起。」我沒有告訴過她我想做什麼。我不想讓她想起那個壞人、賽可旁波斯或任何不開心的事。「我必須去辦一件很重要的事。」

「真的嗎？」她的表情軟化了。「妳看起來好像很傷心。」

「只是有點累了。」我已經快兩個星期沒睡了。睡眠再也不是我的一部分。當我躺在床上時，閉上眼瞼後的黑暗充滿了飄蕩的影子，我的腦袋塞滿了來不及做的夢。

明蒂嗤之以鼻。「胖波士不睡覺的。妳應該要陪我玩！我超超超無聊的。」

我低頭對她微笑。當她不害怕的時候，妳可以看得出來在那個壞人拐走她之前，其實是多麼快樂的一個孩子。

「好吧！妳想玩什麼？」

「我們去紐約吧！妳上次不是建議過嗎？」

我瞪著她。「妳想去看克萊斯勒大樓？我以為妳很怕那條河哩？」

「嗯，可是妳想去啊！自從妳開始……看得到我之後，妳一直對我很好。」她柔聲對我說：「而且就像我說過的，這裡好無聊。」

我簡直不敢相信。不是說鬼魂不會改變嗎？也許明蒂只需要有人看得到她，她就能再度成長？也許她只是需要一個朋友？

「和妳在一起，我就不怕那條河了。」她說：「妳是我的私人靈魂保鏢。千萬不要丟下我一個人。」

「當然不會。」在她冰冷的小手牽住我的手時，我微笑對她說：「我一定會帶妳回家的。」

瓦伊特爾納河對明蒂的初航相當仁慈。只有極少的溼冷殘存回憶刷過我們的肩膀，我們很快速而平穩地到達了紐約市。也許是因為我對河道旅行愈來愈熟練吧？還是我和克萊斯勒大樓的關係比較緊密？

我們離開河道之後，我就知道自己搞錯了。

我們確實到了紐約，可是卻跑到不同的區。四周沒有任何摩天大樓，只有許多公寓建築和一家很大的百貨公司。我們面對著一棟曲線優美的玻璃帷幕高樓。我看了好一會兒才認出來，原來是我爸爸居住的公寓。

「哇！」明蒂說：「妳說得對。它好大啊！」

「它不是克萊斯勒大樓。我好像弄錯了。」

她看著我。「妳確定嗎？可是它真的好大呢！」

「克萊斯勒大樓至少是這個的……五倍高。這裡是我爸爸的公寓。」

明蒂笑出聲來，顯然不相信我的話。她沒有來過紐約市。事實上，她幾乎哪兒都沒去過。過去三十五年，絕大多數的時間她都只敢在我媽媽的衣櫃附近出沒。

「房子在哪裡？」她一邊轉頭急望，一邊問。街道上積滿了髒兮兮的灰雪。這兒的冬天比聖地牙哥冷上十倍，不過另一邊世界的空氣仍然維持它一貫的冰涼，並沒有變得更冷。

「這裡沒有房子。紐約人住的是公寓。」我牽起她的手。「來吧！我帶妳去看看公寓長什麼樣子。」

她拉著我停了下來。「妳是說這棟高樓裡都是人？他們全住在裡頭？」

「沒錯。有什麼問題嗎？」

「換句話說他們全死在裡頭。」她不肯繼續走了。「也就是說裡頭有成千上萬的鬼。」

我嘆了一口氣，心想是不是該直接往克萊斯勒大樓走。可是我很好奇為什麼瓦伊特爾納河會將我們帶來這裡。是因為我和爸爸公寓的關係比較密切嗎？可是我住在這兒時，總是覺得不舒服啊！

「別擔心，明蒂。這棟大樓是幾年前才建的。不是全新完工的我爸才不會喜歡呢！」她還是不肯移動半步。我吸了一大口氣。鐵鏽味是比聖地牙哥重一點，可是和那壞人家裡比起來又不算什麼了。「妳看到任何鬼了嗎？」

她偷瞄著大理石砌成的大廳，打量管理員，然後左右環顧周圍的街道。紐約比加州快三個小時，現在已經接近黎明，可是還是有一兩個人經過。

「只有活人。」明蒂把我的手握得更緊了。「可是，說不定是這裡有很多胖波士把鬼都抓走了。」

我嘆了一口氣。「我爸爸說過，他喜歡紐約是因為他不用和鄰居打交道。所以鬼魂應該是全消失了，對吧？或者他們全回去自己的家鄉，回到有人記得他們的地方？」

「有可能。可是不要離開我，拜託，莉琪？」

「當然。」我牽著她慢慢走過馬路。

在另一邊的世界裡我沒辦法按鈕搭電梯，所以我們只能爬樓梯。爸爸住在十五樓，可是到達時我卻一點都不喘。看起來在另一邊的世界裡走路似乎不會燃燒任何卡路里。

我們站在爸爸公寓的門前，我開始感到有點不安。我在另一邊的世界裡到過不少地方，可是這是第一次利用別人看不見我來偷窺我認識的人。我花了一點時間集中注意力才穿過實心木頭門。

公寓和我幾個星期前來訪時一模一樣。彩色和真皮家具、大片落地窗俯視月光下的城市美景。一棟棟的遠方建築看起來就像外頭陽台欄杆上倒吊的冰柱，優雅而冰冷。

爸爸的超大平板電視開著，我刻意轉頭不看螢幕。我在家裡實驗過，知道從另一邊的世界看電視感覺非常怪異。我發現看得見鬼的貓咪在看到電視螢幕時會出現非常驚恐的表情。不過，這不代表什麼，說不定貓本身就是那麼奇怪。

「那是誰？」明蒂問。

「瑞秋，爸爸的女朋友。」他們兩個躺在沙發上抱在一起看電視。

「看到他在這裡和別人在一起感覺真怪。即使他實在是個豬頭，我還是有點想念他。」

「我也是。」我回應，話一出口連我自己都嚇了一跳。

明蒂以前從沒談論過我爸爸，雖然她在我出生之前就認識他了。對我爸媽分手的內幕，她一定知道得比我還清楚，可是她瞪著沙發上的那兩個人的表情，彷彿腦袋還不能接受世界上有離婚這回事。

我有時候也會想，不知道媽媽是不是也會想念爸爸。她最近總是一副有氣無力的樣子，彷彿失去他的同時，也切掉了她身上的一部分。不過，當然也可能是因為離婚後她不得不增加上班的時數。

我伸手撫摸臉頰上的淚滴疤痕，突然間，好想從另一個世界跨出去，讓爸爸看看這個疤，讓他看到它有多嚴重，看到我並沒有試圖用粉底掩蓋。然後，也許我會問他為什麼三個星期前他沒有飛到達拉斯來看我。

就在這時，我才發現原來將我們帶來這兒的，是我心中的怒氣。最近這段日子，我簡直成了怒火的傀儡，它要我往東我就往東，要我往西我就往西。我對許多朋友失去耐性，現在除了婕敏之外，每個人都很怕我。讓我打電話給那個壞人的也是我的怒火，雖然我也明白，我頂多只能嚇一嚇他。但即使那樣都好。

我離開時公用電話還在響，到了此刻，他大概已經曉得它的位置了。

我嘆了一口氣，將目光從爸爸身上移向瑞秋。我一直沒告訴過媽媽瑞秋長得非常漂亮，因為對媽媽的忠心，我甚至將這一點徹底地從記憶中刪除。她精緻的臉蛋在電視的照耀下微微發光，大大的眼睛像個孩子似的緊張地注視著電影。

「他沒和她講過槍的事。」爸爸指著螢幕說。

「噓！」瑞秋大叫，「我告訴過你，不准爆雷！」

我翻了個大白眼。爸爸就是喜歡這樣，和一個沒看過的人一起欣賞他已經看過的片子，讓他可以表現得像個專家，你卻會因為不能預料到後面的發展而覺得自己像個白癡。

「這才不算是爆雷呢！」爸爸說：「不過是一個妳應該注意的點，這樣妳才能了解他真正的動機。」

瑞秋呻吟了一聲，我不禁又開始懷疑為什麼她要和我爸在一起。

當然爸爸很有錢。我同學也老是說以他的年齡來說，他算是個帥哥了。不過這兩個理由對瑞秋來說似乎還不夠，因為她不是一個膚淺的人。她很聰明，很有趣，對藝術歷史更是瞭如指掌，和她一起參觀博物館是我在紐約最喜歡做的事。而且當我已經受不了爸爸，需要離開他一陣子時，她總會及時注意到，並伸出援手。

她一定從爸爸身上看到了什麼我不知道的優點。可是突然間我覺得這樣窺伺他們，似乎不是找出答案的最佳方法。

「我們好像不該來這裡。」我說。

「至少，這裡完全沒有鬼。」明蒂慢慢走向臥室。「這地方好小。我還以為妳爸爸發財了呢！」

「公寓本來就比獨棟房子小。」

「那麼要在裡頭玩躲貓貓一定很難。」

我大笑。「我相信我爸爸並沒有那麼喜歡玩躲貓貓。」

「可是也有小孩住在紐約市裡吧？」明蒂皺起眉頭。「不是嗎？」

「當然。」我們走進公寓裡唯一的臥室。上次我來玩時是睡在他書房的真皮大沙發上。「離這裡不遠就有兒童遊戲區。」

那個遊戲區充滿了保母和兩三歲的孩子，到處都是口香糖的殘渣，我不禁在想，如果我去倒轉它的歷史不知道會發現到什麼。

「可是沒有地方可以躲啊！」明蒂說。

「妳這樣想嗎？來看看這裡吧！」

我爸爸的衣帽間關著門，可是我直直地走向它。我沒有想像過去，只是繼續走直到我穿越它，就像走過一束照耀灰塵的陽光，沒有感覺到任何阻礙。

在眼睛適應裡頭的光線後，我看到明蒂跟進來了。她站在另一邊世界的灰光中，凝視鑲著玻璃面板的抽屜和整齊掛在黑暗中的灰色西裝。

「我猜妳一定很希望媽媽有個這樣的衣帽間吧？」我說：「超豪華的藏身之地。」

「才不呢！」明蒂輕聲回答。「這裡這麼大，很可能有人和妳一起躲在裡頭，妳卻不曉得。我一點都不想要。」

我大笑，不過明蒂說得對，這個衣帽間的尺寸和臥室差不多大。即使是在大白天，另一邊世界的光也不會很亮，確實有許多影子可以藏在深處的角落裡。

我伸出手。「如果妳會怕，我們就走吧！」

「我才不怕呢！」明蒂回答，可是她貼著我站，顯示她其實很害怕。「再怎麼樣，我也不想和妳爸爸住在一起。」

「我也不想。」我記得待在這裡時有多不自在。也許真正的原因不是那些不舒服的流線型家具，甚至不是因為他拋棄媽媽和我，讓我至今耿耿於懷。也許明蒂看出了這裡最大的問題：沒有一個可以躲藏、可以消失的地方。

我用手指輕輕滑過爸爸的西裝外套衣袖，想感覺絲綢、粗花呢、亞麻布的不同。可是所有的顏色、味道和觸感在另一邊的世界都一樣。我猜在你死了之後錢就不再重要了。即使是最高級的西裝也只是平淡的灰色。

「我很高興妳帶我來這裡。」明蒂說：「我爸媽不喜歡大城市。我從來沒看過任何一棟摩天大樓。」

我低頭看著她。「那麼，我帶妳去看真正的摩天大樓吧！我們可以走去克萊斯勒大樓，不用半小時就到了。我發誓，它至少是這裡的五倍高。」

「真的嗎？」

「而且比這裡漂亮多了。它有好多好多的石像呢！我們走吧！」

可是，就在我們轉身準備離開時，我聽到一聲嘆息，像一個沒說完的字從衣帽間最深處的黑暗中飄進我的耳朵裡。

我定格在原地。「妳聽到了嗎？」

「聽到什麼？」明蒂問。

我轉頭看著那個黑暗的角落，伸長耳朵仔細聆聽。我一邊緩緩呼吸，一邊聽，直到我換了五次氣，還是什麼都沒聽到。

「沒什麼，我猜。」可是我的皮膚感受到一陣寒意，在我轉頭再度面對衣帽間的門時，它看起來異常堅固。

我伸出手來摸它，木頭的觸感很硬、很真實。

「噢，他媽的！」

明蒂伸手抓住我的手。「怎麼了？」

我瞪著門。從外面進來時，我感到它微不足道，根本阻擋不了我；但在衣帽間裡看著它，卻覺得我穿不透它，好像快要窒息了。我當初是怎麼說服自己實體的東西只要用念力就能讓它消失？

我的幽閉恐懼症滑下我的脊椎，害我打了個冷顫，想起我小時候可怕的經驗。「沒事。只是……」

我又聽到嘆息聲，很輕很淡地從衣帽間的後方傳來。

我閉上雙眼，大步往前走。然而就像我期待的那樣，就像我知道會發生的那樣，我的腳撞上了門。

「爛！」我握住門把，感覺到光滑冰冷的金屬觸感，可是我沒有身體的靈魂卻轉動不了真實世界裡的任何東西。

「沒關係的，莉琪。妳知道要怎麼做，只要不去想就好了。」

「拜託先不要說話。」

我緩慢地吸入一大口氣，張開掌心貼在門板上。我試著想推穿它，可是門板動也不動，仍然堅硬地擋在我面前。

我的呼吸變得短而急促，但惶恐卻已經無法將我彈回現實世界，因為我的身體在離這裡三千哩外的地方。

一個可怕而沈重的念頭占據了我的腦袋。要是我卡在這裡怎麼辦？我的靈魂和我的身體將永遠分隔兩地……

然後我們聽到了從衣帽間最黑暗的角落發出的聲音，很明顯是從牆壁後面傳出的。聽起來像生鏽的剪刀打開、關上、再打開、再關上，從腳下平滑的木質地板一路前進。

一定是那個穿補釘長外套的老頭。一定是。

我氣得雙手握拳，轉身面對黑暗。「又是你？你煩不煩啊？」

沒有回答，連剪刀聲都不見了，但明蒂的啜泣聲卻讓我更覺得這裡幽閉狹小。

「拜託，莉琪。」她求我。「我們趕快走吧！」

我沒有告訴她我根本走不了。我不想大聲說出那個老頭利用我自己的恐懼將我困在這裡的事實。

「沒事的。我不怕他。」我怕的只是包圍我的四面又厚重又結實的牆。

可是恐懼只會讓我的怒火燒得更熾。我沒帶刀，但我瞪著黑暗，準備好要出拳毆打他，對他又踢又咬。明蒂緊緊抓住我，全身發抖，接下來好幾秒，只聽得到我們兩個的呼吸聲。

這時，一個小小的聲音傳來，「我想把妳收進我的口袋裡，小女孩。」

「趕快走。」明蒂說：「拜託，莉琪！」

「和我留在這裡。」我試著讓聲音不發抖，可是我肺裡的空氣濃稠得化不開，四面牆壁不斷向我逼近。我的惶恐無處可逃，只得變成冷顫在體內來回流竄。

「我想要妳的祕密，小女孩。」老頭低聲耳語。

明蒂的手指宛如老虎鉗似地圈住我的手，她的呼吸像兔子一樣又淺又快。

「沒事的。」我說：「我不會讓他傷害妳的。」

「我快抓到妳嘍！」聲音幾乎就在我耳邊。

「莉琪！」明蒂一邊哭，一邊將我向後拉，想離開那片黑暗愈遠愈好。可是那扇門擋住了我，堅硬結實，毫不讓步。而明蒂則聽從了她的直覺。

她扔下我跑了。

在我感覺她溜走的那一瞬間，我轉身大叫她的名字，用拳頭敲擊木門，要她等一下，要她回來待在我身邊。

可是她不見了，而幾秒鐘前還和我們一起擠在衣帽間裡的東西也不見了。畢竟，他想要的一直是她，不是我。

「明蒂！」我又大叫，聲音分外沙啞，沒有任何回答。

我得趕快逃離這個衣帽間，於是我開始套用第一次學會穿透技巧時的過程。我用還在發抖的雙手蒙住自己的眼睛，想像這棟大樓還沒建、牆面還沒油漆、公寓的水泥還沒糊上、電線和水管全暴露在外……

當我移開雙手時，眼前再也沒有門板，沒有衣帽間，連腳下的地板都不見了。只剩下高樓的骨架、鋼梁和柵格，四面八方都可以看到這個冷冽的灰色城市。

「糟糕。」我開始往下墜。

可是我並沒有像在電影裡被丟出窗外的人一樣東碰西撞地掉落，而是像根羽毛輕飄飄地滑向大樓的地基。當我再度被黑暗包圍時，我用念力讓自己穿過地表的石塊，墜向瓦伊特爾納河。

沒過多久，我的腳就踏上它平坦空曠的河岸。我不再惶恐，取而代之的是滿腔怒火。問題是我完全不知道該上哪兒去找那個老頭。

我沒得選擇，只能呼喊，「亞瑪，該死，我需要你。」

第二十七章

夏天遲遲不願離開，直到九月中旬，路面上的垃圾袋才總算不再被熱氣融化，漏得滿地。但是夜晚從黛西打開的窗戶溜進來的空氣卻已明顯變冷，天空的顏色也毫無疑問地換成了秋季特有的深藍。

她們兩個繼續修改稿子。伊莫珍在出發巡迴前幾天把《歐盧拉師》寄給出版社。大家還是沒幫這本小說找到響亮的名字，但悖論出版社答應她可以想到明年初。

黛西做完除了新結局之外的其他修改，她還不清楚自己打算怎麼辦。她試著想將她面對的困難寫下，想說至少可以放上她雜草叢生的Tumblr，可是寫完一讀，卻覺得看的人只會認為她在抱怨。最後她決定告訴莫喜。經紀人的一通電話讓南恩・艾略特將截稿日延到十一月下旬，為她爭取了不少時間。

十一月……去年十一月黛西寫完了整本小說。當然她可以在今年十一月寫出一個新的結局。而且她和伊莫珍、史丹利・安德森的巡迴宣傳一定會為她帶來新的靈感。

黛西和伊莫珍在起飛前兩小時就抵達了約翰甘迺迪機場，兩個人都只帶了一個登機箱、一個電腦背包。史坦森警告過她們，託運行李極有可能在第一段航程就不見蹤影，然後從此就追不上，一路跟在後頭直到她們回到紐約。她們覺得不理會史坦森前輩的忠告似乎不大好，所以就照做了。

第一段航程最長，從紐約飛到舊金山。之後，再從舊金山穿過西南部和中西部，最後抵達終點芝加哥（而史坦森則由悖論其他有希望的新銳作家陪同，繼續巡迴一整個月）。

黛西興奮地等待起飛，然後要求換到窗戶旁的座位，專注看著飛越的各種地形，仔細研究交錯的高速公路和放射狀的灌溉系統。美國的領土真大！想到明天《控火師》就會被運到全國各地，從紙箱搬到書店的架子上，感覺真是太奇怪了。而在一年之後，她自己的《重生世界》也會如此……

伊莫珍一如往常地在寫筆記，以防將來需要寫到飛機上的場景。她剛才用了手機對緊急逃生的卡片、機艙空間配置圖和座椅布料拍照。看到伊莫珍蒐集各種資料，甚至不是為她已經開始寫的書，更是讓黛西焦慮莫名。

「妳以前搭過飛機嗎？」伊莫珍終於問她。

「當然。不過這可是我第一次參加巡迴宣傳呢！」

伊莫珍微笑，從她們中間的扶把拉起黛西的手。她們十指交扣，伊莫珍說：「不要太興奮。留點力氣應付明天，接下來還有六天要跑呢！」

黛西把玩著安全帶，覺得自己年幼無知，害羞地問，「妳會不會後悔邀我一起來啊？」

「當然不會。」伊莫珍微笑。「將來還有很多巡迴旅行等著我們一起去呢！」

史丹利・安德森從肯塔基州搭機，比她們早一小時抵達舊金山機場。他拿著一本《控火師》坐在她們下飛機的登機門附近讀著。

黛西看到他一個人坐在那兒，沒人多看他一眼，感覺好奇怪。每次他只要在網路上發表什麼，不出幾分鐘就有好幾百人回應。她家開派對那天，他身上彷彿有個吸引注意力的保護罩，引得人人回頭注目，懷疑自己看到的不是真人。可是在舊金山機場裡，他不過是另一個穿著舒適的運動鞋、牛仔褲和鬆垮軍用夾克的旅客。

她們走近他，他抬起頭來。「妳們來了！」

「抱歉我們遲到了。」黛西說。

「一定是飛機的錯，不會是乘客的錯。」他把《控火師》塞進外套上的大口袋，壓下按鈕，讓螢光綠手提行李箱的拉桿彈出。「反正我還滿喜歡待在機場的。有這麼多的標示牌讓我們知道該去哪兒。」

他指著頭上的一個牌子：「計程車及加長禮車」。

她們跟著他走。伊莫珍睜大眼睛看著從史坦森口袋探出頭的《控火師》。他在差不多三分之一的地方摺頁，換句話說，他已經讀到了愛瑞兒・佛林特發現自己有徒手生火的能力。

「妳們會愛死我們的司機。」史坦森說：「我每次來這兒都找他。他擔任宣傳助理三十年，知道超多的八卦。妳們一定要叫他告訴妳們，他讓傑弗瑞・亞契的外套著火的故事。我先來爆一點雷：那可不是個意外。」

「哇！」黛西驚嘆。她事前知道會有專屬的司機負責載送他們，可是宣傳助理？聽起來好高級喔！

「不過，有件事我得先告訴妳們……」史坦森繼續說：「安東不會開車。」

「他是個司機，可是不會開車？」伊莫珍問。

「那麼我們要坐誰的車呢？」黛西問。

「還是坐他的車。」史坦森聳聳肩。「我的意思是，法律上他還是可以開車。他以前開得一手好車，可是現在不行了。他的視力退化，動作不協調，有時還會恍神。不過他肚子裡的故事實在太精彩了！」

「就像一個不會用鑰匙開門的房屋仲介。」伊莫珍說：「只是比較危險。」

「他最近出過幾次車禍，感覺上是有點可怕。」史坦森說，但他的語氣隨即又輕快了起來。「不過，眾所皆知，如果妳在巡迴宣傳時死了，就會直接進入青少年小說的天堂！」

黛西看向伊莫珍。「真的有青少年小說的天堂嗎？」

「當然。」他回答。他們正在穿過一條通往行李區、宛如隧道的長廊，頭頂上各種不同顏色的燈光緩緩變動。雖然只是軟體公司的廣告效果，但是史坦森壓低聲音，製造出極佳的神祕氣氛。「那裡非常非常棒喔！每個作家都有一棟自己的獨立別墅，大家全躺在吊床上交換寫作技巧。每晚聚在一起討論該怎麼創造世界，還有取用不盡的美酒。」

伊莫珍大笑。「我在你的論壇上看過這個。不是說每個人都還會有自己的研究團隊，甚至包括歷史學家、武術專家和外科醫師顧問嗎？」

「聽起來真不錯。」黛西在他們走到往下的手扶梯時說：「可是要是出車禍時，小說還沒付梓上架呢？還是可以進青少年小說天堂嗎？」

「這就有點複雜了。」史坦森說：「妳有任何名人推薦了嗎？」

「奧斯卡・拉西特會幫我寫一個。琪瑞莉・泰勒則要等我修改完，才會決定。」

「奧斯卡和琪瑞莉？我的天啊！那麼妳一定可以進去！」

雖然知道他是在胡說，但黛西聽到之後還真的感到比較安心。

電扶梯下來就是領行李的地方。好幾百個袋子在十幾條運送帶上轉個不停。感覺好混亂、好有壓力。黛西很慶幸自己所有的行李都已經拉在手上。她悄悄地在心裡決定，從此以後，不管史坦森給她什麼旅行的建議，她一定要照單全收。

一個穿著暗綠色西裝的大塊頭站在電扶梯下方，熱情地對著他們揮手。他拿著一張寫著「安德森」的紙。兩個男人開心地微笑握手。

然後他轉向伊莫珍和黛西。「歡迎來到舊金山。我是安東・瓊斯，很高興有機會為妳們服務。來！我的車在這邊。」

她們跟著他走，幾分鐘後，所有的行李全被放進一輛灰色大型轎車的後車廂。史坦森坐在瓊斯旁的副駕駛座，伊莫珍和黛西則坐在後頭。她們向對方伸出手，緊緊相握。她們真的要一起開始巡迴宣傳之旅了。

安東・瓊斯一邊將車子駛離機場，一邊告訴他們他上一個客戶的故事。那個名廚居然以打理餐廳最忙碌的晚餐時刻的方法來辦簽書會。名廚對著等在後頭的書店工作人員大叫，他們再將書翻到他指定的章節遞給他。一組公關公司的人則捧著放了簽名照和開瓶器的托盤，在房間外圍遊走。

故事實在有趣，可是在安東模仿起名廚的叫聲和手勢時，她們發現安東的危險駕駛行為可不是史坦森幻想出來的。瓊斯將車直直插入下班的擁擠車潮裡，不只隨意變換車道，還不時以踹死仇人的腳力重踩煞車和油門。

黛西的皮膚冒出冷汗，肚子也因為暈車而開始翻攪。她試著把想吐的感覺嚥下去，可是飛機裡乾燥的空氣讓她到現在仍然口乾舌燥。

就在瓊斯閃過一輛大卡車時，離心力將黛西甩向伊莫珍。兩個人一起擠向車門，伊莫珍不禁低聲呻吟。等到車子穩定下來後，她伸出手環抱黛西的肩膀。

「多告訴我一點青少年小說天堂的事吧！」黛西哀求。

前座的兩個男人嘰哩咕嚕地聊個不停，顯然沒將安東的危險駕駛當一回事，於是伊莫珍輕聲回答。「在那兒穿衣服也有規定。如果妳的書登上《紐約時報》的暢銷書排行榜，就可以穿緄紅邊的黑色長袍，像寄宿學校的教授一樣。」

「這樣會讓其他人感到很不爽吧？」黛西說。

「其實不會。黑袍子看起來很漂亮，可是穿起來很熱。每個人心裡想要的，其實只有普林茲文學獎才可以戴的閃亮王冠。」

「普林茲文學獎這麼重要啊？」

「當然！它簡直是青少年小說界的榮譽爵位。」

史坦森不知怎麼聽到她的話，轉過頭來說：「事實上，榮譽爵位還比不上普林茲文學獎。因為如果得主犯了叛國或其他重罪，榮譽爵位就有可能被撤銷。可是即使妳是個連續殺人犯，妳的普林茲文學獎永遠都是妳的。」

「說得對！」伊莫珍說：「不過在青少年小說天堂裡，得過什麼獎沒什麼太大關係，因為妳整天要做的只有寫作而已。沒有帳單、不用煮飯、不用打掃。只要寫作，談論寫作，而且每個人都擁有封面的最後決定權。」

黛西閉上雙眼，試著想像轎車的搖晃是因為她躺在吊床上。雖然很不成熟，可是青少年小說天堂確實讓她打從心裡高興了起來。其實她在紐約的這幾個月，有時寫作進行得很順利，她們出去和奧斯卡、柯爾曼或喬哈里一起吃飯，整個晚上熱烈討論著小說劇情和寫作技巧時，她就會產生自己是在天堂的錯覺。

巡迴宣傳隔天就要正式展開，黛西以為她會興奮到睡不著。可是飯店裡又大又舒服的床，加上三小時的時差，讓她在午夜之前就已經睡到不省人事。

學校演講為他們的巡迴拉開序幕。安東・瓊斯一大早就來接他們。車子往郊區開去，目標是艾維儂高中的大禮堂。想到要對學生發表演說就讓黛西緊張得不得了，她安慰自己還好這不過是她的出版前巡迴。她的工作是和圖書館員和書店人員閒聊，除此之外就沒有她的事了。

早上的塞車潮讓安東的車速慢到不可能發生什麼致命的危險。史坦森消化不良的老毛病在前一晚發作了，現在正躺在副駕駛座補眠。一切都很順利，直到導航系統宣布他們已經到達目的地。他們確實是到了目的地，只不過轎車和校舍之間隔著高高的鐵絲網，以及被照料得很好的一大片足球場。

「不知道該死的辦公室在哪裡。」瓊斯一邊說，一邊將車子沿著圍牆開。鐵絲網一直往前延伸，看不到盡頭，也完全沒有要到達入口的樣子。

「保全真是做得太好了。」伊莫珍說：「只有一點小問題——沒有人進得去。」

瓊斯點點頭。「自從發生了科倫拜校園槍擊事件後，所有的學校就變成這副德性。這實在太荒謬了。

別忘了在科倫拜開槍的是誰？是他們自己的學生！」

「你們的行程表上應該有聯絡電話吧？」黛西問。

「對，學校的圖書館管理員。」伊莫珍開始掃視前一晚飯店櫃台人員交給她的二十六頁巡迴相關傳真。她拿出手機撥號。「爛！沒人聽，轉到語音信箱了。他應該要在前門等我們的。」

「我沒看到什麼前門。」瓊斯說：「這個學校怎麼到處是圍牆啊？」

「郊區學校是難以突圍的堡壘。」伊莫珍很酷地笑了笑。「從這種地方逃學我以前超拿手的。」

史坦森突然驚醒，睡眼惺忪地睜開一隻眼睛。「還沒到嗎？」

「抱歉，史丹。」安東說：「我們找不到學校的辦公室。」

「旗杆。」史坦森嘟囔著，又靠回副駕駛座的車窗。

其他三個人全傾身往前看，不約而同地指著左前方。紅藍白相間的美國星條旗正在強風中翻飛飄揚。

十分鐘後他們坐在講台上，面對台下一千個還空著的座位。史坦森看起來很清醒，一點都沒有消化不良的樣子。伊莫珍緊張地來回踱步，而黛西只感覺到她還在暈車。

「高中。」伊莫珍說：「我還以為我不會再踏進這種地方一步呢！」

「我知道。不是嗎？」史坦森做了一個深呼吸。「置物櫃和荷爾蒙的味道。手工繪製的海報。我們的出版社很聰明，安排我們到不同的高中演講，提醒我們不要忘了那個年紀的孩子心裡在想什麼。」

「我還記憶猶新呢！」黛西說。史坦森對味道的評論真是一針見血。她的高中生活一下子衝回她腦袋裡，彷彿只是四天前，而非四個月前的事。她不斷地慶幸還好自己用不著上台。

「會不會我們其實一直沒離開過呢？」伊莫珍說：「會不會我們其實還一直在念高中，我們經歷的成人生活不過是一場夢？」

「很棒的概念。」史坦森說：「不過能撐得起一套三部曲，還是只夠發一次推特？」

「我再也搞不清要怎麼判斷了。」伊莫珍說。

剛才丟下他們回去辦公室拿東西的學校圖書館管理員出現時，黛西還在思考史坦森的問題。他很高，一頭紅髮，發音標準到讓黛西不禁懷疑西班牙語才是他的母語。

「好！他們就要帶學生下來了。」他說：「因為有些班級正在考試，所以恐怕只有九年級和十年級的兩百多個孩子能參加。」

伊莫珍發出一陣緊張的笑聲。「只有兩百個？」

「我會吩咐他們坐到前面來。」圖書館管理員轉向黛西。「出版社昨晚才寫電子郵件告訴我妳會來。妳也是小說家嗎？」

黛西感覺自己臉紅了。「算是吧！只是我的書還沒上市。」

「妳幾歲？」

「十八。」她回答。

「太棒了。我相信我這些充滿創作欲的孩子一定會很高興聽到妳的故事。」

黛西眨眨眼。「等一下。什麼？我沒有——」

「我相信那是一定的。」史坦森搶著說：「對我們所有的人，黛西也有很大的激勵效果。」

「我根本沒有——」黛西開口，但就在這個時候，牆上的喇叭大聲宣布「請所有上英文課的同學到禮堂集合」的廣播，不斷地在走廊上迴盪。等到終於安靜下來時，圖書館管理員又不見了，一個穿著骷髏頭重金屬樂團T恤的年輕學生突然出現在黛西身邊，在她的連身帽棉衫別上翻領麥克風。

「妳寫了一本書？」他一邊工作一邊說：「實在是太酷了！」

「嗯……謝謝。」她抬頭望向禮堂入口，第一批學生已經進來了。因為安東危險駕駛而流出的冷汗才剛剛乾掉，現在又開始冒出來了。

於是，除了上台，她沒有別的選擇，就像那些走進來的學生也沒有別的選擇只能乖乖聽講。伊莫珍說得沒錯——黛西其實一直沒離開過。她永遠都還只是個高中生。

幾分鐘後，他們三個被領上放了三把橘色塑膠椅和一個演講台的大舞台。

伊莫珍用手握住她的麥克風。「妳運氣算好的了，黛西。至少沒有時間緊張。」

「我現在就已經緊張得不得了了。」黛西小聲回答。魚貫進入禮堂的學生散開找位子，一時之間，大禮堂裡都是說話的嗡嗡聲。聊天的聲音聽起來不像發自於人，反而像是一種原始而危險的氣流，沒有目標地亂竄。一群很明顯是史坦森粉絲的少男少女擠在最前排，拿出手機對著他猛拍，並在他的目光瞄向他們時發出尖叫。

然後，鐘聲響了。觀眾安靜下來。黛西覺得她的靈魂飄離了身體，彷彿升到一千英里外往下俯視著這一切。圖書館管理員介紹他們三個，大家鼓掌，史坦森便走上講台開始演說。他從頭到尾沒有提到他的書，反而說起激勵他寫作的一連串的人。他談到了史考特・費茲傑羅、珍・奧斯汀、家鄉的圖書館管理員，以及他十年級時喜歡的一個熱愛閱讀的可愛女孩。他態度輕鬆，語調迷人，清楚知道觀眾的笑點，將節奏掌握得無懈可擊。

在他結束時，禮堂裡充滿了發自內心的熱烈掌聲。

然後，換伊莫珍站上講台。起先，她的聲音有點顫抖，雙手也緊緊握成兩個拳頭。她開始講起她為了寫《控火師》所做的關於強迫症的研究，囤積各種東西、洗手洗個不停、上床前一定要檢查她家大門門鎖二十一次等等，她說了許多奇奇怪怪的病症，緊緊抓住觀眾的注意力。終於，伊莫珍放鬆下來，一邊說，一邊使用手勢輔助。很快的，她對寫作的熱情感染了全場。黛西發現她的女朋友居然如此美麗，不禁看得出神。

就在這時，毫無預警且出乎預料的，她講完了。

現在，輪到黛西了。

她沒有跟隨前頭的兩名講者站起來，不但繼續坐在橘色的塑膠椅子裡，還把雙手壓在大腿下。夾在衣領上的麥克風將她的聲音傳送到大禮堂的播音系統，聽起來既巨大又笨拙，彷彿她正在用鐵錘一個鍵一個鍵地打字似的。

「嗨！我是黛西·帕特爾。不像他們兩個，我沒有寫過很多小說。我只寫了一本。只有一本。單數。」

接下來幾秒，她坐在絕對的寂靜之中，對剛講出的話聽起來居然和她腦子以為會有的笑話效果背道而馳感到震驚。可是她不能停，必須繼續講。幾百雙瞪著她的眼睛不會接受她保持沈默。

「我猜，那是因為我只有十八歲。一年前，我還是一所像這樣的高中的應屆畢業生，當時我想，如果我一天寫兩千個字，連續寫一個月，會怎麼樣呢？結果，我就寫了六萬個字。」

奇怪的是，她以前這樣說時，大家都會笑，住在紐約市的大人們覺得很幽默。但是看到眼前的光景，黛西突然發現，其實他們不過是在假裝，這時才明白已經太遲了。很顯然，他們只不過是想對她表示親切罷了，可是他們的好意卻讓黛西高估了這個笑話的效果。而高中生是最現實的一群生物，連裝都懶得裝。

「結果呢！」她硬著頭皮繼續說：「那六萬字變成了一本還不錯的小說。我把小說寄給一家經紀公司，他們又將它轉寄給出版社。現在我成了職業小說家。」黛西一邊說，一邊覺得「小說」這兩個字在她的嘴巴裡彷彿像個外星人，是個只在夢裡才有，醒來後卻一點意義都沒有的字眼。「可是重點是，並沒有任何規定強制我每天一定要寫兩千個字。兩千個字相當於六頁電腦紙，是相當不容易的工作。不過你可以一天寫一頁就好，那麼不到一年，也可以寫完一本小說。」

最後一個字在禮堂裡迴盪，似乎沒有傳達到觀眾的心裡。

「談到書、寫作和文學，許多人說了許多話，大多數聽起來都十分複雜。可是，很奇怪的是，它也可以非常簡單。只要你每天寫一點，持續練習，那麼你的故事就能說得愈來愈好。」

不可思議的是，大禮堂裡的寂靜似乎在她說話時變得更為深沈，彷彿所有的人都在凝神諦聽。

「每一本書，都是這樣產生的。謝謝大家。」

史坦森率先鼓掌。他用力拍動雙手，將手張得比肩膀還寬，撞擊出大炮般的巨響。群眾跟著他鼓掌。在無法解釋的青少年熱情的助長下，甚至還傳來幾聲口哨歡呼。在這一刻，黛西明白了為什麼有那麼多人真心地喜歡史坦森，也明白了為什麼那麼多人終其一生都在追求別人的掌聲。

但是在掌聲之後，接下來就是提問時間。

一個戴著厚眼鏡的矮個子女孩第一個舉手。她以一個十歲小孩在學校戲劇表演中得到兩句台詞的謹慎態度，一個字一個字清楚地念著，「我想請三個作家都回答我的問題。你認為在故事中，下列五項元素哪一個最重要？劇情、背景、人物、衝突和主題？謝謝。」

黛西轉頭看其他兩個人。史坦森撫摸著下巴，很慎重地在思考該怎麼回答。他清清喉嚨，然後說：「幾乎所有人都曉得，最重要的元素是劇情。」

伊莫珍看了黛西一眼，稍微聳了聳肩。

「舉例來說，讓我告訴你們一件我朋友遇上的怪事。」史坦森繼續講。「兩個月前，他的女朋友換了工作。一開始還滿正常的，九點上班，五點下班。可是幾個星期後，她回家的時間愈來愈晚。她一直說她有多喜歡那個工作，卻不願意告訴我朋友她到底在做什麼。到最後，她幾乎整天都不在家，他終於受不了了，決定開車到她上班的公司外頭等著。」史坦森傾身向前，將聲音壓低了些。「五點一到，她推開大門走了出來。我的朋友縮在座位裡，等她的車子經過後，便開車跟蹤她，想找出她到底上哪去了……」

他停下來，故意拉長沈默的時間。雖然有椅腳刮動地板和耳語討論的聲音，但大禮堂裡基本上還是安靜了許久許久。

最後，史坦森說：「這就是為什麼故事中最重要的元素是劇情。」

學生們不明白地互相探問，打破了禮堂裡的寂靜。

「可是到底出了什麼事？」其中一個孩子大喊。

史坦森聳聳肩。「我不知道，那是我剛才瞎掰出來的。」

觀眾爆出巨大的噪音。一半在大笑，一半則覺得不滿。圖書館管理員試著要孩子們安靜下來。黛西聽到他們各自提出不同的理論，幫故事寫出結局，彷彿史坦森瞎編的劇情有了靈魂，非被完成不可。

當大家終於靜下來時，史坦森靠到椅背上說：「看到了沒？這個故事沒有背景、沒有主題、幾乎沒有衝突，兩個角色分別為『我的朋友』和『他的女朋友』。而你們現在所有的人都恨死我，因為你們永遠都不會知道發生了什麼事。所以說，劇情最重要。」

史坦森從襯衫口袋裡拿起他的太陽眼鏡，扔在舞台上。

觀眾爆出笑聲，但仍攙雜少許不滿的抱怨聲。

黛西望向伊莫珍，不知道她們該怎麼接在後頭回答問題。史坦森很顯然之前就玩過這個劇情的哏，可是伊莫珍已經一邊微笑，一邊站了起來。

她走向史坦森扔在舞台上的太陽眼鏡，不屑地低頭看了它一眼，然後蹲下，撿起來，戴在臉上。

「他完全搞錯了。」她說：「人物才是最重要的。」

觀眾就像一盞燈突然被關掉似地一下子全安靜了下來。這個問題變成了一場競賽。

「我給你一億美金，」她的開頭引起不少細碎的噪音。她高舉雙手。「請你拍一部電影。有了那麼多錢，你可以把所有你想要的東西全放進電影裡，對吧？恐龍、太空船、颶風、被轟炸過的城市。不管你的故事是什麼，你的電影看起來一定非常寫實，因為你有那麼多錢可以花，而且現代的電腦特效也有能力讓一切看起來像真的。除了一樣東西之外。猜得到是什麼嗎？」

她靜靜地等著，挑動他們來回答。最後一個男生大喊，「是演員嗎？」

伊莫珍微笑，拿下臉上的太陽眼鏡。「沒錯。你還是需要演員，因為用電腦製作出來的人怎麼看都很怪。一看就知道是假的。看起來很噁。為什麼？電腦特效連恐龍和太空船都能做了，為什麼就是『人』做不來？

「因為會讓你愛的是人，會讓你恨的也是人。你整天看的都是人。你可以從他們臉上最細微的表情變動知道他們是在生氣、感到疲倦、嫉妒或有罪惡感。你們全是研究『人』的專家。」

天啊！她真美。

「這就是為什麼人物才是故事裡最重要的。」

伊莫珍把太陽眼鏡扔回舞台地板上。她得到的反應不如史坦森那麼大，可是所有的觀眾現在全專心在聽他們的演講。這時，幾百雙眼睛就像一個大而銳利的鐘擺，全射向黛西。她的頭腦慌亂地轉動著。她該怎麼辦？討論主題的重要性？背景的重要性？突然間，她打從心裡憎恨起史坦森和伊莫珍。都是他們的錯，為什麼要把它變成一場競賽？

想到這裡，她該選擇的答案再明顯不過了。

黛西站起來，走到舞台上太陽眼鏡躺著的地方，低頭看它，翻了一個白眼，聽到少許笑聲。嗯，有機會成功。

「你們之中有多少人今天早上醒來的時候想著故事裡的五項元素，哪一個最重要？」

傳來更多的笑聲。兩、三個人舉手。

「對，根本沒人在乎。可是現在，你們全都等不及地想聽聽看我要說什麼。你知道為什麼嗎？因為它變成了一場競賽。」

她轉頭看向其他兩個人。史坦森靠著椅背，微笑。他已經看出她打算做什麼了。

「你們想知道誰會贏。」黛西繼續說：「就像電視上的實境秀。幾百萬人看著不會唱歌的參賽者表演，只是為了想看看誰今晚唱得最不糟糕。還有那些生存節目，你看著一堆陌生人比賽吃螞蟻。你以前從來沒在乎過誰去吃螞蟻。但是突然間它變得超級重要，因為你想知道誰會贏。」

她蹲下，撿起太陽眼鏡，遞給史坦森。

「這就是為什麼獲勝的一定是『衝突』。」黛西說：「因為有衝突，就會有故事。」

她走回自己的椅子坐下。她的心臟狂跳，身體因充滿了腎上腺素而微微顫抖。可是觀眾並不討厭她。他們沒有鼓掌，也沒有大笑，可是他們全都想知道接下來會發生什麼事，就像趕著翻到下一頁的讀者。

我們知道怎麼扣人心弦，黛西心想。

「很好。」圖書館管理員說：「三個不同的答案。每一個都非常有趣。現在，誰想問下一個問題？」

第二十八章

他的人還沒到，身上的熱氣和草地燃燒的味道就已經先飄來了。黑暗中一群小火光湧向我的身旁，在瓦伊特爾納河隱形的漩渦和湍流中跳躍。

然後傳來了他悅耳的聲音。「莉琪，出了什麼事？」

他走向我。黑暗中，我感覺到火焰和暖意。

「穿補釘長外套的男人回來了。」我的聲音仍因衣帽間殘留的惶恐而顫抖。「明蒂被他抓走了。」

亞瑪在我面前停住，近到我可以感覺到他身上的熱氣。「我很遺憾，莉琪。」

「我們必須去救她！」

一開始他沒有回答，那時我以為他會告訴我這樣最好。我不需要一個小女鬼將我進一步推向重生世界的懷抱。

但是他卻說：「妳知道他把她帶到哪兒去了嗎？」

我只能搖頭。

亞瑪轉身，看看我們四周的空曠平地。「所以他們可能在任何一個地方。要追蹤掠食者的去向是非常困難的。」

「可是一定有辦法可以跟蹤他吧？我們離家好幾千里遠，他不是也找到我們了嗎？」

「那就是他和妳之間有了連結。」

我瞪著他。「你這麼說是什麼意思？」

亞瑪往我跨了一步，音調平靜。「瓦伊特爾納河是由亡者的記憶所組成的，但讓它連接在一起的卻是生者之間的連結。」他伸手碰觸我臉頰上的淚滴傷疤。「這就是為什麼我可以在妳呼喚我時聽得到。它是我們之間特有的連結。」

我往後退一步，需要空間思考一切。「可是我沒有呼喚那個老頭，我和他之間沒有什麼連結，我連他叫什麼名字都不知道！」

「他一定知道妳的名字。」亞瑪說：「名字在重生世界是有魔力的，莉琪。」

我想起他第一次跟著我們回家時，明蒂可能在鬼學校或臥室裡叫了我的名字。「也許是吧！」

「可是一定不只是妳的名字。他對妳有某種特殊的感情。」

「你是認真的嗎？」

「他想從妳身上得到什麼，非常非常想，強烈到能驅使瓦伊特爾納河將他帶到妳身邊。」亞瑪把雙手搭在我肩上。「告訴我他對妳說過什麼。」

我看著他的眼睛。自從上次吵架之後，我們就沒見過面了，亞瑪不曉得我去找那個老頭的事。

「他想要我去殺一個人。」

「殺一個人？誰？」

「那個壞人。」

亞瑪想了一下才知道我在說什麼。「他什麼時候叫妳去殺人的？」

我雙臂在胸前交叉，擺出防衛的姿勢。「我去找他，問他是不是願意幫我對付那個壞人。這一切都是我的錯。」

「不，不是。他有強迫症，不是妳的問題。換句話說，他想要的不是明蒂，而是妳。」

我大口喘氣。瓦伊特爾納河的黑暗包圍著我，彷彿我又被關進了爸爸的衣帽間。一個賽可旁波斯的跟蹤狂。太棒了。

惶恐在我全身的血管中流竄，突然間我明白了為什麼老頭選擇在紐約市抓走明蒂，而不在我家動手。因為我在家裡覺得自己既強壯又安全，他特地選擇我被關在衣帽間時出現，因為他想要我害怕。

這件事和明蒂根本一點關係都沒有。

我勒令腦袋清空，專心感覺亞瑪放在我肩膀上的溫暖雙手和我皮膚上的熱氣。這才是真正的連結。那個皺巴巴的掠食者老頭怎麼膽敢以為我和他之間有任何像這樣的關係存在？

「他說他要將她收進他的口袋裡。」

亞瑪的雙手稍微加強了力道。「那只是個威脅。抓走她只是為了引起妳的注意。」

「那麼，他確實引起我的注意了。我們現在該怎麼辦？」

「什麼都不做。當他想再和妳對談時，自然會來找妳。」

「難道瓦伊特爾納河不能現在就帶我到明蒂身邊嗎？」我閉上雙眼，想著她的小臉，但亞瑪輕輕地將我拉向他，讓我無法專心。

「妳沒辦法跟蹤鬼魂，莉琪。瓦伊特爾納河就是鬼魂構成的。」

我睜開眼睛。「那麼，我該怎麼辦？」

「妳必須等。他會測試妳的意志力，也許會花上很長的時間。可是只要妳需要，我會一直陪在妳身邊。」

「謝謝你。」我的聲音聽起來好認真、好誠懇，所以我不得不開個玩笑掩飾一下。「你不怕這樣會將我進一步推向死亡的世界嗎？」

亞瑪試著藏起微笑。「有時，我會為妳擔心。但只要一聽到妳呼喚我，我還是毫不猶豫地來了。」

我的心裡鬆了好大一口氣。從我們上次不歡而散後，我其實有一點害怕他不再理我。

我將他拉近，渴望他的熱氣印在我的嘴唇上，渴望他的身體緊貼住我。我的手掌滑過他的背，尋找真絲襯衫下的肌肉線條。就在他的味道填滿我的肺部時，瓦伊特爾納河的潮水在我們四周推擠，攪亂了我的頭髮。

四片嘴唇終於分開之後，我們兩個沈默了好久。我在想，我們能不能永遠站在瓦伊特爾納河的擁抱中，不會餓，不會累，不會老。直到我們把自己都忘了，慢慢褪色消失，化成河流的一部分。即使是在他的臂彎中，我的想法還是這麼悲觀。

「如果太恐怖了怎麼辦？」我問。

「那麼我們就去我的島。」他直截了當地說。

「可是要是所有的一切多到讓我無法承受呢？鬼魂、掠食者、每塊石頭下都有死人。要是那個小島不夠有力呢？」

「那麼我們就再另外找一個地方，一個能讓妳覺得安全的地方。」

在我聽懂亞瑪的話之後，我的心顫抖了。他花了幾千年才找到他的小島，而現在為了我，他願意放棄它，再另外找一個地方。

亞瑪靠近我，輕聲對我說：「所有的事都發生得太快了，莉琪。我真希望我有辦法讓它慢下來。」

「我只希望我能好好睡一覺。」我的聲音裡仍聽得出惶恐。「那個老頭說我再也不用睡覺了，因為睡眠是死亡的一部分，所以我就試著不去睡，現在我想睡也睡不著了。」

「噢，有時候是會這樣。」他伸出雙臂擁抱我。「來，帶我回家。我可以教妳一點小技巧。」

看到亞瑪出現在我的臥室裡感覺很奇怪。我和他一起經歷過血腥的恐怖攻擊，一起在由亡者的記憶構成的瓦伊特爾納河浮沈，到過許多河流帶我們去的地方，可是從來沒有一處是這麼世俗、這麼接近我的真實世界。

感謝上天！為了不讓媽媽看見我印出來的一大堆連續殺人犯和失蹤兒童的資料，我已經事先清理好本來亂成一團的床。

「到了。」我一邊說，一邊希望我放學回家時，有順手將換下來的衣服扔進洗衣籃，而不是掛在椅背上。

亞瑪凝視我桌上的相片。「妳有好多朋友。」

我嘆了一口氣。「最近沒了。從達拉斯事件後，很多人都和我疏遠了。」

「死亡會讓妳看出人們的真心。」他直截了當地說，然後轉過來看著我。「在真實的世界裡，它的效果會比較好。」

「什麼？」

一絲微笑閃過他的臉。「睡覺。」

「噢，對。」如果你在另一邊世界不會感到累也不會感到餓，那麼自然也不需要睡眠。

他在我的房間本來就讓我很緊張，所以在我急促呼吸了幾次之後，我就被彈回現實世界。就著窗外照進來的街燈光線，我可以看到房間從一片灰恢復成正常的顏色。

亞瑪閉上雙眼，慢慢地做了個深呼吸，彷彿在品味空氣似的。

我伸手撫摸他的臉。感覺好真實，不像虛無飄渺的鬼。

「等一下。」我輕聲說：「你也在這裡？我還以為你從來不離開重生世界呢！」

他睜開眼睛。「算是難得的奢侈吧！」

我望向臥室房門。「可是我媽……」

亞瑪靠近我，直到近到可以用氣音說話。「別擔心，莉琪。我們小心一點，別弄出聲音就好。」

他的呼吸像空氣長出手指似地輕拂過我的耳朵，我的身體微微顫抖了一下。接下來好幾秒鐘，我只聽得到血液在我血管中狂奔。

我的頭有點昏地坐到床上。亞瑪在我身邊坐下，我傾身靠著他。在真實的世界裡他不會冒出星光，也沒有火花在風中跳躍，可是他還是比任何我接觸過的人溫暖。

我轉身。「好。然後呢？」

「妳通常都穿著外套睡覺嗎？」他仍然在耳語，但咬字愈來愈清楚。

「噢。」我拉開拉鏈，讓它從肩膀滑落。

當然，我睡覺時也不會穿著運動鞋，我脫下鞋子和襪子。而我從沒穿著牛仔褲睡覺過，所以我站起來，讓它滑到地板上，然後越過房間，將窗簾密密實實地拉上。

我們身上賽可旁波斯的光在黑暗中似乎更加明亮了，帶著涼意的夜晚空氣輕拂上我的四肢。

我坐回床上，在亞瑪身旁伸了個懶腰，享受他發出的溫暖。

「嗯……不知為什麼，這好像不會讓我很想睡耶！」我的聲音微微顫抖。

「不急。」他低頭看著我，棕色的眼眸在黑暗中閃閃發光。

我舉起手撫摸他的右眉。小小的彎勾在我指尖下很是溫暖。我劃過他肩膀的線條，感覺真絲襯衫下堅硬的骨頭和結實的肌肉。我的手指解開他襯衫最上頭的扣子，讓發光的棕色皮膚現出更大的三角形。

他利落地將仍扣著扣子的襯衫從他頭上脫下。

我喘著氣。我從沒在真實的世界和他在一起。沒有另一邊世界淡淡的灰色光線，沒有河流上的星光火花，只有我們倆發光的皮膚，彷彿除了我們之外再無任何東西存在。

他傾身，以不可思議的穩定度讓他的嘴唇壓在我的嘴唇上。時空在這一刻凍結，時間也自行靜止。唯一還存在的世界僅在我們四片嘴唇之間。我停留在這美麗的交會中，渴望更多。

他的指尖如羽毛般刷過我的頸側，我感到自己的脈搏因他的熱氣而加快。在長長的深吻中，我的心跳一路加劇。

當我們的嘴唇終於分開時，我連呼吸都在顫抖。他仍緊貼著我，眼睛和我相望。這一瞬間的氣氛實在太緊繃了，我一定得說些什麼來緩和一下，於是我輕聲問他。

「你會睡覺嗎？亞瑪？」

「有時候。」

我吞下一口口水。「你都夢到些什麼？」

「像現在這樣。」他回答。

我結結巴巴地呻吟了一聲。感覺像是他的手指在我體內找到一個鬆脫的線頭，開始拉扯，讓我轉動，解開所有的束縛。那些無眠的夜晚所帶來的殘餘緊張感，一下子全透過我的皮膚飛散出去。

我伸出雙手，十指和他濃密的黑色鬈髮糾纏。我捧著他的頭，他的眼光和我綢繆，隨著我顫抖發出的每個嘆息，他的凝視也就愈來愈深。

很快的，鬆脫的線便結成一個亞瑪拉得愈來愈緊的結。深入我內心的恐懼終於被蒸發，轉變成一種明亮、銳利的渴求。所有在我腦袋裡糾結的該做而沒做的夢，全被打碎摔破，化成千千萬萬片，我的頭腳靠著他，拱起了身體。

到了最後我幾乎解體。好一陣子，我整個人迷失了，如同河裡的鬼魂記憶，散成了無數的粉塵。我不在乎我是否帶著詛咒出生，不在乎我是否被死亡做了印記，因為如果不是這樣，我就不會遇上亞瑪，不會和他在一起。

他教會我如何能再入睡，就像個反向操作的白馬王子。不過，想一想，當初在機場時，他也曾經以一個吻喚醒了我。

也許，他的嘴唇可以治癒我的一切。

第二十九章

完成艾維儂高中的兩場演講後，他們來到十英里外、入口一樣難找的另一所高中。安東在傍晚時分將他們三個載回飯店，讓他們在當晚書店簽名會開始前可以稍微休息一下。

也許是因為時差，也許是因為在高中待了一整天讓她感到自己真的是大人了，黛西一回到飯店房間，連衣服都沒換立刻就躺上床。

她整整睡了一小時後，發現伊莫珍脫得只剩下背心和四角內褲，坐在她身邊，手指在筆記型電腦的鍵盤上敲個不停。

「妳沒睡嗎？」

伊莫珍的手完全沒停下來。「妳在開玩笑嗎？我的書今天上市，一定要更新部落格，也一定要在推特上發文。」

「噢，的確。」經過一整天的折騰，黛西都忘了今天是《控火師》橫掃世界的大日子。「妳的書上市了，珍！妳現在是個有作品出版並上市的正式作家了。」

「我知道。還是很難以置信，對吧？」至少她的手離開了鍵盤。「我的意思是，我們今天在學校裡看到了幾本我的書。可是妳覺得真的已經有好幾千本被放在全國書店的架子上了嗎？會不會是我搞錯了？說不定這些事根本沒發生呢？」

黛西將手放上伊莫珍的裸肩。「是真的，珍。」

「可是我怎麼知道是真的呢？」

「嗯，因為妳的出版社這樣說？而他們在曼哈頓有一棟超大的辦公大樓？」

「有道理。他們的辦公室確實很大。」伊莫珍將臉上的頭髮拂到耳後，抬頭看著黛西。「可能是我的『冒牌貨症候群㉓』發作了吧！」

「真的有這種毛病啊？」

「當然。」伊莫珍在鍵盤上敲了幾個字後，把螢幕轉過來對著黛西。在十幾個打開的視窗裡，其中一個是維基百科的文章。

黛西很快讀過頭幾段。冒牌貨症候群和它字面的意思差不多，就是相信你所完成的每一件事不是靠運氣，就是靠欺騙、作弊。一直擔心將來在被人揭發是冒牌貨時，所有的一切也會跟著煙消雲散。

「爛！這不是在講妳，珍。這根本是在講我！」

「這是在講所有的作家。」伊莫珍將電腦轉回去，瞪著螢幕。「嗯，我們不該把它找出來讀的。有沒有一種症候群會在讀完它的相關資料後就被感染了？」

「這一種的確有可能。」黛西伸出手，輕輕闔上筆記型電腦的螢幕。「可是只要妳登上舞台，面對一百個史丹利．大衛．安德森的熱情粉絲，妳就會痊癒了。他們可不會讓冒牌貨做這種事。」

伊莫珍對這個直截了當的建議點點頭。「畢竟，面對一屋子的安德森粉絲又能糟到哪兒去？」

「不可能糟到哪兒去的。」黛西拉近伊莫珍，親吻她，在她耳邊呢喃，「只是非常熱情。」

「喔，妳在睡覺時，史丹利送了個簡訊說，他想要一起先在樓下吃個晚餐。」

黛西看看她的手機。裡頭也有個簡訊，是妮夏傳來的。「希望妳的巡迴順利──還有三百六十四天，書

㉓ impostor syndrome，指有能力的人在成功時常會產生其實自己只是運氣好的一種心理作用。

就要上市了！」

她嘆了一口氣，從床上跳起來。她穿著外出服倒頭就睡，現在開始覺得身體黏黏的。「我先去洗個澡。」

她們兩個很快梳洗更衣。伊莫珍換上筆挺的潔白襯衫和皮衣，手上戴了很多戒指。黛西踮起腳尖幫她拉好被行李箱壓得皺皺的襯衫領子。她穿著她們認識那晚媽媽送她的黑色小洋裝。她相信它是她的幸運物，而她應該還沒將它的好運用光。

飯店裡的餐廳很普通。天花板吊著好幾架電視，不管你坐在哪裡，都可以聽到運動賽事轉播的聲音。黛西滑入座位，塑膠椅像隻小海豹似地吱吱叫個不停。菜單也沒什麼特別的，不過倒是用了不少誇飾的命名。其中一道菜叫「世界乳酪之旅」，史坦森特別指出它簡直像日本俳句一樣抽象。

在他們點了菜單上看起來最不油膩的食物後，史坦森問她們。「妳們之前有到學校演講的經驗嗎？」

伊莫珍大笑。「我從來沒想過自己還會再踏進任何高中一步，而黛西則是剛從高中畢業不久。」

「那麼，我要對妳們致敬。」

「雖然聽到你的讚美很開心。」黛西說：「可是我還在氣你推我上台這件事。」

史坦森舉高雙手。「是妳的行銷人員搞的鬼。妳以為她是無意中寄電子郵件給圖書館管理員的嗎？」

「你和她都是罪魁禍首。」黛西說：「不過，還滿好玩的。我喜歡那場關於故事元素的辯論。」

「因為妳贏了。」史坦森說。

黛西嗤之以鼻。「你得到了十倍以上的掌聲。」

「沒有人贏。」伊莫珍說：「因為勝利不屬於劇情、人物或衝突。最重要的其實是背景。」

其他兩個人不明所以地瞪著她。

「高中……」伊莫珍解釋。「是一個最能將故事裡所有環環相扣、互相影響的元素簡化成對抗比較的地方。雖然事實上他們若不彼此依賴，整個團體就會瓦解。你找得到什麼地方關係這麼特別嗎？」

黛西聳聳肩。「聽起來每個三角戀情都符合妳的條件啊！」

「妳們兩個說得都有道理。」史坦森說：「不過黛西，妳應該要繼續和我們一起上台演講。和我們的『選舉人』互動是最佳的寫作研究了。」

伊莫珍大笑。「黛西五個月前都還是我們的『選舉人』之一呢！」

黛西不理她，轉頭問史坦森。「你遇過最糟糕的問題是什麼？」

史坦森想了一會兒，然後以舞台劇的法官在宣判時的聲音說：「你的靈感是從哪兒來的？」

「這個問題對黛西來說很簡單。」伊莫珍說：「她偷來的。」

「我沒有！」

「那麼妳要怎麼解釋我的衣帽間那場戲？」

黛西低頭看著桌子，兩頰脹得通紅。「那是個意外。」

「青少年小說天堂有了麻煩嗎？」史坦森眼睛發亮地問。「來！說給我聽聽。」

「一定要說嗎？」黛西哀求。

「一定要。」伊莫珍轉向史坦森。「《控火師》是三部曲裡的第一本。」

他點點頭。「看到目前為止，寫得很棒。」

「謝謝你……」他突如其來的讚美讓伊莫珍有點亂了手腳，但她很快恢復心情，繼續說：「第二本不久之前已經交給編輯了，所以我就開始寫第三本《恐懼師》。這一本的主題是恐懼而不是火。女主角有幽閉恐懼症。我本來打算以她被關在衣帽間做開場。聽起來不錯，是吧？於是我告訴我坐在這裡的女朋友這個主意——」伊莫珍用手肘輕輕撞了一下黛西的肩膀，「而她居然重寫她小說裡其中的一場戲，把她的女主角關在衣帽間裡，甚至還賜給她同樣的幽閉恐懼症！」

「那只是個巧合！」黛西大叫。

「我還以為妳剛才說『那是個意外』咧？」史坦森說。

「兩者都是！說它是巧合，是因為我之前已經詳細描寫了莉琪爸爸的高級衣帽間，而明蒂則長期睡在衣櫃裡，所以以衣帽間為背景是最完美的了。說它是意外，是因為我沒想到我做了什麼。而且，珍，妳也承認那樣寫比我初稿裡的老頭直接出現帶走明蒂好多了，不是嗎？」

「沒錯，確實是好多了。」伊莫珍說：「但那是我想出來的啊！」

「可是妳的新設定也比原來的好，不是嗎？」黛西轉向史坦森。「現在她的女主角在開場時被關在車子的行李廂裡。比被關在衣帽間恐怖多了，對不對？」

伊莫珍沒再爭辯，只是低頭從她面前的紙餐墊上撕下一個小小的截角。

「我們都會偷。」史坦森說：「重點是要從平常人身上偷，而不要從其他小說家身上偷。」

伊莫珍點點頭。「我的第一個女朋友就是個縱火狂，但我一點都不記得我從她身上偷到了什麼。」

「愛瑞兒是真人？」史坦森傾身向前，兩眼炯炯有神。「告訴我她的事。」

接下來，他和伊莫珍便很快沈浸在關於伊莫珍・懷特、《控火師》和真實與虛構之間的討論中。然後又開始爭辯角色、劇情何者重要，最後還計畫起要在今晚的書店簽名會說些什麼。

黛西縮在塑膠椅的角落，安靜而開心地聆聽。臉上因偷了伊莫珍的戲而起的紅暈還沒消退。老頭綁架明蒂的場景設在衣帽間再適合不過了。改寫那一段對她來說易如反掌。直到她大聲讀給伊莫珍聽時，才突然領悟自己剽竊了伊莫珍的主意。

也許這就是愛情的代價：失去了你我之間清楚的界線。

那晚的簽書會在舊金山市中心一家兩層樓的小書店舉行。黛西、伊莫珍和史坦森抵達時，到處擠滿了人。一樓幾乎全滿，二樓則有許多孩子，從小小的講台看出去，可以見到許多條在陽台欄杆間晃動的腿。為了避免史坦森到場引起騷動，店長等在外頭領著他從貨車出入口進去。但伊莫珍堅持要走大門。反正沒人認得她和黛西，所以她們可以自由自在地亂逛，四處觀察。

當然，她們先跑去看伊莫珍的新書。門口附近就放了一大疊，數十本火焰紅的封面引人注目。

「看到了吧？」黛西一邊說，一邊調整三角錐最頂端的那一本。「妳並不是個冒牌貨。」

「也有可能，我是個非常棒的冒牌貨。」伊莫珍的手指滑過其中一本的封面，像瞎子讀點字似地輕撫著一個個浮出的字母。「不過，即使如此，這些仿冒品也做得足以亂真了。」

黛西翻了翻白眼，將伊莫珍拉進人群裡。

史坦森的粉絲興奮地交談著。多數人身上都貼著寫了網路暱稱的名牌，好讓網友們可以很快認出對方。粉絲們穿著印了史坦森各種名言和小說封面的T恤，彼此攀談，很快就能變成朋友。一組網路社群的成員似乎是初次在現實世界裡碰面，每個人看起來都超開心的。

「妳不緊張嗎？」黛西問。

伊莫珍從她正在翻閱的攝影集中抬起頭。「在書店裡，我總是覺得異常安心。」

黛西大笑。「所以，背景真的才是最重要的。」

「而且它顯然也是今天的主題。」

「嗯，我倒是很為妳緊張。」

「只要妳不會傳染給我，那倒是無所謂。」伊莫珍的眼中幾乎沒有任何情緒。

「那麼，我就不再多話了。」

她們靜靜地混在人群裡。黛西仔細觀察來參加的人，幾乎都是青少年，少數幾個成人看起來也像是史坦森的粉絲，而不是載小孩來參加的父母。四分之三左右是女生，族裔分布則和今天在學校裡看到的差不多，混合了西班牙裔、白人、黑人和亞洲人，還有少數的中亞民族，相當標準的加州人口形態。然而在這個又冷又下著毛毛雨的星期二，他們居然願意放棄舒舒服服在家看著有一千個頻道的電視節目，或者探索網路世界，而決定長途跋涉來到這家小書店。當黛西聽到史坦森稱呼他們為「選舉人」時，確實感到有點奇怪，不過現在看來，也許那真是個再適合不過的叫法了。

安東在六點五十分出現，將黛西和伊莫珍領到休息室。書店老闆自我介紹後，安東便以流利的口才向她推薦《重生世界》。他將在車子裡閒聊時聽到的加以琢磨，講出黛西聽過最完美的《重生世界》簡介。店主人全神貫注地聽著，然後問了黛西五、六個問題，顯然一點都不在乎黛西的年齡。那一瞬間，黛西發現自己完全原諒了安東可怕的開車技術。

突然間，史坦森和伊莫珍就該登台了。

「喔！我開始緊張了。」

「妳一定會很棒的。」黛西擁抱她，加強力道祝她幸運。

然後，一個書店店員領著他們三個走出休息室，穿過激動落淚、興奮尖叫的瘋狂粉絲。群眾的熱情高漲，感覺連室內的溫度都升高了好幾度。黛西被領到離伊莫珍和史坦森只有幾呎的書店舞台側邊。舞台僅兩英尺高、不到兩碼寬。群眾不停地往前擠。

史坦森耐心等待大家安靜下來。但在終於沒人講話後，他卻僅僅以一聲簡單的哈囉又讓他們陷入瘋狂。上百支手機、攝影機對著他們，捕捉他每一根髮絲、每一個微笑。史坦森開始演講，每句話都環繞著他的名言「書本是成就人類的機器」打轉，觀眾不停地尖叫，不只是因為認同他的話，更因為他們放心了，史坦森就是他們想像中的樣子，只是比他們想像的更好。

群眾的熱情在他介紹伊莫珍時稍微冷卻了一點。他的口氣輕鬆，彷彿她不過是來書店的路上遇到的一個朋友。可是他對她讚譽有加的態度成功地感染了觀眾，讓大家在她還沒開口說話前就愛上她了。現在她成了他們的一員，他們以聆聽一個好久不見的表妹為新人獻上祝福的心情看她上台。當群眾聽到她特意將史坦森習慣性消化不良的玩笑加入她的強迫症演講時，對她的好感更為激增。

黛西仔細觀察，不敢相信這就是剛和她一起吃晚飯的男人，那就是幾乎每天和她一起醒來的女人。觀眾的崇拜讓他們兩個顯得光彩耀眼，簡直超凡入聖。

黛西知道明年她就得站上同樣的舞台，於是試著想吸收他們的表演精髓，可是她無法想像會有群眾這麼喜歡她，對她這麼熱情。

活動過了一小時後，店長宣布簽書會正式展開。店員請群眾排隊，並將摺疊桌搬上小小的舞台。

黛西努力擠到伊莫珍身邊。「你們兩個都太棒了！」

伊莫珍只是點點頭。她的呼吸又喘又淺，像一尾躺在乾地上的魚。

「剛才的比較容易。」史坦森說：「和讀者一對一才困難。」

「這樣啊？那麼我先下去，不打擾你們了。」

「妳留下來吧！」他說：「妳可以當我們的翻頁小猴子！」

「呃，沒問題。」黛西不知道翻頁小猴子是什麼，不過她知道自己很想和他們一起留在舞台上。

簽書的隊伍很長，以舞台為中心，繞了好幾圈。粉絲們帶來自己烤的餅乾、親手寫的詩和工藝品；甚至帶來想問史坦森的各式問題，內容包羅萬象，不只是他書中的角色、在錄影時的言談，連他對分號的偏愛都有人問。不用說，他們當然都帶了書來請他簽名。有些人擁有他的每一本書，有些人則只拿著一本泛黃的出道作品。偶爾，也有人帶著大家都知道他最喜歡的《大亨小傳》或最討厭的《白鯨記》來請他簽名。

十幾個他的粉絲當場買了伊莫珍的書。其中四、五個人擠在她前面，七嘴八舌地告訴她他們自己的強迫症，似乎不敢相信自己運氣這麼好可以離史坦森這麼近。伊莫珍則和他們分享她對放火的研究，把大家逗得哈哈大笑。

黛西一直盡責地在當翻頁小猴子，從顧客手中接過書，翻到印著書名的內頁放上紙條做記號，那麼史坦森就用不著再翻頁找正確的位置簽名了。黛西很快學會要將書翻開到印了書名和作者的那一頁，而不能翻到只有書名那頁。有時候，她也會和書店店員換手，下去當排隊督導員，然後像個小學三年級的老師一樣，確定每個排隊的人身上都貼著清楚的名牌，以防他們好不容易排到史坦森面前時，為了解釋名字的拼法而浪費了和偶像相處的寶貴時間。

兩個半小時感覺上似乎怎麼都過不完。史坦森開始回收、重複一對一時的笑話。差不多每五分鐘，他就會戲稱他的手要抽筋了。每十分鐘，他就會開始談到他對煙燻培根的熱愛。黛西無聊到開始幻想，如果自己必須一直在這裡當翻頁小猴子會怎麼樣。一直一直在這裡當翻頁小猴子……

但是，終於，最後，它還是結束了。精疲力竭的書店店員收起摺疊椅，將最後一批粉絲送出門。一百多張便利貼被扔在簽名桌上，宛如一大片落下的正方型黃色枯葉。伊莫珍不見了，不過很快就有人發現她躺在生物科普區的地毯上。安東又領著黛西去和店主人打招呼，她們兩個很快就像老朋友似地聊起當晚發生的趣事。

大家在回去的路上全累癱了。史坦森一言不發，後座的伊莫珍橫躺，頭枕在黛西的大腿上。連安東的可怕駕駛都突然間變得好平靜。所有的馬路都空盪盪、黑漆漆，一輛車都沒有。

「你真的能夠連續一個月都過這樣的日子？」伊莫珍問。

史坦森的表情很茫然，只是聳聳肩當成回答。

「我的意思是，你怎麼能夠忍受這麼多諂媚逢迎、歌功頌德的話？」

「那種話就像下雨一樣，溼到某種程度，就不會更溼了。」史坦森轉向黛西。「今晚對妳有幫助嗎？

有沒有從中學到任何事？」

黛西點點頭，想找出適合的字彙來形容。她覺得自己對讀者有了更進一步的了解，從完全不同的角度看到了文字驚人的魔力。而且，她還學會了簽名應該簽在哪一頁才正確。

更重要的是，今晚的經驗徹底改變了她的想法。黛西從十二歲起就厚顏無恥地想當個名作家。「名作家」這三個字總會讓她浮現特定的想像畫面：在風光明媚的陽台上振筆疾書，被又聰明又美麗的主持人訪問，配上曼哈頓大樓的天際線當背景。但所有她幻想出來的場景全都很祥和、寧靜，和今晚在書店看到的狀況大不相同。現在的黛西可以感覺到她原本優雅的白日夢，已經被某種喧譁、吵鬧，甚至稱得上有點烏煙瘴氣但讓人愉快的畫面取代。

「我很樂意永遠當你的翻頁小猴子。」她說：「書店主人等不及要看我的《重生世界》。她要求我先送試讀本給她，還請我簽上她的名字。我猜我應該把她的名字記下來，對不對？」

「安東會幫妳做好這件事。」史坦森對安東舉手行了個軍禮，安東大笑。「這就是為什麼我們一定要有一個超厲害的宣傳助理。」

黛西微笑，回想起她前一天下午第一次在安東駕駛的車子裡發抖冒冷汗的情形。她當時真的感覺到死神的羽翼拂過，現在想起來卻像是好久好久之前的事了。畢竟在那之後發生了好多好多事，她第一次為高中生演講，第一次當翻頁小猴子，第一次窺見了青年小說家的天堂。

第三十章

接下來幾天，我等著穿補靪長外套的老頭找上門來。我痛恨不曉得明蒂下落的感覺，總是忍不住想像她被分解成好幾千萬縷片斷的回憶，好讓老頭享用。如果不是亞瑪，我早就瘋了。每天晚上他都會到我房間來，以他的溫柔撫摸和對明蒂一定沒事的信心，陪伴我度過這場煎熬。

能夠再次正常睡覺真是太好了。不用再被從前的學生遺留下來的迷戀或霸凌的回憶糾纏，上學變得容易許多。當然過去的回音在走廊上仍處處可聞，不過至少聲音小了許多。最後一學期的高中生活慢慢恢復平靜，和達拉斯事件相較，簡直可以稱為無聊。

最棒的是，睡眠將我清洗得乾乾淨淨。有幾個早晨，甚至要在醒來五分鐘之後，所有的回憶才會在瞬間湧入我的腦袋。

「妳的祕密探員有消息嗎？」婕敏在吃午飯時問我，「最近都沒看他埋伏在附近了。」

「他這陣子很忙。」我回答。這應該也算實話吧？雷宜斯探員不但要查緝毒品走私，還要監視死亡邪教。對聯邦調查局不再派人保護我，我倒是心懷感謝。

「可是你們兩個還有聯絡，對吧？」

「對，我們幾乎每晚都會通話。」這也是實話，因為我相信婕敏現在問的是我和我真正的男朋友，而不是她上個問題裡的祕密探員。只要我彈性解讀她的問題，我就用不著對我最要好的朋友說謊的感覺真是太棒了。

「幾乎每晚？聽起來你們對這段感情很認真喔！」

我對她露出微笑，因為我們確實是認真的。我們不只一起待在我房裡，也到他海風吹拂的環礁小島上聊天。有時候，我們還會到他另一個與世隔絕的庇護地散步，我猜那個山頂應該是在伊朗，因為老派的亞瑪說它位於波斯境內。我們還計畫要去更遠的地方，一旦我有能力面對大量的鬼魂時，我們就能去拜訪如孟買之類的古城。當然，將來有一天，他也會帶我去他位在重生世界裡的家。

「妳還是沒把他的事告訴妳媽，對吧？」婕敏問。

我搖搖頭。「我有想過，可是她最近一直很累的樣子，沒有辦法和她討論這種大事。我猜她要煩的事已經夠多了。」

「妳說得也沒錯啦。」兩個不是我們這一屆的孩子在我們坐的長桌的另一端猶豫地停下腳步，不曉得可不可以坐下來。婕敏轉頭瞪了他們一眼，他們很識相地快步離開。「不過，妳也不能永遠瞞著她。這樣太過分了。」

「我不會一直瞞著她。」我嘴巴上這樣講，但心裡已經在想我能有什麼其他選擇？應該選在什麼時候告訴媽媽妳正在和一個好幾千歲的賽可旁波斯約會？該不該告訴她死後的世界是怎麼運作的？還是捏造一個假身分，請他像個正常人來家裡吃飯？「我在想也許等到我高中畢業之後再告訴她。比如說，等我去上大學……」

我沒把話說完，因為突然間我對自己是不是該去上大學充滿了疑惑。我在上學期就完成了所有的大學申請手續，可是現在我是新手女戰神了，還用得著去上大學嗎？如果去的話，我該主修什麼將來才用得上呢？

「妳還好嗎？」婕敏問。

「還好。」我振作起來，突然間覺得很想對婕敏掏心掏肺。「只不過……最近總有一種不知道該怎麼計畫未來的感覺。」

她沒有馬上回答。餐廳天花板的日光燈照得她的眼睛亮晶晶的。午休時間就快結束了，大家收拾杯盤的撞擊聲適時填補了我們之間的沈默。「妳的意思是，妳覺得彷彿會有什麼可怕的事再度發生，所以不管做什麼計畫也都是在白費力氣，是嗎？」

我點點頭。雖然我的問題不是害怕死亡會再度降臨，而是我根本就被死亡包圍了。死亡在牆壁裡，在空氣中，宛如黑油般從地面湧出來。我還不能一天二十四小時的聽見重生世界的聲音，還不行；不過我可以感覺到它的眼睛就在那兒看著我。

「這很常見。」婕敏說：「許多有過瀕死經驗的人對計畫未來都有困難。」

我只能微笑。「瀕死經驗」著實太輕描淡寫了。現在的我不但可以藉瓦伊特爾納河旅行，等著要去救被綁架的小女鬼，而且還天天和死神大人睡在一起。

我何止是「瀕死」，我根本是整個人浸在裡頭。

「也許，妳產生了『倖存者罪惡感』。」婕敏說：「其他人全都死了，只有妳活下來，所以心生愧疚。」

我翻了翻白眼。「妳去買了什麼心理學的書嗎？」

「沒有。我是從《悲慘世界》裡看來的。」她傾身靠近我，唱起劇中的主旋律，但在嘈雜的餐廳裡，我只能勉強聽見她在唱什麼。

「好吧！」我說：「也許有一點。」

「至少，妳不用再擔心那個叫復活什麼的邪教了。」

我想了好一會兒。「妳是指『復活行動』嗎？」

「呃，對。就是那些差點殺了妳的壞蛋。妳忘了他們了嗎？」

噢。我想起來了，雷宜斯探員在我們講電話時確實提過。「他們的總部被包圍了，對不對？」

她瞪著我。「妳是指，在美國的每個聯邦調查局探員都即將被派去支援的攻堅行動嗎？我還以為妳早就知道了呢！莉琪！妳的男朋友不是應該快到那兒去了嗎？」

「那一類的任務不在他的職務範圍內。」我說。

「喔！」婕敏皺起眉頭。「我一直想像他穿著防彈衣的樣子。我到底有什麼毛病啊？先聲明，我對他可沒有『性趣』。」

我聳聳肩。帶槍的男人在現代已經沒有什麼特別的了。

「好吧！」婕敏說：「我開始在想，原因應該不是瀕死經驗或倖存者罪惡感。看起來，妳大概是進入了『否認期』。」

「我完全否認。」我說。婕敏一聽不禁露出微笑。

上課鐘響，我站起來準備離開，婕敏伸手越過桌子，握住我的手。「不管原因是什麼，莉琪。妳只要記得我永遠會陪在妳身邊就好。上個月發生的事並不會因為電視新聞不再播報就真的變成過去。」

我捏捏她的手，想擠出笑容。她不知道發生在我身上的事，是永遠永遠都不會過去的。

那天晚上，媽媽宣布我們要做義大利餃。

聽起來很難，做起來其實不難。重點在於要將麵皮擀得非常薄，不過我們有個帶小擀麵棍的機器可以代勞，所以只要用圓形的餅乾模子將它切成一樣大就好。至於內餡，媽媽決定要用瑞可塔乳酪。

「如果今天能早點回家，我就可以自己做了。」我們開始動手時，她一邊說，一邊以不信任的目光看著店裡買來的現成瑞可塔乳酪。媽媽就是這樣，即使在爸爸還沒離開我們之前，任何東西只要她會做，就覺得用買的是浪費。

「沒關係啦！」我說。

我們很快揉好麵糰。我搖著機器的小把手，轉動擀麵棍，壓出第一張麵皮。媽媽站在機器的另一端，接住和銅板厚度差不多薄的麵皮，然後利用我們加進麵糰裡的磨碎黑胡椒粒做記號。

我們靜靜地並肩工作了好一會兒。這是老頭帶走明蒂之後，我第一次和媽媽一起做飯。我想念她待在牆角看著我們的小小身影，她總是很熱切地睜大眼睛，卻又很守規矩地保持安靜。

媽媽以她慣用的開場白打破沈默，「學校還好吧？」

「現在比較好了。」我說。

她拿著一支叉子正在壓碎大碗裡的瑞可塔乳酪，聽到我的回答，抬起頭來。「比較好是什麼意思？」

「我的朋友現在不會再躡手躡腳地避開我了。」

「那很好啊！其他人呢？我是指，那些原來就不是妳朋友的學生。」

「婕敏才不會讓他們來煩我咧。」

媽媽笑了。「她好嗎？」

我想了一陣子才發現我不知道該怎麼回答。「我們在一起的時候，大部分都在講我的事。我最近真是個很糟糕的朋友。」

媽媽伸手拿起廚房毛巾，將麵粉從我的下巴撣掉。「我相信婕敏不會覺得妳是個糟糕的朋友。她大概也不會想談論她自己。她只想陪在妳身邊。」

「沒錯，她確實很擅長讓我開口，對她說出一切祕密。」我說，同時對自己承諾，下次見到婕敏時，我也會聆聽她的問題。

「所以，妳對她說出了什麼祕密？」

我看了媽媽一眼。她的態度正大光明，並不覺得自己是趁機在套話。「像是我對那天發生的事的一些想法。」

她也看了我一眼。「比如說？」

媽媽顯然不打算輕易放過我。可是我又不能告訴她我們都在討論我的祕密男友、倖存者罪惡感，以及瀕死經驗如何讓你無法面對未來。而且我也不能告訴她，我另一個最好的朋友小女鬼明蒂被壞人綁架了。

我還是得找點別的話說。「有時候，我早上醒來，要過好久才能記起自己是誰。感覺就像，上個月發生的一切必須花上好長的時間才能下載到我的腦子裡。雖然現實上只是五分鐘，我卻覺得像一個世紀那樣長。」

她沒有回答，也許是因為我臉上的表情和我說的話完全不搭。我腦子裡正在回憶的是亞瑪的嘴唇怎麼治好了我的失眠。

我們開始製作義大利餃。先切出圓圓的餃子皮，在每個麵皮上放一湯匙的內餡，將麵皮對摺，用手指壓緊密封。媽媽用叉子在餃子邊壓出摺痕，讓一顆顆的義大利餃看起來就像迷你的半圓形烤乳酪餡餅。

製作過程不但單調繁複且進展極慢。每次做到一半，我總會忍不住懷疑，花這麼多工夫真的值得嗎？每做一顆就要花三十秒，但放到嘴裡吃掉卻不用兩秒鐘。但是這些餃子又小又精緻，做起來其實頗有製造娃娃屋家具那樣的樂趣。

「妳最近有沒有和妳爸爸通過電話？」

我抬頭看著媽媽。以前只要她能避免，是絕對不會主動提起爸爸的。「我只傳了簡訊謝謝他買新電話給我。」

「我指的不是傳簡訊，我指的是真正的交談。」

這實在是太奇怪了。「媽，我從紐約回來後，就沒再和爸爸說過一句話了。」

「他也沒有打電話給妳嗎？」她的嘴角透露出怒氣。她生氣的對象是他，不是我，不過我還是覺得自己好像做錯了什麼事。「你們兩個應該要更常聯絡。」

「為什麼妳會突然這樣想？」

「他是妳爸爸。將來有一天，妳會需要他的。」

我停下手邊的工作，毫不掩飾我的驚訝地瞪著媽媽。她拿著叉子在義大利餃上壓出摺痕的雙手微微顫抖，顯然光是提到爸爸就讓她難受得不得了。

「看在老天的分上。」幾秒後她說：「我們甚至還沒開始燒水呢！」

她轉身打開水龍頭，將手上的麵粉洗乾淨。我看著她在大鍋子裡撒上一把鹽，然後裝水。瓦斯爐的點火器響了兩下，接著發出噗的一聲，冒出藍色的火焰。

媽媽低頭看著水。我只能看到她的頭髮，看不到她的表情。

「妳可以自己把它做完吧？」她語氣輕快地說，然後走向屋子另一端的主臥室。「我馬上回來。」

「好。我不會讓水燒乾的。」我回答，順便以我小時候做過的蠢事開玩笑。我在心裡懷疑她是不是在哭。可是我不明白，她有什麼理由要哭？

也許她的朋友告訴她，我現在最需要的是家人的支持，要她在和爸爸聯絡時不要只想到自己。但是，媽媽真的會相信我需要爸爸的幫忙才能克服我經歷過的慘劇嗎？

我有她，有婕敏，有亞瑪。雖然媽媽不知道亞瑪的存在，但是我擁有的已經夠多了。我現在只想救回明蒂。

我將最後一顆義大利餃對摺。因為它是最後剩下的麵皮切下來的，所以並不是圓形，只能包住正常餃子一半左右的乳酪。我小心地將它壓緊，拍拍手去掉沾在手上的麵粉。

「完工。」我說。

「看起來真好吃。」一個陰冷的聲音從我背後傳來。

我猛然轉身。穿補釘長外套的老頭站在我家廚房，皮膚像中島上的麵粉一樣白。

我一語不發地伸手從刀架抽出一把又尖又長的剔骨刀。

「哇！哇！莉琪！」他十根手指張得開開的，雙手舉在身體兩側。廚房的燈照得他無色的眼珠子閃閃發亮。「沒有必要這樣吧？」

「閉嘴！」我齜牙咧嘴地說，轉頭望向媽媽的房間。

「我從不跨界的，孩子。到了我這個年紀，進入真實世界對我的心臟絕對不是好事。」

我低頭看著地板——他沒有影子。可是他還是不該出現在媽媽的廚房裡。

「這是我家。」我小聲而憤怒地說：「滾出去。」

「可是我們還有生意要做呢！」

「不能在這裡做。」

他雙手朝上，十隻手指頭往自己的方向握。「那麼，就換妳過來吧！」

我又向走廊看了一眼，仍然沒有媽媽的影子。我的心臟狂跳，刀子在我手中顫抖。我太害怕、太惶恐，沒辦法鎮定下來進入另一邊的世界。

除非我回憶最初將我送進去的那些話……

「航空警察局已經出動。」我輕聲念著，手上的刀子不抖了，我的惶恐被一種銳利而清明的心情取代，我的肌肉變得靈敏，火花在我的皮膚上聚集。

「嗯，親愛的，」我喃喃自語。「也許妳應該假裝妳已經死了。」

鼻子裡原本的生麵粉氣味換成了鐵鏽味，連煮水大鍋子下的火焰也變為蒼白無力的暗灰。

我跨進另一邊的世界，手上刀子不再閃爍，看起來變得很鈍。

「有趣的技巧。」老頭以諷刺的語氣說。可是他剛才卻看得很仔細。

我再也用不著壓低音量。「你他媽的把明蒂藏到哪兒去了？」

「她在等妳。」

「用不著和我來這一套！」我將刀子舉在前面。「她在哪裡？」

「要我帶妳去找她嗎？」

我慢慢吸入一口氣，點點頭。

他的手伸向嘴巴，像個小孩吐出吃過的口香糖似地，將一坨黑色物體吐進他的掌心。我往後退了一步。

他將拳頭往前平舉，黑色的液體便不停地從他蒼白的指縫中流出，滴到地板上，在他的腳邊愈積愈多，往四面八方擴散。

「有趣的技巧。」我說：「我真正的意思是，未免也太噁心了吧？」

「不管妳怎麼說，河就是河。」他張開掌心，歡迎我站進他製造出來的黑色油池裡。

我嘆了一口氣，試著想說服自己這和亞瑪從地面下沈也差不多。「如果明蒂受到任何傷害，我會直接把刀子插進你的眼睛裡。」

「這才像是我的小女戰神！」他微笑著說：「不過，刀子在重生世界是起不了作用的，連用在活人身上都不行。而且我再怎麼樣也不會去傷害她。」

他站進黑油池裡。

我抓緊刀子，用兩隻手指捏住鼻子，跟著他往下沈。

我們只在瓦伊特爾納河待了一下下，絕不超過一分鐘。河道沒什麼波浪，但是充滿了又溼又冷、糾纏不休的東西。從河流出來後，我們進入一個地下室，水泥地板因潮溼而發亮。牆上全是水管和電路，唯一的光源則來自滿是開關和刻度盤的盒子裡的小燈泡。

「我沒看到我的朋友。」

「她在這裡。」老頭隨便往四周揮了揮手，彷彿他已經將明蒂化成一攤泥塗在牆上似的。

「你想要我做什麼？」

他開心地點了點頭，似乎正等著我問這個問題，讓我產生我才是決定下一步要怎麼做的人的錯覺。

「幫我三個忙，然後我就會把她還給妳。」

我握在刀把上的手抓得更緊了。「你綁架她。要人家幫忙不是這種態度吧？」

「那麼，為我做三件事。或者，實現我三個願望。隨便妳怎麼說。第一件事非常簡單：親一下我的手。」

他將手伸向我，掌心朝下，蒼白的皮膚泛著賽可旁波斯的光芒。他發亮的眼睛瞇成一條無色的縫。

我努力壓抑不讓身體顫抖。「為什麼你想要我親你的手？」

「為了強化我們之間的連結。只是為了方便，就這樣。」

他說「方便」的語氣讓我忍不住開始顫抖。寒意竄過我的身體，糾結我的肌肉，強迫我吐出一大口氣。

「我不想和你有任何連結，我一點都不想要你再來找我。」

「妳誤會了。我什麼時刻都可以找到妳，莉琪・史考菲爾德。可是我想要我們的連結是雙向的。我想要妳能夠呼喚我。」

我不由自主地乾笑了兩聲。「一點也不需要。」

「將來妳有可能會需要我的，小女戰神。我會許多妳的棕色皮膚的朋友不會的事。他的年紀也許比我大，但我可以教妳很多他太固執而不屑學的技巧。如果說我看錯妳了，妳一直都沒呼喚我……」他張開雙手。「那麼，妳就不會再見到我。」

這個承諾其實相當誘人。可是三個願望和一個吻聽起來實在太像沒被改寫前的老派悲慘格林童話。我沒忘了故事裡的規則：不要離開既定的道路、不要吃有魔法的食物，還有不要親吻可怕的賽可旁波斯的手。

更別說光是想像我的嘴唇要去碰觸他蒼白的皮膚，就已經夠令我想吐的了。

「除了加強連結外，親你的手還能讓你對我做些什麼？」我問。

「完全沒有。」他舉起右手。「我發誓。」

我站在那兒，希望我可以先問一下亞瑪。可是如果我呼喚他，老頭一定會立刻離開，我就永遠找不到明蒂了。

「聽著，小女孩。如果妳現在不想玩，我們可以等妳想通時再來一遍。十年後怎麼樣？」

「十年後？」

「我們兩個都可以自由選擇壽命的長短。所以，沒錯，如果惹火了我，妳就再等十年好了。或者妳也可以現在就親我的手。」

「我怎麼知道你會不會將明蒂還給我？說不定你會將她占為己有，你不是喜歡蒐集她那樣的小孩嗎？」

他悲傷地搖搖頭。「她不行。她沒有我想要的東西。」

我回想第一次見面時，他對我說的話。「你要的不就是生日蛋糕、床邊故事的回憶嗎？你的意思是明蒂沒有這類的記憶嗎？」

「我相信她有，可是我已經有好幾千個生日回憶了，親愛的。我現在只熱中於蒐集結局。甜蜜的、美麗的、如夕陽般消逝的結局。」

「我聽不懂你到底在說什麼。」

他以唱歌般的音調說：「妳知道當妳讀完一本書時，書中所有的人一起離開去參加派對，只有妳一個人被丟下的感覺吧？我的口袋一直有這種遺憾。」

「那和小孩子又有什麼關係？」

「我就是用他們來彌補我的遺憾，莉琪。」他說：「很小就過世的孩子，甜蜜的殞落過程。生病的嬰兒微笑望著他們的雙親，知道即使他們就快走到生命盡頭，可是爸爸媽媽還是深愛自己。」

我目瞪口呆地站在那兒，看著他，說不出話來。他的表情好快樂，無色的眼睛凝望空中，閃閃發亮。他的話鑽進我體內的冰點，那個不管亞瑪的火花越過我的皮膚幾次、從達拉斯事件後就沒有融化的地方。

老頭其實不是個偷走孩子的人。他是另一種形態的怪物。他太稀少、太特別，世界上大概找不出合適的字彙來形容他的罪行吧？

他微笑的嘴角垂了下來。「妳的小明蒂的結局恐怕太慘了一點。所以，不，我一點都不想要她。」

「你為什麼會變成這個樣子？」我問。

「戰爭。」他簡單地回答，雙手撫摸著他的外套。「戰爭中有太多太多的孤兒。每一次我被召喚去另一個烽火滿天的城市，總會遇到在恐懼中孤獨死去的小鬼魂魄四處遊蕩。好幾百個。」

我靜靜地看著他，還是不明白。

「知道有其他的孩子在死的時候仍然被深愛著，我才能和那些悲慘的回憶對抗。」他臉上的表情一沈。「我們已經講了太多歷史了，小女孩。要怎麼做，妳自己選吧！」

在那一刻，我只想衝到他面前，揮刀刺殺他，一次又一次直到手臂痠到無法移動為止。然後我再來搜遍地下室和附近區域尋找明蒂。她是鬼，不會覺得餓。我可以花上一千年來找她都不成問題。

可是老頭曉得如何在一秒鐘內消失得無影無蹤。而且，話說回來，有可能在另一邊的世界裡殺死另一個活人嗎？

於是我決定不殺他了，相反的，我說：「如果你在耍我，我會讓你將來後悔得不得了。」我的聲音裡一定透露出我在想什麼。他的眼睛睜得好大，像一尾透明的魚遇上敵人瞬間將身體膨脹起來恫嚇對方那樣，然後他再度露出微笑，有點緊張的樣子，不過還是伸長他蒼白發亮的手。

它就停在我們之間的黑暗中。這是我最後的機會。

「太爛了！」我喃喃自語，往前跨出一步，然後又一步。我刻意不去看他臉上愈來愈滿足的神情。我隔著他的外套袖子，握住他的手腕。我的另一隻手仍緊握住刀子，以防他突然有什麼舉動。在我彎腰低頭時，我的心裡不禁開始感到惶恐。我又想起童話故事，這會不會是重生世界裡特有的騙術？該不會在親吻他的皮膚後，我就成了他永遠的奴隸了吧？

當然，如果我想的是真的，那麼我早就當了亞瑪一千次的奴隸了。

只剩最後幾英寸時，我強迫自己低頭直到我的嘴唇刷過老頭的手背。他的皮膚和大理石一樣冰冷，但和亞瑪、我一樣都帶著相似的能量。雖然老頭的電流比較黑，還帶著如鉛筆芯般苦澀的味道。

我放開他的手，踉蹌後退，不禁又打了個冷顫。突然間，我覺得喘不過氣，原來我一直在憋氣，趕忙大口大口地呼吸。

「好了。這樣，你開心了嗎？」

他喘了一口大氣。「非常開心。」

「你還想要什麼？」

「我的第二個願望是，妳要念出我的名字。」他鞠了個躬。「我是漢姆林先生，史考菲爾德小姐。很高興終於能符合禮節地認識妳。」

「就這樣？念出你的名字？」

他點點頭。「妳必須知道我的名字，等到妳體內的女戰神甦醒時，才能找得到我。也許妳應該多說幾次，才不會忘記。」

說他的名字不像親他的手那麼噁心，所以我依照他的要求，很快地複誦了幾次，試著裝出一副滿不在乎的樣子。然後我又開始緊張了起來。他不會這麼輕易地放過我吧？不曉得他第三件事會要求我做什麼？

「好了嗎？最後一件事是什麼？」

「我要妳傳話給妳那個令人印象深刻的朋友。我忘了他叫什麼名字？」

「亞瑪杰。」

老頭露出微笑。「告訴他我餓了。」

他說完，影像晃了兩下，人就不見了。

我呆立在原處，瞪著他幾秒鐘前站著的地方，突然間覺得這個昏暗的地下室好空曠。

剛才發生了什麼事？怎麼一下子就結束了？未免太容易了吧？那老頭是看到什麼東西被嚇得逃走了嗎？我環顧四周，可是黑暗中並沒有任何火花，除了鐵鏽味外，什麼都沒有。

這不合理啊！

然後我聽到了嗚咽聲和小孩子在吸鼻涕的聲音。

「明蒂？」我大叫。「是我！」

過了好幾秒，沒有回答，然後一個形體從陰影處慢慢浮現。她的眼睛睜得好大，辮子亂成一團。她抬頭，用滿是淚水的灰色眼睛看著我。「莉琪？」

我跑向她，單膝蹲下，張開雙臂擁抱她。她的身體好冷，還在發抖，我緊緊抱住她，她的肌肉軟弱無力。

「沒事了，明蒂。」

她伸出手來擁抱我，但似乎有點遲疑，好像是在怕我會突然變成別人似的。「妳答應過我，不會讓任何人抓走我的。」

我拉開兩人的距離，看著她的眼睛。「對不起。」

明蒂和我對視了好一會兒，然後她望向黑暗。「那個壞人來過。」

「不，不是他。而是……」我不想說出他的名字，連想都不願去想。「另一個胖波士。他已經走了。」

可是我還是不曉得為什麼老頭會突然離開，也不知道他會不會再回來。所以我站起來，牽住明蒂的手。

「我們回家吧！回到家，我們就安全了。」

她點點頭。她的手在我的手裡顯得好小、好冷。我領著她，走進了瓦伊特爾納河。

當我們回到我的臥室時，我從半開的房門看向廚房。媽媽不在那兒，而大鍋子裡的水還沒沸騰。我在想不知道我離開了多久。在那個地下室裡的經歷，讓我覺得簡直像是過了一百萬年。

「我得去煮晚飯。」我輕聲地說：「不過如果妳願意，可以過來看。」

「不用了。我想回去安娜的衣櫥裡。」

我點點頭，讓自己滑回真正的世界。我的心臟狂跳，所以我毫無困難地就跨回原來的世界。顏色立刻湧入我的房間，所有的鐵鏽味和血腥味瞬間都不見了。

明蒂還是站在那兒，抬頭看著我。

「我不會再讓妳出這種事的。」我溫柔地對她說：「我向妳保證。」

「妳沒辦法保證的。」

「明蒂……」我開口，想對她解釋漢姆林先生並不想要像她這樣的小孩，所以其實她很安全。可是她說得沒錯，世界上還有很多其他的壞人，不管他們是老是少是死是活，甚至還有些是在陰間的活人，我確實沒辦法保證。

「可是妳來了，而且救了我。」明蒂踮起腳尖，給我一個真正的擁抱，兩隻冰冷的手臂緊緊抱住我。「這才是最重要的。」

我聽到媽媽走出房間的聲音。接著我聽到大鍋子裡的水已經沸騰，開始噴得四處都是，然後我聽到媽媽走到廚房對我扔下在煮水的鍋子跑掉不滿的抱怨聲，可是我還是讓明蒂繼續緊緊地擁抱著我。

第三十一章

接下來六天，緊張、瘋狂、感覺像做夢一樣卻又深刻難忘的巡迴宣傳持續進行。日子在公開活動的喧囂和機場、飯店大廳裡的寂靜中擺盪。從亢奮激動到精疲力竭。從和群眾打成一片到呆坐在停滯的車陣中。

然後，突然間，一切就結束了。黛西和伊莫珍發現自己居然已經在芝加哥歐海爾機場向史丹利．安德森道別。感覺就像夏令營結束時，大家淚眼揮別那麼傷心。在走向登機門的路上，伊莫珍對黛西說：「真想不到我們可以忍受和老朋友別離，卻受不了向一個新認識的巡迴宣傳打書夥伴說再見。」

飛機奮力飛上青天，順利飛回紐約市。伊莫珍和黛西回到家，倒頭就睡，在上千個熱情粉絲的吶喊回音中，大睡了好幾天。很快的，兩個人便回歸常軌，開始工作，因為她們不但有《重生世界》的新結局要寫，《恐懼師》和《未命名的帕特爾》也得盡快開工。

「妳這個主意真是爛透了。」黛西說。

「做研究嘛！」伊莫珍一邊回答，一邊走向租來的轎車後方。她按下手上的車鑰匙遙控器，在嘟一聲後，後車廂的上蓋應聲彈開。「很怪，是不是？我甚至不知道這東西叫什麼名字。」

黛西雙手抱胸抵抗十一月早冬的寒意。「它叫『後車廂』，呆子。」

「不是啦！我指的是這個。」伊莫珍將後車廂開大一點，然後再將它拉下。「我手上握的這個，正在上下移動的這個。它算是後車廂的門呢？還是蓋子？」

黛西發現自己也不曉得。寫作就是這樣，老是讓她發現原來她有這麼多事不懂，這麼多字不會。「好問題。我們回家上網查一下吧？」

「別傻了。」伊莫珍拉上皮衣的拉鍊。「等妳開車時，我再用手機上網查。妳覺得手機在裡頭會不會有訊號？」

「如果妳真要躲進後車廂，我們就哪兒都不去。從離開費城後，我再也沒有開過車了。」

「開得爛才好。綁架克拉拉貝兒的傢伙喝醉了，記得吧？」

「開得爛一點都不好！妳難道想要我把妳的雙手也綁在背後嗎？既然要做，怎麼不做全套？」

伊莫珍想了好一會兒，聳了聳肩。「我們沒帶繩子。」

「妳不能找別人來做這件事嗎？這樣如果妳死了，至少不是我的錯。」

伊莫珍露出微笑。「不管怎麼樣都會是妳的錯，因為偷走我的衣帽間那場戲的人就是妳。」

這句話讓黛西啞口無言。如果《恐懼師》還是以克拉拉貝兒被關在衣帽間開場，那麼伊莫珍現在就能安全地在家裡做研究了。

過去兩個月來，伊莫珍一直不停地抱怨她的開頭寫得毫無緊張刺激的臨場感，因為她從來沒有被關進後車廂過。所以今晚她以一家新開的二十四小時拉麵店為餌，將黛西騙進十一月中旬的寒冷夜色裡。事實證明，一切根本是她策劃好的詭計。

「要是出車禍怎麼辦？」

伊莫珍聳聳肩。「開慢一點就好。待在時速二十英里的後車廂會比坐在時速五十五英里的副駕駛座還安全。」

「這是妳隨口捏造出來的吧？」

「對啦！可是我覺得它聽起來頗有說服力。」

黛西惱怒地嘆了一口氣。伊莫珍顯然不會被安全理由勸退。畢竟她在念大學時就經常攀爬宿舍；直到現在，如果遇到地鐵車廂裡的人太多，她會寧願站在車廂的連結處。這種個性怎麼可能會聽勸？黛西只剩一張牌可以打。「如果我們出了車禍，而妳死掉了，他們就會以綁架，甚至謀殺罪來逮捕我。」

「妳放心，不會的。我在筆記型電腦裡留了一段解釋前因後果的錄影。如果真的出事，妳頂多就是被控過失致死罷了。」

黛西有點遲疑。「所以，妳是說，如果妳死了我可以看妳的電腦嘍？」

「只可以看錄影檔案夾裡頭的東西！如果妳敢偷看我的日記，我做鬼都不會放過妳。」

伊莫珍說完就爬進後車廂，黛西沒得選擇，只能繞到車子後頭。這輛車平時就停在租車公司專用的路邊停車格。伊莫珍租車後便用手機開了鎖，車子的鑰匙放在手套箱裡。整個過程太過迅速、有效率，讓你連多想一想再做的猶豫時間都沒有。

伊莫珍的身體靠著小得可笑的備用輪胎，脖子的角度看起來好像已經折斷了似的。

「當初真該選一輛大一點的車。」

「伊莫珍，拜託妳不要這樣，求求妳。」

「如果我的夾克沒有剛好卡在脊椎上，其實沒那麼難過。」

「我不會幫助妳自殺的！」黛西尖叫。對街一個正在遛一隻大黑狗的男人轉頭看了她一眼。狗兒似乎很感興趣，但是那人只是轉頭拉著牠繼續往前走。

「只要幾英里就好。我只需要在這裡頭待個十分鐘，感覺一下就行了。」

「我拒絕。」黛西說：「妳答應要帶我去吃麵的。」

伊莫珍聳聳肩，或者至少盡力在狹小的後車廂裡做出聳肩的樣子。「所以妳要我去請下一個走過的人幫忙嗎？現在是凌晨三點，怪胎出門的好時間。我相信我一定可以找到願意幫一個躲在後車廂的陌生人開車的瘋子。」

黛西瞪著她。「我不相信。」

「而我不相信為了這一幕戲，我花了多少心血，居然還寫不好！」伊莫珍鬆開貼緊備胎的身體，掙扎地跪了起來。「它一定要很完美、很精彩。如果這本書沒有從第一頁就好看得不得了，出版社就不會發行它了！」

「妳是什麼意思？他們不是已經買了三部曲的版權了嗎？」

「他們還是有權取消尚未履行的合約。」伊莫珍有點垂頭喪氣地說：「我的經紀人今天打電話給我。《控火師》賣得很不好。」

「怎麼會？珍。我親眼看到妳在好幾百本書上簽名呢！」

「是，但那不過是在巡迴宣傳時點燃的火花。它在連鎖書店裡賣得不好，其實在別的地方也是如此。現在他們有了兩個月的銷售數據，每個人都嚇死了。這個星期一我的經紀人到出版社參加一個很大的會議，大家互相指責。有人說封面不該用那麼多紅色，有人說書名太怪異，還有人說我不該在第一頁就寫到香菸。」伊莫珍嘆了一口氣。「當然，女生喜歡女生也是一個大問題。」

「不就是一個吻而已嘛！」

「還有裡頭最出名的滴蠟橋段。不過，他們認為是什麼原因並不重要。重要的是，那本書有麻煩了，所以整個三部曲都有麻煩了。」

黛西搖搖頭。「可是第二本書，不管妳的書名要叫什麼，就要出版了。《恐懼師》則要再過兩年才會出版。到那時候，大家就會明白妳有多棒了！」

「我沒有兩年。經紀人要我在幾個月後就把第一章交給南恩，而且必須是非常棒的第一章，讓南恩有信心繼續為我抗爭。」伊莫珍抓著後車廂的邊緣。「所以，無論如何，我非做不可。畢竟這是克拉拉貝兒開始學會控制自己恐懼的起點。」

黛西不敢置信地站在那兒。所有的書店店員、圖書館管理員和史坦森的粉絲，每個人都喜歡伊莫珍。而且巡迴宣傳之後，至少有五十篇讚揚《控火師》的評論出現在網路上，報章雜誌也登了五、六篇書評。其中兩篇甚至還得到了好幾顆小星星呢！

這些對悖論出版社來說，居然還不夠？

「好吧！」黛西說：「我做。」

伊莫珍的笑容照亮了後車廂門（呃……還是後車廂蓋子？）下的黑暗空間。她把鑰匙扔向黛西，又將身體貼緊備胎。

「經過突起路障時小心一點。」

「我一路都會很小心的。」她慢慢吸進一大口氣。「妳準備好了嗎？」

伊莫珍對她豎起大拇指，黛西輕輕關上後車廂。她一邊走向車子前座，一邊懷疑是否有人正從上方的公寓窗戶往下看？如果有，他們一定覺得這是世界上最奇怪的綁架案了。

黛西在駕駛座上呆坐了一會兒。這輛車比她之前開過的任何車都小。她爸媽老是說大車才安全。雖然，就像妮夏指出的，他們所謂的安全指的是自己的安全，不是馬路上其他人的安全。但是現在她的女朋友就縮在後車廂裡，如果能有一輛大車的安全保護，她會比較開心點。

油門、煞車似乎遠了一點，她試著將駕駛座往前調，可是它卻不動如山。她只得放棄，轉動鑰匙發動引擎，然後以烏龜爬行的速度慢慢開上馬路。

從駕駛座看出去的紐約市和從計程車後座看到的很不一樣。尤其是開車讓她想起很多高中時代的往事，感覺更是奇怪。她想到十二年級時載著一群喝醉的同學，為了要聽哪個廣播電台，大家在車上吵成一團，強迫吸菸的人要把手伸出窗外，還有到家時爸爸一定檢查里程表的壞習慣。妮夏不時要求黛西載她去商場逛街，因為行動力愈強，該負擔的姐姐責任也就愈重。黛西很想要轉頭告訴伊莫珍所有她被勾起的回憶。

不過，伊莫珍當然還被關在後車廂裡。

「妳聽得到我嗎？」黛西大叫。

好像聽到後方傳來拍打聲。會是她在回答嗎？還是伊莫珍因為一氧化碳中毒而做的垂死掙扎？

在下一次遇到紅燈時，黛西從外套口袋裡拿出手機。可是就在她搜尋伊莫珍的號碼時，突然看到一輛車出現在後視鏡裡。

一輛警車。

「噢，糟了！」黛西喃喃自語。

當然，警察不會無緣無故攔下她的車，搜索她的後車廂。她的時速甚至還不到十五英里。他們能夠因為妳開得太慢而把妳攔下來嗎？

不過，一邊開車，一邊講手機確實是違法的。黛西把手機扔向副駕駛座，抬頭挺胸望著前方，裝出一副模範駕駛的樣子。

這時她才發現紅燈已經轉綠。那是多久之前的事啊？

黛西慢慢把租來的小車往前開。警車跟在後頭。

「好吧！現在只能開快一點了。」她嘟囔著，隨即將車速提高到二十五英里，抓住方向盤的手忍不住握得更緊。紐約市區的時速限制到底是多少？她從來沒看過任何標誌。難道其他駕駛人不用看標誌也知道？

警車仍然跟在她後面，既不超越她，也沒轉彎。

伊莫珍沒有想到這個在半夜兜風會遇到的小問題——路上不會有其他車子。黛西很容易便會吸引警察的目光。

「爛透了！」她低聲咒罵。

車子突然因重擊而搖晃，而聲音是從車子裡傳出來……

「幹什麼？」她大叫。

沒有回答。黛西轉頭看著手機，動也不動。

「妳沒事吧？」她用盡全力大叫。「看在老天的分上，打電話給我！」

可是她不敢停下車子。警車仍然緊緊跟在她後頭，似乎在監視她。寬大的德蘭西街隱約在前方出現。黛西右轉，因為右轉比較容易。

警車也跟著她右轉。

「幹！」她大叫，一拳打在方向盤上出氣。後座傳來另一個重擊聲彷彿在回應她。為什麼伊莫珍要一直出聲呢？

黛西用盡她所有的意志力，將她緊握在方向盤上關節泛白的手移開，抓起她的手機。她把它拿得低低的，用手指點了伊莫珍的名字，並打開擴音器，然後將它放在大腿上。

「呆子！」伊莫珍接了電話。「那東西叫上蓋。」

「妳在講什麼？」

「我剛才上網搜尋後車廂上的那片東西叫什麼。它叫上蓋。真蠢，是不是？」

「妳為什麼一直敲後座？」黛西尖叫。

「做研究！我想知道在引擎咆哮聲中，妳能不能聽得到我在後車廂裡發出的聲音？」

「我還以為妳快死了呢！」

「真的嗎？不要那麼緊張好不好？」

「有一輛警車一直跟著我。」就在黛西大叫的時候，一個影子出現在她車子的左方。警車開到她旁邊來了，坐在副駕駛座的警官轉頭看著她一個人大吼大叫。

黛西睜大眼睛，害怕地瞪著他。

車子裡全是伊莫珍的笑聲。「太棒了！」

「閉嘴！」黛西咬牙切齒地擠出回應。

警官朝她的方向稍微翻了翻白眼，之後警車便往前開走了。黛西緊緊地抓著方向盤，直直往前開，直到很久之後才看到警車轉彎，消失在回中國城的路上。

她如釋重負地嘆了一口氣。「好了，他們總算走了。」

「好。我覺得我已經到了忍受的極限了。」

「好極了。只是……」黛西瞪著前方。又高又大的威廉斯堡大橋就在眼前，她的右方擋著一排橘色的三角錐，根本逃不出去。「我想我們要先去布魯克林一趟。」

「很好笑！」

「不，我是認真的。一點都不好笑。」

小車開始在大橋上爬坡，黛西看到兩盞車燈很快從後頭逼近。她踩下油門，想去配合它的速度。在那輛車超過她時，她的時速已經來到了五十英里。

「嘿……」伊莫珍的聲音傳來。「速度似乎變得很快。妳別亂來好不好？」

「我沒得選擇。」黛西大喊。「必須配合其他車子。」

威廉斯堡大橋帶著她往上爬，爬到幾乎和前方的布魯克林橋高塔一樣高。超過她的車子早已遠遠地將她拋在腦後。大橋的懸吊鋼纜將她駛過的天空切成一片一片的。黛西發現有好一陣子只有她一輛車孤獨地開在橋的正中央，橫跨下方波光粼粼的大河。

非常美麗。

「我很遺憾妳的書賣得不好。」她輕聲說。

她其實不確定伊莫珍是否能聽得到，可是接下來手機卻傳出了嘆氣聲。「我知道，唉……」

「為什麼悖論出版社現在就要怕成那樣？不過才兩個月嘛！」

「因為如果這本書賣得不好，書店就不會進我的下一本書了，更別提它到現在連個適當的書名都沒有。」

黛西第一百萬次地搜索枯腸想為《貓喔師》找個響亮的名字。她實在好想幫忙。「對不起，我偷了妳衣帽間的場景。」

「沒關係。」伊莫珍笑著說：「被關在這兒可比被關在衣帽間有趣多了。」

黛西允許自己微笑。也許她多少幫了一點忙，至少她今晚沒把伊莫珍殺了。

「我們快要下橋了。等看到可以停車的地方，就放妳出來。」

「謝謝妳願意幫我做這件事。」

「妳在謝我？」黛西問。「說得好像不是妳強迫我做的一樣。」

「我又沒用槍指著妳的頭。」

「妳威脅我如果我不答應，妳要隨便找個陌生人！這是情緒上的勒索。」

「我開玩笑的。」

「對，最好是啦！」黛西終於看到出口標誌，她減慢車速換到最右線。沒過多久，就置身在一條有寬大人行道的安靜馬路上。所有商店的鐵捲門都被拉下。她將車子停下，熄掉引擎，然後做了幾次緩慢的深呼吸，放鬆她痠痛的雙手。她的整個身體因為緊張過度，肌肉全糾結在一起。

「隨便什麼時候放我出來都可以。」她的手機宣布。「這裡頭凍死了！」

「來了！」黛西打開車門，走向後車廂。她看著車子遙控器上的各個小圖片，按下對的鈕。

後車廂蓋立刻彈開。

「真是辛苦。」伊莫珍一邊說，一邊用靴子踢開上蓋。她坐直身體，左右轉動脖子。

「妳還好嗎？」黛西問。

「只是有點抽筋。妳沒殺了我。」

伊莫珍爬下車後，黛西往前跨了一步，抱住她。她需要感覺她是真的在她身邊，感覺她皮衣下柔軟的身體和結實的肌肉。「我沒有，可是我想念妳。」

就在兩個人分開之後，黛西才發現街上還有別人。兩個戴著軟呢帽的男人坐在附近的台階上，還有一個年輕女人溜著滑板經過。三個人全瞪著她們。

「你們沒看過有人從後車廂爬出來嗎？」伊莫珍嘟囔著。

黛西忍不住一邊咯咯笑，一邊把鑰匙遞給她。

她們把車開回原來的停車位。伊莫珍同樣用手機神奇地完成了還車的手續，然後告訴黛西一個好消息……附近真的新開了一家二十四小時的拉麵店。

她領著黛西走過轉角，穿過小巷，又爬了好幾個台階。這麼晚的深夜裡，餐廳裡除了兩對開心笑鬧的日本男女外，所有的粗木餐桌都是空的。一隻和路邊停車計時器一樣高的超大塑膠招財貓在角落裡盡責地揮動它的爪子。

黛西點了一碗加了滷蛋、竹筍乾的叉燒拉麵，還要了一杯啤酒來為自己壓壓驚。

「今晚真是謝謝妳。」伊莫珍在服務生離開後說。

「我猜，一旦結束後，回想起來還滿有趣的。」

「我也這麼覺得。也許我終於能寫好那場戲了。」

「在裡頭是什麼感覺？」

伊莫珍想了一下。「聞起來就像車子，只是味道更油膩，非常不舒服。我猜我們花了將近一百年在設計汽車座椅，所以它們可以有效吸收所有行進間的震動。而後車廂則不行。」

「這麼說來，幸好我沒撞車。」黛西的手指玩弄著面前的杯墊，一心希望啤酒趕快送來。「可是克拉拉貝兒才剛被綁架，不會去擔心舒不舒服。」

「沒錯。但被扔在後車廂會讓妳覺得自己像一箱行李。很害怕的行李。妳看不到外面，所以常常會無預警地被甩來甩去。」

「抱歉。」

「別傻了。是我情緒威脅妳，讓妳不得不綁架我的。」

黛西微笑。「終於承認了。妳暈車了嗎？」

「太多腎上腺素，暈不了車的。」伊莫珍按摩著自己的脖子。「裡頭出乎意料地通風，夜晚寒冷的空氣直撲到我臉上。我可以聽見輪胎和馬路的摩擦聲，感覺到上橋時柏油路面的質地變化。」

在服務生端來啤酒時，黛西思考著這些細節。它們確實有伊莫珍現在初稿中所沒有的真實感。

「敬研究！」她舉杯。

「敬研究！」伊莫珍喝了兩口啤酒，拿出手機，一邊微笑，一邊開始在上頭做筆記。

黛西一邊啜飲啤酒，一邊不禁思考她自己的初稿裡是不是少了什麼研究。她是否該把自己關在衣帽間裡？去拜訪新墨西哥州的白沙鎮？午夜時跑去機場，在空曠的長廊裡漫步？還是去射擊場觀察人們開槍時的畫面？

她環顧拉麵店，注意到櫃台上擺了一個裝著醃蛋的大玻璃罐，灰藍色的耶誕燈飾在天花板的梁柱上閃爍。這個世界總是有許多你沒有留意到的細節，遠遠比你的筆所能描述的多上千倍不止。被忘記、刪除的部分總是比你能用文字記下的更多。

到了這一刻，她才突然想起伊莫珍今晚稍早告訴過她什麼。那個到現在她的腦袋還是拒絕相信的新聞。《控火師》怎麼可能會賣不好？一定至少賣了一百萬本，應該只是記帳錯誤，等到明天早上他們就會發現弄錯了吧？

黛西看著伊莫珍專心地在手機上輸入，她的怒氣和拒絕相信反覆在心裡煎熬，另外她也感覺到一個小小的、無形的恐懼慢慢地在發芽，彷彿門外站著什麼怪物，從門縫中伸進它小而可怕的觸手。

等到她自己的書上市時，又會是什麼情況呢？

妮夏今天的簡訊已經送來了：「離上市還有三百二十三天！開始緊張了嗎？」

伊莫珍抬起頭，看到黛西的表情。「我害妳覺得沮喪了，是不是？」

「不是。我只是氣這個世界居然這麼蠢。還有……」她聲音裡充滿了恐懼。「聽起來也許很自私，不過我覺得好害怕。如果連妳的書都找不到讀者，我的《重生世界》該怎麼辦？」

伊莫珍放下手機，伸手越過桌面握住黛西的手。「誰知道呢？有時候，就只是純粹的運氣，我猜。也許是我超級明顯的火焰紅封面，也許是兩個女孩的一個吻，也有可能是我不該提到香菸。沒人知道的。」

「愛瑞兒甚至連菸都不吸啊！」

「可是她喜歡和在學校偷吸菸的人混在一起，就像我呆呆地在第一頁就寫到的那樣。」黛西嘆了一口氣，伊莫珍接著說：「我不是在講《重生世界》不夠寫實逼真，但是至少妳完全沒去碰觸到這些明顯的問題點。」

「除了不是喜劇結局之外？」

「喜劇也好，悲劇也罷。妳會寫出一個好結局的。」

黛西放下啤酒杯。「真是瘋了。應該是我要安慰妳才對吧？」

「我不需要安慰。」伊莫珍說：「我需要的是一個超棒超酷的開場，還有為第二本小說找個好名字。」

「該死的《貓喔師》。」黛西一邊說，一邊以譴責的眼光看著角落的巨型塑膠招財貓。裡頭的引擎驅使它不停地揮動爪子，滿足店主人想招來好運、客人之類的希望。「日語的『貓』要怎麼說？」

伊莫珍想了好一會兒，然後聳聳肩，開始滑手機。

「尼可（Neko）。」幾秒鐘後，她找到答案了。

「《尼可師》如何？」

伊莫珍大笑。「動漫迷可能會懂，可是妳認為悖論出版社的行銷人員會懂嗎？」

她們又試了西班牙文、葡萄牙文、德文、中文，每個聽起來都很有趣，可惜沒有一個適合拿來當書名。

服務生端來兩碗香噴噴、熱騰騰的拉麵。黛西將雙手貼在碗上暖手，伊莫珍則利落地把兩雙衛生筷拉開。

「至少我今晚吃到麵了。」黛西說。

「而我則找到一個好開場。」伊莫珍夾起叉燒，對著它吹氣。「也許妳應該借用我所有的場景，那麼我就非寫出更好的戲不可。」

黛西呻吟。「我保證絕對不會再偷用妳的構思了。真的！」

「一日竊盜，終身竊盜。」伊莫珍聳聳肩說：「嘿！先說好，我並不恨小偷唷！妳看我才寫了一本貓賊的書，不是嗎？」

「等一下！」黛西說，她剛咬進嘴裡的那口食物還停在半路上。她的腦袋深處閃過一朵小小的火花，雖然還沒燃燒起來。

伊莫珍把叉燒嚥下肚子。「怎麼了？」

「妳剛才叫《貓喔師》的主角『貓賊』？」

「他是個有貓的超能力的小偷，不是嗎？怎麼了？」

黛西揮揮手，示意她安靜。她瞪著拉麵碗，在濃濃的高湯、纏繞的麵條和叉燒肉之間整理自己的思緒。

「貓的超能力……他用它來偷東西。」

「妳想睡覺了嗎？怎麼開始言不及義啊？」

黛西慢慢搖頭，終於將混亂四散的想法理出頭緒。「《竊盜師》（Kleptomancer）。」她輕聲說。

伊莫珍愣了一下，隨即放下衛生筷。

「妳知道嗎？它是一個……」她停了好幾秒後說：「很棒的書名呢！」

「因為『竊盜狂』是個真實存在的名詞。」黛西驚呼。「大家都知道什麼是強迫症，什麼是縱火狂。可是那些和貓相關的書名不能讓人一看就懂。」

「而竊盜狂是強迫症的一種。」伊莫珍將筷子插進碗裡，「我怎麼會沒想到呢？」

「因為妳的腦袋一直想著貓女。」黛西看著巨型招財貓微笑。

伊莫珍用兩手捧起麵碗，鞠了個躬。「謝謝你帶來的靈感，招財貓大人！」

「嘿！我人還坐在這裡，不准妳去感謝那隻塑膠大貓。」

伊莫珍轉向黛西，一臉燦爛笑容。「也謝謝妳。我的愛。」

「妳真的很喜歡，是不是？」黛西嘟囔著，覺得自己偷伊莫珍場景的罪過終於解除了。「下次換妳給我一個好書名。」

「不如我給妳一個好人名怎樣？」

黛西搖搖頭。「人名？」

「奧黛莉・佛林德森。」伊莫珍輕聲說。

黛西不明所以地想了好一會兒。「妳是說，這是……妳的真名？我的意思是，妳的舊名？」

伊莫珍點點頭。

黛西等著，她以為她的內部認知系統會馬上進行改變，以奧黛莉全面取代伊莫珍。可是沒有，什麼感覺都沒有。

伊莫珍還是伊莫珍。

「所以我可以上網搜尋妳了嗎？」

「可以啊！」伊莫珍微微聳肩。「不過妳可能不會想這麼做。」

黛西低頭看著拉麵，懷疑自己能不能用意志力忘掉剛才聽到的名字，讓它就像一場夢，睡醒了就不記得了。但是看起來不大可能。

「妳在網路上真的那麼壞嗎？」

「其實我大部分時候都還滿乖的。只是當我寫了某些壞事時，卻比好事傳得更遠、留得更久。網路世界就是這樣。」

「妳是想要掩蓋嗎？」

「不是，我是想要克服。」伊莫珍喝了一口啤酒，想了一下。「不過我應該早點告訴妳我的名字。我應該要信任妳的。對不起。」

黛西覺得胸口一陣刺痛。「我還以為妳一直都很信任我呢！」

「妳比我年輕。以前是，現在也是。就像我說過的，改名是我做過最棒的幾件事情之一。」她慢慢地吸了一口氣。「不過，現在我信任妳，相信妳不會因為這樣就改變對我的看法。」

「我保證不會，珍。」

「好笑的是，我還以為妳早就知道了呢！」

黛西皺起眉頭。「妳的名字？為什麼我會知道？」

「我們一起去巡迴宣傳了整個星期，幾乎每天都在搭飛機。」伊莫珍停下來，等待黛西有所反應，但對方只是睜大眼睛看著她，所以她只好繼續往下說：「妳知道機票上一定要用法律上的正式姓名吧？」

「喔……」黛西說。她從來沒想過要偷看伊莫珍的機票。當然，她也沒偷翻過伊莫珍的皮夾，或者僱用一名私家偵探。她不想要用那種方法得知，她想要對方親口告訴她。就像現在這樣。

伊莫珍忍著不笑出來。「還好妳不寫間諜懸疑小說。」

「哈哈。真好笑！」

「妳會上網拼命搜尋我的名字，對吧？」

「是有可能。」

「我想也是。」伊莫珍嘆了一口氣。「不過妳要記得，我們寫出來的東西，未必代表了真實的自己。」

第三十二章

我們坐在銀白世界裡裸露出的一大塊尖銳黑色岩石上。表面的雪被凍成了冰。強風吹過，將雪捲起化成小小的龍捲風，高緯度的陽光在上頭灑下光暈，像許多條黯淡的彩虹。四面八方望去全是山，連擠在黃褐砂礫峽谷裡的冰河都有好幾條。

我沒穿外套，只罩著一件厚棉衫，儘管在另一邊的世界裡，我只感覺到些微的涼意，可是看到一望無際的雪景仍然讓我不禁想發抖。

「你還真是喜歡荒蕪的地方。」我說。

亞瑪微笑。「它或許荒蕪，但至少幾乎是沈默的。」

幾乎是沈默的。換句話說，還是有幾個人死在這裡。也許是來這裡攻頂的倒楣登山客吧？我沒看到任何鬼魂在附近遊蕩，但亞瑪卻能從石塊中聽見他們的聲音。這是他在波斯的山頂，用來休息好維持自己神智清醒的幾個人煙罕至的地方之一。還有多久，我也會需要一個像這樣的地方來喘口氣？

我阻止自己再想下去。

「我很擔心明蒂。她整天都躲在衣櫃裡。」

「她向來都很害怕，不是嗎？」

「這是我見過最糟糕的一次。」那天晚上我去看她時，明蒂縮在衣櫃最裡頭的角落，藏在一排還套在乾洗塑膠袋的洋裝後頭。她的頭髮糾結，衣服也穿得亂七八糟。「她的聲音聽起來愈來愈小，彷彿慢慢地在消失。」

「她不會消失的，莉琪。她有妳的記憶、妳媽的記憶，她不會消失的。」

「會不會她太害怕了，所以決定不想再存在了？」我將視線從一片光亮的雪景轉向他。「鬼魂能讓自己消失嗎？就像人類自殺一樣？」

他搖搖頭。「她會很快恢復原來的樣子。鬼魂不會被發生在他們身上的事情影響。只有活人對他們的記憶改變時，他們才會改變。」

「那麼，為什麼她表現得這麼像創傷後症候群的樣子？」

「因為很久以前發生的慘劇至今仍是她的一部分。」

我轉頭不再看他。我聽得懂他在說什麼。明蒂永遠都是十一歲，永遠都會害怕那個很久之前謀殺她的壞人。可是想到她一直無法脫離恐懼就讓我忿恨。是誰給了壞人那麼多控制力，實在太不公平了。而且如果重生世界將鬼魂凍結在時間裡，對我又會有什麼影響？

「我們會變，對吧？」

「妳和我？當然。」

「可是你覺得自己是十七歲嗎？還是覺得自己好老好老了？」

亞瑪聳聳肩。「我不大確定『十七歲』應該是什麼感覺。十四歲時，我第一次跨界，都已經差不多到了可以娶太太的歲數了。」

「哇，真的嗎？不會太早、太奇怪嗎？」

「我們那個時代的人都是這樣的。」這句話他講了好多次。

「你們的時代和我們的時代真是不一樣。」這句話我也講了好多次。「可是你看起來和我差不多大。就是十七歲的樣子。當然，十七歲在你們那個時代可能算是中年人了吧？」

他揚起彎彎的眉毛，似乎很不服氣的樣子。「在我們村子裡，人們從年輕健康變成衰老孱弱只要幾年。所以我們根本沒有『中年』這種概念。」

「嗯，真慘。」我知道取笑石器末期古人的生活方式其實不大公平，只不過有時還是會忍不住。

「要好一陣子才會習慣失去時間的感覺，」他說：「妳現在就比妳應有的年齡年輕了好幾天，不是嗎？」

我眨眨眼。所以到我十八歲生日那天，我其實和駕照上宣稱的年齡不符。想起來感覺真怪。而更怪的是，如果我想要，我可以永遠活下去，長生不老。

「漢姆林先生告訴我他從不離開重生世界。好像是怕他一進入真實世界就會因年紀太大而暴斃。」

亞瑪坐直身體。「他告訴妳他的名字？」

「對。」我慢慢地吸了一口氣，決定告訴他我救回明蒂的詳細過程。「那是他放走明蒂的條件之一。我必須記住他的名字。」

「他想要妳呼喚他。」

「不知道為什麼，他認為將來有一天我一定會想呼喚他。」我抓著自己的手臂。漢姆林先生怪異的能量仍然殘存在我身上，像看不見的跳蚤似的。「他還叫我親他的手，說是要加強我們之間的連結。他是在騙我嗎？」我試著擠出笑容，想以開玩笑來沖淡緊張感。「我的意思是，他該不會像童話故事那樣可以拿走我的第一個孩子吧？」

亞瑪微微一笑，伸出一隻手抱住我，親了我一下當作回答。他嘴唇送來的暖意在我的皮膚上跳動，將老頭留下的殘存味道完全消除。環繞我的冷氣團頓時也緩和了下來。

當我們分開時，他說：「他沒騙妳。不過聽起來很怪。為什麼他會認為將來有一天妳會想呼喚他？」

我只是聳聳肩，連去猜測都不想。「他最後一個要求是叫我傳話給你：『告訴他我餓了。』你知道他這樣說是什麼意思嗎？」

「聽起來像在恐嚇。」

「可是他很怕你啊！」

「怕我，但不怕我的人民。」亞瑪降低音量。「我保護死者，而他卻掠食他們。」

我等他再說下去，可是亞瑪卻開始想心事。當沈默愈拉愈長時，我不禁在想自己是不是該走了。在亞瑪的與世隔絕之地，我有時會覺得自己像個外星人，像株被移到凍原的仙人掌。聖地牙哥的午夜成了波斯的正午，模糊的時差疲倦感慢慢爬上我的腦袋。

「我可以理解為什麼賽可旁波斯不會想睡覺。」我將身體靠向亞瑪，閉上雙眼。他抱著我。「妳還是需要睡眠，莉琪。它會減慢妳變化的速度。」

「再一分鐘，我們就回去。」我說。不過，結果我們待得可比一分鐘久多了。

隔天放學，婕敏開車載我回家，一輛陌生的車子——雙門、暗紅、流線型、閃閃發亮——停在我們家的車庫前面。

「好像有客人來找妳媽呢！」婕敏一邊說，一邊將車子轉進車道。

「她應該還在上班。」我抬頭看著屋子。「七點才會下班。」

「喔……那麼，奇怪了！」婕敏瞪著那輛神祕的車子。「上面掛著經銷商的車牌。是不是她買了輛新車？」

「別開玩笑了。」我下車，左右張望，想看看誰有可能是這輛車的主人。但是沒有人等在前門。事實上，放眼望去，附近一個人都沒有。「從我爸走後，家裡連一條新毛巾都沒買過。」

「太慘了。」婕敏也跟著下來，繞著新車走。「這輛車真漂亮。」

「沒錯，不過為什麼它會停在這裡？」我拿出手機。「我來打電話問問我媽，看她知不知道。」

「等一下。」婕敏彎腰，伸長手越過引擎蓋，從擋風玻璃上拿下一個東西。「是個信封，莉琪，是給妳的。」

她將藍色信封拿在手上，繞過車子，遞給了我。上頭寫了我的名字，除此之外什麼都沒有。

「趕快打開！」她大叫。

「好。」我說，可是心裡有點怕怕的。彷彿有什麼我不知道的怪事正在發生。

我撕開信封，一張紙滑了出來。是一封電郵。一封爸爸寫給聖地牙哥克萊斯勒經銷商的電郵。鮮黃色的螢光筆在其中一段上畫了個大圈圈。

「親愛的莉琪，這是給妳的，因為妳經歷了這麼多事……」

念到這裡，我不禁停下來瞪著那輛車。真的嗎？

「是我爸爸送的。」

「我就知道！」婕敏大叫。「在我看到經銷商車牌的那一刻，我就知道，它一定是為了彌補妳遭受恐怖攻擊而他卻沒去看妳的贖罪禮物！」

我搖搖頭。「不可能。我爸不會這麼做。」

「很顯然他就是會。上面還寫了些什麼？」

我低頭瞪著那張紙，這完全不是我爸會做的事，徹底顛覆了我對爸爸的認知和了解。然後我繼續往下念，原來翻轉的一百八十度又轉回了原位。

「……尤其現在妳媽又被診斷出得了病。我真希望我能為妳做得更多。他們會將鑰匙放在大門下。我愛妳。爸爸。」

「不！」我輕聲說。

婕敏還在笑，手指撫摸著金屬滑順的線條。我猛然想起兩天前的晚上，我和媽媽一起做義大利餃當晚餐的那次。她當時說到了爸爸，她選擇的用字是：「將來有一天，妳會需要他的。」

「我媽病了。」

婕敏的表情從開心大笑慢慢扭曲成不可置信。「妳媽怎麼了？」

我伸長拿著那張紙的手，再也說不出話來。婕敏一把搶過，開始讀了起來，她的臉上表達出我因為太過震驚而不知該如何反應的情緒。

「什麼病？他講的到底是什麼？」

我搖搖頭。

「可是妳知道嗎？莉琪！我覺得妳媽不會在沒告訴妳之前就先告訴他。」

「她前幾天晚上對我說了句奇怪的話，」我困難地說：「她說有一天我會需要他。」

「不會吧！」她把手上的紙捏成一團。「他一定是在耍妳。」

我想相信婕敏，可是腦袋仍然不斷重播兩天前媽媽對我說過的一切。「婕敏不會想要談她自己。她只想陪在妳身邊。」

媽媽說的其實不是婕敏，而是她自己。

「她認為我無法承受。」我輕聲說。

婕敏搖搖頭。「即使她想隱瞞，安娜也會告訴妳爸先不要告訴妳。就算是妳爸那種個性的人，也不會忘掉這麼重要的叮嚀。」

我呆呆地站在原地，突然間大腦中較冷靜且無動於衷的部分想通了。分析爸爸的動機，遠比看著他剛送給我的車上附的電郵字句容易多了。

「他想贏我。」

婕敏看著新車。「妳的意思是，對妳好，贏得妳對他的好感嗎？」

「不是那種贏。這輛車其實只是個藉口。」我喘著氣說：「他想讓我知道他比我早一步曉得媽媽生病了。送這輛車的目的只是在對我炫耀他知道了，而我不知道。」

突然間我的雙腿再也支撐不住我，我在車道上坐下。不是跌倒，而是慢慢地癱成一堆。我用雙臂抱住小腿，閉上眼睛。

婕敏馬上在我身邊蹲下。

「沒事的，莉琪。」

「怎麼會沒事？」

她伸出手不斷撫摸我的頭髮。「妳還不知道是什麼病，說不定只是要做牙齒的根管治療之類的。」

我連和她爭辯的力氣都沒有。誰會用「診斷」來講根管治療？況且誰會因為你媽必須去看牙醫而送你一輛車？

我反而問她。「會不會是因為我？」

「妳這麼說是什麼意思？」

「達拉斯的恐怖襲擊，還有媽媽的病。」

我睜開雙眼，祈求似地看著她。她沒有回答。

「會不會全都是因為我？」我問。「我根本不是什麼女戰神，只是一個他媽的索魂者。」

「妳在胡言亂語了，莉琪。」婕敏的聲音平靜而堅定。「妳沒有造成達拉斯慘劇，兇手是那群科羅拉多的瘋子。而不管妳媽得的是什麼病，原因如果不是細菌，就是病毒。絕對不是妳！」

我搖搖頭。婕敏不知道我出了什麼事，她不曉得我身體裡那個永遠和重生世界的黑暗連結的冰點。她不知道我看得到鬼，不知道我可以跨界，不知道我可以看到物體過去的歷史在眼前迅速倒轉。她沒看到那群小女孩看我的樣子，她們渴望我的表情。

她不知道我現在已經是死亡的一分子了。

「它在我的身體裡，婕敏。」

她拉開我抱住小腿的其中一隻手，緊緊握住。「什麼？」

「自從達拉斯事件後，我就變得不一樣了。」

「妳當然會不一樣。可是那和妳媽生病沒有任何關係。我們應該馬上打電話給她，看看到底是怎麼回事？」

「也許都是因為我。」我緊緊捏著婕敏的手。「畢竟我和明蒂一起長大，從我出生前她就住在家裡了。」

「等一下。明蒂是誰？」

於是我不得不從頭說起。「明蒂是我媽小時候最要好的朋友。她被謀殺了。我媽的一生因此完全改變。」

婕敏只是瞪著我。我可以聽得出來我講的話很沒有條理，可是我就是無法喊停，非繼續說下去不可。我對她隱瞞了那麼多事，瞞住了每個人，現在我需要大聲地說出來。

「我相信它也改變了我。我從小和那個小女孩的鬼魂一起長大。」

婕敏瞪著我好久好久。「妳是認真的嗎？安娜真的遇過那種事？」

「當她十一歲時，她最要好的朋友在和她父母出去旅行時失蹤了。可是警察卻在明蒂家的後院找到她的屍體。那就是為什麼我媽一天到晚都在擔心我的安全。」

婕敏放開我的手。「妳是說，就像去年我們校外教學時，她每五分鐘就傳一次簡訊那樣？」

我點點頭。

「啊！」婕敏說：「我之前還拿它開了那麼多玩笑。」

「從我出生後，明蒂就一直在我身邊。那就是為什麼我會改變得這麼快。」雖然我說出來的話有一半以上婕敏聽不懂，可是大聲說出來卻對我很有幫助。我是個天生的賽可旁波斯，就像亞瑪說過的一樣。

婕敏將我的手抓得更緊。「妳知道世界上根本沒有鬼，莉琪。但是，為什麼妳之前都沒有告訴我關於這個小女孩的事？」

「我也是在達拉斯事件後才知道的。媽媽瞞著我。」我低頭看著地上被捏成一團的紙。「就像瞞著我她生病的事一樣。」

「莉琪，我們應該打電話問妳媽。」

「當然。」我舉起一隻手放在新車的前保險桿上，將自己拉起來。我知道現在我需要去做什麼。「可是要等她下班。我猜她一定也沒告訴同事。我們不能就這樣去問她，她一點心理準備都沒有。」

「可是妳也一點心理準備都沒有啊！」

「那不是她的錯。」

婕敏看似並不同意，但還是說：「好吧！不過我要留下來陪妳，等妳媽回家後我再走。」

「不用這樣。」我深深吸了一口氣，強迫自己對她微笑。「我的意思是，我想要獨處一下。拜託了。」

她瞪著我，我不甘示弱地瞪回去。我體內的冰點逐漸擴大，讓我愈來愈冷靜。

「妳真的沒事嗎？」她終於問了。

我點點頭，擁抱她。

婕敏最後還是聽從我的話。我看著她上車，一邊對她微笑揮手，一邊目送她離開。然後我走向前門，打開它。另一個藍色信封躺在地板上。我蹲下，把它撿起來，聽到裡頭傳來金屬碰撞的聲音。

「莉琪？」

明蒂從通往媽媽臥室的走廊偷偷往外窺探。

「沒事。」我說。

「妳看起來有點奇怪。」

我點點頭。我看起來怪是應該的，就像一個準備好要冷靜地將世界撕成碎片的人。藍色信封像面紙似地被我撕成兩半，車鑰匙掉進我的掌心裡。

「我今晚有事要出去，不過我保證明天就會回來了。」

「好。」明蒂顯得很遲疑。「妳要去哪裡？」

「去解決問題。」我說。

新車配備了很棒的衛星導航系統，引擎一發動就自動亮了起來。但是它不肯直截了當地帶我去帕拉阿圖市的希利爾道，反而囉哩囉唆地講了一大堆操作規則、實用技巧和永無止境的駕駛安全祕訣，彷彿它想藉著閒聊來認識我。

它選錯日子了，我沒那種心情。兩分鐘後，我將它關掉，改用手機導航。

我體內的冰點讓我鎮定下來，能夠理性地思考一切，然後我想通了一件事。追根究柢，其實我爸爸看待我的態度，和漢姆林先生看待鬼魂沒有兩樣。不管他表面怎麼說，在他的腦子裡、他的心裡、他的靈魂深處，他和漢姆林先生一樣無情，他們都將其他人當成遊戲中的小棋子。我們的情緒不過是他們用來做出神奇作品的原料絲線。

我沒有辦法解決爸爸，也沒辦法撫平他在十八年的婚姻生活中對媽媽的傷害。而我更不是漢姆林先生的對手。

不過，至少我可以解決那個壞人。

到達希利爾道時，已接近凌晨三點。

照理來說，開到這裡應該用不到十一個小時。可是我動身時剛好遇上交通尖峰時間，走的又是會經過洛杉磯最繁忙市中心的路線，加上我轉錯了幾個彎，所以才會開了這麼久。

我的手機在啟程後兩小時就快沒電了，我乾脆把它關上，直接開五號高速公路往北，然後靠著路標一路找到帕拉阿圖市。中間我甚至一度停下來向加油站問路，夠老派了吧？不過開了再久的車也無關緊要，我是女戰神，根本用不著睡覺。

站在真實世界裡看那壞人的房子感覺很奇怪。獨棟木屋不是灰色的，它竟然是宛如流動蛋黃般的亮橙色。然而，仍舊不是個賞心悅目的畫面。我的女戰神視力就像貓一樣可以看到另一邊的世界，因此還是看到了死掉的五個小女孩各自站在她們的矮樹旁。

我從亮晶晶的新車爬下來，她們全轉過頭來看我。可是她們不會再讓我感到緊張了。我筆直走向她們，在其中一棵樹旁蹲下。

「我是來解決問題的。」我宣布，接著開始往下挖。

每棵樹都種在一個撒滿小木屑的圓形區域。我用手抓起小木屑向外丟。小女孩的鬼魂好奇且安靜地看著我。我的雙手很快摸到下方的乾土，以及混著石頭和一大堆蟲子的溼土。不知道四周有沒有鄰居正好往外看，懷疑這個人三更半夜地到底在做什麼。我自己其實也不大確定，只知道我迫切地想找出被埋在這些樹木底下的真相。

但是我的手指很快遇上了交纏的樹根，又粗、又多，拉也拉不開。我罵了一句髒話，抬頭看著一起注視著我的小女孩鬼魂。穿著吊帶褲，短髮夾了六、七支亮晶晶髮夾的小女孩直勾勾地盯著我看。

「別擔心。」我說。我的雙手沾滿了泥，因為挖掘而布滿了傷口。「我不會讓他逃掉的。」

我站起來，穩住身體，眼睛緊緊盯著壞人的大門。我一邊走上前廊台階，一邊用意志力讓自己跨界。

沒多久，我就進到屋裡。

他的臥室和之前一樣整潔。躺在厚毛毯下的壞人睡得很沈。北加州的夜晚氣溫很低，但我怒火中燒，幾乎沒有注意到。

我低頭看著他，第一次不確定自己下一步該做什麼。

也許我原本以為光是我的滿腔怒火就夠了。以為我只要用凌厲的眼神就能宰了這個混蛋。可是，我的身體和腦袋慢慢地回歸現實。開了這麼久的車，又徒手挖土，我的肌肉又痠又痛，硬得和石頭一樣。因為一直咬著牙，我的頭現在不停地抽痛。一部分的我想要打開手機，打電話給媽媽。她一定擔心死了。

但是，我卻只是低頭看著那個壞人，靜靜聆聽他的呼吸。

我不能讓他就這麼高枕無憂地睡著。他做了這麼多壞事。只要他多活一分鐘，對世界就多一分傷害。就是因為他的記憶，明蒂才會不斷地回想起她死前的最後一刻。

我含住下嘴唇，用力咬下去。劇痛將我彈回真實世界，正常的顏色瞬間湧進，擠走黯淡的灰。就像剛才看到房子的外觀一樣，我頭一次看到臥室裡的顏色。黃色的窗簾，赤褐色的牆，深綠花紋的毛毯。即使光線很暗，還是可以看得出來這是個舒適宜人的房間。

我想起他放在床下的鐵鏟。也許我還是有機會可以找到需要的證據。

我跪下來，趴在地上往黑漆漆的床底看，我的眼睛很快找到金屬反射的寒光。我伸長手，握住木桿，慢慢把它拉出來。鏟子斜斜的抵著木質地板，像一片超大的指甲。

我站起來，手裡拿著武器。

壞人沒有移動，但打鼾的聲音停了。

躲在毛毯裡的他是不是已經醒來，緊張地在思考剛才那是什麼聲音？還是他剛好進入淺眠期，迷迷糊糊的等著要再度滑入夢鄉？

我看著他，等待答案。

然後我注意到有好幾雙眼睛掛在臥室窗戶下緣瞪著我。窗簾比應有的長度短了一小截，我猜可能是壞人故意的，好方便他可以隨時看到他的小樹、他的獎座、他的紀念品。玻璃的另一邊，五雙眼睛排成一列，全盯著我，懷疑我下一步要做什麼。

我打了個冷顫，忽然想通了明蒂不是我來這裡的唯一原因。我想讓這些小女孩終於可以消失，不再被活人記得。五雙眼睛看著我，我再也沒有選擇。只將她們的屍骨挖出來是不夠的。

突然間，房裡傳來倒吸一口氣的粗重呼吸聲。

壞人躲在毯子裡只露出眼睛往外偷窺。但是，他不是在看我，而是看向窗簾下的那條縫。他目瞪口呆地凝視著他寶貴的六棵小樹。

他看到了樹根處的洞。

在明亮的月光下，那個黑洞看來異常明顯。粗糙的表面、手掘的痕跡，彷彿有什麼東西從又冷又硬的地底爬出來似的。

「我來找你了。」我咬牙切齒地說。

他猛然轉頭，身體被毯子纏住，張大眼睛吃驚地瞪著我，簡直像一個在房裡看到怪物的幼兒。

很公平。畢竟，我是個女戰神。

「為什麼？」我問他。

他抬頭瞪著我，微微搖了搖頭，像是聽不懂我的話。或者，也許他不相信我真的存在。

「為什麼你要對其他人做這種事？我們不是你的玩具。」

他沒有回答。我的聲音完全透出我體內冰點的寒意，聽起來一點都不像我。

「我們生來不是要供你玩弄的，也不是要被你綁架，或在機場被射殺的。就因為你有些他媽的見不得人的欲望，就要毀了我們？」

壞人轉身背對我，從毯子下伸長灰白的手，想拿取床頭櫃上的藥罐。

我終於舉起鐵鏟，用力揮向床頭櫃。木頭和塑膠撞擊，發出美妙的爆裂聲，藥丸像突然見到光的昆蟲往四面八方飛濺。

壞人蒼白的手懸在空中，顫抖著，繼續在床頭櫃上摸索藥罐，彷彿不相信現在發生的一切都是真的。然後我聽到他的嘴唇發出了一連串吸不到空氣般短而小的噪音。

我爬上他的床，跨坐在他身上，將他縛在毯子下。我用雙手抓住鐵鏟的兩端，用力壓在他的胸膛上。吸不到空氣的喘息聲愈來愈大，他全身開始發抖，抖到我差點從他身上跌下來。

窗框上玻璃的另一邊，五個小女孩的眼睛閃閃發亮。

我可以感覺到壞人逐漸死去，我可以感覺到空氣中突然充滿了鐵鏽的血腥味。

幾分鐘後，他再也不抖了。

「漢姆林先生，我需要你。」我說。

第三十三章

「妳傳簡訊給我的次數太少了。」妮夏嚴厲地說：「我打這通電話就是要妳給我一個解釋。」

「我每天都傳簡訊給妳，這樣還不夠？」黛西將耳機塞進耳朵，把手機放進口袋裡。妮夏打來時，她正在晾衣服。掛了溼衣服的大房間看起來頓時失去了作家住所的氣質。可是不用烘乾機可以省下好幾元，況且手上有事做，就不用專心和她妹妹講話。

「妳的簡訊全都在問預算，帕特爾，關於『有趣的八卦』卻隻字未提。」

黛西大笑。「為什麼要提？好讓妳一五十一地說給媽媽聽嗎？」

「我才不會一五一十地說給任何人聽呢！帕特爾。我只會做好管理分類，選擇最適合的內容適時透露給爸媽。妳不知道我是八卦管控女王嗎？」

「妳是胡說八道女王吧？」黛西說。

「我也只在有必要的時候才胡說。現在，老老實實地交代一切。」

黛西嘆了一口氣，將伊莫珍的一件T恤晾在椅背上。沒聽到想要的八卦，妹妹是不會罷手的。而且，說真的，黛西在好久之前就應該告訴妮夏關於伊莫珍的事了。「好吧！可是這件事只能用嘴巴討論。千萬別寫在簡訊裡。」

「基於安全性考量，是吧？我明白。」

雖然父母遠在百里之外，黛西還是不由自主地壓低了聲音。「我正在和一個人交往。」

「我知道。」妮夏說。

「妳怎麼可能知道？」

「你們是在，嗯，差不多五個月前搭上線的。」

黛西呆呆地瞪著手上溼答答的睡衣。

「我們來回顧一下證據吧！」妮夏說：「第一，妳沒對我提過任何人。我是說，這是妳頭一次自己一個人住，怎麼可能連個讓妳稍稍動心的人都沒有呢？難道整個紐約市都沒人了嗎？那也太奇怪了吧？帕特爾。即使是妳，也不可能如此。」

「嗯，我猜妳說得有點道理。」

「第二，除了感恩節，妳一次都沒回家。換句話說，妳並不想念我過人的智慧，而唯一比妳親愛的妹妹還有吸引力的事情，恐怕只有……？」

「真愛？」黛西接下去把話說完。

「完全正確。還有，第三，當我問卡拉妳是不是喜歡上什麼人時，她的回答是：『不予置評』。」

「妳去問過卡拉了？這樣不算作弊嗎？」

「如果妳已經知道答案，就不算作弊了。所以我問自己，為什麼這麼神祕？為什麼我們講話要這麼小聲？」

黛西嘆了一口氣。「妳一定有許多驚人的推論吧？」

「兩個。這個人比妳老，對吧？老到爸媽不可能接受。」

「錯了！呃，也許是比我大一點。可是她只——噢！糟了……」

話筒傳來了妮夏誇張的大笑聲。「她？所以我的兩個理論都是對的。德語裡有沒有什麼字是在形容一個人總是對的？」

「我相信是『obnoxobratten』㉔。」

㉔ 沒有這個德文字，它是由英文的「討厭的」obnoxious和「小傢伙」brat合成的，黛西其實是在諷刺妮夏。

「實在是太簡單了。妳根本不是我的對手，帕特爾。」

黛西再度壓低音量。「妳沒把妳的推論告訴任何人吧？」

「沒有。可是妳知道他們不會在乎的，是吧？還是說，伊莫珍還沒出櫃？」

「她早就出櫃了，只是……」黛西呻吟。「不要再套我的話了！」

「妳的要求就好像是要鯊魚別再游泳一樣的不可能。」

「當然可能。當牠死了，就不會再游泳了。妳是怎麼知道的？」

「哼！那還不簡單，妳一直講她的事講個不停。所以妳陪她去巡迴宣傳是真的去工作嗎？還是……」

妮夏嘿嘿嘿地笑了幾聲。

「那是出版社批准的！」黛西大叫，然後才想到要是她的父母知道了，一定也會做出同樣的懷疑。

「哎！……我本來打算在感恩節時告訴你們的。可是沒機會。」

「呃，我相信這種機會應該由妳自己來創造，帕特爾。難道妳覺得媽媽會吃飯吃到一半轉頭問妳是不是同性戀嗎？」

「我本來要講的，可是拉拉娜阿姨卻跑去夏威夷。她說過當我告訴爸媽時，她也想在場。」

「等一下。拉拉娜阿姨知道了？妳沒告訴我卻先告訴她？」接著是山雨欲來的可怕沈默，黛西才知道自己闖禍了。

「妳聽我說，這是有原因的。我拜託她當我公寓租約的保人，她要我發誓不會對她隱瞞任何事。」

「這是很嚴重的背叛，帕特爾。妳會有報應的。」

「對不起啦！」黛西把聲音壓得更低。「可是我還有事要告訴妳，連拉拉娜阿姨都不知道的事哦。和伊莫珍的名字有關。」

「她的名字？」妮夏嗤之以鼻。「家裡不會有人在乎她是不是印度人。嗯，除了奶奶之外，不過比較起來，她大概更在乎伊莫珍沒有陰莖的這回事吧？」

「不是，我不是在說這個。我要說的是，伊莫珍．葛雷不是她原來的名字，而是她的筆名。她從來沒有告訴過任何人她的真名。」

「好奇怪。為什麼？」

「因為她不想她的讀者在網路上讀到一些她在念大學時寫的文章。我猜她也不想讓我看到吧？」

「所以妳是說，妳不知道妳的女朋友的真名嗎？」

「我知道，她告訴我了。可是我還沒有上網查，因為我怕找到的東西太……奇怪了。」

「妳是在怕她可能是個殺人犯之類的嗎？」

「呃，搭飛機或旅行時，她仍然使用真名，所以如果她是殺人犯，早就被逮捕了。還有，她本來用不著告訴我的。」

「那她為什麼要告訴妳？」妮夏的聲音再度輕得像是耳語。「她用的假名是葛雷，灰色的意思。說不定她想要表示她就是灰鬍子！」

「什麼？」

「就是那個童話故事啊！有個海盜把整棟屋子的房間鑰匙都交給他新婚的太太，但要求她不可以去開其中一個房間。她忍不住還是打開了，卻發現房間裡全是他之前謀殺的太太們的屍首。要是妳遇到的就像那樣怎麼辦？」

「妳講的是《藍鬍子》啦！呆瓜！灰鬍子是《魔戒》裡甘道夫的姓。妳現在是不是要告訴我她其實是個巫師了？」

「不是。不過妳絕對要好好查清楚。」妮夏聽起來好嚴肅。「還有，最好在妳對爸媽坦白之前就去查清楚。嗯，妳知道的，以防有什麼變數。」

黛西考慮了好一會兒。本來覺得自己不去打探伊莫珍的過去是因為她很善良，但再想想，也許她不想承認的是，她其實很膽怯。

說不定妮夏是對的，先把事情弄清楚，以後就不用再煩惱比較好。

「好吧！我現在就上網查。等我看完，再傳簡訊給妳。」

結果，網路上並沒有太多筆關於「奧黛莉．佛林德森」的資料。

大多數都是伊莫珍在大學時期寫的部落格文章。黛西讀了四、五篇，唯一的感覺只是「好無聊」。從文章中，她可以看到伊莫珍未來的寫作風格，可是那時的她不但選詞用字很平庸，寫出的故事也很雜亂無章，一點都不精彩。

搜尋結果的第一頁上方是幾篇伊莫珍比較後期寫的電影評論，文章格式明顯進步，甚至還帶著一種《控火師》裡沒有的喜劇幽默感。雖然裡頭有不少髒話，但都在正常範圍內，和伊莫珍在書店對粉絲發表的演說沒什麼兩樣。如果不是看到搜尋結果的第一項，黛西可能還會懷疑為什麼伊莫珍想要和她的過去做切割。那是一篇放在公開論壇裡，標題為「不受歡迎的意見：我的前任賤女友」的文章。

黛西將它留到最後才看。她的心臟狂跳，但仍然壓抑自己，刻意謹慎而緩慢地閱讀。

某方面來說，它寫得非常好。尖酸刻薄，滑稽詼諧。這個大學前女友在文章中沒有名字，不但自私善妒，而且卑鄙無恥到極點。她以粗糙而熟練的筆觸生動地勾勒出主角的個性，一字一句都在諷刺。文章明顯地過於浮誇，卻能讓黛西相信主角真的能做出那些令人不敢置信的誇張行為。

真是可怕。不過黛西就像看到路邊鮮血淋漓的車禍一樣，不想再看下去，卻無法控制自己轉頭。她懷著罪惡感，全心全意地沈浸在看著一個陌生人被公開批判的喜悅裡。一個活該被大家指著鼻子罵的大爛人。一個不知道為什麼伊莫珍愛了她好一陣子的人。

黛西讀完後，離開螢幕靠到椅背上，一邊呼吸，一邊發抖。恐怖的是，她在文章裡的每個句子都看到了伊莫珍的影子。她的熱情，她的投入。她甚至可以想像出伊莫珍講那些事情時會用什麼激動的手勢來輔助。這篇文章展現出經過憤怒和背叛的洗禮後的真正伊莫珍。

而它也得到了極大的回響。文章下頭的留言超過一千則，還被數不盡的人分享。黛西相信即使到了十年、二十年後，只要用「奧黛莉・佛林德森」當搜尋關鍵字，第一個跳出來的還會是這篇文章。

黛西試著去想像，要是她在五個月前，她和伊莫珍的初吻後，立刻就讀到這篇文章，會是什麼情形？現在讀它都還覺得夠刺痛的。要是那時就讀，應該會覺得像是被滾燙的熱油淋在赤裸的肌膚上吧？

至少她明白了為什麼伊莫珍要這麼神祕。黛西呆坐著，喃喃念出伊莫珍前幾天晚上給她的警告：「我們寫出來的東西，未必代表了真實的自己。」

真的是這樣，不是嗎？也許這篇文章確實有部分和作者相符。也許伊莫珍只是在扮演一個憤憤不平的受害者，就像黛西想像自己是漢姆林先生一樣。畢竟，所有的寫作多多少少都有點虛構的成分。

當然，事情也有可能完全相反，其實伊莫珍・葛雷才是奧黛莉・佛林德森假扮的角色。

黛西推開這個想法，拿出手機。

「只是一個恐怖故事。」她在簡訊裡告訴妮夏。「不是真的。」

冬天對紐約市吐出它雪白的真心。大房間的窗框上結滿了蜘蛛網狀的霜，落下的雪花掩蓋了外頭卡車和汽車咆哮的噪音。不管歷史悠久的暖氣系統多麼努力工作，4E公寓裡永遠都是冷颼颼的，所以黛西在屋子裡也穿著毛衣，伊莫珍更是戴上無指手套方便打字。可是她們兩個從不抱怨，因為冷冽的空氣不過是擁有這些大窗戶的小小代價，看著中國城屋頂掛著閃亮冰柱的美麗風景，冷一點完全不算什麼。

會讓黛西在夜裡發抖的，不是身體上的寒冷，而是心裡一直掛念的《重生世界》的結局。

她不斷重寫最後三章，為了讓亞瑪杰活下來，讓男女主角在一起，她絞盡腦汁試了十幾種方法。在其中幾個版本裡，莉琪放棄了她在人間的生活，沈入亞瑪杰在重生世界的王國，和他一起在又冷又灰的世界長生不老。雖然沒有明白寫出來，可是每個人都知道這些結局會讓莉琪的媽媽和朋友傷心，而且黛西並不想在她的小說裡放進城堡，覺得它代表了她始終無法擺脫的迪士尼公主夢。

在另外的幾個版本裡，亞瑪杰放棄了長生不老，回歸陽光下的真實世界。這樣的結局不會讓莉琪的親友難過（而且也不會出現城堡），可是會留下亞瑪杰背棄他妹妹和人民的棘手問題。這些被拋下的鬼魂，將化身為路邊被棄養的上千隻小狗，擠在小說的照後鏡裡慢慢消失。更糟的是，讓亞瑪從重生世界離開，等於是抹去她創造出的世界裡最後一絲印度教的痕跡。

黛西必須要找到第三種方法，讓結局裡男女主角的生活都留在原來的軌道上，同時留下伏筆，延續到《未命名的帕特爾》。她得把亞瑪杰刻畫得更深入，不能只是一個徒有外表的獎品。

在寫作的宇宙裡，完美的最後幾章一定存在。只是，不管黛西重寫了幾次，不管她多努力地瞪著被白雪覆蓋的窗戶，她就是想不出來。

她向出版社要求延期，他們答應延到一月底。可是南恩・艾略特同時也清楚明白地告訴她，這一次真的是最後的截稿日，絕對不能再延。換句話說，這是即使死神大人親臨也不可能再更改的死線。

「我爸媽問我耶誕節要不要回家。」黛西在某個寫得不甚順手的晚上對伊莫珍說。

「然後呢？」伊莫珍繼續打字。

「嗯，『問』可能不是個正確的說法。他們要我回去住一個星期。而且其實和耶誕節也沒什麼關係。我們慶祝的是從十二月二十一日到二十五日的象頭神節。」

伊莫珍抬起頭，手指也停了下來。「我以為妳們家沒有宗教信仰呢！」

「是沒有。」黛西說：「可是我們還是會在松樹上掛小燈泡，並且在最後一天，也就是十二月二十五日，互送禮物。因為這個節日其實是為了要叫住在歐美的印度小孩閉嘴，不要再吵著要過耶誕節才發明的。」

伊莫珍大笑。「聽起來是個相當有彈性的宗教。」

「事實上，是還滿有趣的。不過我是非回去不可。」黛西停了一會兒。這段對話比她想像的還要困難。「所以我在想，妳要陪我回家嗎？」

「要看情況。」

黛西等著她往下說，可是伊莫珍卻打住了。「呃，看什麼情況？」

伊莫珍看了她一眼。「他們知道我的事嗎？」

「噢。」黛西覺得喉嚨縮了一下。「不。呃，我的意思是，我當然講了很多妳的事，所以他們知道妳是誰……」

「可是，不知道妳和我的關係？」

「妮夏知道。」黛西嘆了一口氣。每次她的紐約新生活和留在費城的舊生活衝撞時，總是讓她倍感沮喪。

「對，她傳簡訊告訴我了。」伊莫珍闔上筆記型電腦，靠向椅背，代表她很認真地想談一談。「很顯然妳回家過感恩節時，沒有提起這件事。」

「我本來是要講的，可是拉拉娜阿姨卻和她男朋友跑到夏威夷去了。她說過當我告訴父母時，她想要在場。」

伊莫珍點點頭，可是看起來有點疲累。「好。」

「聽著，一點也不好。妳是我生命中最重要的人，所以他們一定要知道。我只是……」

黛西不知道該怎麼解釋。她的父母不會因為她愛上一個女生就和她斷絕關係。她猜想他們的反應多半是取笑她，居然藏了這麼久才說出來。

可是，在紐約市的每個人都能猜出她和伊莫珍是一對情侶。她們認識的大多數人都已經從出版界的小道消息中知道了。如果要說她們有什麼特別，就是她們都是青少年小說作家。黛西很喜歡聽到其他人在剛認識她時總會說：「噢，妳就是那兩個作家之一啊！」

可是面對她的父母，和伊莫珍的戀愛就必須簡化成一句話，就像她的寫作「事業」。

「我只是……」黛西又開口，可是停了一下才能找到合適的字彙來描述她的感覺。「覺得很怪，對我的父母居然要用『講』的。」

「妳的意思是，他們應該要自己猜出來嗎？」

黛西搖搖頭。「在紐約容易多了。當我把這個新的我和在費城的舊的我比較時，不禁覺得自己不值得過得這麼好。彷彿我來到紐約，他們沒有檢查就發給我一張『成人卡』。這兒的每件事都讓我有『冒牌貨症候群』的感覺。」

「我相信妳想說的是，到目前為止妳的運氣很好。」

「這怎麼會和運氣扯上關係？」

一輛卡車駛過下面的街道，輪胎和雪攪和在一起發出疲倦的長長嘆息。

「我在高中念到一半時發現了自己的性向。」伊莫珍開始說：「當時我還和爸爸住在一起，不免得向他坦白。我必須面對不再喜歡我、不願意再當我朋友的同學，和對同性戀抱持敵意的老師打交道，天天搭乘一輛充滿八卦、謠言和難聽髒話的巴士上學。最棒的是，妳簡直不能想像本來就已經討厭我的副校長在發現我和有縱火習慣的女朋友交往，心裡有多興奮。」

黛西低頭瞪著地板。她偷偷看過伊莫珍的高中畢業紀念冊，大多數的這些事她早就該猜得出來。「聽起來真慘。」

「那是我經歷過最困難的事。妳知道的，並不是每個人都撐得過來。」

好一會兒，大房間裡安安靜靜的，只聽得到運河街上汽車輪胎在雪地上的摩擦聲。黛西的雙手握成拳頭，因為除了她心裡時常泛起的羞愧和狀況外的混合情緒之外，更為好幾年前那群陌生人對伊莫珍・懷特和伊莫珍・葛雷的霸凌而感到憤怒。

最後，還是珍先開了口，她張開雙手。「可是每個人的經歷都不一樣，我猜不管哪一種都是有價值的。」

黛西抬起頭來。「連我們這些幸運的狗屎也是嗎？」

伊莫珍微微一笑，可是下巴的線條還是緊繃的。

「妳到底想不想陪我回家？」黛西問。

「和妳的家人一起過耶誕節嗎？」

「不是耶誕節，是象頭神節。而且卡拉大部分的時候也會在我家，所以妳不會是屋子裡唯一的非印度人。」

「可是我會是唯一一個對我為什麼在那兒說謊的人。」

黛西沒有回答。她不認為保守這個祕密就是在說謊，但它確實是個謊言。她對爸媽提到伊莫珍時總是特別小心，在寫給他們的電子郵件裡，常常必須更動一些小細節以免被識破。

「這和妳在網路上搜尋我有關嗎？」伊莫珍問。「妳不想讓他們知道我的事？」

「當然不是。」這是自從伊莫珍告訴她真名之後，兩個人第一次提到那篇文章。「事實上，我沒怎麼在想奧黛莉・佛林德森的事。真的，珍，我一點都不在乎妳在大學時期在部落格上寫了什麼。」

伊莫珍鬆了一口氣。「嗯，好。所以問題只在於妳沒膽告訴他們。」

「這和害怕一點關係都沒有。」黛西大喊。突然間，她只在乎伊莫珍是不是能完全理解她的想法。

「當我賣出《重生世界》的版權時，我得到的不只是出書的合約，還得到了一個全新的生活，一個對於我是誰、我是什麼樣的人毫無設限的生活。我知道我有多幸運，就像贏了樂透頭獎那麼的幸運。可是它是我的樂透彩券，我不想放棄。而其中最寶貴的一部分就是不用去定義自己。」

伊莫珍搖搖頭。「妳一直在定義自己，黛西。當我們走在街上時，妳會主動牽我的手。妳以為人們不會注意到嗎?妳沒聽到那些反同性戀的混蛋在我們背後的叫囂嗎？」

「我當然聽到了。」黛西傾身伸手越過桌面。「可是握住妳的手就像呼吸一樣自然。向來如此，也應該如此，不是嗎？」

「當然。」伊莫珍說：「可是，事情不是永遠都這麼容易。我在念雷根高中時，如果敢在走廊上牽火貓的手，後果就會像引爆了一顆炸彈。」

「那真糟。不過我的情況不一樣。」黛西說：「我喜歡現在的生活。我不想要父母理解。我想要我們之間、我們在紐約的朋友就維持現在的樣子，完全不要改變。我喜歡這個該死的青少年小說家天堂！」

伊莫珍聽她說，默默地看著窗外許久。她的手指微微彎曲扭動，彷彿在自己的腦子裡打字。

「當然。」她終於說：「誰不會想要那樣？」

「所以妳明白我的想法了？」

伊莫珍點點頭。「這是妳夢想中的生活，妳不想毀了它。可是我並不想睡在妳爸媽家的客房，只能在四下無人時偷偷吻妳。我不想以一個大妳五歲的祕密女友的身分去妳家過耶誕節。」

「不是耶誕節，是象頭神節。」黛西清楚地糾正她。「還有，這和妳比我大又有什麼關係？」

「它讓整件事更加尷尬。」伊莫珍再度凝視窗外。書桌下的暖器開始發出噪音，準備噴出下一波的熱氣。

黛西擠出微笑。「看看現在是誰沒膽了？」

「還是妳。妳是官方認證的無膽之人。」伊莫珍說：「可是如果我陪妳回去騙妳的父母，那麼就變得和妳一樣了。畢竟我的年紀比妳大，應該比妳有智慧。」

「比我大又比我有智慧？誰規定的？」

「聽著，我們每個人都有覺得自己是冒充者的時候，但在這件事上，妳是有選擇的。如果妳想要讓妳夢想中的生活成真，就得讓新的黛西和舊的黛西合而為一。」伊莫珍的聲音變小。「就像我得讓伊莫珍・葛雷和奧黛莉・佛林德森合而為一。我必須告訴妳，即使有可能妳會因此討厭我。」

「才不會呢！」黛西一邊緊緊握住伊莫珍的手，一邊說：「這件事也和那無關。只是，每一件事，不管是寫完我的小說、告訴父母和其他大人，需要的時間都比我預期的長多了。」

黛西回到費城的第一天早上，就和妹妹忙著為媽媽原本放在閣樓上的象頭神畫裝飾淡黃色的小燈泡。象頭神大人單腳站立，彷彿就要翩翩起舞。但是他同時也在冥想，張開雙手，掌心朝上。一對剛砍下的松樹枝在畫像上擺成一個拱門，帶來了森林活潑的芬芳和米黃色地毯上四散的細小松針。

「燈泡要開成閃爍模式嗎？」

妮夏往後退一步，檢視她們的成果。「閃爍會比較好。」

「好。來了！」黛西將燈泡插上電。

過了一會兒，妮夏搖了搖頭。「速度這麼慢，充其量只能算『閃』，離『爍』的標準還遠得很咧！」

「也許它們需要一點時間暖身？」往年的燈飾都是由黛西的爸爸負責，可是現在她的父母卻都在廚房裡忙碌著，整棟屋子都是高溫的烤餅、椰子和糖的香味。「還有，為什麼爸在煮菜？媽媽不是禁止過他在有客人來的時候下廚嗎？」

「我相信他們是想讓我們兩個有時間好好獨處。」妮夏舉起一隻腳，半模仿著象頭神的姿勢。「換句話說，他們想要我從妳那兒挖點八卦。」

「真的嗎？」

「妳應該看看每次我收到妳的簡訊時，安妮卡的樣子。她不但想要所有的細節，甚至還逼我分析是否有弦外之音。」

「哇！我還以為他們現在比較好了呢！」黛西躺在地毯上。「爸爸已經有差不多一個月沒再對我疲勞轟炸，叫我回去念大學。昨晚他從火車站接我回家，還在車上問我寫作事業順利嗎？」

「沒錯！我一天到晚提起妳的『寫作事業』，當然主要是為了惹惱他們。不過在我的洗腦之下，他們現在也會使用這個名詞了。」妮夏雙手合十，擺出禱告般的姿勢，彎腰鞠躬。「不客氣。」

「謝謝。」黛西說：「可是能夠容許我指出它真的是個事業嗎？因為我真的有拿到錢？」

「隨妳怎麼說。但是如果不是我在背後完美地操控雙親，他們兩個一定會每星期都跑去紐約看妳。」妮夏停下來，假裝在擦眼淚。「然而看妳怎麼回報我的？連讓燈泡閃爍都做不到。」

她說得沒錯。燈泡仍舊以極慢的速度有氣無力地閃著。

「但是我買了禮物喔！」黛西指向一排亮橘色包裝紙、等著要被裝飾在神像旁的盒子。這些禮物是她在過去五個月裡謹慎選擇的結果，因為她很怕妮夏在拆開禮物後毒舌但誠實的批評。裡頭有一個捷運地圖手機套、春假去紐約的火車票、印了妮夏在《彩虹小馬》裡第二喜歡的小藍馬的重金屬搖滾版圖樣的T恤。

「這些只不過是物質上的賄賂，帕特爾。妳的心不在我這兒，所有的八卦居然都要我自己猜。」

黛西翻了個白眼。顯然妮夏還是很介意拉拉娜阿姨比她先知道伊莫珍的事。

「所以妳現在只喜歡女生嗎？」妮夏問。

「我不知道。」

「好無聊的答案，帕特爾。妳走在街上時，一定會偶爾看到幾個讓妳覺得性感的人吧？其中還有任何男生嗎？」

「我現在誰都不看。我也不會去想這種事。」燈泡閃爍的速度加快了一點，幾乎可以算正常了。「也許我只能愛伊莫珍一個人。」

妮夏嗤之以鼻。「我相信妳要說的正確名詞是『放屁』！」

「妳在乎什麼？和妳又沒關係。」

「我只是好奇。而且，在妳離開後，爸爸媽媽一定會問我這些問題。我必須先準備好答案。」

黛西做了個深呼吸。「我不知道是不是這次就要告訴他們。」

「妳想當個膽小鬼嗎？帕特爾？」

連妮夏也這樣叫她。黛西不禁懷疑伊莫珍和妮夏是不是背著她偷偷聯絡，組成共同陣線好一起對付她。

「說真的，今天是象頭神節的第一天。」妮夏說：「妳找不到更適合的時機了。」

黛西必須想一下，才明白妮夏在說什麼。對象頭神節，她們從小最關心的，就只有可以開禮物的第五天。所以她忘了今天晚上，也就是象頭神節的第一天，全家人要坐在一起解開誤會，要將錯的事改成對的。

「妳什麼時候開始變得這麼虔誠？」

妮夏聳聳肩。「我是為了數學才開始信印度教的。」

「什麼數學？」

「呆瓜。我們發明了零。三千年前，就有咒文是由零組成的，講述十的力量，從一百一路到一兆。實在是超酷的！」

黛西揚起一邊眉毛。「妳說不定和我有利益衝突，所以才這麼努力想說服我。」

「聽著！爸爸給了我一本為印度小孩寫的書，它說即使你把世界上所有吠陀的書都燒了，同樣的真理將來還是會再度被發現。這種假設只有套用在數學上時才合理。」

「嗯……」黛西瞄了象頭神的畫像一眼。燈泡終於開始以正常的速度閃爍。「所以對妳來說，一切都只是數字？」

「只是數字？」妮夏不屑地反駁，表情異常堅定。「整個宇宙不過是繞著太陽運轉的數學，帕特爾。那才是我信仰的真理。」

黛西沒有回答，腦子裡想著賽根和他的安潔莉娜・裘莉悖論。也許那才是真理的重點，你可以完全抹殺它，可是因為它是真理，所以一定會再度被發現。

當天的晚餐，安妮卡・帕特爾決定以傳統的古吉拉特慶祝方式進行，每個位子前面都擺了六盤小菜。除了常見的秋葵和鷹嘴豆，還有葫蘆和苦瓜做成的咖哩。烤餅也是黛西的爸爸親手做的。雖然他在廚房裡罵了一下午的髒話，但烤焦的邊緣還是說明了他的經驗不足。

雖然黛西好久以前就已經不再遵守家族吃素的習慣，但從餐桌飄出的香味還是夠讓她垂涎三尺了。看著更多的配菜被端上桌，突然間她好想念伊莫珍。如果她在這兒，就能對她解釋各種咖哩的不同，幫她解開浸在優酪乳裡的餃子和蒸芋葉，還有看著她嘗試嗆鼻的酸辣醬了。

吃過節大餐是認識一家人最好的方法，黛西心想，並且下定決心明年一定要帶伊莫珍回來。

她瞄了一眼在晚餐前才抵達、坐在她對面的拉拉娜阿姨。她迎向黛西的目光裡充滿了期待。

太棒了！更多的壓力。

「看起來真是太好吃了，帕特爾太太。」卡拉說，賽根附和點頭。他們兩個是每年象頭神節第一天晚上的固定客人。經過大學一學期的洗禮，兩個人看起來長大了一點，也聰明了一點。卡拉剪了個時髦的短髮，賽根則改戴起隱形眼鏡。很表面的改變，卻讓黛西覺得她的朋友至少和她一樣在迅速成長。

當媽媽問起他們在大學修些什麼課時，卡拉居然開始滔滔不絕地講起十八世紀的英國小說。「當時有種被稱為『超自然解析』的類型小說。連十八世紀都還沒到，他們就已經看厭了超自然小說。所以作家們開始寫起恐怖小說，將所有的可怕情節全加上符合邏輯的解釋。嗯，算是某種程度的符合邏輯啦！」

「妳的意思是，像卡通《史酷比》每集結尾那樣嗎？」賽根問。

「完全正確！他們想要類型轉換，卻沒有能力寫好類型轉換。」

「那會讓孩子們念得一頭霧水。」賽根一邊說，一邊將烤餅撕成兩半。

「我小時候最討厭念到那一類的書了。」黛西說：「那些書好看嗎？」

卡拉聳聳肩。「每個句子都長得不得了。不過，就像念莎士比亞，讀了十五分鐘後，也就習慣了。」

「我猜黛西將來應該也會主修英國文學吧？」安妮卡・帕特爾說：「想想看，可以天天名正言順地念小說，多棒啊！」

餐桌旁的四個孩子很快地互看一眼。當然理論上黛西還是應該回去上大學。但惹得黛西不高興的不是媽媽的假設，而是事實上她現在每個星期都會念好幾本小說。也許她最近沒有認真在研讀十八世紀的哥德文化，但所念的小說裡可是有一半是還沒上市的作品。這當然比被強迫硬吞《史酷比》的雛形有趣多了。

她正要開口指出這點時，媽媽又講話了。

「講到小說，我要宣布一件事。」安妮卡停了一下，確定每個人的注意力都放在自己身上，然後轉向黛西。「我終於看了妳的小說。」

大家默不作聲，又互看一眼。

「妳應該要等到小說正式上市時才看的！」

「本來是打算那樣。可是我後來發現它要到明年九月才會上市耶！」

「不過是兩百七十六天之後而已。」妮夏愉快地加上一句。

「我想不通。」安妮卡說：「製作一本書真的要花上十八個月的時間嗎？」

黛西的腦袋裡充斥著許多答案——銷售會議、編輯會議、試讀本和封面設計——因為她也問過自己很多次相同的問題。

可是她說的卻是：「妳全部念完了嗎？」

「妳以為我會念不下去嗎？」她媽媽大笑。「那種程度的暴力還嚇不倒我。」

「她朗誦第一章給我聽。」她爸爸滿臉笑容。「叫人不寒而慄。」

「謝謝。」黛西等著他們往下說。不是在等讚美，而是在等媽媽認出拉潔妮的鬼魂。

「我喜歡他們只要許個願就可以到世界上任何一個地方。」

「那條河和許願差很多好不好，媽。」

「我想也是。不過妳真聰明，居然會想到引用瓦伊特爾納河。我都不曉得妳對印度教還有點興趣。」

黛西眨眨眼。過去六個月在改寫時，她一直想著父母的信仰。「所以妳不介意我用亞瑪杰來當男主角嘍？」

她媽媽揮揮手。「他不是真正的死神亞瑪杰。他只是一個小說人物。」

「噢！」黛西說：「那麼明蒂呢？」

其他人全盯著她們兩個看，雖然只有妮夏曉得安妮卡有個被謀殺的童年朋友。

「她很可愛，很有趣。」

「有趣？可愛？」

「因為她完全就是一九七〇年代的孩子。我還記得那些辮子，還有燈芯絨長褲！」她轉向丈夫。「記不記得你以前也是一天到晚穿那種褲子。」

他大笑。「我相信我還留著一件，只是不知道收到哪兒去了。」

「呃，除此之外，妳不覺得她有點眼熟嗎？」黛西問。

安妮卡・帕特爾皺眉。「什麼意思？」

黛西坐在那兒，不知道該怎麼回答。琪瑞莉是對的，當然。在續集完成前，她不應該大聲地問起拉潔妮的事。可是黛西簡直不能相信，媽媽竟然一點都看不出來拉潔妮和明蒂之間的相似點。感覺像是她寫失敗了。不過也有可能媽媽其實沒有被過去的事所困擾。也許她把相關的一切全留在印度了。

「我只是在想，也許妳會注意到……」

黛西沒辦法把話講完。在這麼多人的餐桌上談起拉潔妮，無疑會將她從黛西腦袋編造故事的安靜灰色空間裡驅逐出去。太危險了，她不能拿《未命名的帕特爾》來冒險，她不想因為按捺不住提起拉潔妮而毀了一切。

可是，為什麼媽媽會這麼狀況外？

「妳想說什麼？親愛的？」安妮卡・帕特爾問。

餐桌旁的每個人都看著她。她非得說點什麼來保護她的小女鬼。

「呃，我交了個女朋友。」

沈默的時間並不長，可是卻讓人覺得好久、好壓迫，彷彿還帶著回音似的。每個人的目光都從黛西身上移向整個房間裡唯一還不知情的父母。他們看起來非常困惑。不過話說回來，她剛才的宣布確實和本來在討論的東西八竿子都打不著。至少，現在拉拉娜阿姨露出了贊同的笑容。

妮夏率先開口。「好好講，帕特爾。」

魔咒被打破後，黛西說：「我一直想告訴你們。我們已經在一起好一陣子了。我真的很喜歡她。」

說來奇怪，這感覺很像她第一次登上艾維儂高中舞台的表演。沒有時間緊張，所以她連想都不用想，嘴巴就自動說出需要的字句。

「女朋友？嗯，我倒是沒想過。」安妮卡・帕特爾的微笑看起來有點怪，但很快鎮定下來。「妳知道我們愛妳，黛西，無論如何。永遠。」

「我當然知道。」黛西說。她一直是知道的，可是親耳聽到仍然帶給她極大的震撼。她倒吸一口氣，兩顆眼淚情不自禁地出現在眼眶裡，讓每個坐在餐桌旁的人更明亮、更清新。

「好到不能再好的時機。」賽根輕聲說。

然後媽媽的臉上出現了迷惘的表情。「等一下。我應該從《重生世界》裡看出來這件事嗎？我錯過了什麼嗎？」

「沒有沒有。只是……」黛西不知道接下來該說什麼。「伊莫珍是個很棒的人。我相信你們會喜歡她的。真對不起，我拖了這麼久才告訴你們。」

爸爸終於說話了。「妳選擇了一個最完美的時機，黛西。」

她對他微笑，擺出她是故意選在象頭神節的第一晚告訴他們的樣子，而不是因為她的運氣好。說到底，時機確實非常完美。

運氣好沒有什麼不好的。她很幸運，能擁有這樣的家庭，在這個虛構的節日裡，知道她是深深的被愛著的。

而這，就是她信仰的真理。

第三十四章

漢姆林先生看到五個小女孩時開心得不得了，於是我不得不向他解釋她們不符合他的胃口。她們在世的最後一段日子並未備受寵愛。

「所以妳找我來就是為了那個？」他一邊說，一邊指著瑟縮在牆角的鬼。

壞人的靈魂在他的身體不再扭動後幾分鐘升起。他比我想像的更瘦，穿著印花睡衣和白襪子。他專心盯著外頭前院的五個小女孩，沒有注意到我的存在。也許他以前就一直懷疑她們站在外頭，可能在想他的噩夢終於成真了。也許他以為他現在不過是在做噩夢罷了。他什麼都沒說，只是爬向房裡最黑暗的角落，摀住雙眼。

「對。」我回答漢姆林先生。「我殺了他。現在請你把他割成碎片吧！」

賽可旁波斯老頭上上下下打量我，目光在我指甲的泥土和手上的鐵鏟之間轉來轉去。他的笑容愈來愈大，大到彷彿他的臉就要裝不下了，看起來扭曲而怪異。

「我就知道妳做得來的，小女孩。」

我用金屬鏟子指著壞人的鬼魂。「教我怎麼拆解他的記憶。」

漢姆林先生模仿舞台演員輕輕地抖了一下。「那些記憶太可怕了。妳應該從比較甜蜜的回憶開始下手。」

「我並不打算用他來做任何東西，我只是想要他徹底消失。」我望向窗外的小女孩。「同時還她們自由。」

「他已經死了。他的記憶在不久後便會自行散去。」他微微聳肩。「不過我猜我們是可以幫忙加速這個過程。」

漢姆林先生將他補靪長外套口袋裡的東西拿出來給我看。

那是他找到的一段記憶，一段極為恐怖的記憶。他說，因為它是如此少見，所以我可以帶著它在河裡來去一百年，頸子後也不會有又溼又冷的感覺。但我懷疑並不會因此就比較喜歡，因為光握住它就讓我抖個不停，感覺像一條冷冷的鰻魚纏住我的脊椎，不斷蠕動。

他說它就像鑽石一樣，由我們無法想像的極大壓力鍛造而成，所以可以切割任何不如它悲慘的回憶。這種東西只有在超級大災難時才會出現，像整座城的人都被大火燒死之類的。就連他也只見過五、六次。

「可是妳要非常小心。」他說：「可以切割鬼魂的東西，也可以切傷妳。即使是在重生世界裡也一樣。」

對他這類的賽可旁波斯來說，這樣的工具再適合不過了。

就在我們動手的過程中，小女孩的鬼魂已經開始變淡。畢竟那個壞人是最記得她們的人，甚至比她們自己的家人更常想起她們。壞人的鬼魂被我們切割成一條條亮晶晶的細線，小女孩也逐漸縮小，爆出火花，一個接著一個消失了。

她們終於自由了，或者至少離開了。

那一晚，我看到了許多我不想看的記憶。當他的細線在我的掌心跳動時，我看到了他一輩子所犯下的血腥罪行。雖然那些畫面非常可怕，但我不得不承認漢姆林先生的手藝確實精巧。他有條不紊地將壞人一生糾纏的回憶清理出來，一一分割成線，簡直是個具有外科醫師精湛手藝的說故事高手。

但是他一點都不想蒐集這麼可怕的回憶，所以我們最後將小心切割下來的絲線全扔進瓦伊特爾納河裡。那條河的本質就是這樣，充滿了由上千年數不清的人類回憶所化成的黑色爛泥。我實在不明白為什麼它聞起來會是甜的。

「謝謝你。」事情結束後，我對漢姆林先生說。

「證明我是對的就是最好的感謝了。」

我看著他。「什麼事是對的？」

「就是我說過妳一定會呼喚我。」他微笑。「不過我得承認，我沒想到會這麼快就是了。」

我不禁開始反駁，說我以後絕對不會再呼喚他。可是我憑什麼這麼確定？我不知道我的未來會怎樣，不論是個女戰神，還是單純只是個人。

當你奪走一個人的生命時，所有的一切都不同了。

直接利用瓦伊特爾納河回家會快得多，可惜我的身體也在帕拉阿圖，不能就這樣把它留下，當然也不能把我發亮的新車丟著不管。

我重新啟動手機，打算利用它的地圖開回高速公路。面板一亮，我看到媽媽留了六通留言，婕敏則留了十四通。

如果她們只留一兩通，我會聽聽她們說什麼。可是留了那麼多通留言反而讓我倍感焦慮，於是我決定再度關掉手機。不過在那之前，我發了個簡訊給她們兩個人：

「我沒事。早上就會回家。」

高速公路不難找，很多路標全指出了洛杉磯的方向。可是這一次上路的時間一樣糟糕得不得了。開了四小時後，我發現自己被要進入洛杉磯工作的交通顛峰時間的車陣包圍了。

同時也到了吃早餐的時間，而我從前一天的午飯後就滴水未進。也許我不需要睡眠，但在真實的世界裡，食物還是必要的。

我在北好萊塢的明星餐廳停下。選擇它的唯一理由是剛好這家餐廳前有個空著的路邊停車格。一名親切、有效率的女服務生為我端來了炒蛋和吐司。我狼吞虎嚥地只花了三分鐘就把整盤一掃而空。吃下簡單、平凡的食物將我拉回了真實的世界。

早晨的陽光斜斜穿過餐廳的彩繪玻璃，彷彿重生世界並不存在。餐桌邊緣全鑲上發亮的暗紅色的鉻。壞人坐在這兒喝咖啡，我感覺不到昨晚才剖開鬼魂的那個自己。事實上，我不大確定我應該有什麼感覺。壞人已經消失，所以我不再憤怒，但是也不覺得自己贏了。開了一整夜的車，我應該早就精疲力竭，可是連這部分的感覺也不見了。我似乎將部分的自我隨著壞人的記憶一起放逐，只剩下體內的冰點仍然存在。

我伸手拿出皮夾付錢，一張名片跟著掉了出來。名片左上角印了一個藍色徽章，正中央則印著「艾林安・雷宜斯特別探員」。我記得他在電話裡對我說的話。

「當然，遇上謀殺案一定要報告警察。」

而我剛才犯下的就是一件不折不扣的謀殺。不然的話，在半夜入侵一個老人的住宅，吵醒他，跨坐在他胸膛上直到他心臟病發，又是什麼？

絕對不能算是意外。

名片一直放在我的皮夾裡，不但邊緣磨損，也變得軟趴趴的。上頭的資料我好久之前就全背誦在腦子裡了，因為如果有個屬於自己的特別探員，你至少應該記得他的號碼吧？雖然在默記號碼的當時，我只是覺得有趣。

現在，卻不有趣了。

「當然，遇上謀殺案一定要報告警察。」

接下來在帕拉阿圖會發生什麼事？壞人的屍體遲早會被發現。警察到達之後，一定會注意到被破壞的床頭櫃和灑了一地的藥丸。他們會問鄰居有沒有看到什麼奇怪的事，像凌晨三點有車子在那兒停下，還是有個瘋女人赤手挖他家前院草坪之類的。

我坐在那兒，瞪著指甲縫裡的泥土，胃裡的雞蛋開始翻攪。我在壞人家前面啟動手機，發了兩個簡訊，從我家附近打了對方付費的電話給他。電話公司的資料庫裡會有將我和他神祕死亡牽上線的證據。當然，最關鍵的將會是我留在鐵鏟把手上的指紋。那把我在離開前乖乖放回他床底下的鐵鏟。

我不自覺地乾笑了兩聲。我真不是個聰明的殺人犯，是不是？而我在加州法院的辯護，大概也會被認為是有史以來最瘋狂的：「我是為了讓五個死掉的小女孩重獲自由才做的。這樣一來，我的鬼朋友也不用再擔心那個壞人了。」

我慢慢地吸進一口氣，讓可能被逮捕的恐懼感流過全身。即使如此也比沒有任何感覺好，也比讓冰點不停擴張直到吞沒其他的一切好。

有這麼多的事我無力改變：在達拉斯機場的受害者的命運，還有我媽的病。昨晚，至少做了一件我能做的事。

而且你是無法將女戰神關進監獄的，我們可以輕輕鬆鬆地穿牆而出。

如果我真會因為我做的事而被處罰，也不會是由這個有電話記錄、指紋、法律和監獄的世界來執行，而會來自我內在的轉換。就像亞瑪在那個與世隔絕的小島警告過我的：鬼魂是否真實存在並不是重點，重要的是我們決定要當一個什麼樣的人。

我將雷宜斯探員的名片放回皮夾，然後在桌上給女服務生留下了豐厚的小費。

回到家時，媽媽坐在前門台階上等我。

「很棒的車。」我下車時她說。我相信她是真心的。

「我知道，很不錯，對吧？」

我們兩個沈默了一會兒，為爸爸居然捨得在我身上花這麼大一筆錢感到驚訝。我在媽媽身旁坐下，仍然不確定我應該有什麼感覺。說是「有麻煩了」，聽起來太像小孩子，不像殺人犯。我看不出來媽媽是在生氣，還是傷心，還是太累了。也許，她只是病了。

「婕敏告訴妳爸爸的留言了嗎？」我問。

「當然。」

「那麼，到底是什麼？妳生了什麼病？」

「等一下，莉琪。」她舉起一隻顫抖的手。「妳失蹤了二十一個小時。妳沒有權利決定現在對話的內容。」

所以她是在生氣。我沒有回答，只是點點頭。

「妳到底跑去哪兒了？」

「開車亂晃。」

「開了二十一個小時？」

「對，有點久。我知道。」我還不覺得累。我在想不知道自己還能不能再睡得著。如果沒有亞瑪的吻，大概不行吧？可是在我做了這種事之後，他還會再碰我嗎？「開車幫助我思考。它是一輛很舒適的車子。」

媽媽做了個深呼吸，我可以聽到她努力地將快要出口的苛刻言語嚥下去的聲音。「婕敏告訴我妳交了男朋友。」

「她說了？真的嗎？」

媽媽苦笑。「她本來什麼都不肯說，但是到今天早上妳還沒回來，她才終於告訴我。」

我嘆了一口氣。都是洛杉磯的爛交通害的。「沒錯，我是有個男朋友。可是這和他沒有關係。我只是需要走開一下。」

她沈默地打量我，然後嘆氣轉身，彷彿她看不透我在想什麼。很公平。我自己也不知道我在想什麼。

「妳會死嗎？」我問。

「近期不會。我們待會兒再來談那個，以及妳的男朋友。」

近期不會。如果這樣的回答算是好消息，那麼這個世界真是爛透了！

媽媽站起來，走到車子旁，拉開駕駛座的門，探頭進去。「我的天啊！妳開了一千英里？莉琪！」

「就像我剛才說過的，開車幫助我思考。」

她關上車門，走回前廊。以父母的權威姿態，低頭看著我。「妳跑去哪兒了？」

說實話大概是最好的選擇。「帕拉阿圖。」

「妳的男朋友住在那兒嗎？」

「不是。我其實是去妳的老家附近。」

她站在那兒瞪著我，暫時忘了她的滿腔怒火。很奇怪吧？說實話的效果還真強大。

「妳記得妳房裡擺的那張舊照片吧？」我問。「我需要親眼去看一下妳長大的那棟房子。」

她搖搖頭。「為什麼？」

「因為妳從來沒有告訴過我明蒂的事。她一直困擾著妳，可是妳卻沒告訴我。然而她就在那兒，媽媽。」我可以感覺到在我說話的同時，體內的冰點慢慢縮小，所以我繼續往下說：「我小的時候每次出去外面玩，她就在那兒。甚至到了現在，只要我出去旅行，或者我們開車出門，她就在那兒。她存在於妳的腦袋裡，讓妳擔心不已。我活著的每一天，她的鬼魂沒有一天不跟著我們。無時無刻。」

媽媽沒有說話，而我卻已經無話可說，兩個人陷入沈默。我在懷疑明蒂會不會正站在門的另一邊偷聽。

終於，媽媽開口了。「妳不知道當妳最要好的朋友就這麼失蹤了是什麼感覺。」

「我不知道，但也許那是因為妳從來沒有對我提起她。」

「我不會因此向妳道歉。至少今天不會。而且那也不是我會想告訴孩子的事。她的屍體是在她家後院找到的，莉琪。妳想都想不到。」

我點點頭，雖然我心裡其實對整件事的恐怖程度知道得比她還清楚。從那個壞人的記憶裡，我看到了所有的細節。我唯一不明白的只是為什麼媽媽要對我隱瞞這件事。

「媽媽，我知道它很可怕，但是——」

「如果妳知道，為什麼妳還會選擇失蹤二十一個小時呢？為什麼妳要開走車子，還關掉手機呢？妳消失了，就像她一樣！」媽媽的胸膛在發抖。「今天早上三點的時候，我還爬起來跑到後院去，確定妳沒有被埋在那裡！」

她聲嘶力竭地大吼，聽起來糟透了，彷彿所有的恐懼全糾纏在她的肺葉裡。

「噢，好。」我只能擠出這兩個字。

她瞪著我，等著我的回應。我想告訴她我太衝動了，我絕對不會再失蹤。而我最想做的，是癱在地上，崩潰大哭。

可是我的腦袋裡卻不斷地在重播今天早上三點時我在做的事。

「對不起。」我最後說：「真的對不起。」

她點點頭。「好。」

「可是我不是明蒂。好嗎？」

媽媽想了一下，好像不大確定我說的是不是對的，但是最後她又點了點頭，然後臉上出現了奇怪的表情。

「我從來沒告訴過妳她的名字。」

「真的嗎？那麼大概是我從網路上看來的吧？」

媽媽搖搖頭。「可是那是她的小名。在報紙上，他們都叫她瑪琳達。」

「那就一定是妳告訴我的。」

我可以看得出來她在思考，不大相信我的話，可是它又是唯一可能的合理解釋。

「媽，妳能不能告訴我妳到底生了什麼病？拜託！」

「好吧！」她點點頭，閉上雙眼。「妳記得我最近很容易疲倦吧？我的醫師原來認為只是貧血，沒什麼大不了的。那就是為什麼我開始吃鐵質補充劑。」

「有嗎？」我的聲音很小。她終於開口說了，可是我卻不確定自己想不想聽。

「但是增加鐵質沒有幫助，我的血液檢查結果愈來愈糟。可能的原因很多，包括紅斑性狼瘡、肝炎和愛滋病等等，所以我也做了很多篩檢。」她睜開眼睛。「但他們至今還找不出真正的原因，所以我沒有告訴妳，因為我自己也還不確定到底是什麼病。」

「可是妳告訴了爸爸。」

她點點頭。「依我現在的血液狀況，有很小的可能會引起心臟衰竭，而且是無法預防的。所以，為了以防萬一，我必須先告訴妳爸爸。」

「心臟衰竭？」我搖搖頭。「可是妳才剛說過妳近期內不會死的。」

媽媽點點頭。「我的心臟沒事。醫師最後找出了原因，我得的是一種叫作骨髓……呃……」她清清喉嚨，再試一次。「叫作骨髓造血不良症候群的病。簡稱為MDS。」

我握住媽媽的手。「那是什麼意思？」

「它的意思是我的血液從被製造出來就不對勁。他們找不到病源，只好測試我的骨髓。骨髓裡有負責製造血液的幹細胞，他們發現我的幹細胞壞了。」

「壞了？怎麼會發生這種事？」

「他們也不知道。當我比妳現在還小一點的時候，當過油漆工。那時候我們用苯來去除油漆。我猜當時應該要戴口罩的。」

「那是妳的幹細胞破損的原因嗎？就因為妳三十年前吸進的化學藥劑？」

「沒人知道。」她用雙手包住我的手。「不過，重要的是，它不會遺傳。所以妳用不著擔心妳也會得這種病。」

「可是我擔心得不得了。」我的體內住著一個索魂者，橫掃過我的生命，掃過每一個接近我的人。現在它將手伸進媽媽的骨髓裡了。「接下來呢？」

「嗯，沒什麼可以期待的好事。先輸血，也許還要做幹細胞移植。我們在講的是好幾年的療程，沒人知道結果會如何。不過我比大多數得這種病的人都年輕，我猜我運氣還不錯。」

運氣還不錯，就像從恐怖攻擊中倖存下來那樣的運氣。

「真正的運氣還不錯，是搭上另一架飛機。」我輕聲說。

媽媽沒有聽見我的話，或者她聽不懂我在說什麼。「我有很好的健康保險，所以應該用不著賣房子。這個病也不會讓我殘廢，所以妳不用一直跟在我身邊。反正療程進行的大多數時間，妳應該都住在大學裡。」她看著我。「妳聽懂了嗎？小朋友？」

我搖搖頭。「在妳說到輸血後，我就恍神了。好像隱約還聽到什麼賣房子之類的。」

「好。」她慢慢地吸了一口氣。「我猜妳昨晚都沒睡吧？」

「完全沒睡。」

「也許我們應該晚一點再來討論細節，還有聊一下關於妳男朋友的事。」

「我想先上床睡覺。」

媽媽故作猶豫，為了想讓我清楚知道她本來可以勒令我坐在這兒道歉一整天的，可是她決定要好心地放過我。「好吧！可是妳知道我得見見他，對吧？」

我點點頭。「他人很好，我相信妳會喜歡他的。」

「希望如此。」然後她緊緊地擁抱我，很久很久。在我們分開後，她臉上終於有了笑容。「我很高興妳安全回家了。」

我覺得自己有一點點被原諒了，即使媽媽知道的不過是我昨晚做了什麼的一小部分，但是她的赦免卻擴大到連她自己都不曉得的黑暗面。

她伸出一隻手。「鑰匙。」

於是我把閃亮新車的鑰匙遞給她，彷彿這麼做彌補了一切，然後告訴她我要去睡覺了。

媽媽留在外頭檢視那輛新車，我趁機溜進她的臥室。

「明蒂？」

沒有回答，衣櫃是空的。突然間一個可怕的想法跳進我的腦袋：要是那個壞人的記憶是她沒有消失的唯一理由呢？我不會讓我的鬼朋友消失不見了吧？

然後我聽到後頭傳來咯咯笑的聲音。

我轉身看到一個影子蹦蹦跳跳地溜走了。我跟著笑聲來到我房裡，看到明蒂坐在床上。

「妳終於回來了！」她一邊微笑，一邊拍拍床上的毯子示意我在她身邊坐下。「我以為安娜會吼妳吼到天荒地老呢！她非常生氣，是不是？」

「沒錯，她非常生氣。」

「妳太調皮了，居然那樣離家出走。」

我瞪著明蒂。她的辮子再度梳得整整齊齊，看起來好開心。從我看到她以來，沒看過她這麼輕鬆自在，彷彿她已經知道那個壞人死了。

「妳以前一直都很乖啊！」她說，仍然帶著微笑。

「我得去做一件重要的事。記得我告訴過妳我要去解決問題嗎？」

「解決什麼問題？」她一邊問，一邊又拍了拍毯子要我坐下。

我坐下，輕聲對她說：「昨晚我開車回妳舊家的社區，然後處理掉那個壞人了。妳再也不用擔心他了。」

「什麼壞人？」明蒂問。

我愣了好一會兒才再開口。「妳是什麼意思？」

「妳處理掉的是哪一個壞人？」她又咯咯笑。「還有為什麼他是壞人？」

「因為他……」我沒說完。「妳不記得他了嗎？」

她擺出在思考的表情，瞇著雙眼。「除非妳講的是妳老爸。他確實挺討人厭的。」

當然。這麼多年來明蒂怕得要死的那部分記憶只存在於壞人的腦子裡。現在的她只剩下我媽記得她的部分：一個小女孩無憂無慮的十一歲童年。

事情解決得比我想像中的更圓滿。

我覺得喉嚨裡像梗著一塊東西。「對，他確實很討人厭，不過他已經不在了。」

「只剩我們三個在一起！」明蒂傾身張開雙臂擁抱我。她的臂膀仍舊冰冷，但皮膚上卻出現很久之前就消失的亮光。她鬆手後又開始咯咯笑。「妳離家出走，安娜現在要怎麼處罰妳？」

「她拿走我的新車鑰匙。事實上，我相當確定她會拿走我的車。天知道她什麼時候才會答應再讓我開它。」

「真慘！」明蒂皺眉。「等一下。妳什麼時候得到一輛車的？」

「昨天。很快就被沒收了，是吧？」

突然間，我們兩個一起放聲大笑。笑得前俯後仰。經過精神緊繃的二十四小時後，我絕望地需要一點有趣的事來放鬆。幸好媽媽還在屋外，聽不見我們的笑聲。

但是，看到明蒂這麼開心卻讓我覺得有點可怕。她三十多年來的恐懼在一夜之間消失得無影無蹤。感覺上彷彿漢姆林先生說對了，鬼魂不是真正的人。如果明蒂再也不是她自己，那全都是我的錯。我把讓她變成鬼的最關鍵的幾小時拿掉了。

我決定對她來個小測驗。「妳知道媽媽告訴我什麼嗎？」

「什麼？」

「妳真正的名字是瑪琳達。」

她臉上出現沉思的表情，過了很久之後，她終於點點頭。「沒錯，我以前是叫那個名字。」

她用了過去式。而現在她的名字變成了明蒂，因為媽媽的記憶是造成她仍然存在的唯一來源了。

「妳知道我媽生病了嗎？」

她聳聳肩。「有時候她會和醫師講電話，討論為什麼她會一直覺得好累。」

「好。」也許要求一個十一歲的小孩理解什麼是幹細胞疾病是太強人所難了。「就這樣嗎？」

「我猜是吧！安娜會沒事的，對不對？」

我點點頭。「醫師找到病因了。她會接受治療，將它治好。」

明蒂微笑。我知道我得對她說謊。如果媽媽死了，就沒有人記得明蒂還活著的事了。對鬼魂來說，那又代表了什麼意義？

更何況，假裝媽媽會沒事，實在是個容易多了的選擇。

第三十五章

「六個月！」黛西大喊。「我本來有足足六個月來做這件事，但是現在卻只剩六天了！」

伊莫珍沒有回答。她正在廚房忙，滿屋子全是燉肉的香氣。雖然才下午四點半，但伊莫珍的料理要燉上好幾個小時。她們從中國城市場買食材親自下廚實驗，從炒蛤蠣到海膽到鹽水鴨舌都試過，結果證明，燉排骨是其中最好吃的一道。

連因截稿在即而深感惶恐的黛西聞著聞著都開始覺得餓了。

「這就像在高中一樣。」她喃喃自語。「我總是在要交報告的前一晚才會開工。」

「這就是太聰明的詛咒！」伊莫珍從廚房裡大喊。

「什麼？」

伊莫珍跨出廚房。她戴著髮箍，穿著一件鑲黑色天鵝絨的閃亮尾小馬（《彩虹小馬》中妮夏最喜歡的角色）的圍裙。「總是在要交報告的前一晚才會開工，而且還能拿高分。所以現在的妳就被這個壞習慣卡住了。」

「這麼說不公平。過去幾個月裡，我一直努力在改寫這個蠢結局啊！」

「對。可是在妳心裡，妳知道只有在截稿日的前一晚寫出來的才算數。」伊莫珍露出邪惡的笑容。

「如果妳沒有那麼聰明，工作態度就會好一點了。」

黛西瞪著她。「妳是在稱讚我的智力，還是在侮辱我的人格？」

「只是在思考我自己的問題。」伊莫珍又縮回廚房。

黛西不去理她。伊莫珍最近為《恐懼師》的初稿煩惱得不得了。一個屋頂下兩個人都要截稿顯然不是件好事。

黛西筆記型電腦的螢幕開著十二個她自認最好的《重生世界》的結局。其中一些黑暗悲哀，一些輕鬆正面，還有一些就是直截了當的「從此過著幸福快樂的日子」。黛西覺得她幾乎已經寫下了所有可能的結局，所以現在唯一要做的，就是從裡頭選一個最好的。

「我是個作家，但下不了決定。」黛西喃喃自語。這句話在她的腦袋裡迴盪了好一陣子，和廚房傳來的熱水沸騰聲一樣毫無意義。

也許在她的潛意識裡，她不想做出選擇。因為一旦這本書寫完，便是木已成舟。她的成功或失敗就會成為定局，而這個選擇將會決定接下來所有的一切。

或者，也許是因為她根本是個小偷而不是個作家。她從媽媽的童年偷來了可愛的小女鬼，從女友筆下偷來了綁架場面，從她自己的宗教偷來了男主角。也許她找不出完美結局的真正原因，是她再也找不到地方去偷了。

伊莫珍又從廚房探出頭來，手上拿著把水果刀。「妳覺得瑞弗・崔曼聽起來怎樣？」

黛西抬頭。「他是誰？」

「還不是任何人。可是妳覺得這個名字聽起來如何？」

「聽起來像是有對嬉皮父母。還是他其實是侏儒？」

「哎……算了。」伊莫珍又縮回廚房。

黛西搖搖頭，繼續瞪著電腦螢幕。

真希望琪瑞莉・泰勒可以直接告訴她該寫個什麼樣的結局，或者羞辱她讓她惱羞成怒到非捍衛原來的悲劇結局不可也好。可是她卻將它變成了一場技術測驗，讓黛西要嘛寫出一個符合小說哀傷氛圍的喜劇結局，要嘛寫出一個能讓痛恨非喜劇結局的出版社滿意的悲劇結局。

太難了。太多的喜劇在黛西的腦子裡轉，變得支離破碎，彷彿像拼字遊戲板上胡亂湊在一起的小木塊，失去了意義。

「那麼阿曼達・先令呢？」伊莫珍從廚房大叫。「聽起來怎樣？」

「聽起來像是個超級有錢人。」

「喔。」

看來伊莫珍對付壓力的方法就是一邊煮菜，一邊創造反派角色的名字。當然，不管是煮菜或創造名字，都比黛西坐在這兒乾瞪眼要來得好。

會不會已經太晚了？會不會她已經寫了太多種結局，結果再也找不到最適合的那個？就像說過太多謊的孩子，再也記不得原來的真相那樣。

「珍？」她大叫。「等排骨在燉的時候，妳可以過來幫我嗎？」

沒過多久，伊莫珍就從廚房走出來，順手拉開黛西對面的椅子坐下。

「排骨在燉了，蘑菇在醃了。說吧！有什麼事？」

「我寫的所有結局都爛死了。」

「我們在講白一點，到底是哪幾頁？」

「最後四章。莉琪殺死壞人，切碎他的記憶，然後回家發現她媽得了什麼病。可是在那之後……」黛西瞪著她的電腦。「也許小說到這裡就結束了。殺死壞人就是高潮，和她媽媽的對話就是終場。也許我再胡扯個一萬字，故事就可以結束了。也許我根本就已經寫完了。」

伊莫珍看起來不甚贊同。「它不是動作片，黛西。妳不可以殺了壞人就開始播放片尾工作人員名單。」

「如果它不是動作片，那麼它是什麼？恐怖兼愛情片嗎？寶萊塢音樂片嗎？還是一部關於扁掉的氣球的印度片？」

「它不是電影，黛西；它是小說。小說總是很混亂、很糾纏、很複雜。如果妳在壞人一死就畫上句點，那麼我們永遠都不會知道莉琪和亞瑪杰發生了什麼事。」

黛西搖搖頭。「也許這本書的重點不在亞瑪杰身上。也許琪瑞莉是對的，他的出現只是為了給這本青少年小說一個性感的男主角。」

「她並沒有那樣說。還有那個邪教組織呢？妳不想給它一個結局嗎？漢姆林先生呢？安娜的病呢？妳不想給個交代嗎？」

「也許我可以把那些寫進《未命名的帕特爾》裡。」光念出還沒有書名的續集就夠讓黛西沮喪了。她只剩下七個月就得交出初稿。為什麼她會從一個可以在三十天內寫完一本小說的人，變成一個花了半年還改寫不完最後四章的人？

「等妳寫完這本書，再去擔心《未命名的帕特爾》吧！」伊莫珍脫下身上《彩虹小馬》的圍裙，將它揉成一團，扔到旁邊，臉上的表情變得很嚴肅。「妳不能放著亞瑪杰不管。他是妳的結局中最重要的部分。妳的書的主題就是在面對死亡，不是嗎？」

「好吧！」黛西鬆了一口氣，微微顫抖，也許只要她乖乖聆聽伊莫珍的看法，她就能再度了解自己的小說。「對死亡的恐懼要怎麼和青少年小說的性感男主角扯上關係？」

「人類對死亡不只會感到恐懼。他們還會感到興奮。這就是為什麼青少年特別喜歡看血腥恐怖片，因為所有的恐懼、興奮、肉欲全被包裹在可能被殺的主題下。莉琪也是因為這樣才愛上亞瑪杰的。」

「因為她愛上了死亡？」

「不是愛上，是因它而感到興奮。」伊莫珍激動地揮舞雙手。「在達拉斯機場，莉琪面對了她自己的死亡。而亞瑪杰則是一個已經面對過它的人。他可以聽到它在石頭裡的聲音，聞到它在空氣中的味道。

如果她緊緊握住他的手，也許死亡就不會這麼可怕！那就是為什麼漢姆林先生會蒐集即將死去的孩童的記憶，因為那讓他覺得他好像對死亡有某種程度的主控權。可是事實上，當然沒人可以控制死亡。這就是為什麼妳的故事不能在殺死壞人後就畫下句點。因為它不代表勝利，因為妳怎麼樣都不可能戰勝死亡。」

黛西瞪著她，一如往常對伊莫珍的激昂演說聽得入迷。可是她的演說不只有熱情，還有黛西從未在亞瑪杰身上看到的微妙、真實的一面。他的俊美，不在於他很性感，也不在於他勇於面對自己的死亡，而是因為他有高貴的情操。每一天，他都在打一場他早已知道一定會輸的戰役。

可是她還是得問，「所以他們並不是真的在戀愛嗎？」

「也許在遭遇到那些事情後，她需要去愛一個人，然而不是每段愛情都能持續到永恆。」

黛西嘆了一口氣。雖然這句話是真的，但卻和書中的世界完全不同。在小說裡，愛情大都完美，而且沒有盡頭。

「妳能不能乾脆幫我代寫？」

伊莫珍爆出笑聲。「我忙著在燉排骨呢！而且還要想出一堆名字。妳覺得斯卡・威西特怎麼樣？」

「斯卡？和拉丁樂那個斯卡一樣嗎？」黛西搖搖頭。「妳到底為什麼要想這麼多名字？妳打算在《恐懼師》裡加上一大堆反派角色嗎？」

「這些名字不是要放在書裡的。」伊莫珍說：「是要當筆名的。」

「當誰的筆名？」

「我。」伊莫珍站起來，離開桌子。

黛西呆呆地愣在原地好一陣子，然後跑進熱烘烘的廚房裡找伊莫珍。「珍，為什麼妳需要一個新的筆名？」

伊莫珍開始切菜，刀子滑過蘿蔔和青蔥。「等我必須重新開始時，我就會需要了。等悖論出版社取消我續集的合約，沒有書店願意再進我的書的時候。」

「怎麼可能？」

「很多作家都這樣做。換個筆名總是強過拖著糟糕的銷售歷史吧！」

黛西再往前站一步，更靠近她。想到伊莫珍要用另一個名字寫作，感覺真是糟透了，簡直像是要將她變成另外一個人似的。

「他們不會取消妳續集的合約，不會的。」

「如果他們真的取消了，我反而覺得開心。」伊莫珍說：「就像在硬漢偵探小說裡，罪犯在自己終於被逮住時，鬆了一口氣那樣。」

「不要這樣說！伊莫珍。妳不是罪犯，也不是冒充者，悖論出版社不會取消妳的合約的。所以妳不需要一個新的筆名，因為伊莫珍・葛雷一定會成為一個有名的暢銷作家！」

她們對視，黛西等著伊莫珍反駁。廚房裡除了鍋子發出的啵啵聲外，全部靜悄悄的。

「反正我現在用的已經是筆名了，再換一個也沒差。」伊莫珍終於打破沈默。

「不。伊莫珍・葛雷就是妳的名字。她就是真正的妳。」

「我記得妳以前並不這麼認為。」

「我以前錯了。」

伊莫珍伸手拍了拍黛西的肩膀，露出一個似笑非笑的表情。可是沒過多久，她的臉又掛了下來，轉頭回去面對砧板。「這其實和我個人沒什麼關係，只是公事公辦。畢竟在現實世界裡，書會賣得不好，作家也會失敗，我們並不真的活在青少年小說家的天堂。」

最後兩句話聽得黛西目瞪口呆。自從她們為了伊莫珍是否該和她回費城慶祝象頭神節發生爭執後，這是她第一次看到伊莫珍這麼負面、這麼消極。

「為什麼妳會這麼說，珍？」

「我的經紀人不喜歡我新寫的開場戲。」

黛西搖搖頭。「妳已經傳給他了？」

「昨天傳的。本來是想點燃他對《恐懼師》的熱情。結果似乎適得其反。」伊莫珍再度轉身拿著木湯匙在鍋子裡攪拌。「他說關在後車廂裡不該是一本小說拉開序幕的好方法，因為裡頭什麼都看不見。」

「可是，就是因為什麼都看不見才精彩啊！」

「那顯然就是不夠精彩。」伊莫珍嘆了一口氣。「他也說我寫得不夠恐怖。一點都沒錯，完全合理。我沒有幽閉恐懼症。當妳開車載著關在後車廂裡的我亂跑時，妳才是緊張的那個人，我在裡頭可是愜意得很呢！」

黛西閉上雙眼。這是真的——伊莫珍天不怕地不怕，根本不恐懼任何事。

「真希望我能幫妳。」

「我知道。妳希望我們真的住在青少年小說天堂的世界裡。」

又來了。她又用那些神奇的字彙來嘲諷純潔無辜的小黛西。因為她認為所有的事都很容易，因為她從來沒有遇上困難。

她強迫自己吞下被汙辱的挫折感。「妳的作家生涯不會就這麼結束的，珍。」

「是還沒有。可是誰知道呢？」

「也對。說不定妳明天出去就會被公車撞了。」黛西說，表示她同意真實世界充斥著殘酷的變化，人生確實無常。有時候她不禁懷疑伊莫珍的悲觀是不是為了要教會她堅強而裝出來的。就好像黛西是個很難搞的專案，需要她一步一步加以琢磨似的。她記得伊莫珍在她找到伊莫珍・懷特的照片那晚講過類似這樣的話。

「也有可能是被計程車撞。」伊莫珍指出。

「妳想不想將第一章念給我聽？」黛西問。「有時候大聲念出來會有幫助。」

伊莫珍低頭看著爐火上的燉排骨。「我念，妳來攪？」

「好。如果它真的不好，我會想辦法嚇得妳屁滾尿流，我保證。」

伊莫珍終於笑了，黛西伸手擁抱她。

「讓我先去洗個澡，沖掉失敗的氣味。」伊莫珍拉開距離看著她。「謝謝妳把我拉出牛角尖。」

「我不會只是讓妳更生氣吧？」

「只有剛開始的時候。」伊莫珍說，又對黛西笑了笑。她把木湯匙遞給黛西。「小火慢慢燉，有肉沫浮上來要撈掉。」

她一邊走向浴室，一邊脫下T恤。

黛西慢慢吸了一口氣。一整天惶恐不安的心似乎在這一刻終於平靜下來。幫助伊莫珍克服她的恐懼，讓她對自己的危機產生了全新的信心。六天夠長了，她一定可以在六天內寫好一個結局。最重要的是，不要慌張。

黛西將注意力放在燉鍋上，一邊攪，一邊想著《重生世界》各種不同的結局。或許就在她撈肉沫、攪動的時候，潛意識就會想到什麼棒得不得了的結局也說不定。

可是她並沒有沉思太久，因為光看著燉肉鍋實在是件很無聊的事。黛西跑去拿電腦，將它打開放在廚房的流理台上，檢查電子郵件信箱。她的編輯助理蕾亞寫了封信給她：「南恩能不能在今晚下班前打個電話給妳？她想問問新的結局進度如何了。」

信是幾分鐘前發的。黛西回信答應了。不久，她的回覆來了。「她會在五分鐘後打給妳。」

這封信卻讓黛西又慢慢惶恐起來，彷彿伊莫珍的恐懼一滴一滴地漏進她的腦袋裡。是不是南恩有編輯的第六感，知道她寫得很不順利？會不會《控火師》的銷售失利讓悖論出版社訂出了新的規定，除非作者可以栩栩如生地解釋修改後的小說，否則一律不許出版？

「不可能的！那樣想太蠢了。」黛西大聲說。南恩應該只是想確定她會在截稿日前收到新的結局吧？問題是，哪一個結局呢？

這時黛西突然發現手機沒在口袋裡。早上念完妮夏還有二百四十一天《重生世界》就要上市的簡訊後，她一整天都沒再用過手機，所以她把它放到哪兒去了呢？

黛西將燉鍋下的火轉得更小，走回大房間。她的手機沒在大書桌上，也沒在任何一個窗框上。她轉頭望向她花了一整個月的生活費預算買下的舒適沙發，上頭什麼都沒有。（預算修訂：根據妮夏的說法，她現在花用的已經是八月分的錢了）。

黛西走回廚房，檢查流理台。沒有。

她拉開浴室的門。「伊莫珍！」

「妳覺得很無聊，所以讓我的燉排骨燒焦了嗎？」從水蒸氣裡傳來她的聲音。

「還沒有。妳知道我的手機放在哪兒嗎？」

兩三秒後。「妳檢查過自己的口袋了嗎？」

「檢查過了！」黛西呻吟，甩上門，走向臥室，沒有手機，衣帽間和書架上也沒有。

她想像著工作了一天又累又倦的南恩坐在辦公桌後打電話給她，卻沒有人接聽。真討厭。就和那些老在狀況外的新手作家一樣，一點都不知道該怎麼修改小說，只會當隻打字的猴子。

一定超過五分鐘了，除非蕾亞的信上寫的是五點時打給妳……

黛西回到她的電腦再看一次。錯了。是五分鐘，不是五點，而其中的三分鐘已經浪費掉了。

「該死！該死！該死！」她奔向新沙發，慌亂地在座墊間翻找，卻只找到灰塵、三枚二十五分的硬幣，和伊莫珍上星期找不到的一枚耳環。

只剩一分鐘了！

南恩打來時，鈴聲一響她就會知道手機在哪兒了。當然，除非鈴聲被關成靜音。伊莫珍的手機就放在大書桌上。黛西順手把它拿起來，啟動它，想打給自己的手機……

……卻發現跳出來的是伊莫珍日記的黃色背景。

「不行。」她自言自語。可是她的眼睛已經無法克制地看到了第一行的字。

努力了這麼久之後，居然是另一個「bitch」（賤女人）。

黛西又看了一遍，但她的腦袋卻彷彿突然短路了，所有的字全失去了意義，字母化成了一隻隻的蜘蛛以不同的姿勢盤據在手機螢幕上。她輕聲念出來，可是仍然覺得一定是哪裡弄錯了。她把手機關掉，小心地放回桌上原來的位置。

黛西在沙發上躺下，緊閉雙眼。她的手剛才握著手機的地方仍然在發燙。她怎麼會這麼笨？就像童話故事裡只被要求遵守一個規則卻做不到的蠢蛋。

一旦你轉動了鑰匙，就再也忘不掉門後頭的東西。

黛西試圖說服自己。那個句子可能是在講任何人。畢竟上面沒有寫名字，也沒有其他線索。

但是伊莫珍曾經說過她很難搞，而另一個賤女人則完全是奧黛莉・佛林德森的筆觸。

「爛！」黛西低聲咒罵。這就是為什麼日記是最私密的，旁人根本不該偷窺。

然後她聽到了聲音，離她不遠處一個被摀住的高頻率的聲音。她跳起來站直身體，左右張望想找出來源。又來了！黛西馬上雙膝跪地，伸長手在已經聚集了不少灰塵的新沙發下摸索。

她拉出手機，有點太大聲地接了電話。「喂！」

「我是南恩・艾略特。」

「當然。我是說，嗨，妳好嗎？」

「非常好，黛西。妳呢？」

她喘著氣，心臟狂跳，覺得自己像個肚子有塊磚頭轉個不停的烘乾機。「我很好。」

「我只是想問問妳修改進行得如何？」

「很順利。」黛西的聲音支離破碎，即使是自己的耳朵都聽得出來。努力了這麼久之後……

「我知道了。」南恩停頓了一下。她聽出了黛西的猶豫。「妳曉得這個截稿日非常重要。如果妳沒在那之前交稿，我們就來不及印製要在美國國際書展發送的樣書。我們已經排好妳在書展的宣傳時段了。」

「當然。」黛西發現浴室的水聲停了。她還不能面對伊莫珍，所以她轉身背對浴室，瞪著外頭中國城的屋頂。「不會有問題的。所有的事都在我的控制之下。」

南恩又停頓了一下，顯然黛西沒辦法說服她，或者自己。

「我是說……」她結結巴巴地繼續。「我已經寫好結局了。只是……我寫了不只一個。」

「真有趣。妳需要我幫忙選嗎？」

黛西聽到浴室的門打開，她閉上眼睛。「我想不用了，我會知道該怎麼做的。」

「有一點可怕，是不是？要交出妳的第一本書了。」

黛西不知道該怎麼回答。恐懼只是其中一部分的感覺，最糟的反而是對未來的不確定。伊莫珍日記中的那一句話，暴露出她的新生活一定出了什麼問題，她的青少年小說天堂瞬間出現了裂縫。

「我會撐過去的。」

「我知道妳可以的，黛西。」南恩說：「不過我每次都告訴我負責的新手作家，你的第一本小說就像第一場戀愛。要過了許多年之後，才會明白當初為什麼做了那些決定。」她大笑。「而且，也像小說一樣，你很有可能親手毀了個好結局。」

「呃，我……」黛西的聲音出賣了她。「我的第一個什麼？」

「妳還記得妳的第一個戀人吧？」南恩問。

「當然。」

「喔，我剛才沒想到。」南恩又笑了。「對妳來說，初戀大概沒有像我的離現在那麼久，所以妳一定知道我在說什麼。初戀很美妙、很神奇，可是總帶著一點惶恐，覺得不大知道自己在做什麼。第一本小說也是一樣。」

黛西嚥了口口水，感到她的喉嚨裡梗著一個大硬塊。

「那麼，我該怎麼辦？我的意思是，我的書該怎麼辦？」

「妳只能盡力去做了。不過，妳記著，這不會是妳寫過最棒、最有智慧，或者最暢銷的書。畢竟如果在第一本書就達到顛峰，未免也太可惜了。我們在悖論出版社的同仁都認為，黛西，妳可不會只寫和我們簽約的兩本好書而已。」

「可是，即使它是我的第一次，我還是希望它可以成功啊！」

「當然。不過妳很幸運，現在的妳有別人沒有的某種超能力，某種不需要靠經驗就能找到的超能力。」

「那是什麼？」

「誠實。好好地為妳的小說寫一個妳所能找到的最誠實的結局吧！」

黛西再度閉上雙眼。她不想讓任何事結束。

「妳能答應我，妳會做到嗎？」南恩說。

「要是它不是個喜劇結局怎麼辦？」

南恩嘆了一口氣。「妳想一想，黛西。現實生活裡並沒有太多喜劇結局。為什麼不讓虛構的故事多少彌補一點這種遺憾呢？」

黛西在南恩掛上電話後仍拿著手機貼在耳朵上，她站在窗前，假裝仍在聽電話。望著人來人往的中國城，慢慢地振作起來，直到覺得自己已經有勇氣面對伊莫珍，才放下手機，走向廚房。

「對不起，珍。有東西燒焦了嗎？」

「沒關係。」伊莫珍沒抬頭，視線仍在燉鍋上。「是誰的電話那麼重要？」

「南恩打來的。」

「打來問妳寫得怎麼樣了嗎？」她們終於正面相對。「我的天！妳沒事吧？」

「沒事。」黛西回答。當然是個謊言，而她一點都不擅長撒謊。

「南恩到底對妳說了什麼？妳看起來糟透了。」

黛西發現她還沒準備好要和伊莫珍討論她剛看到的那句話。

「我猜，她主要是說不用太緊張。」黛西努力嚥下嘴裡又苦又澀的味道。「她說，無論如何，以後當我回顧第一本小說時，一定會覺得很尷尬。」

「哇！她真的那樣說？」

「不完全是。感覺上，她只是努力地在叫我不要太過惶恐。」

「看起來她的話似乎效果不佳。」

「嗯。」黛西說，但忍不住問了一聲。「我們還好嗎？妳和我還好嗎？」

伊莫珍放下手中的木湯匙，擁抱黛西。「對不起我最近表現得有些失常。不是因為妳，只是寫作遇上了瓶頸。妳明白的，對不對？」

「當然。」她緊緊抱住伊莫珍。「我知道我們還好。」更多的謊言。但是，也許謊言還是比真相來得好一點。

第三十六章

第二天早晨，我在網路上搜尋帕拉阿圖的地方新聞，以及兩家舊金山報紙的網站。上面完全沒有提到任何謀殺案的調查，也沒有提到有人被發現死在自己家裡。

新聞上居然什麼都沒有，連個字都沒提，感覺很奇怪。當然，那個壞人看起來也不像個有熱鬧社交生活的人。說不定要等上好幾個星期才會被發現死在床上。嗯，想一想，畫面還真是噁心。

去上學之前，我清除筆記型電腦裡的搜尋歷史，以防媽媽進來查看。對付媽媽，清除掉搜尋歷史就夠了。但是，對付警察呢？會不會我的硬碟裡還留下什麼蛛絲馬跡？還是從我看過的新聞網站就可以追查到我？

我嘆了一口氣。其實只要警察做好現場採證鑑識，相信至少有超過十種以上的證據可以告訴他們兇手就是我。從我的手機傳出去的簡訊，車子裡的衛星導航系統。在警匪片裡，不是只要一個小小的線索，警察就能將謀殺犯繩之以法嗎？

可是片子裡的殺人犯都有明顯的動機。不會有人想像一個高中生會開整夜的車只為了去殺一個不認識的陌生人吧？除非那個高中生早就因為在可怕的恐怖攻擊後倖存而聞名全國，這種不尋常的經驗可能會造成她對死亡特別著迷？

我安慰自己，如果被逮了，在法庭上我總是還能以精神失常來申辯。

到達學校後，我環顧四周尋找雷宜斯探員的車，可是沒找到。除了寒假結束後的開學第一天，他再也沒來過了。其實這樣也好。現在我是個殺人犯了，聯邦調查局對我失去興趣反而是件好事。如果雷宜斯特別探員在的話，我可能會忍不住又問他一大堆關於連續殺人犯的假設性問題。那當然也不會是件好事。

我先到老師辦公室遞交媽媽寫的單子。上面說她得了很嚴重的病，所以接下來的幾個月，我可能會因為要陪她上醫院而缺課。媽媽是個非常誠實的人，所以單子上完全沒有特別提到我前一天的曠課。不過每個人都自行做出假設，所以大家全對我表示同情和支持。

我已經快畢業了，成績單早被送進大學審查。像我這樣的人不來上課本來就是常態。現在，我有個好藉口，缺席當然更不會造成問題。

婕敏在外頭的走廊等著我。

「嘿！」她對我打招呼，微微地搖了搖手，一副很有罪惡感的樣子。我差點就忘了她把我的祕密男友告訴我媽的事。

我擁抱她。「嘿。抱歉我就那樣不見了。」

「我明白為什麼妳需要獨處，可是安娜嚇得要死。我一定得告訴她一點什麼。」

「沒關係的，婕敏。」

「所以妳不怪我告訴她妳男朋友的事嗎？我只是想，如果她知道妳有地方可以去，那麼可能會覺得放心一點。這樣她才不會去想妳是不是整夜開車，然後做出什麼很瘋狂的事。」

我強迫自己乾笑兩聲，因為「做出什麼很瘋狂的事」還不足以形容我真正犯下的罪。婕敏將我的笑聲當成我原諒她的表示，於是我們兩個又相互擁抱。

分開之後，她看起來還是很擔心。「妳那時說了好多奇怪的話，什麼索魂者之類的。那到底是什麼東西？」

「沒什麼。」我聳聳肩。「只是在聽到媽媽生病的壞消息後，我嚇傻了，胡言亂語而已。」

「嗯，安娜的病很嚴重嗎？」

「我不是很清楚。」這時我才想到今天早上我應該在網路上查「骨髓造血不良症候群」，而不是查我自己的事。看來我當個女兒和當個罪犯一樣的不稱職。「她的血液出了問題。」

「像白血病那樣嗎？」

我搖搖頭。「是我從來沒聽過的病。她說要花上很長的時間治療。而且要到很久之後，我們才會知道她是不是……」

我的聲音變小了。把這些事實大聲說出來讓我站都站不穩。上課鐘聲一響，走廊上頓時只剩我們兩個。

婕敏伸手搭住我的肩膀。「妳今天別來上學比較好吧？」

「媽媽一定要我來。」我回答。

「噢，妳糟糕了。」

「沒錯！」雖然媽媽並沒有明確告知我該接受什麼處罰，可是今天她開了我的新車去上班。我很清楚，這一陣子她是不會再讓我開車了。「不過呢！往好處想，即使她罰我禁足到十八歲，也只剩三個月而已。」

婕敏笑了。「那麼，我只能說妳造反的時機真是好。她一定很想見見妳的神祕男友吧？」

「還不都要謝謝妳。」

「那是說我也可以見他了嗎？終於可以了嗎？」

我瞪著她。「難道這才是妳告訴我媽的真正原因？」

「才不是呢！」她在胸口畫了個十字，表示她是真心的。「不過我很高興我告訴她了。這類的事安娜應該知道，尤其在現在這種非常時期。」

「我猜是吧！」我不禁懷疑要亞瑪坐下來和我們吃頓飯的可能性有多高，尤其在我告訴他我殺了一個人之後。

婕敏握住我的手，拉著我走進第一節課的教室。「妳們兩個不能再有任何祕密瞞著對方了。妳知道的，是不是？」

我點點頭，沒有說話。事實是，現在有太多太多的事不能告訴媽媽，或者婕敏，或者任何一個活在真實世界裡的人。感覺上，我似乎永遠都不可能再當個百分之百誠實的人了。

那天晚上，媽媽和我一起下廚，我們聊了很多很多。但是我們沒有談到她的病，反而在談我爸爸，以及這麼多年來他一直沒改的爛個性。奇怪的是，自從他離開之後，我們從來沒有好好地討論過他的事。

「他把其他的人都當成遊戲中的棋子。」聊到一半時，我說。心裡想著漢姆林先生也是這樣。「彷彿我們存在的目的只是為了娛樂他。」

媽媽聽到皺起眉頭，看起來幾乎像是想為他辯白。可是她最終只是搖了搖頭，說：「真是抱歉。我那時太年輕了。」

結果我們在廚房待到很晚，媽媽甚至還允許我喝一點她的紅酒。我們舉杯預祝這一年剩下的幾個月一定會過得順遂，因為我們很明顯已經把所有的厄運都用光了。明蒂站在角落看著我們，為自己也是我們家的一員而開心，所以我沒再對媽媽提起她童年的事。現在，明蒂終於忘了三十五年前發生的慘劇，再去提醒她未免太過殘忍。

媽媽下令我上床睡覺時，明蒂還精力充沛。她想用瓦伊特爾納河到紐約去偷看我爸爸在做什麼。

「改天吧！我今天得去見一個人。」

「妳是指妳的胖波士男朋友嗎？」她聳聳肩。「如果他想要，也可以一起來啊！」

我愣了兩秒鐘才明白。這是全新的明蒂，一點都不怕壞人。可是我要解釋給亞瑪聽的事，卻是不能讓她知道的祕密。

「今晚不行。我會在天亮前回來。」

明蒂不高興地嘟囔了兩聲，然後決定自己去鄰居家逛逛。這就是現在的她，一個什麼都不怕的小鬼。

我站在臥室中央，進入另一邊的世界，準備好面對亞瑪，對他告解我所犯下的罪。可是打給九一一的電話咒語才從嘴裡念完，我就聽到一個聲音在重生世界充滿鐵鏽味的空氣中飄蕩。

「伊莉莎白・史考菲爾德……我需要妳。」

聽起來像個小女孩，應該和明蒂差不多大。我的心臟凍結了。難道是我送走的那五個小女孩其實並沒有消失，還想要找我？然後，聲音再度出現，我聽出句子裡不明顯的口音，像亞瑪一樣的口音。

是他的妹妹亞蜜的鬼魂。

瓦伊特爾納河知道該怎麼做。

我以前就一直在想為什麼亞瑪可以在我呼喚他時，那麼快就趕到。可是，瓦伊特爾納河是由連結和期望構成的。我想知道為何是亞蜜在呼喚我，而不是她哥哥，迫切的心思驅動河流往前奔馳。在我放鬆自己讓河水帶走我的那一刻，它便揚起洶湧湍急的浪花包圍了我。

理由一定很簡單，亞瑪不會出事的。媽媽剛才不是才宣布今年不會再有什麼壞事發生了嗎？

瓦伊特爾納河將我送到一個我從未看過的地方。熟悉的無邊灰色仍然一望無際，可是天空卻大不相同。應該有星星的黑夜不見了，取而代之的是和褪去的落日一樣的暗紅，如鐵鏽般柔和的紅。無盡的灰色上居然是一片紅，感覺真是奇怪。

亞蜜站在那兒等我，大大的眼睛緊緊地盯著我。

「好久不見。」我說。

「我們兩個都很忙啊！」她一邊說，一邊用雙手調整灰色裙子上的褶痕。「當哥哥選擇忽視他的人民時，總要有人出面做他的事。」

「是。」亞瑪之前就告訴過我，他妹妹並不贊成我們在一起。「抱歉我讓他分心了。」

「我很懷疑。」她說。

我皺眉。「我沒有讓他分心嗎？」

「妳有。不過我很懷疑妳真的會覺得抱歉。」

我很想反駁她，但是心裡知道其實她說得對，所以把話全吞了回去。

「亞蜜，妳為什麼要呼喚我？妳哥哥沒事吧？」

「很抱歉他不能來接妳，他的人民需要他。」她停頓了一下，思索正確的用字。「他們被包圍了。」

「等一下。妳是在說，這裡發生了戰爭？」我搖搖頭。「重生世界裡怎麼會有戰爭？」

「規模沒有戰爭大，可是傷害一樣嚴重。掠食者出現了。」

我愣了好一會兒才明白那個名詞代表的意義。可是就在我想通的那一刻，恐懼馬上淹沒了我的腦袋。

「喔，太可怕了。」

「亞瑪大人並不害怕，不過也許妳可以……」她伸出手。「我哥哥會詳細告訴妳。」

「妳要帶我去重生世界？」

亞蜜的反應只是揚起一邊眉毛，彷彿連「是」都懶得對我說。

亞瑪告訴過我他的家很美，可是想到要進一步深入重生世界底層，讓我不禁心生恐懼。學校裡未散的陰魂還是會讓我緊張。我無法想像一整個城市都是鬼會是什麼樣子。

我抬頭看著血紅的天空。「我們其實很接近了，是不是？」

「這裡是河的最底部。」我還在猶豫，亞蜜的大拇指和中指已經發出啪的一聲，一滴黑油應聲落到地面。「來吧！還是說妳沒膽子來一趟地獄？」

「妳用這種形容詞？真是太親切了。」我低頭瞪著我們之間愈來愈大的黑色池子。

「原諒我英文說得不好。」她微笑。「還是妳比較喜歡『冥府』？妳知道那不是一個可怕的地方，只不過非常安靜。」

「但是有掠食者。」

她點點頭。「現在有。可是我哥哥似乎認為妳幫得上忙。」

很難和她爭論這一點，而且我也需要去見亞瑪，告訴他過去兩天來發生的事。

我伸出手和亞蜜相握。

我們更往下沈，比我去過的任何地方都深。

這兒的光線和上面不一樣。紅光照耀在所有的事物上。天空、地面、亞蜜的裙子和上衣。和另一邊世界裡無窮無盡的灰色相較，這兒的紅簡直可以稱得上鮮豔了。我的肺必須更加努力才能吸到空氣，感覺就像被關在一個放滿剛剪下的鮮花的小房間裡，只是沒有花香，有的全是血腥的鐵鏽味。

我們降落在一個可以看到高低建築天際線的陽台上。各種形態的屋子都有，比較像幅剪貼畫而不像個城市。它們似乎是從各個時代被連根拔起移植到此，有小茅舍，也有石柱豪宅，甚至有最時髦的高樓公寓。圓弧形的玻璃帷幕反射著血紅的天空，回瞪著我。

看起來像是一個花了好幾千年蓋起來卻從沒拆毀建築的城市，非常壯觀，簡直就像把地球上存在過的城市放在一起。

「這些是誰蓋的？」

「它們不是蓋的，是被記得的。」

喔，對。它們是鬼建築。當然。

我站到陽台邊緣，探頭出去張望亡者之城。這裡只比地面高了兩、三層樓，我可以看到建築物的邊緣有些模糊，細節部分相當不清晰。是因為記憶逐漸被淡忘吧？

整個城一片死寂。寬大的街道上一個人都沒有。持續吹拂的微風中也沒有任何垃圾。沒有汽車聲，沒有交通號誌。

「人都上哪兒去了？」

「通常有狼出現在門口時，人會上哪兒去？當然是躲在屋子裡。」

我轉頭看她。「真的狼嗎？真的是動物的鬼魂嗎？」

亞蜜搖搖頭，可是沒有回答我，彷彿要我自己猜。

我不想陪她玩遊戲。「亞瑪在哪？」

「亞瑪杰在外頭，在需要他的地方。等他忙完，他就會回來。」

「妳說過我可以幫忙。怎麼幫？」

亞蜜想了好一會兒，然後她說：「不如我們來喝些茶吧？」

她穿過和足球球門一樣寬大的陽台雙門，領著我走進一個和我整個家一樣大的客廳。一張巨大的花紋地毯放在中央，周圍擺了二、三十個靠枕。頭上吊著一盞放滿蠟燭的水晶燈。我們一走進去，穿著及膝袍子、寬鬆長褲的男人便從陰影裡現身，用冒著煙的小蠟燭點燃水晶燈上的大蠟燭。這些僕人的皮膚和亞蜜一樣灰。他們當然也是鬼魂。沒有一個人說話，其中一個不小心和我對視之後露出不安的神情，立刻轉頭。

亞蜜在靠枕上坐下，用手指著她對面。

「坐下，女孩。」

「我的名字是莉琪。」

「妳不該這麼不尊重妳的名字，伊莉莎白。在這裡，名字非常重要。」

我沒有坐下，只是欣賞著這個美麗的房間。拱形的天花板畫著黃褐色的花飾，由雕塑石柱高高撐起，上方的水晶燈像星星一樣閃爍明亮。

這時亞蜜說：「那個掠食者只抓小孩。」

我一聽膝蓋都軟了。我坐下，好一會兒都說不出話來，只能默默瞪著由數不清的菱形交叉相疊的編織地毯，繁複的圖樣讓我的眼睛和我的心一樣紛亂。

只抓走小孩。

亞蜜彈了一下手指，兩個僕人再次走向前。這一次他們手上拿的不再是小蠟燭，而是純銀托盤。每個托盤上都放了一個還在冒煙的茶壺，還有一個沒把手的小瓷杯。亞蜜看著他們的動作，稱呼他們的名字謝謝他們。房間裡頓時充滿了玫瑰和焦糖的味道，讓空氣顯得更加厚重。

「那個掠食者……」我說：「是我們賽可旁波斯中的一個。」

她點點頭，等著我往下說。

「而那些孩子……他們全在父母的懷抱中安詳辭世。我的意思是，在他們還活著的時候。」

「所以，就是那個以前找過妳麻煩的人。」她一個字一個字地慢慢講，發音清楚。「那個要妳帶口信給我哥的人。」

我點點頭。他說的是「我餓了」，算是一種警告嗎？

「妳是怎麼把他領進來的？小女孩？」

「我為什麼要領他進來？我連來都沒來過這兒啊！」

「不是經由妳，他怎麼可能和我哥產生任何連結？」

「連結？」我試著回想漢姆林先生把明蒂還給我那天在地下室發生的事。「我親了他的手，可是我告訴過亞瑪這件事啊！」

「用力想，伊莉莎白。」亞蜜一個字一個字地念著我的名字。

我閉上眼睛，再度聽到漢姆林先生的聲音。

「我要妳傳話給妳那個令人印象深刻的朋友。我忘了他叫什麼名字？」

而我回答了。

「亞瑪杰。」我說：「我告訴漢姆林先生他的名字。我不是故意的。」

亞蜜瞪著我好一會兒，然後舉起她的茶杯，慢慢吹氣。蒸氣在她的嘴唇前盤旋上升。

我差點沒辦法將帶著血腥味的濃厚空氣吸入肺裡。漢姆林先生曾經跟著我去過紐約，只因為他知道我的名字。

「我不曉得不可以告訴他，沒有人警告過我。」

「我哥哥沒有告訴過妳。」亞蜜閉上雙眼。「因為妳讓他分心。因為他不想拿重生世界裡的規矩來嚇妳。因為妳的存在，他成了一個不折不扣的呆子。」

我搖搖頭。亞瑪告訴過我很多次，名字在這兒非常重要，只是他沒有清楚地解釋過為什麼。也許在過了三千年之後，對他來說那是理所當然的事。畢竟你沒辦法解釋一切好讓一個狀況外的新手明白。因為有太多太多的事，他們根本不知道。

突然間，我的嘴乾得像砂紙一樣。我伸手去拿茶杯，可是它卻是空的，除了蒸氣，什麼都沒有。

「只有記憶。」亞蜜說。我愣了一下才明白她指的是茶。記憶是他們在重生世界裡的一切，就像小孩子用空杯在扮家家酒似的。

「幾個小孩？」我問。

「到目前為止，三個。」

「我能做什麼？」

亞蜜搖搖頭，彷彿我笨得令人難以置信。「妳說妳吻過他，而且妳知道他的名字。」

「當然！我們之間有連結。」我用仍在發抖的雙腿站了起來。「我會呼喚他，或者追蹤他，或者看你們需要我做什麼都行。」

亞蜜伸出一隻手阻止我。「等亞瑪杰回來。他應該親自去為這些孩子討回公道。責無旁貸。」

第三十七章

午夜的黑暗宛如一張毯子，越過遠方山丘，籠罩住整座山谷。放眼望去，沒有一把營火。在乾季裡，也不會有湖水的銀光反射星空。可是黛西・帕特爾還是在一片黑絲絨中看到小小圓圓的亮光閃爍——是個小池塘。

她用乾涸的舌頭舔了舔嚴重龜裂的雙唇，可是仍然不慌不忙地先找出烏鴉星座和南十字座的位置。她必須在太陽升起前直線到達那個閃著銀光的小水池。過去十七天的酷熱已經依序奪走了遠征隊的公牛、罪犯和市民。領隊的當地人則聰明的在一星期前就扔下他們，偷偷溜走了。

決定了怎麼走之後，黛西踉踉蹌蹌地爬下陡坡，奮力前進。長夜漫漫。藉由仰望星座而不看著自己的腳步，以便抑制內心的焦急。只剩乾涸河床的小溪在山谷裡交錯。上坡下坡，很快的，她的肌肉就又開始痠痛。她背包裡的肉乾香味在她的腦袋中盤旋，可是她的嘴巴破了好幾個洞，吃肉乾恐怕不會對她有任何幫助。

就在地平線開始蒙蒙亮起時，黑夜陷入了最冷低溫，她看到正前方出現水波的閃光。黛西起初害怕得不敢相信。可是她腳下的土地感覺愈來愈軟，鼻子也聞到空氣中帶著樹葉和灌木薄荷的香味。

她聽到遠處傳來了水花聲，也許是沙漠裡的小袋鼠睡醒來喝水了。有新鮮的肉可以吃的話就太好了，但現在先不要去想它，此時此刻，黛西只想好好地喝水喝個夠。她快步跑向池邊，雙膝跪在紅色的淤泥裡。她的臉碰到水面時，整個人興奮得顫抖。她龜裂炙熱的嘴唇終於降溫。乾涸的喉嚨把她喝下的前幾口水全占為己有，在它們到達她的胃之前就被食道裡的裂痕全數吸收。她喝了好久好久，終於喝夠了，才試著從淤泥中起身。

可是淤泥卻不肯放開她。

黛西用手肘撐起上半身，但最多就只能做到這樣。她的雙腿、雙臂全被無法對抗的力量拉住。更奇怪的是，本來在她眼前數英寸的水面居然逐漸後退。她身體下的土地往上突起，像是什麼巨大的東西在翻動著。

她聽見水花四濺的聲音，伸長脖子張望。在玫瑰色的晨光中，十多隻小袋鼠往四面八方竄逃，顯然迫不及待地要離她下方正在隆起的泥塊遠一點。

她感覺到四肢上的拉力變小了，於是掙扎地站了起來。她呆呆的站在淤泥形成的小山丘上好一會兒。突然間，腳下的紅色土塊化成泥漿，她瞬間往下沈入活生生的、還在跳動的溫暖紅漿裡。淤泥緩慢而無情地吞噬她的膝蓋、吃掉她的身體，最後灌入她的肺部。

就在紅色泥漿將她完全吞沒時，黛西聽到了底層傳來了深深的顫動，幾乎像是古老火山的呢喃，聽起來彷彿在喊叫著一個字……

賓頁。

黛西驚醒，上氣不接下氣，床單全纏繞在身上。好幾秒鐘之後，她才明白自己仍安安全全地睡在家裡的床上，而不是被困在澳洲可怕的水池漩泥裡，害怕得無法呼吸。

她已經有好幾年沒做賓頁噩夢。但是現在卻全身冒冷汗地躺在這兒，黛西對她十一、二歲時常做的、被琪瑞莉激發的噩夢記憶猶新。她突然發現《重生世界》裡的黑油和泰勒神話中的紅色活泥漿極為相似。說不定是她下意識抄襲了《賓頁》。

琪瑞莉居然從未提過這一點，真有趣。不知道她注意到了沒？還是她已經習慣被新手借用靈感？

伊莫珍蜷曲躺在她那側的床，沒被黛西的噩夢驚擾。現在才早上九點，離她通常起床的時間還早。自從黛西在五個星期前將《重生世界》的完稿送出後，她就不再熬夜到天亮了，有時候甚至凌晨兩點就上床。可是伊莫珍仍然持續寫作到黎明，試著為《恐懼師》寫出一個棒得不得了、讓人無法忽視的驚人開場。於是，她們的睡眠時間慢慢地愈差愈遠。

努力了這麼久之後……

黛西溜下床，穿上睡袍、拖鞋，躡手躡腳地走進廚房煮咖啡。瓦斯爐上放的是伊莫珍的咖啡壺，電冰箱裡放的是伊莫珍的義式咖啡粉。她們的所有物品混在一起，她們的品味愈來愈相似。可是，在三月上旬這樣寒冷的清晨，當伊莫珍還在沈睡，而黛西已經起床時，她總會覺得心情很灰暗。

她被逐出了青少年小說家的天堂，被迫和奧黛莉・佛林德森住在一起。

她量好咖啡粉，往濾壺裡注水，看著火焰燃燒。她一邊等著咖啡汩汩流出，一邊將雙手放在上頭取暖。

她想像在另一個平行的世界裡，她看到的是日記的其他部分。也許是研究筆記，也許是劇情摘要，也許是伊莫珍荒謬的備用筆名清單。在那個世界裡的黛西仍無憂無慮，每天開心地醒來為全新的一天等著她去創作而興奮。可是現實世界裡的黛西雖然知道她該開始寫《未命名的帕特爾》，卻擠不出半個字來。

前一晚，伊莫珍注意到黛西呆呆地望著窗外。這已經不是她第一次那麼做了。伊莫珍一邊嘆氣，一邊關上她的電腦，說：「寫完一本小說後，感到沮喪是很正常的，就像是產後憂鬱症一樣。可是，妳知道嗎？最好的解藥就是動手寫下一本。」

這其實是個不錯的建議。《未命名的帕特爾》不到六個月就要截稿。可是黛西覺得自己還沒從修改《重生世界》結局的精疲力竭中恢復。她覺得自己之前所有的努力都白費了，她將小說導向一個全新而瘋狂的方向。她把主角們送入地獄，讓他們遍體鱗傷，甚至殺死其中一個她很偏愛的要角。她終於將亞瑪杰塑造成一個可敬的死神，帶著遺憾傷心，走向永恆之路。

她最後的定案並不是一般人眼中的喜劇結局。

奇怪的是，莫喜和南恩・艾略特卻都很喜歡。黛西應該出門好好慶祝的……畢竟，她努力了這麼久。

黛西已經寫完交稿好幾個星期了，伊莫珍卻到現在都還不願意讀。她一直拖延，說她必須心無旁騖地創作《恐懼師》的第一章；說要等她寫完，才能專心閱讀黛西最後交出去的新結局。

也許，真正的原因是她已經聽膩了。對所有和黛西・帕特爾相關的事都感到厭倦了。

也許，現在，她對她的感覺就只剩下：她很難搞。

咖啡在瓦斯爐上沸騰、噴濺，答應她會給她足夠的慰藉和咖啡因。黛西為自己倒了一杯，兩手捧著馬克杯，享受它的溫暖，朝她在大房間書桌上的電腦走去。

她的電郵信箱裡，躺著一封蕾亞寫來的信：

> 嗨，黛西！隨信附上《重生世界》的審稿和樣式表檔案。
>
> 我們必須很快看過這兩個檔案。南恩說如果妳能在星期五之前校對好、送回來，我們就能開始編輯美國國際書展要用的樣書了。耶！

黛西略微感到興奮，內心的大石頭似乎也減輕了一點。書開始被編輯的感覺好正式，但是她覺得開心的同時也有點擔心。

她打開其中一個樣式表檔案，發現是列出《重生世界》所有人物名字和特徵的清單。

> 莉琪：十七歲，伊莉莎白的暱稱，白人，獨生子女，髮色未知
>
> 亞瑪杰：外表十七歲（實際年齡三千？），印度人（棕色皮膚），眉毛有倒勾，很帥，亞蜜的哥哥

黛西不禁皺眉。她的主角被描述得相當無趣而貧乏。她一定在哪個章節裡提過莉琪的頭髮顏色吧？她打開檔案，查尋「頭髮」兩字，結果只發現莉琪的頭髮在溼掉後長到可以順到耳後。

「爛！」黛西大聲說。然後她繼續往下讀。

婕敏：十七歲，有輛車，和父親一起住

「有輛車？就這樣嗎？」她大叫。沒有髮色，沒有兄弟姐妹？甚至沒有特定種族？事實上，幾乎什麼都沒有。但是隨著《重生世界》故事的發展，婕敏的分量卻逐漸加重。她不只是個朋友，也是莉琪之所以沒有拋棄真正世界，還願意回歸正常生活的磐石。

但是她在清單上卻沒有一點特色，單薄平淡得像個剪下的影子。

「幹！」黛西大喊發洩。

「嘿！」兩眼惺忪的伊莫珍出現在臥室門口。「妳是在對自己大吼大叫嗎？」

黛西點點頭。「排版。我現在才發現我創造人物的能力爛透了。」

伊莫珍伸了個懶腰，鼻子用力嗅了兩下。「妳煮好咖啡了？」

兩個人在書桌兩側面對面坐著，一一檢視打印出來的樣式表。

「這個時間表做得真棒。」伊莫珍說。

「我知道，確實很棒，對吧？」審稿員將《重生世界》裡所有事件對照發生的時間（是上學日嗎？是夜晚嗎？從恐怖攻擊後已經幾個星期了？）列成完整清單。黛西對她自己寫作時居然沒想到可以製作這麼明顯而有用的工具，感到懊惱。

但是，另一份悖論出版社的內部樣式指南則讓她一個頭兩個大。他們嚴格規定作者要使用「系列逗號」㉕，而且在回想之前的對話時要用斜體字。一百以下的數字要用英文拼寫出來，超過一百則要用阿拉伯數字表示。但是數字出現在對話中，或者是很大的整數，像一百萬之類的，則是例外。裡頭有好多規則黛西連想都沒想過。不過，往好處看，至少有人為她做了所有相關的決定。

當黛西開始看起稿件時，她發現上頭列了好多需要她做出決定的似是而非的問題。每一頁上都有五、六個，加起來應該有好幾百個問題吧？黛西不再從頭細讀，反而很快地翻過稿子，隨機抽看審稿員的筆記。

「這是什麼意思？珍？『沒有齒擦音就不能齜牙咧嘴』？」

「哪一段？」伊莫珍已經在她的電腦上打開了《重生世界》的檔案。

「就是莉琪在她家廚房對抗漢姆林先生那段。」黛西順著問題前端的點線看過去。「那段寫著：『「閉嘴！」我齜牙咧嘴地說。』這裡說『沒有齒擦音』是什麼鬼東西啊？」

「它是指『閉嘴』裡沒有像『嘶』這類的音。」

「噢，所以如果沒有『嘶』的音，就不能齜牙咧嘴地說話嗎？」

「當然可以。閉嘴！」伊莫珍齜牙咧嘴地說，聲音降為低沈有力的氣音，頸部肌肉拉緊，牙齒像毒蛇似地裸露在外。

㉕ serial comma，即連接詞or，and和nor之前要加逗號。

「哇！」黛西說：「百分之百的『齜牙咧嘴』。」

她加上自己的新增註解，輸入琪瑞莉教她的神奇小字「stet.」（保留），看著審稿員的問題消失。

「解決了一個。還有一百萬個。」黛西繼續往下讀。「好。這裡有個問題，她說：『妳對鬼魂的感覺似乎很矛盾。他們到底是不是人？』」

「等一下。所以現在這個審稿員認為妳的小說有道德衝突？」

「對。可是她這樣問沒錯啊！珍。莉琪為明蒂擔心，把她當成真正的人。但在那五個小女孩消失時，她卻覺得沒什麼大不了的。」

伊莫珍聳聳肩。「那是因為她們是不重要的角色，就像戰爭片裡死在背景裡的士兵。小說家基本上就是邪惡的賽可旁波斯。只有幾個重要角色我們會認真對待，其他的就只能當炮灰了。」

「可是，如果連審稿員都這樣問，就表示它讓人很混淆吧？也許我的書缺乏了基本的道德一致性？」

「又或者，只是審稿員喜歡凡事清清楚楚的職業習慣？」伊莫珍說。

「說得對。」黛西齜牙咧嘴地說，可是沒辦法像伊莫珍那麼像條蛇。「stet.」

她們又靜靜地讀了好一會兒。黛西繼續在幾百個問題中隨意亂看。明天，她會乖乖地從頭開始，一個一個按照順序解決。可是現在，隨便挑幾個看就已經夠讓她氣餒的了。她不想讓自己陷入惶恐，破壞她和伊莫珍相處的時光。

黛西很想念同桌工作的時光，敲鍵盤的喀喀聲和翻動紙張的沙沙聲。伊莫珍還穿著睡衣，頭髮睡得一團亂，也太久沒有修剪，已經走型了，但是看起來還是有種凌亂的美感。也許等到黛西又開始寫作，她就不會再一直想著她在日記裡看到的那些字。

「對了，咖啡煮得很棒。」伊莫珍說。

「謝謝。」黛西瞪著手上已經空了的杯子。「還有，謝謝妳陪我看這些。我知道妳忙著寫《恐懼師》，可是沒有妳，我大概已經嚇得癱在地上了。」

伊莫珍微笑，貓咪似的對她慵懶地眨一眨眼。「妳應該享受這個過程，黛西。審稿很有趣呢！妳會花上一整個星期坐在桌子前，拿著牛津英文字典查個不停，衡量是該用分號比較好呢？還是用長破折號比較好？」

「妳的有趣和我的有趣還真是不一樣。」黛西說：「我的意思是，這些和故事有什麼關係？難道說加一個分號就能讓故事更扣人心弦嗎？」

「呆子。分號確實能為故事增色不少。」

「我曾經在十年級的創意寫作課上說過，『分號就像女人在拋媚眼。』」

伊莫珍睜大眼睛。「千萬不要在琪瑞莉面前這麼說。如果她聽到了，一定馬上和妳斷絕往來，而且再也不會幫妳寫名人推薦了！」

黛西咯咯笑，她都忘了琪瑞莉對分號的偏愛。可是過了一會兒，她說：「等一下。她再也不會幫我寫名人推薦？所以琪瑞莉要幫《重生世界》寫名人推薦嘍？」

「糟糕。這應該是個祕密的。琪瑞莉想要親自告訴妳。她真的很喜歡妳重寫的結局。她說它是『適度的殘忍』。不過我希望她在推薦時不會真的就這樣寫。」

黛西忍不住微笑，過去幾個星期的陰霾又散開了一點。「我真高興妳告訴我了，珍，雖然她叫妳先不要說。」

「所以琪瑞莉打電話給妳時，妳能不能，呃，假裝妳很意外？」

「那有什麼問題，說實話，我到現在還是無法相信琪瑞莉・泰勒讀了我寫的小說，更別說她居然要幫我寫名人推薦！」

伊莫珍微笑。「我也很樂意幫妳推薦，只可惜掛上我的名字不會多賣幾本書。」

「可是妳還沒看過呢！」黛西說。

接下來幾秒鐘，伊莫珍的臉上閃過驚訝、尷尬、煩躁等多種不同的情緒。黛西並沒有惡意，也不想讓它聽起來太過嚴肅，但她的聲音在結尾時卻略帶哽咽。

「我是說，妳還沒看過新的結局。」她試圖補救地加上。

「是，對不起。」伊莫珍舉手投降。「我知道我最近不大正常。」

「感覺上好像妳在生我的氣似的。」

「別傻了。我是在氣該死的《恐懼師》，不是妳。」

黛西不想講出來，但閉不上自己的嘴。「妳一直說我很難搞。」

「我有嗎？」

「嗯……也許妳只有說過一次。就是我偷看妳高中畢業紀念冊那天。可是不知道為什麼，它就一直卡在我的腦袋裡，因為……」黛西緊閉雙眼。好吧！豁出去了！現在該是誠實面對的時候了。「我不小心看到了妳的日記。」

伊莫珍什麼都沒說。黛西睜開眼睛。

「我不是故意的。那時候南恩就要打電話來了，可是我找不到自己的手機。」

「所以妳拿我的去用。」伊莫珍的聲音裡沒有情緒。聽不出是在生氣，還是感到失望，或者是激動。她的臉上表情冷漠，眼睛一動也不動。看起來簡直像個人形紙板。

伊莫珍：二十三歲，白人，高䠷身材，棕色短髮

「我發誓我並沒有要偷看任何東西，珍。我只是想拿來打自己的手機，好循著鈴聲找到它。可是我意外看到妳打開的日記中的一頁。而妳說我很難搞，是個賤女人。就像妳之前的女朋友。」

伊莫珍慢慢地搖了搖頭。「沒有，我沒有。」

「有，妳有。」現在她終於有勇氣誠實面對，黛西沒得選擇只能繼續往下說。她得把所有的事都說出來。

「妳可以叫手機搜尋，找：『努力了這麼久之後，居然是另一個賤女人！』」

伊莫珍從口袋拿出手機，謹慎而緩慢地在螢幕上打字。黛西靜靜坐著，她的眼角餘光隨著心臟跳動，整個房間包裹在她憤怒的脈搏裡。她眨了眨眼，一滴眼淚從眼角滑落。

在長長的沈默之後，伊莫珍揚起一邊眉毛。「嗯，我自己倒是完全沒注意到。」

「妳怎麼可能沒注意到？」黛西搖搖頭。「怎麼可能？明明是妳寫的！」

「其實不是。」伊莫珍的聲音仍舊平穩得讓人生氣。「那和妳無關，黛西。那是在講我開場的第一章。我的經紀人不喜歡的那個版本。」

「不合理啊！妳怎麼可能用『賤女人』來形容小說章節？」

伊莫珍慢慢地站了起來。現在她不管做什麼都採取慢動作，彷彿雕像剛獲得生命似的。

「因為『B』就在『H』隔壁。」她靜靜地說，然後穿過大房間。

黛西知道她應該跟上去，應該繼續爭辯直到水落石出。重點不在她看到她珍貴的日記，而在弄清楚彼此的想法。重點在誠實，不在祕密。

重點在伊莫珍兼奧黛莉是否在腦子裡或日記裡寫了另一篇惡毒的文章，而這一次的主角是黛西・帕特爾。

可是她卻無法移動。她太生氣了，氣伊莫珍居然拿一句完全沒有意義的話來搪塞她。她氣到說不出話來。

因為「B」就在「H」隔壁。這是什麼去他的答案？她在日記上寫了那句話，怎麼樣也不可能是在說

《恐懼師》的開場戲。

因為「B」就在「H」隔壁……

黛西將中指壓在食指上，然後，突然間，她完全明白了。不是她的腦袋弄懂的，而是她的手的記憶弄懂的，是她打了幾百萬字的手部肌肉，是所有她打過的電子郵件、學校報告、同人誌、《重生世界》不被採用的草稿所累積出的記憶弄懂的。她再一次轉動手指，在心裡拼寫出兩個字，好讓自己知道伊莫珍的本意。

黛西瞪著眼前打開的電腦。在鍵盤上，「B」鍵就在「H」鍵下方。她閉上雙眼，再次看到當時的句子……

努力了這麼久之後，居然是另一個「hitch」（阻礙、行不通）。

伊莫珍的手指不小心往下按到了「B」。或者按到了它附近的鍵盤，「G」、「N」、「V」都有可能，然後軟體就自作聰明地幫她改了。

「去他的自動校正功能。」黛西齜牙咧嘴地咒罵著。

她站起來，走向臥室門口。伊莫珍已經脫下睡衣，換上外出服，正在將好幾件T恤塞進塑膠袋裡。

「請不要走，珍。我弄懂了。我不是故意的，那不過是個意外。」

伊莫珍轉頭。「我想妳的意思是，不過是另一個障礙。」

黛西試著想微笑，可是卻笑不出來。「我很抱歉。」

「我也是。」伊莫珍說，清清她的喉嚨。「妳偷看我的高中畢業紀念冊時，我可以原諒妳，黛西。因為它很合理，因為妳只是想更認識我，而且妳確實有權知道我的真名。不管怎麼說，妳遲早會發現我寫過那篇文章。」

「伊莫珍……」

「說到底，妳偷了我的場景也不是個大問題。妳不是故意的。我猜兩個作家住在一起，難免會發生這種狀況。沒關係的，真的，只要我還能有一樣完全屬於自己的東西就好。那就是我的日記。」

「我知道。可是它真的是個意外。」

「多久了？妳什麼時候看到的？」

黛西低頭瞪著地板。「《重生世界》截稿日前六天，南恩打電話來那晚。我只是在找我的手機。」

「當然。可是妳一直沒忘記它。而且這六個星期來，妳也沒告訴我妳做了什麼！這才是妳最近心情這麼沮喪的真正原因，對不對？因為妳一直想著我以前那篇文章。」

「是。」黛西說。從現在開始，她非誠實不可。

「因為從我日記看到的那些字成了對妳來說最重要的事，因為它們應該是我的祕密。因為它們是我的。」伊莫珍轉頭，將一把內褲塞進塑膠垃圾袋裡。「過去六個星期，不管我說什麼對妳來說都沒有意義，對不對？妳只相信妳在日記裡看來的那句話，相信那個該死的打字錯誤，而不相信我！」

「我相信妳，珍。」

「不，妳不信！對妳來說，我隱藏起來的永遠比我說什麼、做什麼更重要。不管我給妳多少，都比不上我留給我自己的。放在妳面前的永遠不夠，妳總是想要更多。妳總是想要我最深處的思緒、我的寫作靈感、我的真名。」

「伊莫珍・葛雷就是妳的真名。」

「其實不是吧？我是奧黛莉，寫了那篇可憐又可惡文章的奧黛莉。妳就是這樣看我的。」

「我只把妳當成伊莫珍。」

「那只是我的筆名，而且說不定也用不了太久了。」

「請不要這樣說，還有也請不要再打包了。」黛西往後靠在牆上，慢慢往下滑坐在地板上。「好好和我談一談吧！」

「好。妳想知道我真正的想法嗎？想知道我在日記裡是怎麼寫妳的嗎？」

「是……」黛西聽到她的聲音愈來愈小。「我的意思是，如果妳願意告訴我的話。不然，妳可以保有妳全部的祕密，珍。」

「我從來沒有想過妳是個賤女人，黛西。一次都沒有。妳是個溫柔甜蜜的孩子，和賤女人完全相反。也許有點太過幸運，有點太受保護，可是妳夠聰明，不需要這個世界讓妳摔一大跤。」伊莫珍的手停下來，沒再繼續打包，但她又變成雕像般一動也不動，聲音平板，面無表情。「很聰明，可是也許不如表面上幸運。我認為妳的小說上市得太早了。」

「噢。」黛西輕聲說，她的心被打碎了。

「不是因為妳的作品不夠成熟，而是因為妳還沒準備好。妳不信任我，而當妳的小說開賣後，人們開始評論它時，妳甚至也不會信任自己的小說。成千上萬的人，有的聰明、有的愚蠢、有的卑鄙、有的充滿惡意。我為妳擔心，黛西。在我的日記裡，光是為妳擔心害怕，我就寫了好幾十頁。」

「我完全不曉得。」黛西說。

「那是因為我不想讓我的恐懼影響妳。因為那是我的恐懼。而事實證明我將它們當成自己的祕密是對的，因為妳在過去六個星期裡為了一個打字錯誤而沮喪得不得了！那麼，在幾千個人開始批評妳的小說時，妳會變成什麼樣子？」

「我會撐過去的。」黛西說：「因為妳會陪在我身邊。」

「也許會，也許不會。」

現實的平淡對妳來說遠遠不夠，妳想要更浪漫、更完美。妳想要我們可以心意相通，甚至不用言語就能交流。」

「不，我不想。我只是想要妳好好讀一讀我重寫的他媽的結局。」

「是。對這件事，我很遺憾。」伊莫珍的石像表面開始龜裂，她看起來垂頭喪氣，頭髮亂成一團，臉色潮紅，宛如一個剛輸掉腕力比賽的人。「可是現在我的開場仍然難產，過去一個月我沒有任何進度，所以我真的需要讓腦袋清醒過來。我要回家了，還有一本小說等著我去寫。」

伊莫珍別過頭去，將最後幾樣東西塞進塑膠垃圾袋裡。她的手機充電器。五、六枚戒指。巡迴宣傳時史坦森送她的簽名小說。她帶過來幫助寫作，用來選擇工作、場景的一箱紙夾式火柴盒。

黛西試著想站起來，想阻止她的女朋友離開，可是地心引力將她釘死在地板上。周遭的氣氛異常凝重，她連一個字都說出不來。

伊莫珍走過她身邊，沒有和她道別，留下黛西一個人坐在那兒，幾乎要喘不過氣來。黛西這才發現，原來她以為她一生中都很幸運，其實全都是引誘她上當的假象。她真正的運氣爛透了。

她太過年輕就遇上了這輩子的摯愛，就因為這樣，她即將失去所有的一切。

第三十八章

亞瑪很快回來了。人還沒到，熱氣先來，頭上水晶燈的燭光因此更加明亮。

「莉琪。」他說。我不得不承認，聽到我的名字讓我心裡覺得好過點。

可是，接下來我卻非告訴他不可。「是我害的，是我領他到這兒來的。」

亞瑪和他妹妹以截然不同的表情對望了一眼。他是滿臉悲傷，她卻是勝利的冷漠。

「對不起。」我說。

他搖搖頭，可是他沒有走過來，沒有靠近我，只是瞪著他妹妹。這時，我才看出他們兩個長得有多像。除了他大了幾歲之外，他們看起來確實像一對雙胞胎，當然她的皮膚是灰色的，而他的則是溫潤的棕色。

他終於轉向我。「我應該多教妳一些事的。」

「其實很明顯，只是我沒仔細想。」我的舌頭感覺到空氣中濃厚的血腥味。「你告訴過我很多次，名字在這兒非常重要。」

「是我的錯。」

「夠了！」亞蜜拍了拍手，黑色的油飛濺到地板上。「等我們的人民安全之後，多的是時間讓你們懺悔。」

我點點頭，伸出手。散落在我們腳邊的黑油彷彿黑色水銀般滾動找尋彼此。它們集結成一個小小的池塘，像黑瑪瑙一樣平滑閃亮。

「我要怎麼做才能找到他？」

亞瑪牽著我的手。「不要說他的名字，那樣反而會讓他提高警覺。只要想著妳親他的手的畫面就行了。」

我不禁打了個寒顫，可是我清楚地想起當嘴唇刷過漢姆林先生的手時，那股苦澀的電流，還有他又冷又乾的皮膚。我讓自己恨他，恨他騙我，恨他在我謀殺壞人時的幫忙，恨他完美扮演了我在那晚需要的導師。我感覺到這股恨意為我們之間建立起強烈的連結。

我拉著亞瑪踏進黑油池塘，讓河流帶著我們去找漢姆林先生。

我們踏出瓦伊特爾納河，踏入了地獄。

這兒的天空像著了火似的，亮到無法直視，擠滿了上百個太陽。滑入我的肺的空氣如糖漿般濃稠，嘴巴立刻嘗到了鐵鏽和血腥味。它太濃太稠了，絕不只是氣味而已。一陣巨響傳進我的耳朵裡，震撼我的骨髓；我知道我們來到的地方甚至比亞瑪的重生世界更深。

我們腳下踩著滿是坑洞的龜裂柏油路面。四面八方全是現代城市的殘骸。建築物全遭到毀損，天際線參差不齊像破損的牙齒。

我看不到漢姆林先生在哪兒。這兒太過明亮、太過喧鬧。

亞瑪瞪著四周殘破的城市，伸出一隻手遮在眼睛上方，避開亮得讓人睜不開眼的天空。「這些都是他的記憶。但是，是什麼事的記憶呢？」

熱氣嗆得我連眼淚都飆出來了。「他講過好幾次戰爭，說整個城市的人一瞬間全死了。大人、小孩、所有的人。然後他就變成了賽可旁波斯。」

亞瑪敬畏地抬起頭。「死亡從天而降。」

我突然明白了。讓空氣顫動融化的轟隆巨響是上千架飛機的引擎加上空投炸彈的聲音。它不但出現在我們的頭頂，也從我們腳下破碎的大地、每塊石頭裡傳出。

我猜這個時空背景應該是第二次世界大戰，然後一個奇怪的念頭閃過腦海。「他比你年輕多了，是不是？」

「有些人跨界時年紀已經很大了。」亞瑪轉頭對我說：「妳能找到他嗎？」

我閉上眼將過亮的天空阻絕在外，試著去感應，讓恨意帶領我去找漢姆林先生。他就在我們正前方一棟破爛的建築裡。本來六層樓高的大樓只剩外牆，所有的玻璃全破了，剩下空調的窗框。

充滿煙霧的熱氣讓我連開口說話都覺得喉嚨痛，所以我用手指出方向。我們在碎柏油路上走了一百碼左右，鑽進原本是前門的大洞。建築物裡頭堆著許多碎石瓦礫，但是外頭的飛機和炸彈聲仍然在殘破的牆面間迴盪。

亞瑪拉著我停下腳步。「我們要小心一點。野狼在牠自己的巢穴裡比獅子還可怕。」

我抬起頭。上方沒有屋頂，只有熾烈的天空。「你的意思是，他在這兒覺得很自在？」

「這兒是他在跨界時的記憶。」

我搖搖頭。依照他的邏輯，我應該很喜歡一個充滿驚叫聲、地板上滿是屍體、血流成河的機場。可是我一點都不想再去回憶那個地方。

不過我得承認，老頭的記憶確實是栩栩如生。

「他在上面。」我指著嵌在其中一面殘壁上的破損樓梯。它們通往一個在建築物裡相對比較沒有受到波及的角落。我們一邊爬，一邊感覺到飛機和炸彈的巨響，彷彿腳下的樓梯隨時都會斷裂。

樓梯最上端連接著平台，上頭的部分屋頂還在，阻擋住火紅的天空。我們跌跌撞撞走進它的陰影，有好幾秒鐘什麼都看不見。

漢姆林先生等著我們。他坐在破損的石牆上，手裡拿著針線。剪剩的布料堆在腳邊，他顯然正在縫一件新的補靪外套。我突然明白他衣服的原料全來自被空襲的城市裡的鬼魂，不禁打了個寒顫。

「噢，你們來了！」他仍繼續縫補，頭也不抬地說：「不只是小莉琪，連讓人印象深刻的亞瑪杰先生都來了。」

我們兩個都沒回答。腳下的地板轟隆隆地震動著。

「我猜你大概正為城裡失蹤了那麼多孩子而不開心吧？」

「他們在這兒嗎？」亞瑪問。

漢姆林先生抬頭微笑。「只剩下靈魂了。不過我相信你可以提供給我的不只如此。」

亞瑪氣得握緊拳頭，火光開始從他的皮膚升起，我們周圍的空氣也愈來愈熱。

「我不會殺你。」他說：「但我可以燙傷你。」

漢姆林先生的眼睛亮了起來。「你是說，要讓我們之間產生連結嗎？」

「你身上會留下我的記號。如果你再來找我的人民麻煩，不管逃到哪兒，我都會找到你的。」

老頭張開雙手，針線從他的食指和拇指間垂下。「不過，我很喜歡這兒，小莉琪要是想來玩，隨時歡迎。至於你，我開始覺得你還滿討人厭的。」

亞瑪沒有回答，反而直接走向他，火花像瀑布似地從他交握的雙手不斷冒出。漢姆林先生卻繼續微笑看著他。

這時我開始擔心了。上次亞瑪一出現，老頭立刻夾著尾巴逃了，他以前甚至對我都有戒心。可是現在，在他的私人地獄裡，漢姆林先生面對亞瑪的威脅卻絲毫不為所動。

他小心地將針線在身旁放好，伸手去拿腳邊一團纏了好多線的球。

我終於看到地板上布滿了發亮的交叉絲線。從這面牆到那面牆全都是記憶的絲線。每一條線全延伸到漢姆林先生腳下的線球。

「亞瑪！」我大叫。這時老頭的手一把抓起線球，用力拉緊。地板上交叉的線一下子繃緊，彈入空中，在我們周圍形成一個發亮的大蜘蛛網。

其中一條彈進我的大腿裡，割出一道很深的傷口。我急忙跳開，可是另外兩條卻擋住我的去向，我差點撞上。

我不敢動。我的周圍全是隨著頭頂飛機引擎聲震動的緊繃絲線。亞瑪陷在大蜘蛛網的正中心。他的手在流血，黑色的絲質襯衫也被割出六、七道開口。

「不要動！」我大叫。這些就是我當初用來切碎壞人靈魂的記憶絲線。看著他們整座城毀於一旦的悲慘亡魂化成的絲線，數以千計的圍繞在我們身邊，讓我們動彈不得。

「你應該聽從我們的小朋友的忠告。」漢姆林先生說。鮮血從他拉住線球的手滴落，但他似乎完全沒注意到。「我很訝異這種雕蟲小計也能引你上當。不過，我猜在你那個時代，燃燒彈大概還沒被發明出來吧？」

亞瑪只是目瞪口呆地低頭看著纏住他的發亮絲線。

「來見見我全城的鄉親吧！」在漢姆林先生說話時，纏住我們的絲線宛如彈奏樂器似地跟著共鳴。「不是很有趣嗎？看著所有你認識的人在眼前死去會讓鬼魂變成這個，而這些鬼魂化成的線居然又能制得住我們。」

老頭將手上的線球拉得更緊，發亮的絲線幾乎貼在亞瑪身上。

他已經動彈不得，可是聲音卻仍平穩。「你到底想要什麼？」

老頭大笑。「一切！我想要所有你已經幫我蒐集好的鬼魂。好幾千個！尤其是那些備受寵愛卻早夭的孩子們。」

「住手！」我哭喊著。「拜託，請不要傷害他。」

漢姆林先生轉頭，他幾乎無色的眼珠看著我。「我絕對不會傷害妳，我的小女戰神。可是妳聽到妳朋友的話了。他非常氣我，而且他非常危險。」

「我保證不會再帶他來，不會讓他再接近你！」

「可是我需要他的人民，莉琪。好幾百、幾千年來的記憶在呼喚我。」漢姆林先生慢慢地搖了搖頭。「想一想我可以用他們編織出什麼神奇的作品。」

亞瑪怒吼一聲，一束火光從他緊握的拳頭射出。老頭用力扯緊絲線，亞瑪的皮膚立刻出現鮮血淋漓的新傷口。

「住手！」我哭喊著。他們兩個一起轉過頭來看我。一條發光的絲線在離我的臉數英寸處顫抖著。

「妳出去！小女孩！」漢姆林先生說：「我不想傷害妳，我還有很多事想教妳。」

「你下地獄吧！」

「莉琪！妳應該離開這兒。」血一滴一滴地落下，在亞瑪的腳下積聚成池。為了不讓絲線割得更深，他站的姿勢看起來很怪異。

「對，趕快離開。」漢姆林先生說：「在我開始覺得無聊之前，快點走。」

我猶豫了。面對著近在咫尺的發亮蜘蛛網，還有足夠的空間可以讓我逃出去。可是如果我逃了，那老頭一定會把亞瑪割成碎片的。

「好。」我輕聲說：「等一下。」

移動前，我已經先看好了要走的路，記住每一條致命絲線的位置。然後我連續跨出三步——每一步都很怪異、很危險——往中心點移動。

老頭嘆了一口氣。「妳認為妳知道比我還多的招數嗎？小女孩。」

「我什麼都不知道。」我伸出手，放在亞瑪的肩膀上。「可是如果你要殺他，就得連我一起殺。」

「莉琪！」亞瑪對我耳語。「別這樣。」

漢姆林先生怒吼一聲。「為什麼你會覺得我不敢？」

我直視他的雙眼。「因為我想向你學習。」

我聽起來十分誠懇，因為確實有一部分的我想向他學習，想知道他是怎麼創造燃燒的天空，怎麼將六、七十年前亡城的記憶編織成致命的光網。

老頭回瞪著我，他看得出我是認真的。

「妳在引誘我，小女孩。」

「我不會再帶他來這兒。而且即使我帶他來了，我相信你一定還有更多的辦法可以治他。」

「嘴巴真甜。」他對我微笑。「妳會讓他活在妳的控制之下？」

我點點頭。在這一刻，我一點都不在乎老頭抓走的鬼魂，我只想救亞瑪的命。

「那麼，為了妳，好吧！」老頭說：「反正我也想要他活下來，不然他的鬼魂很快也會跟著消失。妳要小心照顧他。在重生世界裡，割傷是很麻煩的。」

我不理他，只是趕緊彈了一下手指。一滴黑油飛濺，穿過發亮的絲線，落在地上亞瑪的血泊裡。它慢慢擴大，將我們腳下滿是灰塵的水泥地變成墨黑色。

我們開始沈入地板。漢姆林先生看起來好像很想拉緊他的網子，把我們全切成碎片，可是他終究沒有那麼做。幾秒鐘後，我們就沈入了瓦伊特爾納河。

當我們回到亞瑪的宮殿時，他已經癱軟在我懷裡。他的襯衫變成碎布，無數的割傷不斷冒出鮮血。

我輕輕將他放在靠墊上，舉頭張望。看不到任何僕役，他的妹妹也不見人影。

「亞蜜！」我大叫，然後轉頭回去看著她哥哥。鮮血流到他的身體下方，浸溼了灰色花紋地毯。血是鮮紅色的，看起來似乎流得太多了。難道老頭的網子割傷了他的動脈？

之後我感覺到自己也在流血，於是低頭看向我的手臂。鮮血一直從傷口冒出來，像是我的血管漏水似的，速度快得不像真的。突然間，我覺得彷彿被浪潮打到似地頭重腳輕。

「亞蜜！」我又大叫。

「我們要趕快走。」亞瑪喃喃說著。「回家。」

「我們已經到家了，可是事情不大對勁。」

「不是我的家，是妳的家。趕快！」

模糊的灰色僕人影子閃進我的眼角，然後我聽到亞蜜的聲音。「出了什麼事？亞瑪！」

「老頭設下圈套。」我瞪著自己還血流不停的手臂。「他割傷我們，事情不大對勁。」

「趕快帶我哥哥回到真實世界。」亞蜜大喊。「快一點！」

我抬頭。「什麼？為什麼？」

「你們的傷在這裡沒有辦法癒合。妳這個白癡！」她拍拍手，黑色的油像下雨似地從她的手上滴落。

「你們的身體機能暫停了。」

我瞪著她，腦子裡慢慢理出頭緒。在重生世界裡，我們不會老，不會累，也不會餓，所以我們也不會自癒。因為我們的血在這兒根本不會凝固。

亞瑪的皮膚開始失去光澤，變得灰白。我們兩個正因失血而走向死亡。

「可是這個甚至不是我真正的身體呀！」我嘟囔著。「我還以為這不過是某種靈魂出竅呢！」

「哥哥從三千年前就能帶著身體旅行。」亞蜜說：「而妳的能力其實比妳知道的更強。現在！趕快走吧！」

我們很快又沈進瓦伊特爾納河。浪潮洶湧，波瀾滔天，漩渦失控亂轉，完全沒有方向，反映了我惶恐的心情。我想不出我和任何一家醫院有連結。所有的童年意外全都只剩模糊的印象，更糟的是，我的頭因為失血過多變得昏昏沈沈。

然後我記起亞瑪之前曾經要我帶他回家，於是我想著我的臥室，希望我們盡快到達。也許我可以先為他最嚴重的幾個傷口止血，然後開車送他去醫院。

一開始，河流聽話地帶著我們平穩地往真實世界前進。我用雙臂緊緊抱著亞瑪，不讓河裡那些遺落的溼冷記憶騷擾他。

但是，突然間，一股新的力量衝擊河水，一股比我念力還強的力量，將我們扯向另一個方向。

「亞瑪。」我在他耳邊齜牙咧嘴掙扎著問。「怎麼會這樣？」

「瓦伊特爾納河在呼喚妳。」他一邊說，血一邊從他的身上被捲入憤怒的浪潮中。「我沒預料到會這麼快。」

我對著河道大吼，不管真實世界裡發生了什麼大災難，現在都不是時候。

亞瑪的頭無力地垂下，他貼著我的肌肉癱軟，我將他抱得更緊，彷彿這樣就能將他的血液留在他體內。

過了好一陣子，瓦伊特爾納河終於將我們放下……

……放進一片混亂之中。

四面八方都是槍枝射擊的火花和爆炸的強光，空氣中充滿了刺鼻的火藥味。我們在森林深處，巨大高聳的松樹直入雲霄，樹枝上全積滿了雪。夜色很濃，探照燈在煙霧和水氣間穿梭。樹林裡散布著幾棟小木屋。黑色的人影在其中跑來跑去，有時停下來對著樹林開槍。

為什麼瓦伊特爾納河要將我們帶來這裡？它和我去過的任何地方都不一樣，甚至和我想像中的也大不相同。

可是亞瑪的血還在流個不停，他必須馬上跨入現實世界，否則我就要失去他了。環顧四周，我唯一能找到比較安全的地方，是兩棟緊緊相鄰的木屋之間的一小塊空地。我在雪地上拖著他，躲進那個陰暗角落。

「你一定要趕快跨界。」我在他耳邊說。

他沒有回答，臉色和泥地上的雪一樣灰白。

「亞瑪！」我哭喊著。可是仍然沒有反應。

我想起亞蜜的話：「妳的能力其實比妳知道的更強。」當然，我也還在流血。換句話說，我真正的身體確實去過漢姆林先生的地獄戰場。

也許我可以做得到……

我張開雙臂抱住亞瑪，閉上眼睛，集中注意力聆聽步槍的爆炸聲和人們惶恐的尖叫。

「航空警察局已經出動……」我喃喃自語。

我很快感覺到周圍的環境變了。我們兩個宛如突破另一邊世界的外膜，浮上真實世界，新鮮的冷空氣竄進我的肺葉，帶著似曾相識的催淚瓦斯及彈藥味。我立刻覺得好冷，我的呼吸在我面前化成煙霧。開槍的爆炸聲變得刺耳且致命。可是我做到了，我真的帶著我的身體進出瓦伊特爾納河了……

但是現在我卻筆直地掉入了戰場。

我沒有時間擔心子彈。我將手指伸入上衣已經被割破的地方，用力扯下一塊布蓋住亞瑪的傷口。他的割傷看起來極深，血肉模糊，但至少他的血變濃了，流速也變慢，像是正常的出血，而不像在重生世界時噴水似的那麼可怕。

我盡力將他的傷口包紮好，終於做完時，我身上已經沒剩多少布料。我發著抖將身體貼近他，試著維持住兩個人的體溫。槍聲已經平息，可是尖叫聲和汽車引擎聲仍然到處都是。

然後我看到離我們藏身不遠的陰影處躺著一具屍體。

他很年輕，大概才二十多歲。他的臉朝上，兩隻手緊緊抓著自己的喉嚨。鮮血從動也不動的手指縫中湧出，染紅了地上的雪。他的頸部中彈，眼睛睜得大大的，直直地看著我，彷彿想講話，想在他生命最後的一刻引起我的注意。

就在我驚恐地瞪著他時，他的靈魂脫離了身體。

在壞人死掉時，我就看過這個過程。可是這次我沒有心理準備，只是目瞪口呆地看著臉色灰白、面無表情的另一個年輕人從他躺在地上的軀體坐起來。

他轉頭看著我，平靜得出奇。

「你死了。」我告訴他，因為這是我唯一確定的真相。

他點點頭，彷彿這是再順理成章不過的事實。

我忍不住一直發抖，寒意從四面八方入侵。

我將視線從他身上移開，看到更多剛脫離軀體的靈魂，在雪地裡遊蕩。

「我想我應該是來這裡幫助你的。」我說。

「妳是個天使，對吧？」年輕人的鬼魂問。

顯然這裡需要賽可旁波斯，所以瓦伊特爾納河才將我們帶過來。

我真想放聲大笑。穿著破破爛爛的上衣，我看起來絕對比較像個瘋女人，而非上帝派來的天使。當然更不可能像個女戰神了。

「我只是個普通女孩。」

「可是教主說會有天使來迎接我們的。死亡的天使。」

我打了個冷顫，方才明白眼前的事實。瓦伊特爾納河將我帶到科羅拉多州的山區，來到了自稱有神力的教主領著一群瘋子過著與世隔絕生活的死亡邪教『復活行動』的基地。兩百多個聯邦探員已經包圍這地方超過一星期了，顯然一場浩劫在我們抵達時剛好發生了。

可是現在我一點都不在乎需要被領入重生世界的新鬼魂。我只在乎要救活亞瑪的命。想不到的是，點燃我的希望的居然是這個剛死的邪教分子。

這裡有這麼多聯邦調查局的探員，一定有待命的醫療小組隨行。

「我很快就回來。」我一邊說，一邊輕輕將身體從亞瑪身旁移開。

他睜開眼睛，虛弱地點點頭，可是至少他已經醒了。看來跨入現實世界和我粗糙的包紮起了一點效果。

年輕人的鬼魂雙膝跪地，雙手合十，虔誠地禱告起來。我不理他，從陰影處大步踏進橫掃整個基地的探照燈的明亮光線裡。我的雙手本來緊緊抱胸以抵擋寒意，但我強迫自己放鬆，一邊走出去，一邊高舉雙手。不管怎麼說，再冷也總比被子彈誤擊好吧？

「有人嗎？」我對著一片黑暗大叫。「我需要幫忙！」

很快的，十多支手電筒的光束像野獸的眼睛從樹林裡射出，全集中在我身上。

一個聲音經由擴音器傳出。「在地上趴下！」

我猶豫了一下，瞪著白茫茫的雪地，希望自己身上不是只剩一件薄薄的、破破爛爛的襯衫。可是剛才傳來的聲音似乎相當不耐煩，我只好雙膝跪下，臉朝下地趴在雪地裡。

「我的朋友需要幫忙！」我大叫。「他在大量出血！」

沒有人回答我。彷彿過了好久，我才聽到有靴子跑過地面包圍我的腳步聲。有人粗暴地從背後拉住我的手臂，我聽到手銬碰撞的金屬聲，可是太冷了，冷到我被上銬時皮膚雖然接觸到金屬，可是根本沒有感覺。

他們拉我起來，讓我坐下，我終於看到他們的臉。六個男人、一個女人穿著黃色螢光橫條、上頭印著「聯邦調查局」字樣的防彈背心。

「我的朋友在流血，他昏迷了，身上沒有任何武器。」我一邊透過打顫的牙齒努力擠出話來，一邊將我的頭往小木屋的方向扭去。「請你們幫助他！」

「去看一下。」有人下令，其中三個男人跑向亞瑪。

我抬頭望向那個發號施令的男人，試著想說聲謝謝，可是話還沒說出口就被我嚥了回去。我看到他身後站著另一個探員。他和其他同事站在一起，但是表情困惑。他的外套上全是滲血的子彈孔，但是他的身體在從樹林投射出的探照燈光下卻沒有影子。

「我真的非常非常遺憾。」我對他說。

他抬頭看我，驚訝我沒像其他人一樣對他視而不見。

我想告訴他，一切都會沒事的，在死亡之後，其實不是一片空白。重生世界裡也有正常的、管理良好的，甚至稱得上文明的城市。可是到了此時，我的舌頭已經完全凍僵，接著有人推了我一把，我就直挺挺地倒進雪地裡，失去了知覺。

第三十九章

「看在老天的分上，帕特爾。妳遲到了十分鐘！」

黛西嘆了一口氣。「我也很高興見到妳，妮夏。」

「這地方真恐怖。」

黛西看了看四周，聳聳肩。賓州火車站是有點冷、有點擠，外頭街道潑濺進來的雨水在大理石地板上畫出深淺不同的痕跡，可是和「恐怖」完全八竿子打不著。

「親愛的小妹，是三明治店很嚇人？還是貝果店太可怕了？」

「是所有的一切都很可怕。」妮夏將大提袋遞給黛西，動手將行李箱的桿子拉出來。「這兒的氣氛嚇壞我了。」

黛西微笑。她從不認為自己比妮夏勇敢，事實上她從不覺得自己比任何人勇敢。可是在紐約市住了將近十個月之後，她對任何貧民區、地下道和擁擠的人群都已經免疫了。

這時，她才注意到妮夏的大袋子有多重。「搞什麼東西啊？妮夏？妳只是要來住一個星期，到底帶了什麼這麼重？磚塊嗎？」

「書啊！妳知道的，以防妳的名人朋友想在我的雞尾酒派對上為我簽名。」

「什麼雞尾酒派對？」

「妳不是幫卡拉和賽根辦了派對嗎？當然也要幫我辦一個。」

黛西呻吟了一聲。「那是我的喬遷派對，之後我就再也沒辦過任何派對了。」

「那麼現在更是有理由好好辦一個。」妮夏邁開腳步走入人群中。

她的機會都沒有。

會是她在背這個大袋子，還有為什麼討厭的妮夏能在迷宮似的賓州火車站裡剛好走對了方向，讓她連糾正

黛西跟在她後頭，一邊走，心裡一邊想著為什麼這些沈重的書沒有放在可以拖行的行李箱裡，為什麼

多哥德風的便服。

半小時後，她們回到4E公寓的客房。妮夏拉開行李箱拉鍊，將黛西的長外套從衣架上取下，掛上許

「這些衣服對七天來說未免太多了一點吧？」

妮夏不高興了。她停下手來。「妳是不是反悔了？不想要我來玩了？帕特爾？」

「當然不是。」黛西說。雖然前一天晚上她和媽媽在電話上談得不是很愉快。媽媽講了好幾次的「身為監護人，妳應該……」，但是像「雞尾酒派對」這種事，倒是完全沒被提起。

「我覺得，妳看起來很不開心。」

黛西聳聳肩，沒有回答。

「我的意思是，妳在紐約有自己的公寓，妳的第一本小說再過五個月就要上市，而且還有我來陪妳一整個星期！妳應該像一隻吃了大量興奮劑的獨角獸一樣快樂得不得了，覺得全世界都是彩虹！可是妳看起來卻像剛淹死一袋小貓那樣沮喪。」

「好厲害，一段話裡居然可以用如此多的暗喻。」黛西說。

「拜託，那些都是明喻，好不好？我還以為你們作家最懂這種事咧。」

黛西瞪著她的小妹，不禁懷疑為什麼她表現得一副狀況外的樣子。妮夏知道一個月前發生了什麼事。

除了好幾打的簡訊、電郵之外，她們還講了三通非常長的電話。妮夏到現在還裝作沒事，未免對她太過殘

忍，難道她非得聽到黛西親口再說一遍嗎？

也許，她們終究還是無法避開這個話題。這些日子，黛西想到她們分手的事，用的衡量單位不是幾個星期，而是幾分鐘，因為只要早上睜開眼睛，她就會立刻想到這件事，分分秒秒。

「我想念伊莫珍。」

妮夏不意外地點點頭。「妳到現在都還沒見過她嗎？」

「不期而遇過一次。上星期在運河街上碰到。我們談了幾句，兩個人都很拘謹有禮。分開前，她擁抱了我。」

「擁抱是好事，不是嗎？」

「擁抱爛透了！擁抱什麼都不是！」

「妳說得對。擁抱是最糟糕的了。」妮夏盡責地表示同意。「可是我以為妳們兩個還在通電郵，不是嗎？」

「是。可是我們寫的不是該寫的和解長信，而是一些愚蠢的簡短字句，就像是電郵形式的擁抱。伊莫珍說她要集中所有的心力寫完這本小說。我們以前每天都在一起寫作，可是現在我對她的創作已經不再是助力。我太戲劇化了，只會製造混亂。」

妮夏靜靜聽她說，然後交叉雙腿坐在地板上。這是她思考時的習慣姿勢。「可是她沒有寫一篇既殘忍又冗長的文章來罵妳，不是嗎？」

「沒有。她不會那樣做的。」黛西對這點倒是很有把握。

「所以說，她到目前為止尚未正式拋棄妳。」

「她說，在寫完小說前，我們先暫時分開一陣子。但我相信這只是她的推託之詞，而且時間拖得愈久，我就愈痛苦。」黛西垂直倒在客房的日式床墊上，瞪著天花板。「就好像從克萊斯勒大樓往下跳，結果沿途不斷撞上旗杆和石雕出水口一樣。」

「為什麼她要那麼做？帕特爾？」

「因為我太年輕了，沒辦法承受成年人的分手。伊莫珍認為我做任何事都太年輕了。」

「是，對妳來說，這是個很常碰到的問題。」

黛西抬頭瞄向妮夏。「妳比我更年輕，不是嗎？」

「以我的年齡來說，我算是非常成熟了。」

「爛！」黛西呻吟，頭又躺回日式床墊上。「妳可能是對的。我搞砸了一切。我一天到晚偷看她的東西，我不開心時也不告訴她，當她需要獨處時我也不尊重她。」

「這些妳已經巨細靡遺地告訴過我了。」妮夏的手指在地板上敲擊，過了一會兒，她問。「可是偷看不是要分手的主要理由，不是嗎？」

「我猜最糟糕的是我不信任她。」

「那麼，從現在開始，妳就該信任她。」

黛西坐起來。討厭這些問題帶給她的焦躁不安。「我要怎麼信任一個幾乎不和我說話的人？要信任她什麼？」

「信任她告訴妳的話：這不是結束。她只是需要獨處一陣子，好好寫作。」

「可是我們以前常在一起寫作啊！」黛西說：「我們就是這樣的人。如果我們以後都不能再在一起寫作，那麼這段關係還有什麼他媽的意義？」

妮夏沈默了好久，彷彿她真的在仔細思考這個問題。她目空一切的態度變了，變得成熟而體諒。

「伊莫珍說過她以後都不要再和妳一起寫作嗎？」

「我猜是沒有。她宣稱是因為現在這本小說讓她很抓狂。可是我覺得讓她很抓狂的應該是我，妮夏。」

「如果妳信任她，就不會這麼想，帕特爾。不要因為她現在不能和妳在一起，妳就決定放棄。」

黛西沒有回答。她不會放棄。不管多久，她都不願意放棄。

但她實在不該對著十分鐘前才走進門的小妹咆哮，這樣未免太可笑了。奇怪的是，妮夏看起來好鎮定、好睿智，似乎她早就料到事情會變成這樣。

「難道這就是妳打算在紐約做的事嗎？」黛西嘆了一口氣問。「聆聽我的沮喪？」

「我是來學習的。而從妳身上我學會了：盡可能避免愛情，愈晚開始愈好。」妮夏將空行李箱推到角落。「這附近有東西吃嗎？」

黛西擠出笑容。「這裡是曼哈頓。妳想吃什麼，這裡都有。」

她們去了擺放巨型招財貓的拉麵店。這是黛西在分手後常去的幾個地方之一，她暗自希望能在這兒和伊莫珍不期而遇。可惜的是，她從沒真的在這裡碰過她，但是當掛在大門上的鈴鐺響起時，黛西仍舊會忍不住地渴望奇蹟發生。

而且，這裡的拉麵好吃極了。

「我曾經在這裡想出一個超棒的書名。」黛西在她們點餐後說。

妮夏抬頭。「《未命名的帕特爾》終於有名字了嗎？」

「哎……還是沒有。」黛西回答。而且她也還沒開始動筆寫，只是腦袋裡有幾個粗糙的概念。「不過我在這裡想出了《竊盜師》。伊莫珍第二本小說就要用這個書名。聽起來不錯，對吧？」

「呆瓜。」妮夏搖搖頭。「我們不能談點別的話題嗎？」

「當然。要談什麼都行。來談談我的預算怎樣？這話題應該很有趣吧？」

「確實很有趣。」妮夏拿出手機，打開螢幕，露出見到數字時慣有的笑容。「我把所有的細節都存在裡頭了。」

接下來的對話卻不是太有趣。

她們談到了4E公寓的高額租金，也談到她跟著伊莫珍去巡迴宣傳時買的許多張昂貴單程機票。黛西為了巡迴宣傳特地買的衣服也花了不少錢。加上過去九個月裡零零散散買的家具。還有，她沒辦法將日常花費控制在一天十七美元以下的無能（食物是這麼美味，啤酒更是非喝不可）。

最糟糕的是，她居然忘了留下任何公務相關的收據，而她一生中第一次的報稅截止日就在一星期後，美國國稅局正等著她寄去一大張鉅額支票。根據妮夏的計算，黛西的錢會比預計時間早一年花完。

「妳為什麼看起來這麼驚訝？帕特爾？」妮夏在分析完後問黛西。「妳難道不知道妳遲早要面對這個問題嗎？」

「沒錯。只不過我最近什麼都沒有，就是一大堆問題要面對。」黛西用力掰開免洗筷，竹屑散得四處都是。「我想我的一生從此以後就只剩下問題了。我剛收到明年的租約通知。從七月開始，房租要調漲了。百分之十。」

「哇！」妮夏在手機上輸入這個新資訊。「我早就告訴妳要直接簽兩年約的，帕特爾。」

「如果那麼做，拉拉娜阿姨一定會注意到的。」

「妳打算怎麼辦？」

黛西聳聳肩。「我還是很愛我的公寓，可是它變得和以前不一樣了。」

「搬去便宜一點的地方吧？不然，搬回家來？」

「妮夏，我愛你們，可是我還有一本續集要寫。坐在我以前的房間裡，什麼事都做不出來。」

「妳在那個房間寫完了《重生世界》，而且才花了三十天！」

「那不一樣。當時我根本不知道自己在做什麼。」

妮夏搖搖頭。「帕特爾，妳的租約還剩三個月，妳再也沒有感情生活。所以，為什麼妳不把百分之百的心力放在寫作上，看看妳能做出什麼？我的意思是，在這星期妳招待完我之後。」

「也許吧！」聽起來似乎是個不錯的主意。

「妳知道嗎？」妮夏說：「爸爸媽媽還一直以為妳九月就會回歐柏林文理學院上大學了。」

「不可能的。申請截止日三個星期前就過了。」

妮夏眨眨眼。「我還以為妳是延遲入學而已？」

「呃，那個截止日我也沒趕上，差不多是一年以前的事了。」

「妳未免混得太兇了吧，帕特爾。」妮夏笑了。「不過也沒什麼關係，反正妳也拿不到助學金。」

「什麼意思？」

「他們不只會問今年的收入，帕特爾。他們還要看今年的報稅資料，換句話說，妳去年的收入也會在考慮範圍內。」

黛西嚥了口口水。「妳是指，已經被我花得差不多的那些錢嗎？」

「小說上市時，還會有其他的錢入帳，另外別忘了還有《未命名的帕特爾》的收入。這些在妳明年申請歐柏林文理學院時會是個問題。身為妳的財務總管，我勸妳堅持住『三年作家』的計畫。」

「嗯……為什麼妳不早一點告訴我？像是在一開始，我拋棄上大學的機會時就告訴我？」

「妳說過這是妳想要的，是妳一輩子的夢想。我又不知道妳會把錢浪費在房租和拉麵上。」

黛西垂頭喪氣地癱在座位上，無言以對。

這時拉麵送來了。黛西看著濃郁昂貴的高湯，心裡沒有升起以往的幸福感。先是伊莫珍的手機的自動校正功能攪局，毀了她的生活，現在她的房東、國稅局和想去就讀的大學全跑來參一腳。看來全宇宙聯合起來對抗她應該只是時間早晚的問題罷了。連手上的筷子也不聽話，讓夾到的麵滑回熱湯裡，噴得黛西滿臉都是。

但是拉麵仍然好吃得不得了。很快的，兩姐妹開始聊起比較沒那麼令人沮喪的話題：妮夏在高中修的課、她申請大學的計畫、爸爸媽媽的小缺點。黛西告訴她從卡拉和賽根那兒聽來的八卦。自從上個月她和伊莫珍分手後，她和高中好友的每日通話是支持她灰暗生活的一大慰藉。

黛西在想，也許她應該試著再去為自己尋找更多慰藉。妮夏說她過得像一攤死水是對的。也許即使只剩一個人，她還是可以努力寫作。

「我真希望會有什麼靈感突然爆發。」黛西說：「奇特而複雜的靈感，就像發現媽媽的朋友被謀殺時一樣。」

妮夏從已經空了的碗抬起頭來。「噢，對了，關於這件事，妳記得她在讀過妳的小說後，什麼反應都沒有嗎？」

「記得。所以事後她告訴妳原因了嗎？」

「完全沒有。於是我做了點研究，發現那根本是另一個安妮卡・蘇塔拉亞。」

黛西瞪著妹妹。「什麼？」

「妳知道印度是個人口超多的國家吧？所以同名同姓的人也很多。認識被謀殺的小女孩的那個安妮卡比媽媽大一個月。不是我說妳，妳的研究做得還真是隨便！」

「爛！」黛西說。所以，那個小女鬼從來不屬於她。

不過，反過來說，也許這表示明蒂真的屬於她嘍？因為她搞錯了身分，所以才能無中生有地創造出明蒂。但這也表示她偷用了一個和她毫不相干的悲劇，將它據為己有。要是另一個安妮卡現在已經不在人世了呢？那麼黛西有可能是世界上最後一個記得拉潔妮的人，並成為她的鬼魂還未消失的唯一原因嗎？

黛西的腦子裡浮出許多問號，但此時此刻，她唯一確定的只是：被搞錯身分的鬼魂聽起來頗適合安插在《未命名的帕特爾》的故事裡。

「等一下我們去逛書店好不好？」妮夏問。

黛西的思緒一下子被拉回眼前。「妳知道嗎？我最近想和出版界保持一點距離。」

「妳還有一本書要寫，帕特爾。妳怎麼能夠和出版界保持距離？」

「那只和寫作有關。」黛西嘆了一口氣。「我所謂的出版界指的是書籍部落格、青少年小說家推特、普林茲文學獎、書評等等。我已經有好幾個星期沒上線了。」所有的一切都只會讓她想到伊莫珍。

「嗯……依照妳的定義，書店只和閱讀有關。不要囉唆，走吧！」

「時代之書」是曼哈頓裡少數的最後幾家獨立書店。青少年文學就占據了店裡一半以上的空間。牆壁上貼滿了古老的兒童繪畫，書架上全是青少年小說和童書。光是繪本區就有半個網球場那麼大，中央還擺了一個紅白相間、和黛西一樣高的丁丁火箭。從她們小時候起，造訪這家書店一直是一家人來紐約玩時的最高潮。

「所以，妳現在成了這兒的搖滾巨星了嗎？」妮夏在她們走進大門時問。

「我在任何地方都不是搖滾巨星。」黛西說：「我的書還沒上市，記得吧？」

「還有一百六十八天！倒數中！所以他們不會認得妳？也不會幫我打折嘍？」

黛西瞄了櫃台後的女人一眼。她認得五、六個時代之書的店員，不過現在這個她沒見過。「抱歉。妳只能用原價購買了。」

「那麼妳一本書都不可以買，帕特爾。身為妳的財務總管，我正式宣布妳身無分文。」

「妳每次說『身為妳的財務總管』時，我可以向妳收一塊美金嗎？」

「就算我願意給妳，也是杯水車薪，沒用的。」妮夏說，然後她停下腳步，瞪著展示檯上十來本有著火焰紅封面的小說。「嘿！那不是……」

黛西點點頭。那是《控火師》。

「真奇怪。」她一邊說，一邊伸手拿起其中一本。「平裝版應該要到夏天才會出來啊！」

「那麼，現在就出是好還是壞？」妮夏問。

「不確定。」黛西把書轉到背面。封底上琪瑞莉的名人推薦還在，還有許多對銷售量一點幫助都沒有的星號書評。「不過，至少這表示悖論出版社還在努力中吧！我猜。」

不管它代表了什麼，看到大批伊莫珍的小說就放在書店入口，感覺真不錯。黛西翻開封底看作者照片。伊莫珍看起來很開心，雙手安全地插在皮衣口袋裡，遵從前輩的忠告，讓手和臉保持安全距離。

黛西回憶起進攝影棚拍照的那一天，立刻哽咽。這張照片裡的伊莫珍每一天都是和黛西一起度過的。

「想看妳就在這裡看個夠吧！」妮夏說，自顧自地走向放《彩虹小馬》立體書的區域。

黛西翻開第一頁。

她最喜歡的就是火柴了。她喜歡搖晃它們的聲音，看著它們像一群木頭小兵擠在厚紙盒裡。她喜歡它們在圈住的擋風手掌中綻放出炙熱的花蕾。她喜歡它們在對抗風兒時忽大忽小的咻咻聲。連它們的殘骸都是那麼漂亮，看著它們一路燒到她被火燒得長繭的手指時，化成一根根黑黑的、彎著腰的小紡錘……

上面的字就像她初次念到它們時一樣微微顫動。她可以從字裡行間的節奏聽見作者的聲音。在那一刻，她覺得彷彿伊莫珍會從她身後走上來，一隻手搭上她的肩，或者從她頸後印下一個吻。

「來得正是時候，是不是？」一個聲音說。

黛西轉頭。是喬哈里・瓦羅泰。

「喔，嗨！」她們擁抱，然後分開。「好久不見了！」

「我回聖基茨島去了。」喬哈里搖搖頭。「沒有辦法再忍耐另一個紐約的冬天。光是描寫嚴寒就夠讓我崩潰了，要是繼續留在這兒過冬，我一定受不了。」

「噢，對了，《冰之心》什麼時候上市？」

「十月。」喬哈里在木頭書櫃上敲了三下，表示希望不要出什麼意外。

「我的書九月下旬要上市了。」黛西說。她看了一眼展示檯。「妳剛才說的『來得正是時候』是什麼意思？」

「伊莫珍的平裝版啊！出來得正是時候。」

「為什麼？」

喬哈里皺起眉頭。「妳不知道嗎？總統的女兒？那張照片？」

黛西搖搖頭。「我什麼都不曉得。」

「我的天啊！黛西。對不起，我不知道……」

喬哈里目瞪口呆，顯然沒人告訴她黛西和伊莫珍分手的事。這圈子裡居然還有人不知道，感覺真奇怪。

「出了什麼事？」兩個人一起開口。

僵持了一會兒後，黛西嘆了口氣，說：「我有幾個星期沒見到伊莫珍了。我猜，我們想先分開一陣子冷靜一下。」

「真是遺憾，親愛的。妳們兩個看起來超情投意合的。」

「我們是很情投意合，這只是暫時的。」黛西吸了一口氣平穩情緒，試著去接受妮夏的勸告，相信伊莫珍。「沒什麼大不了的。不過，妳剛才提到總統的女兒，到底是怎麼回事？」

喬哈里睜大了眼睛。「有人拍到她要去搭直升機時帶了一本《控火師》。因為那個火焰紅封面，很容易就被認出來了。」

黛西突然笑出聲音。「有點好笑。」

「一開始確實是。但是後來有政治評論部落格對此事大加批判，因為『內容不宜』。妳知道的，女主角縱火，女女親吻之類的。」喬哈里一邊咯咯笑，一邊搖頭。「然後有幾家新聞電視台跟著報導，一時之間，每個人都在談論伊莫珍。」

「真的嗎？我怎麼沒注意到？」

「這差不多是三天前，還是四天前的事。白癡媒體的聚光燈已經移到別處去了。可是我猜會看書的人還是會注意到這一點，因為她的小說還在熱銷。」

「哇！真是好狗運。」

說話斯文的喬哈里聽到不禁大笑。

黛西陪著她一起笑，開始在腦子裡想著待會兒送給伊莫珍的恭喜電郵要怎麼寫，同時暗忖或許她的好運尚未徹底用盡，也有可能伊莫珍才剛從她這兒借去了一些。

第四十章

三十分鐘後，我坐在離邪教基地半英里遠的大帳篷裡。對講機的靜電聲此起彼落，加上供給射向樹林的巨型探照燈電力的發電機轟隆作響，四周顯得十分嘈雜。探照燈熱到足以融化上頭松枝的積雪，於是我看到它們的光束中下起了發亮的毛毛雨。

我坐在木條箱上，裹著兩層野外求存緊急保溫毯，離探照燈近到可以享受它散發的熱氣。傷口已經包紮好，而且被判定傷勢太輕，沒有送到醫護站的必要。一個好心的聯邦調查局探員給了我一杯熱騰騰的咖啡握著取暖。我發揮穿牆特異功能讓手銬和手腕分家，不過似乎沒人在乎。也許是因為我只是個快凍死的半裸少女，也許是因為情況已經受到控制，在過去十五分鐘裡沒有再響起任何槍聲。不管理由是什麼，至少現在沒人用槍口對著我了。

不久之後，我就會滑進瓦伊特爾納河，回到溫暖的臥室。可是在那之前，我必須先確認亞瑪沒事。我不知道受傷的人會被送到哪兒治療。我不敢問，害怕有人會注意到我沒戴著手銬，然後把我的熱咖啡拿走。於是我呆呆地坐著等，對看到的一切感到麻木。

這兒的寒氣直竄骨髓，和我體內的達拉斯冰點會合。我懷疑以後是不是一輩子都不會再覺得暖和了。

這時，我突然感覺到有人在看我。我將視線從咖啡往上移。

「喔……」我擠出聲音，一顆心不斷下沈。席捲我的人生的索魂者還在糾纏我。

「史考菲爾德小姐，在這裡看到妳還真是奇怪。」

我點點頭。「我猜所有的事對現在的你來說都有一點怪。」

艾林安・雷宜斯特別探員不大確定地瞪著我，滿臉困惑。但是過了一會兒之後，他在另一個木條箱坐下，和我一起遙望外頭的樹林。我體內的冰點和真實世界的寒氣融為一體，讓我的反應變得遲緩。和他併肩坐在這裡，似乎是件很自然的事。

當然，安撫死者是我應該做的工作。

「我忘了你有可能被派到這兒來。」我說。

「我差點就來不了。我搭的飛機在四小時前才在丹佛機場降落。」他低頭看著自己的手，彷彿不認得它們似的。「最後一個到達，卻是第一個被打死的。」

我點點頭。「時機決定一切。要是錯過飛機，所有的事都會不一樣。」

「妳知道嗎？我還真的差一點就錯過飛機了，可是難得的是去洛杉磯機場的路上居然沒有塞車。」他短短地苦笑了兩聲。「也許我是有一點跑得太快了。」

「不要責備自己，雷宜斯探員。每個人都會責備自己。」

他看著我。「妳還好嗎？莉琪？」

「只是覺得冷。」

「冷？所以妳並沒有……和我一樣，對吧？可是，妳看得見我？」

我搖搖頭。「在達拉斯槍擊事件之後，我突然可以看到鬼了。它改變了我，這成了我的新的天職。」

雷宜斯探員想了一會兒。「妳做這個工作似乎有點太年輕了。」

我點頭表示完全同意，真希望我能再回到十一歲，不知道世界是怎麼運作的。不知道壞人的事，不知道死亡的祕密，甚至不知道爸爸就快要拋棄我們了。

可是我沒辦法回去。

「我相信我應該要引導亡魂。我還不確定我到底該怎麼做，不過我會試著幫助你。雖然也許……你可以先幫助我嗎？」

「當然，莉琪。我一直想要幫妳，一直想為妳做更多的事。」

「我想我明白。」隔了好一會兒，我才能再開口。「我的朋友也在這裡，另一個引魂使者，而他受傷了。他們一定將他抬去有醫生的帳篷了。」

「我剛剛才在醫護隊的帳篷。」雷宜斯探員指著外頭遠方，在樹林間另一處有光的地方。「除非他們用直升機把他送走，否則妳的朋友應該會在那兒。我帶妳去。」

他伸出一隻手，握住它的同時，我讓自己跨界。另一邊的世界沒有真實世界那麼冷，而且現在我還有個鬼朋友可以幫忙帶路。

雷宜斯特別探員和我在醫療帳篷裡找到亞瑪，他的雙手被銬在擔架床的金屬桿上。他的臉色仍然灰白，一袋血漿掛在床邊的點滴架上。他的傷口被匆忙地包紮過，黑色縫線從白色繃帶的兩側探出頭來。

可是他睜開了雙眼。「莉琪。」

我往前跨了一步，握住他的手，說不出話來。在那一瞬間，我好激動，激動到差點被彈回真實世界。醫療帳篷裡全是受傷的聯邦探員和被上了手銬的邪教成員。兩具蓋上白床單的屍體放在角落。雷宜斯探員不禁轉頭凝視它們。

「謝謝妳救了我。」亞瑪說。

我忍不住乾笑兩聲。「你忘了是我把你領進陷阱裡的。」

他搖搖頭。「那是我的錯。我們現在扯平了。」

一個醫護人員靠過來，大概是在懷疑為什麼亞瑪要自言自語。她用手電筒檢查他的瞳孔，確認點滴袋，然後測量他的脈搏，亞瑪閉上了嘴。

「妳已經習慣當個隱形人了嗎？」雷宜斯探員問我。

「差不多習慣了。」我瞪著亞瑪。他在達拉斯機場救過我，現在我又救了他，可是因為我的愚蠢，害死了三個他在重生世界裡的子民。我一點都不覺得我們扯平了。

醫護人員轉身離開。

「醫師說過什麼嗎？你會沒事吧？」

「他們沒對我說什麼。」亞瑪搖了搖被銬在床架上的手。「顯然我相當不受歡迎。」

「我代表聯邦調查局向你道歉。」雷宜斯探員露出非常抱歉的樣子。「恐怕我們局裡沒有訂立和引靈使者應對的標準程序。」

「我不會在這裡待太久的。」他的視線轉回我身上。「我必須回去保護我的城市。」

「當然。」我小聲回應。失去亞瑪的守護，他的人民根本沒有抵抗掠食者的能力。「有什麼我可以幫忙的嗎？」

他虛弱地點點頭。「需要的時候，亞蜜會呼喚你。」

我懷疑雷宜斯探員聽到我們怪異的對話不知道會怎麼想，卻只見到他瞪著角落覆蓋白床單的屍體發愣。

我轉頭回去看著亞瑪。「我不怕漢姆林先生。」

「妳用不著怕他，我相信他很喜歡妳。」

我忘了呼吸。亞瑪聽得出來當我告訴漢姆林先生我想向他學習時，我是認真的。那個抓走他的子民的老頭。

「我知道他是壞人。」

「從怪物身上還是可以學到不少東西，莉琪。我之前實在不算是個好老師。」

「請不要使用過去式。你不會死的！」

「不，可是現在我必須待在我的城市裡，那個掠食者不會放過我的人民的。」

「你是說……你必須一直待在那兒嗎？」

「只要我一離開，他就會來掠食。」

我搖搖頭，突然間明白我們在一起度過的時光，不管是在陡峭的山頂或強風吹襲的海島，都是那麼的珍貴。

「我妹妹說得對。」他說：「我最近太偷懶了。」

我嚥下梗在喉嚨的大石頭。「我可以偶爾去看你嗎？」

「莉琪，妳不只可以偶爾來看我。妳可以搬來和我們住在一起。」他俊美的臉龐慢慢浮起一抹燦爛的笑容，可是我卻不知道該怎麼回答。

亞瑪的城市很壯觀華麗，但也很寂靜灰暗，而我的體內卻已經冷得不得了。我可以想像自己居住在重生世界裡，無時無刻聞著空氣中的鐵鏽血腥味。畢竟死亡打從我出了娘胎就如影隨形地跟著我，更別提現在我又成了殺人犯。

久住在重生世界裡對我會產生什麼影響？我會不會忘了陽光照在皮膚上是什麼感覺？或者開始聽見每塊石頭傳出的亡者聲音？

在我原本的計畫裡，今晚有好多事我想對亞瑪傾訴，可是卻一直找不到適當的時間。愈來愈多的傷者被抬進醫療帳篷裡，我們的周圍也就愈來愈喧譁。

我伸出手，輕撫他的臉頰。只是現在他在真實世界，而我在另一邊的世界，碰觸他所引起的火光一閃即逝。

「我媽需要我。」

「慢慢來，妳和我之間不急。」他說。

當然不急。亞瑪計畫要長生不老。他可以等上一百年，直到我媽成了遙遠的記憶，直到我所有的朋友全走到生命盡頭。

可是我不能等他。我無法等上一百年，甚至等上一百天。從什麼時候開始，愛情成了你不會想飛身投入的東西？我傾身吻他，即使隔著兩邊世界的面紗，他嘴唇上的火花依然存在。

可是在我挺直身體時，他驚訝地倒吸了一口氣。

「莉琪，出了什麼事？」

「什麼意思？」

「妳做了某件事。」他的聲音變得沙啞而微弱，醫療帳篷裡此起彼落的大叫和奔忙填補了我們之間的沈默。

他知道了。那個吻，他發覺了我的不同。

「那個壞人。我回去他的房子。」

亞瑪搖搖頭，臉上灰白，彷彿傷口突然又開始流血似的。

「他留住了那些小女孩。而他的記憶殘留在明蒂的心裡，讓她一天到晚恐懼害怕。可是我解決了問題。他已經不在了，被切成碎片了。」

「被那個掠食者切成碎片嗎？」

「對，漢姆林先生切的。」我低頭瞪著骯髒的地面。醫療帳篷裡的暖氣融化了冰凍的大地，水氣在我腳下閃閃發光。「可是動手殺他的是我。」

亞瑪閉上雙眼，滿臉痛苦，身體彷彿正在發出劇烈而苦澀的呻吟。

亞瑪從我身上嘗到了謀殺。

我成了發出血腥味、傳出亡靈聲音的石頭之一。就像世界上除了那個在南太平洋的新月小島之外的每個東西，全都受到死亡的汙染。

「你從來沒有殺過任何人，是不是？」我問。

「當然沒有。」他睜開雙眼，泛著淚光。「妳還不懂嗎？莉琪？無論之後發生了什麼，生命都是無價的。」

我沈默地站在那兒。事實上，我的瀕死經驗確實讓我明白了生命的寶貴，但問題是它同時也教會我太多其他的事。現在所有的事全在我的腦子裡混成一團，怪異規則和出乎意料的恐懼全攪在一起。到了最後，我的怒火壓過其他我學會的事，讓我衝動行事。

在漫長的幾千年裡，亞瑪沒害過一個人，而我變成賽可旁波斯才一個月，居然就出手取人性命。

「對不起。」我說。

亞瑪對我投來最後震驚的一眼，然後將頭轉開。

「妳應該去幫助亞蜜了。」

「當然。」我願意為他做任何事。可是當我閉上眼，聆聽另一邊世界靜止的空氣時，卻什麼都沒聽到。「只是……她還沒有呼喚我。」

「她很快就會叫妳的。」他又閉上雙眼，結束了我們之間的談話。

我從他的擔架往後退了一步。一個醫護人員匆忙跑過我身邊，奔向剛被抬進帳篷的受傷探員。在她穿過我時，我感覺到她的熱情、她想拯救生命的決心。

我轉頭不再看亞瑪，快步往外頭走。

犯下謀殺罪比把他的名字說出去更糟，因為它改變了我。他一直在追求的，不過是想在死亡的包圍中喘一口氣。就算是在山頂上待幾個小時也好，就算在我們接吻時忘情幾分鐘也好，可是現在我們之間卻已經被我毀了。

「莉琪。」雷宜斯探員跟著我走出醫療帳篷。「妳沒事吧？」

我點點頭，繼續往前走。

「妳的朋友，我聽到醫護人員在交談，說他只需要輸點血就會沒事的。」

「謝謝你。」我的聲音哽咽。

雷宜斯探員擋在我面前，讓我不得不停下來。「我聽到妳對他說的話，關於那個壞人的事。那才是真正的原因，對吧？」

我的思緒紛亂，想了一會兒才明白他指的是我打電話給他的原因，不是瓦伊特爾納河把我送來這裡的原因，不是這場槍戰將我帶來科羅拉多的原因。

「對，我打電話給你問關於連續殺人犯的事就是為了他。」

他點點頭。「所以那不是假設性問題。」

他鎮定地凝視我，灰色的眼神太過敏銳了，害我不得不把頭轉開。「我猜你現在已經不是聯邦調查局探員了，對吧？」

「沒錯。調查局不僱用鬼魂。」

我點點頭。「嗯，有一個連續殺人魔，我幫著把他砍成碎片。」

「那也是妳的新使命之一嗎？莉琪？為死者報仇？」

我搖搖頭。我沒有什麼使命，沒有目標。我不是女戰神，也不是引魂使者。現在的我只想回家。「那只是個錯誤，非常糟糕的錯誤。不過沒關係的。我的指紋留在兇器上頭，而且我還在他家門口傳發簡訊。他們會逮住我的。」

在那一瞬間，我真的想被抓，被處罰，但不是為了我對那個壞人所做的事，而是為了我加諸在亞瑪身上的痛苦，為了我對我們的感情所做出的破壞。

雷宜斯特別探員握住我的手，露出傷心但堅定的表情。

「我們沒辦法抓住每一個人。」他說。

我整夜都待在另一邊的世界，不吃不睡，麻木地等著亞蜜呼喚我。明蒂精神抖擻，帶著我在社區裡觀光，興奮地將她這幾年來偷聽到的八卦告訴我。她沒注意到我變得有多安靜。

對我殺了壞人後她個性上的改變，讓我感到有些不安，甚至覺得不大真實，彷彿她最深沈的內在突然間完全被抹得乾乾淨淨。

彷彿她不再是個人。

時間一分一秒過去，天就快亮了，我不禁開始擔心起亞蜜。我知道她不大喜歡我，可是我卻是唯一一個能幫她守護她哥哥的城市的人。為什麼她到現在還沒呼喚我呢？

好幾千年前，她年紀輕輕地就緩慢而痛苦地死在動物墳場中。也許漢姆林先生會想要她的記憶，說不定已經把她抓走了。

我考慮著是不是該回到科羅拉多州，告訴亞瑪她還沒有呼喚我。可是如果他知道自己的妹妹有危險，一定會馬上離開，不願再接受治療。我不願去想像他一臉灰白、滿是縫線、沒有血色地捍衛他子民的樣子，不願去想像他成了灰色宮殿裡的殭屍之王。

但是，終於在安德森家的前院出現曙光時，我聽到了另一邊世界的風聲帶來了微弱的呼喚。

「伊莉莎白・史考菲爾德……快來。」

是亞蜜的聲音。她沒像第一次呼喚我時那樣說：「我需要妳。」這一次，不是請求，而是命令。

我毫不猶豫地沈入瓦伊特爾納河，甚至來不及向明蒂說再見。旅程很短卻狂風巨浪，比我第一次進到重生世界時快很多。當瓦伊特爾納河的黑油從我眼前移開時，我見到的卻不是灰色的宮殿和紅色的天空。而是太過熟悉的帕拉阿圖街道。

亞蜜站在壞人住宅的前院等我。五個小女孩站了好久好久的彎曲矮樹就在她身後。突然沒看到她們，感覺很奇怪。

「妳在幹什麼？」我問。「為什麼會出現在這裡？」

「我有消息要告訴妳。」亞蜜雙腳交叉在草地上坐下。「過來和我坐在一起，女孩。」

我往前跨了幾步，但沒有坐下。

「用不著害怕，伊莉莎白。不過是泥土罷了。」

「妳知道下面埋了什麼嗎？」

「哪一塊土地沒有埋過死人？」亞蜜撫摸著綠色的草地。「地球本來就是個大墳場。」

我猜她說得沒錯，可是我還是堅持站著。我曾經用手發瘋似地挖掘出的洞已經被填回去了。

「亞蜜，妳做了什麼？」

「我們埋葬了過去。」

我往後退一步，抬頭看著房子。房子最前面臥室的兩扇窗戶惡意地回瞪我。「妳把那個……壞人埋了？」

亞蜜嘆了一口氣。「別蠢了，伊莉莎白。他太重了。而且如果警方發現他被埋了，反而會引起更多懷疑。」

「太重了？可是妳是個鬼，妳根本什麼都拿不動啊！」

「我當然什麼都拿不動。」她將放在膝蓋上的雙手手掌張開，彷彿正在冥想。「漢姆林先生幫了很大的忙。」

我的心跳立刻加速。「漢姆林先生？」

「坐下，女孩。妳的臉色看起來很差。」

我終於順從地坐下，我是真的覺得不大舒服。

「妳離開亞瑪杰後，我哥哥呼喚我趕去他身邊。」亞蜜開始說：「好像是妳從掠食者的手上救了他，是吧？」

「呃……不客氣。」

她揚起一邊眉毛，繼續說：「他告訴我趕快回家，然後呼喚妳下來保護我們的城市。很顯然我沒照他的意思做。科羅拉多州還有任務要完成，亡靈需要引路。」

我低頭看著地面，明白我沒有幫上在槍戰中喪命的鬼魂任何忙。我搞砸了那麼多事，現在還成了一個超級不稱職的賽可旁波斯。

「有個聯邦調查局的探員。」我說：「艾林安・雷宜斯。妳幫助他了嗎？」

亞蜜露出笑容。「我們彼此幫助。他告訴我妳做了什麼好事，居然把一個人切成碎片。很明顯，那個掠食者一定助了妳一臂之力。所以回到我們的城市後，我耐心等著，果然他很快就來了，想抓走我們的孩子。」

「可是為什麼他不乾脆……」亞蜜將手用力壓在我手上，我沒把話說完。「對不起，請繼續說。」

她重新將膝蓋上的裙子皺褶整理好。「很幸運的，漢姆林先生不是個性急的人，所以我還能好好地對他解釋，雷宜斯探員告訴我的事。關於妳的指紋、手機傳送的簡訊、犯下的無能錯誤。」

我瞪著她。「妳知道這是我第一次犯案。」

「妳做得雖然蠢，但是還滿有用的，伊莉莎白。我說服漢姆林先生，讓他明白如果警察發現妳犯下的罪，那麼妳就只能逃到重生世界和我哥住在一起。」她慢慢地搖了搖頭。「我們兩個都不想見到這種事發生。」

我搖頭表示不解。「這關漢姆林先生什麼事？」

「用一下妳的腦袋好不好？如果妳搬到重生世界長住，哥哥就沒有理由會離開他的城市。只要他一直守在城裡，掠食者就失去了偷獵的機會。」

「所以漢姆林先生幫我消滅罪證，希望我會繼續讓亞瑪分心？」

「完全正確。」亞蜜又露出微笑。「但是我很清楚哥哥會待在需要他的地方，因為他愛他的子民比愛妳更深。」

我沒有回答。在他知道我做了什麼之後，說不定她才是對的。

我的眼角瞄到一隻貓，是那隻住在附近前幾次遇上的貓，牠正睜大眼睛看著我們。牠以狩獵的姿勢蹲伏在其中一棵小樹後，前爪和胸膛貼在地面，後半身舉高，肌肉繃緊，一副準備好要跳起來的樣子。可是牠卻像被定格似的，只是待在那兒，沒有靠近我們。

我看著凹凸不平的地面。「漢姆林先生在這裡埋了什麼？」

「幾瓶被打破的藥罐子，他掙扎過的證據。等警察找到妳的被害人時，他就成了一個在睡夢中心臟病發的老人，從床上滾下來，重重地摔到地面。沒什麼值得調查的。即使他們想採集指紋，漢姆林先生也已經把鐵鏟擦拭得乾乾淨淨。他和我打賭，看我哥哥是會選擇他的子民，還是選擇妳。」亞蜜嘆了口氣。「漢姆林先生似乎對妳很有信心，我真不知道為什麼。」

我瞪著她。「為什麼他要和妳打賭？為什麼他不乾脆……吃掉妳就好了？」

「他的品味很特殊。」她伸出一隻手，讓我看她灰色皮膚上留下的一道新月形狀的疤痕。我記得她死前被動物的骨頭割傷了。「我死時確實還小，可是死亡的過程卻異常痛苦。」

「是的。我很遺憾。」

她點點頭，彷彿我這麼說是理所當然的。然後她伸出手，撫摸我臉頰上的淚滴形疤痕。她的指尖帶著火花，像靜電一樣，感覺比她哥哥身上的火花更兇猛、更有侵略性。

「妳走了一段很不幸的路，伊莉莎白。」

「我並沒有任何選擇。」

「妳確實有少數的選擇權。」亞蜜輕輕地嘆了一口氣。「有時候我真懷疑哥哥跟著我走是不是對的。我的父母在同一天失去了兩個孩子。」

「可是妳現在卻想要他留在妳身邊？」

「亞瑪大人選擇了他的命運。」她站起來。「妳也要做出選擇，莉琪。生命是無價的。」她的手指發出啪的一聲，黑色的油濺落在我們四周，像黑色的鑽石閃閃發光。

在她離開之前，我說：「妳大概是對的。他不會拋下妳，或他的子民。至少，不會是為了我。」

亞蜜瞪著我好一會兒，然後聳聳肩才開始往下沈。

「如果我確定我的答案是對的，那就不會是個公平的賭局了。」

第四十一章

一開始非常緩慢，電腦螢幕在漫漫長日裡始終一片空白。可是黛西強迫自己坐在書桌前，一小時接著一小時，直到字句終於逐漸出現。它們像是從水管的裂縫一滴一滴地落下，然後速度不斷加快，直到幾乎每天都能完成好幾個章節。她恢復到十八個月前那個改變她命運的十一月的寫作速度，然後不可思議地超越當時。

《未命名的帕特爾》真的是她的嘔心瀝血之作。她耗盡全部心力，忘了自己的悲劇，完完全全地投入在莉琪和一個被誤認身分的鬼魂的後續故事裡。黛西忘情地迷失在場景、句型、分號中，在情節、衝突和角色裡，故事內的每一項元素在紙頁間相互競爭、廝殺著想為自己爭取最多的分量。她會在半夜跳下床寫作，不是因為害怕會忘了靈感，而是因為如果她不把它們寫下來，腦子可能會被塞爆。就連十九歲的生日當天她依然寫個不停，差一點忘了那天是她自己的生日。

一個月很快過去了，在忙碌的寫作中，她幾乎不大去想起她失去的生活重心，忘了應該坐在她對面的椅子上的人。她還是一樣愛吃日本店裡的拉麵，還是不將錢和其他生活細節放在心上。到了五月中旬，她發現她居然已經寫完第二本小說——《重生世界》續集的初稿。雖然用字遣詞還不夠完美，結局也寫得很凌亂，甚至還沒想到一個好書名，不過反正她有足夠的時間一一改正。

以黛西的眼光來看，它已經很接近成品了，她甚至安排了不少扣人心弦的橋段。終於趕在美國國際書展前一星期，將初稿寄給莫喜・恩德布瑞基，然後倒頭大睡七天七夜。

這兒的書全部免費。這兒是魔法的世界。這兒簡直大得不得了。

黛西很早就醒來，對今天要在美國國際書展舉辦的試讀本簽書會，也就是《重生世界》的第一場公開活動，感到非常焦慮。當司機開著車子將她載往上城，在賈維茲展覽中心門口放她下車時，她更是緊張到了極點。

裡頭的大廳超級遼闊，到處都是人群交頭接耳的嗡嗡聲。頭上的天花板足足有一百英尺高，三萬個書商、圖書館員、出版從業員來來往往。黛西頓時覺得自己好渺小、好不知所措。

可是，這兒的書全都不要錢。

有些書只擺出二十本。有些書的數量多到像一座足以藏身的堡壘。有些書是只要你稍微表現一點興趣就會立刻塞進你手裡。有些書則被排成螺旋狀，漂亮到讓人幾乎捨不得破壞，幾乎。最後大家當然還是伸手拿了。

在她簽書會預定開始的半個小時前，黛西帶來的大袋子就已經裝滿，她不禁咒罵自己太沒經驗了。她不該只帶一個空的大袋子來的。她應該在大袋子裡裝滿許多個大袋子才對。

問題是，即使她真的那麼做了，她要怎麼把書搬回家？要怎樣才能將所有的書讀完？

但是，這兒的書是免費的。不只有她過去一年來從認識的青少年作家那兒拿到的小說，還有歷史小說、食譜、經典羅曼史、懸疑小說、科幻小說，甚至漫畫繪本。所有的書都還要好幾個月才會上市，而且全都有著迷人的剛出廠的印刷書香。

等到她接到蕾亞的電話叫她趕快回悖論出版社的攤位時，她幾乎已經忘了要緊張了。

簽書會全集中在巨型大廳的一端，現場早就拉好繩子，引導幾百個人排隊走向一長排的作者攤位。每一條走道上都掛著大大的號碼牌，讓混亂的大批群眾知道自己該往哪個方向走。

新銳作家黛西・帕特爾在第十七號走道為她的第一本小說《重生世界》簽名。蕾亞拉著她走進簽名區，並且好心地將裝滿免費書籍的大袋子藏在悖論的攤位桌子下。黛西在想，不知道她能不能偷偷拿幾個那種大袋子。

「妳的左、右兩側都是自費出版的愛情小說家。」蕾亞對她說：「她們的隊伍會很長，不過不會失控。妳本來的位子被排在寫了自我成長書籍的前童星隔壁，不過我們想辦法將妳移開了。」

「因為排在他前面的人會多到讓我無地自容嗎？」黛西問。

蕾亞搖搖頭。「我們只是不喜歡將公司的作者排在電影明星隔壁。太亂了。每個人的注意力都會被分散！」

她領著黛西走進巨型的黑色帘子後，來到簽書區的後台。到處堆滿了一疊一疊的書。她們走向十七號走道的出口時，一輛舉著大箱子的堆高機經過她們身邊。黛西穿著媽媽送她的黑色小洋裝，就是搬來曼哈頓的第一天穿的那件。這件洋裝帶給她不少好運，但在擁擠的後台和搬運工人中卻顯得格格不入。

「好消息：妳的書送來了。」蕾亞指著一堆上頭印著悖論出版社商標和《重生世界——帕特爾》的紙箱子。「簽書時，妳要用什麼筆？」

「呃……」黛西試著回想史坦森前輩去年給過她的忠告。「三菱……之類的？」

「抗壓鋼珠筆？多功能溜溜筆？我個人最喜歡的其實是比克牌的滾針點勝利超細黑色簽字筆。」蕾亞在她的袋子裡翻找。「每種各拿三支吧！再拿一支麥克筆，以防有人要妳簽在海報筒、展覽提袋或身體上。」

「謝謝妳。」黛西順從地接過滿手的筆。

「我們要簽完五箱書，總共一百本。」蕾亞蹲下，用刀片劃過封箱膠帶。紙箱蓋彈開，露出印有琪瑞莉和奧斯卡・拉西特名人推薦的熟悉封面。

黛西在蕾亞身旁蹲下。一本試讀本在一星期前已經被快遞到4E公寓，不過看到這麼多本她的小說，還是讓她既吃驚又感動。雖然還要四個多月才會是九月二十三日的正式上市日，但正因如此，這些試讀本才更顯珍貴。她看到每本書上都印了「非賣品」。

「總共一百本嗎？」

「對。所以差不多是每三十秒一個人。」

黛西抬頭望著蕾亞。「會有那麼多人來找我簽名嗎？我的意思是，沒有人聽過我啊！」

「許多人下載了專業試讀本。論壇的反應也很熱烈。」蕾亞微笑。「而且，再怎麼說，這些書又不用錢。」

黛西吞下一口口水。要是我們免費送書，還是沒人要來，該怎麼辦呢？

時間到了，黛西發現她已經來到黑色帘子前，坐在一把放在簽名桌後高得不得了的椅子上。蕾亞站在她身旁，將《重生世界》堆在桌子上。黛西面前真的有一排人在等著要她簽名。

可是隊伍並不長，大約只有二十五個人。反正絕對沒有一百個。

「準備好了嗎？」蕾亞問。黛西麻木地點點頭。

奇怪的是，他們之中居然有很多人已經看完了《重生世界》。

「我在第一天就下載了專業試讀本。」一個來自威斯康辛州的圖書館管理員說：「我的學生們超愛任何有關恐怖攻擊的情節。妳可以在上面寫：『恭喜你贏得比賽』嗎？」

「第一章寫得太棒了。」一位緬因州的書店主人說：「可是我真希望妳多寫一點關於邪教組織的事。妳知道嗎？它們已經成了當今美國的大問題了！」

「我好喜歡靈異愛情故事。」一個住在布魯克林的部落客告訴她。「莉琪應該和那個聯邦調查局的探員在一起的，尤其是他死了之後，因為他會死多少也是她的錯。」

她得到了許多建議和批評，還有不少禮貌性的讚美。沒想到讀者的反應居然如此多樣化，千奇百怪，什麼都有。

「妳還要出續集，對吧？」來自德州的書店老闆問。「莉琪和明蒂應該一起偵查別的鬼的謀殺案。想想看那會有多可愛啊！」

黛西微笑，不管人家說什麼一律點頭，然後用她練習了一個星期的新字體在書頁上簽下自己的名字。大大的「D」斜傾在印著書名的內頁上，驕傲而流線地往外延伸。

但在展覽館裡簽書就是公事公辦，感覺不到史坦森的簽書會上的魔力、熱情和愛戴。當然黛西還沒贏得那種程度的榮耀，只不過她實在有點等不及真正的青少年開始讀她的小說。他們才是她的目標市場。她想要感受那股閱讀的狂熱。

排隊的人不夠多。黛西開始簽名後不到二十分鐘就消化掉所有等待的人。她試著和最後一個人聊天，拖延他的時間。可是他堅持只要簽名，連送給誰都不要寫，然後在黛西簽完名之後，頭也不回地走了。黛西和蕾亞面面相覷，一時之間不知該說些什麼。

「真慘。我是不是該偷偷溜走？」

「當然不行。只是妳不要簽得這麼快。等一下就會有更多人來。大家要完第一個作家的簽名後會從其他走道過來。」蕾亞微笑。「事實上，現在就來了兩個！」

是安妮和愛斯莉，黛西的初登場姐妹。她們兩個穿著一模一樣的T恤，上頭印著：「2014！」愛斯莉臉上的微笑有點尷尬。「我的書被延期了，明年春天才會上市。我再也不是妳們的初登場姐妹了。」

安妮攬住她的肩膀，安慰她。「我已經告訴妳了，妳還是可以穿這件T恤的。」

「真是遺憾。」黛西說：「可是謝謝妳把《血紅世界》寄給我。我好喜歡裡頭複雜的政治鬥爭。尤其是火星上的場景安排！地心引力較低真的會那樣嗎？」

「希望如此。」愛斯莉瞪著黛西桌上的一大疊書。「妳的簽書會還好嗎？一定有很多人來吧？」

「還可以。」黛西說：「不過每個人都很親切。」

「妳的書封面設計得超美的。」安妮一邊拿起一本《重生世界》，一邊說：「我好喜歡這個裊裊上升的白煙。」

「淚滴形狀成了最新的經典。」愛斯莉加上一句。

「謝謝妳們。」黛西在想不知道她們的書封設計定案了沒有。過去兩個月來，她沒有追蹤封面新聞，也沒有進行和安妮說好的訪問，更沒在Tumblr更新任何東西。她是個糟糕的初登場姐妹，突然間她很想彌補一切。於是她說：「對了！我十九歲。」

「我猜對了！」愛斯莉興奮地跳起舞來。「得分！」

她看起來好開心，所以黛西沒有戳破她在初登場姐妹打賭時，自己其實才十八歲。她只是微笑地在她們的《重生世界》試讀本上簽了名。

她們才離開，便看到琪瑞莉・泰勒和奧斯卡・拉西特順著迂迴的排隊路線走過來。

「有人告訴我這裡有一本印度死神小說，是不是？」琪瑞莉朝她大喊。「真的有這種事嗎？」

黛西大笑。自從琪瑞莉幫她寫了名人推薦後，她們就沒再見過面了。「真的有這種事喔！而且還可以免費送給名作家呢！」

「好玩嗎？」奧斯卡問。

「一開始時還不錯，可是後來生意就變得不大好了。」

「等一下就會有更多人來了。」琪瑞莉說：「現在那一頭有個非常強而有力的競爭對手。」

「妳是指那個前童星嗎？」蕾亞鎖起眉頭。「我妹妹和我小時候超討厭他的節目。」

「不是他。」琪瑞莉說。她的臉上帶著神祕的微笑。「不要擔心，我已經把妳在這兒簽書的消息放上推特了，待會兒妳就會忙得不可開交。」

蕾亞翻開印著書名的內頁，將書推到黛西面前。突然間，黛西手上的三菱抗壓鋼珠筆變得好突兀、好沈重。

「琪—瑞—」琪瑞莉開始念出她名字的拼法。

「噓……」奧斯卡說：「她在思考。」

感覺簡直不像是真的。黛西看見她腦袋裡的閃光，翻譯之後的意思大概是「噢，怎麼可能，我正在幫琪瑞莉．泰勒簽書」。可是，除了轟隆隆的耳鳴，她緊張得什麼都聽不見、看不到。

攤在她面前的書是真的，琪瑞莉站在那兒等著她簽名是真的，群眾的噪音和剛印刷好的書香全是真的。黛西．帕特爾現在成了有作品上市的作家了。

「嗯，這樣感覺有點奇怪……」過了一會兒後，琪瑞莉說。

「不要理她。」奧斯卡安慰她。「不要急，慢慢來。」

突然間，黛西知道她要寫什麼了。

謝謝妳讓我做了那麼多紅色泥漿的噩夢。

然後她以花體字簽了名，接過蕾亞遞過來的、要給奧斯卡的書。

寫作是條寂寞的路，但聚會喝酒卻快樂極了！

他們兩個很親切地表示欣賞她寫的題字，而且很好心地留在那兒直到又有人開始排隊。不少人是從別的走道過來的，還有五、六個是看到琪瑞莉的推特而來的。很快的，黛西又忙著簽書了，但這次她特別謹慎地控制時間，停下來和每個要簽名的人講幾句話，至少等到又有人在排隊時才結束交談。隊伍慢慢地被消化，轉眼間一個小時就到了，蕾亞迅速地收拾起桌面上的東西。

「做得好！」她說：「我們只剩一箱半的書了。」

黛西很驚訝。她不覺得來的人有七十個之多，可是右手確實非常痠痛。

「嘿！又來了兩個。妳幫他們簽名，我來收拾就好。」蕾亞放了兩本書在桌上，開始用腳背將剩下的裝書箱子推進黑色大帘子後頭。

黛西抬頭，居然是卡拉和賽根。

「你們兩個是從哪兒冒出來的？」

「從我們的宿舍，從我們住的地方。」賽根說：「我們今天早上決定搭灰狗巴士進城。」

「灰狗巴士！」卡拉大叫。她的胸前抱著十多本書。

「你們怎麼能夠進來？」

「伊莫珍從悖論拿了兩張通行證給我們。」賽根說：「確保妳在第一次簽書會時，會有熟悉可靠的朋友在一旁支持。」

「抱歉我們遲到了。」卡拉說：「可是，這地方所有的書都不要錢實在是太吸引人了！」

「等一下。伊莫珍讓你們進來的？」黛西眨眨眼。她沒有細看活動時間表，可是伊莫珍當然也會在這裡出現。黛西發現在日子過得很忙碌時，她可以好幾個小時不去想她破裂的心，感覺真是奇怪。

「妳幹什麼哭喪著臉？」卡拉問。

「她沒有來我的簽書會。」

「當然嘍！福爾摩斯。」卡拉從她的書堆中拉出一本書。封面是一隻好大的黑貓，貓的雙眼閃著熟悉的火紅亮光。「她在二號走道忙得要死。那就是為什麼我們會遲到。」

「真的嗎？」

「我們想先去向她道謝。」賽根說：「可是她簽名的隊伍排得超級長的！我們等了好久好久才見到她。」

黛西從卡拉手上接過《竊盜師》的試讀本。她在快一年前讀過它的第一版初稿，可是從來沒見過封面。

「我忘了這本書也會在書展出現。我有沒有告訴過你們，我是怎麼——」

「幫它命名的？」卡拉和賽根異口同聲地說，然後不約而同地爆出笑聲。

「你們兩個太爛了。」

「噢？真的嗎？」卡拉一把搶回《竊盜師》試讀本。「那是妳最近都不和我們聯絡的原因嗎？」

「最近我埋首寫作，像瘋子一樣。我已經寫完續集的初稿了！」

「一個月內寫完？」賽根說：「哇！那不是高中生黛西才會做的事嗎？」

「所以，妳接下來有什麼計畫？」卡拉問。

「不用說，當然是陪你們兩個嘍！不過我得先去參加悖論出版社的派對。」

「我不是問今天。」卡拉說：「我問的是將來。妳要去歐柏林文理學院上大學嗎？還是繼續在紐約待下去？」

「對啊！」賽根接著說：「妳一直沒告訴我們，妳要怎麼處理公寓的續約問題。」

「噢……」黛西輕聲說：「我根本忘記要續約了。」

「那麼，七月一日妳就會被踢出去嗎？」

「我猜是吧！」過去一個月裡，不管是她的公寓租約或未來計畫對黛西來說都不重要。光是寫完《未命名的帕特爾》的第一版初稿和應付洗衣、清潔、繳費等非做不可的瑣事，就已經消耗掉她所有的心力和靈魂。

「真棒！」卡拉大笑著說：「我很高興獨立生活將妳訓練得這麼成熟。」

黛西嘆了一口氣。在4E公寓獨居時，她很努力地試著要長大成熟。可是，也許她註定了就是無法當個負責任的大人。

她翻開桌上其中一本《重生世界》。「不如我在上面寫：『你高中時代最好的朋友贈。謝謝所有關於成熟的忠告』，聽起來如何？」

「爛死了！」卡拉和賽根齊聲反對。

「你們兩個一定要改掉這個壞習慣，老像恐怖片裡令人發毛的雙胞胎不時講一模一樣的話。」

「我知道了。」卡拉說：「要不然妳可以寫——」

「不！我現在是題字簽名專家了，我來就好。」黛西靜靜想了幾秒鐘，然後舉起筆來。

沒有了你們，閱讀就少了一半的樂趣。

她在另一本也寫了同一句話，遞給賽根。

「時間到！」蕾亞從她身後冒出來。「下一個作家在等了。還有，派對半小時後就要開始了。」

「好的。」黛西跳下現在屬於另一個人的座椅。

「對了，我們今晚可以住在妳家嗎？」卡拉問。

「那還用說，待會兒見了。」黛西一邊說，一邊將鑰匙放進卡拉手裡。

雖然悖論出版社的派對場地離展覽館只要三十分鐘腳程，可是天氣很熱，而寬闊的第九大道一點樹蔭都沒有。當她和蕾亞終於抵達酒吧時，她在黑色小洋裝裡早已汗流浹背了。

「健力士黑啤酒，對吧？」蕾亞一邊走，一邊問。

「對，謝謝！」黛西對著她的背影喊。還好酒吧裡很陰涼，但是她還是很需要喝一杯。餐廳裡擠滿了悖論的作家、編輯，還有廣告部、行銷部和銷售部的職員。所有的人對她的未來都很重要，可是十個裡面有九個她都不認識。還好她的運氣不錯，大家身上的書展識別證都還沒拿下來。

但是她只是在群眾邊緣徘徊。剛結束一個小時的簽書會，要再和更多陌生人聊天，需要一點時間做好心理準備。黛西發現自己的眼光不時望向餐廳大門，暗自思忖伊莫珍什麼時候才會來。她不會為了不想見前女友，就不來參加自家出版社的派對吧？

「黛西！妳的簽書會還好嗎？」莫喜・恩德布瑞基從房間的另一頭走過來。

黛西有點膽怯。自從送出《未命名的帕特爾》的初稿後，她就一直在想會不會寫得太潦草、太混亂。莫喜到現在都沒回應，看起來實在不是個好兆頭。

「還不錯吧！我猜。差不多來了六十個人。」

「七十三！」蕾亞將一杯冰涼的健力士塞進黛西手裡，不等她道謝就忙著更正。

「以第一次簽書會來說，算很不錯了。」莫喜說。

「是比我預期的好，也比我預期的怪。現在，真的有人看過我的小說，真可怕。而且他們還有好多各式各樣的意見呢！」

莫喜大笑。「有意見就表示他們想看續集。對了，續集的雛形相當不錯，我昨晚總算看完了。」

「妳覺得還可以嗎？」黛西喝了口酒壓壓驚。「我還在想妳會不會覺得它有一點……簡陋。」

「簡陋？」莫喜搖搖頭。「它比《重生世界》第一版初稿好多了。妳成熟了不少。」

「妳不是在開玩笑吧？我自己怎麼沒感覺。」

「妳大概不記得《重生世界》最原始的初稿了吧？開頭兩章的那個幼稚重生世界宮殿，還有最後一章亞瑪杰快死時的哭戲？南恩擔心了好一陣子，怕妳沒辦法改寫出一個好結局。」

黛西眨眨眼。「妳怎麼都沒告訴我？」

「嗯……嚇妳可不是我的工作內容之一，親愛的。新手作家需要特別小心的額外呵護。」

「可是，如果南恩那麼擔心，為什麼悖論出版社會願意給我那麼多錢？」

莫喜聳聳肩。「因為他們曉得這本書很可能大賣，而且第一章獲得銷售部門的一致喜愛。」

「他們只喜愛第一章嗎？」

「當然不是。但他們從第一章看出妳很有潛力，所以悖論願意賭一把。現在，他們可開心了。妳的書得到了很大的回響，而且在書展之後，只會有愈來愈多的人注意到這本小說。」莫喜拍拍黛西的肩膀，然後嘆了一口氣。「當然，現在我們大概沒辦法拿到那麼多錢了。時代完全不同了嘛！」

「呃，不過才一年前的事，不是嗎？」

「那麼久了嗎？我的天啊！」莫喜用右手朝自己扇了兩下，喝了一大口左手拿著的馬丁尼。「感覺上妳好像跟著我們一輩子了，黛西。」

黛西微笑。在寫作順利時，她確實也有同樣的感覺。彷彿她出生在紐約，是個道道地地的紐約人。或者，彷彿她是個麵糰，在太陽下的柏油路面發酵膨脹，烘烤成一個完整成熟的小說家。但是，在大多數時候，她仍然覺得自己只是個孩子。

「哈囉！」熟悉的聲音從黛西背後傳來，她轉頭。

不用說，當然是伊莫珍。看得出來她特地為簽書會打扮了，挺直的潔白襯衫，手指上好幾枚戒指閃閃發光。走到這兒的熱氣讓她把黑色西裝外套脫下掛在一邊手臂上，另一隻手則拿著冒汗的冰涼啤酒杯。

黛西的心裡一直希望她能和伊莫珍不期而遇。在中國城的街道上、在地下鐵裡、在她們兩個都喜歡的餐廳裡。在過去的兩個半月，她在腦子裡創造了超過一百個再次相遇時她要向她說什麼的美麗畫面。可是真正遇見了，她說的卻只是：「嗨！」

但伊莫珍似乎很高興聽到她的回應。「妳的簽書會還好嗎？」

「很棒。妳的呢？」

「還不錯。」

「還不錯？卡拉和賽根說等妳簽名的隊伍長得不得了。」黛西大笑，因為她看得出來伊莫珍尷尬的神情不是裝出來的。

「真怪，是不是？就那麼一張照片，卻改變了所有的一切。」

「如果妳的書不夠好，它什麼都改變不了。」黛西說，然後因自己熱切而明顯發抖的語調不知所措。她喝了一口啤酒，重新振作起來。「謝謝妳安排我的朋友混進書展。我甚至不曉得我們可以那樣做。」

伊莫珍也對她微笑。「寫作的超能力，雖然微小，卻很夠力。」

然後兩個人有一陣子都沒再開口，周圍群眾的聊天聲不時傳來，卻無法填補她們之間的沈默。她們身邊似乎築起一道隱形的牆，將她們圍在裡頭不讓任何人來打擾。而莫喜早已溜得不見人影。

「我很喜歡《重生世界》的新結局。」伊莫珍終於打破沈默。

黛西吐出一口大氣，好像憋了好久不敢呼吸似的。「真的嗎？」

「真的。妳把黑暗的氣氛營造得很好。」

「那個星期我的心情很灰暗，所以現實的沮喪完全反應在故事裡了。」

伊莫珍大笑。「而且妳非常勇敢。琪瑞莉・泰勒親口告訴妳寫個喜劇結局，沒想到妳居然不聽。我真為妳感到驕傲。」

黛西睜大眼睛，再閉上眼睛，故意眨眨眼確定她不是在做夢。她真的是在現實的世界裡。事實上，和伊莫珍對談的空間是她現在唯一存在的世界。莫喜對《未命名的帕特爾》的讚美一點都無關緊要了，她在簽書會上聽來的好話也都無所謂了。和伊莫珍剛才說的相較，什麼都不重要了。

「我很高興妳喜歡它。」

「非常的『適度的殘忍』。」

黛西大笑。琪瑞莉居然真的就在她的名人推薦上寫了那五個字，而且堅持行銷部門要原文照登，不得刪改。「說到殘忍，我剛完成了《未命名的帕特爾》的第一版初稿。在一個月內寫完的！」

「太棒了，黛西。」她們舉杯互撞，玻璃發出清脆響亮的聲音。「那段時間，妳什麼都不寫，我真的很擔心妳。不寫作，妳就不再是妳了。」

「是啊，我那時太委靡不振了，以後我不會再犯同樣的錯了。」

她們凝視對方。黛西幾乎忘了餐廳裡還有其他人在。

「《未命名的帕特爾》還是沒有名字嗎？」伊莫珍終於開口。「我記得我好像還欠妳一個書名，是不是？」

「我偷了妳的場景，所以，我猜我們扯平了。」

伊莫珍的微笑還掛在臉上，可是她將視線移開了。「真抱歉我離開了。」

「不過那時妳非走不可。」黛西想繼續說下去，解釋她現在明白了，雖然她還是痛恨兩個人分開的每一分每一秒。她想告訴伊莫珍她要永遠陪在她身邊，而她仍然可以保有自己的祕密，或者獨處的空間。可是以目前的狀況，她想要的這些顯然太多又太快了。而她們的感情從一開始，黛西就有這種要求太高的問題。

所以，她只好說：「《恐懼師》寫得如何了？」

伊莫珍似乎鬆了一口氣。「很順利，快要寫完了。」

「告訴我妳還是用被關在後車廂當開場，不然我們的辛苦就都白費了。」

「當然。我的經紀人現在很喜歡那部分。他說我終於寫出真正的恐懼感了。」

黛西感覺自己在發抖。「我知道妳遲早一定會寫出來的。」

「一旦我想清楚我害怕的是什麼，寫出那種感覺就容易多了。」

「妳什麼都不怕啊！珍。」

伊莫珍一開始沒回答，黛西的心激烈狂跳，彷彿又回到她們倆戀情剛萌芽時。但這一次她可不能再表現得又年輕又愚蠢了。

這時伊莫珍往她的方向跨近一步，她的聲音低到幾乎被派對的喧鬧聲遮住。「結果，我發現我害怕的是妳不等我，妳會放棄我。」

「絕對不會，」黛西馬上回答。「我信任妳，珍。」

「我並沒有要將它當成什麼考驗的意思。我只是想先把我的書寫好，再來處理我們之間的事。但是我承認之前離開妳這麼久，確實是很自私。」

她說了一大串，黛西彷彿只聽到一個字。「妳說『之前』。」

「什麼？」

「妳用了過去式，伊莫珍。妳說『之前離開這麼久，確實是很自私』。妳的意思是，妳不會再離開了嗎？」

伊莫珍點點頭，握住她的手。

「噢。」黛西說，她胸膛裡破碎的心立刻被修補好了。

還有這麼多事要處理，她的公寓、待修改的初稿、災難性的預算，還有亂成一團的大學申請。另外就像妮夏在今早的簡訊裡指出的，她得在等待《重生世界》真正上市的一百一十七天內，維持精神正常，不要發瘋。當然，不能忘記人們也有可能不願意掏錢出來買一個名不見經傳的少女寫的第一本小說。

或許她和伊莫珍在過去的兩個半月裡並沒有改變得那麼多。畢竟在真實的生活中，人們抗拒改變，而且要花好長的時間才會慢慢地一點一點地改變。

伊莫珍仍然需要保有她的祕密。黛西仍然什麼都想要。

「我已經快把錢花光了。」她說。

「突然間，我的書賣得很好。」伊莫珍說。

「再過兩個月，我的公寓就會被收回了。」她說。

「只要在一起，我們什麼地方都可以寫。」伊莫珍說。

「我可能會找個比較便宜的地方上大學。」

「那對妳來說可能是件好事，我會去看妳。」

黛西點點頭。也許不要慌張才是最重要的祕訣。在真實生活裡，就像在寫作和出版給全世界人看的奇怪行業裡，你要做的只是全心全意地面對攤開在眼前的那一頁。

「真抱歉我惹出了這麼多事。」她說。

「沒關係，都解決了。」

「妳不再認為喜劇結局很愚蠢嗎？」

「妳的問題和我們的狀況無關。」伊莫珍說：「這可不是個結局。」

第四十二章

一個星期後，我發現自己又出現在醫院裡。只不過不是在雪地的醫護帳篷裡，而是在洛杉磯醫院明亮潔白的化療病房裡。

媽媽沒在化療。至少，現在還沒有。她的點滴架上掛著一袋鮮血，正在輸入額外的紅血球。在檢驗數據改善之前，這成了她每星期必做的例行公事。在可見的未來充滿了各式治療、檢查和機器。我們明白痊癒之路還相當漫長。

護士弄妥一切後轉身離開，留下我們兩個默默相對。我很努力不去看管子插進媽媽手臂的位置。醫師在她的手臂裝了一小塊塑膠，稱為人工血管，避免每一次需要靜脈注射時都要再開一個新的洞。我不怕針頭，但想到媽媽居然需要在皮膚下放個永久閥門，就讓我冒起雞皮疙瘩。媽媽卻說她很喜歡，因為改裝後讓她覺得自己像個機器生化人。

「不會痛嗎？」我問。

「不大會。最討厭的是，我有好一陣子不能吃紅肉了。」

「嗯，真奇怪。」

「這些紅血球打進去後，我必須小心一點，否則會『鐵質過載』。」媽媽笑出聲音。「聽起來像不像是重金屬搖滾？」

「完全符合妳的風格。」我一邊說，一邊在手機上搜尋素食食譜。「好。我今天晚上就做花椰菜義大利蛋餅，如何？」

「真的嗎？其實我們不一定要吃素，只要不吃紅肉就行了。」

我把螢幕往下拉。「燉羽衣甘藍菜呢？」

「妳想殺了我嗎？羽衣甘藍的鐵質含量比牛肉更高！另外，荷蘭芹也足以致命。」

「哇！『荷蘭芹也足以致命』。我猜荷蘭芹從來沒被人這樣指控過。」為了測試我的理論，我將這句話輸入手機，搜尋結果的第一項叫什麼「荷蘭芹大屠殺」㉖，居然死了兩萬多個人。哎……如果看得夠仔細，幾乎所有的東西都能和死亡扯上關係。

我將手機放下。

另一個病人被推入化療病房。他的年紀比媽媽大多了，一個年輕護士跟著進來。他只剩一點稀疏的頭髮，皮膚緊緊繃在頭骨上。

一個穿著過時碎花洋裝的年輕女孩走在他後頭，她的洋裝褶縫處沒有任何明暗陰影。她似乎沒看到我，也沒注意到我賽可旁波斯散發的微光。她低著頭，帶著一點點笑容，像在嚴肅的儀式中忍住不笑的孩子。

媽媽和我安靜地看著護士將老人安置好。當一切終於就緒時，他戴上耳機，躺下，閉上雙眼。他隨著耳機裡的音樂微微擺動雙手。女鬼一邊看著他，一邊用腳打拍子，彷彿她也聽得到他在播放的音樂似的。

我吸了一大口氣，鎮定下來。「我決定延後一年再上大學。」

媽媽瞪著我，手握成拳頭，手臂上的肌肉緊繃。我看到後有點怕她的靜脈注射管會從皮膚下蹦出來。

「妳不能這麼做，莉琪。」

「我已經做了。」我的語氣很堅持。「我已經打過電話了。」

㉖ Parsley Massacre，一九三七年十月發生在多明尼加的屠殺事件。使用法語的海地人無法用西班牙語正確說出荷蘭芹的名稱，多明尼加軍隊便以此作為辨別，凡是說不出來的就槍斃。

「再打一次！告訴他們妳改變心意了。」

「那麼我就會是在說謊。而且我也沒辦法取消了，他們已經把我的名額讓給備取生了。」

媽媽呻吟。「莉琪，妳沒有必要這麼做。沒有妳的幫忙，我也可以躺在這裡吊點滴。」

「妳不想要我在這裡嗎？」

「我想要妳去上大學！」

「那是妳現在的想法。」我一邊說，一邊在腦子裡準備好我的辯論清單。從收到第一家大學的入學許可，我就開始思考要怎麼和媽媽展開這段對話。「可是一旦開始化療，妳就需要有人開車送妳來往醫院，幫妳記得什麼時候要吃什麼藥。」

她翻了個白眼。「我又不老，我只是生病了。」

「可是部分的治療會影響妳的短期記憶。大多數時間，妳會沒有體力自己煮食。而且我延後入學是因為妳生病，所以學校百分之百保障了我明年的入學名額。別忘了，接下來妳不會有太多收入，所以我明年申請助學貸款就容易多了。所以，不管從哪方面看，這麼做都只有好處。」

她凝望我許久。同房斜對面的病人自顧自地哼著音樂。女鬼雙手放在大腿上，動也不動地坐著。

「妳想得太多了。」媽媽說。

「妳說這句話的意思是在稱讚我的邏輯無懈可擊嗎？」

「我說這句話的意思是在妳想的過程中，應該早點來和我討論。」

「那麼，妳只會叫我完全不要去想。」

媽媽彷彿被打敗似地嘆了一口長長的氣，失神地望著空氣發呆。「好吧！莉琪。可是只能延一年。妳不可以為了我，放棄自己的人生。」

我握住她的手。「媽……這就是人生。在這兒，在這個房間裡，和妳在一起，就是我的人生。」

媽媽環顧四周。一閃一閃的輸血機的小燈泡、天花板的亮晃晃日光燈管、她手臂上的靜脈注射，然後對我做了個滑稽的鬼臉。「太棒了！那麼，人生真是爛透了。」

我沒有和她爭辯。人生確實是爛透了。它是這麼的隨機、這麼的可怕、這麼的容易失去，所以它爛得不得了。人生充滿了邪教組織、精神病患、錯誤的時機和無良的壞人。基本上，人生支離破碎，因為四個混蛋拿著槍就能殺死一整個機場的人；因為妳媽媽的脊椎出了一個用肉眼都看不見的錯，就可能讓她再也無法陪在妳身邊；因為妳在義憤填膺、怒火中燒時犯了錯，於是失去了妳最愛的那個人。

可是所有人生中的爛事同時也在證明它的可貴，否則我們就不會覺得這麼痛苦了。

「我想留在這裡，和妳在一起。」我說。

媽媽微笑。「妳真貼心。可是妳確定不是因為想離男朋友近一點才這樣做的嗎？」

我的情緒一定明白地表現在臉上了。

「噢，他不再是妳的男朋友了嗎？」

「我不知道，我已經好久沒看到他了。」

在走向醫院停車場的路上，我們經過急診室的等待區。媽媽需要上廁所，我只好獨自留在人聲嘈雜的走廊上等待。我背靠著牆，低頭看著地板，希望不要再遇見更多鬼魂。

可是，不知道為什麼，我卻抬起頭來。

一個推著空摺疊輪椅的急救醫護人員正從我面前走過。他很年輕、很英俊，剔光的頭上有俏皮的雀斑，還留了一點點鬍子。對講機鬆垮地掛在一邊肩膀上，身上的制服皺巴巴的，彷彿已經工作了一整天。

他經過時也抬頭看我。我們對視了一會兒，然後他放慢腳步。他的皮膚微亮，在醫院走廊刺眼的日光燈下甚至有點在發光。

他疲倦的臉上露出笑容，他看到我的皮膚也在發亮。

「需要幫忙嗎？」他問。

我愣了一下才明白他在問什麼。

「不用。我沒事。我只是陪我媽來看病。」我轉頭看了一眼廁所的門。

「知道了。嗯，只是妳看起來好像遇上什麼棘手的問題似的。」他很快地看了一下走廊兩側，壓低聲音。「這個地方有不少奇奇怪怪的鬼魂，其中有些混蛋是妳不會想去招惹的。」

「嗯，我相信你。」我打了個寒顫。「可是我還好。只是過去幾天遇上了不少事。」

「可不是嗎？」那個急救醫護人員說，將手又放回輪椅的把手上。「希望妳媽沒事。如果在醫院遇到什麼需要我幫忙的地方，不要客氣。我在這兒很吃得開呢！」

「真的嗎？」我終於擠出微笑。「謝謝你。」

他對我眨眨眼。「我們都發光，當然要團結。」

他露齒一笑，轉身推著輪椅走向救護車的入口。這時我才想到，他的日子大半都應該比我過得更艱辛吧？因為不管他的病人是死、是活，對他來說都不容易。

突然間，我發現了我終於找到一個比「賽可旁波斯」好聽又合適的名稱。

我們開著我的新車回聖地牙哥，媽媽在路上講了許多她停止工作後打算執行的計畫。她想幫車庫重新上油漆，還想整修廚房，在後院種植許多香料。我沒有問她要從哪裡生出錢來做這些事，也沒指出她的體力會負荷不了。我沒告訴她，她並不是個真正的機器生化人。我想讓她盡情地講，不想破壞她的興致。

當天晚上我們一起煮飯，明蒂在旁邊看著。我們是一個怪異但和樂的小家庭。我原本想像的未來也許不會有實現的一天，但是那反而讓我更加珍惜寶貴的現在。

媽媽一定累壞了，或者輸血消耗了她的體力，因為她很早就上床睡覺。她從主臥室的房門大喊，「妳真的認為我的病會對妳明年申請助學貸款有影響？想得真仔細啊，小朋友。」

在我將廚房收拾乾淨後，明蒂仍然精力充沛，於是我們決定出去散步。我故意走向鬼學校，想進行一個小小的測試。

它比我上次看到時更加模糊。陶土瓦片的線條幾乎和灰色天空融為一體。也許某個在這兒上過學的人在上個星期死了？少一個活人記得它，它就愈變愈淡了。

「記得這裡嗎？」我問。

「當然了。傻問題。有一次，我們跑進去裡頭。」明蒂握住我的手，緊緊捏住。「那時好可怕啊！」

「對啊！真不是開玩笑的。妳還記得那時從地底傳上來的聲音說了什麼嗎？」

「『我可以聽到妳在上面。為什麼妳不下來一起玩呢？』」她輕聲說，然後控制不住地咯咯直笑。

真是奇怪。明蒂對發生在這裡的事記得一清二楚，可是她聽起來卻像一個轉述恐怖電影的觀眾，不像一個小女孩在談論綁架過她的壞人。我還是覺得彷彿一部分的她就這麼消失了。

想起老頭的指甲刮過我臥室地板的聲音，我不禁打了個寒顫。

自從我們去過他的私人地獄之後，漢姆林先生沒有再來找我麻煩。也許他決定信守承諾，如果我不呼喚他，他就不來。也許有一天我會再度需要他的知識。但是在這一刻，他的絲線網在我四肢留下的傷疤，已經夠讓我記得他是誰、是個什麼樣的人。

「安娜今天還好嗎？」我們走回家的路上，明蒂問我。「她在接受輸血時脾氣很壞嗎？」

我低頭看著明蒂。她或許不記得自己悲慘的過去，不過現在卻小心翼翼地關心著媽媽病情的進展。

「她是發了脾氣，可是和治療無關。而是因為我告訴她我要延遲入學的事。」

「妳的麻煩大了。」明蒂一邊唱著，一邊張開雙臂抱住我。「可是我很高興妳會留在家裡。」

「我也是。只要媽媽不打電話去大學辦公室，然後發現我根本是在吹牛，我其實還有六十天可以改變主意的話，我們就過關了。」

「妳一直是個小騙子。」明蒂說：「就像上次妳告訴婕敏天上有兩個月亮，只是一個是隱形的。」

「呃，那個……大概是八年前的事了。」

「對啊！可是妳知道嗎？婕敏根本不相信妳，她只是假裝上當了。第二天我聽到她在告訴安娜這件事，兩個人還一起在妳背後笑妳呢！」

我停下腳步，為了這件很久以前發生的事覺得丟臉，但更驚訝於明蒂居然記得它。當她還怕那個壞人時，從來沒有說過任何類似這樣的話。

也許壞人的死帶走她的一部分，但空白的部分現在又慢慢地被填回去了，被許多比較沒那麼可怕的事填回去了。

我們回到家，明蒂還想出去探險。她宣布我們的社區已經引不起她的興趣，從現在起，她要將偷窺範圍擴展到住在下一個街區的人家。她急著想開拓她的世界，所以我讓她自己一個人出去玩。

我待在臥室裡，繼續留在另一邊的世界，希望瓦伊特爾納河的潮水會帶來呼喚的聲音。亞瑪一定已經回到重生世界了。畢竟，他還有一整個城市需要保護。

我瞪著雙手，懷疑著會不會有一天我可以聞到從我手上傳出的血腥味。也許，當我的能力變得更強時，犯下的謀殺也會慢慢地顯現出來，像我做墨魚麵時被染黑的掌心。

亞瑪還會想念我嗎？他還會希望他可以離開他灰色的城市，暫時不去保護它，而帶著我去與世隔絕的寂靜之地吹吹風嗎？

他的缺席成了我體內的新冰點。我的皮膚渴望他的觸摸。我的心裂成了兩半。沒有他的嘴唇的撫慰，我睡得不多，世界彷彿也隨著縮小了。連我臥室的牆都變了，似乎不斷地向我擠壓。

所以，在過了午夜之後，當一個聲音從鐵鏽味的空氣傳來時，我一開始並不相信那是真的。但是，沒過多久，我又聽到了。

「莉琪，我需要妳。」

是亞瑪杰。

現在我對瓦伊特爾納河已經有足夠的了解，知道它不是帶著我往下進入重生世界。旅程太短，潮水也太過平穩。所以他不是在邀我去他的灰色宮殿拜訪他。我無所謂。只要能見到他，任何地方都沒關係。

我發現我並不是降落在另一個強風的山頂上。這地方我來過，它和我之間的連結絕對超級強烈。

達拉斯沃思堡機場。

亞瑪在一面空白的電視牆前等我。我們離關鍵的那一晚阻擋所有人逃走的鐵門不過咫尺。這裡比聖地牙哥早兩個小時，已經過了午夜，所以鐵門就像我記得的那樣被放了下來。

我的心臟在胸膛裡狂跳，正常的顏色隨著脈搏在我的眼角翻飛。可是我控制住自己，沒被彈回真實世界。

「為什麼選這個地方？」我問。

「真對不起，莉琪。重回舊地對妳來說一定很艱難。」他的聲音沙啞，聽起來像是剛和誰爭辯了一整晚似的。「可是這兒需要妳。」

透過當晚一大堆人倒在那兒的鐵門，我瞪著機場。它看起來和恐怖分子發動攻擊之前簡直沒兩樣。五、六個人無聊煩躁地等待著登機的廣播響起。

只是多了一樣東西。檢查哨外放置了一塊被包在十英尺寬的玻璃罩後的巨大灰色岩石。鷹架還沒拆除，顯然尚未完工。

恐怖攻擊受難者的紀念碑。我現在想起來了，當它的設計圖被公布時，好幾個記者打電話給我媽，問我有沒有什麼評論，她告訴他們我沒有。

「你確定這裡需要我？感覺上即使沒有我，所有的人也都離開了……」

「不是所有的人。」亞瑪說。

我瞪著他。他看起來老了一點，彷彿他待在真實世界讓身體痊癒的時間拖得太久。他的臉頰上有道長長的疤，傷口仍舊粉嫩新鮮，臉色也還很蒼白。

但是，他依然是那麼俊美。我的皮膚渴望他的碰觸，光是和他處在同一個時空裡，就讓我感到目眩神迷。黑油的浪潮現在不會再讓我頭昏，但亞瑪的存在卻會。

「我需要妳去見一個人。」他說：「但是不急，如果妳不願意，我們可以之後再做。」

「沒問題的，現在就可以。」在我所有噩夢的場景裡和他在一起，遠比自己一個人待在別的地方都好。

他伸出手，我牽住它。他身上的熱氣，他皮膚上的火花，立刻向我湧來。很快的，我體內的冰點變暖融化。

我一定得說點什麼，不然我就要哭了。「你不怕漢姆林先生會趁你不在的時候跑到你的城市嗎？」

亞瑪搖搖頭。「他已經很久沒來了。他想打長期戰，想等我出門時再來，以為日子久了，我就會鬆懈。不過這件事只需要幾分鐘就可以解決了。」

「噢……」只需要幾分鐘。

我集中注意力去感覺和他相握的手，感覺他的絲質襯衫滑過他的肌膚。

當我們穿越幾乎讓我喪命的鐵門時，熟悉的恐懼記憶沿著脊椎往上竄。可是金屬格子就像光束照耀下的煙霧，完全擋不住我。現在的我，只要我願意，穿過一千座山都不是問題。

我們來到恐怖分子最先攻擊的檢查哨。時間已經這麼晚了，大多數的金屬探測器、X光機都關閉了。只有兩、三個無事可做的運輸保安署的人還在崗位上，另外兩個荷槍的國民警衛隊成員則靠著牆看著他們。最近才剛發生過科羅拉多州槍戰，婕敏告訴我全美都在高度警戒中。我猜這兒的警戒程度可能又比其他地方更嚴格一點。

我轉頭不去看紀念碑。那是為了紀念當晚在這裡的其他八十七個受害者，不是為了我。

「我還是搞不懂，你需要我做什麼？」

亞瑪的目光回答了我的問題，他看向一個坐在大型塑膠椅裡、年齡和我差不多的男孩。我幾乎沒注意到他坐在角落。他正在喃喃自語，棒球帽在臉上壓得低低的，整個人差點縮進身上的寬大足球球衣裡。他的皮膚是灰色的，沒有影子。但是他的影像看起來好清晰，他的線條比我見過的任何鬼魂都清楚。

這時我明白了，那是因為有好幾百萬人仍然記得他是誰，還有他做了什麼。

我努力想忘掉那晚的一切，但即使是我都知道他的名字。

「崔佛士・布林克曼。」我叫他。

他抬頭看我，表情有點緊張，有點挑釁，像一個行動可疑的孩子被逮個正著。「我認識妳嗎？」

我搖搖頭。「我們從沒見過。可是那天晚上，我也在這裡。」

「妳也在這裡？」他想了好久好久，然後聳聳肩。「想不起來。我猜，那晚不是一個結交新朋友的好時機。」

「那晚不是做任何事的好時機。」我轉頭望向亞瑪，心裡想著我應該要怎麼幫忙。他只是微笑地鼓勵我繼續。

「我不知道我還能做什麼。」崔佛士說：「沒有人試著反抗。大家只是呆呆地讓那些傢伙一路開槍。」

「你說得沒錯。一開始，感覺確實不像真的。」和另一個當時也在場的人討論細節，感覺很奇怪，我還以為我不會有機會做這件事了。「大家都愣在原地，因為事情實在不合理。而沒有人移動，更是讓整件事感覺像假的一樣。」

他握緊拳頭。「我知道，對吧？可是當那些傢伙的子彈射完時，我以為每個人都會把握機會反擊，所以我就撲向他們。」

我在崔佛士旁邊的椅子坐下。我曾經在腦子裡回想了無數次那晚發生的事，想像我更早就打電話求援，想像我領著群眾躲到比較安全的地方，或者乾脆想像我錯過了紐約起飛的班機，根本沒出現在這裡。像崔佛士這樣真的採取行動的人，又會怎麼想？尤其他差一點點就可以成功地制服壞人？

「只有你一個人反擊，實在太可惜了。」我說。

「沒有其他人願意幫忙。」他又開始自言自語，每說一個字，雙手就跟著揮動。「要是我能夠搶到其中一把槍就好了……」

「但是，至少你盡力了。」

「沒差，他們還是殺了我，殺了所有的人。」

我瞪著他。也許鬼不會讀報紙，也許他沒聽過關於「希望象徵」的故事。

「崔佛士，我活下來了。我沒被他們殺死。」

他抬起頭來，原本皺在一起的臉展開了，雙手也頭一次不再晃動。

「妳在開玩笑吧？」

我指著鐵門。「他們開始攻擊時，我站在那裡和我媽講電話。在看到大家紛紛中槍後，我打電話給九一一。」

「妳能躲到一個安全的地方嗎？」這句話像靜電似的在我周圍的空氣中跳躍，我不禁加快呼吸的速度。顏色在我眼角隨著脈搏顫動。我一定要留在這裡，一定要將我的故事完整地告訴崔佛士。

「接線生叫我裝死，就在子彈擦過我額頭的同一秒，於是我倒向地面。」

「妳裝死？」他低頭瞪著他的雙手。「哎……真希望我當時也那麼做。」

「是接電話的女人叫我做的，不是我自己想出來的。」我瞪著他，回憶我和子彈擦肩而過的畫面。「我嚇呆了，腦袋根本無法思考，如果不是她及時告訴我做什麼，我早就死了。可是若不是你勇敢地撲向他們，我也不會有時間可以打電話。」

崔佛士狠狠地瞪了我一眼，露出不相信的神情，然後豎起大拇指比向亞瑪的方向。「是那個傢伙告訴妳這樣說的嗎？」

「不是。那天晚上，我真的在這裡。」

崔佛士看起來不像被說服的樣子。「他老是來這兒和我吵架，一直說我是個大英雄。」

「你確實是個大英雄。」

他翻了翻白眼。「說到連他自己都煩了，我已經好一陣子沒見到他了。」

「你想叫你自己什麼其實無關緊要。」我說：「在我終於明白自己該怎麼做時，那個槍手已經瞄準了我，要不是最後幾秒鐘……」

他瞪著我。我可以看得出來他心裡的不相信正在瓦解。他在這兒坐了好幾個月，成了鬼魂，固執地想著他的失敗了。因為報紙就是這麼寫的，他是個勇敢赴死的英雄，卻失敗了；因為其他的活人就是這樣記得他的。

沒有人發現，如果不是崔佛士・布林克曼爭取到的那幾秒鐘，我也無法存活下來。

沒有他，連我都會死。

「謝謝你。」我說：「如果沒有你，我現在就不會還活著。」

「妳確定我有幫上忙？」他輕聲問我。然後我在他眼中看到了希望的亮光，讓手無寸鐵的他毫不猶豫地撲向恐怖分子的希望亮光。

「我確定。也許你只拖延了他們幾秒鐘，但如果不是你，我就死定了。」

「嗯，總得有人做點什麼吧！」崔佛士瞄了亞瑪一眼。「他人還好嗎？」

我點點頭。

「他要帶我去的地方呢？還可以嗎？」

「那地方是有點怪，可是很漂亮。至少比這個機場好多了。」

「好。我恨死機場了。」

「我也是。」我說：「機場爛透了。」

「沒錯。」他的雙手用力拍上膝蓋，撐住，站起來環顧四周。「我猜我差不多該離開這裡了。」

「好。很好。嗯，崔佛士，你不介意先讓我和我朋友講幾句話吧？」

亞瑪和我陷入沈默許久。千頭萬緒，我不知該從何說起，而他大概是在掛念他的妹妹和他的城市。

後來，他終於說了：「謝謝妳願意幫這個忙，莉琪。」

「這是我欠崔佛士的，你應該曉得。」我抬頭凝視他。「為什麼不早一點帶我來這裡？」

「妳之前還沒準備好。」

「也許是吧！」我一邊嘆氣，一邊看著機場。「可是在我身上已經發生了這麼多事，你早點帶我來，又有什麼關係？」

「我不想傷害妳，莉琪。」

我瞪著他，不知道該怎麼回應，我是應該要道歉？還是應該求他原諒我？我還不想放他走。「雷宜斯探員還好嗎？」

亞瑪露出傷感的笑容。「現在他成了我們城裡的防守司令官。他完全沒有變淡，一定有許多活著的人還記得他。」

我嚥了口口水。「請代我謝謝他，謝謝他為我做的每一件事。還有我也應該要謝謝你妹妹吧？我猜。」

亞瑪陰沈地點點頭，我才發現他知道我為什麼要謝謝他們：是為了他們幫我毀屍滅跡，為了幫我遮掩犯下的謀殺罪行。

顏色又開始在我眼角隨著脈搏跳動。「我真的很抱歉，我的愛。」

「我也是。」他伸手輕撫我眼睛下方的淚滴形疤痕。

「這會是永遠嗎？你對我的感覺？」

「死亡才是唯一的永遠。但是，連死亡都會隨著時間改變。」

我瞪著他，不明白他是什麼意思。他是在說我身上死亡的味道會變淡嗎？還是說我可以做什麼來抹去之前發生的事？

亞瑪沒有輕易放過我，他沒有給我任何直接的答案，只是在我嘴唇上親了一下，留下一朵小小的火焰。

「我們會再見面的。」他說。而在這一刻，有這句話就夠了。

在回家的路上，我發現我沒辦法再回去面對我的臥室。它太空曠、太狹小。過去一整個星期，我寸步不離地待在裡頭，等待亞瑪呼喚我，除了媽媽和明蒂之外，不願見任何人。但是，現在該是改變的時候了。不只是看到的景色要變，其他的一切也要變。

於是我放鬆全身，將自己交給瓦伊特爾納河，讓它聆聽我的潛意識，帶我到我心裡想去的地方。河流緩緩地繞著，沒有方向地亂轉了好一陣子，然後有什麼在我體內慢慢成形，波浪立刻迴旋，快速流動了幾分鐘後，我就到達了目的地。那是一個瓦伊特爾納河從沒帶我來過的地方，卻是長久以來和我關係密切的地方。

婕敏的房間還是一如往常的亂七八糟，地板上堆著大疊的物理作業，椅背上掛著凌亂的衣服，五、六份泛著光澤的大學簡介隨意地扔在床上。

她穿著睡衣、睡袍，坐在電腦前。我看到她正在螢幕上裁剪自己的照片，馬上移開我的視線。我發過誓絕不利用特殊能力來偷窺朋友的。於是我穿越她臥室的房門，在門的另一邊跨回現實世界，然後伸手敲門。

「爸爸？什麼事？」

我推開門。「嗨！」

「噢，嘿！」婕敏眨眨眼。「是我爸放妳進來的嗎？」

我反射性地幾乎要對她說謊，但是我猜到了為什麼瓦伊特爾納河會將我帶到這兒來，為什麼我自己的心裡想要到這兒來。因為我想坦白。

「不是，是我自己進來的。」

婕敏大笑。「在這種時間？哇！更恐怖了。出了什麼事？」

「沒什麼——」我再次阻止自己說謊，然後緩慢地做了個深呼吸。「事實上，出了很多事。」

她轉動電腦椅，用手臂在床上清出一個位子示意我坐下。大學新鮮人興奮的笑臉落葉似地飄向地板。

我重重坐下，覺得膝蓋就快支撐不住我的體重。也許我沒有權利把所有的事情說出來，讓另一個人為我知道的事而煩惱，可是我沒辦法再自己一個人撐下去了。

「我應該要打電話給妳的。」婕敏說。

我抬頭。「什麼？」

「上個星期妳看起來一直都很沮喪，可是我不想給妳壓力。我不知道我該怎麼做。對不起。」

「噢。」我搖搖頭。「別擔心，妳已經做得很棒了。真的，一直以來，妳幫了我很多。只是這星期的情況變得更糟而已。」

「什麼事？是妳媽？還是妳的祕密探員？」

我的心好痛。「不是祕密探員，是特別探員。是，有一部分也和他有關。可是還有其他的事。」

「所以，妳和他分手了？」

「我們從來沒有……」我又做了個深呼吸。「嗯，我是和……我男朋友分手了，可是不是和那個特別探員。」

她驚訝地睜大了眼睛。「哇！所以妳劈腿嘍？難怪妳最近壓力這麼大！」

「不是啦！」我一邊舉起雙手抗議，一邊希望我有時間先準備好整個故事再來告訴婕敏。讓潛意識幫妳做決定就會有這種問題，不過現在反悔也來不及了。

「慢慢來。」婕敏說：「沒事的，不會有事的。」

我試著擠出笑容。我之前對婕敏講了太多半真半假的話，混亂到我現在都不知道該從哪兒開始講起。不過，至少我很清楚我想要怎麼收尾。

「我可以給妳看樣東西嗎？」我輕聲問。「嗯，有點怪就是了。」

她嚴肅地點點頭。

我閉上雙眼，喃喃念出我從來沒有想過我會在另一個正常的活人面前念出的句子。「航空警察局已經出動。」

婕敏發出一個極小的聲音，她迷惑地倒吸了一口氣。

我不理她。「妳能躲到一個安全的地方嗎？」

「莉琪？」她聽起來十分害怕。

「等一下。」我又做了個深呼吸。「嗯，親愛的，也許妳應該假裝……」

我感覺到它在發生，感覺到黯淡但可靠的通道往另一邊的世界展開。鐵鏽的血腥味，變得又平又扁的聲音。同時，很怪異的，我感到我屬於這兒，就像我屬於正常的真實世界。

然後我聽到婕敏輕呼了一聲，「天啊！這是怎麼了。」

我用力吸進一口氣，利用我所有的憂慮和是不是真的該這麼做的不確定，讓心跳瞬間加速。我睜開眼睛，彩色的世界回來了，婕敏亂七八糟的房間突然變得好明亮，彷彿正在歡迎我回來。

她恐懼地瞪著我。

「對不起。」我說：「可是我不知道還有什麼其他的方法可以開始。」

「那到底是什麼？妳剛才為什麼……」

婕敏坐在電腦椅上發抖，但很快地控制住自己。她的兩片嘴唇緊緊地抿著，從喉嚨發出一個混沌的聲音，彷彿突然決定要清清喉嚨。「好，莉琪，妳已經玩夠了，現在乖乖地把一切一五一十地吐出來。」

在我張開嘴說話時，婕敏臉上的表情讓我非常快樂。我才在她眼前把自己變不見，但是她看起來既不害怕，也不驚訝，甚至連一絲困惑都沒有。

事實上，她表現得一副我很討厭、被我惹毛的樣子。

真是太棒了！

「那叫作另一邊的世界。」我說：「就是死掉的人走動的空間。我會告訴妳它的運作規則，還有關於重生世界、發亮的人和鬼魂的一切。婕敏，從現在開始，我會把所有的事一五一十地全告訴妳。」

致謝

謝謝你們提供的智慧忠告、有趣軼事和寫作建議：Holly Black（她的研究精神是激發我寫出後車廂橋段的靈感）、Debbie Chachra、Deborah Feiner、Javier Grillo-Marxuach、Alaya Dawn Johnson、Maureen Johnson、Justine Larbalestier, E. Lockhart、Anindita Basu Sempere和Robin Wasserman。

謝謝你們讓我借用或偷用的情節和對話：Marijane Meaker（又名M. E. Kerr）的作品《海史密斯：一九五〇年代的愛情故事》（Highsmith: A Romance of the 1950s）、Mary Cantwell的作品《曼哈頓，當我年輕時》（Manhattan, When I Was Young），以及由Sari Botton編輯的Joan Didion作品《向以往告別》（Goodbye to All That）。

謝謝你們讓青少年小說的世界這麼美好。感謝每一家讓我巡迴登台的書店。感謝每個高中圖書館管理員和充滿熱情的閱讀狂熱者。感謝每一個可愛的讀者，不管你年紀多大或多小，也不管你個性有多可愛或者多暴戾。感謝我堅持不懈的經紀人Jill Grinberg。感謝我聰明絕頂的出版家兼編輯Bethany Buck（她可從來沒要求過我一定要寫出喜劇結局）。最後還要感謝從我寫作初期就一路支持我的Simon Pulse團隊。你們真是太棒了！

重生世界 / 史考特・韋斯特費德 Scott Westerfeld 著；
卓妙容 譯. -- 初版. -- 臺北市 :大塊文化, 2014.12
面； 公分. -- (R;61)
譯自 : AFTERWORLDS
ISBN 978-986-213-566-2(平裝)

874.57　　　　103021234

10550 台北市南京東路四段25號11樓

大塊文化出版股份有限公司　收

地址：□□□□□ ＿＿＿＿＿市／縣＿＿＿＿＿鄉／鎮／市／區

＿＿＿＿＿＿＿＿路／街＿＿＿段＿＿＿巷＿＿＿弄＿＿＿號＿＿＿樓

編號：R61　書名：重生世界

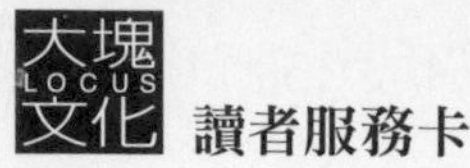

讀者服務卡

謝謝您購買本書！

如果您願意收到大塊最新書訊及特惠電子報：

- 請直接上大塊網站 locuspublishing.com 加入會員，免去郵寄的麻煩！
- 如果您不方便上網，請填寫下表，亦可不定期收到大塊書訊及特價優惠！
  請郵寄或傳真 +886-2-2545-3927。
- 如果您已是大塊會員，除了變更會員資料外，即不需回函。
- 讀者服務專線：0800-322220；email: locus@locuspublishing.com

姓名：＿＿＿＿＿＿＿＿＿＿＿＿＿＿＿＿＿＿＿＿姓別：□男　　□女

出生日期：＿＿＿年＿＿＿月＿＿＿日　聯絡電話：＿＿＿＿＿＿＿＿

E-mail：＿＿＿＿＿＿＿＿＿＿＿＿＿＿＿＿＿＿＿＿＿＿＿＿＿＿＿

您所購買的書名：＿＿＿＿＿＿＿＿＿＿＿＿＿＿＿＿＿＿＿＿＿＿從

何處得知本書：

1.□書店　2.□網路　3.□大塊電子報　4.□報紙　5.□雜誌
6.□電視　7.□他人推薦　8.□廣播　9.□其他

您對本書的評價：

（請填代號　1.非常滿意　2.滿意　3.普通　4.不滿意　5.非常不滿意）

書名＿＿＿＿內容＿＿＿＿平面設計＿＿＿＿版面編排＿＿＿＿紙張質感＿＿＿＿

對我們的建議：＿＿＿＿＿＿＿＿＿＿＿＿＿＿＿＿＿＿＿＿＿＿＿＿

LOCUS

LOCUS